自古万事皆成空，何人能够尽从容？

CIAR STAR

赛尔星球

虎 皮◎著

中国财富出版社

图书在版编目（CIP）数据

赛尔星球／虎皮著．—北京：中国财富出版社，2016.9

ISBN 978－7－5047－6241－2

Ⅰ．①赛…　Ⅱ．①虎…　Ⅲ．①科学幻想小说—中国—当代
Ⅳ．①I247.5

中国版本图书馆 CIP 数据核字（2016）第 201489 号

策划编辑　张彩霞　　**责任编辑**　张　静
责任印制　方朋远　　**责任校对**　梁　凡　张营营　　**责任发行**　张红燕

出版发行	中国财富出版社		
社　　址	北京市丰台区南四环西路 188 号 5 区 20 楼	**邮政编码**	100070
电　　话	010－52227568（发行部）		010－52227588 转 307（总编室）
	010－68589540（读者服务部）		010－52227588 转 305（质检部）
网　　址	http://www.cfpress.com.cn		
经　　销	新华书店		
印　　刷	北京京都六环印刷厂		
书　　号	ISBN 978－7－5047－6241－2/I·0225		
开　　本	710mm×1000mm　1/16	**版　　次**	2016 年 9 月第 1 版
印　　张	32.75	**印　　次**	2016 年 9 月第 1 次印刷
字　　数	571 千字	**定　　价**	59.80 元

劝君莫向梦中行
海天崎岖最不平

故事核

王来电在一次平常的旅行中，见证了小行星撞击地球。撞击地点在印度大吉岭。小行星的主要成分是金子。这一现象引起了有些国家军事介入。更严重的是，小行星的巨大撞击力，导致地球轴向翻转，带来地球极地改变，引发冰川、海啸等次生灾难。地球再次稳定后，新的地轴以新加坡附近为北极，巴拿马附近为南极。新的赤道横贯俄罗斯沿岸的北冰洋和南极洲。南极洲和北冰洋位于新赤道上，成了大热洲和大热洋。太阳以赤道的角度直射着俄罗斯，寒冷作为俄罗斯的天然屏障已然消失。世界人口最稠密的地区大部分进入了新北极圈，造成人口大迁徙，大量追逐温暖的难民涌入俄罗斯，太阳照耀的俄罗斯生态开始剧变。耽于玩乐享受的王来电，在一次网友活动中，无意间一步步靠近了灾难原点，触及灾难背后的阴谋。经历了跟随逃跑、海盗劫持、航母暴乱、冰天雪地、监视居住等困境，在求生本能的指引下最终回到了北京。回到北京才发现他已经被宣布死亡。北京的东西南北正好调了个方向，北京的太阳从西边出来了。物是人非，人情冷暖。新的追杀已经悄然接近。老婆为了三千万保费从驱赶他离开到追杀。他躲进了当年支教的黑石堡，顽强地繁衍生息。他重新被网友发现后，半是无奈地加入了向新的南方——俄罗斯涌动的难民洪流，命丧大热洋畔。这一切都被装进了一个梦里。真空管、消防导弹、电磁炮、拼体航母、浮岛等未来重器成为模糊的背景。本文昭示了一个从来没有被人提起的地球灾难：地轴改变。由于天文或地理的原因，北极可能改变到任何地方。本文通过一个小人物的顽强生存，揭示人类可以勇敢地面对任何灾难而生存发展。让我们跟随一个普通人的视角，一起来看看世界可能真实面临的剧变。天黄地绿，地轴突变，走到何处是吾乡？躲进山沟沟的人听到最惊心的问话——你是王来电?!

朋友圈

王来电

网名电瓜，后改名黄石，出场年龄三十多岁。某审计事务所合伙人、高级审计师、国际注册内部审计师（CIA）。CIA 也是美国中央情报局缩写。聪明能干，贪玩，追求享受，有韧性。曾经是文学青年、围棋爱好者。被迫为美情报机关服务。

伊莉莎

网友，网名西方格格，二十几岁，美国情报人员。

索菲亚

网友，网名东方公主，二十几岁，俄罗斯情报人员。和伊莉莎并称伊索。

老穆

也算是网友，五十多岁，印度巨商。外太空开发公司 DSDC 大股东。

老热

网友，驻外使馆工作人员。网络活动的主要组织者。

滴滴答

网友，张化武，业余无线电资深爱好者，俗称火腿 HUM。北京人，好交际。

刘高峰

王来电的老婆，小名珠珠，活动地点拉萨、北京。文本中一直隐藏在后面，没有正面现身。

老库

老穆的私人飞行员。

门槛和尚

伏虎寺被收养，九顶山住持。

田总

开发商。

张小艾

田总的办公室主任。

金威

假装网友，总包单位公关人员。总包单位金总的助手。

阿贾

小海盗， 蓝椰子国特里帕拉国王。

西西洛

大海盗， 组织克林顿航母暴乱。

雅各布

克林顿航母舰长。

央金和嘉措

不丹的两个学生， 搭飞机到美国德雷克塞尔大学留学。

薛雷锋

王来电在北京的助手， 青蛙河道高尔夫总经理。

商红页

王来电的同学。

蛋丁

倒霉的诗人。

老墨

墨家传人， 黑石堡村长。

燕子

张艳， 王来电在黑石堡的妻子。

目
录

慢　车

丰台火车站/向阳口/盖不严的和尚/沿河城/北京的南边山/丢失的心儿

或曰万事皆成空，仍有预知兴趣浓。

且隐书丛看情痕，神游四方解一梦。

我在正阳大街东口下了出租车。昨夜大风刮落的梧桐树叶在路边堆了一大堆。我关上车门。出租车的车轮带起的几片落叶跃动了一下，飞驶而去。车子离去的一瞬，心儿在车上冲我招了招手。手是右手，在她的右脸颊旁，微微地晃了晃。眼睛里有一潭深水，一团烈火已经褪去。我望着已经没有出租车的大街，怔了几秒钟。深秋初冬的早上，街上空空荡荡。天已经放亮，太阳还没有走出地平线。不远处有一个早点摊，我坐下来。桌上已经有人吃过早餐的痕迹。时间还早，我点了一碗豆泡汤、一个烧饼。吃完早餐，走到不远处的丰台火车站，买了4425次车票。还有二十分钟，车才进站。到这时还没有遇到一个熟脸。丰台站还没有改造，各趟慢车都在丰台停靠。我经常来丰台站漫无目的地乘坐绿皮车，感受久远的熟悉。这次是参加网上约好的一次太行山支教活动。

前面电线杆上有一张红纸街贴，工工整整的小楷：天黄地绿，小儿夜哭，君子念过，睡到日出。我顿了一下脚步，在心里默念了一遍。

我过了检票口，到了站台。已经有一些人在等车。我没有走过去。我站住，拨通了老婆的电话。

“喂，干吗?”

“不干嘛。”

“在哪儿?”

“丰台站。”

“去哪儿?”

“去山里。”

“去山里?”

“不跟你说过了吗?”

“啥时回来?”

“明后天吧。”

“就这样吧。”

“儿子好吗?”

“好！一天不着家。”

“好，挂了吧。”

老婆直接就挂断了电话。我们现在已经是手机夫妻，除了在手机上联系，经常几个月不见面。老婆主动打电话基本上都是收税。我从网上转账过去，就消停一阵子不联系。对我在外面的这种活动，第一不支持，第二不反对，听之任之。甩下的最狠的一句话是：遇到你是我上辈子造的孽。遇到她，也是我上辈子造的孽。

站台上有两个女的，可可西里我认识，另一个是半熟脸。可可西里看到我打招呼：“王审计。”

“西里。”

她旁边的人对我说：“你也搞审计啊?”

“你也搞审计吗?”

“我们是同行。”

“怎么称呼你啊?”

“秋水伊人。”

“电瓜。”

“你们早啊!”

“你住在丰台啊?”

“对啊。没有别人了吗?”

“没有了吧。他们都在永定门上。”

没什么话可说，她俩在站台上一边来回使劲跺脚活动身体抵御早晨的寒气，一边踩鼓点有节奏地在嘴里叨叨着：“天黄地绿，小儿夜哭，君子念过，睡到日出。”

“你俩在叨叨什么？”

“做慈善。”

“不用这么叨叨吧？”

“多念几遍效果好。”

“不用念出声儿。”

“声儿大作用大。”

“心到神知。”

“哦，心到神知。”

“绿应该念绿（lù）。”

“为什么？”

“押韵。”

“不对吧？”

“绿林，鸭绿江。”

“管他绿和绿呢，你不说了吗？心到神知。”

“反正念了。”

“对。”

车来了，我们上了车。车上人不多。西里知道大队人马在哪个车厢。走了两节车厢，看到永定门上车的人。滴滴答和人在玩牌，四个玩的，两个看的。我不怎么熟，似乎见过，似乎没见过。滴滴答介绍说：“这是大闲人，这是电瓜。”

大闲人伸过手来，握了一下，一边说：“久仰久仰。”

旁边有人接言：“不能老仰着。”

“趴着也挺好。”

“舒坦呐。”

“忘了我了？”

“哪里哪里，初次见面，怎么能忘了……”

隔一个间隔，两个网友在下围棋。两个在下，两个在看。网名我也不大叫得出来。看我新来，都打了声招呼，又转头向着棋盘。他们俩落子如飞，噼里啪啦地在右下角摆了一个妖刀定式。

后面有人掐了我一下，满脸的肌肉作势地挤在一起，是紫罗兰。

“别掐啊，疼，疼，疼，知道吧？疼。”

“知道，知道还装？昨天放我鸽子。”

“小声点儿，别人听见多不好。”

“是不是？交代，干什么去了？”

“赶场赶场。”

“赶到哪个场子去了？”

蓝藕过来熊抱了我一下。

再过去一个间隔，是东方公主和西方格格，看我过来，空出她们俩中间的位置示意我坐。

“一会儿，一会儿，先把东西交了。”

“谁交东西，在这儿？”鼻涕妞吆喝着。鼻涕妞和蓝藕在管账。还有两个男的在旁边帮闲。

“哎呀，是电总啊，带的什么？”

“一个地球仪，两本书。”

“我看看我看看。”

“哦，《红星照耀中国》《火星照耀美国》，那还得有本书什么星照耀俄罗斯。”

“《陨星照耀俄罗斯》。”

“那是通古斯爆炸。”

“《太阳照耀俄罗斯》。”

“要是什么星。”

“太阳也是星。”

“太阳照不到俄罗斯。”

“极光是怎么回事？”

“就是因为照不着才有极光。”

“还有极昼。”

“我给你说吧……”

“你别说了，就是要照耀俄罗斯怎么地吧？”

“你捐的什么？”

“我捐钱。”

“你捐什么?”

“我捐人。”

“把你捐了?”

“把你捐了!”

“亲自把你捐了!”

“有钱捧个钱场，没钱捧个人场。”

“看咱像个没钱人吗?”

“昨晚去哪儿喝了?”

“他早溜了。开喝就溜了。”

“赶场赶场。”

“走时有三两吧。”

“就靠这三两支撑的，没有这三两，根本不行。”

“根本就没喝。”

“你们带的什么啊?”

“我们什么也没带。”

“什么也没带?”

“带了，在车上。”

“老热他们开车，在车上。”

“还开车?”

“东西太多，谁都懒得拿。”

“几个人开车?”

“六个人吧。开了三辆车。”

“哪个老热啊?”

“还有哪个老热，光头老热。”

“好几个光头呢。”

“外交部的那个。”

“他不是搞金融的吗?”

“你搞错了。”

“对了，我想起来了。他不是去印度了吗?”

“他回来休假。”

“哦，一年了啊。”

是啊，时间过得真快。

我一上车就忙了个不亦乐乎。不亦乐乎就是瞎忙乎的意思，不是非常可乐的意思。有朋自远方来，不亦乐乎，也是瞎忙乎的意思。有个新疆人到北京短期进修，半年去了七次故宫，每次都是有朋自远方来，不亦乐乎。所以有朋自远方来是一件很烦人的事，他还不住旅店，住到你家里，你得为他忙吃忙喝。山高水长，久未相见，也没什么共同语言，虽说是朋友，是投奔你的，你能高兴吗？你不高兴。所以夫子劝你说：不亦乐乎。

我坐到公主和格格之间。

“这位置好啊，这是皇上坐的地儿吧。”

“别瞎说，这是大哥。”

“是驸马。”

“驸马爷近前看端详……”

“闭嘴！”

公主和格格在背后偷偷掐我。

“怎么这么疲惫啊？”

“疲惫吗？多精神啊！”

“昨天晚上累着了吧？”

坐了一会儿，起身去厕所，回来看到滴滴答把牌交给了阿利：“替我打会儿，我通联一下。”

“老热老热，这里是滴滴答，收到请回答，收到请回答。欧娃儿。”

“抄收了，老热，你们到哪儿了。欧娃儿。”

“老热老热，我们正在通过永定河，欧娃儿。”

“我们比你们快。欧娃儿。”

车到上万，大家下车活动，有人在站台上抽烟。4425 让过去一辆火车头。客车连火车头都避让，这 4425 的级别也太低了。上了车，4425 继续慢慢悠悠地往前运行。

车到南观村时，看到老热带来的三辆汽车停在站台上。

“你开会儿，我在车上玩会儿。”

老热看到我：“电瓜，昨天怎么喝一半就跑了？”

“没有没有。”

老热上了车，滴滴答下去开车。老热坐下打牌。

"斗地主斗地主。"

"打杵。"

"四个人怎么打杵?"

"四个人才打杵。"

"带不带红杵?"

"带。"

一边打杵，一边听着滴滴答在手台里不闲着。

到孤山口时，老热下去了，滴滴答又上来了。到云居寺时，老热上来了，滴滴答又下去了。

"你们俩折腾不折腾啊?"

"玩呗。"

"快回来。"

"别到处乱跑。"

我又坐到公主和格格之间。格格戴着一个项链，是一根红绳，红绳下坠着一个小金球，小金球是长圆形状的，像一个小橄榄球。她俩在嗑瓜子，不时地往我嘴里投喂一颗。当我以为是瓜子仁时，却是一块瓜子皮。当着那么多人腻腻歪歪，不要笑我无耻，我只是无聊而已。我深深地知道这些人都是我生命里的过客。我经常在人群中感到无比的孤独，当我一个人时，从来没有感到过孤独。我现在不但孤独，而且疲惫，我对她俩说："我得眯会儿。"

"好好好，你困，去吧。"

"别后悔啊。"

从两个肉刑具的束缚中挣脱出来，斜靠在窗边，闭上眼睛，假寐。

我对京原线相当熟悉。在京原线上多次运转。在丰台、西道口、大灰厂、上万、南观村、燕山、良各庄、孤山口、云居寺、三合庄、十渡、平峪、野三坡、苟各庄、东湖港都实现过乘降。平峪就是十五渡，他们俩再汽车火车地倒换，下一站只能是平峪了。十渡人多，站台在山坡上，不好换。再就是东湖港。那个"港"字在北京的山区读"讲"的音。京原线我最远运转到五台山。大涧没去过，听说就是一个小村子。

日子就像这个绿皮神器一样，哐当哐当地一天天过去。你着急时，似乎过得很慢；你不着急时，一晃许多站就过去了。现在这绿皮神器是越来越少了。

我是一个追火车的人。那时我住在石景山南站附近，在一家企业当会计。刚开始休大礼拜，忽然有两天的休息时间，感到似乎每天都在休息，有的是时间。我查看好时刻表，穿过一片苹果地，到石景山南站上车，向丰沙线的最远处探索。苹果树没有挂果的时候没有人看守，随便穿越，挂果以后就有人看守了。搭一个高出苹果树的棚子，有人住在里面，白天黑夜地看着。从苹果树开花以前，到看果人搭棚子，我都从那里穿过，也算是个半熟脸，他有时说一嘴，有时也不说什么。就是他的两条狗烦人，老远就穷汪汪。越是走近越是使劲穷吠。我又不能跟狗置气。苹果树挂果时我就绕道而行。汪汪汪，谁还稀罕咬你个烂苹果吗？知道乔布斯的苹果为什么被咬了一口吗？乔布斯最崇拜艾伦·图灵，图灵是被一个毒苹果毒死的，咬了一口就嗝儿屁了，那个被咬了一口的毒苹果就一直放在那里直到烂掉。缺口苹果的潜台词是有毒，就像用一个骷髅头加一个叉表示剧毒品一样，缺了一口的苹果也是表示剧毒的意思。酷不酷？有人说不是这个意思，可是没人相信。

一出石景山南站，就能望见首钢的烟囱。首钢的烟囱冒着烟。不时有冒着热气、淌着热水的废渣车过去。首钢里面有座石景山。我偷偷溜进去过，山上有个破旧的阁。南站外面的铁轨纵横交错，每次走到这片区域，我都奇怪，哪趟车怎么就知道走哪趟线呢？火车没有方向盘，如果有方向盘，非得开乱了不可。说是地铁一号线和这里的某条线连着，那是肯定的了。

我坐上一站地，在三家店下车。走到永定河边，是三家店水库。往库尾的方向走，会看到十多个布满历史沧桑的水泥桥墩，就好像十余个负罪的囚徒，常年在河水中经受着冲刷。它们是日本人修丰沙线的旧桥墩。当地老百姓传说现在的丰沙线是日本鬼子建设的，网上游记里还有采信，绝对是误传。还有不止一人亲口对我说，七号桥是日本人建的，是当时的亚洲第一。后来在网上看到七号桥 1966 年竣工，是当时亚洲最大的钢筋混凝土拱桥。历史转眼就被忘记。民间传说误导了我好多年。丰沙线沿线有日本侵略时遗留的水泥碉堡。日本是想修丰沙线来着，为了能更多地抢煤。日本在 1939—1944 年，修建由塘沽至大同的铁路，丰沙铁路是其中的一部分。日本侵华时期丰沙线没有修通。丰沙线 1955 年 6 月通车，建了三年多，牺牲了 108 人，105 公里的铁路，每公里都有一位英魂。丰沙线从丰台到沙城共有 13 站，丰台、石景山南、三家店、斜河涧、落坡岭、安家庄、雁翅、珠窝、沿河城、幽州、旧庄窝、官厅、沙城。丰沙线沿着永定河逆流而行，大部分都在门头沟境内。

我在斜河涧下车，穿过妙峰山镇，穿过大片的玫瑰地，爬到妙峰山金顶。妙峰山顶有碧霞元君祠，赶上妙峰山庙会，非常热闹，有各路幡会表演传统的把式，还有摩肩接踵进香的香客。碧霞元君俗称老娘子，老娘子生日时还有大量贡献生日蛋糕的现象，真是土洋结合。

有一次走丰沙线，在三家店上来一个大胡子和一个女子坐在我对面。胡子像张飞、李逵之类，没有好好梳理过。我和大胡子对视了两分钟。大胡子说："我是不是有点凶？"

我口是心非地说："不凶。"

他说："我看起来凶，其实一点也不凶。人怂样子凶。"

"呵呵，是，哈，也有这种可能。"

"留着胡子是吓唬人的。本来自个就善良，留个恶胡子，免得被人欺负。"

"哦，原来如此。"

"这是我妹妹。"

"真是你妹？"

"那还有假？"

"有假包换。"

"换不了。"

"哈。"

"你在哪儿下车？"

"幽州。"

"去玩？"

"对。"

"一个人？"

"对。"

"到向阳口去吧，比幽州好玩。"

"怎么个好玩？"

"有山有水。"

"幽州不也有山有水吗？"

“能坐船，看七号桥。”

“七号桥有什么可看的？”

“来玩的都看七号桥。”

“坐船多远啊？”

“九公里，值了，我给划过去。”

“九公里，太远了吧？得划多半大啊？”

“远不才值吗？一个小时吧。”

“哦。”

“还有庙。”

“庙，什么庙？”

“盖不严。”

“盖不严？”

“都去看呢。去年还被偷了呢。”

“偷庙做什么？”

“偷墙上的壁画。卖到国外。再不去就偷完了。”

“哦。”

“还有石雕、瓦当。”

“和尚不管吗？”

“没和尚。”

“没和尚？”

“‘文革’时候被撵走了。”

“这我倒想去看看了。”

“下车跟我走。”

“好。”

“在55公里下。”

“不是去向阳口吗？”

“是，在55公里坐船过去。一会儿到地儿我叫你。”

“好。”

大胡子带着他妹子到别处去拉客了。我就是这么一个轻信的人。在55公里下了车。没有站台，直接下到碎石路基上。55公里就是现在的珠窝。珠窝在珠窝水库的库头，向阳口在珠窝水库的库尾。珠窝明朝时叫朱家务，俗称朱家窝棚。后来有王姓的住进来，繁衍生息，发展壮大，王朱并称，改称珠窝。为了旅游事业的发展，珠窝水库改称珍珠湖。珍珠湖不产珍珠，取名珍珠湖只是为了谐音这个“珠”字，和珍珠没有半毛钱的关系。珠窝过去倒是出产黄金。据说，古时村北山洞里有许多灌满金砂的土坑，当地流传着一首民谣：珠窝的砂，碣石的土，每炉出金八钱五。

我跟着几个人一起，上了大胡子的船。大胡子把船撑离岸边，他妹妹在岸上推了一下，快速地退后一步，助跑一下，跳上船来。大胡子摇起桨来，把船向水库的上游驶去。两岸是陡峭的山崖。有一个人主动地问旁边的人：“是去盖不严吗？”

“不是。”

“去哪儿？”

“沿河城。”

“怎么不坐车过去啊？沿河城有站啊？”

“想坐船呗。”

“你们一起的？”

“是。”

“沿河城没什么好看的。”

“我们从沿河城顺着铁路走回来。”

“那是去探险啊。”

“对。”

他们一行四个人，三男一女，也是个“四人帮”。提到探险，很是骄傲的样子。那人又问旁边的人：“你们是去钓鱼吧？”

钓鱼的人笑笑，没有回答。

“看你们这家伙事儿就是去钓鱼。”

钓鱼的人反问他：“你这是去干什么？”

“我去看看我的房子。”

“你在向阳口有房子？”

“对啊。”他有几分得意地说，“置了几间房子。”

“在那儿置房子做什么？”

“夏天来避避暑，冬天来放放炮仗。多美啊。”

“哦，是挺美。”

“你是做什么的啊?”另一个钓鱼的人问。

“我嘛，我是西单商场的。”

“售货员?”

“嗯，不是。”

“领导?”

“也不是领导。”

“那是干什么的啊?”

“我是搞采购的。”

“噢。”钓鱼的人恍然大悟一般。

西单商场的又问我是不是与他们一起的，我说:“不是。我去盖不严。”

“快去吧，再不去就没了。”

大胡子的妹妹开始收钱，每人五块。那时五块还挺是钱啊。

过七号桥时，对，就是大胡子说的，我想起来了，大胡子老张，说七号桥是日本人修建的。真是睁着眼瞎说。读书太少、思考太多的人无处不在。一路上，老张和船上的人讲了一些沿途所见的闲话，大多是胡扯，略去不提了。到了向阳口下船，西单房主回家，两个钓鱼的找地方下窝子，四个探险的过铁桥向沿河口走去，老张兄妹划船回 55 公里。我已经问清了去盖不严的路。

我从向阳口村东的山路上山，半个小时走到第一个垭口，回身眺望，七号桥在青翠的山谷间像一弯彩虹，桥下的永定河宽阔的水面蜿蜒到库尾，绕了一个美丽的大“S”弯。过了垭口，沿着一条似有似无的小路横切。周围的山峰形态各异，有的如神兽，有的如屏障。走了十来分钟，开始第二次上升。若有若无的山路是个“之”字形，走了将近一小时，来到第二个垭口。站在垭口回望，七号桥、永定河、远接天边的山脉，山河更加壮阔。过了垭口，又是一个横切。沿着曲曲折折的山间小路，走了十几分钟，一个破败不堪的小庙呈现在眼前。这就是盖不严了。我走到近前，房屋已经全部坍塌了，坍塌下来的房梁檩条已经全部没有了，门也全没有了，窗户所剩无几，残留的断壁残垣上有精美的佛教壁画，凌乱的碎石瓦砾中有精雕细刻的残留。从种种遗存的细节上能够想象盖不严当年的辉煌。这么一个深藏在偏僻大山中的小小庙宇都没有逃过人为的破坏，悲哀啊！想要与世无争是多么的困难。

忽然有一个身影悄无声息地出现在我面前，是一个身着僧衣的年轻人，吓我一跳。莫不是过去的僧人穿越回来了？那时还不时兴穿越，受了蒲松龄的影响，第一反应是以为遇到鬼了。像我这样心地善良的人，应该遇到仙才对啊。光天化日之下，多么厉害的鬼才能出现啊？有天上的大日头在，我就没什么可害怕的。来人看到我发现了他，双手合十，微微低头，轻声而清晰地说："阿弥陀佛，施主打扰了。"

"你好！是我打扰了。"

"施主从何方而来？"

"向阳口。"

"哦。"

"这里不是没有和尚吗？"

"施主，此地从前有僧，后来无僧。僧来了就有僧，僧走了就无僧。"

"这破庙也能住人？"

"有僧庙就不破。"

"没庙没僧是不是就没佛？"

"阿弥陀佛，我佛常在。"

"佛为什么不能护佑这个庙呢？"

"一切皆有定数。"

"定数比佛还厉害？"

"阿弥陀佛。"

"这个庙以前是什么样儿呢？"

"施主请随我来。"

我随着僧人来到最靠近山崖的地方，是以前大殿的一隅。那里搭着一个崭新的帐篷。进到帐篷里面，是一台当时最先进的586，电脑开着。

"施主请坐下吧。"

"谢谢！"

"寒帐无有什么可以招待的。"

"师父贵姓？"

"上常下宽。"

"上长下宽，那是一个长方形吗？"

"敝僧法号常宽，经常的常，宽宥的宽。你叫我常宽即可。"

“你好！常师父。”

“和尚的法号不能拆开。”

“哦，常宽师父。”

“叫常宽法师，常宽和尚，或者单呼常宽，都行。‘师父’受用不起。”

“满北京不都叫师父吗？”

“随你吧。”

“随你随你。”

常宽操作586，用今天才有的3D虚拟技术、BIM（建筑信息模型）技术，向我演示了盖不严曾经的辉煌，以及虚拟复建过程。盖不严是大悲岩观音寺的俗称，建于明代。它依山岩而建，山岩遮挡了主殿，又没有完全挡住，下雨时总有雨水沿山崖流下，故称盖不严。

“法师缘何到此啊？”

“我师父从前在此修行，五几年被他师父遣散。我师父的师父说六十年后要重修盖不严。我师父的几位师兄弟分散到世界各地，是师父的师父保存了盖不严的香火。我师父的师兄弟和再传弟子，相约六十年后来此重修盖不严。”

“按五几年推算，现在还早啊。”

“我好奇心重，提前来了。来了就不想走了。”

“和尚也好奇？”

“好奇之心人皆有之。”

“这回要盖严实了。”

“永远盖不严。”

告辞了常宽法师，折回到向阳口。过河，上到南边的山包上。山包上的一个碉堡吸引了我。到了近前，就是一个碉堡，什么也没有。这玩意百分百是日本人建造的。我掏出“枪”来，对着射击口尿尿。一边尿，一边想，就当是机枪吧，就当是子弹吧。

从山包上下来往沿河城走。一边走一边想，常宽会不会是第五纵队的啊？那么先进的设备，那么先进的技术，平常人怎么可能呢？我是在盖不严的瓦砾上第一次见识了先进的电脑，先进的BIM技术、3D虚拟技术。回想起来，难免有几分起疑。转念又想，第五纵队不会躲在荒郊野外吧？第五纵队不会独自一人吧？第五纵队是潜伏着的精英，一定在精英之中。如此说来，常宽肯定不是。但是，常宽肯定是和尚中的精英。和尚之中也有平庸之辈，也有精英。第五纵队在和尚中也有潜伏吗？谁知道呢？

我走到沿河城，想赶上4416次回城。等我到了沿河城车站时，4416次已经过去了。我回到城里，找了一户人家住下。说好了以后出来，在街上溜达。沿河城的门洞还在，是明朝时候的老物件。村口能望见山上的长城。后来拍《手机》的老邮局前的人散了。那时候我也没有手机，“BB机”（寻呼机）都没有呢。我在沿河城漫无目的地走了两个来回，暮色将至，炊烟四起，这是我梦中的土地，是我灵魂的故乡，我闻到了童年的记忆。说好了在老乡家搭伙吃饭，连住宿一共十元。我回到老乡家，有一个三马达“突突突”地开来，停在门口，他也是来老乡家借宿搭伙的。一搭话，是幽州的老乡，来沿河城送山货，修车耽误了当天回去，明天一早空车回幽州，我临时起意，和他讲好了搭他的三马达去幽州。他姓孙，比我小一岁。我们俩睡在一个炕上。第二天一早，天刚蒙蒙亮，小孙就喊我起炕。到门口发动了三马达，“突突突”地开出了沿河城。我们走的是斋堂到幽州的公路。三马达比火车更慢，“突突”了老半天，才把沿河城“突突”出视线以外。开出北京地界以后，路况更加差，三马达后面带起一片长长的尘烟。三马达像一个在山间逃窜的松鼠，带着一个黄色的烟尘尾巴。我们开始穿越挂壁公路，像是走上了一段公路长廊，一个接一个地开窗，把永定河纳入一幅画面中。

八点多钟就到了幽州。我在唯一的早点摊吃了点东西，然后在幽州四处走动。村子里石路、石房、石墙映入眼帘，村里似乎还停留在男耕女织的时代。此幽州非北京简称的幽州，是一个古老的村子，民房大多用石头垒砌，很多古宅都有几百年的历史。村子在永定河边，依山傍水，风景秀丽。幽州村并不大，仍保留着与世隔绝的古朴风格。后来在幽州火车站取景的《周渔的火车》也还没有拍。街上没什么游人。跟故乡一般无二的小村。我走到汽车站，有一天一班到沙城的汽车。我没有犹豫就上了汽车。

车过了旧庄窝，有人说附近是一个军事基地。后来我在电视剧《五星红旗迎风飘扬》中看到对该基地从建立到完成实验的过程的描述。想当年，在研制原子武器的激情年代，陈能宽和王淦昌等老前辈就是在这块不毛之地上面，完成了对于原子弹最终设计至关重要的爆轰试验。老科学家王淦昌在剧中的形象大气、洒脱、幽默，令人充满敬仰之情。

我在沙城下车，那时沙城还没有满街的葡萄酒和数座高档温泉度假酒店。我在沙城等到 4416 次回了北京。

丰沙线是一串蒙尘的钻石，真应该很好地开发保护起来；应该整体开发保护起来，不能一颗一颗地擦亮。葡萄美酒、温泉、天漠、漂流、长城、关隘、山峰、庙宇、影视取景地等美景数不胜数。丰沙线沿途沉淀的历史文化厚重无比。丰沙线的旅游一旦开发出来，远比法意瑞希，近比云贵川豫，无论是红色旅游、绿色旅游、白色旅游、蓝色旅游、金色旅游绝对毫不逊色。北京的人们要不就是无知，跑到远处去看挂壁公路，任由这里的挂壁公路蒙尘。沿着永定河有的是看不完的美景。永定河是北京的母亲河。北京没有善待这位母亲。传说和现实都是母亲的不是。她不停地被遗忘和破坏。北京是永定河的败家子。现在南水已经入京，有水便是娘，未来的北京更会忘记这位亲娘。

我独自一人运转过北京的许多条绿皮车线路。

运转过从西直门到通州西的线路。从西直门到通州西，要途经几个大站，都是经过不停车。西直门、清华园、清河、黄土店、望京、星火、双桥、通州西。从西直门乘坐 2101 次火车去通州西，是很奇妙的旅行。在北京城区范围内，居然要走 75 公里，运行 1 个小时。这条线是一个倒 S 形，由西直门向北，过清华园、清河，到回龙观向东，过黄土店不停，自立水桥偏向南，过望京、环铁西侧、星火，到四惠东转而向东，过双桥继续往东到通州，再往北到通州西。铁路两侧绿树环绕，夹杂着桃树、杏树，正开满了一树一树粉色或白色的花。火车像一头庞大的铁牛，走走停停，你会怀疑它是不是也在不停地吃草，怀疑它会把路旁的树啊花啊吃掉。在熟悉的城市，没有目的地旅行，窗外是熟悉的地标。就像一个孩子，不厌其烦地乘坐门口小公园里的小火车。慢慢地绕上很远，否则从西直门到通州也不会有 75 公里。西直门站发往京包线、京通线列车居多。京通线不是北京到通州，而是北京到通辽的铁路；南起北京，北到内蒙古通辽市；全长 836 公里，共有 92 个车站。

运转过通州西到怀柔的线路。

运转过星火到承德的线路。

运转过东郊到秦皇岛的线路。最远到榛子镇乘降。榛子镇只有一条小街，满街的牛粪、猪粪、鸡粪、狗粪，像是印度某座小城的一隅。榛子镇是古代北方的四大重镇，没有一点古代的痕迹。

运转过西直门到康庄的线路。在青龙桥、八达岭实现过乘降。从八达岭坐 919 回城。

北京的南边也有几条线路，我竟然一条都没走过。我喜欢山，三天看不到山，心里就惶惶。也许是因为南边没有山，所以没到南边走过。

有一次我梦见北京的南边有一座山，十分高大。山上有一些古城堡的遗迹，裸露着黄褐色的岩石，有些已经风化，山脚下有许多小商贩，出售色彩艳丽的充气工艺品，是很抽象的形状。我第一次来这里，对这里没有任何的了解。我必须离开。我走得很累很累，必须找一个能把我带回去的公共汽车站。身边不时有“面的”悄然而过，可是我想省下这笔钱，我想公共汽车站一定就近在咫尺，我还没有看到、没有走到的地方。我艰难地走，感到再走一步就会猝然倒下的艰难。周围布满了黄色的尘土，只是它们并没有飞扬，此刻静静地卧在路上，卧在山上、树上，以及我的身上。我无助地、艰难地走着。忽然在小巷的拐角我看到公共汽车站。一辆土黄色公共汽车正轰鸣着、喘息着开来，停下。我上了车，身心松弛下来，很困的感觉。我睡着了。醒来时公共汽车已经消失，我置身在一个小村，举目四望，是没有树木的、光秃秃的大山。村里人在忙他们自己的事，我没有熟人，我不知我何以到了这里。似乎不是一个旅游者，因为我没有主动到这里来。没有拿导游图，没有带照相机，这里也没有风景。似乎是梦中的公共汽车把我带来的。我思辨不清。我想回到市里就好了，就交通方便了。我又艰难地走了起来，很累很累，并且不知何时又多了辆自行车，没有骑，而是扛着，自行车上沾满了还湿着的泥浆。我奇怪我何以要扛着这个累赘，舍不得扔，似乎只是为了要增加我走路的艰难。在没有尽头、没有形状的乡野间的土路上，我孤独地走着。当我力气将尽时，终于下决心将自行车扔掉。我似乎回到了故乡，又似乎是陌生的异地。我看见山上的岩石被无聊的村民，打造成各种形状的、现代风格的艺术品。田边地头不时有各种巨型的雕塑。我问一个闲逛的年轻人何以这样？他说闲着也是闲着。我恍然大悟，你这里有两层意思：一是说这些石头闲着也是闲着，不如打凿成艺术品好看；二是说这些人闲着也是闲着，为了打发闲着的时间，不如做一些艺术品。艺术原来是因为有闲才得以生发的。子曰：“饱食终日，无所用心，难矣哉！不有博弈者乎？”与此理相通也。但这么一个清贫、简陋的小村竟也有艺术，让人不可思议。我还是应当离开。我坐了片刻，又走。越来越累。忽然看到了许多素白的挂饰，有许多离奇而烦琐的雕刻，有一种悠远的音乐。那村民说，这是他们这里的风俗。有人故去后，大家都为他送行。我在心里说着晦气，一边想加快脚步离开这里，一边却身不由己，脚步沉重。我已经意识到我是迷路了。不知身在何方，只想尽快地走，走下去，一定会离开这里，回到我熟悉的地方。可是却越来越累，越来越走不动。回头看见一队人穿着孝装走来。我心里想：我是这样的疲惫，这样的濒于死亡，如果我躺下休息，说不定他们会把我当成那位死者，抬了去埋掉。我越发地着急，他们越发地走近。我急中生智，拐向一个岔道，却发现迎面也来了一队送葬的人。看来别无选择，索性就让他们抬了去吧！我一想明白，便醒了。发现还躺在张仪村的宿舍里，外面静悄悄的，梦中的感觉历历在目，身体由于久固定于一个姿势，十分酸楚难受。我挣扎着翻了个身，彻底从梦中翻出来。后来我庆幸地想幸好是在梦中迷途，而且北京的南面也是没有山的。由于久未有梦，这次的梦竟像一次新鲜的游历，它带来的种种感觉挥之不去，让我思考。这或许是一种预示，或许是一种潜思考。梦已经过去了，当我将它记下来时，是想自问一声，我在现实中是否也处于迷途的状态？而如果我在现实中迷途时，何时才能醒来呢？不知庄周梦蝶，还是蝶梦庄周？一旦陷入哲学的思辨，就难免会进入玄学的泥潭，使真实成为不可企及的现实。

我迷茫时就给老婆打电话。老婆似乎从来没有梦，从来不会睡迷糊了。

我时常想，地球不是平的，不是圆的，而是山的。山让地球充满神秘，高低错落，蜿蜒曲折，层峦叠嶂。藏满宝藏的山洞，贯穿山体的山洞，都让人可以无限想象。

丰沙线是我的最爱，没有之一。我忍不住约了几个同事，去了一次向阳口。大胡子老张从 55 公里把我们摆渡过去。同事们在船上就开始兴奋，北京附近还有这样的好景致。七个同事，男甲乙丙丁，女甲乙丙。老张家有三个气枪，男甲乙丙各抢了一支，上手一试，有一条是坏的，男丙放弃了玩枪。男乙的跑偏，凑合能打。男甲和男乙到处瞎开枪。男甲打掉了老乡的一只鸡，给了五元，提溜到老张家，女甲和女乙把鸡收拾了，交给老张媳妇炖了。后来男丙拿着枪玩，枪口向男甲比画，男甲很是生气。男乙说："寸铁莫比人，比人就有神，有神就有鬼，有鬼就伤人。”男丁拿着照相机把许多情节都照了下来，给女丙单独照的最多。回来后又因为谁和谁一起合影了，没和谁合影了，谁说什么话了等鸡毛蒜皮的细节闹起了矛盾，连我也裹了进去，及至最后反目成仇，背后攻击，见面不说话。

我和同事掰了以后，悔了好久。后来我跳到一家事务所搞审计。老同事不能玩，新同事不熟悉。我又恢复到独自一人的状态，周六周日，到处去追火车，在北京西北的丰沙线上转悠。所有北京周边的火车线路里，我在丰沙线耗费的时间最多。我独自沿着铁路线路溜达，在隧洞里体会深深的黑暗，躲在避车洞里感受列车将至时掀起的气浪，在震耳欲聋的车轮声中放开了嗓子狂吼。我没有吓着列车司机吧？我没有感到过一丝的孤独，只有来自心底的愉悦。有一天我遇到了最早的那批玩户外之中的一群人，我才知道我是一头独驴。开始加入驴群，在绿野上参加有人召集的户外运动。

我跟着绿野的人去了灵山，去了雾灵山，去了箭扣，去了小五台。这些线路是标准的户外线路。标准的户外后来裂变成深户外和浅户外。深户外到更远的地方去了——去追十大非著名山峰，去了雪山，去了海外。浅户外收缩到北京跟前有公交车站点的地方，活动固定在百望山、香八拉、曹雪芹小道、金山泉香道、凤凰岭一带。浅户外开始腐败。腐败一开始仅仅是户外回来后的一次次聚餐。发展到后来，腐败的花样越来越多，卡拉 OK（一种音响设备）、打牌、杀人游戏，等等。腐败结束后，各回各家，各自深夜里趴在网上，意犹未尽。开始在坛子里灌水、对对联、猜谜语、成语接龙、顶帖子、写诗、写游记、发感慨、约下回。接触多了，计较也就多了。因为言语不和，因为谁提前走了没有付钱，因为费用收多了，因为谁和饭店有勾结吃回扣了等鸡毛蒜皮的琐事，开始在网上揭发、攻击、骂仗、互黑。走着走着就散了，感情也淡了。人心散了，队伍不好带了。人群开始分裂，活动开始互相挑人。这个去了那个就不去，那个去了这个就不去。网站也开始分裂出更多的网站。心态上还把网站当成单位，不自觉地要求在网上玩的人对网站忠诚。还计较在那个网站参加活动了，就不要来这个网站参加活动。费尽心机地在各个网站注册不同的网名，在活动中碰上了还要交换新网名。玩活动的人群刚刚开始，人数相对还少，一有活动，就有各自网站的人悄悄拉人。在网上玩的人越来越多，满足不同诉求的网站应运而生，如雨后春笋，活动中的老面孔不大容易碰到了，碰到的大多都是新面孔。参加的人也越来越年轻，心态越来越平和。过去老人儿们的恩恩怨怨消失了，与新人们的交流越来越浅表。没有了怨恨和计较，活动也好像缺了一味。有专门约人吃饭的网站，有专门相亲的网站，有专门在市里各处游泳的网站，有专门打羽毛球的网站，有专门约人一起钓鱼的网站。是真的在某个地方钓鱼，不是后来出现的骗人的钓鱼网站。旧网站为了跟上潮流，和各种新网站竞争，也开辟各种坛子。

我就是在那个时期，吃遍了驻京办事处，还知道了各种犄角旮旯的饭馆。在新办的伊斯兰饭庄，曾经包了二楼南边靠窗的四个圆桌子，一群网友吆五喝六。在不上网的人看来也是很可笑的现象。人总是要寻找对路的人，网友只不过是通过网络接触上了而已。在网上寻到情投意合的就潜水去了，极度深潜，再也不露面了。我跟着网上的活动，去过四环边上的一座私人庄园，占地有一百多亩，里面养着孔雀和叫不上名字的漂亮的鸟，有大片的草坪。有两个湖，一个日湖，一个月湖。日湖是圆的，能游泳，连着室内的温泉。月湖是长的，中间有一个钢筋水泥建造的建筑，半潜在水中，像一个潜艇。进入潜艇只能用小船摆渡过去，下到里面，是一个保龄球室，只有一条球道。两个湖挖出来的土，在旁边堆出小山。山虽小也很有造型，高低起伏富有变化。山上点缀着亭台，种满了花草树木。院墙十分高大，上面有电网和垛口，外面的人不知道里面别有一番天地，按照常理还以为是看守所之类的地方呢。院里有餐厅、客房，还有几栋别墅。不对外营业，主人也不住在那里。领我们去的是认识管理庄园的，我也没太搞清楚。大约就是主人不在家，保姆把我们约到家里撮了一顿的意思。还去过四环边上一个网友的家里烧烤，她家是座很大的别墅，听说她刚与前夫离婚，前夫似乎是一个高官，大家似乎有所避讳。她没有孩子，重获自由之身，一个人寂寞，经常招呼一大群网友在她的大别墅里热闹热闹。还有一小撮打高尔夫的脱离网站，悄悄活动。其中一次悄悄活动是一个网友请客去华彬庄园打高尔夫。临到约好的日子，他有事去美国，特意让他的助理在华彬接待我们。他叫什么名字，干什么的，我一概不知，现在连网名都忘记了。还有一个网友过生日，请了三四十个网友，在宽沟吃了一顿，住了一宿。宽沟那可不是一般人能去的。我都多余说这句。网名我也忘了，是真的忘了。这群人里后来约着开车去了阿尔山，去了新疆。这群人还去了埃及，去了玻利维亚。

我在一个“吃里爬外”的网站混的时间最长。网站每年办一次晚会，一般在圣诞到元旦之间，都是在正规的剧场。有一次是在丰台剧院办的。参加晚会演出的人有许多是专业水准。我印象最深的是一个非专业节目，四个白白胖胖的青年男子跳四小天鹅。双手抱头，和头脸一起蒙起来，外面罩一层布，看起来是一个大帽子。掀起上衣，露出肚皮，肥白的肚皮上画出一张大脸。大脸下边是假的胳膊和手。乍一看是四个肥硕的大头小矮人，很搞笑。它是不登大雅之堂的一个小节目。我就是跟着这帮半熟脸学的“杀人游戏”。经常在101茶楼玩，把101茶楼捧火了。101茶楼火了以后跟我们收茶水费，这帮人就不干了，相约都不去101玩。茶楼都没搞明白为什么，就知道是一帮子网友，不知道怎么就忽然来了一帮人，忽然又不来了。不去就不去吧，还有多事的人前去查探我们不去以后的生意状况，回来在网上报告，冷冷清清没人啊，紧跟着“沙发”“板凳”地一片叫好。类似这样捧饭馆，也是捧一个红一个。红了以后对我们不好，黑一个灭一个。后来101打听到背后的原因，让他们的服务员都混到我们的网上拉人，由于在网上的层级太低，人微言轻，没有效果。网络上伤人也是不好轻易挽回的。我们在101“杀人”的时候，经常“杀”急了眼，高声争吵，甚至有一次几乎就算是动了手。这也是让101讨厌我们的地方，看不起我们的地方。其实我们到处吃到处玩就是随心所欲而已，没有想让谁看得起看不起。

老热要去印度大使馆赴任时，网站在阳坊胜利涮肉组织了一个送行。一共有十几桌，也是胜利涮肉的桌子小，不过人也不少了，有六十多人，把三层基本上包了，占了好几个房间。到了先和老热打了个照面，现场一派喜气洋洋：“怎么感觉像你要结婚？”

“他们操持的。我听安排。”

到套间的外面坐下，准备开涮。里间忽然一声欢呼，外间有人站起来张望，有人进了里间。里间更加热闹的声音。一大群人簇拥着老热走了出来。有两三个专职的摄影摄像在旁边忙碌。老热上身套了一件白色的印度古尔达，脖子上套了一个鲜花编织的花环，花环垂在胸前，映衬着老热的红脸、汗水和光头，光头上有几个红唇印，还有人在往老热的光头上印红唇。公主兴奋地说：“这好玩，我也去盖一个。”说着就挤了过去。女士们轮流站在凳子上往老热的光头上盖印。格格也站在凳子上盖了一枚红唇。网络让人与人接近越来越容易，不可接近是社会的退步。网络让人越来越容易熟悉，越来越容易亲密。猛虎犹可近，熟人不可亲。这个时代谁还跟熟人玩？

后来，有的网站偏向于相亲交友，有的网站偏向于买卖东西。有专门约人唱歌的网站，有专门约人跳舞的网站。各种约人的网站逐渐有更细化的倾向。我是在一个跳舞的网站约的心儿。我到那里时，心儿已经到了。别人邀她她都拒了，说有伴儿。我进去时，看到她刚刚拒了一个人。我走到她跟前，她站起身，冲我嫣然一笑。我放下书和地球仪。她绕开缠在头上的长围巾。围巾是艳红的，带着暗花。脱下大衣，放到座位上。我也脱下外套。我们开始跳舞。我们应该是第一次见面。我被她身上的气息所迷醉。第一个曲子是探戈，心儿的小腹紧贴着我，平滑坚挺。我们满场子翩翩起舞，激情迸发。第二个曲子是慢四，已经有深情在其间。第三个曲子是什么，已经不知道了，我们在跳双摇慢二，后来还跳了探戈、多美尼加。跳舞时没有说话，出来时她提醒我拿好东西。在我熟悉的地方吃了夜宵，好像她对那里也很熟悉。然后也没说话，等到与心儿大战八百回合后，她捧着我湿漉漉的脸说："宝贝儿，你真棒！你叫什么？""电瓜。"我告诉她我叫电瓜。"我知道你叫电瓜。"这之前之后有许多情节我不能写，我也不想写完之后再写此处删去多少字。你们自己想象去吧。我和心儿是在昨晚的舞会上认识的，从认识到分手，真名叫什么？不知道。做什么工作？不知道。家是哪里的？不知道。昨晚认识了，昨晚在一起了，似乎永远忘不掉了。有些细节显得很重要，我应该写下来。不写会烂在肚子里，会随着我老去，随着我死亡，随着我腐烂。写出来可能会违反某种不成文的规定，违反某种忌讳，违反某些人的认知。不写了吧。不写可能记得更牢。写出来就有人分享，不写就永远存在那里不增不减不毁不灭。反正那些相似的情节，千百年以来一直在人们之间发生着。在看得见的人类未来，也会一直发生下去，不可能终止，不可能禁绝。心儿问我："怀孕了怎么办？""生下来。""生下来叫什么？"我想了想，说："王思，字慧民。"我与心儿的碰撞，终究是没有结果的碰撞。没有结果也是一种结果吧。在伊甸园里，到底是谁吃了那个苹果？不会是两个夏娃一起吃的吧？不会是两个亚当一起吃的吧？既然吃不得，上帝又为什么要创造一个苹果呢？无所不能的上帝为什么要让人偷食禁果？我要是见了上帝一定要问一问这诸多的疑惑。不知那时还有没有这些疑惑，有没有心思去问。心儿不时在不经意间从我的心底冒出来，迷醉我的思绪。我认真回想时又消失得无影无踪。我靠着车窗边，想着心儿。耳边仿佛听到心儿的喘息。我的心被心儿带走了。心儿心儿心儿心儿心儿心儿心儿心儿心儿……

向 南

真空管上的人们/金圭迎候台/广州的希望学校/现代围棋记谱法/田总的晚宴/还有两个聚会/汉堡结构的机场

我在车站大厅里狂奔。其实也不能称为狂奔，绕开一个人，又绕开一个，没完没了绕不开的人。我经常在梦境中遇到这种情境。不过在梦中，我不用绕开他们，而是把他们推开，扒拉开。人丛像玉米地的秸秆一样，高粱地也行，芦苇荡也行，我像鱼一样在人丛中穿行。常常在我累了的时候，从梦中醒来。没有一次梦到进站口，就从梦的人丛中离开，更别说上车了。一次也没有。我每次都是掐着点儿去车站，掐好了一路顺利，到进站口也不用排队，上车会开车。掐不好，就跟做梦一样，只是不能将人丛扒拉开，而是绕开。

真空管提前一小时登车，有半小时的上车时间，半小时的准备时间。

我正在车站大厅里绕人，穿插。广播响了：乘坐 ZK61 次去往广州的旅客，请在第九进站口，抓紧时间上车。列车再有五分钟停止进站上车。我的汗出来了。

手机响了。我都知道是谁或者谁。手机又响了。其实手机一直在响。

我看到进站口了。进站口前的一段长长的通道，空无一人。上车的人走空了，其他等车的人还没有游动过来。这段空空的路途，似乎铺上了红地毯，伴奏着愉快的进行曲。任何道路，只要没有人和你争，就是一条好路。检票员大姐看着我笑："真不着急啊。"

"这不您等着我嘛……"

"再晚我就不等了。"

"也不能再晚了。"

“一路顺利！”

“谢谢！”

闸口在我身后关起，“哐当”一声，似乎整趟列车都在等我，似乎整趟列车都是为我所开。怪不得大人物都要最后一个出场。原来如此。

我掏出手机，有十七个未接电话。

“领导，你在哪儿呀？我们都上车了，还没看到你。”

“我在门口，抽根烟就上去。”

“六号车厢啊！六号车厢啊！”

“知道了。”

再拨。

“电瓜，你还去不去啊，这都开车了啊。”

“你们先走着。”

“涮人玩儿啊？”

“在门口了。”

“七车啊！”

“废话。”

再拨。

“金总？”

“有时间过来吗？”

“到广州再说吧？”

“照一面吧，要不我过去找你？”

“我找你。”

“好，九车，三包。”

“好，我知道了。”

“一会儿见。”

“一会儿见。”

“各位乘客，请到自己的座位坐好。列车还有二十五分钟就要关门了。”

再拨。

老婆：“干吗？”

“我上车了。”

“好，知道了。”

我从八车厢上了车。这种车是没有窗户的，像一个铁管子，或者说是一节节的潜水艇，连在了一起。开起来时各节之间是单独封闭不能走动的，上车时间可以走动。上次我已经坐了一次。真快，十五分钟，广州就到了。这种车是从来不满员的。我特意上到别的车厢好定定神，五分钟，平平气。

两个洋美女在互相照相。

“需要帮忙吗?”

“好的，谢谢!”

“一二三，起司（拍照嘴型)!”

“我们见过?”

“见过吗?”

“没见过。”

“见过。”

“见过了。”

“到底见过没见过?”

“没见过。”

“见过。”

“我得走了。”

“好走!”

“不送!”

“不能说不送，要说不远送。”

“不客气!”

“不见!”

“再见!”

“再见再见!”

真有意思。这就是文化碰撞，比较浅表的语言碰撞，也是碰撞啊。

“各位乘客，请到自己的座位坐好。列车还有二十分钟就要关门了。”

我到了九车三包。

“哎呀，王总，劳您大驾。”

“哪里话，金总。”

“这是金威，见过吧?”

“初次见面。你好，小金。”

“不好意思，姓张姓张。”

“哦。”

“张金威。”

“失敬失敬。”

“习惯了，金总老把我的姓给抹了，让我跟他老人家姓。”

“我们公司著名的小金总。”

“哪敢啊?”

“你们俩没见过?”

“我见过王总，王总没见过我。”

“哦，是吗?”

“没机会和王总说话。”

“我想起来了，有印象，见过几次面，没机会说话。”

“现在大家都忙。”

“有时候同事都没时间聊天。”

“没错。”

“感觉没有休息时间。”

“所以强推带薪休假是好事。”

“要不中国人光知道工作了。”

“到广州陪王总转转，休息休息。”

“恐怕身不由己。”

“能安排点儿时间，我们也表示表示。”

说着话，金威出去了，轻轻把门带上了。

金总说：“拜托王总了。”

“金总客气。”

“太为难的地方也不用，就是别太认真了。”

“也不是初次了，你放心。”

“多说我就见外了，明天就不认识了。”

“我不一定出面。”

“噢。”

“还有两个人，到时跟你们碰。”

“见过吗？”

“见过，都交代了。”

金总点点头。

“那几点，你们再和甲方争争，我们也在场。”

“你不去行吗？”

“放心吧。”

我起身往外走，金总也起身，不用看，有一张卡塞到我兜里。金总幅度很小地比画了三个指头。心照不宣地开门。

“我得赶紧到座位上了。”

“回来再聚。”

金威在门口一米多远处站着，挺了一下身板：“王总，我送送你。”

“都在车上，不必客气。”

公主塔的开发商在广州，这次去广州就是要和开发商汇报公主塔工程审计的情况，包括开发商和总包商甲乙双方的分歧，请甲方田总拍板。甲乙方和甲方委托的审计方一起见面也是田总的指示。

公主塔是在公主坟建设的一座四百米的高塔，四个基础落在复兴路与三环路交界的四个角上，施工条件非常复杂。基础下面有双地铁、双主路，施工期间都不能影响，建成之后，人车都与路塔地铁连为一体，塔上有超五星级酒店、豪华公寓写字楼、著名品牌专卖店、餐饮娱乐、观光平台，像埃菲尔铁塔那样四个爪爪上面弄了一个四百米高的钢结构高塔，是北京西部的一个新景观。

我伸手在兜里摸了一下，是两张卡，金总伸了三个指头，三十万肯定太少了，他们向田总虚要了至少三千多万，我们知道，他也知道。三百万还差不多吧。三个指头两张卡，别是三长两短吧？三个指头怎么也应该是三张卡，或者六张卡吧？这老金，什么意思？

“各位乘客，请到自己的座位坐好。列车还有十五分钟就要关门了。”

我走过八车厢，两位洋美女在相机上看照片。

看到我和我打招呼："嗨!"

"嗨!"

"你还没找到自己的位置吗?"

"方向反了。"

"别着急。"

"不急不急。还需要帮忙吗？咔嚓咔嚓?"

"不用了。谢谢你!"

"拜!"

"拜!"

"各位乘客，请到自己的座位坐好。列车还有十分钟就要关门了。"

我到了七车厢，一起玩的网友都在这里。

"电瓜!"

"电总!"

"你可真行!"

"刚上车啊?"

"是啊是啊。"

"真沉得住气。"

"我不来也不能走啊。"

"就等着你呢。"

我招呼着他们的网名打招呼：老热、滴滴答……

老热是驻印度使馆工作人员，负责后勤，休假回国后又要去印度工作，顺便和我们一起活动活动，是个热心人儿。滴滴答是一名资深火腿，无线电爱好者。

还有六里，六里莲花；老满，满头大汗；三丈，火冒三丈；京西，京西闲人；还有揽胜、无忌、小雪、懒得、泰格、傻妞一干人等。

有人扯出"一网情深"的网旗，在车厢仄逼的空间里展旗合影。列车员过来干涉，让大家坐好，系好安全带。

“你要捐的东西呢？这小箱子也装不下啊？”

“已经在广州了。下车就看见了。”

“你捐什么？”

“三本书，一个地球仪。”

“一球三本。”

“上回去黑石堡你就是一球三本吧？”

“没本没本。”

“我记得你有本来着。”

“还和老墨有联系吗？”

“老热和老墨熟。”

“什么时候还去啊？”

“等老热回来吧。”

“你在哪节车厢？”

“六车厢。”

“就在旁边。”

“还有多少时间开车？”

“半个小时吧？”

“这次有多少人？”

“十六人。连你。”

“赶紧过去吧，一会儿各节之间的门都关。”

“不是说二十多人吗？”

“三十多人呢。能来的不到一半。”

“都临时有事。”

“可以理解。”

“不能原谅。”

“一人一个失约勋章。”

“这些个全去印度？”

“不全去。有直接去的，有直接回的。”

“走着走着就散了。”

“各位乘客，请到自己的座位坐好。列车还有五分钟就要关门了。”

“先撤的、不来的，得请客。”

“不能强求。”

“来的不容易，不来的也不容易。”

“是是是。”

列车员走过来：“你好，请到自己的座位坐好。”

“好的。”

“你是这个车厢吗？”

“不是。”

“请到自己的车厢，这个门马上就关了。”

“明白。”

“请抓紧时间。”

“各位下车见！”

“下车见！”

“就在出站口！”

“接站台前。”

“有标志。”

“好好好。再见！”

“下车见！”

我走到六车厢。

“各位乘客，请到自己的座位坐好。列车还有一分钟就要关门了。”

我终于到自己的座位坐下。两个同事说：“领导，你可来了。”

“我都急死了。”

“急什么？”

“瞎着急。”

“要不我们当不了领导呢，沉不住气。”

“领导，所里是不是要撤出中国？”

“撤我们也撤不了。撤也就是换个牌子，换个董事。不会有实质改变。”

“最近传得让人心慌。”

“有的人都准备换地儿了。”

“其实你想想也没什么，政府是要求本土化，也没有要求外资出去，也没新的限制。”

“这么搞的目的是什么?”

“说是外国人全得回国。”

“一是行业数据控制，现在大数据太厉害了，比情报都厉害；二是少让外国人参与，过程中难免会有商业秘密、行业秘密，让外国人知道太多对国家没什么好处。”

“外国人走了，全是中国人，那还是外国牌子吗?”

“不可能全走，走一些倒有可能。多走一些对中国人有好处。”

“要不高管都让外国人把持着。”

“领导还能高升吧?”

“现在还是传闻，再有一两个月就明朗了。”

“反正都得干活。”

“是。”

沉默了一会儿。

“说这真空管十五分钟到广州，我就想不通，怎么可能啊?”

“都坐这儿了还想不通。”

“我也想不通耶。”

“坐这儿想不通，一会儿到广州了，还想不通。”

“其实这真空管我还真研究过。理论上，别说十五分钟，五分钟就能到广州。”

“飞都没这么快。”

“跟电话一样快了。”

“你看神九天宫一号绕地球一圈多少时间?”

“不知道。”

“90 分钟，时速 28000 公里。北京到广州 2200 公里。算一下多少时间?”

同事小刘用手机上计算器按了一遍，说：“4. 71 分钟。”

“这就是理论时速，理论上 4. 71 分钟就能到广州。”

“不可想象。”

“28000 是怎么来的?”

“28000 呀？28000 是根据第一宇宙速度推算出来的。”

“第一宇宙速度是什么?”

“就是最少要达到这个速度，才能绕地球做圆周运动。”

“哦。”

“神九速度就是宇宙第一速度。每秒7.9公里。初中物理讲过。你折算成时速是多少?”

小刘用计算器，边按边说：“乘以60，再乘以60，28440。”

“28000时速就是这么来的。以后还能更快。”

“不明白。”

“这么说吧。地球上动车、汽车、自行车、飞机的最大阻力是空气阻力，速度越快空气阻力越大。尤其飞机，空气阻力占到85%以上。真空管呢，就是在地表下人为制造了一个太空环境，相当于把地铁封闭起来抽成真空了。地铁再在隧道里跑时，没有空气阻力了。”

“没空气咋活啊?”

“车厢里有空气，车厢外没空气。你坐飞机时，飞到万米高空，外面也没什么空气。”

“那飞机不就没空气了，还造真空管干什么?”

“飞机不是真空。飞机遇到的矛盾是，既要克服空气阻力，又要靠空气浮在半空。所以飞机飞不到真空里，只是在空气相对稀薄的平流层飞行。”

“飞机能飞多快?”

“波音空客这些民航飞机巡航时速一般都在700~1000千米。正常在800千米时速。”

“北京飞广州2小时45分左右。”

“飞机实际速度和地速还是有个换算的。万米以上实际好像300多节，换算成地速才是400多节，800千米。”

“节是什么?”

“开飞机、开海船说的速度，1节就是1海里，1海里是1.85千米。”

“领导，你还是没讲明白。”

“哪儿没明白?”

“真空管。”

“各位乘客，请在自己的座位坐好，系好安全带。列车已经关闭车门，正在进行发车前准备，还有二十五分钟就要发车了。”

“就是从北京到广州挖一条地铁。这条地铁隧道两头堵住。中间又隔了好多节，用密封的闸门封闭。把各节之间的空气都抽走，从北京到广州的地下就有了一条真空状态的管道。现在车外正在抽空气。前面各个真空节也正在检查真空状态，是不是确实已经真空了。等全部管道确认保持真空状况时，各节闸门要试开关两次，确保闸门开关联动正常。然后，电脑控制各节闸门依次打开，列车通过后依次关闭。”连说带比画，小刘说：“明白了。”

“这人也忒伟大了。”

“地球已经不能阻挡人类了。”

“以后要从北京挖到巴黎。一小时到巴黎。”

“一小时生活圈？”

“全部地球都在两小时范围内。”

“这得多大的动力啊？”

“理论上说，一根手指头，轻轻一推就行，不需要多大动力。”

“不可能吧？”

“真空管是一劳永逸的事情，一旦抽成真空，以后就是保持的事。密封好，保持的成本很低。又快，又节能，又环保。”

“就是太贵了。”

“比飞机票还贵。”

“比头等舱还贵。”

“第一条真空管肯定是最贵的，以后会边际效用递减。”

“人多才有价值。”

“全世界到处都是地下管道就便宜了。”

“我们不成地下管道里的老鼠了？”

“我最怕老鼠，第二怕小强。”

“应该第一怕人。人最邪恶。”

“手机没信号了。”

“通路不够。地铁刚开始也没信号。现在到处都是 WiFi（无线网络）。”

“像发射火箭。”

“有点儿。”

“我好害怕。”

“成宇航员了还怕?”

“真空啊!”

“你又没在真空里。”

“人不能生活在真空里，车能。”

你看我多忙啊，十五分钟的旅程，见了四拨人。车在加速，加速，加速。大家都不说话，车厢里静悄悄的。四拨人，同事、金总、网友、不知名的两个洋美女。列车在真空管里加速，加速。不是加速，应该是发射。正在以第一宇宙速度向广州发射。

广州车站出站口，电子屏上两条标语与我有关：

1. 广州希望小学欢迎一网情深网友前来我校支教助学。
2. 唯勤有道审计事务所欢迎合伙人王来电总裁大驾光临。

电子屏是金圭迎候台上的电子屏，不停地在游动更换着各种接站的迎接标语。大部分都是接某某某，与我有关的这两条也算另类。金圭迎候台发明人我认识，这个老板因为在机场接儿子等航班发明了迎候台。他在首都机场T3航站楼接儿子，飞机晚点，站了五个小时，回来就发明了迎候台；还申请了专利。其实就是一个看台，就像体育场、演播室里的看台一样，搬到了出站口，就是发现了看台的新用途，所以也是发明。体育场里是看运动员，演播室里是看明星、主持人，放在出站口，是接人的人看要接的人。原来的出站口，是隔一道不锈钢护栏，接的人站在后面，不管你是什么人，什么年龄，什么状况，一律站在后头。到达信息显示屏还不在这儿，你去看看显示屏的信息，回来这个立脚之地还未必再让你立脚，早有人站在那儿了。有本事你走贵宾（VIP）通道。VIP虽然多了，花钱也可以搞点儿小特殊，总归大部分人，大部分时候，还是得按不知道谁定的规矩站着。这些机场、车站年年搞微笑服务，衔根儿筷子苦练，殊不知设施服务更重要。设施不到位，不但服务不到位，甚至故意为难人，纵使工作人员再怎么微笑也是无济于事，笑掉大牙更是讽刺。于是乎，这位老兄就发明了迎候台。这些理念就是他告诉我的，我也深有同感。这位老兄也姓王。为了推广他的发明，专门弄了个公司，现在这个台子弄得到处都是。他这个台子的妙处是，这面看是个看台，可以坐在上面等人。方便看人，也方便人看你。最高处的电子屏上还可以打广告。座位是免费的，广告是收入。台子的另一面，就是看台的下面，是个小卖部。卖花、卖水、卖零食、卖报纸杂志，也是一笔收入。现在有些机场、车站，看台对面也改成显示屏了。坐在迎候台上，就可以看到航班、火车的到达情况。也投放广告。有意思的是，老板设立了雷锋基金。全称是："雷锋小额急用资助基金"。要求有条件时给予回报，原价寄回来，或还回来。95% 都还回来了，人心向善啊。现在汇款比例越来越高。不一定在原地还，可以异地还捐，只要有这个心就行了。加上很多人认可捐助，很快实现正现金流，现在池子里是他起步投入的一百倍。雷锋基金的限制是只对出门在外的"小额急用"进行资助，挺好的。每设一个台子，建一个雷锋基金点，所以大家都叫雷锋接站台。原来起的商用名金圭迎候台倒被淹没了。迎候台通俗成了接站台。现在小学、幼儿园门口也有接站台，每到放学点儿，就看家长们都坐在上面像看重大比赛、演出一样。

事务所的小李迎上来："王总，王总！"

"小李，你好！辛苦辛苦！"

小李一边要接我的小行李箱，一边招呼着两位同事。

"我还有点儿其他事。你们先回所里。"

"需要我陪你吗？"

"不用了。"

"用车吗？"

"领导，要不我们打车去，让小李陪你。"

"不用了。"

我在接站台上看到"王来电"的牌子，冲他招招手，一个穿着顺水快递工作服的小伙子蹦下台子。

"你是顺水快递的？"

"你是王先生吗？"

"对。"

"请出示一下身份证？"

同事又围了过来，一脸疑惑。"王总，这是？"

“我叫了个快递。”

“快递抬过来一个一米多高的地球仪。”

“这么大?”

“是啊，很重。我还找了俩帮手。”

“这样吧，我再给你添点儿运费，麻烦再给送到另外一个地儿。算小费。”

“送到哪儿?”

“送到希望小学。”

“最少两百。”

“成交。”

“谁收?”

“我收。”

“那你什么时候到?”

“你到我也到。马上就走。”

这时一网情深的网友也都聚齐了。他们冲我嚷嚷：“电瓜电瓜，快来照相。”

同事在旁边窃笑。

我赶紧过去，和网友一起展旗合影。

到了希望小学门口。门口正面和门口的迎候台上电子屏上都打着迎接标语：欢迎一网情深网友前来我校支教助学。门口的三根旗杆，中间是国旗，左边是一网情深的网旗，右边是希望小学的校旗。蛮隆重的。

“外国单位怎么挂?”

“什么意思?”

“外国国旗没地儿挂了。”

“他不代表国家肯定不挂国旗。”

“这得照一张。”

“照一张。”

展旗合影。

又转过来，在校门口展旗合影。

刚照完相，老独来了，放下一些物品，径自走了。

“他不和我们一起吗?”

欢迎合伙人王来电总裁
EXIT
一网情深

“他历来独来独往。”

我捐的大地球仪被学校的人接了过去。

金威走过来，小声说：“王总。”

“你怎么来了？”

“带我开开眼吧，王总。”

“别这么叫。”

“是，王总，是，我少说话。”

还有网友过来说着话。我看到两个洋妞也在旁边，互相照相。

学校的吴主任把我们迎进了学校中控室。吴主任是位年轻的女子，很干练的职业女性。中控室有四排真皮的座椅，像阶梯教室一样，桌椅相连。过道很宽敞。大家坐定。对面是一面墙的大屏幕，屏幕上打着欢迎标语，放着背景音乐。有一位中年男子章副校长进来致辞，代表蒋校长表示欢迎，对蒋校长不能亲临表示歉意和解释，说由吴主任先陪我们参观，下午冷餐会时和蒋校长过来再见，然后就走了。与我们不停地到处合影照相相比，显得我们不像是来捐资助教，倒像是一群乌合之众的旅行团，急于通过拍照证明我们的到此一游。

吴主任也讲了几句类似意思。

老热上去讲：“感谢学校对我们一网情深的高度重视，为我们提供这次捐资助教的机会，也是我们一次学习的机会，也是一次相互了解的机会。我在此介绍一下新加入我们的三位新人——深啤、东方公主、西方格格。”

金威和两位洋妞分别站起来向大家致意。老热又讲了几句，让其他人讲，都不讲。这阵势，有什么好说的。你准备了一盒儿点心，去看一个多年不见的穷亲戚，结果他开着劳斯莱斯来接你。你什么感觉？

然后大屏幕开始播放学校的宣传片。学校占地 50 公顷，风景如画。现在是 24 个班的标准学校，有各种荣誉奖项，得到各种认可。有许多大人物、名人曾经光临，竟然也接待我们这样的乌合之众。说不定是我们之中或者也有能量很大的藏龙卧虎。学校以后还要在此建立希望中学、希望大学、希望研究院。学校是由一个独立的希望教育基金支持的，和青基会的希望工程没有关系，和某个饲料公司也没有关系。基金的股东由众多实力企业、自然人组成。介绍了校董事会、校企业、产业。学校的运作模式与哈佛、耶鲁相同。放完宣传片，大屏幕切换到各个教室、图书馆、体育馆、体育场、大草坪、食堂等画面，吴主任逐一作了介绍。这也是希望小学吗？有人唏嘘不止。

之后我们又去学校的各处参观。展旗合影时有些心虚。老热表情明显有点儿撑着。

吴主任说先吃饭。吃了饭再四处看看。

路很漫长啊。到了学校的内部会所。

宣传片真没有胡吹。

我们把这儿当黑石堡了，黑石堡多大？黑石堡一根旗杆。能比吗？

上了餐桌，一个能坐 24 人的大桌子，包间的摆设布置华贵高雅，开了三瓶拉斐红酒，吴主任说：“现在到处拉斐，大家不要计较了。”

一会儿，章副校长陪着蒋校长过来敬酒。蒋校长是女校长，蒋翡翠。蒋校长光彩照人啊，四十多岁，或者已经五十开外了，大有当年宋小姐的风采，虽然我们都没有亲眼见过宋小姐，更没有见过孙夫人或蒋夫人或孔夫人。但是我们在网上见过视频。网上多少忘年交啊！看着我们这帮户外驴友色友，与这里的气氛要多不搭有多不搭。什么叫和谐啊？不搭就是和谐啊。大家都有几分拘谨。幸亏蒋校长一晃而过，否则她的光芒会照死我们的。吴主任热情有加，老热向她介绍，这是电瓜，这是揽胜，这是滴滴答。一会儿吴主任笑了，说：“我也应该介绍我的网名。”

老热说：“你在工作，没在网上。”

无忌说：“网名亲切。”

“想听想听。”

吴主任说：“我是岭南一枝花。”

大家纷纷向一枝花敬酒。老热说：“我们一起吧。”

一枝花换走了吴主任，气氛轻松起来。

“你们专程来呢，还是有什么其他安排？”

“我们在这儿待两天，然后去昆明，从昆明坐高铁去新德里。”

“去印度啊？”

“是啊。主要是去印度。”

“我也好想去啊。”

“一起走。”

“走不开啊。都去吗？”

“基本上都去。他们几位到腾冲。新加入的可能不去。”

“我们都是奔着老热去的。”

“老热在印度大使馆。”

“是少数民族吗？”

“像吗？”

“像。”

“再有一年老热就外派回来了。所以我们得赶紧去。”

“怎么着也是印度有亲戚。”

“你们学校产业忒大了？”

“除了这儿，还有好多产业呢。”

“学校还有产业？”

“有十多家企业。”

“刚才没认真听吧。”

“娃哈哈就是个校办企业。”

“方正也是。”

“企业不在这儿。”

“这儿就专心办学校。”

“现在好多企业办学校。”

“学校是扬名立万的事业。”

“东北大学就是张学良父子创办的。”

“这说哪儿去了。”

吃了饭，吴主任问需不需要休息，要不要住学校的宾馆，大家都有点儿支支吾吾地看老热，老热说：“听吴主任的，住学校宾馆。”

到宾馆安排住下。吴主任领大家参观。

老热和我走到一起，悄悄说：“下午安排了个捐赠仪式。”

“还这么重视。”

“下午你讲，我没法讲了。”

“这不挺好的吗？”

“糗出大了。”

“谁联系的这好地方？”

“宾利，加长宾利。这孙子的。”

“还是你讲吧。”

“我不知道说啥。”

“我就知道了?”

“就你那个地球仪大。还像回事儿。”

“我还没找人算账呢。买这么大。”

“你还跟我们去吗?”

“我还按原计划，到新德里会合。”

“别推了，你想两句。”

一会儿，金威凑过来，说:“王总，我也想去印度。”

“去呗。”

“给个机会我也去开开眼界。”

“金总能让你去?”

“你要不需要我，我就去不成了。”

“我不反对。”

“行，谢谢王总。”

又走几步，金威小声说:“你住这儿吗?”

“亚特兰蒂斯。”

下午四点多，在学校的大草坪搞捐赠仪式，蒋校长和章副校长都来了，还有学校的其他领导，互相握手相见。蒋校长一个劲地说:“抱歉，抱歉，不能分身。见谅，见谅。”握住蒋校长肥软的白手，让人想入非非。一会儿轮到我方讲话，老热两句话就把我推了出来。我硬着头皮走到麦克风前，说:

“中国是需要精神的，精神是需要能看得见的。中国是需要希望的，希望也是要看得见的。今天，我看见了精神，也看见了希望。给我一个支点，我能撬动地球;给我一个地球，我还要什么支点?!给我一个地球仪，我可以随便转着玩儿。今天，收获很大。你们给人振奋，给人精神，给人希望。希望有一天，所有的学校都像你们一样。希望你们未来能够推动地球事业发展。地球需要推动吗?需要。没有推动就不会是今天的地球。你们每个人都是一颗星星，每个人都有希望，希望你们每个人都能照亮自己，不一定照亮别人。当然，能照更好。谢谢你们!”

学生代表童声稚气地上前发言。然后各班列队离开了，留了一个班的学生当服务生。冷餐会开始。大草坪上，洁白的餐台，摆满了拉斐、香槟、饮料、水、咖啡、茶，以及各种水果、精美的小点心。

滴滴答："你去印度吗？"

"去啊。"

"有人说你不去。"

"当然以我说的为准了。你去吗？"

"我去。想单独行动。"

"现在？"

"到印度看情况再说。"

"你拿的这是什么？"

"手咪。"

"手咪？"

"手台。"

他不时对手咪说上句我搞不懂的火腿话。旁边有位老师模样的，走过来和我们说话。

"你好，老师！"

"你好你好！你们辛苦了！"

"老师辛苦！老师贵姓？"

"鄙人姓魏。"

"魏老师。魏老师教什么课啊？"

"教国学。是这个班的班主任。"

"国学可深了。"

"现在正时尚。"

"好像什么都是国学。"

"所以一下子冒出很多国学大师。"

"国学是个筐，都能往里装。"

魏老师哈哈笑着说："都能装成国学大师。"

"国学怎么讲啊？都讲什么？"

"小学嘛，比较简单，主要讲一些蒙学的经典。国学的分歧在蒙学阶段不大。"

"蒙学也不少内容吧？"

“我们编了一个《国学读本》。全盘搬过来肯定不行，必须得有取舍，对《三字经》《弟子规》《论语》也不是全盘讲读。”

“国学现在有明确定义吗?”

“没有。”

“章太炎说‘国故之学’。”

“我们教研组讨论有个定义：中国古代文化精神传承之学，比较绕。这里包含四个方面：①中国的；②古代的；③文化精神的；④传承的。”

我和滴滴答点头表示领悟。魏老师接着解释：“中国的就不是日本的、美国的。日本也有国学。国学这个词就是从日本借来的。梁启超最先引用。江户幕府时期，1601—1868 年，日本人把流行的学问归为三类：汉学，从中国传入的；兰学，从欧美传入的，后来又称洋学；国学，从《古事记》《日本书纪》发展而来的日本固有学术。”

我们只有听的份。和陌生人打交道的技巧之一，就是说他擅长的话题，只要一打开，就甭管了，他会滔滔不绝如江河流水，保证不会冷场，你要适时点头，他就会像陀螺一样转下去。

“古代的，就肯定不是现代的。民国以后的肯定不能算国学。三民主义能算国学吗？不能。文化精神的，是跟文化精神相关的才能算进去，既不文化，也不精神的不能算进去，不是文化层面的，不是精神层面的，不能算进去。”

“白天文明，不精神；晚上精神，不文明。”我头脑开小差，冒出一个段子的两句。滴滴答说：“那什么是文化的、精神的？具体来说?”

“文化就得说说文化的定义和内涵。”魏老师不愧是博士，我想起学校介绍的三博士之一就有魏老师。他接着说：“文化有两百多种定义。”

“两百种?”

“谁都想给个定义，结果就有了两百多个定义。谁都不服谁。文化没有统一公认的定义。”

“没定义不乱了?”滴滴答问。

“没定义才百花齐放。没定义花就不开了?”我说。

“对，定义是定义，事实是事实。定义就是文化现象。总的来说，文化包含历史、地理、风土人情、传统习俗、生活方式、文学艺术、行为规范、思维方式、价值观念等。”

“文化一定得跟人有关，跟人没关的不叫文化。”我说。

“你这观点也对，但不是所有跟人有关的都是文化。化是什么？化的原意是大而化之，‘大而化之之谓圣。’变化、教化、风化、化缘、化斋，能够形成风气，能够改变他人的才叫化。”

“玩也是文化?”

“玩也是文化。一个人玩不是文化，一群人玩就是文化。”

“我们这一群人也是文化?”

“是啊，网络文化的现实表现。”

“没文化能玩你这高科技吗?”我指着滴滴答的手咪说。魏老师对这些不感兴趣，也不随我们转移话题，坚决继续说完他的国学定义，说：“传承，就是说古人的东西，后人还能继承。就说六艺吧，礼、乐、射、御、书、数。时代变了，形式变了，有些内涵还是要的。欧洲中世纪后期的骑士，也有六种技艺：剑术、骑术、游泳、狩猎、棋艺、吟诗。子曰：不学诗，何以言。饱食终日，无所用心，不有博弈乎？学学诗，学学棋，不能达到大师水平也是基本的国民素养。”

“魏老师下棋写诗?”

“基本的国学功底，语文功底，传统的诗赋能力。一点儿诗赋水平都没有，还是中国人吗，还是受过教育的中国人吗?”

“我就写不来。不过我下棋。”滴滴答说。

“围棋吗?”

“围棋。”

“学校教围棋吗?”

“我们专门编了围棋教材。围棋文化一半是记谱。如果我们下盘围棋，下完就下完了，是你我两人的事。如果记下来，别人研究了，就是文化。当然一般棋手还不足以让人研究，但是记下来肯定是一大进步。”

“我从来不记。”滴滴答说。

“什么都记下来才是中国人的习惯。”

“雷锋日记。”

“网上的那个什么什么日记。”

“对对对。”

“哈哈哈。”

“大唐西域记，也是。”

“我们的记谱方法是专利。”魏老师说。

“记谱法还能是专利?”

“特简单明了，方便易学。”知识分子就是容易沉醉在自己的话题里。魏老师接着说：“是这样，这是个棋盘，正中画个十字，1、2、3、4，相当于4个4×4的小棋盘，拼在一起。”他一边说，一边在旁边的桌子上，蘸酒画了个棋盘。“你看，从边上数，1、2、3、4、5、6、7、8、9、10，10条线。1、2、3、4，1、2、3、4，这就是一个星位。第十条线，就是边上的星位和天元连成的十字线，从边上数到第十条线，第十条线记为0线，其他线1、2、3、4、5、6、7、8、9分别记为1、2、3、4、5、6、7、8、9，这样数就是1、2、3、4、5、6、7、8、9、0。这4个小棋盘的四个区，分别命名为1、2、3、4，从左上、右上、左下、右下，1、2、3、4。”

“像四个象限，数学的四个象限。”滴滴答说。

“对。这样，你在左上星位下一子，记为●（黑子）144；在右下星位下一子，记为●444。第一个数记象限。第二个数，左右数，记经线。第三个数，上下数，记纬线。口诀：左右左右，记象限。先左右，记经线，后上下，记纬线。”

我和滴滴答认真比画学习。

“这样，天元就是000，你看有意思啊。它是第一块小棋盘的右下角，按第一象限记，是100；同理，按第二象限记，是200；第三象限，是300；第四象限，是400。但是，都是指天元。所以，000 = 100 = 200 = 300 = 400。”

“有意思。”滴滴答说。

“假如●144，对方从右边小飞挂，是○（白子）163，高挂是○164；对方从下边小飞挂，是○136，高挂是○146。”

滴滴答似有所悟地点头，又问了几个点，好像来了兴致。这时他的手咪响了，他说了一句火腿语，是有人过来找他，不是我们一起来的，不是学校的，肯定是他的火腿朋友。他说是广州的朋友，到一边说话去了。我和魏老师继续探讨围棋记谱的细节，我也似乎搞明白了。

章副校长举着酒杯过来：“聊得挺热烈啊?”

“章校长!”魏老师向章校长说，也是向我示意这是章校长。

“章校长!”我打招呼。

“正在探讨围棋。”魏老师说。

“魏老师是高手啊。”

校长夸奖。

“来，一起喝一下。”

三人碰了下杯，浅酌了一下。

孩子们也在冷餐会上，一个个像小绅士、淑女一样，彬彬有礼，举止得体。有过来问：“各位先生，需要点儿什么?”

“噢，谢谢!”

“校长，咱们学校的校服真气派。”

“我们有个理念，行为习惯和少年时候的衣着有很大关系。”

“穿着习惯是基本的行为习惯。”

“对，这些习惯要从小养成。”

“蒋校长最看不惯现在的运动服校服。她的名言是：‘穿成这样能养成什么好人?’”

“培养成运动员呗。”

“别被误解了，运动员中枪。”

“运动员入场时还要穿庄重的服装。”

“你们聊，我到那边看看。”章副校长走了。我和魏老师一时无话。

“我们敬敬蒋校长。”我提议。

雍容华贵的蒋校长，让我自惭形秽。蒋校长说：“不能因为现在的、眼下的一时贫穷，而不知道什么是奢侈品。什么是好东西?什么是人类文明永久文物?不能因为我们自己不能拥有，而不知道珍惜、爱护。如果在‘文革’十年浩劫之前，曾经有所普及，那么许许多多不可胜数的文物，就不会毁于我们的无知之手。”

我心里猜想蒋校长当年没准是个红卫兵。大势所趋，个别人知道真理、珍贵是没有用的。我不能苟同蒋校长的说法，嘴上说：“广州有两位著名的蒋校长。”

“不能比不能比。”

蒋校长很受用地笑笑。大概不止我一人这样恭维过。其实那个蒋校长也不过是个大流氓。

“不能因为是希望小学，就只能包饺子，喝白菜汤。”

这是典型的站着说话不腰疼。她没去过黑石堡。我嘴上却附和着说："那是。希望和希望不一样。"

"希望小学是在没有希望的地方建立希望。在有希望的地方建立更大的希望。"

"都有希望才是希望。"

"穷人有希望，富人就没有希望吗？希望不是发财，不仅仅是拥有财富。如果那样，希望就低俗了。"

"高见。"心里说，幸亏 CCTV（中央电视台）装垫儿台只是问到幸福，如果问到希望，也挺麻烦的。你有希望吗？

"要让每个人看到希望，就得从心里点燃希望之火。我对我们的老师说：'你们都是播火人。'希望本质上和志向相似，从小有大的希望，从小就有大的志向。"

"对，这样才能培养国家的栋梁之材。"心里说："希望越大，失望越大。"让学生们脚踏实地，有个安身立命的本分，也没什么不对。我是一个多么口是心非的人啊。有时候我也挺鄙视自己的。继续和高贵的蒋校长应酬了几句，闪啦。再不闪，有些心里话会冒出来的。美丽、高贵、典雅等美好的人和事物，是不能距离太近的，太近会产生压迫感，压得你连喘气都不舒服。不过不影响向往和追求。我在全场梭磨了一圈，径直走到两个洋妞身边，套套瓷儿。

"东方公主、西方格格，又见面了。"

两个洋妞说："你好！"

"我猜猜，哪位是东方公主，哪位是西方格格。你是东方公主，你是西方格格。"

她们两个笑着摇头："NO，NO。"（不，不）

"瞧你俩起的这名，没法分。分不清。以前来过广州吗？"其实这是一句挺忌讳的话。问人来没来过。

"几年前来中国旅游。"

"来旅游可不是想来中国听英语的。"

"就是想到一个相对陌生的人文环境，感受一下东方的风土人情。结果到了中国，弄得比美国还美国，比英国还英国。中国人民太替游客着想了。"

"尤其在公共场所，弄得一点儿陌生感都没有了。"

“这观点新鲜，我爱听。”

“没有新鲜感了，旅游兴趣就打折了。”

“古迹也不好，服务也不好，吃饭也不好。”

“那是你不习惯。”

“租车也不好，开车也不好。”

“人多。”

“人太多。”

“现在好了，有的地方开始有方言了。广州地铁、上海地铁都有方言了。”

“这么说，为了中国的旅游事业应该把所有的英语都去掉。”

“对了，什么时候北京地铁、公交有北京方言，把英语洗干净，就更有北京魅力。”

“我也很有同感。北京地铁除了乘客须知没有双语，剩下的都是双语。凭什么呀？”

“就是。”

两个老外附和我。

看看时间差不多了，和老热、滴滴答、金威分别打了招呼后，就悄悄撤了。田总派来的司机已经等在学校门口。

田总在云端安排了房间。我到的时候华灯初上。房间分两个区域，待客区和用餐区，都很宽敞。一水儿的老挝红酸枝家具，却全部是现代造型，该硬的地方硬，该软的地方软。待客区一面墙是多宝格，摆放着从宋代到民国的瓷器，瓷器的旁边放着介绍和价格的标牌，从几千到几十万。对面墙上挂着一幅虎皮的字，写的是：何草不黄。这是诗经里的句子。四个大字旁边，是小字，接着写道：何草不黄，何花不香，何水不流，何人不忙。何兽不行，何鸟不翔，何火不热，何冰不凉。右下角标价 15 万。我在心里想：人如草木，偶尔禽兽。待客区和用餐区之间是一个垂花门，也是红酸枝。吃饭的桌子是二十人台，正中间放着鲜花。椅子是扶手椅，现代造型，扶手和椅子背有一个弧线配合着椅子上的云纹。椅子边上还有一个小几，用于放一些不上台面的手巾、手机、手包。主位对面的墙上是一幅油画。画中突出位置是一位裸体的美女，或者少妇，怡然自得地坐在一个鼓凳上，似乎是午后初起，阳光明媚，对镜梳妆。对面是一个摄影师，单腿跪地，举着数码相机正对美女拍照。摄影师右前一米处，有一人双手高举反光板，眼神直勾勾地盯着美女。美女身后有一面背景墙，单薄地立在那里，左右各有一人伸出半个身子，近处的这位笑眯眯地看着美女。摄影师身后稍远处有两人，站着说话，一人手里拿着大衣和几件衣服，一人手里拿着梳子，脚边放着化妆箱。画的右下角标签写着作品名称、作者、价格。价格 53 万。标签旁边有二维码。我用手机扫了一下，画作的详细介绍蹦了出来。我问服务员："这价能商量吗？"

"能。"

"五万？"

"先生开玩笑。"

"能当家吗？"

"我喊经理来。"

"不用喊，我就问问。"

正和服务员在画前说话，田总走了进来，一番寒暄。我们到待客区的沙发坐下。秘书小艾打了招呼，退到一边吩咐茶水和菜肴。

刚坐下，田总说："再拖他三个月。"

我没接言。田总又说："紧啊，又搞了块地，三百公顷。"

"已经拖了三个月了。"

"你想办法吧。费用给你加。"

"目标？"

"降十五个点不能退。我够宽大了。"

"知道了。"

"还有，准备再走三个亿，所以必须往后推。你先透个风，让他们有所准备。条件和上回一样。要等等才能确定。别处也装不了。"

我点头。

"也不能说太细，就说晚一点儿不会亏待他们。我的人现在说不合适。"

我在心里盘算田总是不是让我去埋雷。

"你知道，我对总包向来手大。"

"是是。"心说总包还帮你洗了呢。

"都不容易啊。"

“这么大数还要快一点儿定，要不然痕迹太明显。”

“他也可以走其他项目。”

“最好别串。要确定，这次就通知他们。”

“我也在犹豫。”

沉默了一会儿。田总说：“给他们说吧，再加五个。以后再加困难了。”

“李总是不是正式一点？”

“他们会担心你给卡住。你先透个风，看看他们的意思。”

“好。”

“现在他们也很强势啊。快赶上民工了。”

“那这次？”

“走个过场。再走一遍。数我心里也有了。多过几遍，按你们北京话讲，就瓷实了。”

“田总，我把增减大项和你汇报一下。”

“我不听了。事儿就说到这儿？”

“喀什项目也给我做吧？”

“喀什你也没优势啊。”

“反正那儿也没别人，都得飞过去。”

“广州还是近点儿。”

“最终还得往北京跑。民航总局有渠道。”

“民航总局还管你这段吗？”

“你肯定要规模吧？规模评估最后还是到总局。”

“艰苦啊。”

“愿意到最艰苦的地方去。”

“姑娘很迷人。”

“那就更得照顾我了。”

田总哈哈一笑：“就给你了。”

“田总最近还有什么大动作？”

“准备去埃及帝王谷建一个酒店。”

“热气球不是刚出事吗？”

“对啊。这就是商机啊。”

“旅游肯定受打击啊。”

“所以建一个四百米的观光酒店。谁还上热气球?”

“当地人不跟你反了。”

“可以安排他们在酒店工作啦。还有别的生意。反正热气球出问题啦。”

“这个安全。釜底抽薪。”

“准备待几天?”

“广州三天，新加坡三天。然后准备休几天假。”

“我来安排。”

“不麻烦了。”

“准备去哪儿?”

“去印度。”

“印度我也有朋友，顺便接待一下。”

推辞再三，看田总真心，就答应了。

田总说：“不丹也挺好，应该去看看。”

“我去了九次印度，一次不丹都没去。”

“不应该。小艾安排一下行程，征求王总的意见。”

小艾答应着。

“菜怎么样了？我们上桌。”

走到用餐区，凉菜已经摆好。一位会所客户经理趋近我，低声说：“先生，看上可以优惠。”

我示意不要。

田总说：“王总看上什么了?”

我说：“没有没有。”

没关系的啦。

客户经理：“这幅画。”

“有眼光，拿下。”田总爽快地说。

“使不得，使不得。”

“小艾，给王总送去。”

“好。”

“使不得，使不得。”

“叫神行太保明天送到府上。”

“田总，我就问问。”

“问就是喜欢。听我安排，小意思啦。”

“恭敬不如从命，谢谢田总。在外面看看。这要挂家里，不招骂吗?”

“收藏，收藏。藏起来悄悄看。”

说话间坐在桌前。三个人坐了一个偌大的桌子。

田总说：“小艾，上姑娘。”

小艾说：“是，老板。”然后“啪啪”拍了两下手。六个花枝招展的姑娘带着一团香浪涌了进来。有两位径直坐到田总左右。其他四位扭动着娇艳的身躯，有人说：“怎么坐啊？张秘书。张主任。”

张小艾唤着她们的香名，分派座位。坐在我身边的一位叫林红，另一位叫阿娟。两个人落座前，左右搂住我，各自在我脸上嘬了一下。

小艾示意她们说：“王总。”

两位又腻咕过来：“王总呀，宝贝呀，做我老公吧？做我老公行不行？亲亲，吃块鱼。我是鱼，你是水，见到你我是如鱼得水。我们鱼水情深。”说着拈着一块鱼，放到我嘴边。什么叫嘴边的肉，自己夹过来的还有个心理准备。这是没有准备的。“亲亲，吃口菜。你是筷子我是菜，随你点来随你爱。”说着拿着一段黄瓜放到嘴边。我咬了一口，说：“我刚发现，我没筷子嘿。”

“我就是你的筷子噢。”

“我也是你的筷子噢。”

“堪比海天盛宴。”

“海天盛宴可没这待遇。”

“这是贾宝玉的待遇。”

“别乱说。”

“百姓孰敢不箪食壶浆迎将军乎?”

“还会这句?”

“入国之日，一路百姓，扶老携幼，争睹威仪。箪食壶浆，共迎师旅。”

“箪食壶浆就是这么吃。扛着枪，拿着炮，大步快走，保持队形不乱，老百姓送到嘴边，塞到嘴里，哪能坐下吃?”

“我们也得站起来。”

“不用，带着枪，拿着炮。”

“晚上跟你一通造。”

“喝酒喝酒。”

“还没上酒?”

“开开开。”

“红酒？洋酒？白酒?”

“喝遍天下美酒，最美还是二锅头。”

“我先敬王总一杯。”

“说错了吧?”

林红举杯一扬脖，说：“我错了。自惩。”又倒上酒，端起杯子，说：“宝贝，敬你一杯呗?”

“好。我杯子呢?”

“我就是你的杯子啊。”

不待我答言，饱含一大口二锅头，凑到嘴边，轻摇着香风，眼睛说着话。一大口二锅头被我咽了下去。

“吃菜吃菜。”

重色轻友，我哪儿还顾得上和田总说话。抬眼看了下，两个人也正在忙着。各自为战呐。

“亲亲，我也敬一杯?”阿娟也来了一口。

“田总跟我们吃的不一样啊。”

“田总吃素。”

“你们俩可惨了。”

“当尼姑了。”

“吃斋念佛。”

“可没亏待她俩。这叫虽然吃素，并不念佛。”

“田总会保养。”

“保养个屁。”

大家赔笑。

“小时候贫穷，有一点钱就疯狂。现在又刹车，回到原地了，不然怎么办？小命就没了。钱都没关系了。好歹现在还能喝点稀饭，喝点玉米水，吃点蔬菜，还能看你们疯狂。”

“那我们得赶紧打住。”

“你们不是天天这样啦，偶尔一次啦，放松放松啦。我那时天天这样啦，就坏啦。”

“经过，见过，听过。”

“听过，见过，经过。”

“有时候图便宜啦，质量下降啦。”

我想说宁缺毋滥，又一想不妥，没吱声。田总自从重症急性胰腺炎回来，只能过过嘴瘾了，尤其是吃，顿顿儿清水蔬菜。田总的规矩，只要一上桌子，一句正题不提。田总说了夜总会的奋战经历，又说更早的战斗经历，这时全屋静下来，听他讲。又讲到上回段落，停下来，说：“不能听我一个人讲啦。你们看，没气氛啦。”

“我们听得正入神呢。”

“真感动。”

大家都说。

“以茶，以水，以果汁，以酒，都是酒，敬田总。”

田总说：“姑娘们，上段子。”

有人总结什么是中国式饭局？①饭局要素：烟，酒，菜，友，官，女人；②饭局规则：让座，劝酒，抢埋单，灌无主的女人；③饭局特色：套词，吹捧，忽悠，讲段子，煽情，谈交易；④饭局功能：欢聚，求人，恋情，密谋，庆功；⑤饭局境界：豪言壮语，甜言蜜语，嗲声浪语，疯言疯语，胡言乱语，不言不语。今天的饭也可以。何止可以，更那个那个。

酒足饭饱，段子走了两三圈。田总说先走，带着两个女孩先走了。我忽然想起一段二人转的词儿：满桌佳肴，你得有好牙；腰缠万贯，你得有命花；赏一路风光，你得走得动；拣一座金山，你得能够拿；垄沟里刨食的是条好汉子，病床上数钱的是个傻瓜；千里纵横，你总得有个家；万众首领，你也得有个妈；委屈烦恼，你非得有人听；出色得意，你还得有人夸；酷毙了靓绝了，你要有人爱；给你个美女，你得……

小艾说换个地方唱歌。

换到一个豪华包间。陪着小艾的一个姑娘进去就点了一首《在那东山顶上》，说：“我的最爱。逢 K 必唱。”林红指着电视画面问：“她是不是出事了？”

“别瞎说。不是她。”

“那是谁呀?”

“我哪儿知道?”

“不北京来的吗?”

“北京来的就知道啊?”

果盘、啤酒、红酒上来了。一打啤酒全开。林红说:“玩色子?”

阿娟说:“三个人玩?”

“好。”

其他姑娘说:“别玩儿,别玩儿。先点歌。”

林红说:“你们先。”

几圈下来,林红输多赢少,越发不服气。

“怎么样?还来?”

“老油条!不玩了。”

“再给你讲一个。”

“好。”

林红又在讲段子:

“一只小鸟飞往南方过冬,天气太冷小鸟冻僵了,从天上掉下来。”

“摔死了?”

“听我讲。一只牛走了过来,拉了一泡屎在它身上。”

“砸死了?”

“嗯。冻僵的小鸟躺在牛屎堆里,又暖和又开心,不久就开始高兴地唱起歌来了。”

“没去包房就唱?”

“嗯。一只路过的猫听到了歌声,顺着声音,发现了躲在牛粪中的小鸟,非常敏捷地将它刨了出来,把它给吃了!”

“你是鸟,我是猫。”

“这个故事的寓意是:①不是每个在你身上拉屎的都是你的敌人。②不是每个把你从屎堆中拉出来的都是你的朋友。③当你陷入深深的屎堆当中的时候,闭上你的鸟嘴!”

“闭上你的鸟嘴!”

天空岂能冻僵小鸟?牛粪怎可温暖翅膀?猫儿何时开始吃屎?姑娘从来

都是乱讲！只不过为了图解道理，才将天空牛粪猫儿混为一谈。敌人有时也可以利用利用，朋友也会让你狠狠受伤。

阿娟唱歌时，我和林红抱在一起跳舞。林红唱歌时，和阿娟抱在一起跳舞。再下一曲，其他姑娘唱歌，又和阿娟跳舞，林红从我后面抱住我，配合着有节奏的动作，说："肉夹馍肉夹馍。"

阿娟夸张地大叫："顶死我了。"

林红说："晚上给你磨针。"

"铁棒给你磨成针。"

"我可没想给磨铁做广告。"

"王总来一个？"

"我是一只小小小鸟，想要飞，却怎么样也飞不高。我寻寻觅觅，寻寻觅觅，一个温暖的怀抱，这样的要求算不算太高？"

"好！"众人奋力鼓掌。

"喊山的嗓子啊。"

"喊山？喊车。"

"喊车？"

"我一个人开车时，在车里喊。"

"回头我也试试。"

"怎么喊呀？"

"婴儿叫。"

"婴儿叫？"

"婴儿叫是基础，还有驴叫、鸡鸣、狼嚎、狮吼、虎啸、猿啼。"

唱了一个小时，开始放迪曲，胡蹦了一会儿，散场回房间了。到了房间的情景，我很想写。可是我写了，你敢看吗？敢看。他敢出吗？他肯定不敢。到时写上此处删去多少字？算了，还是你直接想象吧。白日放歌须纵酒，美女作伴入梦乡。

第二天早上。房间一片狼藉。林红和阿娟正酣。我看了下时间，已经是中午十二点多了，坐在两个光溜溜的后背之间打电话。小艾说："王总，不好意思啊，我有事情，先走了。一会儿回去陪你吃饭。"

"不用了，小艾。我一会儿还有安排。"

“好好，王总，电话联系。”

“好，拜！”

接着与同事罗镇西通了电话。说：“一会儿来接。”

我发了会儿呆，摩挲着两个没有反应的后背，光滑如玉。昨宵何宵？此地何地？我上了厕所，昨晚的盛宴已经变成了大便。我冲了凉，穿好衣服。向她俩告别：“我先走了。”

“嗯。”两人眼都没睁地答应着。

罗镇西拉我去一个私人庄园。杨大如也在，在一个茶室坐定。

镇西说：“电话里说那个电视剧。给你那剧本看了吗？”

“没看。你俩看好，我就跟着。”

“我和大如都看好。”

“大如说现在不动产是不行了。”

“还有没有别的手段？”

“别的手段就是移民了。”

“影视还不错。”

“万一不能回报，可什么都没有？”

“广州电影学院的妹妹还让你过一遍呢。”

“都让你们过过了。”

“得让你当先锋。”

“近水楼台啊。”

“你放心啦。”

“万花丛中过，片叶不沾身。”

“繁花已经迷人眼，嫩芽沉浮在君盏。”

“要投多少？”

“3000 搞定。我们仨，三一三十一，各投 1000 万。”

“我是不是得去趟所里？”

“不用去啦。没狗屁事。你接那么多单更没事啦。”

一边聊着，我喝碗粥，吃了些小点心，说了一些所里的事，议论如何避税的细节。罗镇西说现在行业银行也可以投，正在接触。我和杨大如摆了盘棋。罗镇西说：“别下了，揉揉吧。”

开了三间房做SPA，做得我沉沉地睡了一觉，醒来精神多了。

坐下了吃晚饭，上了鱼翅。我端给镇西，说："这个坚决抵制。"

"这可不是皮鞋底啊？"

"也抵制，坚决抵制。"

"我们可吃了啊？"

"我也反对你们吃。"

"反对无效。"

"有几年不吃了吧？"

"有几年了。"

"还挺坚决。"

"是不是受了姚明不吃鲨鱼公益广告的影响？"

"不是。"

"每次看到姚明潇洒地推开服务员送来的鱼翅，我就不明白了，你不点服务员会给你送来？"

"你是不是以为你是姚明啊？"

"你是没看那个片子。鲨鱼太惨了。"

罗镇西像吸面条一样，故意吸溜了一下。

"太残忍了。"

"这汤汁不错。"

"都涉足影视了。哪天拍个鲨鱼主题的。"

"美女主题的你也没回避啊？"

"别假惺惺的了。"

"算了算了。"

"哪天你要全吃素了，还没法了。"

吃了饭，又去捏脚。开了个大房间，三人一溜排开。来了三个洗脚小妹。

杨大如说："又在写什么大作？"

"《自我审计》。"

镇西说："别写什么书了，多耽误时间。大好时光啊。"

"CIA考了吗？"

"过了。"

"准备自费出？"

“你写的书谁看啊?”

“老王，你送我的《古申论——东莱博议》，我一看就犯困。”

“还有这个功能？省得你吃安眠药了。”

“《太阳照耀俄罗斯》也是自费出的吧?”

“自费也是出了。”

“不差钱。”

“老王这书吧，太杂，太跨界，简直是穿越。”

“那是多元化经营。”给我捏脚的小妹插言。

“嘿，这词儿你都会?”

“别小瞧人儿，人家都上了 EMBA（高级管理人员工商管理硕士）的。”大如说。

“你不信吧?”

“新鲜。”

“他们老板出钱，你听过的，人家也听了。”

“是吗？小妹。”

“你把那个‘吗’去了。”

“真的呀?”

“对呀。”

“为什么呀?”

“这样给你们服务时就有共同语言了呀。”

“这样就有共同语言了?”

“对呀。”

“你还不如给他包三年呢？共同语言更多。”

“包吗？真跟你走。”

“前几天《南方周末》有个读者来信，说她亲姨要给她找个人，包三年，亲姨正被一个日本人包着，她当然很反感。”

“这是哪儿的事?”

“上海的事。写信的是上海研一的学生。”

“你包我行，日本人不行。”小妹说。

“你怎么知道他不是日本人?”罗镇西说。

“看着不像呗。”

“他就是日本人。”

“为什么日本人不行?”

“变态。”

“更可笑的是，”老杨接着说，“同一期上转过一版，采访《繁花》作者，老上海，说一次饭局，问一位弄堂妹何时结婚，答曰，姨妈说了，找个人先包三年再说。”

“上海有这个传统啊?”

“还说，找个高级干部，或者优质日本人、中国香港人，包三年，等于免费学习三年。三年后气质、腔调都不一样，再找个条件好的嫁掉。”

“这什么想法啊?”

“等了三年又三天，等到太阳落西山。”洗脚小妹轻声唱。“算了三年又三天，何时再见面。我等哥哥整三年，心都不曾变。”

“现在可没人等你三年。三天都悬。”

“我还没发现，你是个南瓜。”

“你也是个南瓜。”

“他是电瓜。”

“电瓜是什么瓜?”

“电瓜就是电瓜。”

“就是电线杆子上长的瓜。”

洗脚小妹说:“我今天听出租车司机说，现在时兴山东媳妇。我没来得及细听。山东媳妇是什么意思?”

“这就是典型的道听途说。”

“微服私访是假的。”

“有点脑子就明白，微服私访是不可能的。”

“过去谁知道皇上长什么样? 现在是媒体时代。”

“现在有点儿媒体治国。”

“媒体也误国。”

“全世界都这样。”

“你的山顶媳妇在忙什么?”

“别提了。”

“又去拉萨了?”

“过几天去呢。”

捏着聊着，我电话震动起来。拿起一看，是广州的同学打来的。劈头盖脸一顿埋怨，推托不了，答应明天下午聚会。

“跟我去吧?”

“你旧梦重圆，我们不去。”

“青葱岁月啊。”

亚特兰蒂斯主题酒店，七星，前台只有两个表，广州当地时间和亚特兰蒂斯时间。院子里有一架直升机。旁边有一尊“火爆妞”米歇尔·罗德里格兹在电影里的塑像。不时有人过去合影。就在波塞冬神殿厅，来了十一位同学。其实我在广州没那么多同学。这大多都是同学的同学。你是他同学，他是她同学，她又是他同学。有三四位和我是初次见面，他们之间也有人初次见面。有初次见面的老同学吗？有啊。这不都来了嘛……我都没办法搞明白这些同学的同学之间的关系。贫在闹市无人问，富在深山有远亲。

接下来的场面有些乱，不说了吧。我坚持到了散场。广州也这么能喝啊。毕竟算是冲我来的。我高声大喊着：“埋单埋单!”

没人跟我抢着埋单，服务生走过来，我说：“记到账房。”

服务生低声说：“你秘书已经买了。”

“用不用送他?”

“别管他。他装的。”

“服务生，陪他回去哦。”

“是。”

“别让他乱跑哦。”

“是是。”

我挣扎着回到房间，一头扑倒在地毯上就睡了。

醒来灌了半瓶矿泉水。扒光自己，扑到床上，两女中间又睡了。

手机不停地在震动，房间电话也在响。我醒来，又是在地毯上。我坐起来，看到两个洋妞。“喂喂，醒醒，醒醒。”她俩一睁眼，我就认出来——一个东方公主，一个西方格格。

“谁让你们俩来的?”

“小张。”

我看见一屋子污秽，吸了一下鼻子，味道太大了。“换房间。这么大的味儿，你们竟能忍受?”

“你没来时，没什么味。”

“太困了。”

“我都受不了。”

服务员来说换对面房间。我裹住被子到另一个房间。

“我还不知道你们二位是谁?”

“东方公主。”

“西方格格。”

“不不不，那是网名。我老在网上泡着。这是新编的，根本就没这两个 ID。”

两人对看了一下，报上名来。

“伊莉莎。”

“索菲亚。”

“伊莉莎，索菲亚，伊莉莎，索菲亚，伊索呀？你们是伊索呀?”

两人不答话，笑，互相问：“我们是伊索?”

“我们怎么不知道?”

我也分不清她们哪个是东方公主，哪个是西方格格。分不清哪个是伊莉莎，哪个是索菲亚。

“乓乓乓”，有人敲门，伊莉莎或者索菲亚去开了门。同事老罗走了进来。

“金屋藏娇啊?”

“哪里……”

“又喝多了?”

“没有。”

“快点儿吧。来不及了。”我赶紧穿衣服，上卫生间，提了行李就走。伊索两人跟我说：“拜拜!”

“拜拜!”

“艳福不浅啊?”老罗说。

“哪里。”

“还哪里。我都看见了。现行啊。”

“哎。”

“哪来的?”

“不知道呢。”

“装吧。”

“太早了。天还没亮。”

“良宵苦短。”

上了车，罗镇西向杨大如说：“刚才我不小心可是撞上了啊。”一边说一边伸出两个指头。

“饭可以乱吃，话不能乱讲喔。”

杨大如说：“正常正常。”

罗镇西说：“哈。”

“小心我跟你急。”

“你敢。”

到了彩云国际机场。直接进机场洗浴中心换衣服，随身衣物和行李分别装在两个防爆袋里过安检。过了安检两个袋子都被打了封签。交给机场人员送上飞机，手里拎着一个小袋子，像在洗浴一样，除了没有香烟和打火机。这个航班是参加裸飞协议的。

彩云机场是汉堡式机场：一层是送客层，一层是接客层，一层是公交车，一层是轨道车，一层是出发，一层是到达，还有一层是设备，还有一层是备用，备用其实是贵宾，最顶层是直升机停机坪；各层之间是垂直交通，相当于把首都机场那个乌龟壳停车场直接摞到了T3上面。大家像从洗浴区到了休息区一样，上了飞机。我在飞机上补了一觉，如果有捏脚小妹，就像又洗了趟脚。一路无话，飞到新加坡樟宜机场。

在机场换回自己的衣服，直接去到滨海湾金沙酒店，放下行李，进了会场。开会。手机全装进了屏蔽袋。

会议的主题是：商量新政策下，如何保证在华利益。所里希望各位齐心协力，保证各位随时定居国外。

跨国事务所也是个公司。亚洲总部在新加坡。广州是大陆总部兼南方分部，北京是北方分部。

我们用的电脑都是加了云的云电脑，数据可以直接云到国外的服务器。

现在不说云了，说大数据。我自己写了个小软件，让所有数据云不出去。所里的技术人员比较委婉地问过我。我明白他们怀疑什么。

晚上和罗镇西、杨大如在金沙酒店三栋大楼顶起的空中花园休息，我说："开完会我要休假。"

老罗说："去哪儿休假?"

老杨说："肯定去印度。"

"印度有什么好去的?"

"他已经去九次了。"

"那儿是不是有家啊?"

"很可能。"

"精神家园。"

"小印度我都没去过，明天陪我去去?"

"不去。"

"跟他一起去印度?"

"不去。"

"我也不去。"

游　印

印度衣服/高尔夫球场/陌上桑/对诗/大使馆会师/看舞蹈/去红堡/胡马雍分手/泰姬陵/乘坐军用飞机/克久拉霍/金威走了/加尔各答的宴会/老穆的庄园/开飞机的老库父子/飞到南方的科钦、金奈、孟买/回到庄园/见到滴滴答/泰戈尔故居/他们都回去了

新德里英迪拉甘地机场，入境处有一面佛手印墙，见者无不惊艳。手印依然活在印度，舞蹈和瑜伽中还在大量运用各种手印，含义比佛教的手印复杂，也更加生活化。手印装饰墙选了 9 种手势。手心印有莲花。莲花是印度教和佛教的圣物，也是印度的国花。这 9 个手印的名称和含义是：①欢迎。②赐福。③信念。④欢乐。⑤如愿。⑥平安。⑦空气。⑧第三。⑨健康。第三为什么如此重要？因为这是 T3 航站楼吗？天地人，人在第三也。难道也是三生万物？手印墙下，金威电话打来，说在出口等我。我看了头上方的手印，是信念的意思。去到巨幅印度帅哥照片的洗手间放了松。只有一个随身的小旅行箱，没有托运行李。来到出口，雷锋接站台上游动的汉字：

欢迎王来电总裁第十次光临印度！

金威迎上来，接过行李，满面笑容地说：“王总！”

“辛苦！早到了吧？”

“是。”

伊索迎上来，一人给我一个暧昧的拥抱。

小艾过来打了招呼，引领我们一行上了车。小艾坐到副驾驶，中间用隔音玻璃隔开了。

车刚刚开动，金威说：“车真高级。这是不是最新款 SBX－2？国内还没上市。王总真是朋友遍天下啊？”

我示意金威闭嘴，然后说：“小艾，小艾！”小艾没有反应。我按下了对讲按钮，说：“小艾！”

小艾侧回头，隔着玻璃，从麦克风里传来的声音说：“王总。”

“先去酒店？”

“是，王总。”

“好的。”

小艾回过头去。车驶上了机场到市区的林荫大道，路面开阔，人工的绿色植被，蓝天白云，车里的空调在 23 度。我给金威发了个短信：“别说你单位，别问他单位。”金威回：“是，王总。”我再发：“电瓜。”金威回：“是，电瓜。”

伊索在后面对着车外拍照。我说：“就你们俩这傻瓜能拍清吗？”

索菲亚说：“还可以啊。”

伊莉莎说：“你才傻瓜。”

“不一人拿一个傻瓜吗？”

“傻有傻福。”

“傻瓜早过时了，这是数码。”

“数码也是傻瓜，超级傻瓜。”

“现在谁还拿相机？都是手机，直接微信。”

“相机还是有用的。”

“印度这不是非常现代吗？”

“印度非常古代。”

到了泰姬玛哈酒店大堂。

分了房间。

“一个小时，大堂见。”我说。

在酒店洗漱休息了一下，一小时，大堂聚齐。小艾介绍钱圆圆和我见面。小艾说：“王总，怎么安排？”

我说：“买衣服去。”

“买衣服？”

“到印度来买衣服?”

“到印度才能买到印度衣服。”

“比广州的好吗?”

“我们要买这几天穿的衣服。”

“带衣服了。”

“我也带了。”

“好好，我喜欢，我就喜欢买衣服。”

说话间上了车。

“穿上印度服装，才能更好地感受印度。”

“体会体会印度人的感觉。”

“还有三层含义。第一是安全。”

“安全?”

“第二是舒适。”

“舒适?”

“第三是新奇。”

“对，新奇。”

“此话怎讲呢?”

“是这个意思。你穿上当地衣服，对你是一种安全的保护衣。表示说，你看我都融入当地人生活了。”

“这地儿咱熟。”

“对。”

“伪装衣。”

“一些动物、昆虫通过变色适应环境是一个道理。”

“高。”

“仿生学。”

“对对对，我有体会，我在北京穿中国衣服。穿过。”

你知道在北京穿什么最有融入感吗?

“什么?”

“大裤衩子、老头衫、片儿鞋。”

“早年间是，现在也不如此，也有衣冠不整请勿入内。”

“刚才说去哪儿?”

“什么去哪儿?”

“买衣服?”

“康诺特。”

车外面的喇叭此起彼伏，我们的司机也在不停地按喇叭，不是为了提醒车前面的车或人，而是为了应和附近的喇叭声。车堵在康诺特的外环上，走走停停。司机们一边往车流里挤着，一边把鸣笛当成娱乐。喇叭的节奏，伴随着印度特有的嘈杂背景，共同弥漫着人间的生活情调。我又到印度了。

“印度衣服舒适吗?”

“你想，当地人都这么穿，肯定有道理。气候、地理、人文等因素，决定大多数人都这么穿。就像你到东北，大家都穿棉袄，你不穿，受得了吗?你到海南，大家都穿薄衫，你捂着，也不行。入乡随俗，增减衣服。我们现在是入乡随俗，转换衣服。印度服装也分季节、分地域。”

“现在是什么季节?”

“旱季的后半期。”

“旱季雨季。”

“雨季来比较麻烦。”

“随当地人穿绝对不是穿当地的传统。就像在北京，有时能看到老外穿戏装。”

“我也看到过。”

“还则罢了，更过分的是穿寿衣。”

“什么是寿衣?”

“就是长寿的衣服。”

“有人窃笑。”

“死人衣服!”

“啊?”

“为什么?”

“死了为什么叫寿衣?”

“死者为大，都是长寿的。”

“嗯，寿数已尽，故曰寿衣。”

“哦。”

“呀?”

“哈哈哈哈。”

“看这俩老外笑的。”

“是不是穿过?”

“没有没有。想起一件事。”

“你知道什么叫寿吗?”

“不知道。”

“能受则寿。受得了才寿，受不了就不寿。”

“哦。”

“嗨，说到哪里去了。”

“一定要穿当地衣服，安全、舒适、新奇，真好。我记住了。”

“旅游就是看看陌生的、新奇的世界。你再加上一身新奇的衣服，从来没穿过的衣服，不但玩儿得新奇，以后你回忆起来都新奇。”

“有道理啊。”

“康诺特三道圈，外圈、中圈、内圈。我们现在是在外圈。”

“够乱的啊。”

“比传说中的好多了。”

“比公主坟那个圈大多了。”

“那是。”

“让田总在这儿盖个高楼吧。”

“这是新旧德里分界处。那边儿是旧德里，那边儿是新德里。从公元前就叫德里。英国人来了，发展了一个新市区，把整个城市都改称新德里了。”

“新北京?”

“别老想着北京。”

“新约克。”

“新德。”

“纽德。”

“印度人现在想说只有德里，没有新德里。新德里只是德里的一部分。”

我直接把大家领到我常去的一家店，店主名叫马萨拉姆·巴蒂。

“巴蒂，来生意了。”

巴蒂笑呵呵地迎出来。

“大单，六套。”

男的是古尔达加阿里巴巴裤，女的是旁遮普服。

一人挑了一套印度服装穿上，互相看着笑。

“甘地就穿的这种衣服？”

“甘地穿的不是这种。”

“甘地穿的是‘托蒂’，其实是一块三四米长的白布，缠在腰间，从这儿绕到这儿，再这样，下长至膝，有的下长达脚部，就是一块白布。”

“不是一块红布？”

“你是崔健啊？”

“崔健是谁？”

“老板，有甘地式的衣服吗？”

“有。”

“我来这个吧。”

“你来不了。”

“我试试。”

“真来？别后悔。”

金威穿上后，走了两步，就往下脱，一边说：“不行，还是穿古尔达吧。”

“我要试试纱丽。”

“纱丽是已婚。”

“那我也穿。”

“也是一块大布啊。”

“这可是一块红布。”

伊莉莎试了后说：“还是旁遮普吧。”

旁遮普服分为三部分：被称为 DUPATTA 的长围巾，PATIALA 的宽大裤子，所谓水桶裤因为真的是超级宽大，长度及膝的两侧开高衩的上衣 KAMEEZ。旁遮普服是非常舒服的，一般为薄棉布质地，在炎热的夏天穿透气又清爽。

“这个好看。”

“衣服裤子都轻飘飘的。”

“嘿，整个人像仙女儿似的。”

“这个不行。这是雪纺的。好看是好看，不透气，穿在身上不舒服。”

“配健身房黑裤子，飘飘的，效果也很好呢。”

“是啊是啊。”

金威还买了一个锡克人的包头帽。大家都抢着戴了戴。

我们穿着印度服装，有一种新奇和兴奋。

“人靠衣服马靠鞍。”

“别说话。别说话。嘿，真是印度人啊。”

“穿什么衣服像什么人。”

“这下我们像一个团队了。”

“新兵。”

“新印度人。”

“据说外国女性在印度穿传统服饰的一个好处就是可以免遭骚扰，穿着短裤背心的外国姑娘基本上都是被骚扰对象。”

“穿当地服装也算是对当地文化和风俗的尊重吧。”

“一穿上印度衣服，仿佛就和当地的居民更加贴近了呢。”

“你们再配上叮叮当当的手镯，仿佛成了本地人似的，嘿嘿。”

“怪不得要求穿制服，穿校服。”

“衣服也是管理的一部分。清朝一入关，就让人民易服剃发。”

“衣是印度衣，心是中国心。”

“这阿里巴巴裤，真好，方便。”

“太舒服了。”

“阿里巴巴怎么是印度呢？”

“你是不是以为是马云啊？”

穿着印度衣服，在康诺特的最里圈晃荡。去到一家我去过的小店吃当地的饭。如同回到了数十年前家乡的县城。那时的县城没康诺特大，没康诺特好，人声鼎沸，市面嘈杂，有八成相似，这也难怪我把此乡做故乡。吃了饭又晃荡了一会儿。回到酒店。

“回到现代了。”钱圆圆说。

在酒店溜达，溜达到健身房。

“哦，台球。”

“新鲜吗?”

“来一盘?”

“来一盘!”

“我可练过啊!”

“吓唬谁?”

“领导开杆。”

“出来没领导。”

“大哥开杆。”

“大哥还是不能推辞滴。年龄在这儿嘛。”

打了一会儿。伊莉莎摩拳擦掌，跃跃欲试，终于忍不住，从我手里抢杆：“这个我来！这个我来!”一上手就看出来，真练过。

“别全挑了啊。”金威说。

“一杆清盘。”

“嗨，经不起表扬。”

“刚才蒙的吧?”

“不像，像练过的。”

“行家一出手，就知有没有。”

“盘面上球越来越少。长球也有点儿乱撞。”

“别瞎撞啊。那是我的球。”

“认罚，给你做个斯诺克。”

“撞自己的做。”

“做成就算。”

“有点儿乱。”

“啥都敢撞啊?”

“那是。”

“撞你个地球。”

“撞你个月球。”

“嘿，好啊！一杆进洞!”

“那是高尔夫。”

“一杆进洞是高尔夫。好不好?”

“明天我们去打高尔夫。”

“印度有高尔夫?”

“孤陋寡闻。印度是亚洲最早有高尔夫的。”

“来值了，来值了。”

早上我们穿着印度服装，开车没用十分钟到了德里高尔夫球场。按中国节气，现在是阳历初春三月，按农历是早春二月。印度北方的旱季，早晚天气还有些凉，中午也不算太热，洒红节还没过。伊索和钱圆圆里面穿旁遮普外面穿着外套，几个男人上面是古达尔，外面加了一个外套，下面是阿里巴巴。

“这场子在市中心啊?”

“当时的郊区呗。”

“这可有年头了?”

“好像是 1829 年就有了。”

“现在印度有多少场子?”

“有 200 个吧?”

“肯定很贵。”

“新鲜的才贵，古董例外。”

“很便宜啦。”小艾说。

“多少啊?”

“20 美刀。”

“真实惠。”

猜猜球童费多少?

“10 刀?”

“1 刀。”

“啊!”

“高兴给 2 刀也行。”

“无语啊。”

“水深火热之中。”

“你注意一下，印度的场子都在市中心，名胜古迹旁边。交通便利，设施齐全，风景优美。”

“这是殖民地的烙印，也是殖民地的遗产。”

“还换衣服吗?”

“你想换就换，不想换也行。”

“穿片鞋、印度服打球?”

“也可以啊。”

“对外国人比较宽容。”

“说着话，开始挑杆。”

“怎么就一根杆啊?”

“这一根相当于 13 根。这是高科技。你用传统的也行。”

“我也试试这高科技。高在哪儿呢?”

“这杆柄上自动测距，杆面角度自由调节。一会儿试试。”

叫了六个球童，开了六辆车，浩浩荡荡直奔开球区。

“这回真是一杆到底了。”

“每人一杆丈八蛇矛，直奔对方守将。”

“上战场了?”

“嗨，还真别说，真是上战场哦。”

“好好比一下。”

“印度的球场，80%都在军方手上。一般和军方没点儿关系，打球还困难呢。”

“这又是什么状况啊?”

“有的非军方高尔夫俱乐部，被撂在球场上堵上半个小时是家常便饭，但众多球友们仍义无反顾地前来打球，因为这里是他们唯一的选择。班加罗尔。6 个场子，军方管着 3 个，民营的 3 个，天天爆堵。”

“开场子的高兴了。太火了。”

“恰恰相反。印度球场收入和平均利润是全世界最低的，年利润甚至没有欧洲球场的 1/3，有个机构调查了 40 家印度球场，83% 的高尔夫球场表示没能实现赢利，仅有 17% 的球场处于微利状态。”

“这倒是个商机。”

“什么商机?”

“可以组织高球之旅。”

“好想法。”

“北京的球场也堵，也贵，还半年打不成。”

“来印度啊。”

“啧，不错，没想到。”

“这不可能。”

“为什么?”

“民营的，堵得够呛；军营的，不会开放。民营的排不上队，不会专门为旅游者开条道；军队的也不会为区区小利放下身段。”

“大利啊，中国人来了多大利啊。”

“只有中国人光看到利。印度球场不开发房地产，也不开拓旅游市场。”

“印度人也不少，人家的房价咋就没有像北上广呢?”

“印度人对房子的态度是……”

“在印度顶级豪宅与赤贫棚户并存。”

“也不限购，也不摇号。”

“中国人的观念是不患寡而患不均。”

“印度人也不造反，也不上访。”

“他们认为今生的苦，都是前世的孽。”

“观念决定市场。”

“印度最好的房子是给神住的。”

“印度的房子背后不是这么三言两语能讲清楚的。”

“我认为房子应该像车一样，既有顶级的布加迪、法拉利、兰博基尼，也有小面、三马子、老年代步车。”

“球场印度是亚洲第一吧?”

“亚洲第一？除了英国，它是世界第二。”

“中国要有，溥仪没准也得抡两杆。”

“现在北京的场子也不少。”

金威说：“我是在北京的河道里练出来的。”

“回去送你一张黑卡。”

金威一惊，迅疾说：“谢谢王总!”

“不用谢。”

打了4洞，早餐在第五洞开球区边上的草地上已经预备好，是标准的美式早餐。

“打几杆球，吃点儿东西，看看风景，呼吸呼吸清新的空气。”

“你和我们的中文老师很像啊？”

“不是像就是。”

“啊!”

“这么巧吗？”

“无巧不成书。我已经慢慢地想起来了，虽然没见过面，视频上还是见了很多次的。”

“吉姆老师?”

“那你怎么不说话?”

“说什么?”

“说你是我们老师啊?”

“我还好意思啊?”

“要想会，搂着师傅睡。”

“这回可会了。”

“吉姆!”

伊索上来，一人啃了一口。

还得对对暗号。

“考吧。”

“日出东南隅。”

伊索拔直身形，对看一眼，齐声朗诵道：

日出东南隅，照我秦氏楼。秦氏有好女，自名为罗敷。罗敷喜蚕桑，采桑城南隅。青丝为笼系，桂枝为笼钩。头上倭堕髻，耳中明月珠。缃绮为下裙，紫绮为上襦。

金威、小艾、圆圆，也停止咀嚼，附声唱和：

行者见罗敷，下担捋髭须。少年见罗敷，脱帽著帩头。耕者忘其犁，锄者忘其锄。来归相怨怒，但坐观罗敷。使君从南来，五马立踟蹰。使君遣吏往，问是谁家姝。“秦氏有好女，自名为罗敷”。“罗敷年几何?”“二十尚不足，十五颇有余。”“使君谢罗敷，宁可共载不?”罗敷前置辞，“使君一何愚，使君自有妇，罗敷自有夫。东方千余骑，夫婿居上头。何用识夫婿？白马从骊驹，青丝系马尾，黄金络马头，腰中鹿卢剑，可值千万余。十五府小吏，二十朝大夫，三十侍中郎，四十专城居。为人洁白皙，鬑鬑颇有须，盈盈公府步，冉冉府中趋。坐中数千人，皆言夫婿殊。”

众人朗诵至此，正要击掌欢呼，却见伊索继续朗诵道：

太守立良久，感叹复自羞：“我亦府小吏，我亦朝大夫。三十侍中郎，离家宦海游。十年漂流苦，今做家乡守。娶妻秦氏女，亦名为罗敷。岁岁托驿马，地偏雁不回。”闻此长丝断，明珠难为收。“陌上桑知情，罗敷心无悔，岁岁蚕知情，吐丝夜夜声。丝结丝复结，丝丝难断绝。思君早日归，几回醒看月。”执手看泪眼，又疑仍梦里。彩绮饰车马，歌乐开路行，呼拥夹道看，五马载笑颜。十年转瞬间，罗敷颜如初，重开双喜宴，笑话离别苦。

春日日正媚，风和云悠悠，青青陌上桑，又立谁家姝？

伊索二人站在草地的背景前，真是：青青陌上桑，又立谁家姝？大家鼓掌。金威喊：“再来一个！”

伊索二人接着朗诵道：

人生如鸟，欲飞难高。
也许高栖，猎人瞄瞄。
飞在青天，无依无靠。
飞向何处，谁人知道？
独夜不寐，疑思遥遥。
未来如何？林木茂茂？
幸福何如？何如幸福？
寻寻找找，究竟何要？
鸟为我乎？我或为鸟！
我如为鸟，只求小巢。
如此追求，是否太高？

众人鼓掌。

“这是什么诗啊？”

“这是我老师的新歌旧译《如鸟》。”

“赵传的《我是一只小小鸟》改编的。”

“有点儿意思嘿。”

“再来一个!”

“算了算了，打球打球。”

“我要再朗诵一个。”伊莉莎说，接着不管人家听不听，朗诵道：

每个夜里，于我梦兮。
我见君兮，我知君兮。
魂兮归兮，君临我兮。
苍茫天地，我心随兮。
叩我心兮，在我心兮。
心心相印，心息相依。
爱在心兮，终生伴兮。
永不失兮，一如当时。
真实时刻，永伴我兮。
苍茫天地，我心随兮。
叩我心兮，在我心兮。
心心相印，心息相依。
君在我心，我无惧兮。
我心相依，永相携兮。
永在我心，心依旧兮。

这是《心依》，泰坦尼克号主题曲《我心永恒》（My Heart Will Go On）的诗经版。接着指着索菲亚说：“你也得来一首。”

索菲亚站起来朗诵道：

苹梨花开，河满晨霭。
喀秋莎兮，岸上走来。
河岸陡峭，吟唱徘徊。
歌唱雄鹰，歌唱爱人。

一封书信，随身携带。
少女歌声，曙光同在。
遥远边士，有飞鸿来。
思彼之子，如闻其音。
守彼之土，与子同在。
苹梨花开，河满晨霭。
喀秋莎兮，岸上走来。
河岸陡峭，吟唱徘徊。

听出来了，诗经版《喀秋莎》。

“对《俄风·苹梨》。”

“那个是美风了？”

“真聪明。”

“好，两个一百分。打球。”

“在印度，老师是至上的，有宗教导师的意思。和老师交朋友是亵渎，老师是会非常生气的。”

“你生气了吗？老师？”

“一日为师，终身为父。老师比父母的地位还高。”

“那你是干爹喽？”

“干爹有点太年轻。”

“别瞎说。”

“孔雀孔雀！”

“球场还养孔雀？”

“这都是野生的。”

“跟街上的神牛一样？”

“那当然。孔雀王朝嘛。”

“怎么叫孔雀王朝？为什么不叫神牛王朝？神牛王国？”

“还神猴儿王国呢？”

“孔雀是国鸟。”

“中国国鸟是什么？”

“凤凰。”

“麻雀。”

“乌鸦是满族的神鸟。”

“什么鸟救过汉族?”

“麻雀，肯定是麻雀。没粮食了就逮麻雀。”

“孔雀王朝是中国的春秋战国时期。”

“多有学问啊。”

“孔雀王朝的阿育王笃信佛教，人民跟着信，佛教才成了当时的国教。”

“啊，啊，松鼠松鼠!”

“印度堪称是人与动物和谐的典范，到处是乌鸦、鸽子、松鼠……每天起床都不用闹钟，一大早鸽子就会在你的窗子外扑棱扑棱咕咕咕，想睡个懒觉都不行。德里绿化得好，街道周边的绿化带里还有孔雀、野鸟、猴子、蛇什么的，在德里出门一定得把窗门关紧，主要是怕猴子进来，搞个底朝天。”

“大闹天宫。”

“印度还有一座老鼠庙。”

“老鼠庙?”

“非常著名。”

“供奉老鼠?”

“供奉的是女神杜尔加，信徒们认为那些老鼠身上有着女神的灵魂，所以老鼠在那里是非常神圣的。”

“真老鼠啊?”

“当然真老鼠，有两万多只。”

“野生鼠。”

“世界上唯一可以和老鼠合影的地方。”

“那儿的老鼠像广场鸽子一样。”

“可以喂老鼠。”

“不叫喂，叫供奉。”

“啊，好想去。”

“我这老鼠还没想去呢。”

“王总属鼠?”

“对。”

“据说谁要在那里弄死一只老鼠，就得赔一只同样大小的金老鼠。”

“老鼠过街，人人让路。”

“我还没闹明白，军方怎么管高尔夫球场，训练也在球场上？”

“军方打报告外购侦察车，结果 1000 万卢比，买了 22 辆高级高尔夫球车。”

“印度的球手非富即贵。要不有钱，要不跟军方有关系。”

“又卅眼了。”

说着话，18 洞打完，杆数是没法说了。在球场的会所用了中饭，回酒店休息。

下午三点，说老热一干人已经到了大使馆。我们上车去大使馆，酒店到使馆大约只有 3 千米，一会儿就到。印度正在大搞城市绿化建设。在德里最容易迷路，因为德里到处绿树成荫，又没有高层建筑做参照物，尤其是使馆区周围。有一次我绕着中国大使馆走了两圈，后来还是打电话问朋友，才找到要去的路口。中国大使馆是德里使馆区最大的一个，在里面需要开汽车呢，或者至少要骑自行车。当年是用象征性的 10 卢比买过来的。

大使馆的会议室，老热他们一群人如同早晨五点多钟的小麻雀，叽叽喳喳。看我们进来，迎上来。

“同志们好！”

“好！非常好！我们神采飞扬！”

又是一通叽叽喳喳。

“我说呢。以为是印度人找我。”

“这衣服好。”

“从哪儿弄的？”

“我也得来一套。”

“这回队伍壮大了。”

“井冈山会师。”

“大使馆会师。”

“现在多少人？”

“我们十个，加你们六位，十六人。”

“又凑十六个。”

“嘿，我算的就是十六位。你看还真是十六位。”

“京西怎么没了？”

“京西，哪个京西？”

“京西闲人。”

“他们那一拨去缅甸买玉去了。”

“都是谁啊？”

“都是闲人。”

“都是闲人？”

“对，都市闲人、大闲人、雾里闲人。”

“哦。”

拥抱寒暄，走到使馆会议室门口展旗合影。看到孔雀在院子里踱步，不知名的小鸟在树丛里飞来窜去。回到使馆的会议室坐下。

“都不是第一次见吧？不用介绍了吧？”

“要要要。”

“好好好，我介绍一下。我是热心人儿。一定要人儿。热心人不是我。热心肠、热心肝也不是我，都被别人注册了。热心人儿。”

“古道热肠。”

“古道热肠也不是。别人别人。我声明一下。本人绝无马甲。就这一个ID——热心人儿。”

“知道了知道了。”

“热心人儿，嘿，热心人儿。”

“大家都叫我老热，老热就是我。”

“干什么的？”

“就在这儿上班。后勤，吃喝拉撒睡。到这儿就是到家了。有事找我，啊，有事找我。别的没有，保证给你带路。别客气啊。别笑别笑。别净我说，大家说，大家说。”

“你净嘚吧嘚吧的，谁好意思抢你。”

“嘿嘿，你是谁呀？”

“别着急啊。我是无忌。主要是你们两位新来的，不认识，大家都认识。完了。”

“完了？”

“无忌多了。”

“对对，我是长焦无忌。大家都喊我无忌，还有一个四驱无忌、童言无忌、英雄无忌、老太婆无忌……”

“这儿还有一个啰唆无忌。”

“以后叫我长焦也行，无忌也行。”

“好些个长焦呢。”

“是是。完了。”

“真的完了？”

“真的完了。”

“我是六里莲花。信佛。叫我六里行，可别叫我莲花。女的行，这大老爷们的。叫六里，老六，都答应。叫莲花跟你急。”

“花儿——”无忌拖长声说。

六里做出怒的表情。

“把莲花去了呀。”

“那可不行。”

“叫六里芦苇吧？”

“芦苇得十里。”

“这名起的。”

“有玄机。”

“其实我是住在六里桥和莲花桥，第一次参加个饭局，问什么网名，一起急，想了个六里莲花。”

“你倒是加个桥啊？”

“六里莲花桥。”

“哈哈哈。”

“我在那儿开了个小店，大家有空去坐坐。”

“我就不用介绍了。傻妞。”

“假装在巴黎。”

“该你了。”

“懒得理你。”

“我也懒得理你。”

“我是滴滴答答。业余电台资深爱好者，俗称火腿。有同好的通联。他们老喊我滴滴答。滴滴答和滴滴答答不是一个意思。”

“不是滴滴打车。”

“还滴滴打船呢？”

“影子也有生命。就喜欢电影，特想去看宝莱坞。”

“还有谁没介绍？”

“哎，小雪。”

“冥想在雪上之巅。我来印度是准备专程学瑜伽的。明天就和大家拜拜了。”

“去哪儿学啊？”

“瑞诗凯诗。”

“瑞诗凯诗在哪儿哦？”

“瑞诗凯诗是瑜伽圣地。恒河的圣水沐浴我的身体，阳光穿透云雾，寺庙的钟鸣伴着圣歌飘扬，大神湿婆在喜马拉雅山巅注视我的心灵，让我逃脱层层因果报应。”

“你做什么孽了？”

“浦那是不是也很有名气？”

“浦那是静修。”

“静修和瑜伽有啥区别？”

“印度静修、瑜伽的地方太多了。”

“神秘的国度。”

“神神叨叨。”

“对一切神圣要肃然起敬。如果做不到，至少此时此地暂时别乱说。”

“好了好了，一会儿讨论。还有谁？揽胜。”

揽胜很有风度地举了下手示意：“揽胜。”

“我们四个就不用介绍了。”

“没记住。”

“好好，金威，东方公主，西方格格，电瓜，这两位外挂，没名，慢慢想，想好了再上网。”

“我补充一句，深啤。深圳的深，啤酒的啤。”

“深啤不就是金威吗？”

“也是呢。”金威又小声说，“我多余解释。”

老热、无忌、六里、滴滴答、影子是男的；揽胜、小雪、傻妞、巴黎、懒得是女的。我一目了然，你看不到，所以补充一下。当然，我、金威、小艾是男的；钱圆圆、伊莉莎、索菲亚是女的。

“怎么行动？怎么行动?”

揽胜说：“金三角，然后尼泊尔，向北到拉萨，回家。”

六里说：“我来是想拜拜佛，瞻仰瞻仰佛迹，我要向西去朝拜菩提伽耶、鹿野苑。”

长焦无忌：“我一定要去拍克久拉霍。”

“冥想在雪上之巅已经说过只去瑜伽。”

假装在巴黎说：“我就想去住客栈，逛市场，然后去瓦拉纳西，沐浴恒河。”

傻妞说：“我就想穷玩，最好能把印度玩遍。”

懒得理你说：“我呢，好吃懒做，不想太累。吃点儿、喝点儿、玩点儿。”

滴滴答答说：“我要单独行动，拜访同好。”

“不许单独行动。都一起出来了怎么能单独行动?”

“对，你又不是老独，不能独来独往。”

“旅行就是选择与你步伐一致的人同行，如果没有，那就一个人。”

影子也有生命说：“我想到印度南方去看看。”

老热说：“抱歉啊各位，我还得上班，明天可以陪大家一天。”

“早说啊你。”

“这是专程送你来上班了。”

“不能强求，不能强求。”

“缘来不拒，情去不留。”

每人说一遍各自的想法，争论起来。

“你说你们，出来之前行程不定下来，到这儿争执。”

“不是争执，是各抒已见。”

“谁说没定？行前会开了不下五次。”

“照着那个走啊。”

“定那个的都没来。”

“还是按行前会商量的。金三角为主，加德满都出，再加两三个地方。”

“去边界看换岗。”

“乌代浦，乌代浦。湖上宫殿。”

“孟买。印度门。”

“这不有印度门吗？”

“这个印度门是纪念碑，那个印度门是门。”

“阿杰梅尔。”

“焦特布尔。蓝色之城。金银器、小商品。”

“老热说去哪儿？”

“电瓜有经验。”

“我建议你们啊，金三角——德里、斋普尔、阿格拉，再加上克久拉霍、瓦拉纳西、加德满都，回国。不绕路，北方主要景点基本上看了。你们看地图。德里看看这儿，看看这儿。”

大家都凑到地图前，除了懒得，比照着地图商量了一会儿。

“就这么定了。不许再提意见了。”

“你们六个别单独行动了，一起行动吧？”

“我们再想想。”

“再想想？参加大部队，别另立中央。”

“肯定单独行动。”

“走不到一块儿。”

“再商量商量。”

“还是跟大部队行动吧？”

“大部队有几个人？”

“数数。”

“滴滴答不去？”

滴滴答点头。

“小雪单独行动？”

“是。”

无忌数：“揽胜、傻妞、影子、老热……”

“我不去。”

“奔你来的。”

“我得上班。”

“好，老热不去。”

无忌接着数：“巴黎、懒得……”

“我想直接回去了。”

“什么?”

“太热、太脏、太乱，没心情了。德里都懒得玩了。”

“真是懒得啊。”

“我决定了，直接回北京了。”

“太突然了。”

“要适应。”

“还有谁?”

“还有你。”

“还有我。”

“他们几个不去?”

“是。”

“还有谁?”

“还有六里。”

“这大活人，看不见啊?”

“仙人。”

“几个几个?”

“六个？才六个？无忌一脸不信。没数漏吧?”

“就是六个。”

“我们也是大部队。”

“怎么也多一个呀。”

“懒得，别回去。”

“人心散了，部队不好带啊。”

到使馆的食堂坐下。

“有酒吗?”

“没酒。”

“大使怎么没来啊?”

“大使出门了。”

“你是谁啊？没出门也不来见你。”

“没出门肯定来。真的出门了。”

“大使算什么级别的?”

“怎么也是局级吧?”

“跟国家有关系。有的国家可能是局级,有的国家可能连科级都不是。”

“还有的国家没有大使呢。”

“不会吧。有外交的地方都有大使吧?”

“鸟不拉屎的地方还派大使?大使肯定和政治经济水平有关。”

“吃完饭干什么?”

“白天看庙,晚上睡觉。”

“一会儿去看表演。”

“什么表演?”

“去了就知道了。”

“不好我还不去呢。”

“这桌饭得多少钱?”

“没多少。”

“算使馆请我们?”

“算我请。”

“老热忒局器。”

“怎么能让你请?”

“到我这里了。请顿饭小意思。”

“那不行。”

“分摊分摊。”

“分摊什么?我请大家。”

“我请。”

“你请没道理。”

“我来印度次数最多,所以我请。”

“我是地主。”

“同在异乡为异客。”

“这到我单位了。”

“花公家钱就算了。你请不行。”

“分摊分摊。”

“都出来玩儿,按玩儿的规矩。”

“还是我请。”

“别争了。印度你没我熟。”

“熟也不行。”

“同在异乡为异客。”

“老客敢为新客主。”

“老电。”

“印度是我的天堂，这是第十次，每次少则十天半月，最长待了六十二天。这次有这么多朋友，高兴，庆祝一下。”

“既然电总这么说，老热就从了吧。”

“好吧，感谢电总盛情！”

“好！大家鼓掌。”

“谢谢电总！”

“一会儿金威掏钱结账。”

“怎么你掏钱？”

“我们几个全是我垫着，回去一块儿算。”

“哦。”

“这样也好。”

到了一家剧场门口，德里的印度门被景观灯照亮在夜色中。虽然相隔还有一段距离，但高大的建筑已经能够很清晰地看到，远看有点像凯旋门的感觉。德里印度门是印度战士纪念碑，建于 1921 年，是第一次世界大战纪念碑，第二次世界大战没烧到印度。长期有军队站岗，十分的庄严肃穆。

“穷修坟，富修门。这到底是坟还是门？”

“是门。”

来到剧场门口。

“是不是专宰旅游者的？”

“免费怎么宰？”

“免费？”

“印度的古典舞剧场是免费的。”

“啊？”

“古典舞是非常神圣的。”

“有人在学印度电影里的舞蹈动作。”

“宝莱坞的舞蹈只能在电影里出现，不能进正规的剧场。”

“啊?”

“印度舞最早是在寺庙里面，由庙里的神奴专门跳给神看的。”

“最早的舞者是湿婆大神。”

“跳大神是不是这么来的?”

“湿婆神是宇宙间最早的一个舞者，是舞蹈之王，世界万物的动作，比如说在微风中摇摆的树木，比如说河流、小鸟的飞翔、花儿的摇摆绽放，所有的动作都是湿婆神肢体的动作；世间万物的声音，蜜蜂的嗡嗡、小鸟的鸣叫，都是湿婆神的语言；天空中的星星、大地上的花儿，都是湿婆神的饰品。基于这三者之上的是湿婆真诚的奉献。”

“最好的舞者是心灵的舞者。”

“印度舞是下蹲的，根植于大地。与芭蕾正好相反，芭蕾是向上的，想脱离大地的。”

“这都是谁说的啊?”

“金珊珊。”

“金珊珊是谁？”

“神奇的印度啊。”

“印度舞分南北两大流派。北印度舞蹈主要有克塔克舞和曼尼普利舞。南印度的古典舞蹈主要有婆罗多舞和格塔克里舞。”

“这里肯定是北印度了。”

“对的。”

“巴黎跳得好。”

“那舞跳的。”

“多美尼加舞。”

“舞蹈是生命冲动的升华。”

“经典印度舞更是一种宗教仪式。”

“舞蹈也神圣。”

“刚才说了，一些印度舞只在庙里表演给神看，不是你想看就能看的。”

“印度有很多神圣的事物。说是跟印度小贩讨价还价，到最后来一句，你的神在看着呢。多半能讨个实在价。”

“天空中遍布神明，汝等当心存敬畏。”

“嚜。”

舞蹈开始了，是克塔克舞。克塔克舞是北方舞，北方邦、拉贾斯坦邦很著名。克塔克是一个种姓，专门从事舞蹈，以卖艺为生，他们所跳的舞叫克塔克舞。克塔克舞原是一种宫廷艳情舞，专供王公贵族欣赏，现在成了大家都跳的舞蹈。男女均可表演。内容主要是表现克里希纳与拉塔的爱情故事。克里希纳是一个暴君，曾以抢亲方式娶了维达巴国公主鲁格蜜尼，还通过各种际遇，娶过五个妻子。他杀死阿修罗那罗迦之后，将他掠来的一万六千个各国公主收为自己的嫔妃。拉塔是克里希纳的情人，他对她的感情最深。他们青梅竹马，情投意合，如胶似漆，家喻户晓。克塔克舞演员的脚上系有许多小铜铃，演员随着鼓点儿，跳得急时，是壶口瀑布；跳得慢时，像春雨无声。随着鼓点和音乐用身体各部分的动作和面部表情，表现各种感情，所以有人称它是表演各种体态的舞蹈。由于克塔克舞声情并茂，富于视觉冲击力，所以在银幕上和舞厅里出现得很多。

“大红灯笼高高挂里的小铃铛可能就是从这儿借鉴的。”

“有可能。”

然后是曼尼普利，是由曼尼普尔地区民间敬神舞发展来的。曼尼普尔是舞蹈之乡。主要是女的跳。

剧场出来，要去夜宵。

“不知道你能不能宵得了？”

“入乡随俗。”

“尝试尝试。”

找了个小店。上来印度的小食，原来是烤土豆泥。说笑一阵子，散了。

第二天早晨约在红堡西门拉合尔门集合。红堡在旧德里城东北部，亚穆纳河西岸。2007 年入选为世界文化遗产。“我就奇了怪了，世界到底死了没有？没死，哪来的遗产？死了，我们是谁？”

“死了。因为我们和世界无关。”

“世界不是我们的。”

“我们来了就是我们的。”

“我们先到了。”

“这是正门。西门是正门。”

“拉合尔是什么意思?”

“这个门正对着拉合尔。”

“拉合尔是巴基斯坦的名城，素有‘花园城市’之称，巴基斯坦的文化和艺术中心，有2000多年历史。1947年巴基斯坦独立后，拉合尔成为最富裕的旁遮普省的首府，经济迅速发展，现在已经建设成为拥有250万人口的巴基斯坦第二大城市和重要的工业中心。拉合尔由建于阿克巴时期的旧城和其南部的新城组成。旧城由7米高的红色砖石城墙围绕，建有14座城门，城墙外蜿蜒着护城河。东部朝印度德里方向的城门叫德里门，而德里红堡朝向拉合尔方向的正门则取名拉合尔门，昭示着这两座城市之间深厚的历史渊源。”

“印度的旁遮普叫旁遮普邦。旁遮普人身材相对高大，皮肤白皙，友善，淳朴，善良，德里人就黑瘦黑瘦的，也小肚鸡肠、爱占便宜。他们都乐意做游客镜头里的主角。”

“印度是东旁遮普，巴基斯坦是西旁遮普。原来是一个旁遮普。”

“印巴有许多以旁遮普分治为背景的文学、电影。感人呐!”

老热一行十人来了。十六人展旗合影。这都是网上炫耀的资本啊。有图为证。在印度旅行，往往走着走着就散了，十六人分成六七拨儿也很正常。一网情深，一往情深深几许？深山夕照深秋雨。天网恢恢，千疮百孔。一网情深旗展，几多欢声笑颜。

红堡因其用褐红色砂岩建造而得名，17世纪中叶，莫卧儿皇帝沙贾汗把都城从阿格拉迁至德里，效仿阿格拉堡的风格建造了该城堡。红堡共有5个门。三座著名的红堡我全看过不止一次，另外两座分别是阿格拉红堡和胜利王城。红堡外墙呈不规则八角形，有亭阁、阳台和大理石窗户，看起来不那么威严。内殿用大理石和各种名贵石料砌成，壁上刻有花卉人物的浮雕，镂空窗板上镶有各色宝石。

宫内原有一座世界闻名的“孔雀王座”，长约2米，宽1米多，用11.7万克黄金制成，上面镶嵌有钻石、翡翠、青玉和其他宝石，下部镶嵌着黄玉，背部是一棵用各种宝石雕成的树，树上站着一只用彩色宝石嵌成的孔雀。底座有12块翡翠色石头，台阶用银子铸造。如今，这个王座已不复存在，只有王座上方的墙上还能看到当年沙贾汗国王下令雕刻的波斯文诗句：“如果有人间天堂，必是这里。”

“上有天堂，下有苏杭。”

“腾格尔唱草原是天堂。”

“家乡就是天堂。”

“阿拉伯古书上说人间天堂在大马士革。沙贾汗肯定知道。”

“沙贾汗也太啰唆了，直接写人间天堂不就结了吗？不自信。”

“大马士革是不是有块牌匾‘人间天堂’。”

“照这么说天堂也得挂块匾额，上书‘天堂’。”

“谁的家乡有块匾，上面写着‘家乡’？”

“对，我们应该给黑石堡捐块匾，上面写上‘家乡’。”

“挂哪儿啊？”

“挂堡门洞上啊。”

“要倒了的货。”

“你们这是扯到哪儿去了？”

“时过人去城堡在，凭君想象到当年。”

匆匆地在红堡转了一个小时，出来，上车去胡马雍陵。

上车时，懒得要上我们的车。

“这么高级的车？换换换换。我坐一把，你坐那辆。”

金威面露难色。

“看在我明天就回去的面上。换换换换。”

“哎呀，好高级啊，好舒服啊。跟你们走我就不回去了。”

“坐不下。”

“挤挤挤挤。”

怎么说？遇到这种要求，怎么说？

沉默。

胡马雍陵。

四十分钟。原地集合。

“怎么像旅行团？”

“旅行团有效率。”

“我可不喜欢这样催催催。”

“反正你明天就回去了。”

“莫卧儿王朝（1526—1857 年）331 年，长长短短、大大小小有 20 位皇帝，最后被英国的东印度公司所灭。注意啊，是被公司灭了的。前六帝，开国大帝，巴布尔率领一万人的军队，打败印度十万大军，拿下德里，结束了德里苏丹国在印度 320 年的统治。巴布尔系绰号，意为老虎。巴布尔十分凶狠、残暴、贪婪。拿下德里时 43 岁，又过了 4 年死了，葬在阿富汗。其子胡马雍，幸运者的意思，据说胡马雍生过一次大病，巴布尔曾为此热切地向真主祈祷，要真主把他儿子的病转移到他自己的身上，因此在儿子开始好转的时候，父亲的身体就渐渐垮了下来，到胡马雍康复后两三个月，他就去世了。胡马雍上台后，莫卧儿王朝的地位不稳，被各方势力打得穷于应付，1539 年和 1540 年他两度被舍尔沙打败，军队丧失殆尽，流亡伊朗 15 年，借助伊朗萨非王朝军队，趁舍尔沙的苏尔王朝内乱之机，卷土重回德里。回到德里一个月，从藏书楼的楼梯上摔下来，死了。你说，打仗没死，流亡没死，胜利了，莫名其妙地摔死了。当时他远未确保对印度斯坦的霸权，不过，他的儿子要比他强得多。第三代帝王阿克巴，13 岁登基，当年在德里北 90 公里，第二次帕尼帕特战役再次打败阿富汗人，重现祖父巴布尔 30 年前的辉煌。17 岁上演印度版的康熙除鳌拜。19 岁确立一代君主地位。史学家誉他为‘阿克巴大帝’，是伊斯兰东方最贤明、正义的伟大君主。在位 50 年，1605 年 10 月卒于阿格拉。死后被葬在锡坎德拉。四帝，贾汉吉尔（1605—1627 年），在位 22 年，五帝，沙・贾汗（1627—1658 年），在位 31 年，修建泰姬陵。六帝，奥朗则布（1658—1707 年）在位 49 年。其后的十几个皇帝，大都不值一提。了解一下，有助于北印度的旅游。梳理一下，以阿克巴为坐标点，他的爷爷开创了莫卧儿，建设了刚去过的红堡，阿格拉的红堡，他爸，就是我们就要去的胡马雍，他儿子贾汉吉尔，他孙子沙・贾汗，建设了泰姬陵，他重孙子……”

“他建过什么？”

“阿克巴定都阿格拉，阿格拉红堡，他建了胜利之城，法地普尔・希克利（Fatehpur Sikri），是求子许愿如愿还愿的城。”

“他爷爷是开国皇帝，他爸是善良的流浪皇帝，他是阿克巴大帝，他儿子是不出名的皇帝，他孙子是情种皇帝。”

“总结得好啊。”

“父一辈，子一辈，辈辈不同啊。”

从胡马雍陵出来，找了家当地餐馆吃印度饭，是馕和糊糊，糊糊是辣的。

“这么吃我可受不了。”

“这是标准的印度餐。”

“吃的东西都带咖喱，都是辣糊糊的。”

懒得说：“更坚定了我回去的决定。”

“既来之，则安之。孔子曰：‘故远人不服，则修文德以来之。既来之，则安之。’能来之，不能安之。何故也？”

“不适应呗。”

“恨不能插翅飞回威虎山。”

“你们收编我吧？”

“懒得理你。”

“嗯？”

“我说，懒得理你。”

“你说呀？收编我吧。”

“你还是回去吧。”

“组织小团体。”

“你跟大团体呀。”

“哎。懒得理你。真的懒得理你。不是我，是懒得理你。一点儿也不爷们。”

“你说你起的这名？”

“我改名行吧？我改名行吧？”

“你改呀。”

“我改我爱你行吧？”

“行啊。”

“你叫我新名。”

“懒得理你。”

“叫我新名。”

“我也改个新名，别烦我。”

“惹不起。”

“逗你玩呢。”

“散了散了。”

照了合影，拥抱握手。

“我真想跟你走。我看得出来，你是头儿。”懒得借着拥抱，在我耳边悄声说。

“下回下回。”我拍拍她的后背安慰她。心里说，我知道你是谁呀？你是谁其实并不重要，关键是已经有两个跟着，不能再和你艳遇了。

懒得自己打车去机场了。今晚她就住在机场附近了。有人说，印度最好的地方是机场，因为从那里可以回家。

小雪和滴滴答去车站了。到车站他们会一个往北，去瑞诗凯诗；一个往南，去孟买。

我喜欢有个性的人。他们让这个世界丰富多彩。

揽胜六人上车去斋普尔。今晚他们要住在斋普尔。明天他们要按照旅行社的节奏，看斋普尔的风宫。

老热看我们上车，打车回使馆了。

我们上了车。

“去哪儿?”

“回酒店。”

在酒店大堂。

“人多还是热闹。”

“是啊。”

“人多也有意思。”

“是啊。”

“要不要休息一下?”

“不累。”

“想看看什么？王总说。”

“别听我的，我都看过。”

“想看泰姬陵。”

“行啊。明天去?”

“现在就去呢?”

“也行。退房。去阿格拉。”

“很远吗？”

“不远。”

旅行就是这样，或者说走就走，或者说走也不走。商量着说到阿格拉住两天。车出了德里，太阳已经偏西，小艾已经安排好阿格拉的住宿。大家无语，昏昏欲睡。

“印度有一部很有名的小说，我给翻译成《风》。它可以和《飘》媲美。”

“那实际是什么名字？”

“没有中文版。”

“印度经典？”

“不是古代经典。说的是印巴分治前后，以风宫为背景。”

“揽胜他们正在风宫吧？”

“有一个时期，印度的经典旅游线路是重走阿什之路。”

“阿什是谁？”

“《风》的主人公。”

“都没听过。”

“那条旅游线路也包括金三角。”

“回去找书看看。”

“凯叶写的，有的译成《远亭》，节选版的电视剧叫《恨海情天》。”

“大概什么意思？”

“说来话长，且容我慢慢道来。”在车上讲印度的《风》，讲八十年代重走阿什之路的旅游潮，讲得大家昏昏欲睡。

车行在北印度的初夜。为什么叫初夜？是夜色刚刚降临的意思吗？车窗外是北印度的景色。夜色沉沉中，看见白色的泰姬陵，远远的在夜幕的背景下。泰姬陵的图片频繁地出现在网上、书上，很美，但是当你真的看见，发现它是如此的壮观和美丽。让人震撼。

“啊，泰姬陵。”

“泰姬陵。”

“那边是什么？”

“是个高尔夫球场。”

“啊？”

“明天可以去打场球。”

“一边打球，一边看泰姬陵？”

“不可思议。”

在泰姬陵边上的泰姬玛哈酒店，看着泰姬陵，吃着法式大餐。朗月当空，白色的大理石在月光映照下似乎发出淡淡的紫色，恍若仙境。

世界八大建筑奇迹之一。泰戈尔说，泰姬陵是“永恒面颊上的一滴眼泪”。

“泰姬陵的建造，历时 22 年，每天动用 2 万役工。耗竭国库，导致王朝衰落。”

“是个败家陵。”

“泰姬陵的大理石从哪儿来的？”

“这倒是个问题。”

“白色大理石产地很多了。”

“我很喜欢伊朗黄。”

“没听说过泰姬白。”

“你这一说，明天就有了。”

“不会有，后面有个陵就没人用。”

第二天一早起来，他们商量说先去看泰姬陵。是啊，谁能受得了这等诱惑，千万里慕名而来，却在墙外不入。中国 35 个王牌景点，每每节假日，人头攒动。泰姬陵的游人不比中国的王牌景点人少。这又怎样？纵有千万人，吾往矣。纵有千万人，吾来也。

世间美景冠绝地，岂能于我不在焉？

“你们去，我去打球。”

“我陪你去？”

“虚伪。”

把球支在提上，心静下来，调整身形，试挥了两下，一杆开出去。小白球在蓝天绿地间划出一道优美的弧线。上升，飞行，下落，前冲，在球道上冲了几码，停了下来。球童接过球杆，去开球车。我放弃球车，沿着球道，向前走去。等我走到球前，球童已经准备好球杆，等在那里。七号铁。这是一个四杆洞。我瞄了瞄，调整了一下，一杆攻上果岭。球童收杆，开车。等我走到果岭，球童递过推杆。我在球和球洞之间走了两个来回，看好了线路、距离、坡度。球童手把旗杆，我调整好方向，稳稳地把球推出。小白球平稳无声地在果岭的短草上驶过，轻轻地掉落球洞。球童微笑着摇摇头向前伸出大拇指。一个精彩漂亮的小鸟。

收杆，捡球，插旗，上车。

这球童和我真默契。我讨厌有些球童像教练一样自以为是地聒噪。

第二杆是个三杆洞。打了一个帕。

第三杆是个五杆洞。开得也很漂亮。可以进入我的开杆前十纪录。第二杆用五号铁，攻上果岭。也是我五号铁最高纪录。第三杆是一个难度很大的长推。从果岭的长草边缘，直推进洞。漂亮，一个“老鹰”。

玩高尔夫，一个人的时候最容易出成绩，最好成绩往往是一个人的时候打出来的。有时候连球童都没有。只有自己看见，没法向人炫耀。如果你自己打了一个一杆进洞，你向人说起，别人说，是吗？再打一个给我看看。你打得出来吗？有一个球场挂着我一杆进洞的记录牌。幸亏有人看见。有更多的事是，幸亏没人看见。

第四杆是个过水二杆洞。我最怕水。逢水必晕。为了克服晕水，专门到水域练习场练了许多回。也是为了克水，发起开发了河道高尔夫。见水就想给它盖个板子。两杆洞是最有可能一杆进洞的，遇上我这晕水的，就没谱了。开杆开过去了，开大了，落在果岭后侧长草区。切杆切上来，再一推，落洞。一个柏忌。

出现了前所未有的手感。前九洞打出了 33 杆的成绩，这是我的最好半场记录。休息了一会儿，乘兴再战，全场 68 杆收杆。这是不可想象的状况，从来没有打出过低于 70 杆的成绩，今天竟然破天荒了。这种孤独的兴奋无人分享。泰姬陵里孤独的泰姬，不能理解络绎不绝的芸芸众生。激动无比的游人也不能理解孤独的泰姬。泰姬陵外孤独的我似乎拥有整个世界。我虽然想到泰姬的孤独，理性地意识到我孤单单的影子，但我没有感到一丝一毫的孤独。我还想到斯坦尼斯拉夫斯基讲究的当众孤独，演员站在炫目的舞台上的孤独。我在此地，谁在看着？68 杆，68 杆，老虎伍兹休赛 5 个月后，首次复出也是 68 杆，那场比赛中，一架商用小型飞机拖着一条横幅广告飞过球场上空，横幅上写着：“性瘾成癖的人？是的，当然，我也是!”管他呢，68 杆。

68 杆，闭上眼睛，每一杆都能感觉到，那感觉似乎还在身体里，却再也打不出来了。成功都是孤独的，权力也是孤独的。多少个清晨，无数个夜晚，我是如此的单独而完整。一场球竟然这么快打完，像梦中一样不真实。明晃晃的泰姬陵似乎也不真实。

中午独自吃了一些印度拉斯玛莱点心。

下午我在酒店工作。电脑是酒店的电脑，现在谁还会带个人电脑，谁还关心屏幕?

在房间打开电脑，插上密钥，我的界面跳了出来。输入第一层密码，第二层界面跳了出来。在第二层密码有许多可以点开的区域，我在我设定的区域连开两层，出现第二层密码界面。输入第二层密码，真正进入我的工作界面。如果不知道，会在第一层密码后，就以为进入电脑，即使有一些东西，也都是普通的东西。进入工作界面后，我的邮箱、即时通讯、博客、相册、工作底稿、各种文档、资料、常用网址统统全开了。

电脑本身有没有病毒和我没有任何关系，开机启动时战胜了百分之多少其他用户更是没有关系。

我首先和小薛通了视频。河道高尔夫运转正常。她讲了几件小事，我让她看着办吧，主要是和主管单位的公关花费。小薛名叫薛雷锋，帮我打理着青蛙河道高尔夫的自留地。

然后和助手小李、助手小刘通了视频。公主塔的审计进展正常。

和罗镇西通了视频。

和另外两个同事通了视频。

和老婆通视频，她一直没在图像里："我在忙着做饭。有事快说，没事我挂了。"

"儿子好吗?"

"儿子好。"

儿子跑过来和我说话。我听见他喊我的声音由远渐近："爸爸，爸爸，爸爸……"

儿子的小圆脑袋出现在视频里。

"儿子儿子。"

"回去做作业!"老婆在呵斥儿子。"回去做作业。不做完作业什么都别想。”

“我要和爸爸说话。”

“说什么说。”一边向我说：“没事挂了。”直接就挂掉了。

我对着黑掉了的屏幕一阵惆怅。

怔怔地出了一会儿神。打开电视，搜到一个足球频道，声音开到很大。脱光衣服并足水龙头冲澡。许多往事，涌上心头，有几滴泪水和洗澡水一起冲走了。裹着浴巾出来，我已经回到当下。

太阳已经西斜，我到酒店的天台占了一个桌子，这个天台是看泰姬陵的一个绝佳的位置，来晚了就没有了。金威说他们正在往回走。天台上还没有其他的客人，周边是六张铺着白桌布的餐桌。点上一支烟，静静地等待着太阳慢慢地西沉。当太阳将沉未沉之际，太阳从银白变成了金黄。金黄的太阳把白色的泰姬陵也映照成了金黄色的。泰姬陵在一瞬间从冷冷的白色变成了金碧辉煌，如同雪照金山，如同日落玉渊潭。金色的落日会把世间所有可以反光的东西瞬间镀上一层金，你知道这个浅显的道理，但你未必看到过这简单的壮观。我已经是第三次看到金色的泰姬陵了。就是因为这一瞬间，泰姬陵早晚的门票要比其他时段贵。很晚了，天已经黑透，小艾、钱圆圆、金威、伊索五个人才回来。他们没有看到刚才的美景。当你沉醉于一个美景时，可能已经错过了另一个美景。

到了天台，他们几个打了声招呼，坐下后都在低头看手机。

世界上最远的距离，莫过于我在你身边，你在玩手机。

“印度这信号不行啊。”

“还贵死人。”

“幸亏如此，要不更得掉到手机里了。”

大家都是手机控。

一会儿上菜了，钱圆圆对着菜拍照，发微信。

“香港大师说了，对着菜拍照不好。”

“是损害手机吗？”

“他意思好像是把菜的神韵拍走了。”

“愚昧啊。”

“有的地区说照片能把人的灵魂带走。”

“别有的地区。摄影刚出现时，全世界都这样。”

“菜没有魂儿。”

“也有道理啊。”

“什么道理？迷信的道理。”

“可能是拍照把菜放凉了吧？”

“这是凉菜。”

“不过现在好像不照相就没有旅游过。”

“对呀。照片证明我来过了。”

“照相的人都应该看看苏珊·桑格塔的《论摄影》。”

“桑格塔是谁？”

“我们就照了，不研究。”

泰姬陵的夜间灯效已经打开，在黑蓝幽沉的背景下像一件巨大的和田玉摆件。

“这地方好啊，要不是王总，我们可找不到这地脚。”

“换个角度真不一样。”

“王总来过好多次了吧？”

“这是第三次。”

“再好的地方也经不起去两次。看来也不对。”

“让你住到风景里，是感觉不到风景的。”

“把泰姬抬出来，让你躺进去，你就惨了。”

“刚才日落时的泰姬陵太壮观了。金灿灿的，像雪山变金山一样。”

“日落时我们在阿格拉堡，远远眺望泰姬陵。”

“你知道我那会儿想起什么了？”

“嗯。”

“想起沙·贾汗当年，孤独地看着泰姬陵的日落。”

“19 岁的沙·贾汗遇见 16 岁的泰姬，一眼定情。泰姬在生养第 14 个孩子的时候，难产而死。沙·贾汗动用 2 万劳役，干了 22 年，建成泰姬陵。”

“生 14 个孩子，理论上需要 20 年。”

“那又怎样?”

“也就是说，19 岁的沙 · 贾汗到 39 岁的沙 · 贾汗，面对的 16 岁的泰姬到 36 岁的泰姬，一直是个孕妇。”

“啊?”

“你以为沙 · 贾汗就一个泰姬?”

“你以为谁都和你一样?”

“这个爱情是不是太奇特了?”

“死了 22 年，怎么停厝?”

“传说是经不起推敲的。”

“我们就一听一看一乐。”

“说建造泰姬陵的工匠都被砍了手，怕建第二座。”

“哪儿是有手就能建的，留着都没建起来黑陵，还砍。”

“迪拜要建泰姬陵。”

“要造一个大五倍的泰姬陵。”

“意思是吾辈无知，就这么建了。”

“除了无知，无所不知。”

“不管怎么说，泰姬陵是无论穷游还是富游都应该来一趟的地方。”

“建成后又被关了 8 年。应该是 8 + 22 + 39 = 69 岁，实际沙 · 贾汗 74 岁。”

“差不多嘿。”

“沙 · 贾汗是不是蒙古人啊? 莫卧儿和元朝是不是有关系啊?”

“莫卧儿王朝是由蒙古族血统的突厥人创立的。没有直接关系。”

“我读蔡东藩的《元代演义》，成吉思汗上推六代，留下寡母带着两个儿子，然后寡母又生了三个儿子，前两个儿子疑惑这三个弟弟哪来的，这才有著名的五箭训子。其母说：‘您两个儿子，疑惑我这三个儿子是谁生的，您疑惑的也是。您不知道，每夜，有黄白色人自天窗门额明处入来，将我肚皮摩挲，他的光明透入肚里。去时节，随日月的光，恰似黄狗般爬出去了。您休造次说！这般看来，显是天的儿子，不可比做凡人。久后他每做帝王呵，那时才知道也者！’寡母阿阑豁阿就教训着说：‘您五个儿子，都是我一个肚皮里生的，如恰才五支箭竿一般，各自一支呵，任谁容易折折。您兄弟但同心呵，便如这五支箭竿束在一处，他人如何容易折得折！’后来他母亲阿阑豁阿殁了。蔡东藩接着说：‘你信吗？反正我不信。这一段就是五箭光孕。’”

“寡母对儿子说‘您’？”

“是啊，呵呵。”

“《元朝秘史》说元朝人的祖先是苍狼配白鹿，有了元朝祖先第一人。”

第二天早上，一行人转阿格拉街巷。去到了泰姬陵后面的河谷，人迹罕至。从这个角度看泰姬陵是别样的风景。走走停停，说说笑笑，拍拍照照，复又转到阿格拉街巷，坐在小摊上喝茶。

金威说：“揽胜他们也到了。”

“是吗？他们不是在斋普尔吗？”

“他们昨天在斋普尔，昨天晚上的夜车，今天早上到的阿格拉。”

“效率够高的。”

“上午去的泰姬陵，下午要去阿格拉堡。”

“我们往那边拐一下就能遇见他们。”

“跟你通话了？”

“没有。微信上说的。”

“微信成羊皮地图了。”

“现代魔法啊。”

“晚上他们住哪儿？”

“晚上的夜车，去克久拉霍。”

“马不停蹄啊。”

“他们这是看一眼就走啊。”

“我也想去克久拉霍。”

“那我们明天也去克久拉霍。”

“克久拉霍有什么好看的？”

“自己查。”

“我本来想说去阿拉哈巴德。”

“那按王总的计划。”

“现在就按你的计划，去克久拉霍。”

“阿拉哈巴德，印度教圣地。大壶节……”

“那去阿拉哈巴德吧。”

“不改了，去克久拉霍。”

“他们下一站去哪儿？”

“他们下一站去瓦拉纳西，待一天，接着去加德满都，待一天，接着回国。”

“这么安排也很饱满。”

“多赶啊。”

“我们怎么安排？”

“我们没计划，走哪儿，停到哪儿。想去哪儿，就去哪儿。”

“我们这真是自由行。”

“车开到克久拉霍得一天吧？”

“我们可以坐飞机过去。”

“克久拉霍有航班吗？”

“有军用航班。”

“军用航班？”

“这几天的高尔夫球场也都是军用的。没有军方关系根本进不去。”

“田总的朋友跟军方关系很深啊？”

“是。说如果需要，可以提供给我们军用航班。”

“我想坐啊。”

“印度的军用航班是什么样的啊？”

“值得期待。”

“说了，都是老机型，不过航线很多。”

“什么机型？”

“三叉戟，伊尔52之类。”

“三叉戟？就是摔林副主席的三叉戟？”

“那是专机啊。”

“坐坐坐坐，王总，坐吧？”

“不怕摔下来？”

“反正我也不是副主席，摔下来也值了。”

“好啊，坐了。”

“联系一下什么时间有航班。”

“下午两点有一班。”

小艾马上联系。一会儿回话说可以走。立刻起身回酒店，退房去机场。

“我们好像在和他们比赛哦。”

“谁们?”

“揽胜啊。”

“只不过凑巧他们是我们的动态参照物。”

“笨鸟先飞。”

“勤能补拙。”

“这都哪跟哪啊?”

下午一点，到了机场。所谓机场，就是有一大片空地和一个简易的建筑物，有两个懒懒散散的军人，持枪把守入口。小艾在入口交涉了四十多分钟，出来一位印度的军方人士接，方才进去，里面也是简陋不堪。我以为这四十分钟会把飞机误了。谁知道进去后，一打听，回说，飞机还没来。进来以后，那位印度的军方人士一直陪同。过安检，那台安检机器，我怀疑它就是一个铁疙瘩。过了铁疙瘩，又搜了身，算是过了安检。里面没几个人，也有两个不穿军装的人，一看就是本国人。小艾悄悄给军人塞了小费，军人脸上露出笑容，让我们原地等着，到后面的办公区域去了。飞机什么时候来，天知道。

“田总的朋友是做什么的，神通如此广大?”

“五代经商，最早跟英国人合作的。”

“婆罗门?”

“好像种姓还不是特别高?”

“甘地是高种姓。”

“我跟着田总见过几次，叫穆克什·阿姆玖尼，非常平易近人，自称前世是中国人，我们都叫他老穆。”

“泰戈尔也说自己前世是中国人。”

“可能就从泰戈尔来的这话。”

“好啊。”

“老穆主要做什么生意?”

“简直无所不做。还有一家杀虫剂厂。”

“农药厂有什么奇怪的?”

“农药厂？那是化武。”

“化武?”

“杀虫剂放到弹头里就是化学武器。”

“这不是违法的吗?”

“违什么法？用了才违法，生产不违法。”

“暴利啊。”

“印度仿制药品产业全世界知名。”

“是不是特想见见老穆?”

“是是是是。”

军方的航班也不正点，说是下午两点起飞，结果快四点时，来了，降落时，尘土狼烟。灰尘还没有完全落定，我们就开始登机。从延安去重庆时，大约也是如此。加上我们大约十多位登机，机上已经有一些人。刚坐下，就关舱门起飞了。到克久拉霍出机场已经六点多了。酒店来车接，一个多小时到了酒店，天已经黑了下来。

先在酒店住下。到餐厅吃东西。金威说，揽胜她们还没上车呢。

房间里有克久拉霍的图册。上面是西庙群各种雕塑的照片。西庙群是克久拉霍的精华所在。西庙群集中了大批神的性爱主题的建筑和雕刻。所有的神庙都宏伟壮丽，刻满了表现各种神爱生活的人物雕塑，层层堆积在往天空延伸而去的小山式的塔身上。密密麻麻，眼花缭乱。克久拉霍建于10—11世纪，曾是昌德拉王朝（Chandela Dynasty）的首都。“克久拉”一词是椰子的意思，一千多年前，这里盛产椰子。昌德拉王朝被称为“月亮王朝”，传说月神下凡繁衍的后代。所以，克久拉霍人民自称是月神的后代。

伊莉莎翻看着房间的图册，翻到几个猴子性爱的图片。

“我们也学学猴子?”

“学学（校校)。”

“这动作你会吗?”

“这个难度高。”

“练练?”

“练。”

“你怎么解不开啊?”

“笨。”

“这样，一个手就行，食指一勾，大拇指和中指一挤，食指往后一退，开了。”

“跟谁学的?”

“网上有这个视频。”

“不掌握单手解罩，会被时代的马车给抛弃的。”

一夜很累，无法细说。

第二天早上疲惫不堪地爬起来。

一早出发去看西庙群。在坎达里耶的雪山女神庙遇到了揽胜、无忌、影子、傻妞、巴黎、六里一行六人。

“累死我也。”

“累并快乐着。”

一切都从遇见开始。不是所有的遇见都是开始，不是所有的遇见都有结果。性是什么？性就是遇上。遇上了，才有性，遇不上，就没有性……

在一个小摊上，傻妞买了本《爱经》。

“你买这个干什么?”

“你说干什么?”

“我是说上当。”

“这有什么上当？旅游纪念。”

街头巷尾，众多版本。几乎全是断章取义，主要是买插图。也有“男人版”“女人版”或“哲学版”，成了受外国游客欢迎的旅游纪念品。又叫《欲经》，说是一个和尚闭关修行时写的。难道和尚闭关时修这个?

“哪儿有鞋油卖?”

“鞋油?”

“印度鞋油。老厉害的。”

“说有位年轻的印度哥们儿找到一位要回国的中国人，很不好意思地说：听说中国有种东西，男人吃了以后就会变得很厉害，叫什么‘人参’，能不能帮我带一点?”

“我倒啊。”

“你说的鞋油，这几年也有卖。在新德里、孟买的高档旅馆、旅游品商店。标签上特意印着中文。”

“专卖给中国人的吗?”

“难道也是马桶盖吗?”

“一般印度人并不知道有‘印度神油’的存在。在他们的印象里，印度人在这方面并没有什么特长。倒是中国的长生不老术、金枪不倒术之类，经过港台各类影视剧的传播，在印度很有影响力。”

“那些人身上涂的什么?”

“对了，这是印度的洒红节。”

“洒红节?”

“对洒红节……”

“看看去。”

“做好思想准备啊。”

除了我，全都冲了进去。

我在旁边一个小店三楼的天台抽烟、喝茶，他们都去了。如果没有伊索，克久拉霍并不能提升荷尔蒙的浓度。以往来印度，这个小镇是整个旅程中最让我美美放松的地方。没有轰隆隆的街道和轰隆隆的摩托车，没有人挤人的市场和拉拉扯扯的小贩，大太阳下面的克久拉霍慵懒宁静，时光停滞，人慢慢悠悠地走，狗悠悠哉哉地睡，让我想起张爱玲，阳光温热，岁月静好，你还不来，我怎敢老……

过了一个多小时，揽胜一行、金威、小艾夫妻、伊索一同回来了。金威、伊索抹得浑身上下全都是，小艾和圆圆身上干干净净。

“你们俩没被抹上?”

“我们在边上看，照照相。你看，这儿也被抹了一下。这儿还有一下。”

“这还有。”

“主要都是她给我抹的。”

“这都是你抹的。”

“我去洗洗。”

洗了半天才回来。他们站在天台的旁边说话。金威在接电话。

“王总。”

“嗯。”

“想和你请假。”

“不存在。”

“我想和他们一起走。”

“没问题啊。”

“家里有事儿。刚来电话。我跟他们到瓦拉纳西，第二天从瓦拉纳西飞加德满都，从加德满都飞北京。明天一天，后天一天，大后天就到北京了。我一个人不敢走。”金威说，“我想跟他们走。”

“不想见老穆了?”

“想啊。鱼和熊掌不能兼得。”

“老穆是鱼还是熊掌?”

“老穆是大鲸鱼。”

“跟着我不知道明天去哪儿。跟着他们知道明天去哪儿。”

“净去好地方。”

“其实跟我更自由。你想去哪儿就去哪儿。”

“王总别误会啊!”

“你想什么呢?”

别路云初起，离亭叶正稀。所嗟人异雁，不作一行归。

走着走着就散了，影子也乱了。

金威晚上就搬过去和揽胜一行住了。我们睡到日上三竿方起床，在酒店用了早餐。

“今天我们去哪儿?”

“想想。”

这时候才隐隐感觉原来的一些要求都是金威提出来的。伊莉莎也提了一些。小艾和钱圆圆是不提要求的。索菲亚也不提。少了金威少了些闹热。

“金威他们已经出发了吧?”

“可能在半路上了。”

“克久拉霍精华已尽。要不我们去加尔各答?”

“行。”

“去见老穆。”

“怎么走?”

“看看有没有军方航班。”

“好。”

小艾在手机上联系，一会儿说：“十一点三十分有一班。”

“可以坐吗?”

“我问问。”

小艾联系后说可以。

“现在是儿点，来得及吗?”

“不确定。”

“出发。赶赶试试。”

三个女的去拿东西。小艾继续联系。我坐在旁边点了一支烟。刚抽一口，看见服务员走来，直接掐到杯子里了。服务员过来耸了一下眉毛，走开了。

到机场时是十点五十，办了手续，通知说晚点一小时。有更高阶的军官没来呢。中午十二点了还一点儿也想不起吃饭。也是，大概只有中国人忙于一日三餐，忙于吃啊吃。到饭点就要吃上点什么，不吃就似乎少了些什么。一点钟上了飞机，一点二十分起飞。机型是伊尔52。空中飞行一小时二十五分钟。加尔各答落地。难得的准点。再不准点的事，也必然有准点的时候。出机场。老穆的车已经等在外面。现在是下午三点五十七分，脚下是加尔各答的土地。

英国人的东印度公司，1698年第一次涉足这片土地，以当地的一个村名“加尔各答”命名了这座城市。现在东印度公司成了一段历史和一个影响不大的游戏。加尔各答以讲英语为荣，英语普及率是全印度最高的。加尔各答是西孟加拉邦的首府。西孟加拉邦自1977年开始，就在印度共产党毛派的领导下。连续34年执政，是选举体制下，执政时间最长的共产党政权。印共毛派执政多年也出现官僚、贪腐、任人唯亲和缺乏活力的弊病，加上过去相互抵制的两大主要反对党首次联手，使得印共毛派最终在2011年邦议会选举中落败。同年，印共在喀拉拉邦的选举中也落败，失去了执政权。我们到达加尔各答时，选举宣传的痕迹还在，车窗外随时可见选举的宣传招贴。在加尔各答遇到当地人，看到中国人会用汉语说“毛泽东”。

加尔各答街上还有人力车。人力车不是造成加尔各答交通混乱的主要原因。汽车开在加尔各答就像进了北京的早市。用了一个多小时，五点半才到了老穆在市区的豪华办公楼。老穆的助理拉尔·夏斯特里来接待我们，带我们参观了一下。在豪华控制中心，播放老穆公司的宣传片，拍得跟大片一般无二，就差让我们戴上3D眼镜了。

六点半，老穆的助理把我们领到宴会厅用英式西餐。一进宴会厅，老穆满面笑容地迎过来，给了一个熊抱。不像是第一次见面，倒像是老友小别重逢。老穆长着标准的印度脸，特意穿了一身大图案的唐装，上面有吉祥的云纹。老穆身上透着一股子世代有钱的气息，又绅士，又亲切；既彬彬有礼，举止得当，又不虚情假意，拒人于千里之外。老穆的气场立刻感染了所有的人。

老穆介绍了他的太太妮摩拉·西尔玛·阿姆玖尼，大家和他太太双手合十致意。老穆的仆人端着托盘，每人拿了一杯餐前鸡尾酒——马吉特（*Mojito*），印度还是蛮流行这个无酒精的鸡尾酒的。老穆说了几句祝酒的吉祥话，我们也答谢了几句客气话。老穆示意大家入席，仆人把酒杯收走，大家走到餐桌前。老穆给太太扶了一下椅子，老穆的太太坐下，等大家入座后，老穆的太太妮摩拉把餐巾铺在腿上。在西餐宴会中，餐巾是一种重要的道具，有很多信号的作用。在正式宴会上，女主人把餐巾铺在腿上是宴会开始的标志。这就是餐巾的第一个作用，暗示宴会开始了。西方讲女士优先，西餐宴会上女主人是第一顺序，女主人不坐，别人是不能坐的，女主人把餐巾铺在腿上就说明大家可以开动了。当女主人把餐巾放在桌子上时，就表示宴会结束了。一般是放在腿上，搭着膝，在注重礼节的场合也可以放在胸前，平时的轻松场合还可以放在桌上，其中一个餐巾角正对胸前，并用碗碟压住。

仆人上了面包和黄油，上了一大盘什锦沙拉，每人倒了一杯葛洛佛（Grovers）香槟，老穆举杯接着说了几句欢迎的话，介绍了葛洛佛香槟的来历。大家简单取用了一点面包和沙拉。仆人把杯盘刀叉全部撤去。

第二道上了焗蜗牛，每人倒了一杯冰镇苏拉白葡萄酒，喝了一口，老穆讲了几句，杯盘刀叉又全部撤去。

第三道上的是一小盏蔬菜汤。饮雪莉酒（Sherry），用雪利酒杯。

第四道上的是喜马拉雅松露，配的是马哈拉施特拉邦的无泡红葡萄酒。

第五道上的是孟加拉湾象拔蚌，配的是喜马超尔邦的红葡萄酒。

上面两道算是副菜。每次用完，杯盘刀叉全部撤去。

第六道是头道主菜，扒印度龙虾，配印度咖喱，有白兰地和香槟供大家选择。

第七道是烤羊腿，酒还是香槟和白兰地。

两道主菜上完，仆人端上来英式水果蛋糕、加尔各答雪山汽水。

蛋糕用完，上了香草冰激凌、草莓冰激凌、巧克力冰激凌供大家选择。

然后上了咖啡和茶让大家选。喝了两口，女主人妮摩拉把餐巾叠好放在桌上，用餐结束了。西餐有英式、法式、德式、俄式、日式、韩式及阿拉伯七种风格。英式菜肴的特点是：油少、清淡，调味时较少用酒，调味品大都放在餐台上由客人自己选用。烹调讲究鲜嫩，口味清淡。选料注重海鲜及各式蔬菜，菜量要求少而精。英式菜肴的烹调方法多以蒸、煮、烧、熏、炸见长。

上两道副菜时，老穆问我们都去哪儿了，又问我们还想去哪儿。

伊莉莎说："还想去南方。"

我说："可能时间来不及。"

老穆问他的助手："飞机能动吗？"

助手夏斯特里微微点了点头。在印度，点头不算，摇头算。

老穆说："安排一下。"

转头对我们大家说："安排飞机陪你们去看看南方。"

"飞机？"伊莉莎小声说。金威在可能就要大声说了。

"坐坐穆总的飞机，甚好。"

"去哪儿呢？"这既是征求意见，又不是征求意见。

"去科钦如何？"

"当然可以。想去什么地方直接和库鲁克苏说，这几天他就跟着你了。"

"我们一起举杯。感谢穆总盛情！"

"哪里哪里。"

"这几天，你的话就是我的话，你的意思就是我的意思。你想飞哪里就飞哪里。"

"太好了！谢谢穆总！再次全体举杯！"

"你说你，如此生分。"老穆不端杯子，说，"口口声声穆总穆总。"

"好好好！为老穆干杯！"

"干杯！"

"乌拉！"

我得给你一个拥抱。我绕过桌子，给了老穆一个结结实实的拥抱，又在他背上拍了两下。伊索、小钱、小艾，也都过来给老穆一个拥抱。一边抱一边说，老穆，谢谢你！

老穆高兴得像个孩童，满脸兴奋的红霞。

上主菜时，老穆挥了挥手，出来四位印度美女跳舞助兴。一开始是印度克塔克舞，伊莉莎也上去跳，索菲亚也上去跳，小钱也上去跳，都在跟四位美女学。老穆的太太和老穆也上去跳，我和小艾也上去跳。跳着跳着就不是印度舞了，成了迪斯科。伊莉莎上去和老穆面对面，我们就坐回了餐桌。剩下伊莉莎和老穆跳。伊莉莎和老穆跳着跳着成多美尼加舞了。一会儿伊莉莎坐在我身边，我酸溜溜地说："堪比邓文迪。"

"那我就比不上喽喂。"

"你比她还要强喽喂。"

"老师，你多虑了。"

用主菜的时候，老穆说："过几天还要来一位中国朋友。"

"老穆的中国朋友很多呦。"

"我前世就是中国人嘛。"

"朋友遍中国啊。"

"我的中国朋友，上至达官显贵，下至贩夫走卒。有交无类。"

上甜点时，老穆问："住这儿，还是住庄园?"

小艾看着我征求意见地说："住庄园?"

"住庄园。"

"庄园?"伊莉莎吃着巧克力冰激凌说。

老穆示意助手夏斯特里安排。

饭后，乘车出城。入夜的加尔各答，道路通畅，开出城后，车外是夜幕沉沉的北印度之夜，道路颠簸不平，将近一个小时，来到老穆的鄂斯伊姆郡庄园门口，在一道围栏前停下，有人持枪上来确认了车里的人，放行。

"这就进庄园了?"

"这还不是庄园的正门。已经进了庄园的外围了。"

一条宽阔无比的大道，在车灯的光柱里看不到边际，更加显得深邃莫测。

"明天我们就在这里起飞。"

"什么?"

"这门口的路就是跑道。"

"啊?"

"足有一英里长的道路，起飞大型战斗轰炸机都没有问题。"

下车后，有佣人迎上来，带我们到安排好的房间。时间还早，小艾提议去看场电影。我们来到老穆庄园的电影厅，挑了徐克拍的《智取威虎山》放，我们在国内都没有看，都去奔着看《一步之遥》，错过了档期，网上对《智取威虎山》一片叫好，没想到在这儿补上了。

晚上没有运动，第二天早上一人早就起来了。走出住宿的楼房，外面是一派田园风光。太阳正从远方冉冉升起，叫不出名字的植物叶子上有晶莹剔透的露珠，蜘蛛网上也是露珠，像在武当山看到的一样。

在鄂斯伊姆鄱庄园里走了走，老穆的仆人过来提醒我注意蛇。说到有蛇，我的兴头一下就减了许多。回到房间，老穆的仆人已经把早餐端了进来。是中式早餐，四个包子、一碗炒肝、一碟凉菜，凉菜是凉拌印度海风铃花瓣。还有豆浆、油条、豆腐脑、馄饨。量太大，根本吃不了，太浪费了。

吃完早餐，陪我们来庄园的老穆的另外一个助理迪让·普拉萨德叫我们坐车登机。

“不是就在庄园吗?”

“走过去很远。”

“嗯，这相当于摆渡车。”

“对。”

到了鄂斯伊姆鄱庄园门口，远远看到有一架公务机停在那里，是湾流950。公务机的舱门是自带舷梯的，舱门向下翻，到离地面三四个台阶时，里面带着踏步向下滑到地面，支撑起来。舱门很小。上了飞机，一进舱门，左手是驾驶舱，右手是客舱。驾驶舱的仪表一览无余。四块屏幕一字排开，像是高档电子游戏厅，操作手柄比游戏手柄高档多了。飞行员分为正副两位。正副驾驶的上下左右布置了各种功用的按钮、旋钮、手柄、指示灯，这可真不是一般人能玩得了的。正驾驶是库鲁克苏，老库，以前是印度空军飞行员，在俄罗斯学的飞行。副驾驶是老库的儿子，小库鲁克苏，小库在跟老库学徒，还没出徒。实际一直是老库一人在驾驶，小库在学。还有一个领航员，一个机械师。

和老库等人打了个照面后，我们来到客舱。客舱和大飞机比逼仄多了，窄溜溜的一条空间像是一个小洞。像高铁第一节最前头的一个小空间，甚至还要小一些。这个小洞大约可以算作世界上最贵的空间之一。左右各是一排豪华头等舱沙发。小是小，可比军用机好多了。我们坐下后新奇地四下打量。没想到还坐一回私人飞机。我们坐下正新奇着，老库在喇叭里让我们坐好，系好安全带。

飞机起飞了。

起飞角度似乎比民航略大，平飞以后，我们好奇地跑到驾驶舱看新鲜，老库说：“快回去！不能都来！”

吓得我们赶紧退了出去。

老库在喇叭里说：“要保持配重，保持平衡。可以分头过来。”

轮流到驾驶舱看了一遍。

从驾驶舱向外望去，左前方是蔚蓝的大海，是孟加拉湾；右前方是葱茏的陆地，是印度半岛。飞机正在沿着海岸线南下。从航迹表上看到，飞机到布巴内什瓦尔右转65度，从贾尔纳左转45度奔门格洛尔，从门格洛尔左转90度，沿着阿拉伯海一侧的海岸线南下，到达科钦。

“为什么这么绕来绕去的？为什么不直接飞过去呢?”

“这么飞是为了避开红色走廊。”

“红色走廊?”

“红色走廊是……”

“哦，我还以为加尔各答就够红了呢。”

“加尔各答可不红。”

“他们这么厉害？还需要绕着?”

“小心无大错。”

“说话间，滴滴答也探头探脑地进来。”

“我奇怪他们为什么说中国是修正主义?”

“因为中国早就不输出革命了，只输出商品。”

“可是美国还在输出民主。”

“不了吧。现在他们输出次贷。”

“美国最怕的可能还是六星红旗。”

“什么六星红旗?”

“其实革命和民主都是一回事。”

“此话怎讲?”

“革命是暴力民主，民主是温和革命。”

“我是第一次听说。”

“有没有道理吧?”

“民主不能与革命相提并论。”

“为什么?”

“革命其实比民主悠久，像‘苟富贵，勿相忘。’‘彼可取而代之。’‘王侯将相宁有种乎?’都是革命的心结。”

“你这是把革命扩大化了，那是造反，不是革命。”

“造反不就是革命吗?”

“我们现在是空谈革命。”

“有本事你跳下去。”

“有伞吗?”

“跳下去你就成斯诺了。”

“那我还得写个《红星照耀印度》?”

“那还不是手到擒来。”

“你以为是抓鸡呢?”

“倚马可待。”

“你跳吗?”

“我可不跳。我还要好好活着呢。”

“苟活。”

“宁做太平犬，不做乱离人。”

说话间飞机正在飞越德干高原，下面是所谓红色走廊的薄弱地带。印度不应该称为一个国家，应该称为一个世界，东印度公司捏合的一个千奇百怪的世界。

两个多小时，降落在科钦。吃着火锅唱着歌，就到科钦了。

“太方便了。”

“没坐够。”

“接着坐。”

“好啊。”

“我们去看阿拉伯海。”

有车等在飞机旁，留下老库和机组人员，我们上了车直奔海边。我也是第一次来科钦，一直想来，就是想来看看科钦的中国渔网。中国人比葡萄牙人更早到过科钦。中国人就是来看一看，炫耀一下，就走了，唯一留下的就是中国渔网。葡萄牙人来了就不走了，传教，做贸易，一是让你们信我的神，二是在这儿挣你们的钱。车开了没多久，就到了海边，沿着海边的道路走了没多远，就看见一排中国渔网排成了蔚为壮观的异域风情。我们来到近前停车。下车照相。

“王总以前来过吧?”

“没有，这也是第一次。”

“好震撼。”

“中国人愿意来看看科钦，大约都是想来看看中国渔网。”

“这种渔网在中国已经看不到了吧?”

“中国的渔网已经变成绝户网了。”

“中国的好多事物发展得太快，直接就发展到让人绝望。”

“佛教在中国还有，在印度已经式微了。”

“有意思哦。”

“应该抛开民族、国家的短见，看待世界的文化传播。”

“据说没来过克拉拉邦就等于没来过印度。下回找时间多待几天。”

小艾从刚起网的印度渔民那里买了一些新鲜的海鱼，就在旁边的加工点加工。所谓加工，就是用海水煮一煮。旁边有几张蓝色的简易桌椅，几顶有点儿破烂的沙滩伞。我们坐下来，吹着阿拉伯海的海风，吃着叫不出名字的海鱼，就当是午饭了。一边吃鱼一边闲扯。

“下一站去哪儿啊?”

“去看孟加拉湾。”

“明天去?”

“现在去也行啊。”

“好啊好啊。”

吃完海鲜，就算来过科钦了。上车回机场。飞机起飞后，直奔古德洛尔，从古德洛尔左转到金奈。一个小时，飞到了金奈。金奈也是第一次来。印度来了十次，主要在北印度待的次数多，南印度只来过一次，是去斯里兰卡顺道去了趟班加罗尔。这次有老穆的飞机便利，先瞜一眼早就想来的科钦、金奈。也有人说金奈才是印度，反正印度各地的差异甚大，哪儿和哪儿都不怎么一样，其实不一样也是一种一样，都是印度而已。金奈是泰米尔语，以前的英语称为马德拉斯。金奈是泰米尔纳德邦的首府，印度第四大都市。汽车、IT 科技和医疗工业都有相当实力。据说是中国投资的禁地。谁知道呢，反正我们也不是来投资，就是来随便看看，管他呢，旅游中遇到的南印度人对游客还可以吧。我们到了金奈，直奔金奈的泰姬玛哈酒店，在房间方便了一下，来到酒店的观景餐厅吃饭。

坐下后闲扯。此番来金奈真是屁事没有，纯粹是吃饱了撑得乱转。

上的菜里有孟加拉湾的海鱼。

“才饮科钦水，又食金奈鱼。”

“万里印度横飞，极目看天竺。”

“一会儿应该有海上落日。”

“科钦有海上落日，金奈有海上日出。”

“应该在科钦看日落。”

“早说啊。”

“看看去？明天去？”

“再杀个回马枪啊？”

“也可以啊。”

“神仙的日子啊！”

“想去哪儿，就去哪儿。”

“有钱就是任性。”

“我们是蹭有钱人的光。”

“感谢老穆！”

“来，为老穆干杯！”

“应该感谢这个时代。”

“对，为这个伟大的时代干杯！”

“对啊，这来了一看，完全不一样的印度。”

“没钱看到的是没钱的印度，有钱看到的是有钱的印度。”

“时代进步了，人类的整体生存环境还是普遍进步了。”

“来，再次感谢时代！”

“感谢印度！”

“最主要的要感谢老穆！”

“感谢王总!”

“感谢田总!”

“感谢小艾!”

“使不得使不得。”

“都要感谢。”

“感谢圆圆!”

“感谢伊莉莎!”

“感谢索菲亚!”

“感谢上帝!”

“感谢佛祖!”

“感谢玉皇大帝!”

“感谢王母娘娘!”

“感谢太上老君!”

“感谢灶王爷!”

把我们能想起来的神仙和朋友都感谢了一个遍。

“金威到加德满都了。”

“别惦记他们了。”

“还想去哪儿?”

“宝莱坞。”

“宝莱坞在哪儿来着?”

“孟买。”

“去孟买?”

“好，去孟买。”

转天一早飞孟买。对公务机已经不感觉新鲜了，什么事情都是如此，边际效应递减。

下了飞机，直奔宝莱坞。宝莱坞一般人很难进去，我们有人安排直接就进去了。宝莱坞影城占地面积极大，室外场景不仅有农庄、寺庙、别墅，还有森林、湖泊和群山，开车在里面停停走走一个多钟头只看到冰山一角。从车窗向外望去，路边草丛里散落着废纸片、玻璃瓶，旱季里树叶上沾满灰尘，一些用来做背景兀立在山上的建筑已经破损，门前胡乱地堆着沙土，真不敢相信每年就是从这里诞生出一千多部电影。我们进入山顶一栋小楼，一个巨大的摄影棚。四周金光闪耀的墙壁、豪华的枝形水晶吊灯、雕花门廊和扶梯栏杆，让人误以为走进了某座王宫。这里正拍摄一个家庭片，富二代的小夫妻俩正在争论，然后是气度不凡的老父亲上场。宝莱坞真是造梦高手，如此金碧辉煌的布景道具，把一个家庭肥皂剧拍成了城堡里的童话故事。有人说印度电影是为印度人自娱自乐而生，颇像麻醉剂。在我国，不真实是对一部影视作品的严厉批评，而在印度则不需要为此操心。一个电影人说："人们需要电影来逃避现实，我们向观众出售的是他们想看的梦境。"小说也是文字里的梦境吧。人们还是需要梦境的，万一实现了呢？

在宝莱坞里转了一圈，出来。然后到酒店，又是泰姬玛哈。

在酒店向外望去，豪宅与贫民窟交织在一起。不是只有孟买才有的城市景象，孟买似乎更震撼而已。另一个方向放眼望去，连天接地的棚屋。忍不住让人慨叹，穷人真的不是一个人啊！安居才能乐业。安居不见得一定要人均八十平方米才是安居。乐业也不见得所谓体面的工作才能乐业吧？富未必骄奢，穷未必作乱。我胡思乱想了一会儿，下楼吃饭。

在泰姬玛哈用过午餐，稍事休息，出来坐船去神象岛。船是专门的快艇。我说过我晕水，只是打高尔夫时晕水，并不是见水就晕。快艇开了四十分钟就抵达了神象岛。由小岛的港口沿山坡往前走了约十分钟，看了看一座建于六世纪的印度著名石窟。石窟前树立的巨象雕刻甚是精美。据说那是湿婆神的一个化身，神象岛之名就是由此而来。

从岛上回来，来到巴克湾的海滨大道（Marine Drive）。富人喜欢在清晨来这里散步，傍晚的这里是穷人的天堂。印度社会的种姓制度将人群森严地分成三六九等，孟买的高档酒店、收费公园不成文地使低种姓人望而却步。而海滨大道向所有人敞开她的美丽。海面上金子般光芒四射的晚霞，浅滩处云朵般翩然起舞的白色鹭鸶，悄然移动的远处的帆影，声声不息的波浪拍打着堤岸。每当入夜，澄蓝的天上镶满密密麻麻的星星，黝黑的海面映照着五光十色的灯火。不论贫富贵贱，俱可欣赏落日熔金，沐浴醇厚海风，尽享大自然丰厚的馈赠。除了人，还有无处不在的孟买乌鸦。羽毛漆黑，黑如紫墨，在阳光下闪着亮紫的荧光，脖子上还围着一圈宽宽的铁灰色的围脖。它们时而窜上湛蓝的天空，时而成群结伙地飘落下来，如黄叶般无声地落在楼房树木上。乌鸦在希腊神话中是不死的神鸟，是孟买的吉祥鸟。何止孟买，在印度到处都能看到神鸟乌鸦。

我们坐在海滨大道旁边一家小店的天台上喝茶。

“老穆能排前十?”

“前三吧?”

“也可能是隐形冠军。”

“印度也不少富人啊?”

“那是。”

“让一部分人先富起来。”

“下一句呢?”

“下一句没了。”

“你们没有理解，让一部分人先富起来是因为当时大家不敢富，不会富，不知道富起来会怎样?”

“富起来会腐败呗。”

“那不一定。当时没有想明白是什么人可以富，什么人不可以富。什么人能富，什么人不能富。”

“这还可以不可以，能不能的?”

“对呀，结果就是官员也要富，军人也要富，演员也要富，教授也要富，乱了套了。应该是，商人可以富，农民可以富，自由职业可以富；军人不能富，官员不能富；艺人之类的限制富。要不然，好卖的全卖了，不好卖的就有怨言了。”

“有一头猪从附近走过。”

“让一部分猪先肥起来。”

“肥一头，卖一头。”

“不能批发。批发不起价。”

“是猪总要肥，是人未必富。”

“印度的猪未必肥。”

“不肥也自在。”

“人和猪有什么区别?”

“人和猪没什么区别。”

“让我想起个笑话。”

“讲。”

“人 = 吃饭 + 睡觉 + 上班 + 玩。

猪 = 吃饭 + 睡觉。

代入：人 = 猪 + 上班 + 玩。

即：人 − 玩 = 猪 + 上班。

结论：不懂玩的人 = 会上班的猪。

人 = 猪。”

“那我们就是四头猪了？”

“怎么四头？”

“不包括王总。”

“你都是猪了，还不包括我。”

近殿欺佛，亲人狎昵。人熟了就没正形了。

夕阳西下。

看到阿拉伯海的落日了。

“还想去哪儿？”

“金威到拉萨了。”

“这儿可不能飞拉萨。”

“如果可以，晚上就能追上他们。”

“应该在一个地方安静地待几天。”

“是啊。”

“虽然有专机，也觉得赶来赶去的。”

“没错。”

“老穆说另一位中国朋友明天到。”

“那我们明天也回去。”

早晨起来，登机，飞回加尔各答。

“我们这一趟飞了一百万吧？”

“得。”

“是老穆的一根儿毛儿。”

“小毛毛。”

“他为什么要为我们拔这根毛呢？”

“别问为什么。”

“问田总。”

晚上住在鄂斯伊姆鄱庄园，一夜无话。

早晨，纯牛奶一样浓浓的白雾，雾中看不见鄂斯伊姆鄱庄园的树木花果，但是它们都在。它们都在附近，静静地享受这神秘的天乳。富含水汽的大雾滋养着鄂斯伊姆鄱庄园的植物。只有想着快快赶路的人没有意识到这是人间的甘露，只想着赶路。

没有名字的仆佣带我们去见老穆。这个年轻的仆佣大约只有十四五岁，干净整洁，带着庄园的雾的气息。我想起大观园里的袭人，裙钗簇拥的贾宝玉，当年的大观园肯定没有老穆的鄂斯伊姆鄱庄园宏大，充满生机。无论贫富，都在这雾气中喘息生存。无论是否意识到，地球都在转动。我们不辨方向道路地跟着她走了十几分钟。到了一个大厅，大厅里光线昏暗。穿过大厅，走进一个大房间，里面灯火通明。一张标准的斯诺克案子。上方有三盏射灯。老穆正伏在台子边，准备击球。看我们进来，直起身子，露出笑容，挥了下手。我抢着喊：“穆总。”

“老王，喊我老穆啊。别老把自己当总。”

是啊，我心说，我算什么总？现在是无总不开口。称呼别人总时，也希望自己多少是个总。人总是要死的，这是历史的规律，谁也无法改变。无非早死晚死。虽然如此，活得长才是王道。人总是要下台的。下了台的人也是总过的，虽然已经不总了。别老想着在舞台中央。在台上就要端着，演员一样。演什么要像什么，是不是三分像。在什么环境说什么话。老穆的话让我脸红心跳。既然老穆这么说，我这不是总的总，更得安守老王的本分。

“老穆。”

“这样多好。”

我看到滴滴答也在这里。他怎么也在这里？正想过去打招呼。

老穆招呼滴滴答，“老张。”

老张？滴滴答姓张，我都不知道。在一个网里玩，光知道他叫滴滴答。喊过滴滴，喊过老滴，不知道老滴是老张。老张开车去东北，撞了。肇事司机要流氓，跑了。

“这就是我跟你提过的我的中国朋友。”

“哎呀！认识！老张！”

“老王。”

“我还不知道你姓张。”

“我早知道你是王总。”

“老王老王。”

“张化武。”

“你哥肯定叫化文。”

“对，化文化武，文化武化。”

“老穆是不是因为这个名字找的你？”

“说不定。”

“以为你是搞化武的。”

“你们也认识？这太好了。不要我介绍了。”

“这世界说大就大，说小就小。”

“对啊，你们都是从北京来的嘛，当然要认得了。”

“北京也不大嘛。”

“北京很大，北京来加尔各答的很小。”

“很少。”

“很少的意思就是圈子很小。”

“圈子大才容易碰上，圈子小，往往很封闭。”

“小艾。”

为什么不喊小艾叫小张。小张小艾，老王老吉。王老吉，王小吉，王大吉。其实完全没有必要在红罐、销量上纠缠。做成多彩罐可能更好。打开一箱，24 罐各有其色，不用担心混淆。又不是可口可乐的年代，非要追求红色。出一种百家姓版的包装，张老吉、李老吉，赵钱孙李，周吴郑王，王老吉就不是商标了。如果是百姓捧红的，百姓肯定喜欢。

“小钱。”

“不是小圆。”

“小伊。”

“小索。”

这老穆，挨个招呼了一遍。一点也不繁文缛节的冗长沉闷，礼仪周到，亲切自然。荦荦大端尽在掌握，鸡毛蒜皮也没放过。

遇到老穆是人生的转捩点。人生已经在转，转得人浑然不知。

“来一盘?”

“好啊，来一盘。”

我选杆，准备与老穆来一盘斯诺克。

老穆对滴滴答说：“你们都去附近走走吧。不要看我们。想玩什么玩什么，尽情地玩。注意草丛里有眼镜蛇出没，一定要注意安全，一旦碰到眼镜蛇，不要去惊动它，可以捡起一块石头扔向远处，它就会追着响声而去。”然后吩咐另外一位仆童陪着他们出去了。

仆童码好球。老穆让我先开。我拿起球杆，身体有些僵硬。

“比线吧?”

“好。”

现在想，肯定是老穆让我。我开球。球开出去，想轻擦一下红球三角群，弹底回来，没擦着红球。

老穆说：“再来。”

“有规则有规则。”

“再来再来。”

结果再来，力度大了，把红球炸开了。老穆一上手，连下五个红球，三个黑球，一个蓝球，一个黄球，32 分。我上手得了 8 分，又拱手让给了老穆。老穆孩子般做着狡猾诡谲的表情，又得了 35 分。后来我又上了两次手。败局已定。三十分钟结束。输了，输惨了。所有的体育运动，不苦练是没有成绩的，天赋再好也不行。

“再来。”

“好。”

“来快球。”

“好的。”

斯诺克快球赛，十分钟，比谁得分多，十秒钟必须出杆。

再次比线。又是我先开球。快球是我的强项。老穆不适应，输了。

“中国人太快了，不习惯。”

“你让我。”

“没有没有。中国人什么都快。高铁，我坐过，太快了。”

“印度也要有高铁了。”

“就是你们中国人修的。”

“还来吗?”

“不了，吃早餐了。”

我们放下杆，往外走。

台球讲究的是：角度、杆法、力度。实现精准碰撞的第一要义是碰撞的角度，没有角度全都是零。

我看了看表，打了一小时台球。伊索和滴滴答就在外面没敢远走。雾还很大。小仆把我们送到餐厅，用完早餐，雾依然很大。

今天大雾，十点前不能起飞了。

到了十点，说十点以后也不能飞。飞机要保养一下。可以安排一下别的活动。

“到市区转转。”

“去市区，看看英国宫、泰戈尔故居。”

“来两次都没有转转。”

“还有机会。”

“去泰戈尔故居?”

“好啊!”

“泰戈尔是我最敬仰的诗人之一。”

“我也很喜欢泰戈尔的诗。”

“天空不留下我的痕迹，可是我已经飞过。”

“大地像一位守财奴，正在收起最后一枚金币。指正在落下去的太阳。”

“这些话可能都不是泰戈尔说的。”

“不会吧?”

“泰戈尔没说，但有意。”

“当我死时，世界呀！请在你的沉默中替我留着：‘我已经爱过了’这句话吧?”

“爱不占有，也不被占有，爱只在爱中满足。”

“这两句是泰戈尔的吧?”

“我们把所有有哲理的诗句都归功于泰戈尔。”

“这么做百分之八十九点九是对的。”

“为什么百分之八十九点九?”

“精确嘛。”

“呵呵。”

“可能你最理解泰戈尔。但是，谁知道呢？”

“自己知道就行。”

到泰戈尔故居时，雾散了。下午去看了英国宫。英国宫是维多利亚纪念馆，是一座融合了文艺复兴时期风格的白色建筑，是加尔各答最美丽的去处。从远处看，它矗立在绿草地上，仿佛一艘荡漾在碧波上的白船。维多利亚纪念馆建于1901年，建造目的是为了庆祝维多利亚女王结婚六十周年。见证爱情的建筑如今是印度青年男女约会的圣地。纪念馆前有大片的绿地和一个人工湖泊，偶尔一辆英式马车缓缓驶过，整个环境一片宁静和谐，远离了印度城市特有的喧嚣和肮脏。

第三天早上，小艾和钱圆圆去机场了。他俩飞回广州。我们去不丹待几天也就回去了。我们九点起来，在鄂斯伊姆鄱庄园里散步，遇见滴滴答。

“揽胜在拉萨。”

“哦。”

“金威到北京了。”

“哦。”

滴滴答回房间通联，我们也回到房间闲坐。伊莉莎拿出一副扑克，我和伊索仨人玩德州扑克，输了弹脑壳。

仆人将午餐送到房间。吃了午餐接着玩德州扑克。

下午一点上了飞机。飞机上只有三个人，库鲁克苏父子和一名机械师。副手依然没来，领航员也没来。这几天已经和库鲁克苏父子熟了。

“好像少了一个人？”

“这条线熟。”

我们径直到客舱坐下。我和伊索三人加滴滴答老张一人，四个乘客。乘专机的新鲜感减弱了，消失了。

“又要像鸟儿一样自由地飞翔了。”

“有钱才能飞翔。”

“普通民航班机和公务机的区别，有点像是大公交车和小出租车的区别。”

“这可是老穆的私家车。”

“再打一次空的。”

“老穆的空的。”

我第一次坐飞机时很兴奋，写了一首诗：

民航银翼一舒展，
始信大路能通天。
直上空中有楼阁，
遍览云端无神仙。
鲲鹏再化携商旅，
山川鸟瞰作画卷。
四海如今皆比邻，
万里飞越谈笑间。

后来坐多了，也写了一首：

万米空中有平台，
台上座椅排成排。
围合一个千佛洞，
伸展双翼万丈崖。
美女殷勤送饮食，
旅人默坐修无奈。
机器轰鸣音乐里，
眼望窗外发发呆。

说到这里，想了起来，把第二首吟咏了一遍。

滴滴答说：“你还挺有才的。”

“才不才的吧。我偶尔会想起牟宜之的诗……”

“这是牟宜之写的？”

“牟宜之是谁？怎么没听说过。”

“你没听说过的多了。”

“牟宜之一辈子不合时宜啊。”

“这是我老师的。”

“得做一首私航诗。”

“期待中。”

闲聊着，又等了四十分钟的空中管制。起飞了。空中看到的加尔各答如同一幅画卷展开，远去。蜿蜒的胡格利河，密密麻麻的房屋建筑。昨天去过的英国宫和泰戈尔故居就在其中。我想起泰戈尔的诗句：生命一次又一次轻薄过，轻狂不知疲倦。

碰　撞

来到不丹/乌玛酒店/伊莉莎、 索菲亚的身世/昆仑山大炮/孟大趴和邓小娴/珠峰观测站/虎穴寺/九顶山和尚/峨眉山天梯/老婆的生意/高原密封舱/活棺材/看到小行星撞过来了/伊莉莎的小金球/帕罗机场/两个不丹学生/和尚和滴滴答打起来了/飞到小行星上空

飞机很快拉升，平飞，离开了加尔各答。我来到驾驶舱，老库和小库向我打了招呼，机械师起身给我让位置，到后舱去了。滴滴答跟过来，他对公务机很新鲜，一脸的兴奋。窗外，飞机下面是孟加拉邦的平原，深深浅浅的农田、树木，大大小小的村庄、房舍，湾流 950 像一只鸟儿向北方飞。

一会儿工夫，从拉杰沙希上空进入孟加拉领空，地面的景象分不出哪儿是国界线，从老库的呼叫中，知道已经在孟加拉国的航空管制下。

“一会儿就能看见山了吧?”

老库还没答话，听见印度空管呼叫。

“怎么回印度了?”

“不是。”

刚没几分钟，听见孟加拉空管呼叫。

“又进孟加拉了?”

“我们一直往北，来回穿越边界。”

老库一边说，一边用右手的食指在面前比画了一个曲里拐弯的国界，然后比画了一个从下往上的直线。

过了一会儿，老库说：“看见山了吗?”

“哪儿哪儿?”

“往上，天边。”

“啊，是，喜马拉雅，圣山啊!”

喜马拉雅像天边的白云，从遥远的天际浮现。那么神圣，那么圣洁，那么伟大。

滴滴答向后舱喊：“看见山了!”

愿意与人分享的人都是好人。什么是好人呢？好人就是好人。何振梁有句话：好人不知坏人有多坏，坏人不知好人有多好。不过单纯的翻译终究会把外交部弄成翻译部。还没有哪个翻译能成为伟大的战略外交家。外交大事岂是好人可以搞定的？我又走神了。

伊索来到驾驶舱，老库再一次说：“不能都来。”

我和滴滴答退出来，机械师坐在最尾部。从侧窗看出去，是索然寡味的平原。

又过了一会儿，伊索回到后舱。

“不看了?”

“老库说再看会晕。”

“我去看看。”滴滴答说着，起身往前走。

“我也去看看。”

我们来到驾驶舱，喜马拉雅已经满屏，整个前方的窗口已经都是喜马拉雅的身影，上白下绿，大部分是白色的。老库和小库已经戴上墨镜，小库递给我和滴滴答墨镜，我俩戴上墨镜。喜马拉雅扑面而来。像3D电影一样，何止会晕，简直要死。老库说：“坐好！系好安全带!”

“是。”

“一会儿有急转，注意!”

“是。”

“左前方的山峰我上去过。”

“珠峰?”

“对。”

“别说话!”

“是。”

“告诉后面坐好!”

“是。”小库对着麦克向客舱喊话：“请系好安全带！请系好安全带！飞机要转弯！飞机要转弯！飞机要下降！飞机要下降！”

北京的公交车上也这样喊话：车要进站，请大家扶好坐稳。车要出站，请大家扶好坐稳。车要转弯，请大家扶好坐稳。

少顷，飞机突然向右一个几近九十度的转弯，机身侧得好像要立起来，同时下降。我看到山坡上星星点点的房屋和蜿蜒的河谷就在下面。老库全神贯注，根本没有心思给你预报。客舱里传来伊素两人的尖叫惊呼。

滴滴答说：“太刺激了！”

机舱外面的地球全部是山梁沟壑，没有一片平地。飞机正面又对着一座巨大的山体，直直地飞去。似乎要撞上的时候，飞机又是一个向右急转下降，没有几秒钟，前面是两个山间峡谷，老库操纵飞机向左侧的山谷飞去。我们已经进入博卡拉山谷。透过舷窗玻璃，刚才机舱外缥缈的云烟，以及地面上平缓的田地、河流，已经变成了茂密的森林。满眼青翠，大家摘下墨镜。

从空中俯瞰不丹，北部是大喜马拉雅山脉的东段，是东西走向，国境线以北是中国。喜马拉雅山脉南坡连接着很多枝形的山脉，这些枝形山脉从北到南，纵贯不丹，就像一把巨大的梳子从喜马拉雅山脉的南坡梳理一下，把不丹的土地梳出了千沟万壑。想象一下，不丹本身的地形也像一个巨大的梳子，山脊沟壑像一个个巨大的梳齿和梳隙。

有人把不丹地势比喻成一个巨大的、陡峭的阶梯，从南到北，不丹的地势从海拔 100 多米陡然上升到海拔 7500 米以上，整个直线距离不到 200 公里，在这 200 公里的直线距离内，人们可以经历从亚热带、温带到高寒带的多种气候。

不丹这个小国夹在中国和印度这两个世界上人口最多的国家之间，有时候他们也把它形容成一个含苞待放、娇小的莲花一样。我们在一条峡谷里飞行。不用老库说，我们也知道已经进入不丹地界了。

飞机在峡谷一边左盘右绕，一边降低着高度。正前方看去，眼瞅着要奔着翠绿色的山坡去了，忽然向左一转，前方又是峡谷，眼瞅着奔着山坡去了，忽然右转，前面又是开阔的山间峡谷。感觉就像打 CS 一般。终于前面出现了一条笔直的跑道。不丹最直的一段公路。一二三四，降落，降落。飞机降落在帕罗的跑道上。放眼望去，空旷的机场上只有我们这一架飞机。

老库说：“我记得你抽烟。”

“这儿能抽吗?”

“这里不能抽，出去以后更不能抽。”

“是，到酒店再抽。”

“酒店也不能抽。烟不能带出去。”

“为什么?”

“不能带进不丹。”

“为什么?”

“一般他们不会检查飞机。不过还是藏起来为好。”

“我把身上的香烟全交给了小库。”

“再看看，一根也别留。”

“这儿还有半包。”

“连打火机。一会儿问到就说不抽烟。”

“好。”

小库把香烟集中包好，锁在一个铁工具箱里。

不丹不准在公共场所抽烟，也不准在任何户外地点抽烟。本地商店不准卖任何烟草产品，违反者每次罚款 225 美元以上，多次违反者可能被吊销商业执照。无法戒烟的居民可以自己进口，交 100% 的进口税。按政府估计，全国只有 1% 左右人口抽烟。还是有人抽啊。

藏好香烟我们往外走。

“不丹还不可以使用塑料袋。一次性的塑料袋也留在飞机上吧。”

我们走出飞机，从停机坪徒步向候机楼的关口走去。老库带着我们四个，小库和机械师没有下飞机。老库说他们两个要住在飞机上。一边走，一边叮嘱我们：“一会儿过关的时候，不要出示你们的护照。”

“嗯。”

“听我和他们交涉。”

“哦。”

“你们是穆总的朋友。”

“穆总在这里也好使?”

“当然，不丹相当于印度的属国，2007 年才有了一点外交权。”

“清朝以前一直是中国的领土。”

“那是历史。”

“是藩属国吧?”

“有什么用啊?那时朝鲜半岛、琉球、安南都是藩属国,多了。”

“其实就是土王。”

“不丹为什么现在也没和中国建交?”

“受印度影响呗。”

“也不全是,说来话长。”

“长话短说。”

“因为领土。”

“怎么会呢?”

“印度把不丹东部的争议领土交给不丹托管。”

“故意制造矛盾。”

“别谈论敏感问题。”

“对,我们是来度假的,又不是来谈判的。”

“估计我们能见到的人也决定不了此等大事。”

“好像我们就能决定大事似的。”

“我们走特勤通道,飞机临时补给,你们都不是乘客,都是机组人员。”

“那我们是什么岗位呢?”

“我来和他们讲。”

“我们是压仓的呗。”

“后台已经联系好了,要不也不会降。”

“那是。”

进关和进关时的安检都不严,老库上前讲了几句什么,就都放行了。

“不丹边检这么稀松,不会是做梦吧?”

“反正恐怖分子不会来这儿。”

“这是幸福之国。”

“也是鸟不拉屎的被人遗忘的国度。”

“别这么说啊。”

到了出口,有人举着牌子接我们。出口没有几个人。没有金圭迎候台。接我们的是白马次仁。另外两个是接老库的。老库带着两个向导六匹马,向哈阿方向走去。

帕罗的西南方向是哈阿宗，传统上这是不丹与中国贸易的通道，也是从南亚进入中国西藏的主要通道。这里的原住民是噶隆人。大多是西藏迁移来的后裔，他们的语言和卫藏的方言很接近，生活方式也类似于西藏中南部。种植稻米、青稞，放牧牛羊，男人们常常出门做生意。五十多年前不丹还没有公路，从印度的孟加拉平原经过西南边境到不丹的路，步行大约需要一个星期。要穿过瘟瘴肆虐的阴暗雨林，还要跋山涉水才能到达不丹西部政权中心的山谷，廷布、普那卡和帕罗。1958 年印度总理尼赫鲁携英迪拉访问不丹时，从当时已经被印度占领的锡金甘托克，在中国政府同意下，借道中国的亚东县，最后一程还是骑着马才到了帕罗。

送走了老库，白马说我们也走。我们上了一辆旅行车，开出帕罗机场。春夏之际，帕罗河谷是一片片碧绿的稻田，与沿河的柳树相映着不同的绿色，农舍周围的粉色、白色的花宛若云霞，山坡上盛开的杜鹃花和野玫瑰给山坡披上盛装。

“欢迎大家来到不丹！我是白马，白马次仁。大家可以喊我白马，小白，小马，都行。藏区来的喊我次仁，也行。我们现在是在不丹最大的一块平地——帕罗河谷。帕罗机场被不丹人称作最直的一段公路。我没坐过飞机。你们来的时候是在一条特别深的峡谷里飞，两旁是特别陡峭的山，飞着飞着，群山突然开了一个口子，露出宽阔的河谷，一条泛着银光的河流蜿蜒流过，就是旁边的帕罗河。现在是春天，到了秋天是一片金色的稻田，稻田四周是野藤花盛开的蓝色、野菊花深深的粉红以及晾在屋顶上鲜红的辣椒。你们来的时候看见东卡拉寺了没有？”

伊索摇头。

“没看见？啊，你们不是民航。民航航班都会提醒看东卡拉。东卡拉是比飞机还要高的寺庙。在帕罗河谷所有的寺庙中，位置最高，最壮观。东卡拉寺有一尊非常漂亮的莲花生大师的造像。还有一个传说，说是人们要把他的造像送回原来的寺庙去，谁也抬不动他，然后他就开口说他要留在这里。在东卡拉有一个最奇特的文物，那是一只完整的手，是从手腕处切下来的，悬挂在保护神的神殿里。据说这只手是一个贼的，他来偷吉祥庆典上用的古董大铜锅。但是他刚要摸到铜锅，他的手就粘到了铜锅上。没办法，他只好把手砍下来，然后逃走了。”

“这也敢偷？”

"敢偷，还有一些人到不丹的佛塔进行盗窃。"

"是现在的故事吗?"

"是啊。"

"真应该让他们也把手留在那里。"

"机遇就像小偷，来的时候悄无声息，走的时候损失惨重。"

"东卡拉的小偷损失惨重。"

"你去过吗?"

"我当然去过了。"

"有手的都是好人。"

"不丹的地理非常特殊，大家看，都是山。村与村之间可能相隔很近，乌鸦一飞就过去了，但是彼此却是不相往来的，完全被高山深谷所阻隔。地理上的不可接近造成了一块一块隔绝的居住地，挡住了任何外界的影响，使我们先人的文化几百年保持不变。"

"这有点小国寡民、鸡犬相闻、老死不相往来的现实写照。"

"各个村子的风俗习惯可能都不一样。"

"不丹人出门也看皇历，但是如果有一天他必须坐飞机不可，皇历说不宜出门，他就用典型的实用主义解决办法，象征性地提前一天开始旅行，把行李打好包，然后提着行李离开家门待一会儿。"

白马在车上讲着不丹，没多久就来到了乌玛酒店。乌玛酒店坐落在一个山坡上，正是春暖花开的季节，山坡上一簇簇、一团团的山花烂漫。粉白色的山桃花、红色的早杜鹃、黄色的连翘和迎春花竞相开放。

"白马把我们驮到了乌玛。"

"哈。"

白马在酒店前台办理入住手续。我们等在旁边。

"公务机的诗我作好了。"

"听听，听听。"

一根铁管空中飘，
天竺上下任逍遥。
中央高原挥挥手，

东西海岸洗洗脚。
昨晚孟买街头走，
今日不丹山间绕。
这才是真正打飞的，
以前民航是公交。

“哈，这才是真正打飞的。”这此乃才是之谓也。

“我们在印度划了个大‘8’字。”

“加尔各答、科钦、金奈、孟买、加尔各答。对，大‘8’字。”

“你们还去孟买了？”

“是啊。”

“这几天在印度看得太多了，有点儿乱。”

“前所未闻，前所未见。”

“不提那些了，翻篇儿了。”

“告诉小艾，王总又作诗了。”

“对，发个短信。”

“哎，没信号嘿。”

“是呀，不丹没信号。”

“全不丹都没信号。”

“想给小艾发微信，奈何手机没信号。”

“这几天手机只能当手表了。”

“还可以当闹钟。”

“估计闹钟都用不上。”

放下我和伊索三人，白马要送滴滴答去廷布。

“我明天过来找你们。”

白马留了一个固定电话号码，说：“没手机你们可能感觉不方便。”

“忽然少了什么。”

“微信、上网都没了。”

“这怎么跟你联系呀？”

“需要我时，提前一天晚上打电话。我都在家里。白天家里也有人接电话。不过他们中文讲不好的。英文也讲不好。没关系的，我没事就会等候在酒店大堂。”

白马和滴滴答上车走了。我们在酒店的门口站了站。远处白色的宗堡在绿色的山间分外醒目。把行李放到房间，我和伊索三人到庭院里闲坐。远处沉默的宗堡和沉默的大山，时间像瞬间凝固了一样。这个小小的国家似乎与世界的节奏没有任何关系，兀自过着自己的日子。中国人知道乌玛酒店是因为梁朝伟和刘嘉玲在这举行了婚礼。这个酒店不是不丹最好的，也不是最有名的。他们来不丹结婚，大约是因为和郑裕彤相熟。中国香港有不丹的名誉领事馆，郑裕彤是名誉领事。奇怪吧，中国和不丹没有建交，不丹却在香港有名誉领事馆。

说到婚礼，伊莉莎说：“我们也搞一场婚礼。”

“不行。”

“为什么不行？难得到了这里，我去联系一下。”

说完她起身到酒店前台去了，我和索菲亚相对无言，一会儿她回来了说结束了，我们也来一场婚礼。大约一个小时，来了十多个工作人员，前前后后的摄像机、鲜花，按当时明星婚礼的进程，全部演练了一番，最后送入洞房。她们两个哈哈大笑，翻滚在三米宽的大床上。

一番战斗过去，大汗淋漓，精疲力竭，这时电话铃响了，酒店打来电话，让看酒店介绍的频道，换了个频道，过了两分钟就开始播放婚礼的进程，原来把我们动态 PS（图像处理软件）进明星婚礼，看得伊索她们两个兴奋异常，说这种一夫双妻的婚礼只有在不丹才可能有。

“你和皇帝有没有区别？”

“区别大了。”

“皇帝可没我们俩陪。”

“那叫侍寝。把自己当皇后了。”

“我们是女王。”

“两个女王？”

“怎么啦？”

“皇上可不用套套。”

“农民也不用。”

“你是农民还是皇上？”

“关起门做皇上，被窝里封娘娘。”

“东宫？西宫？”

“我不和你争。”

“不丹一夫多妻，是很常见的现象，两个老婆、三个老婆、四个老婆都很正常。国王就是榜样，其中有一个国会议员有二三十个，分布在他代表的地域内。”

“你是不是特想留在不丹？”

“可惜我不是不丹人。莲花生大师也是有两个老婆，被不丹人尊为第二尊佛像。”

“不许亵渎神灵。”

“没有亵渎的意思。”

“不丹同时还存在着一妻多夫现象，一个女子嫁给两个兄弟、三个兄弟、四个兄弟，这在世界其他地方是绝对看不见的。”

“我们一人找四个，你有意见吗？”

“有意见。”

“有意见也不行。”

“不丹好吧？”

“不但一夫多妻，而且一妻多夫。”

“我们也不丹了吧？”

“我们是临时的噢。”

“民工中也有临时夫妻。”

“不是现在民工中才有的。早前的土匪、闯山、闯关东就有。”

“人的适应能力是最强的。”

“电视里正在播放东莞扫黄。”

“东莞工人中也有一夫多妻。”

“那是瞎说的。”

“不可能。”

“那是招男工的广告。”

“还是男的少吧？”

“你是不是想到东莞打工？”

“我恨我不年轻了。”

“做梦娶媳妇。”

“中国现在也都这样举行婚礼吗?”

“不是啦。这是多年以前的事情。”

“婚礼一般送什么啊?”

“送红包。”

“就是送钱呗。”

“原来送几块钱，现在没有一千不好意思。”

“我去过什么也没送。”

“你是老外嘛。”

“我参加过一次，送的是筷子。”

“筷子?”

“现在新潮婚礼都送筷子。”

“为什么?”

“比翼齐飞，比箸齐吃。”

“寓意是两根筷子在一起才有吃的?”

“印度人为什么不用筷子?”

“因为他们不吃火锅。”

“现在的婚礼还流行婚礼剧。”

“婚礼剧?”

“本质上跟这个差不多，就是婚礼的主角似乎是演出一场带点儿情节的戏剧。”

“那怎么演?”

“有浪漫邂逅型，有日久生情型，有英雄救美型，有未来奇幻型，各种不同情节。”

“人生就像一场戏。”

“别就像，就是，就是演戏。”

“我们这是有人送礼型。”

“他为什么这么请你?”

“你说为什么?”

“问问不行吗?”

“我特别不喜欢婚礼上的沙画、变脸，还有以前的种种恶搞。”

“沙画挺好看的呀。”

“我也看过。”

“你是没看过灌篮高手，那沙画，画得真好。”

“那是视频，几分钟，真的做下来得几天。”

“方正那个沙画挺好的。”

“这是不是寓意婚姻就是一场沙画。手一抹，就全变了？”

“对对对。”

“身子一晃，脸就翻了？”

“是啊是啊。”

“全是鬼脸啊。喜庆的场合，怎么能让鬼脸和沙子来掺和？”

“万丈高楼沙地起，数张鬼脸来道喜。”

“你怎么就学了中文了呢？”

“我第一次看见中文就被迷住了。”

“是吗？”

“在我家里有两个中国瓶子。”

“那是一对儿。”

“对，一对儿。”

“你家在哪儿啊？”

“阿拉斯加。”

“比这里还遥远的地方。”

“我也觉得相当遥远，像另一个世界。”

“我学中文就是因为我家里有中国瓶子……”

“肯定是你家祖上抢去的。”

“有可能，据说是清朝的。”

“那是文物啊。”

“有一天被我瓶了。那时我刚上九年级。是一对儿瓶子。我爸爸看着剩下的那只，就想起给我瓶掉的那只。结果找了个机会，另外一只也被我瓶了。两个都瓶了，省得他们老惦记。”

“没有就想不起来了。”

“对，没有就不想了。瓶子底厚，没瓶烂。我留着瓶子底当纪念物。瓶子底儿上有字：‘大清康熙年制’。这是我认识的最早的汉字。不懂意思，不会读，会写。‘大清康熙年制’。后来我才知道，那瓶子可能还是值点儿钱的。”

“肯定值钱。”

“从‘大清康熙年制’我就开始学习中文了。”

“这也是文物的一个贡献喔。”

“那是。”

“你现在可以啊。还会瓴呢？”

“我还会瓴丁壳呢。”

“来，来弹脑壳的。”

“石头剪刀布。”

“不玩了，弹得太疼了。”

“我想起我小时候玩的一个游戏。这个游戏叫什么名字还真的不知道。是一种三人游戏。在地上画一个三角形，像圣诞树那样高高的三角形，中间画一个竖线，再横着画上许多条横道儿。三角形的上面画一个圆脑袋，五官俱全，头上画三根毛儿。中间的一根毛儿从右侧绕下来，连到三角形的最底部中间。玩的时候是三个人。每人找一个小石子，在三角形的底部各占一个点。约定好各占三个数，一四七，二五八，三六九。每人准备三个比火柴梗还略短的小木棍，嘿儿喽头，一齐伸出一只手，手里可以任意放上一、二、三根小木棍，也可以不放小木棍，出个空手。三个人的三只手凑在一起，数一数一共有几根小木棍，如果是一四七、二五八、三六九之中的一组，是谁的数，谁就走一步。将三角形横格上的小石子往上挪一格。如果三个人都出空手，是零，就重来。到了三角形的最顶端之后，三个人的路线就重合到一起了。走到头脸之后，从嘴、鼻子、左右眼、左右眉、左右耳各走一遍，上到头发，左一根儿，右一根儿，中间一根儿到屁墩儿。上到中间一根头发时，就直接将小石子放到三角形的最底部中间。然后沿着中间的线，一格一格往上爬。被后面的追上后要一落到底，退到三角形的底线中间。率先绕过一圈，再追上最后一个的为赢。我不知道这个游戏叫什么名字，就是觉得特别有意思。正像曲儿里唱的一样：一四七，三六九，九九归一跟我走。一上头脸，就是九九归一的一条道了。”

一边说着，一边在纸上画了一个棋盘，各自团了个小纸团当棋子，里面做了记号。房间里没有火柴，各自团了三个小纸团当色码。三个人玩了一阵子童年的游戏。

“你姊妹几个啊？”

“四个。”

“我也四个。”

说了半天，弄明白伊莉莎是哥、姐、哥、她，她是老四；索菲亚是姐、哥、她、弟，她是老三。

“小三，小四。”

“老三，老四。”

“老二是谁？”

“老二？”

“这是老二。”

索菲亚的家乡在楚科奇半岛上的乌厄连，是白令海峡西岸，俄罗斯最东端。她指着伊莉莎说：“她家在阿拉斯加威尔士，我与她隔白令海峡相望。”

“阿拉斯加，阿拉斯加，阿——拉斯加。一个劲儿地加加加！”

“两个遥远的地方啊。”

“这两个地方离得很近，直线距离一百多公里。冬天可以从冰上过去。坐冰爬犁、冰摩托。从杰日尼奥夫角下海。”

“我最想看的就是楚科奇海。”

“有什么好看的。一辈子不看，一辈子不想。”

“不会吧？”

“你知道吧？我小时候一直以为全世界就应该这么冷，冰天雪地。”

“我也是。”

“我以后要留在中国。太冷了，我真心不想回去。”

“我是铁定不回那里了，冻死人。”

“你怎么回去啊？走堪察加半岛吗？”

“不，先到她家，再到我家。”

“现在我家已经不在那儿了。”

“你祖籍也是俄罗斯吧？”

“不知道。我们家也没有家谱。”

“阿拉斯加是沙皇亚历山大二世卖给美国的。”

“沙皇也卖国啊？”

“当时还认为占了便宜呢。”

“多少钱?”

“720 万美元，合每英亩 2 分钱。”

“这是哪年的事啊?”

“1867 年，清朝同治六年。”

“我在想大清朝那么有钱，当时为什么就没想到买块地呢?”

“那也得有人卖啊?”

“现在是不是美国想把阿拉斯加卖给中国啊?”

“做梦去吧。”

“要不美国欠中国那么多钱怎么还啊?”

“欠着呗。”

“当时沙皇怎么想的，就把阿拉斯加给卖了?”

“还不是因为克罗米亚。”

“也跟克罗米亚有关系?”

“当然。”

“现在可没人卖地了，都知道地值钱。”

“山不转水转，地不转人转。地是死的，人是活的。说不定有一天又开始卖了呢。”

“我小时候一直以为国界是不能变的，后来才发现，国界也是变来变去的。”

“人也流动，地也流转。”

“现在地转不了了。”

“在北京有一个疯狂的诗人写过一首诗，大意是说每一个国家让一小块地给以色列，换取世界和平，万国让地以色列。”

“谁能像曼德拉那样?”

“曼德拉哪样了?”

“诗人都是疯子。”

“对啊。”

“你也是。”

“我也是吗?”

“你比疯子还疯子。”

一个心理学教授到疯人院参观，了解疯子的生活状态。一天下来，觉得这些人疯疯癫癫，行事出人意料，可算大开眼界。想不到准备返回时，发现自己的车胎被人下掉了。“一定是哪个疯子干的!”教授这样愤愤地想到，动手拿备胎准备装上。事情严重了，下车胎的人居然将螺丝也都顺走了。没有螺丝有备胎也换不上去啊！教授一筹莫展。在他着急万分的时候，一个疯子蹦蹦跳跳地过来了，嘴里唱着不知名的欢乐歌曲。他发现了困境中的教授，停下来问发生了什么事。教授懒得理他，但出于礼貌还是告诉了他。疯子哈哈大笑说：“我有办法!”他从每个轮胎上面下了一个螺丝，这样就拿到三个螺丝将备胎装了上去。教授惊奇、感激之余，大为好奇：“请问你是怎么想到这个办法的?”疯子嘻嘻哈哈地笑道：“我是疯子，可我不是呆子啊!”

“疯子会和疯子在一起，呆子会和呆子在一起。”

“我们都是疯子。”

“也都是呆子。”

“呆子是什么样儿的?”

“呆子就是猪八戒。”

“猴哥还是挺喜欢八戒的。”

“戒为什么念忌?”

“怎么念忌了?”

“戒烟不是说成忌烟了吗?”

“那是猪八忌。”

“戒就是忌，忌就是戒。”

“是啊，到底是戒还是忌，是忌还是戒?”

“在不丹连个烟儿都不给一口啊。”

“你是怎么抽上的啊?”

“唉，说来话长，有一次嗓子不舒服，就去医院看医生，医生说：‘少抽点烟就好了。’从此就抽上了。”

“哈。”

“不抽烟难受了吧?”

“其实不抽也死不了，一天抽三包也好不到哪儿去。谁让他们全国戒烟呢?!”

“那你就别抽了。”

“香烟包装上的警示语有问题。”

“什么警示语?”

“就是烟盒上印的：‘吸烟有害健康，戒烟可减少对健康的危害。’”

“这有问题吗?”

“很好啊。”

“应该写：‘吸烟有害健康，请勿影响他人。’”

“这不差不多吗?”

“差不多吗?”

“在不丹待两个月，肯定把烟戒了。”

“忌了。”

“到底是戒了还是忌了?”

索菲亚用我的电动剃须刀在剃那个部位，示意伊莉莎用不用。伊莉莎耸耸肩摇摇头。

印度是点头不算，摇头算。

伊莉莎又耸耸肩摇摇头，没有吱声。

“干干净净，清清爽爽。真好!”

“就像你每天刮胡子。”

“你这也是胡子啊?”

“当然。”

“你洗脸了吗?”伊莉莎问我。

“洗脸?”

“洗干净了没?”伊莉莎揪住我的下巴说。

“洗干净了。”

“不洗好，别碰我。”

“每次都把剃须刀洗得干干净净。恨不得把剃刀洗秃了皮。”索菲亚说。

“她比我干净。”

“不干净也不能那样收拾。”

“要不你也剃?”

“不。”

看前方黑洞洞，待我赶上前去，杀他个干干净净。

曾经遇到过和伊索类似的两个人，穿的衣服一样，服饰搭配一样，发型一样，脸型一样，高矮一样，胖瘦一样，肤色一样，眼睛一样。但是总还是有一点不一样，具体怎么不一样，又说不出来。

“你们两个是双蹦儿？”

“不是，啊，是是是。”

“我们出门逛街，买一样的衣服，一样的用品。要是一个人出去，买东西也是双份。我们出门打扮也是一样。以前住在一起时一样，后来不在一起住了，只要一起行动，还是一样。”

“那怎么一样呢？”

“在微信上商量啊。”

“哦。”

“出门带的东西也一样。”

“你们俩以后找老公是不是也一样呢？”

“当然也一样呢。”

“那可不好找呢。”

“这你就不用操心了。”

“我是不操心，我看你们能一样多久？”

“想多久，就多久。”

“关键你得能看到。”

“别看不到。”

“我经常把好多类似的情景搞混。”

我和伊索在床上待了三天三夜，床上吃床上喝。三米宽的大床是我们的天堂。激情退去，人软如泥。

花有重开日，人无再少年。不须长富贵，安乐是神仙。

再不出去就不是神仙了，是安乐死了。

“你死了吗？”

“死了。”

“我们得出去活动活动。”

“谁不让你出去了？”

我们爬起来，在酒店里转。酒店里有一间高智能模拟高尔夫，核心是被动型智能跑步机。就是一个特别巨大的传送带，相当于机场的步道，并排三条，集体散步机，人走它就动，人停它就停。对面墙上投映出高尔夫球场的情景，似乎是在球场活动。外面这么大好的天地，有必要造一个大传送带吗？人类恨不得在室内模拟出所有的东西。

我们来到大堂，白马次仁和司机多雷才让等候在那里。出门上车，拉我们在帕罗的街上和附近的村庄转转。不丹有一个避邪的习俗，大门口门墩上，一边放一个林迦，一边放一把剑。林迦的形状就是男性生殖器官。有些住户或是什么建筑物的大门两侧绘有色彩鲜艳、造型夸张、卡通的林迦。在不丹宗教传说中，身有大阳具如同手有金刚杵，能鞭击山妖恶魔。金刚杵？我想打杵的意思是不是就是这个杵啊？参观寺庙时，只要稍加留心，就会发现佛像前常摆着石制或木制的林迦，十分精致光亮。不仅如此，僧侣还会以木制林迦轻敲信众头顶，用来祈求平安。在不丹的工艺品店可以买到木制林迦，女售货员总是坦然以对，丝毫没有羞涩之态。在不丹人看来，阳具是佛教中的宝物之一，与尘世中的放荡嗜好没有任何瓜葛。

“这些林迦画得都像大炮一样啊。放的都是炮弹，不是小虫虫。”

“你羡慕吧？”

“看到林迦就让我想起昆仑山大炮。”

“昆仑山大炮像林迦吗？”

“不像，你知道巴比伦大炮吗？”

“不知道。”

“萨达姆请火炮专家布尔博士设计建造的一款超级大炮，是有史以来世界上最大的大炮，重 2100 吨，长 150 米。布尔博士希望用这门大炮将 2 吨重的卫星送入太空，或将 600 公斤的炮弹打到 1000 公里开外。”

“都是狂人。”

“疯子和狂人差不多。”

“疯子是普通人，狂人是强人。”

“你也是大炮。”

“王大炮。”

“我这个大炮打不过你们俩。”

“巴比伦大炮和昆仑山大炮哪个大？”

“巴比伦大炮还是大炮，昆仑山大炮叫大炮，但不是大炮。”

“那为什么还叫大炮？”

“昆仑山大炮是两根铁轨，几十公里长。电磁加速。像一条数学曲线。前面是平缓的，后面突然陡起。代替火箭发射卫星。”

“你怎么知道？”

“我去审计过。”

“我以为昆仑山大炮还是像林迦一样，直愣愣地矗立着，原来是趴着的。”

“你知道最大的林迦在哪儿吗？”

“在哪儿？我们能看到吗？”

“CBD（中央商务区）有根烟囱，有一年被798的艺术家做成了一根林迦，还载入了吉尼斯世界纪录。”

“只有中国人认吉尼斯世界纪录。”

“拿大头针做一个林迦，也可以申请。”

“现在还在吗？”

“得完吉尼斯纪录就拆了。”

“为什么？”

“领导压力大。”

“应该让领导来这儿上上生理课。”

“不丹人独自在山里活动时，遇到认为某种不安时，就会拿出自己的阳具抖一抖，用以驱散邪魔。”

“还有这个功能？”

“不丹的阳具崇拜来源于西藏喇嘛竹巴衮列（1455—1529）。”

“西藏喇嘛？”

“对，不丹曾经归西藏管。”

“西藏归不丹管吧？”

“过去这里都是大藏区。”

“荒蛮时期，哪有边界啊？”

“莲花生大师之后的时代，是西藏的灭佛期。”

“西藏还灭过佛？”

“在异端藏王朗达玛统治时期，佛教遭禁，寺庙被毁，僧人受到迫害。很多人就是在这个时期从西藏逃到不丹，并在这里定居。其中竹巴衮列，也称‘疯癫圣僧’，有点像中国的济公活佛，不同的是，疯癫圣僧的佛法教义不但包含着美酒，还有美女。至今都是不丹最受人喜爱的圣人之一。他通过非正统而且往往是令人震惊的行径，传播他的教义，用歌、用诗、用黄段子，还有他久负盛名的性造诣，来吸引人们对佛教真正精髓的关注。既然这样，不丹人认为他的生殖器肯定比较大，从这一点可以看出，不丹人的原始崇拜非常务实。所以，切米拉康佛殿右侧供奉的就是竹巴衮列小塑像，裸露着下体，生殖器夸张的大。这一带的村落，家家户户墙壁上都画着很醒目的卡通生殖器，大是必须的。不丹文化不但有深刻的精神内涵，还有浅显的世俗欲望。”

“不但这样，还不但那样。果然是不丹啊。”

回酒店，在酒店外面的草地上歇息。酒店外面一派世外桃源的景色。牛在悠闲地吃草，蓝天白云，雪山、森林、草地，景色美得令人沉醉。草地上放着酒店的白色塑料桌子和躺椅，我们懒洋洋地歪在躺椅上，挪开旁边竖着的阳伞，眯着眼睛晒着下午已经不强烈的阳光。

“你好！中国人吗?”

“是。”

一对男女过来答话。男的说：“我姓孟，老孟，孟大趴，搞摄影的。”

“哦，你好！我有印象，著名摄影家呀。”

“哪里哪里。”

“爬着系列名噪一时啊。”

孟大趴拿出迷你 iPad，给我们看他的作品。题目是：趴下。

“都给我趴下。”我想起一句电影台词。

“给你们看看趴着系列。”

“欣赏欣赏。”

主要是军旅内容。战士们爬冰卧雪的哨位，训练时从泥水里爬过。白雪皑皑的雪地上，趴着的战士正用望远镜观察前方。邱少云纪念馆英雄趴在熊熊燃烧的烈焰中的油画，油画外面肃然起敬的人们。一批战士趴在铁索上充当桥板，一群小学生从他们的背上爬过。大渡河十八勇士的雕塑，雕塑前致敬的人们。战士们趴在黄土地上，爆炸翻飞的土块在空中翻滚着。后面是普通人趴着的。趴着按摩的，趴着搓澡的。一个肥肥白白的人趴在搓澡床上，一瓢温水正浇在背上，晶莹的水花涌动在膏腴的肉体表面。还有一个趴着搓澡的，床下面是一个大大的圆形玻璃鱼缸，缸里有三条金鱼在游动。有婴儿趴着睡觉的，有工人趴着干活的，有农民趴着劳作的，有渔民趴着捕鱼的，有游人趴着看风景的，有小学生趴着写作业的。他这么集中一照，让我们发现原来人们还有这么多趴着的时刻。

“这是小邓。”

“邓小娴。”小邓活泼泼地接过来自报家门。

“这名字听着怎么这么熟呢？”

“是不是潘驴邓小闲？”

“哦，对，哦，不对。”我有些尴尬地说：“你的名字让我感到一丝诧异。”

“你不是第一个诧异的。我倒是奇怪你们为什么诧异？”

“是啊是啊，少见多怪呗。”

“按重要性来说，应该倒过来才对。”

“什么倒过来？”

“闲是第一，小是第二。”邓小娴一点也不介意地自我解说。

“要有闲工夫才行。许多女白领、女大学生被保安迷糊住，就是因为保安有闲时间，能说小话。”

“嗯。”

“好比宠物。她爹死了她都没哭，宠物死了伤心半年。宠物的第一要义就是有闲，随时可以陪你。第二是顺从。虽然不会说人话，可是表现得无比顺从。”

“对。”

“这是一个宠物时代。到处都是提拔一大批宠物干部。首先就是要听话。”

“姑娘入世很深啊。”

“那是。”

“你听没听过那句话？”

“什么话？”

“你有没有个弟弟叫邓小闲啊？”

“不是有个弟弟，是有个妹妹。”

“哈。”

“现在也不是邓小闲了，是‘白富美’。”

胡扯闲聊了一阵子，孟大趴和邓小闲告辞走了。再也没有见过，再没有联系过。许多人就在我们人生的旅途中一闪而过。两个有意思的人儿啊。

傍晚在外面草地上用晚餐。一个又大又圆的月亮升起来，照着银白圣洁的雪山。

“我一直有一个疑问，嫦娥奔月为什么要带上一只大兔子？”

“你不觉得带一个萝卜太直接？”

“大姐是不是也带了一只兔兔呢？”

“我老婆正在雪山之巅。”

“是灵魂吗？”

“是肉身。”

“啊？”

“她父母是珠峰观测站的工程师。”

“珠峰观测站？在8848啊？”

“对。”

“真的在顶上啊？常年？”

“轮班，几个月才下来。”

“你得上去拜见岳丈啊，你上去过吗？”

“上去过。”

“你上过珠峰？”

“是。”

“吹牛吧？”

“这有什么奇怪。”

“你不知道修了电梯了？”

“是河南人干的吗？”

“不是笑话吗？是真的吗？”

“你去过龙庆峡吗？”

“去过。延庆。”

“就跟那个一样。放大版的。”

“那不缺氧吗？”

“背个氧气瓶?”

“密封的，加压了的。就跟飞机机舱一样。”

“回去我也去看看。”

“带我们去见见大姐。”

“敢带我们去吗?”

“票价可贵呢。”

“多少钱?”

“五万。”

“十万也不怕。反正你花钱。”

“我是免票。”

“为什么?”

“因为我老婆免票。”

“那我们没戏了。”

“我也没那个胆儿啊。”

“那我下回单独去找她。”

“明天我们去虎穴寺吧?”

“好。”

“不去虎穴寺岂不白来了吗?”

“对。”

第二天早上到饭店用早餐。有个和尚也在饭店吃早餐。伊莉莎示意说:“嘿，和尚。我过去认识一下。”

不等我们反应，伊莉莎已经走了过去。

“和尚，可以和你认识一下吗?”

“善哉。”

伊莉莎跑回来说:“他说善哉。”

“善哉就是可以。”

“几个人一起围了过去。”

“你叫什么名字?”

“你从哪里来?”

“你自己一个人吗?”

“你来这里干什么?”

“你们这样问不礼貌。要说，您贵姓?”

禅师并不恼火，平静地看着大家说：“你们这些问题其实是一个问题。就是说我是谁?”

“对对对，你是谁?”

“我是谁？这也是我在追问的问题。”

“问着了吗?”

“此处不是讲话之地。”

“那好，换个地方再聊?”

“此时也不是讲话之时。抱歉，我今天已经有安排，换个时间再聊。回头见。”

说完禅师起身，向我们合掌，微微低了低首，没有躬身，转身走了。

“和尚是无性之人。”

“不见得。”

“藏传是不是有性?”

“不知道。”

“好像有吧?”

“哦，小心仁波切。”

我们磨磨蹭蹭地吃了早餐。回到房间无聊了几分钟。上午十点才走出房间。

白马次仁依旧等在大堂，换了个司机西饶尼玛和车停在门口。

路上白马介绍说：“虎穴寺是来不丹必去的景点，是一座悬挂在千米峭壁上的庙宇，就像恒山的悬空寺。”

“悬空寺？难道还有别的寺庙也悬在半空?”

“呵呵，你接着讲。”

“虎穴寺白墙黄顶悬挂在苍翠的山崖上，遥望着白云蓝天、森林雪山。虎穴寺供奉的是莲花生大士。”

“莲花生大士是藏传佛教的创立人。”

“是吗？和藏传佛教有关系吗?”

“神其实是不存在的。”

“莲花生大士确有其人。”

“确有其人，也确有其神。神都是人造出来的。”

“不，是神创造了人。”

“这不是先有鸡，还是先有蛋的问题。”

“神创造了人间万物。”

“如果有神，神一定是最自私、最贪婪的。”

“莲花生大士是最无私、最伟大的神。”

“莲花生大士只不过在自我修炼而已。”

“不要亵渎我的神。”

“神是不被亵渎的。”

“你亵渎了。”

“我只是在发表我的想法而已。你的神是灭掉了以前的神，才成为你的神的。”

“我的神从有世界以来就是神。”

“不，只不过有你以来才有了你的神，没有你，哪有你的神？你的神是驻在你心间的。你在，你信了，才有。你不信，是别人的神。是你拥有神，而不是神拥有你。”

“我的神是真理。”

“我现在和你讲的是道理。你的神也应该讲讲道理吧？”

“我的神就是真理。”

“真理怎能如此霸道呢？既然是真理，难道还怕道理吗？”

“当然不怕。”

“你的神如果是真理，岂能因为我的几句言辞而蒙受一些污损呢？如果因为普通人一点点怀疑而不能成为你心目中的神，那么还能称其为威力无边的神吗？”

“我在捍卫我的神。”

“神需要人来捍卫吗？神如果是神，不论人信与不信都是神，需要人捍卫、维修的只能是以神的名义的泥塑。神既然是至高无上的，又岂能受到渺小的人的几句话语的攻击和亵渎呢？”

“你在狡辩吧。”

“你有你的神，我有我的神。”

“你也有神？你的神是什么神？告诉我，我要咒骂你的神。”

“我如果告诉你，我的神也是莲花生，你信吗？”

“不信，你的神不是莲花生。”

“我的神可能就是莲花生大士呢。只不过我心目中的莲花生和你的莲花生不一样。”

“这不可能。”

“你看你不信是不是？”

“不信。”

“就算我的神不是莲花生吧。我不告诉你我的神，你就亵渎不了我的神。虽然我的神和你的神可能是一个名号。”

“你告诉我，我一定要诅咒你的神。”

“我告诉你，我的神的威力要远远大于你的神。你如果心生诅咒，出言不逊，我的神会惩罚你的。”

“我不怕。我的神会护佑我的。”

“护佑你？忽悠你还差不多。我告诉你，我的神能把我从遥远的地方送到你面前，让你为我服务，不是让你与我辩论，从而心生怨恨的。你的神也不会让你为了几句玄而又玄的辩论，毁掉你的好心情的。”

“对，你是我的客人，我还是不和你争论了。”

“我们的争论只是没有恶意的闲聊。让人做人的事，让神做神的事。如果我冒犯了你的神，就让你的神来惩罚我好了。如果神需要由神的信徒来维护神的尊严，那么这个神是无能而邪恶的。”

“你说得似乎对，似乎错，不过我不想和你争辩了。”

“神只在人的心里，不要轻易让陌生人知道你心中的神，那样你心中的神才永远是圣洁的。”

“你到这里不是为了朝拜我的神吗？”

“你的神留下种种圣迹，给你的今天带来了福祉。我来不一定是朝拜，或许只是好奇。或许我已经深深地信了，或许我们信的是同一尊神。但是我们一旦互相探讨，就可能出现不同的理解，不同的感受，不同的表述，就可能出现矛盾和对抗，这是所有真正善意的神都不希望看到的。”

车窗外的风景在我们无谓的争辩中远去，我们到了虎穴寺下面。

“到了，要骑马上去吗？”

“马是神派来的吗？”

“是。”

“那要收取费用吗？”

“要。”

“是神收吗？”

“是马的主人收。”

“我们还是徒步上去吧。”

“好的。”

“你不用去了。你在这里等着吧。”

“可是我有责任向你们讲解啊。”

“我可能比你讲得还要仔细。”

留下白马在车上，我们徒步上山。

“很多年以前，创立藏传佛教宁玛派的印度上师莲花生大士来到不丹，传说他是骑着一只飞虎现身的，然后在帕罗山谷一个悬崖的岩洞里修行，就是现在虎穴寺的所在地。莲花生大师在不丹广为人知的称号是古如仁波切，在历史上是确有其人的。莲花生大师在不丹被敬为第二尊佛。”

“第一尊是谁？”

“弥勒佛？如来佛？”

“那他不就是第三了吗？”

“跟老外讲不清楚啊。”

“你才老外呢？”

“都是老外？”

“好好好，不争不争。”

我们三个边说边走。

“在不丹没有一座寺庙和人家不供奉莲花生大士，通常在他的两旁还供着他的两位妻子，即印度公主门达拉娃和藏族公主益昔措杰。”

“你是不是主要想说大师有两个老婆？”

“可别乱联想啊。”

“你有三个。”

“打嘴。”

“事实嘛。我想知道……”

“别乱说。心要清净，嘴要清净。”

“你刚才还和白马辩论来着。”

“刚才是刚才，现在是现在。况且我也是信奉莲花生大士的，只不过白马不信我而已。”

“昨天晚上你不斋戒。”

“是不是不该来啊？”

“不吵了，接着讲大师。”

“没吵。”

“大师是什么年代的啊？”

“8 世纪。莲花生大师 8 世纪骑着一只老虎飞到这里，在一个山洞里修炼自己。”

“谁敢骑老虎？”

“大师，莲花生大士？大师和大士有什么区别？”

“我也搞不清楚。混着用，反正都很厉害。”

“不明觉厉？”

“哼。”

“反正大师不是开直升机过来的。”

“大师的老虎比阿帕奇厉害。”

“那时候没有汽油。”

“那得准备多少肉啊？”

“我们不能用人的理念讲神的故事。”

“那是你没得道。”

“虎穴寺是莲花生大士建造的吗？”

“不，是第悉丹增·拉布杰建造的。”

“第悉丹增·拉布杰是谁？”

“第悉丹增·拉布杰是不丹 1680—1694 年的世俗统治者，是不丹历史上一个高耸入云的人物。不丹人推崇他光芒四射的精神、强大开明的领导和才华横溢的行政能力。他在位的 14 年，不丹有了巨大的进步和和平。他的众多成就之一，就是在帕罗修建了虎穴寺，在廷布河谷重建了登古寺。”

“也就是说莲花生大士来的时候没有虎穴寺？”

“对，走的时候也没有，只有洞穴。走后八百年才建立的虎穴寺。”

“哦，这虎穴寺也有几百年了。”

“原先的虎穴寺在1998年被一场大火毁掉了。”

“啊?”

“就是在那一年，发现了第悉丹增·拉布杰的转世灵童。”

“第悉丹增·拉布杰是不是认为虎穴寺该重修了，才这么安排?”

“神意不可妄猜。”

“这是后来重建的了?”

“2006年4月28日重修后开光，主持开光的就是第悉丹增·拉布杰的转世灵童。”

在虎穴寺大殿里，看到一位汉地来的和尚。不是我们在酒店没搭上话的和尚。从和尚的装束和气质就感觉是汉地来的。我悄悄示意伊索看，伊索不明所以。和尚也看到了我们，合掌，颔首，致意。相互没有说话。在虎穴寺的各处看了看，不大，也没太看明白什么。出虎穴寺继续往上走，上面还有一座本德拉寺，再往前还有拉果寺。走了一段路，有些走不动了。伊索一边一个搀着我走。

“昨天晚上你辛苦了。”

“你是贾宝玉。”

“可别说我是贾宝玉。”

“就是贾宝玉。”

“那你们是谁?”

“我们是黛玉和宝钗喽。”

“你们读过《红楼梦》吗?”

“当然读过了。”

“读了不止一遍呢。”

“那只能说你们没读懂。”

“怎么才是读懂了呢?”

“首先一条，贾宝玉是个死人。”

“贾宝玉没死啊。”

“对，最后出家当和尚了啊。”

“要不说你们没读懂呢?”

“你凭什么这么说?”

“贾宝玉这名字怎么来的?”

“生下来就带来的呗。”

“怎么带来的?”

“嘴里含着的。”

“生下来的小孩，凭空嘴里有块玉什么意思?”

“宝贝呗。”

“宝贝？意思是这就是一个死人，这人生下来就是死的。”

“为什么?”

“中国的葬俗，只有死人嘴里才含玉。”

“是吗?”

“玩玉的人，从来没有谁把玉含在嘴里玩。只有死人嘴里才塞块玉。”

“不是说有人是含着金钥匙出生的吗?”

“金汤匙好不好?”

“好，金汤匙，金汤匙，有人含汤匙，就有人含玉。”

“含金汤匙是个比喻，并不是真的嘴里有一枚汤匙。”

“含玉也是比喻喽。”

“这个比喻后来一直挂在脖子上是什么意思呢?”

“那就是真的呗。”

“你含块玉试试?”

“应该和含块糖果差不多吧。”

“曹雪芹就是写个死人给大家看。结果呢？谁也没看明白。”

“就你明白?”

“就我明白。”

“实在走不动了，撤吧。”

“不上拉果寺岂不是白来了吗?”

“虎穴寺去过了就不白来。”

“来都来了，坚持一下，不要半途而废。”

“旅途没有半途，没有终点。”

“今天的终点就是拉果寺。”

“昨天晚上你们也不省着点用，用残废了吧。”

“要不你在这儿等着，我们上去看看就回。”

“反正你也去过。”

“没有和你俩一起去过。”

“给你一颗登山大力丸吧。”

“多来两颗。”

“只能有一颗。”

“吃多了呢?”

“吃多了会跑到月亮上。”

“真有大力丸呀?”

“你试试。”

“来，姑且一试。”

“这儿还有预防高原反应的特效药。”

“高原反应还能预防?”

“能不能不知道，反正有这种药。”

“那也吃一颗吧。你们是不知道，我第一次去拉萨，到那儿就不行了，马上去了医院挂水，马上订返程机票。机票一直订不上，最早也是五天以后的，急呀。病房里还有一个人，比我早两天，第二天早上不见了。我问护士，他怎么走了？他怎么走的？他怎么订上机票的？护士说，走了就是走了。哎呀，吓死我了。结果再过一天，没事了，一点儿感觉也没有了。”

“和你老婆一起去的?”

“那时候还没见着老婆。哎呀，我是不是已经高反了呀?”

“这不是高反，是腿上没劲。”

“你确定?”

“要你确定。”

“对对对，要我确定。后来我去过北京的高原反应室住了三天，也没有反应。”

“什么是高原反应室?”

“防空洞改造的，分富氧区、缺氧区，在缺氧区人为制造高原环境，看看有没有高原反应。非常安静，没有噪声，也没有电磁信号。”

“那就是说你肯定没事了呗。”

“那可不见得。高原反应无法预测，过去从来没有高原反应的年轻人和壮汉都可能出现，如果发现谁有了水肿、不辨方向等高山反应症状，要赶紧把他送到低海拔地带，这非常重要。”

坐在路边，一边休息，一边唠嗑，一会儿工夫，浑身是劲儿。

“在床上也没给我呀?”

“这是给腿上身上走劲儿的，那是伟哥。”

“还有专门给腿上走劲儿的？神奇啊。”

“是不是有劲儿了?”

“是啊。”

“还有专门给膝盖用的。”

“你是不是学医的?”

“不是。”

“登山其实挺害人的。”

“这不挺好的吗?”

“对膝盖伤害太大了。”

“什么运动过度都不好。”

“登山是三四年换一批人。”

“还有爬楼梯。”

“对，爬楼梯也不好。”

“真有治膝盖的药啊?”

“当然。”

本德拉寺供奉的是度母。从本德拉寺出来，又去了拉果寺。拉果寺主殿供奉的是莲花生大师。莲花生大师的塑像让人非常震惊，他的两个妻子分立在他的两旁，他的眼睛闪烁着智慧、慈悲的光芒，看上去就像要讲话。

回来下山的路上和汉地和尚走了个对脸，淡然颔首，相视一笑。

“这么晚了还有人往上走?”

“莫道君来晚，更有晚来人。”

白马说：“帕罗人还有一个传统，就是一天之内把拉定寺和另一座昙雀寺都朝拜到，认为这样会把300次重生累积起来的罪过统统洗掉。”

“一天走两个寺就能洗清罪孽?”

“帕罗人就是这么传说的。”

“罪孽深重啊。走二十个也洗不清了。”

“我们这算洗了一半吗?”

“回酒店了?”

“回去吧。再走就要倒在朝圣的路上了。”

回来累惨了。洗都没洗就睡了。第二天中午才起来。

白马带着我们去附近的帕罗宗堡。宗堡外面的风景散发着世外桃源的气息，里面没有仔细看。我在想：宗堡是人类放大了的躯壳。灵魂要包裹在一团肉里，肉要住在一座城堡里。

下午在外面的草地上闲坐。白马过来说：明天接张瑟回来。

“去哪儿?”

“廷布。”

“我们也去呢。”

“那我先接你们，再一起去廷布接张瑟。”

“好的。今天没事了，你先回去吧。”

“好的。”

和尚回来了，老远打招呼示意。

“回酒店了？一会儿出来一起坐?”

“好的。”

一会儿和尚过来。我介绍说：

“这是我的两个洋学生。跟我学中文。”

“啊，教授，失敬失敬。”

“岂敢岂敢，她俩从来都没把我当教授。敢问上师法号?”

“上慧下能。”

“慧能法师。”

“正是敝僧。”

“法师从何方宝地而来?”

“我是九顶山和尚，自幼在伏虎寺出家。”

“伏虎寺不是女寺吗?”

“施主说得对。我是出生三天被抱到伏虎寺门口的。剃度前一直被称为门槛。也有很多人称呼我门槛和尚。我是被师父们用猫奶喂养大的。长到五岁，被送到大报国寺。在大报国寺剃度。十七岁出外云游。十九岁驻足九顶山，用了五年时间化缘建立九顶山道场。于今已经二十一年矣。”

“猫奶养大的?”

“敝僧一直对猫心存敬畏。”

“九顶山没去过，峨眉山去过。”

“我也去过。”

“你哪儿都去过。”

“是啊，我还会背你的诗：

大佛庄严新宝殿，
独指天地佛旗展。
伏虎报国泉水暖，
翠林盘路金顶寒。
十方普贤万人拜，
三千峨眉四望远。
云开日出猕猴迎，
回看地图思后山。”

“教授缘何思后山呢?”

“思后宫呗。”

“我在想，如果金顶的悬崖下建设一个垂直运输的电梯，把千佛顶下面的明月庵、万佛顶也开发出来，峨眉金顶的旅游线路就能形成一个新的环线。这样从高桥镇到后山的燕子坡、二坪，然后直接通过金顶电梯直达金顶。有些时间不充裕的游客也可以一睹金顶的壮丽，就像张家界的百龙天梯一样。峨眉山的景区范围也扩大了。从二坪远眺金顶绝壁也甚是壮观雄伟呀!”

“如果能如教授所言，也是造福峨眉啊。”

“我去了峨眉，觉得峨眉山的景点没有很好地开发出来。”

“教授是研究旅游的吗?”

“不是，只是喜欢对旅游景点的不足发表看法。”

“哦。”

“看不得残缺不全的美，遇到绝对儿什么的就忍不住对上一把。”

“教授去过成都望江楼吧？”

望江楼，望江流，望江楼上望江流，江流千古，江楼千古。

“对过下联吗？”

成都市，成都市，成都市中成都市，都市万人，都市万人。

“呵呵，有点意思。”

“我还有一个自我得意的对联。”

“愿闻之。”

“深圳市荔枝公园西门和南门之间的湖边有一个亭子，在亭上可以看京基一百、帝王大厦。四面画图，风光无限。”

“嗯，我去过。叫什么名字来着？”

“他们起的名字我也没记住，我把那个亭子命名为独好亭。”

“哦。”

“集伟人的词句做对联：

风景这边独好，
江山如此多娇。”

和尚击节道：“妙哉。”

“上师怎么来的？”

“从拉萨一路过来。”

“从加德满都转机吗？”

“从拉萨、日喀则、康马、亚东，一路徒步过来。”

“那得翻多少座山啊？”

“一路沿着山谷，没有翻山。”

“山谷能通到拉萨？”

“是的。喜马拉雅有很多条沟。”

“我也听说过有五条沟吧?”

“著名的有五条，知名的有二十二条，还有许多不知名的。”

“太行八陉，也是太行山的横沟，有军都陉、蒲阴陉、飞狐陉、井陉、滏口陉、白陉、太行陉、轵关陉。”

“喜马拉雅五条沟是樟木沟、吉隆沟、亚东沟、陈塘沟、嘎玛沟。”

“我猜上师走的是亚东沟。”

“是。这些沟也是鸟道。”

“鸟道?”

“教授在布达拉宫前见过海鸥吗?”

“见过，红嘴鸥。”

“就是从这些沟沟飞过去的。”

“哦。”

“还有许多候鸟也是从这些沟沟飞过去的。”

“哦。”

“鸟也飞不了山那么高。”

“鸟也知道偷懒。”

“鸟的智慧人未必知道。”

“言之有理。”

“现在有一些人追求七加二。”

“什么是七加二?”

“就是世界七大洲最高峰和南北两极的攀登探险之旅。”

“说说简单，一辈子都完不成。”

“我们都属于完不成的。”

“还不如鸟呢。”

“鸟可不追求七加二。”

“有一种鸟叫喜马拉雅鸟，它的羽毛如彩虹般艳丽，有蓝、金、红、黄四种颜色，头上是特色鲜明的冠。学名虹雉，甚是漂亮。”

“他上过珠峰。”

“佩服佩服。”

“坐电梯上去的。”

“他老婆在珠峰。”

“是我岳丈岳母在珠峰。他们在拉萨有家，在日喀则有家，在北京有家。”

“那不是有家，是有房。房和家不是一回事。”

“你们肯定不是在珠峰认识的。”

“在北京认识的吧?”

“在拉萨。”

“中国四大艳遇城市之一。”

“娶我老婆是我今生干的最二的一件事。在哲蚌寺门口等车，天都快黑了。心里有一点点紧张。这时她开一辆路豹，一脚刹车定在我跟前不到一米的地方，着实吓我一大跳。她冲我一打手势，我就上了车。在车上一句话都没说，直接去了一个能看得见布宫夜景的咖啡馆，吃着面条，喝着青稞酒、酥油茶。聊了不少。然后就到喜来登开房，当晚就有了我儿子。我们其实是奉子成婚。”

“老师，不是说是在玛吉阿米认识的吗?”

“什么时候跟你说过?”

“有诗为证，伊莉莎朗声道：

玛吉阿米与卿逢，
罗布林卡花正浓。
兰庭饮得青稞酒，
红衣辩过色拉经。
八廓转到腿脚软，
一望布宫身心凝。
天阙不过亦如此，
拉萨河畔喜来登。”

“这说明你们还去过罗布林卡。”

“色拉寺。”

“转过八廓街。”

“去过拉萨河。”

“行了行了，这诗里写的不一定有，诗里没有的也不一定没有。”

“教授，这诗也不合平仄啊?”

“我这不算律诗。只能说是七个字一行。如果和律诗靠靠边，可以叫简律。”

“有简化字，还有简律?”

“比老干体精不到哪儿去。”

“有点意境呢。”

“严格按旧律说是出律了。当顺口溜吧。”

“老师，接着讲师母。”

“我老婆是在拉萨出生的。她父母是珠峰观察站的工程师。她十一岁到北京独立生活。和我认识的时候，她大三，我研二。”

“你好像说过，你们认识的时候才十六岁，大学录取通知书还没拿到。那时候，你刚刚高考完，是高三的暑假。”

“那是我在小说里的情景设置。”

“小说?”

“我要为她写一部长篇。”

“你刚才不是说在哲蚌寺门口认识的吗?”

“对呀，在哲蚌寺门口，暑假，她大三，我研二。”

“谁知道你说的哪一句是真，哪一句是假?”

“我真的想认识认识你老婆。”

“拉萨人说她是北京卓玛，北京的同学说她是山顶媳妇。”

“有缘千里来相会啊。”

“有钱千里来相会。”

“没钱就不相会了?”

“水往低处流，钱往高处送。”

“缺氧就容易干傻事。”

“是傻事吗?”

“不缺氧有时也干傻事。”

“傻事跟缺不缺氧没多大关系，是缺心眼。”

“对，缺心眼子。”

“世界上有两种人：一种是去过拉萨的，另一种是没去过拉萨的。”

“我们想知道正室是什么样儿的。”

“她正在山那边。”

“不是在北京吗？”

“在拉萨。”

“在拉萨？”

“北京人在拉萨做生意是有传统的。八廓街上有一个平邦大院。”

“平邦？”

“她现在正在拉萨做生意。她说她是新平邦。”

“她做什么生意？”

“做棺材生意。”

“啊？”

“正在拉萨卖活棺材。有个公司制造了一种密封舱，在高海拔地区内部压强可以加压到一个帕。和高原反应室正好相反。平原去到高原的人可以在里面睡个好觉，得到高质量的休息，不用担心高原反应。外观看起来像棺材，戏谑地称为‘活棺材’。”

“吓我一跳呢。”

“他们还建设低海拔旅馆。在高原地区制造低海拔环境。”

“那可不好密封。”

“弄了一些退役的旧飞机，改造成旅馆，很方便密封加压。”

“这办法聪明呢。”

“他们还造了一些大气压旅行车。密封好以后，在车内也不会有高原反应了。”

“她怎么会做这个生意？”

“这是一个好生意。”

“说起来话长。”

“你怎么不跟着去做这个生意？”

“人各有志，唉，当着法师说这些干什么？”

“不妨的，我又不是法海。”

“禅师是不是也愿意听听隐私？”

“阿弥陀佛。一切以缘分为大。”

“缘分到底是什么？”

“缘来不拒，缘去不留。”

“你是花和尚吧?”

“休得无礼。”

“上师来不丹做什么?”

“我连续来了六年了；每次少则一月，多则半年；去的是不丹最难到的地方——鲁纳纳。鲁纳纳在不丹北方的高原上，鲁纳纳是山峰和冰川的国度——有几十个宝石一样的湖泊，还有超凡脱俗的岗卜彭森峰，7541 米。这座不丹的最高峰还从来没有被人攀登过，也是世界上最高的未被攀登的高峰。国际上民间认为此峰是中不边界峰。鲁纳纳人相貌英俊，以他们的耐力、独立的精神和不好相处的气质而闻名，与拉雅人和灵石人一样，鲁纳纳人也是牦牛牧人。他们称这块地方是彩虹之上的一个地方。”

“鲁纳纳的鲁格措湖，在 1994 年溃坝，造成了很大的灾难，造成了鲁纳纳生态上的毁灭性变化，把富饶的牧场、草地变成了高海拔的沙漠。”

“我去是用都江堰的原理治理不丹北部高海拔堰塞湖泊。已经筹款投入了一个多亿。”

随后慧能在手机上展示一个动态的都江堰原理。让我们看了他治理鲁格措湖的照片和视频。

听了慧能法师的一席话，我站起身，说：“上师，失敬了。”

右手摸自己的额头，然后俯身去摸慧能的脚面。

慧能起身，说：“阿弥陀佛，教授客气了。”

这是印度的最高致敬，顶礼上师足。藏传佛教的经典里，经常有顶礼上师足的文字。

伊索不明就里，没有言语。又坐了一会儿。散了。

早上跟随白马一起去廷布，路上看到喜马拉雅的雪山雄姿。喜马是雪的意思，拉雅是家乡的意思。喜马拉雅就是雪的家乡。这里有一个族群，是拉雅人。拉雅人有一个传说，据说他们原本住在西藏南部的一个地区，突然有一天那里遭受了一连串的灾难，显然是受到了诅咒，当地人抵御邪恶魔法的方式，是用泥或者面团捏出娃娃大小的人形，给他们穿上黑衣服，让他们做灾难的替罪羊，然后象征性地把诅咒加到这些泥人身上，把他们丢出去。但是这一次诅咒太厉害了，人们感到得找活人来替罪，于是这个选择就落到了一个特定村子的所有村民身上，人们给这些不幸的村民穿上了奇怪的黑衣服，戴上了尖顶帽，跟那些假人的穿戴一样，把他们整体放逐，希望他们把纠缠这个地区的霉运带走。这些不幸的村民无家可归地流浪了好多天，直到他们发现一个美丽的河谷。雄伟的马萨岗峰（7144 米）高高耸立，雄视河谷。“拉雅！”他们惊喜赞叹着欢呼，并且决定就此命名他们的新家园。他们继续穿着奇怪的黑衣服，因为它最终给他们带来了好运。拉雅人在冬季最寒冷的时候要下到河谷低海拔的地方，躲避严寒。趁机去普那卡用他们的牦牛肉、酥油、奶酪、药草，还有最好的高原香草，交换大米、辣椒、衣服、油和盐。他们的耐力很有名。

我们看到了不丹的三角龙旗。

白马说：“北面的山洞里住着一条恶龙。恶龙要求村庄每年献祭一个处女。村庄不甘屈从，每年都有少年英雄挺身而出，与恶龙搏斗，可惜无人生还。有一年，英雄出发了，有人悄悄尾随，他看到英雄闯入铺满金银财宝的洞穴，用剑刺死了恶龙。然而，当英雄坐在龙身上，俯视一地闪烁的财宝，竟然慢慢长出鳞片、尾巴和犄角，最终变成了恶龙。”

“这是真的吗？”

“傻子才这样问。”

“这是传说啦。”

远远地就望见廷布大佛，白马说是香港人捐建的，是不丹最大的释迦牟尼佛像。释迦牟尼佛结伽趺坐，袒右臂，托钵，俯瞰廷布；从下面望去威严至极，仿佛能一眼看到人的心底，令人不敢仰视。在这样的高地，空旷辽远，对面是雪山，后面蓝天白云，这样的一尊佛像如同从天而降，与山川天地浑然一体。车子盘山上去，走近了才发现，尽管不丹和中国还没建交，依然不妨碍中国制造处处开花。一桌子的酥油烛火在铜质灯盏里轻轻地摇曳，一个喇嘛独自端坐在最深处声音嘹亮地诵经，世间似乎无比安静敞亮。蓝天白云簇拥着金灿灿、光芒四射的释迦牟尼像。大佛俯瞰河谷，安详地守护着这片宁静善良之地。

看了大佛，在廷布转了转，王宫和宗堡都没进去看，没怎么下车。廷布不大，找到地方接到了滴滴答。滴滴答今天见的这位朋友是个德国人，是德国一家 NGO（非政府组织）办事处的工作人员。廷布没有几个国家的大使馆，却有许多家 NGO 办事处。办事处无所事事，趴在无线电上打发时间。

告别了滴滴答的德国火腿朋友，上车往回走。路边有一个十四五岁样子的女子带着一个不满一岁的孩子在路边。

“这中间得隔多少个孩子啊？最少七八个。太能战斗了。”

滴滴答撇撇嘴说：“那可能就是她的孩子。”

“不可能，太小了。”

“廷布还算少的，偏远地方这样的未婚妈妈有的是。”

“未婚妈妈？”

“在不丹经常会碰到非常多的未婚妈妈，有的才刚刚 13 岁，她们都是被经过她们村子的男人花言巧语地哄骗，之后就再也见不到那些男人了。他们有一个托词，说是廷布的医生。”

“廷布医生？你现在是不是也是廷布医生了？”

“我不干那个事。”

“这都是谁干的？”

“大部分是日本人，不负责任地到处留情，还以为振兴他们民族了。”

“你好像对日本人有偏见？”

“没有，只是随口说说。”

傍晚回到酒店，天渐渐黑下来，月亮升起来，虽已经微缺，依然很明亮。不圆的明月映照着银白的雪山，雪山似乎闪着隐隐的幽蓝。我们在草地上晚餐。让酒店搬了一台电视在草地上看。电视里的印度歌舞好像永远不会停歇。

“明天老库就回来了。”

“今天就该回来了。”

“是不是在机场等我们啊？”

“也有可能。”

说话间，天空中传来滚雷般持续不断的轰隆隆巨响，响声越来越大。天边有一颗星星很亮，越来越亮，像飞机的航灯。

“航灯不是一颗。”

“是不是飞机要出事啊？”

“最近飞机老出事。”

“不会是马航的航班吧？”

星星更大更亮了。声音也更大更震撼。

“不是飞机。”

“肯定不是飞机。”

星星像一盏明灯一样，在运动。明灯越来越大，已经像不圆的月亮那么大。明灯边缘似乎不断地炸裂出无数个小星星，似乎如同刚出炉的钢水带着飞溅的火花。明灯慢慢变大，且已经变成了月亮。明灯比月亮看起来光亮，但是地上冷冷的光辉还是月亮的光辉。明灯带来的巨响让人恐惧。明灯迅速变大，脸盆那么大，大木盆那么大，圆桌那么大。巨大的明灯带着星星和火花向我们飞速扑来。耳边传来远方的爆炸声和呼呼的风声，低沉而遥远的声响蕴含着瘆人的巨大能量。明灯的光芒已经盖过了天上的明月，照亮了酒店的建筑，照亮了我们周围的草地，照亮了我们惊讶无比的面孔，照亮了酒店外面的稻田、树木、宗堡和附近的山峰。明灯已经白晃晃一片，让人不能直视。明灯已经变成了太阳，光芒万丈的太阳。这个崭新的太阳正在迅疾地向我们扑来。它已经不圆了，长长的像一艘航空母舰，发着巨大光亮的航空母舰形状的太阳，太阳一样的航空母舰。它带着冲破空气的轰隆隆的巨响，带着一股异常强大的热浪，裹挟着强劲的狂风，迅猛无比地从天而降，快速从我们的头顶掠过。周围的树木被烤灼得噼啪作响，有干柴枯草瞬间被引燃，猛然在航母太阳掠过后的黑暗的旷野中升腾起一个个如同蜡烛般摇曳的火苗，有的火苗迅速蔓延成熊熊烈火。我们全部呆呆地看着，不知所措。有人尖叫，有狗狂吠，尖叫声和狂吠声淹没在巨大的声浪中，细小如针。有人和狗毫无意义地四处奔跑。我的两腿之间忽然感觉热乎乎的。伊莉莎从明灯变成月亮时，就从容地拿出手机录像。飞速运动的长方形的巨大太阳，瞬间从我们的头顶正上方掠过。紧接着有许多带着暗红色光亮的、大大小小的陨石噼里啪啦地在附近坠落。也有一些跟着长太阳继续前进，拖曳着黯淡的火苗从我们的头顶飞过。西方天空一片红光，如同太阳从西方升起。远处的雪山在夜幕的背景下变成火红的颜色，山脚下似乎起了大火。地底传来轰隆隆的巨响。脚下的草地剧烈地颤动。

伊莉莎还在录像。我们保持镇定，没有惊慌失措。或者说我们没有来得及惊慌失措，刚才惊天动地的一幕就已经过去了。似乎我们只是无动于衷地看着，似乎我们非常镇定。当这巨大的现实版的 3D 从头顶过去了的时候，我们真的应该保持必要的镇定了。西方的熊熊大火似乎成了和我们没有什么关系的雪山下的壁炉。伊莉莎收起手机。

“掉的是不是陨石?”

“是陨石。”

“刚才附近好像就掉落了一颗。”

“我们找找看。”

“明天再找吧。”

“是不是谁找着就是谁的?”

“按中国的法律，是国家的，天上掉下来的都是国家的。”

“天上掉下来的也算国家的?”

“对，法律就是这么定的。”

“不知道不丹法律怎么说?”

伊莉莎并不参与我们的扯淡，打开手机里的手电筒，向着刚才有声响的地方寻找。

“别爆炸了。”

伊莉莎也不答言，径自在草地上踅摸。

“我找到了。”

大家跟过去。

“陨石啊。”

草地上一个不大的小洞，洞口冒着水汽，悄无声息。

“别有什么危险。”

“我发现的。”

“没人和你抢。”

“挖出来。”

“别烫着。”

“别爆炸。”

“先浇水。”

“哪儿有水啊?”

把餐桌上的红酒、可乐、柠檬水全浇了下去，不冒白烟了。大家七手八脚，用刀叉一起往下挖。慧能法师没有动手，站在边上，神情肃穆，口里念念有词。法师在为我们祈祷。索菲亚和我用手机给大家照明。往下挖了大约一尺多深，碰到一个硬硬的石头，石头还很烫手。又浇了分不清是红酒还是可乐的液体，不烫手了，但还是很热。

“再浇点儿。”

“没有了。”

“再浇就得浇尿了。”

“哎呀，恶心。”

“先抠出来。”

“这土都是热的。”

滴滴答伸手一抠，一块陨石被挖出来了。黑乎乎的裹着泥土。是橄榄球形状。

“我的。”

“你的。”

“没人跟你抢。”

“这不都在帮你忙吗?”

“我怕你们抢。”

又晾了一会儿，陨石的温度降下来了。

“我们应该记录这个位置。”

“没有仪器啊。”

滴滴答抱着陨石到酒店冲洗，伊莉莎寸步不离地跟着。索菲亚也去了。一会儿伊莉莎抱着一个金光灿灿的陨石回来。哈密瓜大小，形状也像。

“发财了。”

“金子啊。”

“狗头金。”

“我要抢了啊。”

大家凑到近前，仔细观瞧，果然是一块纯度很高的小金球。

“大家有份啊。”

“不行。”伊莉莎决绝地说，“给你们劳务费。”

“敢情我们为您打工来着。”

“是。我发现的。”

“好好好，让你了。”

“明天我们捡一大筐。”

“反正我就捡一个。”

“你没看这附近掉下来好些吗?”

“明天多捡几个。”

“一人一个。”

“正说着话，黑影里来了三个人六匹马。”

“是老库。”

老库来了，大家迎上前去，顾不上寒暄客气，语无伦次地讲述刚刚发生的惊险一幕。老库也捡了一个，网球大小。

“浇了一泡尿。”

“真浇尿了呀？”

“是啊，就落到我身边。差点儿把我干掉。”

老库忽然想起什么，独自骑马向机场跑去，让我们随后赶到。

“行李来不及就放弃吧。”

“有那么严重吗？”

“可能有情况。”

“还是赶紧吧。”

“别让老库把我们丢下。”

我们退了房。5 匹马 6 个人一起去机场。和尚也跟着我们去机场。一路上，旁边不时有山林大火熊熊燃烧。传来不知从何处发出的轰隆隆的巨响和突然的炸裂声。世界似乎又面临着一个末日之灾。到了机场已是午夜。机场门口空无一人，没有海关，没有安检。

“是不是再回酒店？”

“不能回。要和飞机在一起。”

西边的天空，红了半边。

“老库是不是多虑了？”

“但愿是。”

老库说明天一早就起飞。我们找了个房间想看看电视。打开发现电视卫视没信号了，白花花的一片，什么也没有。电话也打不出去。滴滴答架起他的机器，和老穆通联，和世界各地通联。零零星星回来的消息判断，地球遭到外太空不明星体的撞击，撞击地点在印度北部，不丹以东，大吉岭一带。全世界的卫视信号都没有了。网络也中断了。索菲亚打开收音机，收音机里断断续续的微弱声音说的和滴滴答是一致的。

“这么快就报道了？”

“他们信号怎么出去的？”

“不丹的外事机构没几家啊？”

“这是别处发上来的。”

“你看他们还不知道确切的地点。”

“收音机里说地球遭到了外太空不明物体的攻击。”

后半夜来了许多人。

天渐渐亮了。没有两个小时，天又渐渐地黑了下来。没一会儿，天又渐渐地亮了，这才过去一个多小时。就像从东往西飞的航班，又把太阳追回来了。地球已经在乱转。我们只是感觉到头晕，还以为是自己身体的原因，不知道是地球乱转的缘故。

天空中的热浪，灼热着雪山大地，雪山上千万年没有融化过的冰雪很快就要化为滚滚山洪和滔滔江水。收音机里报道有地方已经发生山洪，有地方已经发生山火。电视机一直开着，盼望着雪花能变成画面。

“别看电视了，快跑，上飞机。”

我们上了飞机，一瞬间，飞机前围了一大群人。不丹上层的许多人都跑到了帕罗机场，想要尽快离开这个是非之地。是非之地不宜久留。幸福国家一夜之间变成了灾难中心。

老库发动了飞机，飞机下面的人没有一点让开的意思。听到飞机发动，反倒看到了一丝希望。更多的人围拢了过来，都想在飞机上挤上一席之地，赶紧离开。老库把飞机慢慢地移动着，人群跟在飞机周围移动，像一只老母鸡带着一群小蚂蚁。飞机慢慢地移动到了跑道的尽头。人们没有躲闪让开的意思，也没有强行阻止的行动。似乎无助地跟着飞机，希望出现什么转机，好带他们走。飞机的前后左右都是人，没法起飞。老库站在舱门口和下面的人谈判。下面的人中，有一位似乎有点来头的人希望老库能带几个人走。老库摊开双手，表示没法带走这么多人。下面的人商量了以后，说就带两个人。老库说已经满员了，飞机小，不能超载。下面的人说是带两个学生。人们站在下面，没有人强行往飞机上冲，也没有人大声说话。地下的人商量了说一定要带两个人出去。

“去哪里？”

“去美国。”

“我们不去美国。”

“带出不丹就行。”

“最多两个。”

“最少两个。”

“只能两个。”

“两个就两个。”

下面的人举上来两个学生，一男一女。又举上来行李。老库说不能上行李了。底下人说就这么多简单的行李。

两个学生上来后，底下的人动员人们让开跑道。有人让开了，有人不情愿地小声说着什么，有人没有动。

老库关上了舱门。下面还有人僵持着不动。

和尚说：“我下去。”

“你怎么下去?”

“我下去帮着拦人。”

“那你怎么回去?”

“我能走进来，就能走出去。”

“那边出事了，走不过去了。”

“我从东边出去。你不用管了。让他开舱门。”

滴滴答说：“我和你一起下去。”

“再等一等吧。”

“再等人更多，就走不了了。快开门吧。”

滴滴答喊老库再次打开舱门。他们两个跳了下去，和两个学生的家族一起拦人。老库站在舱门口往外看。人们还是没有完全让开的意思。还有人在聚拢过来。和尚和滴滴答忽然吵了起来。用英语夹杂着当地的单词，他们的目的似乎是让旁观的人们能够听懂。

“坐什么飞机？坐飞机更危险。”

“是你要坐。”

“赶紧走，赶紧走，赶紧离开这里。”

“我说不坐，你坚持要坐。”

“那还吵什么?”

“吵什么？吵你耽误时间。”

“一会儿他们都得下来。”

“我就说根本不能飞。”

“那你还拉我上去?”

“我现在不拉你下来了吗?”

“我们还傻站在这里干什么?”

“对，我们赶紧走吧。”

“赶紧走，一会儿山洪下来了，先淹没这里。”

“走走走，快走。”

人群后面有人喊：“山洪下来了，快跑啊!”

山洪果然真的来了。山洪裹挟着山石奔涌而下。水头开始冲上跑道。人们看到飞机起飞无望，跟随着尖叫，四散奔逃。老库突然加速，飞机猛然甩开几个还在旁边的人，压着水花开过去。机械师“啪”地一下关闭了舱门。飞机吼叫着迅速拉升，离开了地面，起飞了。

和尚会带着滴滴答，沿着他走过来的大沟走回去吧？签证有用吗？边界有用吗？玄奘大师当年出关也是没有签证的。

舷窗外，山洪倾泻，远处有山体无声地滑坡，山坡上的宗堡瞬间消失了。

飞机起飞以后，向西南方向的哈阿宗飞去，这是老库前几天徒步行走的路线。

我说：“你前几天是给飞机探路吧？哪有用徒步给飞机探路的事啊?”

老库没有答言。

两旁是似乎熟悉的山峰，我们不是从这条线进来的，很快飞机越过了哈阿的山峰，老库说前天他就走到这里了。似乎是对我们说，又似乎是自言自语。

飞机调了个头，继续在山沟沟上方前行，像一部惊险的特技片，老库说我们现在走的是当年尼赫鲁访问不丹时的路线。很快我们的飞机飞到了甘托克附近。前方的千城章嘉峰高耸入云。又往前飞了两分钟，看到雪白的山峰下有一个巨大的黑色的天外星体，闪着金光，冒着热气。

老库说：“这就是刚刚坠落的巨大的陨星。”他在不停地解说：“现在位置是北纬27度28分54.36秒，东经88度07分55.69秒，飞机显示高度，海拔4844米。测得目标长2731米，宽2115米，高2108米。目标海拔3844米。”

飞机再往前感到一股逼人的热浪，强烈的磁辐射也使仪表紊乱地抖动。老库紧急调转机头，我们和飞机都侧了起来。侧飞了几秒钟，又是一个调头，这时从左侧的舷窗能看到那个巨大的陨星。黑乎乎的陨星带着金子融化了的光泽，在雪白的山峰衬托下，冒着乳白的热气。附近零星坠落的陨石引起的山火也在雪峰的映衬下冒着烈焰和浓烟。一边是冰雪，一边是大火，冰火两重天。陨星成了雪山下架起的一个大火炉子。这个陨星就是伊莉莎捡到的小金球的母体，是一个更大的小金球。这个小金球还没有冷却，飞机要开进去会直接融化掉，成为小金球合金的一部分。

老库的飞机还在往前飞，不知道他要做什么。

小金球是一块正在慢慢冷却的巨大的金属，依然如同一块烧红的铁块，闪耀着金子的光泽，是天空中曾经的小金星。再靠近，我们的飞机就要融化了。

老库脸色铁青。忽然大吼一声："坐好!"

飞机一个急转，两声尖叫。飞机的右舷窗外是热气腾腾的小金星，飞机的右侧温度马上上来了，成了灼热的暖气板。

"快离开这个鬼地方!"

飞机到前方盘旋了一圈，又向着小金星飞来。

"怎么又回来了?"

"快离开这个鬼地方!"

"老库，你昏头了吗?"

比上回稍远的地方飞机急转向左，小金星出现在飞机的左舷窗外。

"老库，我们看够了！快离开!"

飞机飞出很远，我们感觉飞机在转向掉头。一会儿，小金星又出现在飞机的右舷窗外。

"老库，你看够了没有?"

老库并不答话，用英语夹杂着印地语，指挥着小库和机械师，进行着什么操作。如此反复飞了五六次。我们五个乘客如坐针毡。"坐"字其实不是一个好字，而是两个人被绑在一根柱子上，拘坐在地上，这是古代坐字的原意，连坐、坐牢、坐科都是这个意思。老库不管我们是否坐立不安，反复在小金星附近飞来飞去，进行着什么测量。我们不再尖叫抗议。戴上墨镜，开始认真打量舷窗外的天外来客。

下面巨大的小金星越看越是伊莉莎的小金球的翻版，也是一个橄榄形的。它曾经像一个太阳一般的航母从我们的头顶掠过。

我唯一担心的是老库不小心，把飞机开进小金星，把我们变成合金。或者飞机离小金星太近，被灼热的气浪烤得失去飞行功能，如果掉在这附近，我们会马上变成木乃伊，或者直接被烤成肉干，烤成焦炭，烤成一缕青烟。

洛阳城东桃李花，飞来飞去落谁家？

老库驾驶着这架湾流950，像一只花瓣一样飞来飞去。机舱里的冷气开到了最大挡，还是很热。

老库说："最后一遍！"

"什么好事，最后一遍。"

湾流950终于离开小金星远去了。

"金子啊，全是金子啊。"

"老板英明。"

飞机向南，向着孟加拉湾飞去。喜马拉雅远去，珠峰远去。我曾经和珠珠坐在珠峰旁边的一处凹地，看加德满都到帕罗的航班在脚下飞过。昨天和今天也会远去。再有两个小时，我们就会再次踏上加尔各答的土地，或许明天，或许后天，我就结束这次休假加冒险的奇异旅程了。

船 船

被老穆拘禁/神秘的太空基地/我们都发财了吗/劫持了一颗小行星/山洞里的指挥中心/我们都是参与者/天下大乱了/老穆成了全人类的公敌/跟随老穆逃跑/老穆的游艇/太空中的鱼/逢 M 进 N/遇到海盗/遇到更大的海盗/两个海盗成了国王

那些大火不知道有没有人扑救，谁会去救呢？印度也没有消防导弹，纵使有可能也不会布置在这里。

飞机调头向南，不停地穿越孟加拉和印度的上空，下面已是平原景象，很快到了加尔各答的上方，胡格利河蜿蜒在加尔各答的东部，城市在它的旁边杂乱无章地展开。没有降落。老库说我们要继续往南。

“为什么?”

“情况有变。”

几分钟后下面是蔚蓝的大海，又飞了几分钟，左右两侧上来了六架枭龙战斗机，呼叫老库，说是已经全部禁空了，让他赶紧降落。老库和对方说了几句听不懂的密语，似乎没事了。枭龙跟飞了一个多小时，离开了。

过了一会儿，老库的飞机降落了。

“这是什么地方?”

“基地。”

“基地？什么基地?”

“公司的基地。”

“为什么不降加尔各答?”

“主人在这里。”

“这是什么地方?”

老库支吾了一下，有几分不情愿地说：“博迪纳亚格努尔。”

“博迪纳亚格努尔？离加尔各答多远？”

“很远。”

“是个小地方？”

“不大。”

“为什么来这里？”

“主人的指示。”

老库说的主人，自然是老穆。

飞机滑行了几分钟，停了下来。

有消防车过来，停在飞机旁，向湾流 950 喷水。

“老库，这是怎么啦？”

“给飞机消毒。”

“消毒？”

“怕飞机被陨石污染。”

“污染？我们离它还远着呐。况且那么高的温度，会有毒？”

“谁知道呢？小心无大错。”

反正落地了，一颗在空中飘着的心停了下来。消毒就消毒吧。小心驶得万年船。再等会儿吧。出了飞机立刻去机场，回北京。

“这里最近的民航机场是哪里？”

“马杜赖。”

“打开手机，想查一查航班。没有信号。”

“为什么没有信号？”

“不知道。这是在印度，没有信号再正常不过了。”

大约过了半个小时，舱门打开了。刺鼻的 84 消毒液的气味瞬间充满机舱，一地水淋淋的，机身、舱门挂满了滴答滴答的消毒液泡沫。地面上站了几个人。一身素白的防化服装，大猪嘴防化面具，镜片后是特别郑重其事严肃的眼睛。

“这么严重吗？”

“怪吓人的。”

“在非典时见过这阵势。”

“把我们当什么了。”

“机组人员留下，配合飞机内部消毒。乘客全部下来，上车。机组人员原地不要动。”

有一个领头模样的用手持喇叭在舷梯下喊话。

“重复一遍。机组人员留下，配合飞机内部消毒。乘客全部下来，上车。机组人员原地不要动。”

我和伊索还有两个学生向老库、小库、机械师告别。

“谢谢你！老库！”

“回头见！”

分别和老库他们三个拥抱。

两个学生央金和嘉措向老库三人合掌鞠躬。

我们五人下了湾流950，直接上了一辆深灰色的中巴。

中巴启动了，隔着玻璃，向飞机上的老库三人挥手。

中巴迎着已经西斜的太阳，驶离了跑道。

中巴开了一个多小时，进了一个有人站岗的大门。不一会儿又过了一个有人站岗的门口。

“这是什么地方？”

车上陪同人员并不答话。司机也戴着口罩和防护镜。

“这么戒备森严？”

中巴又过了一个有人站岗的门口，停下了。

车门打开，随车人员示意我们下车。

不知为何，这些人冷冰冰的没有一点点友好的表示。

这时我才注意后面还有一辆车跟着进来。车上下来在机场喊话的人，举起手持喇叭喊道：“每人一个房间，接受消毒体检。重复一遍。每人一个房间，接受消毒体检。”

“这大概是印度政府或军方的行为。老穆可能没这个架势。配合一下呗。”

“我怎么感觉有点恐怖呢？”

“我们别染上什么传染病吧？”

“不会的，别紧张。检查一下也好。”

特意安慰两个学生央金和嘉措：“别害怕，检查一下就 OK（好）了。”

我们五人依次下了车，被分别领进了不同的房间。

我进了一个房间，房间里有来苏水的味道。有个女护士打扮的人跟到门口，站在门口说："把所有的东西放在那个箱子里，包括手机、钱包、衣服，进去洗澡，然后给你检查。"

"好的。"

我示意她我要关门换衣服。

她说："我要等着你换衣服。"

"关起门换不行吗？"

"不行，我要看着你换。"

"这多不好意思。"

"特殊情况。"

"都这样吗？"

"都这样。"

转过身，我把衣服脱干净，扔到透明塑料整理箱里。直接进里面冲洗。后面，女护士默默收拾起我的随身衣物，哐当一声，门关上了。怎么这么大的声响？我还没有反应过来，那是铁门关闭的声音。

我进里面冲洗完毕，出来换上外面的衣服，是一身病号服。真是有病啊，住院了。有一张医院一样的铁床。还有一把椅子，一个床头柜。这大概是一个什么医院吧？

我在床上躺下来。等着有人来检查身体。

我是能躺就不坐着的人。

这么多天以来，还是第一次一个人在一个房间，一张床上。

谅他怎么检查也不会有问题。

我睡着了。

我睡醒了，不知道几点。漆黑一片，有夜虫的低鸣。窗外是比室内微亮的夜空，我蹭到窗前，透过窗棂，是满天的繁星，没有月亮。昨天还看到几近圆满的明月，现在却没有月亮，应该是夜间几点？我想了想，没有想明白。窗户没有窗帘，没有玻璃，我伸手摸了摸窗棂，凉凉的钢筋棍。不对啊，医院怎么像监狱呢？我摸到应该有电灯开关的地方，有开关，没电。我摸到洗手间，尿了泡尿。这是怎么回事？黑暗中我穿着条条状的病号服，不是囚服。我摸到门前，门上没有把手。门是铁门。我把门摸了一遍，门上似乎有一扇小门，也关得严严实实。我退回到床前，坐下，这是怎么回事？躺下，这是怎么回事？坐起，这是怎么回事？站起，这是怎么回事？黑暗中，寂静的房间，我一个人，不知何时，不知何地。

从种种迹象看，没有人来检查过我的身体。

没有人给我催眠，或使用某种药物。我毫无戒备、完全大意地睡了一觉。现在我醒来，开始思考。

从北京踏上真空管，到广州，支教，吃饭，喝醉，到新加坡，开会，到印度，德里，阿格拉，大使馆，打球，军用飞机，老穆，庄园，公务机，飞科钦，金奈，孟买，加尔各答，飞不丹，乌玛酒店，虎穴寺，乌玛酒店草地，小金星撞地球，机场，和尚和滴滴答，老库，飞到陨星跟前空中查勘，往南飞，这里是马杜赖，是博迪纳亚格努尔。回想一遍，不知道哪儿走错了，进到如此境地。

伊索在哪儿？在做什么？是不是也如我一样被困在此地？

为什么遭到如此待遇？

两个学生央金和嘉措怎么样了？

老库来没来？

老穆安排的这一切吗？为什么？

各种问题，各种假设，全都没有答案。

一丝寒意在身边升起。

天渐渐亮了起来。门外有人走动的声音。我起身走到门前，用拳头用力砸门，同时大声呼喊："有人吗？有人吗？"

停下来听外面，来人的声音消失了。

我继续用拳头用力砸门，同时大声呼喊："有人吗？有人吗？伊莉莎！索菲亚！"

"有人吗？有人吗？伊莉莎！索菲亚！"

停下来听一听，外面静悄悄的。

天大亮了。无论如何，是一个早晨。外面有人走动的声音。我又跑到门前，用力砸门，大声呼喊："有人吗？有人吗？伊莉莎！索菲亚！"

"有人吗？有人吗？伊莉莎！索菲亚！"

门突然开了。门上的小门突然开了，露出一张陌生的脸，严肃，冷漠，没有声音。

"这是哪里？"

没有回答。

“你是谁?”

没有回答。

一只黑乎乎的手，递过来一包东西。

“这是什么?”

没有回答。

我接过来一看，是印度的早餐迷迭香热煨的土豆和素香肠。

“这是哪里? 你是谁?”

小门“啪”的一声关上了。

继续砸门。外面没有回响。拍打铁门，没有感到手疼，停下来听听，依然没有任何回应。手感觉疼了。听到有隐隐约约的拍打门的声音。再听，确实是拍打门的声音。谁在附近，伊索? 老库? 两个学生? 声音停止了，我立刻拍了几下，马上传来回响。我对着另外一侧的窗户外面高喊:

“伊莉莎——”

“索菲亚——”

“电瓜——”

“电瓜——”

空中传来两声细微的回答，都在。

“还有谁——”

“我——”

“我——”

细嫩些的声音，是两个学生央金和嘉措。

“还有谁——”

没有回答了。

我们一辆车来的五人都在这里了。

大中午了，外面明晃晃的。从门缝里望出去，是空荡荡的院子。这是什么鬼地方? 关押我们的是什么人? 没有解释，也不给申辩的机会，就这样把人丢到这里算完事了? 当是丢垃圾啊? 关监狱还有个罪名吧? 关渣滓洞还让放放风吧? 随便关到什么地方，最少有两个人关到一起吧? 这是什么玩意啊? 世界尽头也不能是这样啊?

下午又是那个人来送饭，小门打开，露出半张没有表情的脸，把食物递进来，“啪”的一声，关上。我接过来看了看，恶劣透顶的土豆泥和一点点咖喱，肚子很饿，可是面对这样的食物一点也没有食欲。早晨的饭也没吃。已经放坏了。

前一秒还在忧国忧民，心怀天下，下一秒，已经自身难保。

想要争取自由，根本没人搭理。

和伊索喊话，也听不清，只是知道她们在附近，两个学生也在附近。

只能喊简单的单词。

“吃饭——”

她们回应了：“吃饭——”

“坚持——”

“坚持——”

“坚强——”

“坚强——”

“等待——”

“等待——”

“休息——”

“休息——”

屋子里有一张床，一套污秽不堪的被子和褥子，枕头已经完全不是白色了，被褥还能勉强认为是白色。角落里一个蹲便器，上方一个淋浴头，旁边一个简易的洗手池。除此之外，别无他物。电灯有，不亮，没电。有一个窗户一扇门。门向着院子，窗户向着院子的外面，窗户的窗台很高，在胸部以上，窗棂是三根钢筋棍，窗户没有玻璃，更没有窗帘。

孤独无助的一天就这样过去了，天色暗了下来，屋子里更是暗了下来。

昨天是比这个时间更晚的时间进来的，昨天为什么没感觉黑暗呢？

昨天是有灯光的。

灯不是不亮吗？

对，是来人的手电光。

我在心里自问自答。不过也可能昨天来时，天还没完全黑下来。不对，天已经黑了，大黑了。那为什么我没感觉黑呢？灯是亮着的，所有的灯是亮着的，屋里的，院子里的，都是亮着的，我睡着以后，全灭掉了。屋子里的开关是不起作用的。这就对了。这是个很久没有关人的集中营。这一切是谁安排的？老穆吗？为什么？

单纯地想来想去不会有任何作用，只会更加想不清楚。睡觉。

“睡觉啦——”

“睡觉啦——”

“睡觉啦——”

像山谷的回声。

“晚安——”

“晚安——”

“晚安——”

又是一个早晨。

昨晚有许多梦境交织在一起。

门上的小门打开了。还是昨天的那半张脸，还是昨天早晨的土豆糊糊。我闻出来食物的香味，尝了一尝，还真香啊。三口两口干下肚去。到洗手水池的水龙头捧了两捧水喝。到门口喊话：

“起来啦——”

“起来啦——”

“起来啦——”

回声传来。

“吃饭——”

“吃饭——”

“吃饭——”

下午，毫无征兆地门“哐当”一声开了。老穆的助手迪让·普拉萨德站在门口。

“王总，您受惊了！”

说着话，走过来和我握手。

“这是怎么回事？”

“说来话长，您换一下衣服，咱们出去再说。”

我看了看我的病号服：“好的。”

“我接其他人，王总，您换衣服，我在院子里等您。”普拉萨德说着，退了出去。门被虚掩上。

门终于开了，怎么能再关上？我看着正在关上的门，在瞬间本能地做出反应，一个箭步冲过去，“哐当”打开铁门，跳到院子里。

“我出来啦！我出来啦！”

“伊莉莎！索菲亚！”

很快有两个门响起拍打声和呼喊声。紧接着又有两个门响起拍打声和呼喊声。

“快去！快去！快开门！快开门！”

哐当，哐当，门打开了，我们抱做一团，高兴得跳脚。

“王总，你们是不是换一下衣服？”

“不换了。”

“这衣服不让带走？”

“就这，谁稀得带呢？”

当下我就扒光衣服，扔在地下，三下两下穿上迪让·普拉萨德带来的衣服。伊索也如此做了。男学生嘉措迟疑了一下，也照做了。女学生央金转过身，也如此这般。谁还愿意再进那个房间?!

我们上了车，没有讲话。

车走了大约一个小时，来到了图塔伊兰特庄园，车开到一座房屋前，下了车，有几个穿白大褂的迎出来，接到一个房间，坐下来，然后，对每个人都做全面的体检，扫描身上的放射线，然后喷洒了一种药水，说是能去掉放射因素，紧接着每个人又吃了几片药，说是可以抵御放射性的药物。

天已经黑下来。来到不远处的另外一座建筑，是一个两层三层混合的楼房，在一楼的餐厅吃饭，刚坐下，老穆来了。

“我的朋友，让你受惊了！”

说着话，过来和我拥抱。

“见到你就好了！”

“你不知道我有多着急啊！”

“现在好了！现在好了！”

“这是怎么回事呢？”

“说你们非法越境。”

“我们非法吗？”

“这两个孩子是?”

“是搭飞机的。”

“难怪，我认他们是我的孩子，才过了关。”

两个孩子央金和嘉措手摸了一下自己的额头，弯腰伸手去摸老穆的脚，向老穆行顶礼上师足，老穆拦住了：“免礼免礼，受惊了受惊了。你们这是要去哪里呀?”

“美国。”

“去美国干什么呀?”

“上学。”

“在什么城市啊?”

“费城。”

“啊，好地方好地方。”转头向大家，“大家坐，大家坐，坐下来说话吧。”

大家坐下后，老穆说：“我们被军方注意了，在天上就被注意了，下飞机时发现你们不是印度人，就惹麻烦了。我不知道还有两个学生，说是我的孩子，结果和军方掌握的情况不一样，所以呀，就出麻烦了。急坏我了。找了许多人，才算放人。”

“库鲁克苏还没出来吗?”

“出来了，一会儿就到。”

“关我们的地方没有老库啊?”

“他们一直没下飞机，一直被困在飞机上。”

“早知道如此，我们也不下飞机就好了。”

“谁知道呢?”

“关押我们的是什么人？胆大包天!”

“是印度军方的情报人员。”

“军方的情报人员？把我们当什么了?”

“把你们当特工了呗。”

“没审问我们呢?”

“没来得及吧！把你们的东西都检查了。”

“何止检查，都没收了。现在也没还给我们。”

“明天向他们索取。”

“关我们的是什么地方?”

“是个废弃的小型监狱。关过政治犯。”

“印度也有政治犯?”

“当然，哪儿都有政治犯。更早以前那儿是座精神病院。”

“怪不得呢?”

“主要是你们来的地方特殊。”

“怎么特殊了?”

“你们是从金星的中心来。”

“金星?”

“金星撞地球了。”

“老说火星撞地球，结果是金星撞了。”

“不是那个金星，是真正的纯金的小行星，小金星，撞地球了。”

“就是我们看到的?”

“对啊。这一切都是我精心安排的。”

“你安排的? 不是吧? 老穆?”

“来来来，开酒，给你们压压惊。我今天也破戒喝一杯。” 佣人开始斟酒，老穆继续说:“我们一边喝，一边说。为了光辉灿烂的明天，干杯!”

“你看你们现在穿的什么衣服?”

我们互相看了看，又看了看自己的服装，大家摇摇头说:“不知道。”

老穆笑着说:“是深太空发展公司的工装。你们现在是深太空发展公司的高级雇员。”

老穆一边说，一边微笑着微微摇晃着脑袋，一副胸有成竹的神态。我知道，对印度人来说，是点头不算，摇头算。我注意到上衣左胸前的 Logo（徽标)，有火箭，有 DSDC 的字母。

“什么时候成你的雇员了?”

“从你们飞到小金星的上空起，你们就在冒着危险为我工作了。”

“那是什么工作? 那是库鲁克苏要飞过去，与我们无关。”

“老库怎么还没来?”

他又回飞机上了。他说他守着飞机才安心。

那时我还不知道，飞机上一别，我再也没有见到过老库。

老穆说:“让你们看看视频。”

虚空中的光幕出现视频画面，伴随着巨大的噪声，库鲁克苏的声音，现在是某某时间，位置：北纬27度28分54.36秒，东经88度07分55.69秒，海拔3844米。画面晃动着，有一个巨大的陨石体，冒着蒸腾的热气。老库测量的声音，画面上显示出陨石的大小——长2.7千米、高2.1千米、宽2.1千米，像一个饱满的大花生粒。老穆说这是他的小金星。老库和他的儿子开动了测量仪器，一边测量一边解说着。这就是我们看过的那个巨大陨石。当时惊心动魄、魂飞魄散，根本没心思看明白。真佩服老库，沉着冷静，飞了一遍又一遍，把这个陨石体拍摄得完完整整、清清楚楚。现在在虚空屏幕的视频前仔细观看，这个巨大的陨石体，老穆的小金球和伊莉莎的金疙瘩球一模一样，也是椭圆形的。伊莉莎的小金球简直就是这个小金星的模型。

看一遍视频。回想起当时还是后怕啊。画面上蒸腾的热气让我们不能再靠近，检测仪器的特写显示放射线指数非常高，看见那星球的表面上有些还像烧红的钢铁一样流动沸腾，有些地区还在冒着烟，有些地方闪耀着金子的光。与冰雪相接的地方，水正在融化，腾起很高的白色水蒸气烟柱。沿途零星掉落的小块的陨石引起树木在燃烧，落在雪上融化出一簇簇壮观的水雾。

老穆说："看到了没？这是一块大金子啊，地球上最大的金疙瘩。我们发财了。"

"你发财了和我们有何关系?"我心里想着，忍不住说了出来。

"大家有份，大家有份。"看到两个学生央金和嘉措，"你们两个也有份。"

我们面面相觑。

"这是一个小金球啊，小金星啊！"老穆甚是激动。看得出来，他已经激动好几回了，这是又和我们分享一次他的激动。

他说："有一半是金子，高纯度的，天然高纯度的金子，折合成美元大约有400兆美元，400兆美元啊！"看着我们莫名其妙的神态，他接着说："我给你们算算400兆是怎么来的？我给你们算算。"

"陨石体积长乘宽乘高，2.7×2.1×2.1是11.9立方千米，是11.9×1000×1000×1000立方米，一立方米的金子是19吨，1吨=1000×1000克÷31=32258盎司，一立方米是32258×19=612903盎司=61.29万盎司，现在的黄金市价是1329美元每盎司，乘一下，一立方米的金子是61.29×1329=81454万美元=8.1万万美元=8.1亿美元。现在11.9立方千米的陨石中有一半是金子，比如5立方千米=5×1000×1000×1000立方米×8.1亿美元=

40.5×1000000000亿美元=40.5×100000万亿美元=40.5×10万万亿美元=400亿亿美元=400兆美元。”

“一半是金子，就是400兆美元。”

“一半是纯金，我算一下重量啊，就是19×5×1000×1000×1000吨=9500000万吨=950亿吨。这得多重啊！”

“金库不给压塌了？”

“地球得给压歪了？”

“就是。”

“要按盎司，是61×5×1000×1000×1000万盎司的黄金。”

“这要真的都是黄金，那黄金还不跟铁一个价？”

“不会的。”

“中国大妈可托不起这么大的市场。”

“我们发财了！”老穆忽然表现得像一个发现宝藏的海盗一样疯狂、兴奋。

“全世界一年能开采多少黄金啊？”

“我印象中好像只有2500吨？”

“那是多少盎司？”

“是8064.5万盎司。”

“别盎司，按吨算，950亿吨÷2500吨/年=3800万年。”

“这一块相当于3800万年的收成啊？”

“那是，那当然。”

“中国一年200多吨。”

“在中国都是武警部队在开采。”

“也有民营的。”

“遇到黄金可是要出人命的。”

“美国开发西部就是找黄金。”

“所以充满了抢劫，枪战。”

“暴力。”

“不是暴力，是暴利。”

“好了，就算有400兆，这也是你的财富。你这么多财富跟我们有什么关系？哎呀，尽快安排我们回去吧！”

“我跟你们说，现在全世界都陷入了停顿啊！有一颗小行星撞到了地球，就是你们看到的，这个星球从雅加达、吉隆坡、达卡到大吉岭一线撞到了地球。幸亏是撞到了大吉岭啊！再高一点撞到山脉那边，我就没有办法了。原计划是要撞到我的庄园来，鄂斯伊姆鄱庄园里，考虑到偏差，或者坠落在加尔各答附近的海滩上或者浅海区，角度没有控制好，入地切角小了一点点，线路高了一点点。”

“啊？这是人为控制的吗？”

“对呀，对呀！这就是我们深太空开发公司的一个项目。”

“啊？还有这个项目？”

“有这个公司吗？”

“你们不穿着这个工装吗？”

“我怀疑啊。”

“你们听说过发射垃圾卫星吗？”

“好像听说过呢。”

“发射垃圾卫星就是我们公司干的。因为有许多垃圾是不能处理的。我们进行几十万吨以上的压缩，然后包装密封，通过火箭发射到外太空，让它们成为远离人类的垃圾卫星。”

“这也能挣钱吗？”

“当然。现在我们的技术也能捕获外面有价值的小行星，把它们抓到地球上来，这比采矿可来得快多了。”

“这是一千零几个的夜呀？”

“外太空抛垃圾。真想得出来，这不就像往车窗外抛垃圾一样吗？”

“垃圾不处理，抛到哪里都是垃圾。”

“先抛出去再说了。”

“已经抛了吗？”

“我们已经抛了十六颗了。”

“什么垃圾值得这么抛？”

“都是人类不能消解的核垃圾。”

“常年这样和核垃圾打交道多危险啊？”

“这个基地已经研究培养出能消除放射线的植物。”

“还有植物能消除放射线？”

“这是肯定的。”

“是吗?”

“比如灵芝。”

“那是传说吧?”

“传说?”

“盗仙草。”

“盗仙草?”

“中国的一出戏。”

“中国人也在研究这个吗?”

“中国古代的戏。”

“哦。”

“中国只有传说。”

“说不定上一代的人类已经掌握了这个技术，才留下了这个传说。”

“可是上一代人类在哪里?”

“他们转移了，就失传了，只剩下传说。”

“那又是谁传的呢?”

“DSDC 也可以劫持有价值的小行星到地球上，比如这颗小金星，我们跟踪了许多年了。”

“这可比开发胡格利河西岸大发多了。”

“多了去了。”

“这跟我们也没什么关系。”

“我跟你说，就是东南亚到大吉岭一线，小行星飞行过程之中，掉落了一些零星的陨石，产生了很高的放射性污染，这周围的航班都停了，其他地区的航班、全世界的航班都处于停顿状态，现在正在评估对整个空气的影响，现在只有军用飞机还可以飞来飞去，大部分国家都进入禁空状态。”

“这么严重？那我们怎么走啊?”

“既来之，则安之。”

“我们在这里有什么作用?”

“你们立了大功了，你们是第一个代表我们公司看到这个东西的，看到这个小金星的。我承诺给你们每人 10 亿美元。”

“10 亿美元?”

“这对我来说只是一个数字。”

“还有老库呢?”

“包括老库。”

伊莉莎说:“那你说话当真? 我可真要。”

拿纸笔来,当场写下字据:兹有某某某于某年某月某日在某地决定赠予王来电、伊莉莎、索菲亚三人各10亿美元,此据永不反悔。

“万两黄金容易得,半个知己也难求。”

两个学生央金和嘉措坚决不要。

“为什么?”

“我们要上学。”

“这不影响你上学啊?”

“不,影响。”

“你们上什么学啊? 什么学校啊?”

“德雷克塞尔大学。”

“这是个什么大学?”

“和我们国家一个图腾。”

“那就是龙图腾喽?”

“对。”

“龙校。”

“龙大。”

“不要就不要吧。”

“他们可能不知道10亿有多大?”

“知道,很大。可是我们不要。”

“很大是多大?”

“就是一辈子不用挣钱了。”

“肯定是不丹首富。”

“富可敌国。”

“我们不想和我们的祖国为敌。”

“什么是高尚?”

“这就是啊!”

“不可能就我们几个人把小行星搞下来吧?”

“当然，DSDC 有一个庞大的机构，十几万人呢。”

“这些人都在哪里呢？”

“主要在印度。等下，我带你们去看中央控制指挥中心。”

“就在这儿吗？”

“在后面的山里面。”

“私人公司也可以搞太空开发吗？”

“只要你有钱。”

“那是你的全资公司吗？”

“不，我只占 15% 的股份。”

“那还是小股东？”

“是我来操盘。”

“没看出来啊。”

“这颗小金星的 15% 是多少呢？”

“你算算？”

“400 兆乘以 15% =60 兆美元。”

“一兆是什么概念？”

“个、十、百、千、万、亿、兆、京、垓、秭、穰、沟、涧、正、载、极、恒河沙、阿僧只、那由他、不可思议、无量大数。”

“一兆 =1 亿亿 =1 万万亿。”

“万万是亿，亿亿是兆，兆兆是京，京京是垓。”

“反正很大很大。”

我们悄悄地嘀咕。

“老穆有 60 兆，是说老穆有 60 万万亿，相当于 60 亿个亿万富豪的总和。”

“哦。”

“他给你 10 亿，是因为他有 60 亿个亿。”

“我想不明白。”

“真是个文科的脑子！这么说吧，相当于一个亿万富翁给了你 10 元。”

“10 亿美元！我想想就晕。”

“问题是这一切都是假设。”

“当你全部思想都沉浸在假设中时，假设就是真实。”

和老穆的对话还在继续。

“这个基地为什么在印度?”

“当然有原因了。”

“这些太空装备都是印度发射的吗。”

“都是中国发射的。”

“中国?”

“你知道昆仑山大炮吗?”

“听说过一些。”

“都是昆仑山大炮发射的。”

“这是因何啊?”

“便宜啊，委托昆仑山大炮，哐，弄到月亮上去了。”

“中国自己不干这事?”

“这是商业冒险，完全商业模式操作。对了，这两天和月亮失去联系了，卫星也不知道跑哪儿去了。我们去中控中心看看。”

“好啊。不过，还是让我们先往家里打个电话，报个平安吧。”

“现在所有的卫星都找不着了，无线通讯全部瘫痪了，网络也瘫痪了，没法联系啊。”

“那你和世界各地怎么联系?”

“无线电台。一下子回到第二次世界大战年代。”

“那你给滴滴答发个电报吧。”

“滴滴答是谁?”

“啊，是老张，张化武。”

“这个可以。”老穆到旁边拿起电话，指示给张化武发报：王来电、伊莉莎、索菲亚和两个学生央金和嘉措已经平安抵达印度南部马杜拉附近，正在等待何时有航班以后出发。

“你这个电话怎么能打?”

“这个电话只能和附近联络，加尔各答都联络不上。”

“哦。”

“我们去中控中心。”

“好。”

“两位学生是不是在这里休息?”

“不，我们要在一起。”

“给搞怕了。”

“没错。”

两辆车在夜幕中开了一个小时，进了一个山洞，又在山洞里开了十几分钟，停下了。我们乘电梯换了数次，在迷宫一般的山肚子里绕来绕去，最后来到一个房间大小的地方。光线很暗。老穆的助手拉尔·夏斯特里拉开前方一面墙的窗帘，外面明亮的光线照进来。窗前有两个沙发。老穆径自走过去坐了下来，我也走过去坐下，其他人站在身后。窗外是中控中心的大厅。老穆说：“他们看不见我们。”

“老穆就是在此了解全世界的状况吗？”

老穆摇摇头：“对的。”

“下面这些人也都每人10亿美元吗？”

“不不不。”

“我看他们的贡献更大。”

“那是不一样的。”

“你说把垃圾扔到太空好理解。要把小行星弄到地球是怎么个办法呢？”

“捡是比扔更加复杂的操作。DSDC首先在月球建站，建设月球基地站。在观察到合适的小行星后，可以迅速发射动力飞船，靠近小行星进行观察，确认后贴上去。两种结果，一种是给动力，使其离开。”

“不是捕获到地球吗？为什么使其离开？”

“对地球有害的小行星使其离开。”

“这种事应该是全世界一起干啊？”

“对啊，这也是DSDC对地球的责任。”

“这责任一般公司可干不了。”

“有很高经济价值的小行星，就像这颗小金星，就让它改变轨道，然后冲向地球，坠落在指定地点。”

“为什么让它坠落在大吉岭呢？”

“为什么坠落在大吉岭？算错了呗。本来计划坠落在鄂斯伊姆郿庄园，或者坠落在马德拉海滩。谁知道这帮笨蛋怎么搞的，坠落在了大吉岭。”

在这个隐蔽的观察室，老穆用密语和其他人联系了一阵子，然后决定到下面大厅去。

“我们到下面大厅去。”

“好。”

“你们都是 DSDC 公司的新雇员。”

“好。”

“你是天体地质学家。”

“我呢?”

“你们都是他的助手。”

“好。”

“我们这是国际公司啊。”

“当然。”

我们下到下面的中控中心大厅。老穆带领我们走到大屏幕下的前台，用麦克风对全体说：“各位辛苦了!”

下面响起掌声。

“我来介绍一下。这位是我们 DSDC 的天体地质专家，王来电先生。”

下面响起掌声。我成了天体地质专家了。

“这是王来电先生的随行人员。”

我们还是团队呢。

下面欢迎王来电先生给大家讲话。

还有讲话呀?

我清了一下嗓子，走到麦克风前，说：“我们刚从大吉岭的坠落现场回来。大家可能看了相关视频，就是我们冒着生命危险拍摄的。”

下面响起掌声。

“这个小行星，长 2.7 千米、宽 2.1 千米、高 2.1 千米，像一个巨大的橄榄球。我们在现场附近采集了一些样本，从样本的地质成分看，这颗小行星的地质构成，完全符合我们之前的判断，是非常有价值的。”

下面再次响起掌声。

“实现小行星的坠落是我们全部行动的第一步。我们初步达到了预定的目的。”

下面又响起掌声。

“坠落地点偏离了我们的预计。下一步是如何保护我们的胜利果实。”

下面又响起掌声。

“这是我们共同的胜利！谢谢大家！各位辛苦了！”

下面响起热烈的掌声。

然后我们来到旁边的小会议室。老穆介绍指挥控制中心的重要人物：总指挥李提克·罗山、副总指挥阿米塔布·巴沙坎、总工程师沙·茹克·罕。见过以后，他们讨论事情，我们就插不上话了。坐在旁边竖着耳朵听，像个半傻子一样看他们在地图上指指点点。指点江山大约不过如此吧。从他们谈话和指点的片段里，我大概听出世界的现状。

月亮找不到了。

卫星变轨了。捕捉不到卫星所在，但是肯定还在。

天上的事说了一阵子，不说了，说地上的。

三个地方九级以上地震。大吉岭是其中的一个震中。加尔各答到昆明的高速公路、高铁全部震坏了，很难恢复。

飞机全球停飞。

多家恐怖组织宣称对世界目前的混乱局面负责，说他们使用了新型大规模杀伤性武器。

他们在说，我一边猜测，一边在心里活动。恐怖组织就这么勇于负责？还新型大规模杀伤性武器，大规模欺骗性武器都不灵了吧？

全球的网络中断了，不知道具体的断点在何处。互联网成局域网了。全世界十六个服务器，十个在美国。美国的服务器对外全关了。或许没关，连不上了。

人类通信就这样弱不禁风？不可能吧？

老穆问：“电话为什么也不通？”

“有线电话多少年没发展了，原有的线路老化，信道太少。现在都挤过去用，线路太忙了，堵了。”

总工程师沙·茹克·罕说：“新型电报方式还可以联系。”

“哦。”

“点对点。”

“也有的地区呼叫不上。”

“现在许多消息都是通过短波广播听来的。”

他们互相看了看：“多少年没听短波了吧？”

“回到第二次世界大战年代了吗?”

“现在的重要问题是怎么进入收货区。”

他们又互相看了看。

“收货不是我们的职责。”

“收货是其他人的事情。”

“其他人的事情? 你们送到收货地点了吗? 送到鄂斯伊姆鄱庄园了吗? 送到马德拉海滩了吗? 一下扔到大吉岭, 我怎么弄回来? 怎么守得住?” 老穆有些生气。

“还好, 幸亏是掉到了大吉岭。” 总指挥李提克 · 罗山说, “如果掉到孟加拉国就麻烦了。”

“孟加拉国有什么麻烦的? 你怎么不说掉到中国?” 老穆没好气地抢白他。

这是一群高智商的奴隶, 不是囚徒。他们自愿在老穆这里当奴隶。我在心里想, 还有外面的那么多人。他们不是在演戏给我们看吧? 转念又想, 我们有那么高的规格吗?

听他们开会讨论, 我知道世界已经陷入了全面混乱。他们现在急于进入现场, 控制小金星。可是 DSDC 的指挥控制中心已经无能为力了。他们只能管天上的事情, 地上的事情没有什么办法。小金星已经尘埃落定, 落地生根地停止在大吉岭, DSDC 的指挥控制中心没有办法让它挪动一丝一毫。他们讨论了半天, 依然没有办法。只能眼睁睁地看着世界陷入一片混乱, 他们的劳动成果摆放在他们够不着的地方。

老穆说: “好了, 回去睡觉。”

又在山肚子里拐来拐去地走了好长时间, 终于走出了山洞。外面静悄悄的, 天将亮未亮, 正是东方欲晓的时刻。上了车, 我问老穆: “为什么不睡在山洞里?”

“我要睡到山洞里, 就相当于杀了我。”

“为什么?”

“我一躺下, 就会想到山要塌下来, 就会想到我是在法老的陵墓中。各种恐惧越来越多, 像要把我彻底吞噬。所以无论如何都要出来睡觉。”

“那你在里面不想这些吗?”

“只要不躺下睡觉, 就一点儿也不想。一躺下就会想。”

“这也有点奇怪了吧?”

“奇怪?我何尝不知道这很奇怪。可是没有办法，这是不能克服的心理障碍。把收音机打开。”

秘书拉尔·夏斯特里打开收音机。收音机短波正在播放美俄等国家宣战的新闻。老穆听了神情更加凝重了。车开到图塔伊兰特庄园的驻地，下车。大家都没有说话往里走。大堂里突兀地摆放着一张台球桌。我不知哪根神经动了一下，说:“来盘斯诺克?”

“没有心情啊。”老穆说着，叹了口气，径自走了。

我们五个回到房间，忍不住议论老穆和我们的处境。央金和嘉措一言不发静静地听着。

“为什么让我们出来?”

“目的何在?”

“我哪里知道。”

“为什么呢?为什么呢?”

“或许因为我们参与了。”

“我们参与什么了?”

“我们不是到跟前看了吗?”

“看看就是参与吗?”

“看了还不是参与吗?”

“可是，我是说我们什么也没做啊?”

“见者有份吗?”

“应该是见者有份。”

“这么大的事，怎么可能就我们几个人。”

“我们有那么大的作用吗?”

“也许吧。”

“我们应该尽快离开这个是非之地。”

“我们不想参与这种大事件。”

“见机行事。”

“随机应变吧。”

“还是要睡上一会儿。”

"能睡着吗?"
"这么议论也没任何作用。"
"我感觉我们没有自由。"
"不是感觉，就是没有自由。"
"没有人身保障。"
"对，没有人身保障。"
"那要钱有什么用?"
"你以为你能得到吗?"
"名义上是得到了。"
"老穆随时可以把我们关起来，随时可以把我们沉入海底。"
"是啊。"
"挖个坑把我们埋了，没人知道。"
"老穆不是朋友吗?"
"朋友才有机会挖坑。"
"我们值得他那样吗?"
"你现在身价10亿美元啊。"
"我们仨就是30亿美元啊。"
"关键我们还知道一些秘密。"
"我们知道的是秘密吗?"
"对需要的人就是秘密。"
"有秘密就有财富。"
"财富像风一样刮来刮去。"
"刮来刮去才能把自己刮富了。"
"什么是强势? 强势就是你让它往哪儿刮，它就往哪儿刮。"

老穆的仆人们像一群不会说话的哑巴，按时送来极其难吃的印度饭食。其实饭食还是那些饭食，是心情影响了我们的味觉和胃口。每天无所事事，不知明天地活着。我们被老穆软禁在图塔伊兰特庄园。唯一的外界信息是一台电视机，只能收看当地的一个台。没有网络、没有手机、没有电话、没有收音机。图塔伊兰特庄园的生活条件比那个政治犯监狱好多了，至少我们五个人可以在一起说说话。每天守着电视，没有力量地讨论。电视里的南印度语言也听不明白，央金、嘉措也只能翻译个大概。老穆也不再出现。那期间的许多信息都是从电视机里获得的。看电视是一种老年人的生活状态，所以说，网络电视就是没有前途的一个产品形态，不到万不得已，年轻人谁看电视？把大好的时光浪费在电视机前？

这时电视台播放着新闻，主持人说：“DSDC 公司声明对小行星拥有所有权。转切到视频画面，老穆面对镜头宣布 DSDC 公司拥有对小行星的所有权，他在镜头中亲口告诉世界，是他们的 DSDC 公司在外太空捕获了这颗小行星。他说他们暂且将小行星寄存在北纬 27 度 28 分 54.36 秒、东经 88 度 07 分 55.69 秒、海拔 3844 米的地方。”为了证明 DSDC 公司确实拥有小行星，他接着说：“小行星长 2.7 千米、高 2.1 千米、宽 2.1 千米，像一个饱满的大花生粒。”为了进一步证明 DSDC 公司拥有这颗小行星，他播放了老库拍摄的现场视频。就是我们跟随老库拍摄的视频。万幸的是他没有在视频中播放我们的光辉形象。

我们要找老穆，要求回去。老穆没有来，他的秘书迪让·普拉萨德来了，转述老穆的意思，就是走不了，全世界都禁空了，所有的航班都停飞了，高铁停运了。世界的交通处于停止状态。这种情况大家是完全知道的，不要乱提要求。我们看着窗外自由翻滚的南印度白云，表示决不相信。普拉萨德两手一摊，耸耸肩，摇摇头，走了。

我们只能无奈地守着电视，向门口的哑巴仆人们表示抗议。

电视里，美国、俄罗斯、法国、英国等十六个国家，相继宣布进入战争状态。

“中国为什么不宣布进入战争状态?”

“电视里说中国要求调查真相。”

“电视里说印度也宣布进入战争状态。”

和谁宣战呢？所有的宣战国众口一词、不约而同地声称，和外太空不明入侵势力宣战。交战地点定在印度北部的大吉岭一带。如此说来大吉岭一带成了战区。电视里说，这些宣战国宣布不允许任何势力未经许可进入大吉岭一带。

电视里播放着图塔伊兰特庄园的景色，有许多的媒体记者围在庄园门口，要求见老穆，老穆就在庭院中开了一个记者招待会，说了他们怎么计划这件事、怎么完成这件事，并且再次强调 DSDC 公司对小金星拥有所有权。

他还说，如果 DSDC1 号陨星在坠落过程中和坠落之后，对经过区域造成了任何影响，DSDC 公司愿意对此负完全责任。DSDC 公司是一个负责任的伟大公司，不会对 DSDC 公司应该负担的责任有任何推辞。DSDC 公司对 DSDC1 号陨星拥有完全的所有权也不容置疑。他在这里称小金星是 DSDC1 号陨星。他说，这是人类有史以来，第一次由人类自主，在外太空捕获，并成功降落地球的陨星。这是人类科技的重大进步，是全人类的骄傲和自豪。骄傲管什么用？自豪管什么用？金子是你的，我们跟着骄傲什么劲啊？有记者问："是自主降落吗？那明明是外星体撞击地球？"老穆说："我们已经公布了 DSDC 公司的详细资料，证明我们对 DSDC1 号进行了有效的人为控制和操作，这是不容置疑的事实。"记者们依然不依不饶地继续追问，质疑老穆和 DSDC 公司。老穆摊开双手，说："不管你信不信，反正我信了。"支持人宣布新闻发布会结束了。

没过多久，电视里有国家宣布老穆的 DSDC 公司为可疑势力，要求 DSDC 公司接受调查。紧接着其他国家也对 DSDC 公司提出质疑。DSDC 公司没有应对的声音，电视里还在回放老穆拥有对小行星所有权的声明。

看来老穆就是一个商人，没有政治家的胸怀、军事家的眼光，面对纷繁复杂的世界局面，已经出现应对不当。

"看来第三次世界大战已经开始了。"

"太空大战。"

"只不过以太空的名义。"

"要能逮住两个外星人，多好玩儿啊！"

"我们是不是被老穆当外星人逮住了？"

"我们从所谓战区最核心出来的，哪有什么外星人、外太空势力？"

"地球运行过程中，撞一两个小太空体，没什么大惊小怪的。"

"关键是个小金星啊？"

"是个小铁星就没这么热闹了？"

"这是人类历史上最大的一个馅饼，能不抢吗？"

"应该抢。"

"如果小金星失去控制流入民间，以后金子岂不就是铁价了？"

"现在的金融体系反正已经和金银脱钩了，还怕金子贬值吗？"

"金子永远在国家利益的保护之下。"

“有黄金部队吗?”

“当然有。”

“黄金部队挖多少年才抵上一个小金星?”

“好像得几千万年，我们算过。”

“算过吗？忘了。”

“去年中国的黄金产量是221吨。世界的黄金储量是3万吨，探明的是9万吨。”

“这次战争以后历史可以命名为黄金战争。”

“已经被你命名了。”

“黄金大战。”

图塔伊兰特庄园的宁静被打破了。不断有直升机飞临，在庄园的上空轰鸣盘旋、飞来飞去；有无人机飞临，悄无声息地发出微弱的马达声，像一只只神秘的幽灵。附近的山头上到处都是狗仔队的长枪短炮。更多的记者蜂拥而至，站在图塔伊兰特庄园门口发出报道。我们被老穆的哑巴仆人们严格限制到院子里溜达。

我们在电视里看到老穆又在开记者招待会。老穆在电视里继续强调小行星是DSDC公司的劳动成果，是人类卓越科技的成果，DSDC公司对DSDC1号陨星拥有绝对的所有权。我对老穆的言论感到些许担忧。

“这老穆竟然不怕记者?”

“凭什么怕记者?”

“记者、媒体不可怕，可怕的是政府和军队。”

媒体回到了传统时代，不多的几个记者对老穆提出尖锐的问题。很快，电视里的各种新闻评论纷至沓来，转眼之间，老穆在电视里正在成为全人类的公敌。这种状况下，还宣布什么所有权啊？悄悄地待着就好了。狗仔队和无人机、直升机千辛万苦弄来的图塔伊兰特庄园的视频，以及各种猜测和报道充斥着唯一频道的所有时间。

几乎是一转眼之间，印度政府宣布通缉老穆。其他国家纷纷跟进，对DSDC公司强烈谴责。形势已经完全逆转，老穆成了人类的公敌。DSDC公司成了勾结外太空势力、引狼入室的罪魁祸首。

晚上正要吃晚饭，老穆秘书迪让·普拉萨德来了，见着我们神情紧张地说："快走!"

"为什么把我们留在这里？是劫持吗？"

普拉萨德说："没时间解释，快跟我走。"

我们跟着普拉萨德上了门口的汽车。汽车疾驰而去，离开图塔伊兰特庄园。汽车冒着夜色，在南印度颠簸的道路上疾驶。司机对路况很熟，司机的手台里偶尔会有一两句指挥的声音。一行十几辆的车队鱼贯而行。车队行驶了大约一个小时，来到了一个小火车站。

汽车直接开到了一节火车平板上，有人把汽车固定好。我们分坐在两辆汽车里，普拉萨德说："不要下车！把车门锁好!"是不容商量的口气。隐约看到车队的车辆全部上了火车。一节节的平板车前面和后面跟着一大列货车。车队装载好火车就启动了。后半夜时分，火车停下来。有人把汽车从火车平板上解开，指挥着汽车开下火车平板，开下站台。站台上的标志显示是门德伯姆。车队拉着我们在夜色中再次奔驰。来到一个海港，我们下了车。

港湾里停了一片私人游艇，有人领着普拉萨德和我们来到几个最大的游艇前，上了其中的一艘。是一个四层的游艇，这艘游艇在私人游艇中属于超豪华的，后来我知道是老穆花费三亿美元专门订制的游艇——月亮皇宫号。

月亮皇宫游艇上已经有一些人，我们刚一上艇，没有停顿，艇就启动了。天蒙蒙亮，港湾里一片沉寂，黑黑地泛着亮光的水面上是一群沉睡未醒的船只。游艇驶出港湾，海面一片平静，游艇马达的声音、搅起水花的声音更加衬托出海面的寂静。月亮皇宫号绕过了亚当桥，天渐渐大亮。我们没有看到海上日出，看到太阳时，它已经高挂在空中。几个小时后到了科摩林角附近。

科摩林角位于印度次大陆的最南端，素有印度"天涯海角"之称。以科摩林角为界，东边是孟加拉湾，西边是阿拉伯海，南边是浩瀚的印度洋。我从普拉萨德手中拿过望远镜观看。印度人习惯上将科摩林角附近的水域称为"三色海"，他们说其中印度洋是深蓝色，阿拉伯海是浅绿色，孟加拉湾则是蔚蓝色。我举着望远镜眺望，希望找到三色的分界线，但左看右看都只是海天一色。提鲁瓦鲁瓦岩上诗人提鲁瓦鲁瓦的塑像清晰可见。塑像比真人放大了近三十倍。诗人身板高大挺拔，背对着我们，太阳正在他的头顶。诗人的手里如果有一杆枪，也是一介赳赳武夫。

月亮皇宫号没有停留靠岸的意思，直接往西奔向八度海峡。

船上除了我们，还有老穆的一干随扈。助手迪让·普拉萨德，秘书拉尔·夏斯特里，两个女仆、厨师和厨师的两个助手，都是没有名字的人。驾船的巴德鲁杜扎·乔杜里，老穆称他为船长，乔杜里船长，大副哈桑·阿里夫，还有二副、两名水手、电台、两名贴身护卫。连同老穆一共十六人。除了助手、秘书、船长和大副有名字，其他都不知道叫什么名字。从图塔伊兰特庄园出走到现在还没有看到老穆，直到这时才看到老穆从他的专用舱房里踱了出来。

“我们去哪里？”

“去迪拜。”

老穆强作镇定，不想和我们谈论什么，我们也知趣得不作声。不管怎么样，总归动了起来，比关在图塔伊兰特庄园强。一旦动起来就会有机会，就会有改变。唐僧不就是去西天的路上收了孙悟空、收了猪八戒、收了沙和尚、收了白龙马，和那么多的妖魔鬼怪打起了交道。孙悟空要是一直被压在五指山下，哪有《西游记》的精彩故事。

过了八度海峡，有一艘帆船不停地追赶我们。它肯定追不上，可是还在无望地追赶，最后消失不见了。没有像影子一样一直跟随着我们。

阿拉伯海面的波浪并不是很大，只能算是波纹，然而游艇在波纹水上行驶，却像在搓板儿路上开车。四周望不见陆地，游艇压不住波浪。原来看似巨大的游艇变得像一片树叶一样静止在大海上，只有趴在船舷看近处的水面，才知道游艇依然在快速前进，否则只能感觉到游艇的颠簸和颤动，感觉不到它的移动。游艇要克服大海的兴波阻力，似乎还有些吃力。虽然是豪华大型游艇，毕竟不是为了远洋航行准备的。月亮皇宫号并没有装备大型的球鼻艏，这样长途的远洋跋涉比小小的舢板好不到哪里去。

到公海了。

海上一望无际，比草原更广阔，远处的天上翻滚变幻着白云，风平浪静。从来没有停止过的风浪此刻全然无踪。液体的海洋，固体的大地，气体的天空。月亮皇宫号四周全是海上的地平线，应该是海平面。我对海平面一直不理解，今天面对着四周的海平面依然困惑。我们的出走印度似乎已经度过了最危险的时期，老穆偶尔也踱出来，有一搭无一搭地和我们闲聊几句。

“海什么时候平过？”

“这不是平的吗？”

“海是平的，地球怎么个圆法?”

“地球是圆的，海是方的?”

“地球是缘的。”

“缘的?”

“无缘我们这些人怎么会凑在一起?”

“你这个想法有意思。”

“我还有一个想法，就是如何在太空中养鱼。”

“在太空中养鱼?”

“这不是天体地质学家的想法。”

“是不是光想着研究天体了?”

伊索窃笑。

“养鱼是天体生物学家。”

“我很好奇鱼儿在失重状态下会是什么状况?”

“好主意。下次太空发射让工程师设计这个方案，带几条鱼上去。”

“人在地球犹如鱼在太空。”

“此话怎讲?”

“又要空气又要水。”

“我没理解你的意思。”

“是我没讲明白。我写过一首诗《太空中的鱼》。”

老穆鼓了两下掌，说：“愿闻之。”

我朗诵道：

太空中的鱼

在外太空有一群鱼
在游
当然是游在水里
水不能放在太空
我看过太空中的水
一个完美的水球
那就放在缸里
缸怎么放在太空

那就放在天宫
玉皇有旨
鱼游虾戏皆归龙王
完蛋
让我们重新想象
水已放进水缸，是吧
水缸放在何处，是吧
水缸太小
放不了一群鱼
啊哈，这样吧
把水放在地上
把地放在天上
使水成为海洋
使地成为天堂
鱼在水中乐
人在岸上想
且随我诗到远方
远方的远方看太阳
星星点点放光芒
有颗小球不很亮
球在太空转
鱼在水中央
哈不
我是说
在外太空有一群鱼
在游

念完的一瞬间，我在心里想：这都什么时候，什么境地？浩瀚的印度洋阿拉伯海，还有心思说诗。

大家稀稀拉拉鼓掌。老穆说：“总归我是明白你的意思了，让鱼上太空。这是一个十分有难度的好创意。”

“地球就在太空。”

“对。”

“那么所有地球上的鱼都是太空中的鱼。”

“这样说也对。”

“地球就像太空中的一艘游艇，孤独地行驶在茫茫的银河。”

“好诗。”

“我在想地球是不是也会抖动？”

“地球抖动?”

“就像此刻的游艇。”

“银河也有浪波吗?”

“虽然没有波浪，但是地球会不会颠簸？就像飞机颠簸。”

“银河没有空气啊。”

“这是一个猜想。地球运行过程中，受各种其他天体影响，轨迹会有变动。所以每年的节气会有变化，时间也会有微小差异。”

“你还真是天体学家?”

“地球的极端天气可能都是由于地球在太空中运行轨迹的微小变化引起的。”

“那也很有可能哦。”

“我在想，人类的排放不足以引起大气变化。”

“这个肯定不对，工业污染是共识。”

“你放个屁能污染大气吗?”

“放屁不足以，汽车、工厂、火山一起放肯定就污染了。”

“哦，是的。我是说，极端天气是由于地球在轨道运行时，出现轻微摆动造成的。就是说地球也会像飞机那样出现太空颠簸。地球运行受其他星球的影响，出现轻微的离轨摆动，这样造成地球与太阳的距离产生数米的运行偏差，从而带来夏天过热或冬天过冷的极端天气。这就是极端天气与地球轨道摆动猜想。”

“那是你的学术问题啦，不要和我们讨论啦。”

“不许放屁。”

“哈哈哈。”

“我经常会陷在自己的思想里想不明白。”

“在这样闲得无聊的时间，我们愿意陪你讨论，不过不要太玄奥。”

“我们现在的计数都是静止的计数。”

“什么意思?”

“比如说你有10亿，她有100亿，这都是一个静止的数字。”

“当然。那又怎样?”

“我说错了。”

“你没说错。”

“我重新说啊。”

“好啊。”

“我们现在用的是十进制，逢十进一。”

“这是常识。”

“那么400兆也是一个一，也可以看作一个一。”

“对，400兆也是一个数而已。”

“所有的逢十进一、逢二进一、逢十二进一、逢六十进一等，都可以归纳为逢N进M。当M等于一时，是一般熟悉的进位制。当M不等于一时才是世界的真正规律。”

“这是什么规律啊?”

“当N大于M时，世界呈现收缩状态；当N小于M时，世界呈现膨胀状态；当N不等于0，M等于0时，就是突然消失的死亡，从有到无；当N等于0，M不等于0时，就是突然出现的新生，从无到有；当N等于M时，就是逢一进一，就是时间的流逝，就是生命的进程，就是一天又一天的日子。”

“玄之又玄。”

“晕了。”

“玄之又玄谓之道。”

“这怎么讲起老子了?”

“逢是原因，进是结果。”

“逢你进印度，逢老穆进到印度洋？”

“我还逢你进美国呢?”

“那就说好了哦。”

我们聊着聊着，老穆不言不语地径自踱开了。

“你现在都能上胡润排行榜了吧?”

“我们仨绑在一起上。”

“我们要能上，老穆上什么?”

老穆向我透露他收到的秘密电报内容：美国航母正在向印度洋、孟加拉湾集结。俄罗斯航母也在向印度洋、孟加拉湾集结。老穆流露出一丝不易察觉的担忧。卫星全部没有了，大吉岭是什么情况也不知道。

我们在海上航行已经两天了。老穆拿着一张纸质的印度地图在看，大家都凑过去看。各看各的心思。我忽然发现印度南部地图像一个人头。我指着地图说：“你们看像不像一颗人头?”

“人头？什么人头?”

“不是我这颗人头吧?”老穆比画着自己的头颅说。

我没有接老穆的话茬，指着地图说：“单看印度南部，这一块，像不像一个人头?”

“像像。”

“有点怪。”

“像一个头从脚底下弯过来的杂技演员的头。”

“是啊!”

“还伸着舌头去舔斯里兰卡。”

“斯里兰卡像个道具。”

“舌头是拉梅斯沃勒姆。”

大家七嘴八舌地说。

“鼻子是从伯杜戈代向东，到卡地亚卡杜是鼻子尖，往上到纳加帕蒂南、开利开尔、古德洛尔，这都是鼻子。”

“本地冶里是眼睛。”

“还有颧骨。”

“还有额头。”

“是啊。”

“这舌头还挺逗的，往上挑着。”

“挑起保克海峡的层层波澜。”

月亮皇宫号驶进了黑暗之中，海上连续几个晚上都没有看到月亮。老穆说卫星没有了，月亮没有了，看来是事实。乔杜里船长只能使用传统的技术，凭借他的航海经验驾驶。后半夜起了风浪，月亮皇宫颠簸得像一粒元宵。央金、嘉措和我全都吐得一塌糊涂，伊索两人却一点事都没有。后半夜我们随着风浪，折腾了一宿。早晨风浪平息了，太阳从海面上升起，像一枚鸭蛋黄一样，我没有一点心思欣赏，昏昏沉沉地睡去。

中午时分，大海风平浪静，大家坐在甲板上悠闲地喝着饮料。我也缓了过来，走上甲板，老穆的仆人给了我饮料。我坐下来，嘬着饮料，欣赏着平静的海面和天上变幻的白云，感受着月亮皇宫号豪华的惬意。这时有一艘帆船斜刺里向我们冲来，船上的人用喇叭喊着什么，转眼来到近前，他们一边靠近一边喊话一边不停地鸣枪。大家本能地赶紧躲了起来。这枪可不全是往天上打的，直接就向月亮皇宫射击过来。

老穆说遇到海盗了，赶紧投降。一边说，一边扯下身上的白色上衣，举到头上摇晃，枪声停了。老穆的白衣服没敢马上拿下来，依然举着。我趴在游艇的角落里偷偷往外看，海盗的机动帆船很快靠了上来。那就是一艘普通的渔船。有几个海盗跳过来，一边喊着印度南方的话，夹杂着具有地方特殊口音的英语："不许动！不许动！都不许动！"

海盗们站住了，用枪指着我们。最后，一个头目模样的海盗跳上老穆的月亮皇宫。巡视了一遍现场，说："啊，外国人。这是要去哪里啊？在这里兜风啊？"

老穆用当地语言说："乡亲，有话好商量。"

"怎么商量啊？"

"一切听英雄吩咐。"

"你能出多少钱啊？"

"一切听您吩咐。"

"要钱还是要命啊？"

"有钱有钱。"

"有钱啊？"

"有钱有钱。"

"看你就像有钱。"

“是是是。”

“三百万美元，一分不能少，不能商量。”

“是是是，好说好说。”

“怎么给我啊？”

“听你吩咐。”

“好吧，还算痛快。把你们带到伊斯库舒班，钱到放人。”

“敢问伊斯库舒班是哪儿？”

“是索马里。”

“索马里？为什么到索马里？”

“为什么到索马里？在这儿我也不是海盗啊？在这儿我是善良的渔民。”

“是是是。斗胆问一句，能否换个地方交割？”

“不行，换个地方不安全。”

“英雄，只要保证我们的生命安全，我们绝对保证赎金，绝不反悔。”

“想回印度交割？没门！回去报告海警，我们就白忙了。”

“在迪拜交割行不行？”

“迪拜我还没去过。”

“你把我们送到迪拜，我们加倍给你钱，就当你送我们到迪拜的路费。”

“迪拜？你是迪拜人吗？”

“我是你的印度老乡。”

“你迪拜有钱啊？”

“有钱有钱。”

“给我多少？”

“五百万。”

“三百万加倍是五百万？”

“六百万。”

“那你为什么给我五百万呢？”

“紧张紧张。”

“别以为我不会算数。”

“六百万。六百万一分不少。”

“那你为什么给我六百万呢？”

“因为我们的船坏了，你救了我们，又专程把我们送到了迪拜。”

“我怎么能相信你的话呢?”

“到迪拜的公海，你先派一艘船上岸取钱，收到钱你再放人。”

“这么多钱，他要是跑了呢?”

“不跑不跑，没法跑，不可能跑。”

“你跑不了，我是说取钱的人跑了呢?”

“那是你兄弟们的事。不不不，这样，你派人上岸通知人，把钱送到公海，一手交钱，一手放人。”

“这还差不多。”

“一言为定。”

“没有给你啰唆。”

“爽快啊。英雄所为!”

“我们也饿了，也累了。你们不要耍花招。我们要吃饭休息。”

“好好好。没有花招，全是肺腑之言。”

“谅你也不敢。”

“是是是。”

“有什么好吃的啊?”

“什么都有，看你们想吃什么。”

“我们什么都想吃。”

“我们一起准备一下吧?”

“你们干活，我们看着。”

“也好也好。”

一会儿，把船上的食品摆了一甲板。分成几堆儿，围坐着吃东西。有啤酒、炸鸡，海盗吃高兴了，边吃边跳。他们大约有十来个人，有两个在他们的帆船上，高兴地欢叫。他们这一网真是打着大鱼了。刚才的敌对状态放松下来，大家一起坐在甲板上谈笑风生。

“你们是哪里人啊?”

“这是海盗忌讳的问题。不过我可以毫不忌讳地回答你。我们是尼科巴人。”

众海盗欢呼：“我们是尼科巴人。”

“尼科巴离这里很远啊?”

“是啊。我们不能在家门口做这种营生吧?”

远离家乡使得好人变成了坏人。心里这么想，嘴上却说：“这买卖也不好干吧?”

“你真理解我们。现在世界上就没有好干的营生，太难了。打几条鱼吧，换不了几个卢比。像你们这样大小的船，一年也遇不上两个。再大的船，我们也不敢。再小的船，也走不到这个水域。跟你们说实话，我们也是临时起意。我们也是第一次干这个事。湿婆大神在上，我们绝对是第一次干这种伤天害理的勾当。”

众海盗齐声高喊：“湿婆大神在上，我们绝对是第一次!”

帆船上的两人也回应高喊：“湿婆大神在上，我们绝对是第一次!”

“六百万拿到手，我们以后再也不干这事了!”

众人高喊：“湿婆大神，我们以后再也不干了!”

“我很感动，兄弟们! 我很感动，兄弟们! 六百万，我一定兑现! 一定兑现!”

海盗头子向帆船上喊：“把最好的鱼，最好的虾拿过来!”

“是，老大。”对面呼应着。

“我叫拉贾·特里帕拉，以后喊我拉贾，阿贾。”

“以后喊我老穆。”

他俩拥抱在一起。

“这是老王。”

“老王。”

“拉贾。”

我俩也拥抱在一起。

“真是不打不相识。”

“说得好，老王，不打不会相识。”

对面船上把金钱鳘鱼和南极白龙虾抛了过来，送到厨房烹饪。还有海麻雀、海蚂蚁，也一并抛过去让厨房烹饪。

又走了四个多小时，太阳平西，有一艘更大的帆船向我们驶来，拉贾说：“赶紧躲起来，海盗!”

“你是海盗，还怕海盗啊?”

“那不一样。”

“怎么办?”

“准备战斗。”

海盗拉贾给我们每个人也发了枪，我们拿起枪就射击。乒乒乓乓响成一片。震耳欲聋的枪声在空旷的大海上显得那么微弱。对面射来的子弹打在船上，比我们的枪声显得真实。船体被射中的地方立刻形成痕迹。游艇玻璃碎裂的声音清脆响亮，哗啦啦落了一地。我浑身是血，不过毫发无伤。有人在我身边倒下，不再动弹。没有恐怖的呻吟和挣扎。拉贾忽然大喊：“别打了！别打了！”

枪声停了下来。有一块挑在枪上的白布，在上面挥来挥去。我们投降了！来船比我们大许多，靠了上来。他们在用印地语喊话，大约是海盗的暗语。

有几个人跳了过来，收枪。

然后对面的海盗头子大摇大摆地过来，与拉贾对话。叽里呱啦听不懂。大海盗笑了，拉贾也笑了。大海盗拍拍拉贾的肩膀，拉贾也用拳头戳了大海盗一下。两个海盗握手言和了。

他们各自把一具具尸体轻轻地放入大海。面对着平静的海面，海盗们低声祈祷。完事之后，大海盗转向老穆：“你是老穆?”

“是。”

“你给他多少钱?”

“都是朋友。”

“你给我多少钱?”

“都是朋友。”

“朋友都一样吗?”

“也一样，也不一样。”

“我也不为难你。他的三百万照付，你得另外给我四百万。”

“好说好说。”

“我开销比他大。”

“是是是。”

“我们一起把你送到迪拜。”

“好好好。”

“见钱放人。”

“好好好。”

两个机动帆船劫持着月亮皇宫号游艇向迪拜方向前进。两个大小海盗头子站立在月亮皇宫号船头，月亮皇宫比他们两个的船大多了，也豪华多了。大海盗对小海盗说："我跟你说，你再不投降我就放链弹了。"

"我明白。"

"你不要以为我们不专业。我是第一看你打不过我们，第二看你的船眼熟，第三想少造成损失。"

"是是是。"

"这海盗说话还第一第二第三。"

"你也有功，先下手这条大鱼。"

他们回头看老穆。老穆说："二位有眼力。"

"链弹是什么?"

"他是谁?"

"他是老王。"

"链弹是原子弹。"

"哦，厉害。"

"用链弹才是专业海盗。我和拉贾都还业余。"

"这世界上业余更可敬，是业余的人改变了世界。"

"你不要看不起我们业余，我们要专业，你们就都没命了。"

"也不见得吧，海盗总有海盗的规矩吧?"

大海盗看了我一眼，没有说话。拉贾介绍大海盗的名字，叫西西洛。

海盗的背后也是一个产业链。海盗有海盗的民主，海盗有海盗的合作，海盗也有海盗的契约。海盗虽然是强权为王，契约与合作可以让海盗更有利益。商业的本质也是契约，是文明的契约。海盗如赌徒，一旦开始就会上瘾，不容易戒掉。索马里海盗盛行和骨子里的海盗文化分不开。

大海盗西西洛的人开始搜船。小海盗拉贾说："已经搜过了。"

西西洛说："那是你搜过了。我还没搜呢。"

不一会儿，西西洛的喽啰们搜出了拉贾没有搜出来的老穆的电台。西西洛对老穆说：虽然我们已经握手言和，成了朋友，但是这电台还是不能保留。

"听你的。我们朋友之间不能保留阻碍。"

"毁掉。"

"好，我同意。"

阿贾和西西洛的喽啰们上来，把电台破坏了。

一只螳螂发现一大块金子，它爬到上面说：金子是我的。一只鸟飞过来，螳螂吓跑了。一只狐狸跑过来，鸟吓跑了。猎人跑过来，狐狸吓跑了。

除了月亮皇宫被打得更加伤痕累累，刚才的战斗似乎像没有发生过。两个海盗头子时常坐在甲板上和我们谈话，聊他们的身世、行踪。他们两个自己也在一起嘀嘀咕咕，不知道聊些什么。逐渐熟悉起来，生命安全似乎没有问题了。我们也和他俩聊天说话。

“为什么在这儿劫?”

“在这儿劫才有市场，劫了船运到索马里，你在别的地方劫完没有市场的。”

“现在都时兴独立，你们还不如宣布独立。”

“宣布独立？弄个国王当当?”

“对啊。”

“可是谁给国王进贡呢?”

“你如果是国王还愁没人进贡吗?”

“没人进贡当个国王也不错。”小海盗拉贾说，“想想你是一个国王，多带劲。”

大海盗西西洛说：“我可不想当什么没人认可的国王。”

小海盗拉贾说：“如果这笔钱你们给了，我就宣布独立，再也不干这海盗的营生，当国王当然比当海盗好了。”

“当着国王也不影响干干海盗生意啊。”

“干当国王，没有收入也不行呀。”

小海盗拉贾说：“回去就宣布独立。”转头又疑惑地说：“我也能当国王?”

“你想，你就能。”

他的一个大喽啰说：“莫如现在就宣布。”

“现在就宣布?”

“事不宜迟。”

“那好，我现在就宣布，我是椰子国的国王。”

“椰子国？椰子多了。”

“他只见过椰子。”

“那就说蓝椰子国，怎么样?”

“有蓝椰子吗?”

“蓝色的大海、蓝色的天空，加上大大的椰子。”

“哈。”

“我再说一遍。”小海盗拉贾清清嗓子，有点郑重其事地说：“我宣布蓝椰子国成立了。我是蓝椰子国特里帕拉国王。”

大海盗西西洛嘲笑他说：“我随时可以灭掉你。”

“灭掉我也是国王。”

“哼。”

“就怕你没那个闲工夫。”

“你的椰子在哪里啊?”

“不要着急，椰子会成熟的。只要你种下椰子树，不愁长大。”

每个男人的心里都有一颗帝王的种子，你只要稍稍提供点儿外在条件，它就会发芽生长。

种子一旦发芽就没有退路了。

印度人都当海盗了，这世界还好得了吗？说话之间，天气忽然冷了起来，越来越冷。狂风暴雨骤然而至，阿拉伯海上掀起巨大的海浪。三条小船在海浪的波峰波谷间起起伏伏，蓝椰子国特里帕拉国王和大海盗西西洛也都投入到与狂风巨浪的搏斗中。不论以前在陆地上是什么人，现在的命运都绑在这条船上了。一旦船有所闪失，大家玉石俱焚。狂风暴雨过后，太阳在海平面上露了出来，它还没有被狂风暴雨吹落海底，依然无所事事地悬挂在遥不可及的天边。细雨还在淅淅沥沥地下着，天空的另外一边，升起了摄人心魄的彩虹，明晃晃地展现着亮丽的色彩，穿透看不到边的乌云。

索菲亚抚着胸口说：“虚惊一场。”

伊莉莎说：“这可不是虚惊。”

“好在大海盗也答应送到迪拜了。”

“反正就是要钱。”

“有钱能使鬼推磨。”

“这两拨海盗都为我们推磨。”

“为老穆推磨。”

“我现在最大的人生梦想就是活着回到北京。”

“我也是。”

“我也是。”

“为什么不是回到你们的国家？”

“回到北京，就能回到一切地方。”

“是。”

我们一起陷入沉思。

世界并不大，看了又怎样？

旅游有风险，出行需谨慎。

单调枯燥、危机四伏的海上航行，不但考验人的身体，也极大地考验着人的意志，远没有想象中的浪漫和惬意。意志坚强的伊莉莎独自在一旁悄然落泪。

“别哭了，哭有什么用？”

“就哭，就哭，哭还不行吗？”

索菲亚也哭了起来。

“这都什么事啊？无缘无故地跑到印度洋上来哭。”

“都赖你。”

“赖我有什么用？”

“那也赖你。”

“别哭天抹泪了，再有两天就到迪拜了。老天保佑，别有风浪，别有更大的海盗。”

航　母

双航母灭了海盗/航母甄别/伊莉莎是 NASA/小海盗成了国王/雅各布舰长/天体地质学家/塘鹅来了/航母来到孟加拉湾/飞到日喀则/再看小行星/想看昆仑山大炮/地轴已经变了/难民上了克林顿号航母/无处停靠/航母上的难民暴乱/老穆被难民扔到海里了/希拉里救了克林顿号航母

“看，快看，大鸟。”

有一只大鸟在向我们飞来。很快，不是鸟，是飞机。

说话间，飞机已经飞到我们上空。飞过我们上空，飞远了，然后折返，在我们上空盘旋，降低高度。

“是无人机。”

“对，是无人机。”

“无人机?”

大海盗西西洛举枪就射。AK47“哒哒哒”向天空打了两梭子。没有打中无人机。无人机立刻拉升，飞走了。

没过几分钟，无人机又飞回来了。没有降低高度。在高空盘旋了两圈后，飞走了。

我们坐在正午的甲板上，继续聊天。大约过了二十分钟，两架阿帕奇武装直升机出现在我们的视野，马达的轰鸣声越来越近，飞机越来越清晰。西西洛把着一挺轻机枪准备射击，阿贾大喊着：“别开枪！别开枪！开枪我们都完蛋!”

话音未落，直升机开始喊话：“所有人员，放下武器!”喊了几遍，又喊：“离开武器！离开武器！我们的军舰就在附近！放下武器！马上投降!”阿帕奇喊话间隙，向船只周边的海面猛烈射击。大海盗西西洛看这场面，估计我们全加在一起也不是别人的对手，不情愿地离开机枪，向手下和小海盗阿贾摆摆手说：“投降吧！”

立刻有几面白旗举了起来，懒懒散散地摇动。阿帕奇继续喊话：“待在船上，别干傻事！我们的军舰立刻就到！”

海平面上突然冒出了双航母战斗群，把四面的海平面全部占满了。收拾这两个海上蟊贼，还用这么大的动静。看来真是的，美国人向来是杀鸡用牛刀。

“航母！航母！”

“别激动，沉住气。”

伊莉莎说：“我们的航母。”

“都知道。你别激动。”

双航母打击群遍布在四面，看起来如同海市蜃楼。这几天看惯了四面茫茫的海平面，似乎被遗弃到大海之上，只有几个脏兮兮的海盗相伴。突然出现的航母打击群似乎占满了整个海面。

航母护卫舰上放下几艘巡逻艇，在阿帕奇的掩护配合下，高速向我们驶来。还没有完全看清，老穆的游艇和两艘海盗船上已经站满了美军大兵。所有的武器全部没收了。我们分了几批，被巡逻艇运到了克林顿号航母。

来到克林顿号航母近前，才发现克林顿号航母如同一座宏伟巨大的古代城墙，高耸入云。实际比古代的城墙还高出许多，到航母的甲板就有十几层楼高。甲板上的舰岛也有十几层楼高。舰岛上的桅杆顶端是一个很大的圆球，圆球上面还有一个尖尖，加起来也有几层楼高。从海面到航母的最高处，大约有三十多层楼的高度。

越接近航母，越感到航母的巨大，相衬之下，小艇和我们几个人显得渺小无比。我们似乎是几只蚂蚁，乘着一片树叶，漂到了大象的脚下。从海面到甲板是一块巨大无比的钢板，甲板下有一排小小的圆圆的舷窗。船头下面有巨大的“克林顿号航母”标志。船体中部，挑空出来一大块甲板，很厚重，似乎是一块凌空的断崖。断崖侧壁和后缩一层的侧壁上都有舷窗。如同山崖上仙人居住的洞穴。在凌空断崖的下面，有一个大门打开了。那是航母之城的大门。大门到海面足有三层楼高。大门里的水兵放下了一条软梯。我们依次顺着软梯爬进了航母。

航母里稀稀落落地亮着几盏灯。美国水兵领着我们爬了一两层楼梯，走过狭窄的走廊，来到了一个巨大的空间。如同一个深不可测的山洞。山洞的顶上亮着几盏灯。这里是航母的机库。机库里一架飞机也没有。水兵让我们蹲在地上。蹲了很长很长时间，人到齐了。二十几个美国大兵在两个军官的带领下，押着我们爬了好几道楼梯，来到甲板上。甲板上空空荡荡的。连刚才的阿帕奇也没有。大概是飞到护卫舰上去了。航母上竟然一架飞机也没有。太阳已经西坠，还没有变黄、变红，像一个失去热量的扒了皮的煮鸡蛋挂在海面上不高的天空。老穆的游艇和海盗的两只船，还有护卫舰上的巡逻艇，在离开航母不远的海面上。护卫舰在更远的地方。克林顿号航母的另一面，不太远的地方，是希拉里航母和它的航母打击群。

美国军官让一个大兵问我们，那只游艇是谁的。

老穆说："我的。"

小海盗拉贾犹豫了一下，也说："我的。"

大海盗西西洛跟着也说："我的。"

军官又让大兵问我们："谁在那条游艇上？"

老穆和我们举手。那些海盗们也举手。

大兵看了看军官，对我们说："在游艇上的人站到我的左手边。"

老穆和我们站到大兵的左手。那些海盗也站到大兵的左手。

大兵又说："在游艇上的人站到我的右手边。"一边说着，一边往右边的甲板指了指。

大家又齐刷刷地站到大兵的右手边。大兵是个上士，也是个老兵了。军官是少尉。

少尉军官给上士打了个手势。上士走到军官跟前，听军官面授机宜。然后，上士对我们说："女士站到我的前面来。"

伊索和女学生央金听了没有动。老穆的两个女仆也没动。

大兵又说："女士出列。"

伊索和央金还是没有动。女仆也没动。

大兵又说："女士请出列！请站到这边来。"

伊索还在犹豫着。我小声鼓励她们："去吧！也许是好事！"

伊索挽住央金的手，走出了我们一堆人。老穆的女仆也走了出去。

上等兵对她们说："把和你们一起的人叫出来。每次只能一个人。"

伊莉莎过来指我。大兵指着我："你出来。"

大兵对我说："还有谁和你在一起？"

我指着老穆："他。"

"你也出来。"

"还有谁和你在一起？"

"我指着不丹学生嘉措。"

"你出来。"

"还有谁和你们在一起？"

老穆把他的十六个随从指了出来。我注意到老穆的游艇和海盗的小船都不见了，美军的巡逻艇也不见了。

克林顿号航母和希拉里鸣着汽笛。两个航母编队分开了。希拉里号航母群离开了我们的视线。

现在的航母正在失去它以前的意义。克林顿号航母曾经说，航母是书写国际政治的笔尖。这个笔尖正在被浮岛代替。正像键盘代替了笔，浮岛也已经代替了航母。传统的笔被用来在重大文件上签字时，成为仪式的一部分。每个笔只能书写一个笔画，一个字母，甚至半个字母。参加过签字书写仪式的笔，被当作特殊的纪念品送人，被当作特殊的物品保存起来。航母也是如此，这个笔尖正在被当成一个炫耀武力的工具。毕竟浮岛不容易展示。航母也已经沦落为浮岛的拖船。等到新一代核动力拖船成熟出厂，航母拖浮岛的任务也会被取代。

世界大洋各处的浮岛，正在成为各国海洋时代的军事堡垒。美国的浮岛已经遍布世界的公海海域，串成了完整的浮岛岛链。海军航空兵的飞机可以借助这些浮岛飞遍全世界。浮岛比航母更大，飞行起降环境更好。浮岛不但具备航母的所有功能，而且维护费用更低。浮岛上海水淡化能力充足，可以就地取材，利用各种海产品资源补给。浮岛同时利用太阳能和核能。浮岛成为海洋上的不沉岛。浮岛不但成为新的军事基地，也被一些国家和私人公司开发成中立岛，用于海洋的开发利用，在局部冲突中出租给某一方临时军事使用。浮岛在大洋中，也像太空飞船在太空中。也有在浮岛上训练宇航员的某种项目。

我特地注意了一下克林顿号航母船头和太阳的关系，从太阳来看，我们正向着太阳偏右的方向驶去。太阳已经变得又大又圆。我在心里计算了一下方位，我们正在向着预计的方向驶去。我们离迪拜越来越近了。

“还有谁和你们在一起?”

老穆点点头。老穆的人都点点头。我们都摇摇头。

“还有谁和你们在一起?”

“没有了。”

小海盗阿贾在人群里喊:“还有我,还有我。”

“还有他吗?”

“没有。”

少尉军官又把上士招呼过去。上士回头对小海盗阿贾说:“你出来。”

小海盗阿贾出来,站在我们的一堆儿。上等兵对他说:“你出来。站在这里。”

上士给小海盗另外指了一个地方。小海盗阿贾站过去。

“还有谁和你在一起?”上士对小海盗说。

小海盗阿贾把他的人一一指了出来,和他站在一起。有他的儿子和几个喽啰。

剩下大海盗西西洛和他的十几二十个人站在原地。

伊莉莎小声对我说:“我们应该单独在一起。”

我还没有回答,伊莉莎已经举手示意上士。在伊莉莎的指认下,我、索菲亚、央金和嘉措,从老穆的人群中分离出来,单独地站成了一伙。老穆的眼神里露出了一丝复杂的表情。

天已经黑了。海面上秋风吹来深深的凉意。大家瑟缩着站在甲板上。这个分堆儿工作不在甲板上也完全可以。况且航母在航行中轻易不会让平民百姓上甲板。没有了航空兵编队的航母管理似乎放松了,或许让我们直观地感受一下克林顿号航母的大甲板,谁知道呢。

现在美军把我们和海盗分成了四个部分,我们和老穆各是一部分,两个海盗阿贾和西西洛各是一部分。下一步应该对我们会好一些吧。不管怎么样,应该是安全了。

几个大兵把我们带到了一个不大的房间。送来了巨难吃的汉堡,幸好有水,水很甜。我知道是因为渴了水才甜,但是虽然很饿,美军的汉堡还是很难吃。

吃完后就在一个不大的房间里拘坐着。虽然自由被限制了,但是我们知道生命安全应该有保障了。或许各怀心事,无话可说。我闭上眼睛假寐,偷眼看大家，都沉沉睡去，我也真的睡着了。醒来时已是深夜，航母在大海中平稳地航行，索菲亚斜靠着我，搂着我的一只胳膊，酣睡。伊莉莎在旁边独自睡着了。我想想点儿什么，又不知该从何想起。我想担忧一点儿什么，也不知该怎么担忧。我想我为什么醒了呢？为什么醒了呢？用了很大的力气，才想起我是想尿尿了，是被尿憋醒的，可是一醒来，就忘了尿了。连日来都没喝什么水，也没什么尿。只是该尿了。我把索菲亚轻轻扶开，她似乎醒了一下。我慢慢起身，摸到门前。门是锁住的，门上有个小窗，小窗是开着的，如同监狱房间的铁门。似乎是老穆前几天关我的情境再度出现。只不过这次老穆也被关在另外一个房间。我向外张望，外面的走廊空无一人，惨白的灯光亮着。各种机器电器的声音混响在一起，没有间断，没有节奏，持续不断地似乎没有开始没有结束。航空母舰这个庞然大物也睡着了。我在它的肠道内也感觉到它睡着了。我要有专门的技术就会轻而易举地打开这扇门，可是我没有。有一个值更的哨兵，像在客厅踱步一样，慢慢地踱了过来。我从小窗向他小声打招呼："嗨!"

他突然一愣，停下脚步："嗨!"

"撒尿。"

"撒尿？屋里尿!"

"屋里尿？为什么?"

"对，屋里尿!"

他若无其事地踱开了。

我凭经验摸到角落里，角落里果然有一个小便器。这大概是船上的一个禁闭室。我站在小便器前，很久，才排完小便。我是想象我站在船舷面向大海才尿完的。尿完尿，又摸回索菲亚、伊莉莎的身边坐下。慢慢地再次睡去。

隔壁仓有人在拍打房门，用蹩脚的英语嚷嚷着要出去。我悄悄起身，趴到小门上看。来了两个士兵，把他们都放了出来，是老穆的下人。伊莉莎已经凑到身边，一起看到了刚才的情景。伊莉莎突然也哐哐拍门，喊着要出去。士兵过来把门打开，伊莉莎走到门外，回头问我去不去，我摇摇头。索菲亚、央金、嘉措都已经醒了，跟着伊莉莎走出门外。他们都出去了。门开着，我坐下，又站起来。从门口到墙是六步，从墙到墙是四步。室徒四壁，顶上有一盏防爆灯，已经亮了，或者一直就亮着。

时间不长，伊莉莎她们都回来了，自觉地进来，席地坐下。

来了一个上尉，带着几个士兵，挨个把我们叫到门口，问三个问题：“姓什么？叫什么？干什么的？”

轮到我出去：“王，来电，CIA。”

上尉走了。

上尉又来了，态度友善了许多。上尉和几个大兵带着我们和老穆的人向下走了两层。七拐八拐来到一个舱门前，打开，又打开一个，又打开一个。其实都没锁。我们住了两间，我和嘉措住一间，伊索和央金三个女的住一间。老穆十六人住三间，住不下，又开了一间，老穆单独住。

航母上没有航空兵，没有陆战队，只有航母一条空船。甲板下的舱位也空了许多。现在航母上只有两千多水兵，这些水兵都是开航母的。航空兵才是航母的战斗力量。现在克林顿号航母没有加载这些战斗人员，整条航母空空荡荡的。

我们住的应该是航空兵住的地方。

我们每人找了一个铺位躺下。

航母的卧舱很小。和游轮不能同日而语，和老穆的游艇也没法比。看起来巨大无朋的航母，给人睡觉的地方竟然是如此的逼仄。很窄的铺位，分上中下三层。在下铺上勉强坐直，比火车的卧铺似乎还要差一点。后来听说水兵管他们的这些铺位叫棺材盒，嘿，真是巧了，和老刘卖的是一个玩意。不过这个是躺在外面，老刘帮别人卖的是躺在里面。

门口有两个大兵站岗。

有大兵过来，把伊莉莎叫了出去。伊莉莎去了很久都没回来。又有大兵叫我过去。跟着大兵上了好几层楼梯，来到航母上的一间会议室。门口有一个哨兵。大兵敲了敲门，里面让进去。

少校杰克逊和点名的上尉坐在会议室，旁边还有伊莉莎。少校说：请坐。

我冲伊莉莎点了点头，伊莉莎也冲我点了点头。我在他们对面坐下。

少校说：“你是CIA？”

“对。”

伊莉莎说：“我是NASA（美国国家航空航天局）。”

站起来隔着桌子和我握手，很正式。说：“失敬！”

然后又坐下来，说：“我知道的都说了。现在你来说。”

“好吧。”

然后把小金球相撞以后的经历叙述了一番。上尉做了记录。

我说完以后，他们商量是否问老穆。然后又请老穆来。老穆轻描淡写地大致说了一番。少校说："好，就这样。祝大家在克林顿号航母过得愉快！"

大家起身，少校让上尉带我们到航母各处走走。

"你们自由了。"

上尉带着我们在航母甲板和舰桥走一遍，边走边介绍。告诉我们如何回卧舱，如何认路。什么区域能自由活动，什么区域不能进入。夜间和有风浪时不许随便上甲板，有战斗任务、有飞机起降时，也不许上甲板。上甲板的门口有士兵站岗，不让上就不能上。

回到卧舱，哨兵撤了。旁边都是空房间。我们又开了几间。老穆还是单独住。老穆的随从们又多住了两间，游艇上开船的人住两间，其他随从住两间，老穆的两个女仆住一间。两位皇室的学生央金和嘉措单独住一间，伊莉莎和索菲亚住一间，我单独住一间。我们把克林顿号航母当豪华游轮了。

安顿好以后，相约到处转转。一行人走了出来，上了航母甲板。甲板上有几个哨兵，看到我们，让我们注意安全。我们从船头转到船尾。一回头，看到小海盗拉贾父子和他的几个手下走了过来。

"他们怎么来了？"

"怎么回事？"

小海盗拉贾兴致甚高地和我们打招呼。

"我们惊呆了。这是怎么回事，太阳从西边出来了。"

"嗨，各位，我们是朋友，不是敌人。"

"美国大兵瞎眼了吗？"

"你怎么跑出来了？"

"我不是跑出来的。美国大兵也没有瞎眼。"

"那是怎么回事？"

我们迫切地想知道答案。现在小海盗拉贾对我们应该是没有危险了。

"我现在是国王。知道吗？特里帕拉国王。对了，王，这还是你让我这样做的。我不是宣布过我是国王吗？你们怎么都忘了呢？"

"你是海盗！"

"朋友，我是国王，不是海盗。"

"你是海盗！就是海盗！"

“我是国王，国王可能被迫做过某些事，但是，国王还是国王。”

“有你这样的国王吗?”

“有啊，我不就是国王吗?”

“你的国在哪儿?”

“我的国在海上。”

“你是强盗!”

“朋友，不要说这么难听，美国海军都认可我是国王了，你们为什么还要怀疑呢?”

“美国政府承认你是国王也没有用。你就是强盗!”

“美国军队承认我是国王，就是美国政府承认我是国王。你们不承认是没有用的。大家现在在同一条船上，还是友好相处的好。”

“你抢的我们的东西呢？还给我们!”

“还我们东西!”

“东西都归美国海军了。不能说我抢你们东西就是我的错。要抢也是美国海军抢了。美国海军不是强盗，我也不是强盗。我是国王。朋友们，我是国王。”

“我们不要和他废话。我们找杰克逊少校去。”

“你们找到上校也没用。你们中国不是说和平共处吗？何必这么激动。你说是不是，老穆老乡。”

老穆说：“我们姑且当他是国王吧。既然海军这样以为，大概有海军的道理。”

“什么世道?！海盗成国王了。”

“反正他对我们没威胁了。”

“他有罪啊!”

“我的罪，神会惩罚我。你们还是要尊重国王吧?”

“是啊，要论罪，有些国王的罪比他深重。”

“你们把我当国王了?”

“我们永远不会把你当国王。”

“我们永远把你当下三滥。”

“好了好了，我又没抢你们的土地，没抢你们的岛屿，我是我自己的国王，好了吧?”

“那别在这儿给我嘚瑟。”

“好了，拜拜了，朋友们，记住我是国王啊!”

小海盗拉贾走了。我们兴味索然，忽然感到甲板上的秋风凛冽。大家往回走，迎面碰上上尉来找我们，说舰长雅各布要见伊莉莎、我、老穆。

舰长指挥室在舰岛的第七层，甲板是第一层，从甲板再往上，数到七。舰长指挥室是航母的指挥中心，这个指挥中心只是负责航母的航行，航母上飞机的起降。如果打仗，航母上还有一个战区指挥中心，在甲板下面的负一层。战区指挥中心不归舰长管理。战区指挥中心有一个战区司令，他们有时也叫船长。通常船长比航母舰长的军衔高。比如克林顿号航母舰长雅各布的军衔才是上校，战区司令，船长的军衔一般都是少将，很少有准将。美国军官的军衔从低到高是：尉官、校官、将官。尉官：少尉、中尉、上尉、大尉；校官：少校、中校、上校、大校；将官：准将、少将、中将、大将、上将。上将肩章有五个星，所以又称五星上将。五星上将只在战时授予，所以美国职业军人的最高军衔一般是四星。还有六星上将，又称特级上将，曾是美军的最高军衔。校官、尉官是少中上大，将官是少中大上，前面又加了一级准。大是美国军衔的一个特例，很少有人获得。现在克林顿号航母没有战斗任务，所以没有战区司令，战区指挥中心是空着的。因此目前舰长是航母上的最高军官。如果在战时，舰长肯定不是最高军官。军队等级森严，官大一级压死人，永远是最高军官说了算。

在航母上舰长不是能够随便见的。舰长指挥室更不是随便进的。有些下层军官和士兵，在航母上干了八年，都没有进过航母上的指挥中心。

我们来到指挥中心门口，哨兵进去通报，舰长同意后我们才可以进去。进去后要经过两道岗哨，才能见到舰长。舰长又高又瘦，但是很健壮，不是弱不禁风的麻秆高瘦，透着美国军人的精神。穿衣显瘦，脱了有肉。军人就应该像豹子一样，胖胖的影响军人形象。美军对军人体重有严格要求，所以军人的体态都控制得很好，尤其军官更是注意。舰长叫雅各布，比尔·雅各布，上校，肩章上有一只鹰，很漂亮。舰长是航空兵飞行员出身。

舰长指挥室视野开阔，整个海面一直到海天交接的天际线，一望无际。近处，整个航母甲板一览无余。宽大的视窗下面，是一排显示屏。在显示屏上可以看到航母各处的情况，比如弹药、汽油、飞机、核反应堆等。核反应堆还有一个单独的控制中心，在底舱，可以和舰长指挥中心保持直接联系，管理更加严格，只有专门人员可以进入，舰长都不能随便进去。核反应堆和控制中心有三道硬防护，保护核反应堆不被外人进入和破坏。

舰长雅各布把我们带到六层的会议室，会议室的桌子上放着伊莉莎的小金球。

“我很有兴趣听你们讲讲和这块金子有关的故事。”

“我们是去迪拜吗?”

“我不能回答你的这个问题。”

“如果我也不能回答您的问题呢?”

“博士，这个世界是不平等的。有的人生来就是提问的，有的人生来就是回答的。”

“小海盗怎么成国王了?”

“国家需要。”

“国家需要?”

“对。国家需要他是国王，他就是国王。国家需要他是海盗，他就是海盗。国家的利益高于一切。”

“枉顾事实。”

“军人以服从命令为天职。”

“我们这是去哪里?”

“我知道，但是我不能说。”

“为什么不能说?”

“关于船在哪儿，去哪儿，都不能说。”

和雅各布讲完了金子的故事，我们走出来。老穆没有向雅各布赠送金子。那些金子正在离开老穆。

我们走在航母里，又遇见小海盗，特里帕拉国王。也有士兵陪他们参观。他主动向我们打招呼，介绍他身边的人：“我是国王，他是王子。”

“我的手机呢?”

“我的小金球呢?”

“我也什么都没有了，都被你们的美国海军没收了。”

“对啊，那个海盗是不是也是国王了？”

“有可能。”

“我们去看看。”

“他在哪儿？”

“我不知道。”

“我们找找。”

我们和小海盗拉贾一起去看大海盗西西洛。找了很久，在头天关我们的附近找到了。关在一间那天晚上类似的屋子里，二十来个人。大海盗看见我们，趴在门口的小窗户前问：“你们怎么出去了？”

我们还没答言，他又急切地说：“放我也出去。”

“放你出去？”

“对对，放我出去。”

“凭什么？”

“我把藏宝的地点告诉你们。”

“你只要回答对一个问题就放你出来。”

“好好好，快问。”

“你说他是谁？”

“他是阿贾。”

“他不是阿贾，他是国王。”

“对，我是国王。蓝椰子国特里帕拉国王。”

“呸，你是国王，你是国王，我就是国王他爹！”

大家哈哈大笑，转头就走。剩下大海盗西西洛在后面兀自叫骂。

回到舱室和伊索闲聊。

“所有东西越做越小，除了建筑。”

“还有电视。”

“还有船。”

“所以你的结论不正确。”

“我这个是不是也越来越大了？”

“你做梦。”

“你什么都研究啊？”

“我是天体地质学家嘛。”

“专门研究天体的?”

“对呀。这是我的两个助手，也是学生。”

“我们两个的天体被你研究透了。”

“我说我们是网友，谁信呀?”

“我信。”

“我也信。”

“谁信谁是傻子。”

我和伊索待的舱室是一个四人间，聊着聊着亲热了起来，一番云雨过后，疲惫地斜靠在铺位上。

“我们是不是亵渎了克林顿号航母?”

“美国航母上肯定不许干这些事。”

“你不已经干了吗?”

“航母上有女兵吗?”

“航母上女兵多的是。你没看见吗?”

“光看帅哥了吧?”

“比你帅。”

“年轻男女在一起，肯定有火花。”

“难免擦枪走火。”

“美国航母上不许。”

“好像上岸可以。”

“可以是可以，其实也不可以，是睁一只眼闭一只眼。美国军队不许男兵女兵谈恋爱。不许军官士兵交朋友。”

“管得过来吗?”

“法国航母好。法国航母男女洗澡都在一起，墙上挂着套套，两人同意，当众开始。”

“你就瞎说吧?”

“一边说一边做。”

“就像我们现在一样?”

“你是不是特别想上法国航母?”

“双人舞。”

“三人舞。”

傍晚走上甲板。四下望去，只有空旷的海面。平常看不到其他船，至少是肉眼看不到。茫茫大海上只有克林顿号航母遗世独立。海风温柔地吹着，夜色渐渐地浓了起来。我们无所事事地吹着海风。

“月亮好像没了?”

“没出来吧?”

“也许吧。”

“我们是不是把航母当游轮了?”

“再有两天肯定到迪拜了。”

当我们以为快到迪拜的时候，克林顿号航母已经进入孟加拉湾，掉头北上，到了加尔各答附近的海域。我刚知道是加尔各答附近，天空中出现一个大气球，越来越大，是飞艇，塘鹅飞艇。塘鹅在航母上方飘浮着，看起来比航母还大。甲板上腾出了空地，塘鹅横着，与航母呈十字形降落下来。塘鹅太大了，横竖是搁不下的，干脆就横在飞行甲板上。实际是贴着飞行甲板飘浮在那里。塘鹅上下来一千多人。有一千人是海军陆战队，其他百十来人全是研究太空天体的科研人员，那自然是我的同行。我这些同行们，由于国家利益的缘故，互相都是隐姓埋名的，或者有几个假身份也不奇怪。在某些时候矢口否认自己的研究，也是如家常便饭一般。你看我已经进入角色了。大家站在甲板上聊天，自然是互相都不认识的。

“嗨，彼得。”

“嗨，王。”

“王？为什么王？难道你总是王吗?”

“王是我的姓。你喊我王就行。”

“称呼姓是不是太正式了？你的名字是什么?”

“这是中国习惯，喊我老王。”

“嗨，老王。”

“嗨，彼得。”

“有老王在，我是到东方了。没有老王，只有这些美国大兵，我还以为在加州。”

“在天上飘了多长时间?”

“两天?三天?或者是五天?天啊,我糊涂了。我还以为飘不到目的地了。我以为要到喜马拉雅,谁知道是这里,孟加拉湾,水上,航母上。不管怎样,终于可以出来透透气了,老在她肚子里,会把人憋坏的。老兄,有烟吗?”

“没有。”

“没烟的男人,都白活了。帮找一根行吗?你这地面熟。”

有人递过来半支雪茄。彼得深吸一口,闭上眼睛。许久,才吐出来一点点余烟。把雪茄掐灭了,望了一下四面的大海:“这世界真大啊,没有 GPS(全球定位系统)这世界可真大。”

“怎么会没有 GPS?”

“你还不知道吗?所有的卫星都没了。通讯卫星、海事卫星、GPS 定位卫星,全没了。所有的卫星统统不见了。”

“统统不见了?”

“真见鬼了。月亮都不见了。世界末日可能真的要来了。地球所有的卫星都不见了。人造的和上帝造的,都不见了。是不是上帝真的要抛弃地球了?我们还要跑这么远来看一块金子。老兄你看过了是吧?”

“是的。”

“是一块什么样的金子?”

“很大。”

“很大?有多大?”

“长 3 公里、宽 2 公里、高 2 公里,像个橄榄。”

“金橄榄。在这海底吗?”

“不,在山上。北纬 27 度 28 分 54.36 秒,东经 88 度 07 分 55.69 秒。海拔 3844 米。”

“在山上?那为什么让我们到海上?”

“为了见我吧?”

“我们直接在山上见面不就得了?”

“我怎么知道。”

“没有 GPS,你知道我是怎么摸到这里的吗?我是用第二次世界大战前的技术摸到这里的。”

我们一起钻到塘鹅的肚子里开会。研究伊莉莎的小金球，听我们描述当时景象。研究靠近方案。

“卫星消失了？”

“对。”

“卫星怎么会消失？”

“不知道。”

“所以这次行动会很困难。”

“非常困难。”

“我们一下子回到了第二次世界大战前的技术环境。”

“我为什么要参加你们这些讨论？”

“你必须参加。你当然必须参加。”

“你们不是在征求我的意见吗？”

“那只是一个外交辞令。”

“我想和家里打个电话。”

“已经说了，没有电话。”

“你们怎么和外界联系的？”

“有电话也不能打。”

“为什么？”

“就是不能和外界联系。”

“为什么？”

“第一，行动保密；第二，我们还在等指示。”

会议决定，派一架飞机先到小金星侦察一下，让我随行。上了飞机，才知道只有我和飞行员。塘鹅让开跑道，黑鸟 SR－74 战略侦察机呼啸着离开甲板，我像一块肉一样，贴在座椅的靠背上，暴风呼啸，机声轰鸣，头疼欲裂。这是把我绑在导弹上发射了啊。我勉强睁开一点眼，知道前面还有一个飞行员。坐下去时，还和他打过招呼。半个小时后，渐渐有些适应。睁眼看外面，是一座通天的大山，白雪皑皑。黑鸟 SR－74 贴着大山盘旋，我又晕了。晕晕乎乎之间，瞥见小金星在飞机的下面，水雾依然还有，小了许多。黑鸟忽然拉高，近乎直上直下。我这趟过山车可坐值了。平飞以后，我看见雪峰在我下面，右侧。我看见珠峰观测站，五星红旗，那是钢板制成的。我老婆或许还在观测站里探亲。我老婆如果不在，我岳父或岳母肯定有一人在其中。我正想着，观测站已经从右侧掠过，我往右后方回了下头，已经什么也没有了。黑鸟 SR－74 突然向右一个急转。我又看见了观测站。黑鸟一个俯冲，直直地向下。然后平飞，又拉起，又向右。然后，左冲右突地飞行。我在一瞬间想：这是干什么？然后高速直飞。突然转弯，拉起。耳麦里隐约的声音：日喀则，日喀则。

"日喀则？你侵入中国领空了！"

耳麦里传来狂妄的笑声。

"我抗议！"

"你带我来的！"

"我抗议！"

没有回答。黑鸟飞越喜马拉雅后，开始返航。

下面已经是大海。高度在降低，降低，突然停止了。有人打开机舱。我被扶下来，踉踉跄跄地站在克林顿号航母的甲板上。

"日喀则。我要打电话。"

"打什么电话？"

"我要打电话。"

"所有电话都打不了。"

"卫星电话。"

"卫星都没有了。"

"我要打电报。"

"给谁打？"

"给我老婆。"

"我不是你老婆吗？"

我摇摇头。我已经平躺在克林顿号航母的甲板上。医生过来，给我做检查。一会儿说："没有问题。让他休息一下。"

我被抬进塘鹅的肚子里。

我躺在塘鹅的肚子里。塘鹅像一个巨大的候机楼。塘鹅内部一道道鼓鼓囊囊的隆起，如同放大版的米其林小人。在那些橡胶布巨大间隙里充满了氦气。它是人类最先进的飞艇，续航能力极强，理论上可以在空中待上一年，实际要看载重量与载客量，需不需要乘员的生活补给，可以在两万米以上的高空悬浮停留或移动。运动速度不快，但是相对地面速度很快。塘鹅的运动轨迹是，从地面上升到两三万米的高空，不需要跑道，在无阻力的高空运动到需要的位置后，直接降落下来。塘鹅的载重量和载客量很大，适合长距离、大运量的运输任务，特别适合救灾、战场补给、突发事件救援等行动，对近距离的运输任务没什么优势。

他们在分析研究小金星的坠落线路，新加坡、吉隆坡、安达曼、达卡、加尔各答东。他们在说，降落地点偏左一点是尼泊尔，偏右是不丹，坠落线路如果高两个角度，可能会越过喜马拉雅，那样会坠落在西藏的北部，昆仑山脚下；如果低两度，就应该坠落在我们现在的位置，孟加拉湾。他们研究了将近两个小时，然后决定再飞一遍。

飞行员进来，看着地图确定飞行路线，然后过来和我打招呼："嗨，老王，你还好吧？"

"好你个蛋。"我有气无力地说。

"不，不是蛋，是丹尼斯。"

我翻翻白眼。

"再走一趟？"

"决不。"

不由分说地被他们七手八脚地抬出来。外面好凉啊！本来应该是酷热的雨季，却非常反常地变成了寒气逼人的秋季？印度这块南亚次大陆只有雨季和旱季，什么时候有过四季分明的秋季？此时的气温却明明是北京的深秋。

"亲爱的博士先生，辛苦你再走一趟。"

说着就把我架进黑鸟 SR－74 战略侦察机的座舱。

你们把我当压仓肉了！

舱盖关闭，塘鹅移开。

"博士博士。"丹尼斯在耳麦里呼叫。

"干什么？臭鸡蛋。"

"我试试通信系统。"

"好的。"

飞机跃离航母甲板。我又成了一坨肉，喘着气的一坨肉。这是何苦呢，让我跟着。

航母上的黑鸟 SR－74 战略侦察机，是黑鸟 SR－71 的改进版，带有预警系统，可以乘坐双人，速度更快，行程更长，活动半径可以达到三千公里。满载的活动半径也在两千五百公里以上。比当年的U2厉害多了。

黑鸟SR-74爬高，平飞，我睁开眼，雪峰在飞机下迎面而来。黑鸟没有犹豫，没有拐弯，直接越过雪峰，继续前进。我不确定这是什么位置。

“丹尼斯，丹尼斯。”

“丹尼斯听到。”

“我们是否已经越过喜马拉雅山了?”

“我不确定，我不知道。”

“你不确定?你不知道?谁在驾驶飞机?是你吗?”

“我跟你说，真不是我。”

“不是你?”

“现在是自动巡航，到返航点之前的飞行是设定好的。”

“在哪儿返航?”

“达则错。”

“达则错?”

“尼玛县。”

“尼玛县?我要抗议!”

“安静!我的博士!听我说，这是第一个折返点，第二个折返点是可可西里。”

“可可西里?”

“然后是自主驾驶返航。”

“你疯了丹尼斯。我们会被打下来的。”

“那我们就一起到西藏旅游。我很想去西藏。”

“你疯了，你疯了!导弹，导弹会把我们打下去的。”

“不会的，也许上级已经和中国谈好了。这是科学研究，是科学探索，不是军事行动。”

“你是自欺欺人。”

“已经没有办法，我们已经在路上。”

“马上返航!马上返航!”

“安静!我的博士，亲爱的王!很快就完成了，太过瘾了!你不觉得吗?”

“我觉得你快要见上帝了。”

“要见也是我们俩。对了，要是被击中了，按你旁边的跳伞按钮。”

“我不会按！”

“右手边，最大的，红色。看到了吗？”

“看不到。”

“可以摸到。”

“摸到了。”

“你按一下试试。”

“我不敢按。”

“按。”

“把我弹出去。”

“现在锁定。如果有情况，我会解锁。我喊跳，你就按按钮。然后就弹出去。然后打开降落伞。”

“打开降落伞？”

“对，打开降落伞，你就到西藏了。雪山，草地，美丽的喇嘛庙。”

“我不会打开。”

“你没跳过伞吗？”

“我跳过房子。”

“跳过房子？”

“就是街头小女孩跳的。”

“有根绳了，用力一拽就打开了。”

“我们说话别人听得见吗？”

“想听就会听见，不想听就不会听见。现在是静默飞行，应该是只有我们听见。”

“我们这么冒险有什么意义？”

“现在，这个大鸟看见的东西，正在彼得他们眼睛里。”

“没有卫星也能这样吗？”

“现在就是这样。”

“为什么要去可可西里？看藏羚羊吗？”

“不，看昆仑山大炮。”

“看昆仑山大炮，这是去找死。大炮旁边的导弹不会放过你。”

“大炮不会想到会有人去看它。”

“大炮没什么可看的?! 就是两根铁轨。”

“那我也要去看看。”

“我们死定了。”

“我们已经在路上。按你们中国人的话，箭在弦上不得不发。”

“你马上返航!”

“不可能!”

“苦海无边回头是岸。”

“长空万里，任我乱窜。”

“你死定了。”

“到折返点了。”

“该死！毬朝天。”

“看昆仑山大炮。”

“我不看。”

“返航喽!”

“有两组歼 29 在视野里出现。”

“蛋，你有麻烦了。”

“黑鸟直冲向南。”

“前头有导弹等着你。”

丹尼斯并不答话，全速向南奔逃。喜马拉雅山出现在视野。黑鸟呼啸着掠过山巅。丹尼斯舒了一口气，挥舞着拳头喊：“耶!”

“算你小子命大!”

“耶！耶耶!”

“这不是陵水!”

突然黑鸟在天空翻了几个跟头，我差点吐出来。平飞以后，丹尼斯说：“我是让你闭嘴!”

“去你奶奶的!”

“要不再翻几个?”

“随你奶奶的便!”

黑鸟瞄准甲板降落。突然一个急停，黑鸟被拦索钩住了。黑鸟降落以后，他们又在研究方案，喊我过去听。

“我没有兴趣。”

“这是你的职责。”

“我没这个义务。”

“你是美国海军的特聘专家。”

“我没拿那个钱。”

他们在研究黑鸟的视频。他们说：“这是昆仑山大炮。”

布尔为揭开“巴黎大炮”之谜，研制了新型超级大炮。在美国、加拿大政府支持下，布尔制造了三门超级大炮，他想用超级大炮发射人造卫星。1988 年两伊战争结束后，萨达姆找到了布尔博士，布尔博士提出了用大炮发射卫星的想法，萨达姆很感兴趣，并出资资助布尔。在得到资助后，布尔就开始制造有史以来最大的大炮，伊拉克人将其称为“巴比伦大炮”。布尔大炮从形式上还是大炮，昆仑山大炮从形式上看不是大炮，但是是大炮的原理。大炮的基本原理是：让炮弹在特定的炮膛轨道里完成加速，实现发射。昆仑山大炮是自动力大炮，在特定的轨道上，被发射体实现自动力加速，高速发射到卫星轨道。昆仑山大炮的轨道长一百多公里，这个轨道相当于大炮的炮膛，被发射体在轨道上实现电磁加速。轨道形状是指数函数曲线形，最后垂直角度起飞。进入垂直角度后，速度加速到接近第一宇宙速度。昆仑山的地理高度造成的稀薄空气，有利于被发射体的加速。被发射体脱离轨道前点燃助力火箭，完成整个发射。昆仑山大炮可以快速发射卫星。从空中看起来就是一条铁路，外国人奇怪的是中国人为什么把一条铁路修到了山顶上，而且到山顶以后就什么都没有了。后来才知道，中国的三炮就是昆仑山大炮，比二炮还厉害的炮。新一代昆仑山大炮结合了真空管原理，也就是从较低海拔开始，轨道上面就已经是真空状态。这一代昆仑山大炮可以建造在更多的地理位置，有峨眉山大炮也不一定。

从那些真正的科学家的只言片语中，我知道地球轨道似乎在变，地轴正在发生偏转，地球被小金星撞击以后还没有稳定下来。由于观察手段受到限制，通信手段受到限制，他们的信息也很有限。地震是地球局部的不稳定，地球翻转是整个地球的不稳定。这次地球翻转肯定是小金星撞击引起的，后果怎样还很难预料。

现在他们用的是第二次世界大战时候的联系方式，莫尔斯码。塘鹅里面古老的电报声滴滴答答地响个不停，我在想滴滴答在就好了。这是他的拿手好戏。

天气变得异常寒冷，我穿了一件美军的外套，有几分滑稽。洋装虽然穿在身，我心依然是中国心。

美军带来的正牌科学家几次对着美军获得的小金蛋开会讨论。他们讨论卫星为什么会消失呢？月亮为什么也逃逸了呢？月亮去哪儿了？种种迹象让人不敢相信，诸多不可能的现象已经发生，多地海啸。他们推断这许多怪异的现象都和月亮的消失有关，而月亮消失就是地球轴向翻转引起的。地球轴向翻转的时候，把月亮和所有的人造卫星都给甩脱了。

没有月亮以后，海洋是否还会有潮汐？

现在潮汐已经紊乱。

他们的议论中，没有提到老穆的 DSDC，难道他们没有发现老穆人为干涉的迹象？

回头和伊索讨论月亮的消失。

每月是否还会有大姨妈？

我的大姨妈消失了。

我也是。

月亮就像亲人，总在遥远的地方寄托着我们的思念。月亮就像故乡，总在遥远的地方牵挂着我们的乡愁。月亮就像灵魂，总在孤独的时候照见我们模糊不清的影子。月亮就像梦境，总在似有似无的时候显现出一点点希望的意境。

经过一番侦察和准备后，塘鹅起飞离开克林顿号航母。塘鹅载着航母上的美国海军陆战队和本土过来的专家出发去小金球。预计要用一天的时间抵达小金星。塘鹅上的一千多武装人员占领、控制小金星。老穆 DSDC 公司声明拥有的 DSDC1 号陨星马上就要易手，老穆在航母上连个屁都没敢放。

克林顿号航母太平无事一般开进加尔各答军港。要求加尔各答港补给。港口方面答复，不能给予补给。为什么？答复：没有人。然后舰长决定放假一天，除了守船值班的，其他人可以上岸。老穆决定待在船上，派了两个人下船到家里看看，把开游艇的都放走了，航母也用不着他们开。

“你为什么不去?”

“不要着急。看看事态再做决定不迟。”

第二天是航母的例行开放日，克林顿号航母照常开放。一大早就有人上船，越来越多的人上来。这些人不像是仅仅参观一下就走的样子。大量的人坐在甲板上，有的人还带着似乎是行李的包袱，脸色疲惫，神情茫然。

等到傍晚，这些人还不下船。雅各布舰长着急了。让驱赶这些人下船，这些人也不抵抗，从船头挪到船尾，从船尾挪到船头，就是不肯下船。本来是展示和平与力量的开放日，又不便武力强行驱赶。求助印度的警察，警察都下班了。来了两个警察，摊摊手，耸耸肩，走了。船下还有大量的人要求上船。也不嚷，也不闹，静悄悄地坐在那里，要求上船。一副听天由命的样子。舰长紧急开会，与上级电报请示。克林顿号航母低估了加尔各答的灾情和混乱。老穆英明啊，不下船是对的。老穆派遣回去打探情况的仆人回来了一个，看来情况真的很严重。舰长雅各布请示以后，美国人动了怜悯之心，摆出了救世主的姿态。克林顿号航母临时执行救灾任务，把这一大批难民运到印度南部去。这些印度难民，被洪水夺取了极其简陋的家园，瑟瑟发抖地蜷缩在航母的甲板上，蹲踞在码头的水泥地面上。雅各布舰长放他们上船，连夜启航，离开暮色沉沉的加尔各答港。

美国大兵把这些难民分成了几个区域，各个区域统计人数，合计上来一万五千多名难民，还选举了一些年轻力壮的组织维持秩序。场面显得好看了一些。预计明天下午就能到达金奈，让这些难民下船。在执行特殊任务的同时，顺带完成一次人道主义的义举。

我很惊叹这么多的印度难民在一起的场景，静悄悄的没有骚乱，没有闹事，如同是一次神圣的宗教旅行。这是一群难民，乌合之众。他们大概认命，只是不停地祈祷他们的神，派来美国的航母救他们离开困境。

我和伊索、老穆一行，还有国王小海盗特里帕拉父子，在餐厅用了晚餐。老穆现在少了几个人，还剩八个人。用完晚餐，各自回房间去了。没有到甲板上去，甲板上已经全是难民。

我和伊索在房间亲热，只要还能亲亲热热，生活就是正常的轨迹。

有时候女学生央金和伊索睡一个隔舱，我和男学生嘉措睡一个隔舱。白天央金会过来和嘉措说话，各自静悄悄地看书，低声交谈。我到一板之隔的舱室和伊索缠绵。有时候晚上也不过来，跟火车卧铺差不多，睡哪儿都一样。空间太狭小，施展不开，十几个小时枯燥单调的环境，加上来了那么多难民，似乎弥散开某种危机，逐渐情绪索然。

第二天早上，早早地醒了。爬到三层平台上，看见满甲板的难民。大部分都在甲板上拘坐着，安安静静，没有人走动。

空气异常寒冷，有呼吸出的哈气在眼前。这些可怜的难民是怎样度过这漫漫长夜的啊。有人把人抬起来，抛入大海。航母上的大兵跑过去制止，有人跑到栏杆前看。大约是昨晚上冻饿而死的人。他们的同伴在他们的遗体旁跪下，祈祷，然后把遗体抛入大海。之后像什么都没有发生一样。

太阳出来了，红彻半个天空。

航母像永不停止一样航行。

雅各布舰长开了个简短的会议，决定在难民中招募志愿者，为这些难民提供一顿餐食。

很快他们选了156人，来到餐厅，经过简单的商议，他们分成几组开始做饭。这时我们和航母上的军人和各种外包人员用了早餐，看他们很默契地做印度饭。就像这里早就是他们的厨房，他们的家。不长时间，他们就把印度饭抬到甲板上分发。每人一个饭团。场面很有秩序，似乎是一个神庙的广场。

难民们吃过饭团，派代表向雅各布舰长表示，可以帮航母干点活。雅各布舰长没有犹豫就答应了。

又在难民中抽选了四百多人，加上前面做饭的一百五十多人，大约有六百人，被带到航母的各个位置，做卫生，整理搬运东西。航母内一派大扫除的景象。

我看看伊索，我们为什么没有这种想法呢？

伊莉莎耸耸肩没说话。索菲亚说：“你也可以加入啊！”

下午三点，他们又做了一次印度饭团。

然后继续擦洗已经非常干净的航母，似乎这样他们就不是白吃饭的了，似乎这样他们就不是难民了，似乎这样他们就有一份新工作了。

下午六点，航母来到了金奈港，和港口联络，要求进港。港口方面竟然拒绝了。

金奈港口位于杂技演员的额头部位。现在克林顿号航母漂泊在港口外，金奈港拒绝克林顿号航母进港。这还是破天荒的第一次，全印度所有港口的头一份。加尔各答港虽然不配合，港还是让进的。金奈竟然进港都不让进，太过分了，更何况船上还有一万多名本国的难民。

航母继续和港口方面联络，要求进港。港口方面说："情况特殊，不能同意。"航母说："情况怎么特殊了？半年前我们还来过贵港，对贵港留下了良好印象。这次怎么说不让进就不让进了呢？何况我也不白来啊，各种补给都是给你费用的啊！真金白银的花花美钞啊！增加你的GDP啊！何况我还拉着一万多个贵国同胞啊！"港口方面回答说："美钞我也放弃了，GDP更是关我蛋事，一万多难民，本港和本地政府没法安置。如果贵舰还能再装一些人，恳求贵舰能允许我们通过其他船只将我们当地的一万难民运上船，帮我们把我们的一些难民带到美国，我们会和我们信仰的神一起感谢你们。"雅各布舰长有些傻眼，不是骑虎难下，是一船的难民难下。本以为一天多的航程，从加尔各答运到金奈，也是顺便学雷锋，没想到啊，学不成了。船上陡然增加一万多人，虽然他们一天两个饭团，死了就往海里一扔。但是一万多个人权啊。船上的粮食不能负担。金奈港坚决拒绝，再耗下去也无用。雅各布舰长准备起锚另寻他处。旁边人出主意说，让港口补给一船食物。雅各布舰长说，不要他们的粮食。后勤保障部部长说，不补给粮食很危险。

"粮食在加尔各答刚刚上足，有什么危险？"

"加尔各答我们颗粒未收。"

雅各布脸色铁青，命令道："出发。"

"水够不够？"我外行地问。

"水够。"

"淡水？"

"有海水，就有淡水。"

后来我才知道，航母可以自己转化淡水。一万多人的淡水完全没有问题。

"再要一点儿粮食吧？"

"我们的补给船呢？"

"在迪拜，回来还早。"

"再等三个小时，下午两点必须启航。"

港口同意送一船大米过来，可是等了三个小时也没有送过来。航母长鸣一声，徐徐启动，离开金奈港口水域。

雅各布舰长命令联络科夫朗港，要求进港。

一个小时后科夫朗港拒绝了。

联络卡尔帕卡姆港，卡尔帕卡姆港在五分钟之内回复拒绝。这肯定是有预案，否则印度人怎么可能会这么快。

联络默勒加讷姆港，拒绝。

联络本地冶里港，拒绝。

联络古德洛尔港，拒绝。

联络加里加尔港，拒绝。

联络纳加帕蒂南港，拒绝。

联络韦达伦尼耶姆港，拒绝。

杂技演员的脸丢尽了。从额头到鼻尖，没有一个港口同意克林顿号航母进港下人。

联络斯里兰卡的坎凯桑图赖港，拒绝。

凯茨港，拒绝。

贾夫纳港，拒绝。

怎么办？

雅各布舰长开了会，继续联络南印度的港口，务必明天把这一万个难民放下。开完会，舰长回到办公室，我和伊索也来到舰长办公室，小海盗拉贾父子缩头缩脑地跟进来，房间立刻显得拥挤。舰长提议到三层甲板上走走。

我们走出舰长室。听到有枪声，舰长也听到了，停下脚步，示意我们安静，侧耳细听。真的有枪声、喊叫声。

舰长立刻返回舰长室，电话铃声已经急促地响起，舰长拿起电话，有人向舰长报告，负五层杂品舱关押的大海盗西西洛跑了出来，抢夺哨兵武器，共有十几人，正在向甲板方向冲击。舰长立刻联系警卫队组织堵截。警卫队已经开始行动。舰长跑步到指挥大厅。指挥大厅里一片忙乱。从监视屏幕上看，大海盗西西洛正在带领数十人，在底舱和几个卫兵枪战。雅各布命令关闭所有底舱上来的通道。塘鹅带来的海军陆战队都被抽调到小金星老穆的DSDC1号去了。克林顿号航母本来就是一座空城，一点战斗力都没有。现在西西洛从内部发起变乱，航母的指挥人员还是有些心虚。但是堂堂的美帝国主义的克林顿号航母，要消灭这几个小小的蟊贼，还是不在话下的。雅各布舰长指挥若定，指挥大厅里的情绪平定了下来。甲板上的难民不知道航母内的变乱，依然一片一片地坐在甲板上。甲板上的秋风萧瑟，难民们各自瑟瑟着，不知道印度的南部拒绝他们上岸。

在底舱抵御西西洛的卫兵全都牺牲了。底舱的枪战结束了。雅各布命令底舱的核反应堆一级戒备，关闭了所有的通道，禁止所有人进入。核反应堆控制中心也关闭了所有的外界通道，严密防守。核反应堆和它的控制中心本来也是航母的核心区域，外人轻易不许进入。不但外人，航母上其他工种的水兵和军官都不能进入。雅各布命令他们在内部守好，不要出来。任何情况都不要出来。大海盗西西洛现在还一门心思地往上冲，没有心思往下乱搞。西西洛像一只困兽一样在底舱乱窜。雅各布命令，严密看守住各个向上的通道，把他们困在底舱，等待陆战队回来支援。从监控画面上看，底舱的卫兵，有受伤依然活着的。西西洛和他的人气急败坏地虐待他们。西西洛发现了底舱的监控探头，一个一个全部破坏了。底舱的监控画面一片漆黑。或许有伤兵做了西西洛的向导，否则不会找到全部的探头。底舱是什么情况不知道了。

附近的港口，没有一个同意克林顿号航母靠岸。

天已经是傍晚。孟加拉湾的落日伴着波云诡谲的晚霞，像南亚次大陆一样神秘。

厨房准备了简单的晚餐。大家神色凝重，肚子里有了几条蛔虫，闹得人们都不开心。

难民的饭团取消了。

雅各布把各个关键部位加强了戒备。

警卫队长布兰克·坎特请求趁着夜晚，下底舱把西西洛干掉。雅各布大约觉得没有十成的胜算，没有同意。今晚大约会在指挥大厅里度过一个不眠之夜。

我忽然想起两个学生，冲出指挥中心，跑过空无人影的通道，来到两个学生住的房间，似乎是在这一片区域。砸门呼喊，一扇舱门悄然打开，一对金童玉女如同什么都没有发生过一样，站在那里。

“快快快，快走!”

“好的。”

“什么都不要带!”

“是。”

到隔壁，老穆的隔舱，没人。

“老穆！老穆！”

没有应答。

我也不能久留，带着央金、嘉措赶紧离开。他们并没有惊慌失措，如同一对灵巧的小鹿，轻巧地跟在我身后。我历来记路，没有走错克林顿号航母这个迷宫，顺利地回到了指挥中心。伊索看到我回来，舒了一口气。

“老穆到哪儿去了呢？”

“老穆可能到甲板上去了。”

我到甲板上找他。

忽然从监控画面看到有人上到了负一层舱。有哨兵报告叛乱分子打了过来。雅各布命令所有人员退守指挥岛。航母从来没做过这样的预案，大家有些慌乱。从监控画面看，西西洛的人不少，不仅仅是他原来船上的那十几个海盗，大约在船里工作的志愿者加入了海盗的行列。有人报告航母的常规武器库被海盗发现后占领了。如果海盗有三百人的队伍，克林顿号航母真的麻烦了。似乎他们真的不止三百人。

很快枪声大作，似乎就在隔壁的舱室或通道。航母上的文职人员、高级人员、外包人员，还有我们这几个乘客，看来不是海盗的对手。这些人什么时候训练过航母内部反恐啊？甲板以下已经被西西洛轻易占领了。

指挥大厅里雅各布命令守住现有的区域，马上和希拉里联系，请求支援。话音未落，附近的枪声响起。又一波航母巷战开始了。

西西洛没有再破坏探头，我们发现有一些人被他们俘虏了。

事态已经非常严重。报务员在不停地发报。航母上仅有的卫兵都被集中在指挥中心附近。

夜幕沉沉，航母依然在航行，不过已经是西西洛控制下的航行。轮机舱已经被海盗控制。

船上的重武器一点也用不上。

甲板上的难民开始骚动不安。

附近不时响着枪声，海盗的攻击暂时停止了，但是，海盗的枪手就在我们的附近。西西洛在甲板的一个隐蔽处向船上的难民喊话。小海盗拉贾给我们翻译他的喊话，西西洛的大意是说，美国人要把他们卸在南部，他们坚决不能答应！他们要求去美国！他们的神会保佑他们！西西洛开始给甲板上的难民发放武器，他号召难民们行动起来，为了生存，团结起来，在神的指引下到达美好的国度。

在西西洛的鼓动下，难民们群情激愤，有人对空射击。难民手里已经有枪了。

有人在给难民发饭团。

吃了东西的难民们更加有力量。伴随着枪声，他们似乎已经胜利了。

雅各布说必须做最坏的打算。

希拉里已经在向克林顿号航母靠拢，最快要到后天下午才能赶到。

现在轮到我们没饭吃了。

西西洛派人向航母指挥中心喊话，要求答应他们的条件，否则就要杀人质。

什么条件？

要求比尔舰长到甲板上来！

要求到美国去！

要求保证他们的安全！

舰长答复说，舰长可以到甲板上去！你们可以到美国去！你们必须保证船上人员的安全！你们应该立刻放下武器！

舰长安排狙击手，准备狙击西西洛。可是没有狙击手，狙击手随同大部队到小金星去了。选了两个枪法好的，准备狙杀西西洛。狡猾的西西洛大概料到了雅各布舰长的这一招，他把自己隐蔽得很好，躲在下面的某个死角，枪手没有机会得手。

西西洛开始最后通牒，限三十分钟，比尔舰长必须出现在甲板上。

比尔·雅各布舰长要去，大家一致认为舰长没有必要去，如果去，徒增海盗的筹码，徒增海盗的嚣张气焰，而且舰长会白白送死。舰长如果落入海盗之手，标志着克林顿号航母彻底被海盗劫持。无论如何舰长不能去。

三十分钟过去，海盗发起了猛烈的攻击。

守卫的力量太弱，指挥中心几乎失守，有两个勇猛的海盗冲进来，是被大家用工具、家具干掉的。再有一波冲锋，很可能就全面失守了。

舰长命令守好核反应堆。

应该到核反应堆控制中心，那里是航母上最安全的区域。可是现在过不去了——道路被海盗占领了。

经过简短的协商，航母临时交由大副伍德·泰格指挥，必要时可以和海盗谈判，可以答应海盗的所有要求，务必拖延到希拉里号航母的到来。然后舰长带着两个报务员，加我和伊索两位女士，加上小海盗拉贾父子做临时印地语翻译，还有两个学生央金和嘉措，通过一条隐秘的通道，进到了航母的安全隔离舱。安全隔离舱就在指挥中心附近。当时设计时就考虑了从指挥中心方便进入。安全隔离舱是船遇到被劫持的紧急情况时，人员避难用的场所，里面备有食物和水，有和外界联系的设备，是一般商船必备的。雅各布舰长没有想到堂堂的克林顿号航母有一天也会用到安全隔离舱，就像总统没有想到有一天会因为一条裙子遭受弹劾一样。

关闭了安全隔离舱的舱门，又反复检查了一番。大有惊弓之鸟的意思，但是表面上还是表现得很镇定。这里的监控台比指挥中心小了很多，只有几个主要屏幕用来看外面。舰长又亲自查看了食物和水，我们十个人可以在里面坚持五天。

我们在安全隔离舱刚刚站稳，海盗的又一轮冲击开始了。这一次打得很坚决。我们在屏幕上看到大副伍德在指挥中心派人挑出了一件白衬衫。大副伍德投降了。枪声停止了。

西西洛以胜利者的姿态出现在指挥中心。大副伍德惨遭殴打和羞辱。西西洛坐在舰长的位置开始审问大副。

“雅各布呢？雅各布去哪里了？”

“舰长投海自杀了。”大副平静地说。

“投海自杀了？我同意了吗？你是什么人？”

“我是大副伍德·泰格。现在船由我指挥。”

“由你指挥？那我呢？告诉你现在由我指挥！”

西西洛的喽啰上来给了大副伍德一通耳光，一边打，一边说：“由你指挥！由你指挥！”

“现在知道由谁指挥了吧？”

大副伍德不吱声。

“雅各布呢？”

大副不吱声。

“问你呢？”

又是一通打。

“传我的命令，把所有人分组，发枪，由你们各自带队，把舰上所有的人看好，所有的重要位置把守好！立刻执行！这里的事我们可以慢慢来。”

“是。”

有两个大喽啰出去了。

大海盗西西洛打开话筒，对着全船演讲：“船上的所有人员听好了。我是西西洛。我现在郑重宣布芒果王国成立了，我就是国王，佐哈·西西洛国王，你们就是我的臣民，你们是光荣的创始臣民。湿婆大神保佑你们亲身见证这个无比荣耀的时刻，从这一刻起，你们洗清了今世和前世前前世的所有罪孽，你们得救了。因为你们遇到了西西洛国王。你们遇到了湿婆大神派来的大船。芒果王国接管了湿婆派来的超级大船。我们要驾驶这条大船横行印度洋，横行所有大洋。我们西西洛芒果王国是世界海洋的主人。各位光荣的臣民们，跟着你们的国王，就是我，西西洛，享受你们从来没有享受的荣华富贵吧!”

西西洛在话筒前喋喋不休，被响彻航母的巨大声音所激励，反复扬言要称霸海洋，要当全世界最大的海盗，要称霸世界。堂吉诃德有一匹驴就敢征服世界，大战风车。西西洛现在掌控了一艘航母，起心征服世界也可以理解。但是一艘航母就能称霸世界吗？肯定不能。养一艘航母要多少钱？多少人？西西洛肯定不管这些，他以为航母不要开销，白玩的。抢来的当然白玩。如果管理整个世界，人的事要操心，动物的事也要操心，虾米的事也要操心。人要计划生育，熊猫要繁育后代，鱼虾要给生存环境。一个人要操着这么多心，想想就累。可是那么多人还是想当国王，享受享受国王的待遇。

西西洛吩咐航母全速前进，方向安达曼群岛。安达曼群岛看来是西西洛的老巢，和小海盗特里帕拉是同乡啊。特里帕拉现在在我们身边，不会是潜伏吧。现在西西洛是彻底劫持了克林顿号航母，虽然雅各布没有被控制，但是克林顿号航母已经完全在西西洛的掌控之下，除了核反应堆和我们几个。航母的护卫舰怎么没有任何反应呢？克林顿号航母上的巷战、枪声，难道近在咫尺的护卫舰一点都没有察觉？巨无霸一般的航母就让几个小小的蟊贼跳帮了？雅各布安排报务员紧急向希拉里号航母求救时，难道没有向身边的护卫舰发出信息？打打旗语总是可以的吧？也难说，我这几天从来没看到航母附近有其他船只，除了上航母的那天。再说了航母上纵使没有陆战队，这么多军人难道还收拾不了几个渔民兼职的海盗？虽说有一万多难民，可是在抢夺航母的战斗中，绝大多数难民是没有参加的。难民们是在海盗控制局势以后，表示支持的，并不是一开始就帮着海盗抢航母的。无论怎么分析，雅各布都不应该和我们躲在安全隔离舱里。

天亮了。甲板上在发饭团。所有人都在吃饭团，除了我们。

大副伍德向西西洛展示一面骷髅旗，西西洛面有喜色，派人在航母上升起了海盗旗。

“这不是告诉护卫舰，航母被劫持了吗？”

“不是，这是美国海军的传统，表示该船正在穿越赤道。”

“这是什么传统啊？”

“为了纪念传奇海盗威廉姆·基德船长。”

“那我们现在是到了赤道附近了？”

“可能是。”

“继续联系希拉里号航母，告之我们现在的位置。”

天已经大亮。海盗在组织到处搜查，老穆被搜到了。老穆被带到了指挥中心，他们在对老穆进行殴打、羞辱，老穆在求饶。老穆的随行人员少了几个，剩下的也被海盗抓住殴打。老穆和海盗以前订立的口头协议大约重新生效了。

他们从老穆的房间搜出了电台。老穆竟然把电台带上了航母。是老穆的手段太高，还是美国的航母管理太乱？如果老穆身边有电台，那么老穆肯定知道很多外面的事情。怪不得老穆这两天躲在房间不见我们，原来是有了电台的秘密渠道。如果我主动联络老穆，也可以通过老穆的电台把我的信息发出去。看来应该后悔的不是老穆，而是我。我现在存在着，但是在亲人朋友的心目中，我大概已经不存在了。如此想来，我怎么会疏远老穆呢？如果没有西西洛的这场胡闹，我此刻大约正在老穆的房间里，用电台和从前的世界恢复联系。世事难料啊。

甲板上的难民少了一些，但是还是满满的一甲板。难民也是值得尊敬的一种人。这种人会在环境改变后主动迁徙。他们一无所有，背井离乡，勇敢地走向不可预知的远方。人类就是在这种难民精神的激励下，一次次走到新家园、新大陆。闯关东、走西口、下南洋，都是这种精神的体现。国际难民面临的困难更多，语言、文化、环境，但是，所有的困难和难民的决心相比都不是困难。

老穆被西西洛带到了甲板上，西西洛用手提喇叭向难民们控诉老穆的罪行。小海盗翻译说，是老穆造成了今天的所有灾难，是老穆引来了天外的魔鬼，是老穆引来的魔鬼破坏了你们的家园。今天这个罪魁祸首竟然躲在这条船上，竟然安然无恙地躲在这里。我们不能再走，我们就是印度人。印度是我们的家园，印度是我们的大神们永远居住的地方。我们要找一个最近的印度土地靠岸。我们要把这条罪恶的战船弄沉，我们要把这些敌人流放，我们要让给我们带来灾难的恶人得到报应，我们要惩罚这个罪魁祸首。

“西西洛不想当海盗了吗？他要上岸吗？”

在西西洛的鼓动下，难民们义愤填膺，有人冲上来向老穆吐口水，有人向老穆扔鞋。西西洛把手提喇叭交给别人，不停地有人在控诉老穆。这些难民越说越气愤，越说越当真。有人上来对老穆拳打脚踢。

而我只能躲在一个阴暗的角落里，从监视屏幕上看着这一切。小海盗在耳边翻译那些难民在说什么，我没有听进去。老穆的境遇让我心里很难过。伊索看到这些也是心情低落。

我们应该喊着他，和他在一起。

如果我们和他在一起就不会有事了。

甲板上难民的情绪越来越激动，他们蜂拥而上，围殴老穆。有人高喊：“把他扔到海里！”

“让海神惩罚他！”

一大群人高举着老穆，走到船舷边，发一声喊，把老穆投入了大海。

老穆的一个女仆跟着殉海了。

这片海域大约是老穆带我们出来时走过的海域，印度洋孟加拉湾外面附近。我们出来时，还是一片热带的海，现在成了北方深秋的大海，寒风凛冽，海水冰凉。

我离开屏幕，心中一片灰暗。伊索也离开屏幕。雅各布面色铁青。男生嘉措在闭目打坐，女生央金在静静地看书。

小海盗拉贾父子默不做声。

房间里一片沉寂。

过了很长时间，发报机的声音滴滴答答地响起。时光似乎倒流到第二次世界大战以前。报务员说希拉里号航母正在向克林顿号航母靠近。

老穆的音容笑貌一直在我的眼前晃动。似乎他的躯体被大海带走，他的灵魂从海里上升，回到船上，回到我们身边。

他没有等到希拉里号航母的到来。

外面再次响起激烈的枪声，从监视设备上听来，枪声像敲桌子的声音。经过了几次真枪实弹，我能想象出现场的真实场景。希拉里号航母派来的特战队开始跳帮了。这些突击队员对克林顿号航母上的布置了如指掌，熟练地利用各种构造作掩护，很快地进入舰岛，控制了整个甲板层，很快就会向指挥中心推进。

西西洛在广播里喊话，巨大的喊话声夹杂着短促的枪声。

我命令你们停止进攻！停止进攻！我，西西洛国王命令你们，停止进攻！停止进攻！立刻停止进攻！加入西西洛芒果王国！立刻归顺西西洛芒果王国！国王承诺，会善待每一位归降的战士！如果你们继续攻击，我就命令炸掉核反应堆！大家同归于尽！

战争是靠枪声说话的，战争不会被几句恐吓阻止。相信也没有几个特战队员听得懂西西洛的印度南方的安达曼海岛味道的印地语。

他只是这样说，他攻不进去，核反应堆是安全的，核反应堆的控制中心也是安全的。特战队肯定和核反应堆控制中心取得了联系。

特战队没有往上攻击西西洛，而是从甲板层由上而下逐层清场。利用地形熟悉的优势，迅速向下推进，很快把关键部位全部控制。尤其是核反应堆外围，所有的海盗和叛乱分子全部被击毙。把甲板以下清理完毕以后，特战队掉头向上，攻击舰岛上面的海盗。阿帕奇出动配合，命令西西洛缴械投降。西西洛还在广播里喊话，扬言最后关头炸掉核反应堆，让大家同归于尽。我们在安全隔离舱看得清楚，西西洛不过在虚张声势罢了。他还没有意识到大势已去。特战队逐层向上清场，阿帕奇在天上配合，抵抗的海盗一露头就被击毙。特战队很快攻打到指挥中心附近。西西洛劫持大副等人质喊话，让特战队停止进攻。特战队马上停了下来。有人躲在附近向西西洛喊话，让他投降。

僵持了一个多小时，狙击手找到机会把西西洛狙掉了。

枪声停止了。特战队搜索了一遍，确认安全了。我们打开安全隔离舱，我和伊莉莎跟随雅各布走了出来。其他人包括报务员留在原地。门口有四五位特战队员，护送我们往指挥中心去。

航母内到处都是战斗过的创伤。地板上随处都是被子弹打碎的玻璃，散乱的弹壳，被击毙的尸体，一摊一摊的血迹。墙上的弹痕、破损。还有许多双沉默的眼睛。那是遍布在各个角落的难民。一个人会自言自语，两个人会对话、争吵，三个人会抢着说，四个人、五个人会轮流说。人与人之间的语言交流是点对点、点对多。人与人之间的语言量的统计学研究是一个有趣的东西。当人数大到一定量时，沉默的永远是大多数。难民们已经进入了航母内部，占据了各个舱室，无声地盘踞在航母的各个角落，像蛇一样恐怖。就是这些难民中的某个人，放出了西西洛这个恶魔。

雅各布回到指挥中心。和大副伍德等人拥抱，拍拍后背。有无限的歉意。大副等人脸上有伤，衣衫凌乱。雅各布回到他应该待着的位置。

“我有责任。我应该和大家留在这里。让大家受苦了。”雅各布顿了顿，继续说，“现在还不是最后总结的时候。我们要马上恢复秩序。各系统立刻回到自己的岗位，清点人数，清点损失，清扫现场。把所有难民驱逐到甲板上。两个小时完成。联系各岗位。”

“是。”

负责指挥联络的人立刻开始和各岗位联络。大家各自忙碌起来，把西西洛和他手下的尸体抬出指挥中心。雅各布也和大家一起动手。

在驱逐难民的环节出现了困难，难民们自动加入了航母的大清场。雅各布也只能接受这个现实。难民们在水兵的带领下，把战斗中的伤员扶到机库的一个区域，海军的伤员扶到医务室区域。把阵亡海军的尸体抬到机库的另外一个区域。把难民和海盗的尸体抬到甲板上，分开摆放。士兵尸体在军队牧师的主持下入殓。雅各布和不多的人肃立在旁边。共有 271 人阵亡。

所有持枪抵抗的尸体被集中到一起，有 794 人。雅各布忽然想起什么，命令把难民受伤的人控制起来。收缴上来的各种枪械有 1339 把，这就是说大约还有 545 人参加了航母叛乱。这些人现在混在难民中，混在难民的伤员中。这些人纵然不是一个很大的隐患，也是有罪恶的人。

甲板上没有抵抗的难民尸体有 638 具，被海军确认后，抛入大海。

双方共计死亡 1703 人。

难民中的伤员 2468 人，这是最头痛的，有可能参与暴乱的人员混在其中。

海军组织难民打扫航母。两个多小时以后，克林顿号航母的现场基本清理完毕。海盗领导的难民暴乱敉平了。

希拉里号航母的女舰长苏姗·米歇尔乘坐阿帕奇来到克林顿号航母。苏姗·米歇尔与雅各布进行了长时间的闭门磋商。

这期间，黑底白骷髅头的海盗旗一直飘扬在克林顿号航母的桅杆上。克林顿号航母还在赤道附近。海神尼普顿和他的追随者接管了航母。

女舰长苏姗·米歇尔乘坐阿帕奇回希拉里号航母了。

希拉里号航母派来小艇，接走了356名海军伤员。

间隔了两小时，又派小艇接走了所有的难民伤员。要不然这些难民伤员的治疗、身份审查，会让克林顿号航母吃不消的。

克林顿号航母和希拉里这对儿欢喜冤家，海上伉俪，在关键时候还是真的可以互相帮上大忙。

航母技术在浮岛的推动下，有了跨越式进步。新出现的组合式航母，比浮岛小，比克林顿号航母、希拉里加起来大，在海上可分可合，分开来是各自独立的舰船，合起来是一个巨大的航母。组合式航母也是海上城市的一种，不但用于军事，也用于海洋商业开发。

海盗和暴乱分子的尸体也被抛入大海喂鱼了。

克林顿号航母上的86小时暴乱彻底结束了。

天气像是初冬。克林顿号航母已经越过了赤道，调整航向，向马六甲海峡前进。

冰　封

航母开进新加坡港/伊索怀孕了/新加坡大雪成灾/不让下船/臭烘烘的航母/中国空军空投军大衣/八一八一/踏雪前进的难民队伍/僵硬的蛇杖/消防导弹/空投下来的爱斯基摩犬/伊莉莎歇斯底里地喊/回航母/爱斯基摩犬把高铁拉走了/这里已经是北极/克林顿号航母冻住了/破冰

顶着漫天大雪，克林顿号航母开进了新加坡港。我们躲在舷窗后，看着马六甲海峡上空漫天的大雪。

伊莉莎说："我怀孕了。"

我一愣，心说，不会是诈我吧？

"你不信？"

"信信。"

"你得陪着我回美国。"

"到中国不可以吗？"

"不可以。"

我没吱声。

伊莉莎说："到中国就放虎归山了。"

"那到美国呢？"

"是我归山了。"

"真的假的？"

"那当然了。"

索菲亚问我："我要也怀孕了呢？"

"不会吧？"

"不会？你管不管？"

“管管管。”

“怎么管？”

我一时不知道怎么回答。

“怎么管？”

“管，放心吧。”

“你不会建议我做手术吧？我想好了一定要生下来。”

“我没想过事情会这样。”

“光想快活了。”

一边一个，都怀孕了。外面大雪纷飞。我们把能裹着的东西都裹在身上。还是很冷。我打了个冷战。

“是不是悔不当初啊？”

我身无分文，一无所有。两个跟随我的女人同时说，她们怀孕了。我该何言相对。

“逗你玩呢。”索菲亚说。莞尔而笑。

伊莉莎说：“你也怀孕了？”

“没有。”索菲亚说。

“也有可能啊。”伊莉莎说。

我们沉默了一会儿。索菲亚说：“如果真有了，你准备给他起个什么名字？”

“王土。”

“为什么起个这么土气的名字？”

“我们现在是多么需要有一块土地啊！能踏踏实实站在土地上多好啊。对了，土，俄文怎么说？”

“земля。”

“字畜民。”

“怎么写？”

我拉过索菲亚的手，在她手上写，畜民。上面是个玄，下面是个田。玄田。

“什么意思？”

“有土才能养育人民。”

“畜，不是畜生的意思吧？”

“是养育的意思。”

“不好。”伊莉莎说。

“好，就是要生一个小畜生。”索菲亚说。

“孩子拿下来吧。”

“怎么拿？你给拿下来？”伊莉莎接言道，同时狠狠瞪了我一下，说：“你说得轻松。”

“我是说……”

“他已经有名字了。”

“我是说我们处境艰难……”

“会好起来的。”

“我是说，过几天好起来后……”

“我是基督徒。”

“我作孽啊。”

“与你无关了。”

“我们这趟旅途，唉……”

“这不挺好的吗？”

“马上就靠岸了。”

“旅途很快就要结束了。”

“拿下了吧。”

“不。这是我的旅行纪念。”

看不到马六甲旁边的土地，看不见马六甲的海岸，虽然马六甲很窄，只有茫茫大雪飞舞。克林顿号航母缓慢前行，走了很久很久，时光似乎凝固。终于开始进港，到处都是白茫茫的。燕山雪花大如席，现在新加坡的雪花也大如席。克林顿号航母终于靠岸了。外面的雪还在下。自从有人类历史记载以来，新加坡第一次下雪。乌鲁木齐每年下雪，下晚几天都会引发感慨。埃及六千年前下过雪，也重新飘起了雪花。新加坡是破天荒第一次下雪。

雪始终不停。

航母的城门大开。难民们瑟缩着走出航母，踏上了新加坡的土地。这片土地以亘古未有的大雪迎接他们。地上的雪有二尺多厚。船上的难民踏着雪，向美军军港的大门前进。成千上万的人在雪地上走过，没有脚印。雪被踩实，很滑。难民队伍在军港大门口停了下来，缓缓地聚集在美军军港大门的里面。外面，新加坡的警察拉起了几道铁丝网障碍，铁丝网后面，武装警察全副装备，手执盾牌，排起了一道道人墙。新加坡政府第一次违背美国的意愿，拒绝难民入境。

航母上的军官前去交涉，现场的警察表示，他们是在执行命令。航母上的水兵和军官可以出去，和以往一样。难民不能出去。这是命令。

军港的军官和航母的军官在商量。负责的军官到军港办公室去了。我和伊索领着两个学生挤到大门口，门口有新加坡的警察。铁丝网和警察的人墙后面，有大批的警察车辆，闪着警灯，处于待命状态。还有许多辆消防车，也闪着警示灯。消防车上趴着消防队员，把着消防水枪，随时准备对冲关的难民喷水。

我们来到新加坡警官面前。这个警官的警衔很高，是个一级警督。警督穿着厚厚的棉警服。警服簇新簇新的，看样子也是刚穿上不久。新加坡警察都穿着崭新的棉警服。这大概是他们人生中第一次穿上棉警服。虽然穿着棉警服，似乎依然有些瑟缩。这鬼天气。不知他们从哪儿搞来的这些棉警服。我仔细看去，原来是中国的警服。我就想新加坡不会常备这么多棉警服。

警督的皮帽子上、眉毛上都是白霜。他在这儿有些时辰了。

我对警督说："我是中国人，她是美国人，她是俄罗斯人，这两个是不丹人。我们五个不是难民。"

"中国人？美国人？俄罗斯人？不丹人？"警督一字一顿地说，一脸的狐疑，一边打量着我们。我们把所有能套在身上的，全部套在身上，外面裹着航母上的毯子，有些狼狈。

人不容易光鲜靓丽，三天不收拾就胡子拉碴、蓬头垢面。上万人挤在船上，没有自己的空间，没有私密。我也没有机会看到索菲亚的胡子，肯定长得和我的一样长，像一把钢丝刷。

除了一些衣服，所有的东西都被海盗掠去了。我们本来就没有厚衣服。两个学生还好，他们的厚衣服都在，这时全派上了用场。一身不丹民族打扮，透着皇家气派。加上他们来自雪山雪国，对新加坡旷世未有的大雪完全适应。

"证件？"警督说。

"没有证件。"

"没有证件？"

"证件被海盗抢去了。"

“那怎么证明你们不是难民？”

“雅各布舰长可以证明。”

“你把舰长叫来。”

“好好，我去叫舰长。”

“你去把舰长他爹叫来也没有用。”

“嘿，怎么说话的？你不是让我们叫舰长吗？”

“我是说你把舰长叫来也没用。”

“那你说叫舰长来。”

“我说叫舰长来了吗？我说叫舰长来了是不是把所有人都放了啊？”

“我们是不是请雅各布舰长来和他交涉？”

“可能没用。”

“你没看航母上的军官刚才来过吗？”

“他们去哪儿了？”

“他们到办公室去了。”

警督在旁边说：“雅各布？印花布来了都没有用处的啊！”

“你怎么说话的？”

两个学生悄悄对我说，有证件。

他们两个的护照都在。

“你说这海盗，抢我们证件有什么用？真是疯了。还好，两个学生的证件都在。”

“嗨，这有证件。”

警督看都不看。

“你不是要证件吗？”

“这个证件能证明你们所有人吗？”

“你把他们放过去。”

“其他人可能也有证件。我能放吗？”

“你不是要证件吗？”

嘉措悄悄说：“我们不单独走。”

“我们不要吵架。我仅仅是执行公务。新加坡政府不让放一个难民上岸。不要说你们没有证件，你们就是有证件，也不一定会放你们过去。哪儿暖和到哪儿待着去吧。”

“你怎么不通人性?”

“你见过哪个警察善解人意啊？你见过哪个军人通人性啊？我跟你们说，哪儿暖和到哪儿待着，已经够意思了。我习惯说哪儿凉快到哪儿待着。”

“这是警督说的话吗?”

这肯定不是警督说的，这是幻觉。反正怎么说都是没有用的。没有证件，蓬头垢面，和一万多难民在一起，还不是难民，不是难民还能是神仙不成?是神仙就不要和凡人打交道，尤其别和警察打交道。

“我们回船上去吧。”

我们往回挤。有难民倒卧在地，大概永远不能再起来了。

“回船吧，回船吧!”

“回船上等着吧。”

船上还暖和一点，在这里站下去也不会让过去。

再站下去，不冻死也活不成了。

已经靠岸了，再耐心等等吧。

寒冷难耐，难民们陆陆续续往船上走。

大门口到航母还是有一段距离的。在漫天的大雪中，这段距离似乎加长了许多倍。有人倒卧在大雪之中，再也没有起来。白雪把他们覆盖，在平滑的雪路上，形成一个个蜷缩的隆起。

难民部队来到克林顿号航母的大门前。大门紧闭。

我们和难民一起蹲在克林顿号航母大门前，这里有航母的巨大挑檐，门口没有雪，可是和雪地上一样寒冷。

没有人喊叫。

喊叫又有谁听。

苍天无言，大地无语。我们此刻没有了任何优越感，没有了任何自信心。我们也完完全全成了难民。心中有上帝的，还有一个上帝同在。心中有神的，还有一个神明同在。不信神灵，不信上帝的，只有孤单单的自己。我在心中喊娘，娘已经去世许多年了，每到艰难的时候，我喊她，她就和我同在。

我们和难民们蹲踞在克林顿号航母的屋檐下。雪在下，雪一直在下。新加坡的这次大雪，似乎会没完没了地下，似乎会一直下到地老天荒。难民们拜倒在克林顿号航母的门前，远处的人已经被大雪笼罩。近处的人了无生息。

航母的大门缓慢地开了。美国大兵眼角有泪。

难民的队伍慢慢地向航母内蠕动。

我们又重新回到我们居住了数天的隔舱。这个隔舱一不是我们的房产，二不是我们的宫殿。我们颇费周章地回到曾经住过的隔舱是没有任何意义的，但是我们还是回到了这里。

航母的广播里响起雅各布的声音，坚定而温暖。

“我是雅各布，我在这里要求全舰官兵坚守岗位，我们正在与新加坡政府交涉，请求他们接收难民。正像大家所见，新加坡正在暴雪之中，这是新加坡有史以来的第一场雪。这场大雪，比阿拉斯加的大雪还要大。新加坡国家和人民也正在经受着大雪的考验。新加坡全境已经被大雪覆盖。马来西亚、印度尼西亚、泰国也在遭受雪灾。新加坡全国水电供应中断，铁路、公路、海运、航空全部中断。马来西亚、印度尼西亚、泰国等周边国家，铁路中断，公路中断，海运停止，航空停止，电厂瘫痪，供水中断。新加坡政府无力接纳难民。我们要坚守岗位，我们正在积极谋求对策，只要我们团结一心，我们一定会战胜这场灾难。上帝与我们同在。下面我向全船的乘客讲话。全体克林顿号航母上的乘客们，我们现在停靠在新加坡军港。我们遇到了从来没有遇到过的麻烦。这个麻烦就是你们看到的大雪。大雪造成我们不能继续航行，大雪造成新加坡全国瘫痪。新加坡全国正在遭受历史上从来没有过的大雪灾，这是一场史无前例的灾难。新加坡政府无力接纳我们。我们正在寻求救援。我雅各布在这里郑重承诺，我们会帮助大家脱离困境，我们一定会把大家护送到一个安全的地方。请大家耐心坚持，只要我们大家团结一心，我们一定会度过这场灾难。”

从雅各布开始对难民讲话，雅各布说一句，有人用印度南方的印地语说一句，我听出来，是小海盗拉贾在翻译。这小子，大概一直在雅各布身边。我们不应该到大门口去啊。

有一个人进来，长揖到地，一声不吱。我看着面熟。伊莉莎说：“这不是老穆的女仆吗？”

“对，是老穆的女仆。”

伊莉莎过去拉着女仆的手，让她在棺材盒上坐下。老穆的女仆泪流满面。我们不知道她叫什么名字，也没和她讲过话，似乎是心有灵犀，我们认出她是老穆的女仆。她认识我们，大概从大门口开始就一直悄悄地跟着我们。也许在更早的时候，就一直悄悄地跟着我们。老穆死后，我们是船上她唯一认识的人。她不会英语，央金和嘉措会几句有限的印地语，没法和她交流。

通过央金和嘉措凑起来的翻译，以及比画和猜测，我们明白她的意思，也是老穆的意思。就是说要留下人，回去报信。男人都被海盗打死了。她本来也要跳到海里，跟着老穆他们去死。但是，在最后关头，老穆喊，别都跟着我，要有人回家。老穆的助手喊，希丽玛藏起来。希丽玛是她的非正式的名字。老穆从来不喊她的名字，从来没喊过。她说，主人大概不知道我的名字。主人的一个眼神，一个手势我都能理解。我有没有名字对主人不重要，我有没有名字对我也不重要。我对主人有用，这就足够了。我能给主人当一条狗，这就足够了。她躲藏在人群中，逃过了海盗的注意。她要回去告诉小主人，主人去天堂了，去见他的大神去了。只有告诉了小主人，主人的灵魂才能回家。如果没有人回去，主人的灵魂就会永远在外面飘荡，永远不会回家。她要回去告诉小主人。她要带着主人的灵魂回家。

伊莉莎和索菲亚已经是泪流满面。此时此地，老穆的灵魂附加在女仆希丽玛的身上，和我们在一起。

老穆的女仆还说，她早就在暗中跟着我们，她不想过来打扰我们。现在她感觉应该让我们知道她的存在。感谢大神，我们还能认识她。她还压低声音告诉我们，还有海盗活着。是小海盗父子吗？对对。还有两个跟着他们的人？对对。然后她说还有人，海盗，现在和他们一样，逃难的人，是海盗。我们明白，除了小海盗几个以外，还有海盗活着。她要我们注意，一定要注意，还有海盗活着。那些坏人藏在好人中间，要小心。

同是天涯沦落人。语言不通，心境相通。

船内臭烘烘的。这么多人挤在封闭狭小的空间，不洗澡，随地大小便。不臭烘烘才怪。芝兰之室，久而不闻其香；鲍鱼之肆，久而不闻其臭。我还是闻到了难以忍受的臭味。

我爬到舰岛到甲板的出口，外面雪还在下。深深地吸了一口气，大雪过滤后的新加坡空气，清凉到肺腑深处。我贪婪地呼吸。在隔舱内暖和的时间长了，并不会感到空气的不良。只有呼吸到新鲜空气时，才能强烈地感受到对新鲜空气的渴望。这一时刻，没有了对寒冷的恐惧，只有通透肺腑的清凉，让人感到长时间憋闷后的畅快。生命里各种欲望强度是不一样的。各种生理欲望的强度交错着，人会用时间和精力，去满足某个表现最强烈的欲望。当生存环境恶劣时，各种欲望全都让位于生存的欲望。只要能活着，就是最大的满足。当确定生命安全没有威胁之后，各种欲望开始渐次抬头，饱暖思淫欲。刚才大门口的那场冻，只会把身体冻得像冰一样坚硬，保证没有淫欲。

天空中传来飞机马达声。雪还在下，持续稳定地下，没有风。隐隐约约的马达声从大雪深处的天空传来，似乎天上有一台巨大的造雪机在制造这场大雪。飘飘扬扬的大雪和着单调的马达声，像是要展开一幕宏大的场面。马达声越来越近了。有一个飞机的黑影擦着舰桥飞过。飞机的黑影像一块遮天的黑幕。甲板上瞬间变成暗夜。白雪皑皑的天地，航母舰桥黑黢黢冰冷的钢铁，天空一闪而过的黑影，像一场大战开始前的序幕。

飞机飞远了。

我想抽支烟。在清凉透彻的空气中，我肉体的深处，想起了烟草的味道。我深吸一口气，只有单调的大雪的凉气，哈出带着体温的白气。没有烟草的香味。

飞机又回来了。飞机马达越来越响。飞机往甲板上空投物资。物资重重地落在甲板上。

我立刻跑过去。

这时候舰岛的门口外面没有其他人。哨兵在大门里面。我一个人跑到空投物资跟前。物资外面写着醒目的中文：救灾物资。我动手打开，包裹得很结实。我试着打开，用力翻动了一下，是棉衣。我想解开包装，解不开。

飞机又回来了，在甲板上空投。天空落下的物资像炸弹一样在我附近重重地落下。我真应该被二次空投的东西砸死。我毫无防备，在我身边落下的物资砸起的雪块打在脸上，打在身上。我赶紧跳开了。周围一下又落下来许多物资。我像一头饥饿得失去理智的野兽，马上又冲到我认准的那包物资前，把它往门口拖。还没拖到门口，飞机又回来了。继续空投，我赶紧跳开，躲到舰岛跟前。

我抬头向上望去，看到鲜红的“八一”标志，是中国空军在往美国的克林顿号航母上空投救灾物资。

飞机刚一过去，我立刻又奔过去，拖动我的猎物。终于拖到门口，飞机又回来了。我向“八一”标志挥挥手。

我把那包物资拖进门口。哨兵吃惊地看着我。我出汗了。

哨兵用匕首割开了包装，是中国绿色的军大衣。我抱了六件，转身就走。

不知道哪儿来的力气，一下就抱了六件军大衣。一鼓作气抱回隔舱。

每人一件军大衣。

央金和嘉措说：“我不用，我穿的厚。”

“我也不用，我也穿的厚。”

每人一件。

伊莉莎和索菲亚赶紧穿上，说：“暖和多了。”

“好暖和。”

女仆希丽玛穿上大衣，脸上露出放心的表情。

有了大衣不止是身体暖和了，心里也有了依靠。

我喘息未定，说：“走，再上去看看还有什么。”

女仆希丽玛和央金、嘉措跟着我上甲板，两个孕妇留在隔舱。

舰岛的通道已经水泄不通，都在争先恐后地往甲板去。

我们来到甲板，甲板上一片混乱。

大家围着各堆各包物资撕扯着。

甲板上有十几个士兵喊叫着，企图制止人群的混乱哄抢。

飞机又飞回来了。开始空投。有人躲闪，有人继续抢东西。空中落下的物资砸中了人，有人惨叫，有人直接被砸死了。

飞机一过，人群又冲上去，扑到猎物前，撕扯拖拽。

有些物资前没有人争抢。

我让他们等在墙根，我跑过去看没人争抢的物资，是大饼。我向他们招手，他们冲过来。我们一起把一大包大饼抬到门口。飞机又回来了。

甲板上人群的喊叫声，飞机的轰鸣声，物资的落地声，混在一起。

我们抬着一包大饼向人群里挤。

更多的人不顾危险地往甲板上冲，后面还有更多的人向甲板上来。航母上的难民再次失控了。

人民永远是一群乌合之众。人民永远是用来被组织的。当人民失去组织秩序时，会在瞬间形成混乱。尤其在人们为了生存时，更是表现得比动物还要凶猛。

我们在门口挤不进航母，守着一包大饼，躲在门口附近的墙根喘息。

中国空军又来空投物资。有一个军官在对讲机呼叫：“让中国军队停止

救灾
救灾

空投！停止空投！”

对讲机里传来听不清楚的回答。

“停止空投！停止空投！”

然后把对讲机放在耳边听。

“让他们投到别处！投到别处！”

又把对讲机放在耳边听。

“投到院子里！投到院子里！”

听对讲机。

“甲板空投停止！甲板空投停止！院子！院子！”

中国空军呼啸着掠过航母，没有空投。

甲板上人更多了。呼喊声，哭泣声，尖叫声，争抢声，有人打了起来。没人制止。

飞机又回来了。开始往院子里空投。

航母吸取教训，空投期间，没有放难民过去拿物资。中国空军往军港码头的院子里空投，航母甲板上的抢夺还在继续。已经疲惫的航母无人制止，任由难民抢夺。

就像往猴山里扔了几根香蕉，猴山里顿时大乱，猴子们疯抢一团。如果猴王出面，局面会立刻改变。就像往猪圈里倒了一桶泔水，懒懒散散的猪们立刻抢作一团。人并不比动物文明多少。经常会有各种机会让人类暴露出动物的本性。第二次世界大战的混乱中，排队领取匮乏食物的人们让人震撼。排队是骨子里的文明，争抢是血液里的人性。

甲板上的争抢渐渐平息，所有的物资——大衣和大饼，都有了新的归属。抢到大衣的已经穿上，抢到大饼的已经啃上。多抢的大衣坐在屁股下面，多抢的大饼也坐在屁股下面。多抢多占的人，有的三五成群，有的是一大帮人。没有一个人是独自占领。在这种混乱的局面下，一个人绝对抢不过一群人。多抢多占的人开始和平交换。一个大饼交换一件大衣，一件大衣交换两张大饼，一张大饼交换两件大衣，都是公平的交易。这是人类初级阶段的交易，以物易物，一头牛换一粒种子，一只羊换一个鸭蛋，没有金融工具的尺度，只有人心的满足。甲板上的人们都有吃有穿。物质资料丰富的人们开始扮演慈善家的角色，把多余的大衣、大饼馈赠给了没有的人。

甲板上大约有两千人。上甲板的门不知何时已经被关闭了。如果一万多人全部涌到甲板上，混乱场面可能更剧烈。如果那样，狼多肉少，争抢会闹出更多的人命。

被砸伤的还在呻吟。

被砸死的了无生息。

甲板上平静下来。大家的目光全部投向码头院子的方向。空投还在继续。院子里的物资已经层层叠叠地堆积如山。还在继续飘落的雪花来不及覆盖刚刚投下的物资。空投下来的物资在一片白茫茫的岸上十分醒目。

我让央金对女仆希丽玛说，飞机是中国空军，飞机上的标志是：“八一”。

女仆希丽玛告诉了身边的人，消息迅速传遍整个甲板，人们在窃窃私语，说着：“八一，八一。”

渐渐地这个声音强大起来。每当中国空军的飞机飞临院子上空，甲板上一片有节奏的呼喊：“八一！八一！八一！八一！八一！八一！八一！八一！八一！”

我觉得，飞行员都能透过震耳欲聋的马达声听到这声声呼喊：“八一！八一！八一！八一！八一！八一！八一！八一！八一！”

甲板上“八一”的呼喊声音越来越大。后来飞机走了，人们还在呼喊。“八一”在难民的呼喊中转换成“胜利”的意思，转换成“万岁”的意思，转换成“得救”的意思。

喊声传到航母内部，航母内部也在有节奏地呼喊：“八一！八一！八一！八一！八一！八一！八一！八一！八一！”

空投结束了。

克林顿号航母城堡的大门打开。甲板下面的难民们在航母的组织下，排队到码头的院子里领东西。每人一件大衣、一张大饼，秩序井然。

难民们吃饱穿暖了以后，航母把他们分成了大约一百人一组，每组都在难民中选举出正副队长。然后开始在航母内分组分区域地搞卫生清洁。

好的情绪开始回到难民身上。

难民们把克林顿号航母内部的污秽彻底清理，在水兵的带领下，将能修复的修复。暴乱遗留的痕迹大部分被清洁掉了。

难民们冒着大雪走上甲板，清扫甲板上的污秽和雪块。冒着大雪走到码头的院子里清扫大雪。没有足够多的工具，有些难民就直接用手清理。上万名难民的手，把克林顿号航母的里里外外抚摸了一遍，把军港的码头院子抚摸了一遍。雪在继续飘落，克林顿号航母的甲板上，码头的院子里，落了一层干净的雪。

码头院子里的一个角落，难民们用雪堆了一架飞机。雪飞机的机身上，被难民用手抠出了一个巨大的“八一”标志。

雪没有停止的迹象，但是难民们看到了希望。航母已经稳稳地停靠在岸边，不是漂泊在苍茫无际的大海。岸边的土地连着大陆，连着印度，连着家园，连着未来的梦想。

经过反复磋商，新加坡政府同意这批难民过境，马来西亚政府同意这批难民过境，泰国政府同意这批难民过境，缅甸政府同意这批难民过境，老挝政府同意这批难民过境，中国政府同意接收这批难民。

接下来是协商具体怎么走。

所有的道路都已中断，所有的车辆都已停止。

我请求雅各布给家里打个电话，或者发个电报，被雅各布坚决地拒绝了。没有商量的余地。

舰长指挥中心的电报滴滴答答地响个不停，时代似乎回到了第二次世界大战时期。

最后新加坡政府同意先把这批难民转移到新加坡高铁车站，想办法启动高铁，通过新加坡、吉隆坡、曼谷、清迈、西双版纳、昆明的高铁线路，把这批难民送到中国。

这条铁路被称为大米之路。现在这条大米之路成了大雪之路，清迈以南，大雪纷飞。

难民们每百人一组，走出克林顿号航母，排列着不整齐的队列出发了。

我们也被编入一组，随队一起出发。央金和嘉措还有一些衣物和日常用品，他们决定放弃。细心的央金往每个箱子里留了一张纸条。这是央金拉姆的物品，亲爱的好心人，如果可能请把它们还给我。我的地址是，下面留了他们将要去的美国学校办公室的地址。只有纯真的年轻人还相信童话，相信传奇。我们几个人看着她这么做，并没有反对。

我们跟着队伍走出克林顿号航母城堡大门。走过栈桥。回头又看了一眼克林顿号航母，这个巨大无比的铁疙瘩。我在心里说：别了，克林顿号航母！

想起著名的别了，司徒雷登！现在有人说，不应该别了司徒雷登，应该宣布是政府更替，全面接管民国，和司徒雷登协商继续两国的交往。当时山沟沟里走出的大军，哪里知道这些。纵使有人知道，苏联也不会同意。历史从来不是后来人可以臆造的，只可以意淫。如果公子小白真的死了，哪儿有齐桓公什么事；如果李建成活着，哪儿有唐太宗什么事。

我们走出军港大门，外面新加坡警方如临大敌，警车闪着灯。一级警督站在门口，堵在门口的铁丝网已经撤去，闪开了一条通道。浩浩荡荡的难民队伍往前望不到头，往后还在从克林顿号航母里往外走。新加坡警方虽然没有三步一哨，五步一岗，但是不多远就有一辆警车。警车闪着警灯，车前站着几个荷枪实弹、全副武装的警察。

这漫天的大雪，如果脱离大部队，人地两疏，往何处逃？如果脱离大部队只能是死路一条。

连续几天的大雪下了有三尺多厚。我在东北的雪乡都没有看到过这么多雪。有空投下来的大型铲雪车清出了一条道路。难民大队走在一条两边齐腰的雪沟里。

难民队伍前进得很慢。

一片白茫茫的雪原上，一条绿色的巨蟒在缓缓蠕动。所有的蛇都冬眠了，新加坡从来没有冬眠过的蛇，也不得不冬眠了。来不及冬眠的蛇，大概冻死了。难民中有一个人拿着一条僵硬的蛇，像一条棍子，或者是权杖，抑或他的魔杖或灵器。那条蛇大概是从印度带过来的，可能不是新加坡的，他没有时间在新加坡抓蛇。新加坡的蛇都冻僵冻死了，不用费力去抓了。或者也说不定是他在院子里清雪时捡到的。冬眠的蛇一般都盘成一盘，这条蛇是直直的一根棍子。是不是在草地上爬着爬着就冻僵了，冻死了？如果是印度带来的，也有可能蛇在冬眠的过程中，被他给捋成了一条棍子。农夫的体温会让蛇苏醒，这个人把蛇举在外面，是不是也是怕蛇苏醒过来？不管怎么说，这个人肯定不怕蛇，说不定是要蛇世家。我怕蛇，别说是死蛇冻蛇，就是塑料玩具蛇我都害怕，是真的害怕，发自心底的害怕。

有一百多组难民，每组难民配备了两名航母军人。走在要蛇人旁边的士兵从要蛇人手里接过那条冻蛇，凑到眼前仔细看，拿在手里比画击剑的动作，拿着那条蛇向还算松软的雪地上戳。玩要了一会儿，把蛇还给了要蛇人。人们需要娱乐，无论多么恶劣的环境，都需要一点简单低级的娱乐来欢娱一下苦涩沉重的人生。

附近看到那条僵蛇的人，大多都被蛇和士兵欢娱了一小下。

人如果能像蛇一样冬眠就好了。

“睡觉就是冬眠。”

“蛇也睡觉。”

“蛇睡觉吗?”

“蛇肯定睡觉啦。”

“蛇不是晚上活动吗?”

“晚上活动，白天睡觉。”

“谁要是冬眠了，不冬眠的人就会把他当死人处理掉。”

“如果一万多人在这里冬眠，等待雪化，等待春天……”

“那还用跑到这儿冬眠，在哪儿冬眠不行?”

从航母基地到高铁车站，人约要走十多公里。航母基地在樟宜国际机场的东南方向，高铁车站在机场的西北方向。我们要绕着机场的外围，走一个L形状的线路。

雪停了。雪终于停了。

新加坡的天空也是蓝天，云层忽然消失了，没有大风，云忽然像神话一样消失了。是不是刚才的蛇杖发生了魔力?

看到机场上空的飞机了。刚才下雪时，听得到飞机马达声，只有贴近了才能看到，稍远就看不到。现在看到远处的飞机了，是中国空军从难民队伍的头顶飞过。难民队伍中有人喊：“八一！八一!”

附近的楼房全部覆盖在大雪之中，除了天上不多的飞机，看不到其他人类出来活动的迹象。有一栋楼的外墙，从六楼往下挂着冰柱。新加坡的供水管道没有保温措施，到处都是水管冻裂后形成的大块的冰坨坨，在太阳的照射下透着水晶的神韵。著名的狮身鱼尾喷泉肯定也被冻住了，狮子头上顶一大块厚厚的白雪，像一顶帽子，狮子嘴里吐出一根大大的冰棍。著名的金沙酒店肯定也被冻住了，露天的大游泳池肯定成了一块冰疙瘩。罗镇西如果在里面游泳，也得给冻在里面。我想象那三根柱子举着的潜水艇上，也是白雪覆盖。我是不是应该去那里找到镇关西，不用跟着难民大队艰难回国，找个地方冬眠一下，等环境好一点再走?

有导弹呼啸着向新加坡市区飞去，难民中一片惊呼。

市区的方向有浓烟滚滚，在晴朗的天空下形成一个通天的烟柱。

太阳斜挂在北方的天空，像是要随时坠落到地平线下。

又一枚导弹从头顶掠过，呼啸着奔烟柱而去。

这是新加坡的消防导弹。大约是市区的哪栋大楼着火了。这种天气，大雪满地，消防车肯定开不过去，开过去也没有水源。周围的雪变不成水。幸亏消防导弹不受如此天气的影响，还能正常发射。消防导弹携带的是高效率的灭火材料，定点精确地发射到着火点，然后炸开。一般大火，一颗消防导弹肯定搞定。这个火情发射了两颗，要么就是火势凶猛，要么就是第一颗打歪了。正常情况下，消防导弹打歪的概率几乎没有。定点打击的命中率百分之百，误差不会超过一米。当年“9·11”时，如果纽约配备导弹消防系统，飞机撞楼以后，十五分钟之内，消防导弹就可定点打到起火楼层，及时把明火扑灭，双子塔就绝对不会坍塌，绝对不会酿成那么大的惨剧。现在的各大城市全部配备了导弹消防系统，“9·11”那样的恐怖悲剧绝对不会重演。现在的消防导弹系统已经建成支援网络，香港假如有重大火灾事故，北京、上海的消防导弹都可以精准地打过来灭火，更别说广州、深圳的消防导弹。消防导弹已经在许多城市之间联网，减少了消防队员直接冲到火场里面的可能，精准度如同金融救市。要打到你的账户，绝不会打到别人的账户。对消防导弹大家已经习以为常。由于消防导弹精准、及时，不受地面环境影响，所以消防导弹也经常用于山林灭火。

新加坡在大雪之中，有人在室内点火取暖。由于没有安全的取暖工具，火往往失去控制，水又中断，没有有效的灭火措施，多起火灾发生。

太阳怎么会在北方的天空呢？以我在新加坡的经验，太阳应该在头顶，偏南方的位置。现在太阳诡异地在北方的半空中挂着，摇摇欲坠。

我们现在通过的道路是专门打开的，大约也只会使用一次。有一台空投下来的铲雪车在前面开路。铲雪车用的是负 20 号柴油，这是新加坡没有的油品，也是空投下来的。

新加坡居民全部困在家中，没有水，没有电。超市的瓶装水、食品、能够保暖的用品等大家认为可能有用的东西，全部被抢购一空。现在一切都停滞下来，城市一片死寂，除了偶尔某处失火的动静。街道上是齐腰深的大雪。这下好了，不用千里迢迢地跑到北方去看雪了。路边有新加坡人堆起的雪人。雪人的身上覆盖着厚厚的雪，还能看出是一个雪人。雪人的红围巾在到处都是白色的世界里显得那么鲜红靓丽。雪人的长鼻子挺立在圆圆的脑袋上，没有匹诺曹的鼻子长。雪人的下半部被埋在雪中，像个半身的塑像。一定是大雪刚来时的一场全民狂欢。可以想象，大雪刚来时带给这个赤道附近的居民多么大的惊喜。大家一定是全民出动，打雪仗，堆雪人，拍雪景，在雪地上打滚，在雪中嬉戏。绝不会想到雪会成灾。一定以为是上天给予的一份意外的礼物，绝没有想到上天要把这份礼物送到他们接纳不下、承受不起、消化不了，上天把这份大礼送大了，送恶心了，送恐惧了。街道旁边，不时可见各种造型的雪人顽皮地潜伏在雪地里。

这场持续多天的大雪没有伴着风暴，一直静静地飘落，就像分秒不停的时光，无声地流逝。时间是把杀人刀，不动声色催人老。纷纷大雪静静飘，敢把一切全埋掉。

难民部队踩着已经被前面人踩实的雪路，嘁哩喀喳嘁哩喀喳地前进着。不时有人滑倒。

队伍忽然停了下来，完全停了下来。队伍虽然一直是走走停停，还没有这么长时间停下来。有人坐到雪堆里。

队伍又动了起来。

我们在队伍中的前半段，但是也看不到队伍的头。队伍前进速度明显慢了下来，但是还在动。

看到铲雪车停在前面。队伍绕过铲雪车，在前进。等我们绕过铲雪车，发现前面的路是人踩出来的。比铲雪车铲过的路面高出了一大截，前面的人已经把路面踩得比较实，比铲雪车铲过的路面更滑。人们没有犹豫，继续往前走。

在人工踩出的通道上走了大约一千米，我们组前面的人停了下来，闪在两边。我们组一百多人，和后面的大部队继续前进。两边是以前走在我们前面的几个组。他们在我们的两边，或蹲或站，也有人坐在雪地上，还有人躺在雪地上。有航母士兵喊他们站起来，但是难民没有军人听指挥，有人站起来又坐下了。

我们在两边的人墙中走了一千米，看到前面那一组正在齐腰深的雪地里往前趟，最前面的是扑到雪面上往前爬。等他们组全部插入没有人涉足过的雪面，带队的军人让他们站立两边，闪开一条通道。我们组走过前面一组刚刚开辟的一百米，脚下的雪吱吱作响，还很松软。我们组一百多人扑向了没有人开辟过的雪原。最前面的人扑到雪面上，爬两步，站起来，闪在一边。

让后面的人继续扑上去，爬两步，站起来，闪在一边。有年轻力壮的就多爬几步，站起来，闪在一边。人们用自己的体重，在雪面上压出一个立脚之地。有几个人手挽手一起往前趟了几米，闪开，站在一边。男女老少在齐腰深的雪墙面前没有退缩，没有止步。人们前仆后继地前进。

我们组全部闪开，给后面的人让出一条路，一条我们刚刚踩过的最原始的路。后面的人已经学会了怎样继续前进，没有犹豫，没有停顿，目光直视前方，坚定不移地从我们面前走过，似乎我们从来就不存在。我们看着我们后面的组从我们面前走过，以注目礼的尊敬看着他们走过，似乎我们的目光能给他们力量。我们的目光也是骄傲的目光，目光里是说，我们冲过了，该看你们的了。

一组又一组的队伍从我们面前走过，我们的目光软了下来，不再那么火热，不再那么充满力量。有人蹲下来，有人坐下来，有人躺下来。

我躺下来，软软的雪把我的身体埋住了。我听到雪窸窸窣窣的声音。

雪下面的土地已经冻住了，雪下面的河流也已经冻住了，雪上面的新加坡也已经冻住了。我们还在前进，一步一步地前进。我要回家。

难民部队还在一寸一寸地往雪原的深处推进。每过一分钟，就离目的地近了一步。

过了很长时间，我们组又站起来前进。这时候，难民部队的队头已经变成队尾，队尾还没有变成队头。道路已经打通。难民部队的后半部分已经到达高铁车站。

我们跟随大队伍走到了高铁车站的站台，有七八辆高铁停在那里。前面赶到的人们已经在清理高铁上的积雪。

人们分开了，每两个组清理一节车厢。然后开始上车，女人和孩子先上，四个女人上去坐好，男人们都还在站台上。动车没有动力，没有电，开不起来。男人们被组织起来，分站在动车的两侧，有人吹哨，喊着号子，将列车推出站台。有的组的列车还在车库里，也被推了出来。

一列一列的高铁动车列车排在看不到铁轨的铁路线上，一眼望不到头。

火车不是推的，难道美国人准备让我们推着这些列车去昆明吗?

正胡思乱想，天空中飞来一架 B－52，上面有伞兵跳出来，一个两个三个……伞兵布满天空。伞兵降落在列车附近，每个人都牵住一条狗。这时候难道还需要狗狗吗？又一架 B－52 飞过来，这次跳下来的全是狗狗，不是伞兵。伞兵和狗走到近前。是阿拉斯加的雪战部队，他们带来了爱斯基摩犬。

雪战部队在动车车头套好爱斯基摩犬，大家又合力推动列车，列车再次启动了。

列车缓缓地前进，车门大开着，推车的人们开始往车厢里挤，车门口乱成一团，有人爬到了车厢顶上，抓着能抓住的突出部件。

列车一辆一辆地启动出发。

轮到我们的列车启动了，我在想我怎样跳上启动后的列车。我找到离车门口近的地方，十分卖力地推车。我向来是不惜力气的。列车开始缓缓启动。我看到伊莉莎从车上跳了下来，央金、嘉措跟着她跳了下来。

“嘿！嘿！你怎么下来了？快上去！”

她们来到我身边，帮我一起推车。

列车越来越快，人们开始往车门口抢，争先恐后地往车里挤。车门口再一次陷入混乱。

列车虽然启动了，还不是太快，跑一跑还跟得上。

伊莉莎一把抱住我，紧紧地抱住我，不让我往车门口跑。

我看见车里的索菲亚，手在脸边半举，微微地向我招手。这个细节我似乎在哪里见过。索菲亚旁边的希丽玛一脸的诧异。

列车开起来了，跑也追不上了。

伊莉莎松开我。

“你你你，你怎么回事？”

“我们回航母。”

“回航母？”

“为什么？”

“回航母。”

央金和嘉措站在旁边。

“你们俩怎么没上去？”

“我们跟着你。”

“快快快，我们上下一辆。”

“不行！”

“哎呀，回航母干什么？”

“不行！回航母！”

“上下一辆！”

伊莉莎揪住我，不让我往下一辆车去。

说话之间，下一辆在我们身边滑过去，人们挤在门口挤进去，滑远了。

“还有最后一辆，我们一定要上去！”

“不行！不上！不能上！”伊莉莎有些歇斯底里地喊，“回航母！”

最后一辆列车，在爱斯基摩犬的牵引下从我们面前呼啸而过。

所有的列车都走了。

没有爬上高铁的人沿着高铁的铁路走了。

我们也走！

我要带着伊莉莎沿着高铁的线路走。

“不！回航母！”

“所有走的人都已经走了。”

走得看不见了。

航母上的军人开始列队点名，回航母。

只有我们四个跟着美国士兵往航母走。

央金和嘉措挽着伊莉莎。

我气不打一处来地跟在后面。

“回航母！回航母！航母是你家啊？”

“航母就是我家！我们根本就不该来赶什么狗屁火车！你见过狗拉的火车吗？”

“你不见过了吗？那么多的火车都让狗拉跑了！那么多的人都让狗拉跑了！拉不了你啊？你有毛病吧？”

“你才有毛病！我们根本就不该来！”

“不该来！不该来！不该来你怎么来了？”

“我来了！我不是后悔了吗？”

“索菲亚自己走了！”

“她自己不下来！”

“你就自己下来了？”

“我又不能把她拽下来！”

“你把我拽下来了！”

“我把你拽下来怎么啦？你让我自己回去啊？”

“你让她自己回去啦?”

“她回去你不就放心啦?”

“你和我商量了吗? 我们要一起行动! 一起行动!”

“谁和你一起行动啦?”

“那我自己往回走!”

“不行! 和我回航母!”

“你气死我了!”

我跟着伊莉莎回到了克林顿号航母。

回到航母才知道，航母上还有几百人没走，有三四百人。大部分都是伤病老弱，走不了。有一部分陪着的至亲好友生死与共。伊莉莎勉强走回隔舱就躺下了，她太累了。我们都躺下来，不顾一切地呼呼睡去。

醒来是后半夜，我看到对面伊莉莎的铺位上好像没人。我爬起来。伊莉莎不在铺位上，军大衣和毯子随意扔在铺位上。我摸出隔舱，过道的灯亮着，航母里伴着各种机器的声音越发显得寂静，少了一万多人的航母空空荡荡，卸了一个大包袱。

我走到卫生间，看到伊莉莎蹲在地上。地上有呕吐物。我在她身边蹲下：“好受些吗?”

她摇摇头。

我陪她蹲在那里，没有语言可以来安慰，没有物质可以来帮助。连一杯凉水都没有。

她坐在地上，靠在我怀里。我抱着她。上帝啊，愿我的体温能给予她一些生命的能量。

过了一会儿，她说：“我们回去吧。”

我扶她起来，回铺位躺下，给她盖好大衣，脚上压好毛毯。我侧坐在她的铺边沿。她稳定了一会儿，说：“你也休息吧。”

好。

过了一会儿，她呼吸平稳了，似乎睡着了。我轻手轻脚地回到我的铺位，躺下。

躺下也睡不着。听着外面有动静，悄悄起身，出门。和小海盗拉贾·特里帕拉走了个对脸，我们两个都一愣。

“你不是走了吗?”

“我又回来了。”

“哦。”

“你为什么不走?”

“我为什么要走?”

“难道你要一直待在这里?”

“我现在不走。雅各布船长需要我。”

我点点头，我们实在没什么好谈的。我们互相侧身过去。刚才的动静就是他的动静。

我轻轻回去，拿了大衣，上到甲板上。

天蒙蒙亮，是冬天清早的感觉。樟宜国际机场有飞机起飞，看起来不像是民航客机。新加坡城区上空有正在消散的黑烟。昨天晚上又有地方失火了。黑烟慢慢消散，彻底消散在蓝天中。天空依然碧蓝，消散的黑烟没有留下一丝丝黑影，一切都没有发生过。黑烟消散后的天空挂着一个太阳，太阳似乎病了，惨白的阳光照在脸上，没有温暖，没有一点暖洋洋的感觉。太阳像个刚刚煮熟的鸡蛋，有一点点正在消退的热度，已经没有了生命的活力，没有了应有的光泽，虽然太阳还在发着光，把新加坡和军港照亮。太阳光的强度大不如从前，也许是早晨的缘故。阳光下的楼房、土地、堤岸、海面，覆盖着厚厚的白雪，有些地方反射着银光。

太阳似乎升不起来，似乎被什么东西拽住了。不像我印象中的早晨，太阳甫一露面，几分钟时间，就一下子跳到半空中，很快热烈起来。

我去找雅各布舰长。我下到甲板下面的负一层，来到雅各布的舰长办公室。舰长办公室和舰长指挥室不是一个地方。舰长指挥室在舰岛上面的第七层，从甲板往上数七层。舰长指挥航母航行时才在指挥室。甲板下面的办公室和卧室连在一起，是一个套间，里面是卧室，外面是办公室。办公室是舰长办公和会客的地方。有办公桌、沙发、冰箱、电话、电脑等一应的办公家具器具。我来到舰长办公室门口，看到小海盗拉贾站在门口。

“你来干什么?”

“我来等候舰长吩咐。”

“哦。”

我敲敲门，里面传来一声含混的声音：“请进。”

我推门进去，看到卧室门开着，卫生间门也开着。雅各布舰长正在刷牙。

他示意我沙发上坐。收音机开着，正在播送新闻。

根据中国紫金山天文台观测，北极已经偏离了原来的位置。北极偏离的幅度已经远远超过了该台的历史观测数据。根据历史观测到的数据分析，在有记录以来的北极最大偏离幅度没有超过 158 米。据天文学家分析，北极的偏离是由于地球在运行时的微小震荡引起的。地球由于受到附近天体的引力影响，一直以来轴向稳定存在微小的摇摆。由于地球轴的稳定性，北极的偏离都能在以后的时间里回到以前的位置。紫金山天文台的这次观察，超出了以往的所有经验。地球自某月某日受到撞击以来，各地的海啸、地震、大雪、极光、飓风等极端异常状况，都是由于北极偏离带来的。北极偏离是地球南北轴的稳定性……

雅各布洗漱完毕。走过来说："我以为你走了呢？不辞而别。"

"是，走了，又回来了。"

"为什么要回来？赶紧离开这个鬼地方。"

"伊莉莎要回来。"

"哦，她也没走吗？"

"是的，她现在病了。"

"我让医生过去看她。"

"谢谢您！舰长！给您添麻烦了！"

"不用客气。"

雅各布给医务室打电话："你好！霍普金斯医生吗？请到我办公室来一趟。"

由于受到小行星撞击的影响……

"你听到了吗？北极给撞跑了，地球给撞歪了。"

"我刚听到。不知道会有多大的影响？"

"或许晃两下就没事了。"

"北极沿着白令海峡西侧的远东地区、千叶群岛、日本列岛东侧、菲律宾、东部马来西亚……"

"你听，北极向我们漂过来了。"

"怪不得这么大的雪。"

"是啊，把北冰洋的大雪都带过来了。"

"是不是再有两天就过去了？"

“但愿吧。”

“根据天文学家和地球物理学家的判断，这次的北极偏离不会再回到以前的位置。这次的偏离可能会造成北极的永久性偏离。根据观测，北极偏离的速度已经明显减慢。根据昨晚的最新数据，现在的偏离速度出现静止的迹象。专家分析北极的偏离轨迹可能已经结束，或许会在以后出现回摆。目前的北极位置在新加坡附近……”

“你听，我们在北极了。”

“梆梆梆，”有人敲门。

“请进。”

约翰·霍普金斯医生进来。我见过霍普金斯，是在航母暴乱以后，霍普金斯给受伤的人员包扎治疗。雅各布船长说：“伊莉莎病了。你跟老王去看看吧。”

“是，舰长。”

“谢谢舰长！”

雅各布点点头，去吧！

我和霍普金斯医生走出舰长办公室，小海盗拉贾看见我们，奴颜婢膝地哈哈腰。

霍普金斯医生来到隔舱，央金和嘉措躲了出去。霍普金斯医生让伊莉莎伸出右手，霍普金斯医生伸出三个手指，放到伊莉莎的手腕线下开始切脉。切完脉，又让她伸出舌头查看舌苔。然后望着伊莉莎问最近的饮食、睡眠、大小便等情况，还问感觉哪儿不舒服。霍普金斯医生站起来，郑重地说：“从脉象上看，我又综合了其他情况，身体没有大碍。各种不舒服的反应是因为你有喜了。霍普金斯在此向你们恭喜了！”

霍普金斯医生说着拱拱手，接着说：“注意保重吧！过几天反应还会更强烈。有事随时找我，告辞了。”

“谢谢！谢谢！”

“谢谢！”

“不客气，我会保守秘密的。”

“劳您辛苦了！”

“这是应该的。”

霍普金斯医生退了出去。

伊莉莎说："我还用他说?"

"没良心吧?"

"你才没良心。"

"医生看了没其他问题就放心了。"

"谁让你喊他来的?"

"去哪儿搞只鸡给你补补身体。"

"我可没有你们中国人的臭毛病。"

"你肚子里的小中国人儿需要。"

伊莉莎正要说什么，央金和嘉措敲敲门，走了进来。

"姐姐怎么样啊?"

"姐姐没事。"

"是感冒了吗?"

"不是不是。"

"我们能帮点儿什么啊?"

"没事。需要的时候会告诉你们。"

央金对嘉措说："你出去吧。"

我看到她给嘉措使了个眼色，嘉措一声未吱出去了。央金用我能听到的小声问伊莉莎："姐姐是不是有喜了?"

伊莉莎咯咯地笑起来，说："你看，你应该请央金医生。"

"恭喜姐姐!"

伊莉莎有些羞涩地轻轻拍了一下央金："你这个孩子。"

"我不是孩子了，我会照顾姐姐的，我有经验。"

央金抢着说。

"那就谢谢央金了!"

"不用谢，姐夫。"

我们都笑了。

伊莉莎感觉好多了，我们四个一起去雅各布办公室，小海盗阿贾还在门口站着。我们敲敲门，门里没有反应。又敲了敲，还是没有反应。我们站在门口等。小海盗拉贾说："舰长不在家。"

"舰长去哪儿了?"

"你们要对我好一点我就告诉你们。"

“我们也没有对你不好啊。”

“我感觉你们对我不好。”

“你的感觉是错误的，我们对大家都是这样的。”

“你可能误会我们了，我们一直真心对你。”

“是啊，挺聪明的。”

“你们看不起我。”

“没有没有，向毛主席保证，绝对没有。”

“毛主席是谁?”

“向湿婆大神保证，绝对没有。”

“湿婆大神又不是你们的神。”

“总之没有问题。舰长不在里面吗?”

“不在。”

“你知道去哪儿了?”

“知道。”

“那你告诉我们。”

“不告诉。”

“你为什么不跟着?”

“不让我跟着，让我在这里等着。”

“你骗我们，舰长一定在里面有事。”

“没骗你们，他上七楼了。”

“噢，谢谢你，国王!”

我们转身就走，小海盗在身后说：

“你们叫我国王?”

“是的，国王。”

我们憋住笑，走开了。

我们往舰桥上层走，没有任务的航母，像一座停了工的工厂。钢铁身躯在冰雪的覆盖下，失去了战斗的体温。没有风，远方有厚厚的云层。

我们来到舰长指挥室，雅各布和航母的高级军官都在。雅各布冲我们点点头，向伊莉莎说：“听说你病了。”

“没有病。”

“这么快就好了?”

“谢谢你！雅各布舰长！”

“不用谢！我们马上要出发了。”

“去哪里？”

“我知道，但是我不能说。我们在等待命令，五角大楼让我们准备出发。”

“是不是回本土？”

“但愿是。也许是去波斯湾。”

“那就是去接替希拉里号航母。”

“我们不讨论这个。”

雅各布向他的军官们继续布置启航前的准备。我们在旁边看着窗外的远方。天边的云层在向我们靠近，黑云翻滚，通天接地。风把航母的旗帜吹动，风不大，旗帜像小狗一样翻滚，还没有完全舒展，接着又打个滚儿，垂下。巨大的积雨云的云层在向我们靠近。风速加大了，旗帜展开，听见近处的旗帜呼啦啦的声音。

大家都向窗外望去。窗外的云层如同海啸掀起的巨浪，快速向航母扑来。雅各布命令迎接风暴。指挥室紧张起来，有人向全船广播：“所有人员，立刻回舱！再广播一遍。所有人员，立刻回舱！”

甲板上有人跑动。风吹起了雪花。风暴来临的方向犹如千军万马，奔腾而来。说话间克林顿号航母已经被风暴掩盖，传来暴风吹动航母上铁的声音。风呼啸着，地上的雪和天上的雪，都被风暴搅动起来。风雪打在指挥室的玻璃上啪啪作响。

伊莉莎没有恐惧，似乎有一丝妲己的笑容在嘴角闪过。

天地一片黑暗。

指挥室的忙碌停下来，都在看着窗外。这场风暴过去之前，克林顿号航母是不可能出港了。索菲亚的动车不知道走到了哪里，是不是会躲过这场风暴？如果能走到曼谷，可能就不会遇到这场风暴。不知道这场暴风雪的范围有多大，也不知道会持续多久。没有了卫星的人类，已经对风云变幻失去了预报的能力。

暴风雪在航母外肆虐着，绝对不会在短时间内停下来。雅各布安排人员值班，其他人员自由活动。雅各布从指挥室内的楼梯往下走，人们依次跟着出来。

雅各布说："散了吧。"

自顾往前走，人们没有商量，没有散去，全都跟着他。如此天地巨变当前，谁敢一个人独处。跟着雅各布似乎是一个强大的心理依靠。雅各布走到舰长办公室门前，看大家都跟着他，没有进去，转头去了会议室。大家在会议室坐下，安静地坐着，没有人说话。静了几分钟，雅各布说：扑克。

有军官拿来扑克，拿来筹码，我和伊莉莎都分了筹码。雅各布亲自发牌，我们开始玩德州扑克。不一会儿我和伊莉莎的筹码都输光了。又过了一会儿，所有人的筹码都输光了，全都堆在雅各布面前。雅各布说："好好玩儿。"

再次分了筹码，重新开始。不长时间，筹码又全部归到雅各布面前。

"怎么回事啊？想不想玩儿啊？"

每个人心里都在想着外面的大风暴，谁有心思玩牌？舰长啊，你以为这是在借东风啊。

三轮结束，又是雅各布大胜。

雅各布把面前的一大堆筹码往前一推，全押。雅各布看着我说："有没有什么好玩的啊？"

"玩杀人？"

"杀人？"

"推理游戏，人多才好玩。"

"好啊，怎么玩？"

我把牌拿了过来，抽出有用的牌。"我们现在十六个人，一会儿每人摸一张。"

"摸一张？"

"对，每人摸一张。然后只能自己看，不要让别人看到。每张牌代表各自在游戏中的身份。这个J是杀手，这个K是警察，其他的数字牌都是平民。两个警察，两个杀手。如果警察带领大家把杀手找出来了，警察和平民胜利。如果杀手把警察杀了，杀手胜利，警察和平民失败。来，每人摸一张。"

大家每人摸了一张。

"你为什么不摸？"

"我在教大家呀。我是法官。大家都把自己的牌看一看，不要让别人看到。把牌放下，记住自己的牌。我说天黑请闭眼，大家就把眼睛都闭上。我说睁眼才睁眼。闭眼以后，不要说话，不要发出动静。好，天黑请闭眼。”

“杀手请睁眼。”

“杀手互认。”

“杀手杀人。杀手统一意见。看我手势，是杀他吗？好，杀手请闭眼。”

“警察请睁眼。”

“拿到K的警察请睁眼。警察互认。警察指认杀手。警察统一意见。警察看我手势，往上是正确，往下是错误。警察请闭眼。”

“天亮了，大家请睁眼。”

“你被杀了。有遗言，一分钟。”

“什么遗言？”

“说你的分析。”

“我不知道。”

“你可以表明自己的身份。”

“我是平民。”

“说完了可以帕斯（PASS）。”

“好吧，帕斯。”

“下面轮流发言，每人一分钟辩论。你认为谁是杀手。现在一个平民被杀了，在漆黑的深夜，不知道谁是杀手。杀手就隐藏在我们中间，我们要找出他们。不然当黑夜来临，还会有人被杀。也许是平民，也许是警察。如果警察被杀掉了，游戏就结束了。我们要尽快找到杀手。”

“我不知道谁是杀手。”

“我不是杀手。”

“也许约翰是杀手。我猜他是杀手。你们看他那个表情，他一定是杀手。”

“我不知道。”

“刚才伍德说我是杀手，可我不是杀手，我看伍德是杀手。他这么说是想引导大家注意我。我是平民，伍德是杀手。”

“好，所有人发言完毕，我们开始投票。”

“同意他是杀手的举手，每人只能举一次，大家一起记住哦。没有票。”

“同意他是杀手的举手。一票。”

“同意他是杀手的举手。”

一圈下来。

“现在只有你和你得票最高，都是四票，现在你们俩开始辩论。然后进行第二轮投票。”

一玩起来时间过得就快，大家忘了外面的风暴。游戏的间隙雅各布出去了。有人接替我当法官，我也走了出去。

我来到雅各布办公室。雅各布正在收听广播，示意我坐下，一起听。

“地轴经过几天的摇摆，现在已经停止摆动。地球已经稳定下来。新的北极位于雅加达附近的印度洋海面。新的南极位于巴拿马城以东的加勒比海沿岸。地轴翻转的线路是……”

雅各布拿着一个地球仪研究。他把地球仪横着搬转过来。

“过来搭把手。”

我上前和他一起扶住地球仪。

“你看，北极在这里，南极在这里。”

“对。”

“我们现在是在北极圈里。”

“那我们就惨了。”

“我们自己跑到北极圈里来了。”

“能确定吗?”

“确定肯定是确定了。这些天的大雪就是确定。今天的暴风雪更是确定。”

“没有人警告过我们。”

“应该是我们警告世界。我们不是没有警告吗?”

门口围满了人。会议室的军官们和伊莉莎、央金、嘉措、小海盗阿贾都站在门口。大副伍德和警卫队长布兰克进来，和我们一起扶住地球仪。

雅各布说：“我们现在到北极了。”

大家神情凝重，没有人说话。

雅各布说：“现在这里是北极，巴拿马是南极了。兄弟们，我们遇到大麻烦了。”

大家都看着雅各布。

“我们不能在北极过冬，我们不能坐以待毙。海面的冰层会越来越厚，继续等待下去，只会冻僵在这里。”

雅各布停顿了一下。

“我们要冲出去，我们一定要冲出去!”

“舰长，你下命令吧!”

“舰长，我们听你的!”

“海冰比暴风雪更加危险。如果被海冰冻住，我们将无计可施。现在虽然风暴很大，但是我们航线熟悉。我们马上行动冲出军港，能走多远走多远。”

“舰长，你下命令吧!”

“舰长，我们听你的!”

“这是冒险。我们必须冒险。”

“舰长，你下命令吧!”

“舰长，我们听你的!”

“航母全体人员进入战斗岗位。”

航母启动了。

外面，暴风雪呼啸肆虐，如同世界末日。

克林顿号航母转动巨大的钢铁身躯，挤压着船舷下的坚冰，海冰在船的挤压下破裂堆积，发出恐怖的巨响。

雷达在暴风雪中转动，是早春绽放在冰雪枝头的迎春。暴风雪似乎会随时把航母的各种部件吹落。

航母前进了。

一寸两寸，一米两米。

不用怀疑，只有克林顿号航母顶着暴风雪出港。

没有人在外面。人在外面三分钟内会成为一个人形的冰疙瘩。这里已经不能再有人类生存。

如果早知道这里是北极圈，早就撤人了，还投什么救援物资。

世界人口最密集的地区，进入了北极圈。

这一切都缘起老穆的小金星 DSDC1 号的撞击。老穆和大家开了一个天大的玩笑，说走就走了。

暴风雪刮了三天三夜。风停了，雪住了。克林顿号航母冻住了。

克林顿号航母没准备进入高寒区，现在船陷冰区。

克林顿号航母冲出军港仅仅走了三海里就被冻住了。现在让人怀疑是不是应该停在军港内等风停了再走。冲了三天还是被冻住了。这三天的努力是不是徒劳无功。

甲板上的雪被吹得干干净净，舰岛背风处堆起厚厚的积雪。风用艺术的刀子，把积雪雕刻成各种流线曲面的造型，鬼斧神工。

海面上海冰凸起，千奇百怪的冰峰耸立，大面积的冰面被风拨掉了厚厚的雪衣裳。浮雪堆积在各种风力减弱的地方，所见之处皆是冰雪。

航母冻在新北极圈里，动弹不得。

等了一天，塘鹅来了，横着降落在航母上。从塘鹅的肚子里抬出两台破冰炮和一大堆破冰弹。工兵开始放炮破冰。

破一点冰，航母前进一点。整整一天的时间，克林顿号航母仅仅挪动了九海里。工兵观察到海冰还在加厚，照着这样的进度，航母会在新加坡海峡的重冰区困住。随着海冰的加厚，对航母的船体形成挤压。克林顿号航母没有防冰设计，长时间的海冰挤压，会对航母造成不可估量的损害。其他没有出港的舰船已经准备弃船了。

第二天，破冰炮又打了一天。震耳欲聋的破冰炮像礼炮一样。克林顿号航母又前进了十一海里。克林顿号航母这样前进，不知何时才能摆脱困境。

又一天开始了。工兵没有像昨天一样开练，他们守在破冰炮前不开炮。

“是不是坏了?”

“不会吧?”

“没炮弹了吧?”

“那不是炮弹吗?”

没有了破冰炮的声音，陌生的极地冰原让人恐惧。太阳挂在半空，再也升不起来。极地的太阳只能达到这个高度，斜斜地用冷眼打量着奇形怪状的极地冰雪。

一架 B－52 飞了过来。从航母的船尾到船头飞过。飞到航母的前方，几乎成为一个黑点。B－52 又飞了回来。巨大的轰鸣声从航母的左舷扫过去。飞到航母船尾很远的地方，对准航母飞了过来。再次从航母头顶飞过。B－52 投出的破冰弹从天而降，似乎要炸到航母上。破冰弹从航母的正上方斜着向船头的冰面落去。在航母前几百米的地方炸开。甲板上工兵的破冰炮也开始发射。航母前头冰块海水横飞。B－52 在航母前炸开一条通道。克林顿号航母开动马力，用不可阻挡的强劲低速，沿着被炸裂的冰面前进。航母压裂的冰层嘎嘎作响。

下午三点，航母终于冲出了重冰区。

航母周围的海冰还是很多，但是厚度已经不能阻挡航母的前进。又过了一个小时，克林顿号航母终于到了清水区。周围还有一些零星的浮冰，航母安全了。指挥室里大家击掌相庆。

克林顿号航母进入南中国海。雅各布抬头看见海盗旗还挂在桅杆上，赶紧命令换旗。不要引起国际争端，惹北京不高兴，提出抗议。

旗帜换了，美国的星条旗和我们的五星红旗并肩飘扬，表示美国航母对中国主权海域的尊重。

克林顿号航母从巴拉巴克和邦吉岛之间的海域驶入苏禄海，从三宝颜和伊莎贝拉之间的海域驶入西里波斯海。北面的菲律宾已经变成16个独立的小国家：吕宋国、棉兰老国、莱特国、米沙鄢国、保和国、萨马国、马斯巴特国、马林杜克国、锡布延国、布里亚斯国、比拉克国、巴拉望国、布桑加国、塔布拉斯国、民都洛国、宿务国。南面的印度尼西亚也已经变成了16个独立的小国家：苏门答腊国、加里曼丹国、爪哇国、苏拉威西国、努沙登加拉国、马鲁古国、伊里安国、巴厘国、松巴国、塔利亚布国、布鲁国、西帝汶国、韦塔国、延德纳国、阿鲁国、西巴布亚国。不多不少都是16个。16是我们出发的人数。小国独立运动还在继续，千岛之国有可能变成千国之岛。小国寡民，鸡犬相闻，老死不相往来。独立小岛有了大海的隔离更有诸多独立的便利。

克林顿号航母从西里波斯海驶出，经过帕劳南端，直驱关岛。

情　劫

关岛温情/南极洲开战/沙漠基地/体检/没有秘密的记忆/童年听到的故事/小海盗/海德格尔的记忆芯片/荷马镇/地球翻转了/小地球仪/电网载波/总统摇号/生男生女的秘诀/瓦特和玛格丽特/奶爸/CIA 训练/外 φ 间谍/费城德雷克塞尔大学/央金和嘉措的毕业典礼/新任务

克林顿号航母停靠在关岛的军港上。到美国了。

雅各布说好好休息几天，准备打仗。

五角大楼发来电报，命令克林顿号航母在关岛补给后赶赴南极。我不是有意听到的，我是猜的。收音机说南极战争爆发了，各国武装力量都在赶往南极。雅各布说打仗，那就是去南极。我是在想，航母命名为各位总统的名字，就是说纵使总统卸任了，还要接受五角大楼的驱使，在茫茫大洋上为国家奔波。

我看着关岛岸上的灯光，长长地叹了一口气。雅各布拍拍我的肩膀："小伙子，莫叹气。"

"身无分文啊！"

雅各布掏出一张 100 美元的大钞，递给我。

"这怎么好意思？"

"算我借给你的。放心，不要利息。"

克林顿号航母停稳后，雅各布指示全舰官兵自由活动。军官和士兵迫不及待地走下航母，三五成群地消失在关岛的街市中。雅各布建议我们和他们一起走。

我和伊莉莎、央金、嘉措，跟着雅各布几位走到关岛的市区。雅各布对关岛很熟。我们跟着雅各布来到了一家酒店入住。雅各布请客。

雅各布给了嘉措 100 美元，给了央金 100 美元，给了伊莉莎 100 美元。

“慈善家啊?”

“没事，有小金库。”

“谢谢舰长!”

“算是这几天的补偿。”

办完人住手续，迫不及待地走出来，走到关岛街上。

关岛不大，街上的店铺知道航母要来，全都开着，迎接航母的官兵。航母的官兵是关岛商家的主要客源。我和伊莉莎、央金、嘉措，在关岛的街上走啊走，找一个小店坐下。人间的灯火是那么温暖醉人。

要了四碗兰州拉面。四个人呼呼啦啦地吃完，好享受。

央金说：“美国的饭好吃。”

伊莉莎笑：“以后你就每天吃美国饭了。”

吃完面条，我们一起在街上走。每个小店都进去逛一逛。在一个小店，我买了一台收音机，花了 11.99 美元，两节电池，讲了价，花了 1 美元，买了一个地球仪，花了 5.99 美元。

一起又往前走。街边有一个烤地瓜的摊子。花了 4 美元，一人一个烤地瓜。边走边吃，从来没有这么甜。

走到一条街上，有许多美国大兵，街边有站街的小姐。再走更远一些，没有人搭理我们，是关岛的红灯区。我们退出来，往回走。迎面不断有三五成群的士兵往里走，嘻嘻哈哈的，有人手里拿着酒瓶子。又是灯红酒绿，以前的一切困苦都没有了痕迹。

我们在关岛的街上狠狠地转了一圈又一圈。走累了，回到酒店。

把自己扔到床上，床真软和啊。

伊莉莎进去洗澡。水哗啦哗啦地冲着，水蒸气氤氲开来，灯光迷离，房间散发着人间的气息。

我爬起来，抓起床头的电话，拨了一串永远不会忘记的数字。电话通了，没人接。再拨，又通了，依旧没人接。换了一个号码，再拨，通了，被挂掉了。过了一会儿，我重新拨电话，伊莉莎走出来。

“给谁打电话呀?”

“没给谁。”

我放下电话，打开电视。一个一个选台。

伊莉莎收拾好自已，依偎在我身边。她把电话拿过来，一会儿她对着电话说："Hello!"

然后放下电话，拨重拨键。没人接。

"你的电话没人接。"

"你打我电话干什么?"

"我帮你啊。"

"帮倒忙。"

后来几天我又打了一大通电话，全部没人接。垃圾电话害人呐。

电视里正在播报新闻：南极融化了。各个国家正在向南极派送武装力量。许多从来没听说过的地方海啸过后一片狼藉。许多地方发生不明来历的大火和爆炸。南美洲哥伦比亚的鲁伊斯火山重新喷发。非洲的埃博拉疫情依然严重。苦难深重的地球永远处在水深火热之中。

我也洗洗睡了。

睡到后半夜，伊莉莎孕期反应的动静把我弄醒了。陪她在卫生间蹲着，束手无策。她把吃下去的东西全吐出来了。扶着她慢慢走到床边，躺下。

宾馆有开水壶。烧了一壶热水，倒了一杯热水给她喝。泡了一包方便面，剥了一根火腿肠，给她吃。伊莉莎吃了一口，又开始恶心。吐又吐不出来。折腾了一阵子，稳定下来，睡着了。

早晨起来伊莉莎害饿，跑到餐厅大吃了一顿自助餐，又跟没事人一样。

"出去逛逛?"

"好。"

宾馆大堂有飞机售票处，我们过去看，许多航班都停飞了。有到香港的航班，有到北京的航班。

"我们明天回北京。"

"休想。"

"为什么?"

"你得把我送到美国。"

"回北京吧。"

"不。"

从宾馆走出来。蓝天白云，天空是大洋深处海岛特有的情景。椰子树在清新的空气中站立，到处是绿色的热带植物。走了几步，来到海边，沿着沙滩散步。有人在晨跑。沙滩上有稀稀落落的游客，有人在捡贝壳。

“我们回去吧?”

“是啊，回去。”

“回北京吧?”

“不许你再提回北京。你不能把我一个人扔下。”

“我们一起回去。”

“一起回美国。”

“孩子能不能放弃?”

“我已经说过了，我是个虔诚的基督徒。这个孩子我会好好地保护她的。你不要再打歪主意。乖乖陪我回去。”

我不吱声，默默往前走。此心何忍？此身何奈？

“我们不要不快乐，不能因为我们的不良情绪影响孩子的发育。你要高兴起来。”

“是是，我高兴。主要是你高兴。”

“给我讲个笑话。”

“好啊。”

我搜肠刮肚地想，讲什么笑话。一肚子的笑话都是黄色的，在这蓝色的大海前面，白色的沙滩上面，陪着一个孕妇，绝对不能讲。

“快讲啊。”

“你的心理素质真好。”

“那当然。”

“没想到我们竟然跑到关岛的海滩上散步。”

“这多好啊，我喜欢这样的冒险，传奇，有故事。”

“我们像童话里的英雄一样。”

“对啊，我以后要讲给她听。”

“你怎么知道她是女儿?”

“我喜欢她以后和我一样。”

“可是，我觉得他是个儿子。”

“我说是女儿就是女儿。”

“遗憾的是我们没有结婚。”

“谁还在乎。我的孩子，在她出生的时候，她的父亲要在身边。她出生以后你就自由了。”

“我已经答应了。”

“我要把她教育得像我一样。我要给她一个自由的天空。”

“我也会尽我最大的努力。”

“她出生以后，你爱干啥干啥。”

“我会尽力陪着你。”

“我知道你言不由衷。”

“没有。”

“你不用否认。我只要求你陪我到本土，看着你的女儿出生。”

“我一定做到。”

“是我一定要让你做到。”

“你软和一点行不行。”

“我多温柔啊。”

伊莉莎搂着我，靠在我身上。

凡事不是事，是事就一阵。得过且过，且行且珍惜吧。

走到一个小教堂前，是个基督堂。伊莉莎找到神父，要求给我们证婚。我忽然觉得责任重大。经过一个神圣简短的仪式，教堂婚礼就算完成了。教堂发了一张结婚证书。我内心深处有一种深深的负罪感。

神父问，你愿意娶她为妻吗？似乎上帝和天地万物都在聆听作证。

我愿意，我真的愿意。可是还有一个老婆刘高峰在北京等着我。

伊莉莎肚子里装着我的基因，神父和我们俩摸着《圣经》，对天起誓，我愿意。那一刻我皈依了上帝，我想对神父忏悔。我一身的罪恶愧对太平洋纯净浩瀚的海水，愧对童真无邪的万里蓝天。

我们回到宾馆。雅各布和他的军官们在房间玩牌、看电视、喝酒。这些高级军官们是不会到大街上乱转的。常年漂泊在海上的人们，无论多么习惯适应，岸上的小住永远是一种最好的休息和享受。他们这几天就这样把自己囚在房间里，享受这难得的岸住时光。

“我们结婚了，在教堂。”

伊莉莎对雅各布说。

“祝贺你们！”

雅各布站起来，郑重地说，一边伸出手来和我们握手。大副伍德和其他军官也过来和我们握手。大家全都站起来，房间显得很满。有人倒了两杯红酒给我们。雅各布说：“我代表我自己和克林顿号航母上的全体人员，向你们表示祝贺！你们和我们一起经历了克林顿号航母最艰难的时光。我们会永远铭记我们的战斗友谊。祝你们早生贵子！干杯！”

放下酒杯，大家鼓掌。我们退了出来。

“你怎么对舰长说了？”

“我想得到祝贺。”

又住了几天，我们回到克林顿号航母。雅各布给我们颁发了一枚克林顿号航母纪念章。

塘鹅在甲板上降临，把我们和剩余的几百名难民装进去。我们飘了起来。

克林顿号航母到南极打仗去了。不知道谁和谁打，没有报道说谁和谁对阵，但是各个国家的军队都在往南极去。南极大陆在融化，各个国家都争着到南极大陆抢滩。南极战争是没有敌人的战争。不知道敌人在哪儿，谁都可能成为敌人。没有盟友，没有拜把子的弟兄。枪口可能已经对准了企鹅。肯定有人射杀企鹅。人类向南极大陆集结，抢占被可恶的企鹅长期霸占的南极洲。人类的战火终于燃到了南极。南极终于闻到了战争的硝烟。战争过后，会有至少一个南极国家建立在南极洲的土地上。南极不再仅仅是企鹅的家园，也是人类的家园，也会有人类在南极洲繁衍生息。

我们在天上飘了好久，降落在内华达州莫哈维沙漠里的路易斯·麦克德联合基地，是美军的航空航天基地。

出了塘鹅，难民们上了准备好的大巴。我、伊莉莎、央金、嘉措，还有小海盗拉贾·特里帕拉父子和他的两个喽啰，八个人上了一辆中巴。

中巴在沙漠里开了十几分钟，停到一栋三层楼前。

外观看起来是一家宾馆。走进去没有前台，走廊接着走廊。像是医院的走廊，有医生、护士、病人在走廊里走过，又不像医院。

每个人被领进一个房间。

伊莉莎被领进一个房间。我跟了进去。

“这是要干什么？”

“体检。”

“哦。”

我被领进了一个很大的房间，只有一张床，是高级病房的布置。

“先好好睡一觉吧，明天做个全面体检。”

伊莉莎跟了进来。伊莉莎在隔壁。

“晚上不要有活动了，你们两个。”

“美国人真是多事。”

“有必要做体检吗?”

“有必要，太有必要了。”

“是入境检查吗?”

“不是。你们刚从战场上回来。”

“战场？我们上战场了吗?”

“比战场的情况还要糟糕多少倍。”

“可我是外国人。”

“你现在是我们的女婿。”

“不是外人?”

“当然不是外人。”

护士拿来一张表格让我签字，下面有各种体检选项。

“全选，全同意。”

“需要你自己选。”

“好嘞。”

除了各种常规的体检项目，还有骨龄测试、基因排序、记忆解读等项目。

“基因排序是什么意思?”

“通过解读30多亿对基因，分析哪些疾病是易发疾病。”

“好，选了。记忆解读是什么意思?”

“读取你的记忆，分析哪些记忆对你影响大。”

“好，选了。”

“前面这些项目是免费项目，后面这些项目是付费项目。”

“免费项目可以。付费项目，我可没有钱。”

“付费项目是我们付给你钱。”

“什么什么？你们给我体检，还给我钱?”

“因为这些体检项目是试验项目，你配合我们做试验，我们就要付给你钱。”

“还有这好事?”

“对的。”

“那我岂不是躺着就把钱挣了？”

“对的。”

“对的对的，有没有什么危险？”

“没有任何危险。”

“没有危险你们为什么给钱？”

“因为我们采集了你的数据。”

“我的数据还这么值钱？”

“对的。这后面是各个项目的付费标准。”

“是给我的啊？”

“对的。”

“我可没钱给你啊？”

“是我们给你钱。”

“怎么都是 250 啊？”

“物价局定的。”

“这个贵，这个 500。”

“这个是两个 250 呗。”

“那好，反正是你们给我钱的，我全选。要我给你钱的，全部不要。”

“请你签字。”

“这一共多少钱？”

“2250。”

“我是跟 250 干上了。”

“头上、手腕、脚腕、心前区都固定了电极。”

“不是明天体检吗？”

“还是抓紧时间做些准备。明天全面检查。”

“也好。”

“不能慢待了战场上下来的英雄。”

“我们是童话中的英雄。”

“那我们就是童话中的医生喽。”

“我们期待着满血复活。”

“如果这些电极影响了你的睡眠，请按这个按钮呼叫我们。”

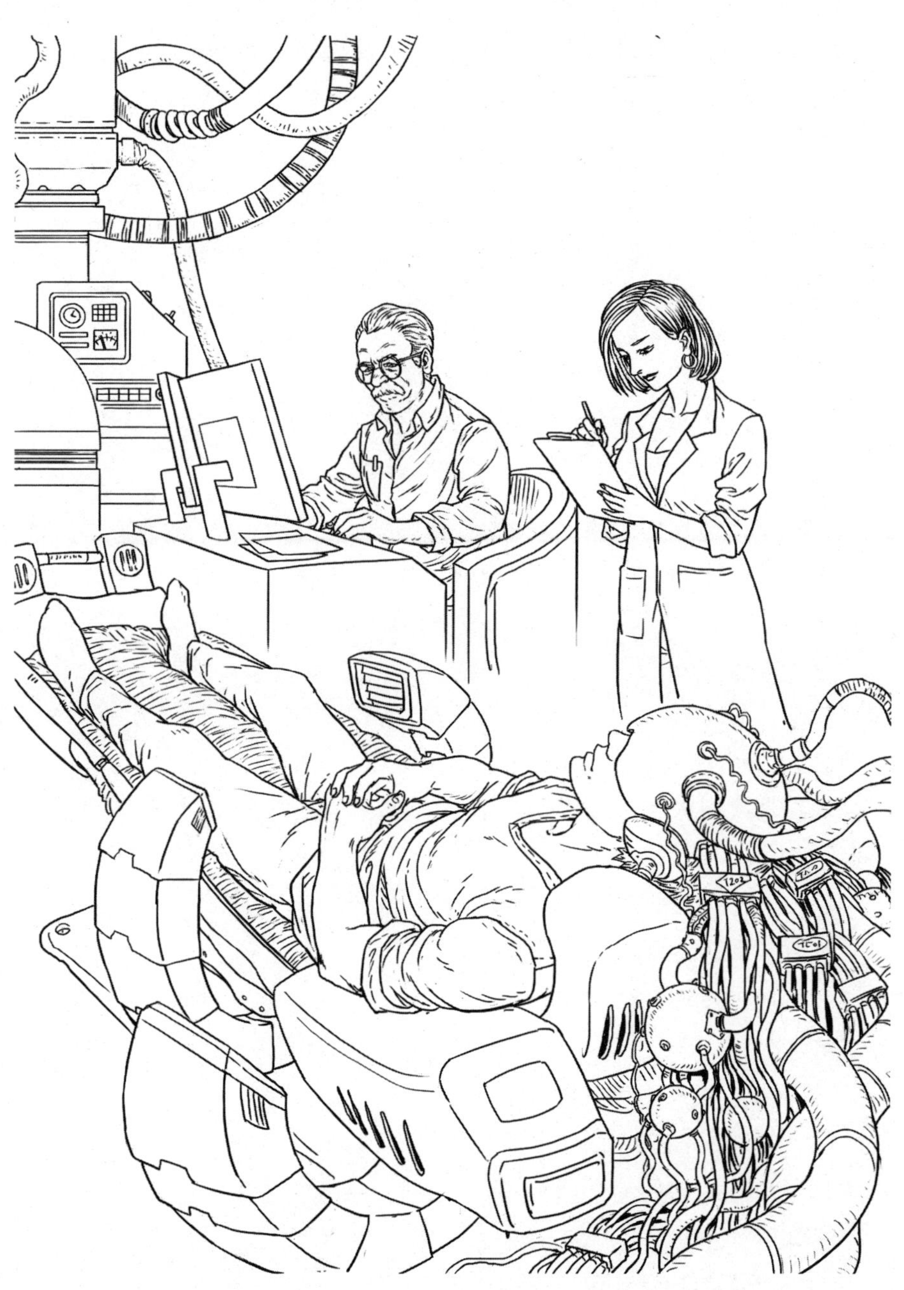

“好的。”

护士给了我一个药片，我吃下去，呼呼地睡去。

第二天一早，护士过来检查。我醒了。

护士采血、留尿、留便，除去所有电极。

“这就完事了？”

“没有。还需要透视、拍片、胸透、彩超，要到另外一个区域去做。过一会儿，我陪你去。”

“好的。”

“全部做完才能吃饭。”

“好的。”

“来，先吹气。”

“好的。”

吹完气，护士给一个药片让我吃。我做过这个检查，是检查幽门螺杆菌。

“不会我吃完又睡觉吧？”我和护士开玩笑。

“不会。”

“好，那我可吃了？”

“吃吧，不是毒药。”

我把小白药片吞下去，喝了杯水。

“现在是八点一刻，过半个小时，八点三刻，再吹一口气。你也记着时间。”

“我没有时间。我的手表被海盗掠去了。”

“抱歉，我会记得。”

“我们现在去做彩超。”

“好。”

我到隔壁，没有看到伊莉莎。

“哎，她怎么不在？”

“我不知道。”

“谁知道？”

护士一脸无辜地看着我：“我也不知道。”

“是不是她去检查其他项目了？”

“我不知道。”

“你是不是一问三不知啊?”

“是，啊，不是。”

“什么不是，你是知道?”

“你是三问，我三个不知道，不是一问三不知。”

“这都一样。走吧。”

“好的。”

在X射线检查区我看到小海盗特里帕拉一伙也在检查。到B超检查区，又碰到小海盗一伙。我们殊途同归啊。

检查中又吹了一口气，到护士带着的专用袋子里。

检查完到早餐区吃早餐，又遇到小海盗一伙。一直没有看到伊莉莎。

小海盗拉贾坐到我对面，小声说：“美国好啊，又给体检，又给钱。”

我看他一眼，没说话。

他又小声说：“他们是不是傻啊?”

“对，他们是傻。”

“我寻思，他们肯定是傻。”

“不傻也不会把你当国王。”

“对，我都忘了，我是国王。谢谢提醒啊!”

“你还真以为你是国王啊?”

“我得注意一下国王的形象，说不定哪天美国皇帝要见本王。”

“美国哪有皇帝啊?”

“美帝国主义没有皇帝?”

“有主义，没皇帝。”

“迪拜都有皇帝吧?对，有国王。”

“没你，我们现在在迪拜。”

“迪拜肯定没这里好。”

“我告诉你，迪拜比这里更傻。”

“是吗?那我们一起去迪拜。”

“把我的东西还给我。”

“东西?所有的东西都让美国大兵没收了。”

“鬼才信你的鬼话。”

吃完早餐，先去看伊莉莎。伊莉莎不在房间，问护士站说她一早出去了，过几天才回来。让她们转告我，无论如何在这里等着她回来。

“我在这儿等她，这不是傻汉子等媳妇了吗？”

“钱什么时候给？”

“所有项目做完就给。”

“做完了。”

护士长查了一下，说：“常规项目做完了。常规项目明天出结果，基因排序需要一周出结果。记忆解读需要连续做一周，还没有做完。”

“那我现在做什么？”

“现在你自由了，你随便吧。你可以到附近逛逛，你可以去健身房健身，你可以到游泳池游泳。总之，你随便。”

“对了，还有两个学生，一男一女，他们去哪儿了？”

“他们一起走了。”

哦，伊莉莎可能送央金、嘉措到学校去了。但是他们为什么不跟我道个别呢？我睡着了也不是理由啊？

“他们什么时间走的？”

“不知道。”

“伊莉莎给我留字条了吗？”

“没有，没有任何人的字条。”

“留电话了吗？”

“没有，她说她会打过来。”

“哦。”

“先生，还有什么可以帮你吗？”

“没有。”

你说一个孕妇，腆着个大肚子瞎跑什么？再急的事就不能等等我吗？

整整一天，在百无聊赖、心神不宁、胡思乱想中过去。

晚上护士来了，又在头上、手腕、脚腕、心前区固定了电极。给我吃了一粒药，如同昨天一样睡去。做了许多的梦，一个接一个。分不清楚是梦境，还是曾经经历的真实。

早晨醒来，感觉像没有睡觉一样，好累好累。

护士来了，把所有的电极除去。没有采血，没有留尿、留便，也没有试体温。

“没事了？”

“没事了。”

“这是什么体检？”

“采集你的记忆。”

“这就采集了我的记忆？”

“对的。”

“要采几次？”

“要采集一周，然后分析。”

“哦。”

我在体检中心游荡。体检中心光秃秃的，没有什么植物。往远处走，有一条唯一的公路通往外界。公路两边，是荒凉的沙漠。公路上没有汽车，更没有行人，我如同来到了火星。《火星照耀美国》中也没有这段景象。我很奇怪，无人可问。

我到护士中心。

“为什么没有医生来看我？”

“医生？现在还不需要医生。”

“我能打个电话吗？”

“可以。”

我拿起电话，拨北京的号码。拨不出去。

“你打哪里？”

“我打北京。”

“噢，北京太远了，这里的电话线不能连到北京。你可以打美国的任何地方，电话都可以连过去。”

“哦。”

“我打美国。我打美国打给谁？”

漫长的一周过去了，伊莉莎没有消息。我被孤零零地抛在一个军方体检中心。晃来晃去的几个海盗让我知道我从哪里来。

新的一周开始了。

我的主管护士克里斯蒂娜来了。

“海德医生要见你。”

我跟随克里斯蒂娜来到海德格尔医生办公室。海德格尔博士拿出一大本厚厚的打印册给我。

“这是我们整理的你的记忆要点。我想跟你确认一下正确率。”

我打开这一大本书，瞬间脸红，我有生以来全部的心理秘密已经暴露无遗。虽然到处都是此处删减一万字，依然让人汗颜。我知道删除的是什么。我的各种记忆，全部呈现为文字。如同灵魂一瞬间被赤裸裸地暴露在他人面前。在最初的几分钟里，我无地自容。早知道是如此的记忆分析，我不会为了两千美元的五斗米答应。

记忆分析把我经历过什么，想过什么，担忧过什么，高兴过什么全都转换成白纸黑字。事已至此只能坦然面对。我的过往已经被扒光了，掩饰是徒劳的。我一边翻看已经被我遗忘的不堪回首的过往，一边镇定自己。过往的陈年旧事如同没穿衣裳的国王，无所畏惧地走在逝去的时光里。我如同无知的孩童，看到赤条条的自己。在每天每日的奔忙中，选择性地遗忘了的糗事，全都被博士的记忆分析清楚地记录下来。

“有一个故事反复出现在你的记忆里。”

“是吗？是哪个故事？”

“是这个故事。”

“博士，我先跟你确认一下，你会汉语吗？”

“抱歉，我不会汉语。”

“那这个文本都是汉语，你怎么解读的？”

“这是机器翻译的。我看到的是英语文本。”

“哦，你请吧。”

“就是这个故事。”

“从前有一个废弃的窑洞，里面住着一个叫花子，他每天出去乞讨。他很想过正常人的生活，于是他总是把乞讨来的一些粮食积攒起来。可是他积攒了好多年，他的粮缸还是只有那么一点米。他不明白是怎么回事，于是他打算弄个明白。

“一天夜里，他假装睡着了一直看着他的粮食。结果，他看见一只硕鼠来偷吃他的粮食。于是他很气愤，就对老鼠喊道，富人家那么多粮食你不去吃，为什么偏偏偷吃我辛辛苦苦攒下的粮食？突然，老鼠说话了：‘你命里只有八分米，走遍天下不满升。’乞丐问老鼠：‘这是为什么？’老鼠对他说：‘我也不知道，你去问佛祖好了。’

“于是，叫花子下了决心，要去西天向佛祖问个明白，看看到底是什么原因才有此命运。

“叫花子第二天就出发了。他一路乞讨，走了好多路。有一天，他走了一天也没有人烟，天都黑透了才见到一户人家亮着灯，便上前敲门，出来一个管家问他有什么事，他说讨点饭吃。正好员外出来看见了，就问他为什么这么晚了还在赶路。叫花子就说了他的命运，说要去向佛祖问一个明白。员外听了赶紧把他请到屋里坐下，给他拿了好多干粮和一些银子。叫花子问这是为什么？员外说：‘我家有个女儿，都16岁了还不会说话。我发过誓，谁能让我的女儿说话，就把女儿嫁给谁。拜托你去西天问问佛祖，怎么才能让我女儿说话？’叫花子听了觉得反正都是去西天，我就顺便帮他去问一下佛祖也好，于是叫花子答应了。

“叫花子又走了许多路。路边有一个财神庙，就进去歇一歇。财神坐在神位上，前面供着各种供品和酒水，叫花子吃了供品，喝了酒水。财神说话了：‘我的供品你也吃了，酒水你也喝了。我知道你要去西天问佛。你去了就帮我也问问，我都修行了500多年了，按说早该升天了，为什么还飞升不起来？’叫花子答应了财神。

“再往前走，又过了许多沟沟坎坎。叫花子来到一条大河边上，河里没有一条船，河边没有一个人。他在河边等了七天七夜，被大河挡住去路，还是过不去。叫花子着急了，这可怎么办？怎么过去？叫花子哭了起来说，难道我的命就该这么苦吗？突然，河里一个大老龟浮出水面。老龟说：‘知道你要去问佛，你要答应帮我问一个问题，我就把你驮过去。’叫花子说：‘好吧，反正我一个也是问，两个也是问。’老龟说：‘我都修行了1000多年了，按说早该成龙，为什么还是一个老龟？’

“叫花子又走了不知多少天，可是怎么也见不到佛祖。叫花子纳闷了，心里想到，佛祖到底在哪里？西天按说早该到了啊。叫花子很伤心，坐在一棵胡桃树下，迷迷糊糊地就睡着了。突然佛祖出现了，叫花子很高兴，佛祖说：‘你这么大老远来这里一定是有什么很重要的事来问吧？’叫花子说：‘是的，我要问几个问题，希望佛祖能够给我说个明白。’

“佛祖说：‘好啊，不过有个条件，你最多只能问三个问题。因为一直以来都没有人有三个以上的问题。’

“叫花子对数字没什么概念，他在心里想，反正我只有一个问题，先把别人的问问吧，免得一会儿忘了。

“叫花子问了第一个问题——老龟为什么不能成龙？佛祖说：‘它长着一双龟眼怎么成龙？它要能舍得它的龟眼，它就可以成龙了。’

“第二个问题：财神怎么不能飞升？佛祖说：‘它脚底下全是金银财宝，它整天记挂着它的金银财宝怎么能飞升？财神能舍得扔掉金银财宝，它就可以升天了。’

“第三个问题：员外的女儿怎么不会说话？佛祖说：‘哑巴女孩见到她的心上人，就会说话了。’

“叫花子还想问自己的问题，但是三个问题问完了，佛祖不见了。

“叫花子觉得自己真是个穷命，没问就没问吧，佛祖也见了，问题也问了，还是乞讨过日子吧，于是就转身往回走。

“叫花子回到河边，老龟已经等在那里，老龟问叫花子，佛祖是怎么说的？佛祖说你一双龟眼怎么能成龙？老龟一听就明白了，说我先把你驮过河去吧。过了河，老龟说你把我的双眼抠下来吧。叫花子说我怎么下得了手。老龟说抠下来我就成龙了。我的这双眼睛是夜明珠，可以陪着你走夜路了。叫花子抠下老龟的双眼，老龟化龙升天了。

“叫花子拿着两颗夜明珠又往回赶路。来到财神庙里，对财神一说，财神说：‘金银财宝都给你了，我不要了。财神说完也升天了。’

“叫花子弄了几辆车，雇了几个人，装上金银财宝，带着往回走。来到员外村庄的村口。一个姑娘看见他，大声喊道：‘问佛的人回来了！’一边喊着一边跑掉了。叫花子来到员外家门口。员外也跑了出来，他很吃惊他的女儿怎么突然会说话了。叫花子说了佛祖的话，员外高兴地把女儿嫁给他了。”

“这是我十三四岁时听过的一个故事。”

“对。12 岁零 9 个月。”

“哦，还不满 13？”我若有所思。你怎么知道？

他并不回答我，接着说：“那个讲故事的人是？”

“我二表哥。”

“这个故事为什么让你如此记忆深刻？”

“我怎么知道？”

“当时，是个安静的夜晚，你躺在被窝里，有微弱的灯光亮着。”

“对。你怎么知道的？”

“啥，我都知道啊。”

“那你告诉我这个故事的出处吧?”

“你不知道?”

“是，我一直想知道，这个故事的出处，一直不知道。”

“你不知道，我也不知道。”

“这是什么意思?”

“你知道的，我可能知道。你不知道的，我肯定不知道。”

“为什么讲这个故事？我都忘记了。”

“没有忘。这是你记忆深处最印象深刻的事件之一。”

“为什么?”

“我也不知道为什么。大概和你当时的年龄有关。”

我沉默。

“蒙古人讲 12 岁灵魂圆满。”

“有这么一个风俗。12 岁生日是蒙古人特别重大的一个事件。可我不是蒙古人。”

“或许我们的灵魂都是 12 岁长成的。”

“有可能。”

“你还去看过昆仑山大炮?”

“是。”

“昆仑山大炮为什么是两根铁轨?”

“它就是两根铁轨。”一边在心里想，昆仑山大炮可不能细说，免得泄露国家机密。

“你的经历很丰富啊。”

“这些此处略去一万字就是丰富的内容吗?”

“略去的是隐私。”

“没略去的就不是隐私了吗?”

“全部略去就没法探寻记忆了。”

“那些略去的是你看完后认为是隐私而略去的吗?”

“当然了，我不看怎么知道是隐私?”

“那就是说，这些略去的内容你是知道的?”

“我有保密的义务。”

“那这些略去的内容也是我的记忆，是什么，竟然我也不应该知道？”

“这些略去的内容不在我们探讨的范围之内。”

“这些略去的内容是不是被限制，比如说如果是某一部小说中这么写，会被禁止？”

海德博士想了想说：“也不全是。我们还是不讨论这些。”

“为什么不讨论呢？”

“我们将你的记忆分成了三类——经历记忆、情感记忆、思想记忆。我们主要研究你的经历记忆。对情感记忆、思想记忆在这次的记忆分析中全部回避。”

“没有情感，没有思想，我岂不成了行尸走肉？”

“不不不，我们首先要把经历理清楚，经历没有差错以后，如果需要，我们可以继续分析情感记忆和思想记忆。”

“经历中就没有思想和情感吗？”

“经历是骨骼，思想和情感是血肉，我先把经历剥离出来单独研究。”

“哦，你是研究者，我是被研究者。”

“我要给你讲明白，你要积极配合。”

“我配合。”

“经历记忆又称行为记忆，主要是行为动作中形成的记忆。通过经历记忆我们分析你去了什么环境，形成了一段什么样的经历。”

“那我也没有去问佛啊？”

“因为这个故事在你的记忆中反复出现，所以我单独提出来确认一下。”

“可是我早已经忘记了，这是十几二十年以前的事情了。”

“记忆分为两个部分，一个是记，一个是忆。你说忘记了是你当下没有回忆起来，但是在你的经历中你是记住了的。我们现在能把这个故事抓出来，是由于你的潜意识还在不停地回忆这个故事。”

“可是我真的没有不停地想这个故事。”

“没有想不代表你已经遗忘。你看，一经提示，你立刻就想起来了，还想起了当时的情景。”

“是。”

“当时的情景已经融化在故事的环境中，所以我知道是一个安静的夜晚。”

“哦，是吗?”

“还有安静的时刻，这个故事也会蹦出来，在你的记忆中回荡。”

“可是我一点也没有意识到。”

“这就是我们记忆分析的意义。门前有客通名姓，一别十年记忆无。我们通过记忆分析可以从记忆的深处挖掘出十年前的记忆。”

“这对我没有意义，忘就忘吧，何苦再去忆起。”

“有些回忆是痛苦的。”

“不是有些，是大部分。人生失意之事十之八九。”

“客观的记忆分析是无视痛苦的。”

“太残酷了。”

“对人类社会有重大意义，需要有勇敢的人为之献身。”

“我不是勇敢，我是为了一千块钱。”

“也不是所有人都可以，有的人扫描过后就是一张白纸。一张白纸，没有内容怎么分析？我们很高兴遇到你这样的，不在我们经验范围之内，经历又很丰富的记忆样本。我会争取更高的样本经费给你。”

“好吧，博士。我很高兴来美国当一个试验品。”

“你也是我们的研究伙伴。”

“鬼才信你的话。”

海德博士隔着桌子把手伸过来和我握手：“我们不研究鬼。”

博士给我一个电脑，打开一个复杂的问卷让我回答。他的助手和克里斯蒂娜在我的头上戴了一个头盔，头盔上引出的电线连接到他面前的电脑和我面前的电脑，还连接到旁边的一台高大上的仪器。一边回答问卷，一边回答海德博士的插话。我搞不清楚每个问题的目的，但是问卷总的目的大约是激活我的记忆吧。

我做完博士的问卷，出来碰见小海盗一伙。小海盗拉贾说：“我们是来向你道别的。”

“你们做完了?”

“是的。我们明天就走了。我们一两周还会回来的。”

“为什么?”

“因为他们只给了我们一千美元，剩下的一千多要我们回来复查一次才给。为了另外的一千多美元我们还要再回来一次。”

“你们出去去哪里啊？”

“先到附近的一个镇子上住几天。”

“镇子上有你们认识的人吗？”

“有印度的难民帮助机构已经和我们联系了。到了那里，我们再计划我们的未来。”

“祝贺你们！”

“你也一起出去吗？”

“我还没有出去的计划。”

“有中国的什么机构联系你吗？”

“没有。”

第二天又是被克里斯蒂娜护士带到海德格尔博士的实验室，接受记忆激活测试。海德博士说，从昨天开始的检测，每天按 200 美元支付试验费用。这个试验测试要连续做 15 天。那就是说我又能挣到 3000 美元。拿到这个钱，还有前面的 2250 元，我就有 5250 美元的现金。那时如果伊莉莎还不回来，我就溜之大吉。既然她不辞而别，我就没有等下去的必要。

过了一周，伊莉莎还没有回来。小海盗拉贾一伙四人回来了，又跑过来看我。

“把我的东西还给我吧。”

“我已经说了，你的东西已经被美国海军没收了。”

“其他东西我都不要了，只把手机还给我吧。”

“我跟你说了没有在我手里。”

“我的直觉告诉我东西在你手里。”

“你的直觉是错的。”

“我看了你的记忆分析，你拿了我的手机。”

“美国人不是保密吗？怎么会让你看？”

“你就把手机卡给我，其他的东西我不要了。”

“手机卡被我扔掉了。”

“你给我手机卡，我给你 20 美元。”

“你给我 200 美元我也扔掉了。你要早说给钱我就不扔掉了。”

“什么时候扔掉的？”

“昨天。”

“昨天?”

“我跟你说，你的手机卡拿着也没有用了。”

“你没有用，我有用。回去找到给我，我给你100美元。”

“我告诉你吧，我用你的手机，专门找到会汉语的人，给你的手机联系人发短信了。”

“你发什么了?”

“我说我现在面临困境，人在海盗手里，请朋友们速速汇款，或者想办法救我。”

“有回短信的吗?”

“有啊，都是发票、办证、贷款、售房、理财，还有推销小姐的。就没有一个救你的。”

“不可能。”

“还有，我早就想收拾他，替我好好收拾收拾他。”

“哈哈哈哈，你也有今天。”拉贾的儿子说。

“还有，快撕票吧!”他的喽啰补充说。

“绝对不可能。”

“我没有必要骗你。害我又掏了一次翻译费用。”

“那后来呢?”

“还有后来，当时我就让翻译群发：‘撕票了!’再后来就停机了。我把卡扔到沙漠里了。”

“你真可恶!”

“我们也是患难之交嘛。”

“我再也不想见到你!”

“拜拜了!”

这是什么世界?!你认为是海盗，美国认为是王室。

海德格尔博士的记忆分析是通过脑电波直接克隆全部记忆，每天每周走个过场，直到满一年以后，重新验证了一遍，结论出来才放人。这个技术查犯罪于无所遁形。

“你是否愿意配合我们做一年的试验?”

“我可不愿意在这里被囚禁一年。”

“我们现在有一个更好的方法。你只要佩戴这个芯片，一年以后来做一次复测，不用每天在这里。一年以后来一次就可以了。”

“听起来像是一个好主意。”

“当然是个好主意。你现在的记忆模型已经建立起来了，我们再观测一年，会付你一笔很大的试验费用。”

“多少钱？”

“三万美元。”

“看起来是一笔好生意。”

“你有什么意见？”

“六万。”

“王先生，不能这么谈判。”

“漫天要价就地还钱。”

“三万五千怎么样？”

“五万五千。”

“三万六千。”

“五万四千。”

“我不可能取中间数。四万最高了。”

“五万。最低了。”

“四万二。”

“五万。”

“四万三。”

“五万。”

“算我没说，四万五。加上之前的费用，五万多了，这是美国中产阶级的收入了。”

“怎么支付？”

“分期支付，每个月付。”

“只供分析研究，版权不包括在内。”

“好的。”

“这个芯片怎么佩戴？”

“植入你的头发下面。”

“你是说在我的头皮上划个口子，把芯片埋进去？”

“对，你很聪明。”

“不行，六万。”

“是微创，很小的一个伤口。”

“不行，八万。你得给我讲明白，怎么回事?”

“就是在头皮上开个很小的创口，把芯片埋进去，过几天伤口痊愈后，观测一个月，一年以后再测一次数据，就好了。”

“一年以后怎么办?”

“一年以后可以取出来。如果我们谈妥了，也可以继续一个周期。但是一年之内不能中断。”

“你最多出多少吧？痛快点!”

“五万。”

“换成美国人也是这个价钱吗?”

“我们不谈那么多。六万，最后报价。”

“成交。”

“签字。”海德格尔在我头皮上开了个口子，把芯片埋了进去。当时试了试，芯片和仪器联络正常。只要我走到离仪器二十米的半径内，仪器就可以读取芯片上的更新内容。他们就会在后台分析我的记忆。我一脑子乱七八糟的记忆还能卖到六万美元，知足了。我一年辛辛苦苦地工作，也不过值这个数。

每天到海德格尔的实验室待上半小时一小时，就可以了。随着记忆模型的稳定，我在实验室待的时间越来越短。海德格尔说以后只需要待五分钟。

几天后，创口就长好了，摸一摸，头皮下有一个小小的芯片。洗澡、快走、跑跳、出汗、理发都不受影响。头部按摩是一定不能再做了。海德格尔一再强调，不能使劲按压。按摩有可能会被按出问题。不按也罢。

“这个芯片会不会对我们的记忆产生影响?”

“不会。”

“会不会你通过指令影响我的记忆、思维。”

“这一代产品没有这个功能。”

“那以后会有了?”

“是的，以后的产品会有可能。”

“是不是会给我的记忆删除、修改。”

“没有，只是监听。”

“没有剪辑吗?”

“没有，还不能打乱素材。我们现在只是观测，不会干扰被观测的内容。”

“那就是说以后可能。”

“以后的芯片可以对携带者发送指令，修改记忆，对已有的记忆进行重新的编辑整理，对某些记忆进行物理消除。”

“你保证这次没有?”

“向上帝保证，只是监测记录，不会改变你的记忆，不会违背你的意志。”

“我想象的，未必是我看见的。我看见的，未必是我记住的。”

“我们分得清楚。”

“我想象的和我看见的，你能分得清?”

“当然了。要不就没有意义了。他翻动着电脑，你看你一脑子的这都是什么想法啊?”

“啊，我看看。”

“你不能看。”

“这不是我脑子里的东西吗?”

“在你脑子的是你的，不在你脑子的就不是你的了。”

“是你的?”

“也不是我的。”

“我看看。”

他耸耸肩:“抱歉，我没有这个权力。”

“前些天那一大本，你不是都让我看了吗?”

“那是在浅水区，现在是在深水区。”

“我看看深水区有什么?”

“你只能在你脑子里自己看，我采集出来的你不能看。”

“什么世道?”

“这是规则。”

伊莉莎回来了，开着一辆兰博基尼。

“走，我们回家。”

“回家? 回什么家?”

“回我们的家呀。”

克里斯蒂娜给了我一张银行卡，卡上的名字是：劳伦斯·詹姆克斯。她说里面有10250美元，是我一个多月以来的试验报酬。你看，我一到美国就把自己卖了，从身体到灵魂。

伊莉莎把我拉到附近的一个小镇，荷马镇。镇子离路易斯·麦克德联合基地有七八十公里。镇上只有一千多居民，大部分居民都和航空航天基地有关。伊莉莎租了一栋住宅。住宅有三层楼，前后都有院子，后面的院子里还有一个久未使用的小游泳池。伊莉莎已经雇人把住宅和院子收拾干净。家具是旧的，床上用品都是新的。客厅的茶几上摆着鲜花。一进房间，伊莉莎就抱住我，一个长长的拥吻。

“喜欢吗?”

“非常喜欢。”

“我们终于有家了。”

“我不成吃软饭的了?”

“有饭吃不好吗?”

“好好好。”

楼上楼下、楼里楼外地看了一圈。伊莉莎又要带我到镇子里转转，熟悉熟悉镇子的环境和邻居。

“改时间再去吧，别累着。”

“我不累。”

“我累了，我们在家休息吧。”

“我还不累，你就累了?”

“算我累了。想吃点什么？我给你做。”

“你说吃什么？我来做。”

伊莉莎的孕期反应最厉害的阶段已经过去了，肚子还没显形，活蹦乱跳地像个没事人一样。

“我来看看我们的小宝贝。”

“亲爱的小女儿，爸爸来看你来了。”伊莉莎抚摸着肚子，无限柔情地说。

“怎么是女儿呢?”

“我喜欢女儿。”

“做B超检查了吗?”

“做了。她非常健康。”

“B超说是女儿吗?”

“B超没说是我说的。”

“我认为是儿子。”

“不对，我说是女儿就是女儿。”

“亲爱的小儿子，爸爸在外面等你。”

“我的小乖乖女，你爸爸他搞错了，你不要埋怨他。”

“我认定是我们的儿子。”

“你想和我吵架。”

“不不不，我同意你说是女儿，但是我认为是儿子。”

“你是不是盼着我生儿子?”

“儿子和女儿我都喜欢，我只是判断这次是儿子。”

“你瞎判断。”

“我有理论根据。”

“什么狗屁理论?”

“知道易经的阴阳变化吗?”

“天为阳，地为阴；男为阳，女为阴；上为阳，下为阴……”

“对对对，老婆知识渊博啊。”

“那当然。”

“阴阳是平衡的。阳气盛则衰，阴气盛则降。阳气弱则升，阴气弱则涨。”

“你给我讲这个没用的干吗?”

“我们俩就是一个阴阳平衡。”

“不能平衡，你要听我的。”

“你看，你强我弱，女强男弱，肯定生男孩。”

“你胡说，我强肯定生女儿，我强肯定听我的。”

“这事不是你说了算的，这是规律，中国人说天道，天道无私。”

“这是我们的家，天道管不着，我说了算。”

“好好好，你说了算。”

“那你说是男是女?”

“老婆，我还是觉得是男孩。”我可怜兮兮地说。

“你诚心跟我对着干，惹我不高兴。”

“不不不，是女孩，是女孩。”

“以后不许乱说。”

“好，不乱说。”

“乱说把你打成右派。”

“好好，我是右派。”

“把你打成反革命。”

“越说越厉害了，一会儿得把我毙了。”

“你去做饭去吧。”

“得令了。”

“你说我们女儿以后叫什么名字?”

“我还不太会起你们的洋名字。”

“我要叫她玛格丽特。”

“真棒，玛格丽特。”

“我特别喜欢这个名字。”

“嗨，玛格丽特，你有名字了。”

忽然回到了我早年在中国农村的生活。我成了一个不种地的农民。除了吃饭睡觉，就是伺候摆弄房前屋后的花花草草。

地球翻转了。阿拉斯加州成了临近赤道的热带，迈阿密成了靠近南极的高寒地带。我闲暇摆弄那个小地球仪。小地球仪还是以前的样子。现在的地球，美国成了南半球，中国成了北半球。我对着旧地球仪想象着现在的世界。家里没有网线，没有电话，没有电视，没有报纸，偶尔听听收音机，说的都是附近的社区情况。没有天下大事。我开始怀念起有《新闻联播》可看的日子，领导很忙，人民幸福，国外很乱。

伊莉莎的肚子已经显形。我们一个月去做一次产前检查，开车去几十公里以外的兰斯·本森镇，顺便在兰斯超市买一车的食品和用品。中间我自己单独再去采购一次。我每个月去找海德格尔医生报到一次，待上半个小时二十分钟，让他的仪器下载更新一下我一个月来的新思想。我什么也不想，保持最单纯的思维活动，免得海德格尔发现什么异端的思想苗头。我和伊莉莎平静地等待着玛格丽特的降生。

四年一度的美国总统大选开始了。我们买了一台264K的网络电视，用来看看大选的热闹。新的电视网络借用了电源网络的载波方式，省得单独拉网线了。电源载波网路是个大局域网，没有接入全球的互联网，就是一种有线电视。大选活动的各种造势甚是热闹，各种抗议活动也搞得五花八门。看了电视才知道，美国总统大选实际变成了四年一次的总统摇号排号。四年前已经摇了一次了。取消了代议制，取消了直选，民主嘛，直接民主到每个人的头上，每个人都可以当三分钟总统。三分钟不现实，那就每个人当一天。其实在神仙看来，四年也是一瞬间。把四年的一个时间区间落实到所有参选人的头上，每人当一天的总统。如果不能按时报到宣誓，视同自动放弃。上一任自动延任一天。不存在非法买卖资格，不过唯一的可能是贿赂下一任放弃不来。难度相当大。三年多来，最长的在任时间没有超过一周。几乎每天都有当选人宣誓就任美国总统，总统真的成了走马灯。白宫的午夜宣誓成了一个热门节目，摇中的当选总统的亲朋好友都去捧场，热热闹闹地就是一个大Party（聚会）。实际权力已经不在总统手中。也不是所有人都可以参加总统摇号，法律规定只有45～55岁年龄段、身体健康、热爱美国的美国人才可以参加。这样一来，45岁以下、55岁以上的人，分别组成抗议团体，认为侵犯了他们的合法权益，要求维权。45岁以下的，要求18岁可以参加摇号，以便增加中签率。他们说：中国皇帝5岁可以登基，我们18岁还当不了你个美国总统。还有的人说：我已经做了4年社区义工了，完全可以胜任美国总统，为什么一定要等到45岁？还有人说：如果我等不到45岁，岂不是白活了，这个规定害得我现在连飞机都不敢坐。55岁以上的说：我们还可以再干20年，况且我55岁以前也没有摇中，就这样白白错过了吗？不当一天美国总统真是白活了。强烈要求放开摇号的年龄段。还有一位80岁的老先生说：我好容易赶上了摇号时代，不能因为年龄剥夺我摇号资格。我虽然80岁了，可我什么都能做。我现在终于找到人生的目标了，今生一定要参加总统摇号。下面一片掌声和嘘声。总统宣誓法定要求按着iPad宣誓，所以另有一帮已经摇中的抗议。有要求按着纸版《圣经》的，有要求按着电视屏幕的，有要求按着电脑显示屏的。主流媒体BCN每天报道各地大选有关的新鲜事，BCN是BBC（英国广播公司）和CNN（美国有线电视新闻网）合并在一起的新logo。

以前当皇帝，连死后的事都安排了，连子孙万代都安排了，现在只有一天。以前四年还能干点儿事，现在可好，就一天，我让你腐败，我让你滥权，我让你搞实习生，实习生都比你在白宫的时间长，只看实习生有没有心情搞你。

总统出访要带着候任总统，出访三天要带四个候任总统，访问结束还要带回来三个前任总统。只有在任总统才能乘坐“空军一号”，二号、三号分别拉候任总统和前任总统。卸任以后到处演讲“我在白宫的日子”。美国总统访问南部非洲的一个国家，三天换了三个总统，南部非洲某国的总统三天换了三个夫人，到第三天，美国是个女总统，脸上挂不住了，一直绷着脸。还有一位美国总统是个左撇子，是世界左撇子大会名誉主席，见谁都伸出左手和别人握手，怎么地吧？我就是左撇子怎么啦？你看着办吧，我这一天的总统也是摇号摇出来的，有权不使，过期作废。

我和伊莉莎有空看看总统的热闹，日子过得如白驹过隙。这期间的一个大事，就是通过了《禁止歧视白人法案》。现在的禁止歧视太厉害了。据说德国有一种马桶，只要连垫圈一起掀起来，就有一个语音提示：请不要站着尿尿，请不要歧视妇女。呵呵，说远了。

一天从兰斯超市回来，伊莉莎忽然拿出一个礼品，特地做了礼品包装：“猜猜是什么?”

猜了半天猜不着，打开一看是一个地球仪。和我已经有的大小一样。

“我不是有一个吗？怎么又买一个?”

“仔细看看，和你的那个不一样。”

“哦，是新版的地球仪。”

“省得你拿着那个旧的横着看。”

“老婆你真贴心。”

“知道为什么给你礼物吗?”

“对我好呗。”

“祝你生日快乐，祝你生日快乐。”伊莉莎拍着手对我唱起了生日歌。

“谢谢夫人!”

“祝爸爸生日快乐。”伊莉莎抚摸着肚子，代替玛格丽特对我说。

一天天数着日子，很快到了预产期。提前三天住进了兰斯·本森镇上的阿德莱德圣女医院。时间到了反倒没有动静。预产期过了三天，医生建议剖宫产，伊莉莎不同意。又过了三天，出现临盆前兆，凌晨三点开始生产，我也穿上一身医生的手术服，站在产床前，陪着伊莉莎。老说吃奶的劲都使出来了，那是没看到生孩子，生孩子的劲才是用尽洪荒之力。孩子生出来了。伊莉莎无力地说："玛格丽特。"

护士说："是个男孩。"

护士把他抱到伊莉莎的脸边："来，让妈妈看看小宝贝。"

伊莉莎说："我不看，不是我的玛格丽特。"

我握住伊莉莎的手，安慰她说："儿子也挺好的。"

"是你的儿子，不是我的玛格丽特。我要我的小女儿。"伊莉莎伤心地哭了。伊莉莎当真哭得很伤心，越劝越厉害，医生护士忙着收拾现场。把伊莉莎推出产房，回到房间，护士把小家伙放在她身边的小床上。伊莉莎已经收住了哭泣，满脸泪痕，我拿一条温水毛巾给她擦脸，她说："水。"

我拿来温水给她喝，她喝了口水，忍不住侧身看小床上的儿子。我说："给他起个名字吧。"

"我不喜欢他，我要我的玛格丽特。"

"下一个就是玛格丽特。我们叫他什么名字呢？"

"你给他起名字吧，我不喜欢他。"

"瓦特，我们叫他瓦特。"

"瓦特？"

"对瓦特，你刚才就是在叫他。瓦特，妈妈在叫你，妈妈需要你，妈妈喜欢你。"

"我不喜欢他。"

"喜欢喜欢，妈妈喜欢。"

瓦特一天天成长，一天天变化。伊莉莎也很喜欢。偶尔还说："要是女儿我就更喜欢了，我的儿子也让我很高兴。"瓦特半岁的时候，伊莉莎又怀孕了。我们一致认为这次一定是玛格丽特。

瓦特牙牙学语、蹒跚学步的时候，玛格丽特降生了。

玛格丽特降生之前，央金和嘉措从费城来看我们。嘉措看到伊莉莎的大肚子，好奇地问："姐姐还没生啊？"

"这不是已经满地乱跑了。"

"这是瓦特。瓦特这是叔叔。"

"是舅舅。"

"这是姑姑。"

“是小姨。”

央金、嘉措住了几天，看我们忙得不亦乐乎，荷马小镇也没什么好去处，就回学校了。他们语言基础好，只读了半年预科，开学就上大学三年级了。

我的试验报酬被大幅度削减了。海德格尔医生认为我现在的记忆已经没有什么研究价值了。以前的记忆已经读空了，新的记忆全是婆婆妈妈的家务事。

“你自由了。试验可以结束了，可以取出芯片。”

“不用了，我已经习惯了。这样也很好，我一想就记录了，省得我一个字一个字敲，省得我哪天再去练一指禅。”

“可是我们的记录永远不会给你看的。”

“万一哪天情况变了呢？万一哪天你们想让我看了呢？没准那时我还不想看了呢。地球都能翻转，这点事也有可能。梦想还是要有的，万一实现了呢？”

“但是我们已经没有记录的必要了。”

“先留着吧，我省得再挨一刀。”

最后看在以往的份上，同意续签一年，也不用每个月再去读数据，满一年的时候去一次即可。本来就是可以一年去一次的，我怕时间长了不联系有变化，再加上无所事事，才变成每月去一次的状况。最高费用只同意三千美元。聊胜于无吧。

瓦特三岁的时候，喜欢在地上墙上到处涂鸦。夜晚外面满天的星斗，没有月亮。瓦特和玛格丽特这一代人，再也看不到月亮了。我给他讲故事时，讲到月亮的时候，就触到了我内心深处隐隐约约的一点痛。为了眼前的这个小人儿，我应该忘记月亮。月亮如同故乡，在遥远的地方记得淡淡的乡愁。

玛格丽特蹒跚学步、牙牙学语，瓦特像一个称职的大哥哥照顾妹妹，伊莉莎对两个孩子都十分喜欢。我们一家四口其乐融融。

玛格丽特走路走稳了，说话说清楚了，有时和瓦特抢吃的，抢玩具，抢过去又不吃，抢过去又不玩，纯粹是抢着玩。瓦特就让着她。

两个孩子像两个小影子跟着我们在小镇上转悠，跟着我在房前屋后侍弄花花草草。

家里装了一条专门的网线，可以连到互联网上了。我有时间在网上冲浪，到处乱看。注册了 QQ，凭着模糊了的印象搜到过去的熟人，请求加好友。大部分都置之不理。

试着和几个疑似过去的熟人 QQ 聊天，当我说我是在美国时，聊得还比较到点，一旦我说：我是王来电。对方犹豫一下，立刻被拉黑。没有一个人继续聊下去。只有一个同事多说了几句。

“我是王来电。”

“是吗?”

“我活见鬼了。”

“王来电早死了。”

“怎么死的?”

“死在印度了。”

“我没死。”

“鬼才相信。”

接着也被拉黑了。我认识的人就这么怕鬼。就没有一个，没有亏心事，不怕鬼叫门的。我以前的生活是不是白活了，以前认识的人是不是都是废物点心啊?

我和伊莉莎带着瓦特和玛格丽特去兰斯·本森镇采购，路过一个简易的高尔夫球场，时间还早，我们商量进去挥两杆。前台有一个易拉宝，上面写着：美国单手高尔夫比赛季。

“什么是单手?”

“就是只能一个手握杆。”

“啊，这样。”

“哦，中国练鞭子的人肯定有优势。”

又比画了几下。

两个手赢不了你，一个手还赢不了?

两个小影子跟着我们，打了四个洞，玛格丽特累了，倒在我怀里睡着了。我们提前结束，上车回家。

我有时候想，当我对小白球一击之后，我就无法再对它施加任何影响了，只能眼睁睁地看着它升起、飞行、坠落。甚至都看不清它的轨迹，不知道它落在了何处。我与它的关系只决定在那个瞬间的一击。可是我又想，如果我是上帝呢？上帝如果开出了一粒小白球，小白球是否也就完全脱离了上帝的掌握？上帝应该会对小白球在任何位置、任何速度都能掌握。那么，上帝的心意如何作用于已经一击之后的小白球？我仅仅知道注视是没有用的。地球是不是上帝开出来的小白球？上帝如果一直居住在地球上，又是怎么把地球开出来的呢？上帝还需要一根名牌的杆子吗？谁为上帝制造了杆子呢？

我和伊莉莎在内华达州的沙漠里过着“不知有汉，无论魏晋”的生活。一次伊莉莎看着一本什么书，忽然问我：“我是你的英儿吗？”

“你不是英儿。我也不是那个拿斧子的人。”

“那我是谁？”

“你是伊莉莎。”

有一天，伊莉莎不知看了什么，忽然对我说：

“不要忘了你的梦想。”

“我有梦想吗？”

伊莉莎不吱声。

“我现在已经没有梦想。就这样终老此生，挺好的。”

“如果有梦想，现在还来得及。”

“没有梦想。只想看着瓦特和玛格丽特慢慢长大，我们慢慢老去。”

“没有人知道你的存在。”

“你们知道就足够了。”

“你还记得你为什么来到这里吗？”

“我们已经走得太远，以至于彻底忘了，当初为什么而出发。”

“别我们，我没忘。”

“我和纪伯伦忘了。”

“纪伯伦是谁？”

类似的话题提起的多了，我意识到我是不能再当奶爸了。两个孩子早已经断奶了，一天天成长，一天天独立。我在海德格尔博士那里领到的报酬只有一年区区一千美元。海德格尔博士认为我越来越没有价值了。这一千元也是最后一次了。几年来我没有离开过荷马镇方圆一百公里。我成了内华达沙漠里的一棵植物，卑微地活着。只需要一点点可怜的阳光雨露。从前的生活已经在不知不觉中远去。我已经不再是我，我已经面目全非。

兰斯·本森镇的兰斯超市的边上有美国海军、空军、陆军的招兵办公室，我这个年龄早已经过了当兵的年龄。招兵办公室边上新开了一间 CIA 招募办公室。采购完生活用品，我们从 CIA 门前走过，走过去了，我对伊莉莎说："我们回去看看。"

"看什么？"

"我有一个想法。"

我们走进 CIA 招募办公室。

"我可以参加 CIA 吗？"

"他以前就是 CIA。"

"那为什么还要参加？"

"他和组织失去联系了。"

"重新加入要严格审查。"

"没关系，他经得起审查。"

"或许我以前加入的 CIA 和你们的 CIA 没有关系。"

"只有一个 CIA，以前只要在 CIA 就肯定有关系。"

"可能偏偏我加入的 CIA 就是没关系。"

"你在哪里加入的？"

"中国。"

"这样吧，你先报个名，我们初审以后再做决定。"

然后我就留了血样和指纹。

我被 CIA 录用了，要进行六个月的上岗培训。培训后考试合格才算正式录用，签正式合同。那时就真的成了斯诺登的同事了。约好的一个时间，招募员来家里接我，瓦特和玛格丽特不知道我要去做什么，如同去兰斯·本森镇上采购一样和我挥挥手，比画着飞吻，和我告别。我跟着招募员离开了荷马镇，穿过兰斯·本森镇。这是我四年以来，第一次离开荷马。辗转汽车、军用飞机，来到一个不知道具体位于何处的培训基地，开始 180 天的过关培训。

培训的具体内容就不细说了。其中有一项就是看毛片，需要传递的信息隐藏在几个小时的毛片的某一段，比如说一点二十五分，就是在毛片开始后的一小时二十五分钟以后，出现要传递的信息。通盘看下来也没什么异常，就是一个毛片。还有一些文件是隐藏在毛片的文件之中，通过一个密码软件，可以解读，否则是一堆乱码。

我有海德格尔芯片的优势。他们在海德格尔处把以前采集的数据转过来了，直接建立我的记忆模型，可以非接触采集我的记忆信息。通过适当的训练，由带有采集设备的人，在距离我一定距离范围采集我的记忆。我的这个优势很好地解决了信息传递难题。CIA 通过我开展代号为“犀牛”的项目研究。犀牛望月，没有月亮了，训练犀牛望我。有人说斯诺登曝光的棱镜门是一场骗局。棱镜现象是人所共知的秘密，本来就算不得曝光。这个犀牛权且当成传说一听吧。

培训时有印度人。一起参加培训的人不能深聊，不能交朋友，不能留联系方式。这样做是保护自己，也是保护别人。当年老穆的 DSDC1 号项目没准也有 CIA 的人，或许还不止一两个。

在培训基地看到，当时撞星以后，多个恐怖组织声称对此事负责，谁信啊？现在的媒体管制很严格，尤其对一些恐怖活动根本不予报道。媒体对恐怖事件进行详细报道，只会引起大众恐慌，大众恐慌了，恐怖分子的目的就达到了。杀鸡给猴看，只有一个猴子看和有成千上万个猴子看，效果是不一样的。恐怖分子希望他们的暴行能有更多的人知道，知道的人越多，恐怖行动的效果就越大。所以说，以前的媒体几乎是恐怖分子的组成部分，为恐怖分子摇旗呐喊，为恐怖活动渲染造势，虽然他们在传播中，加上几句义正词严的谴责，但是实际效果是助纣为虐，做了恐怖分子想做而做不到的事情。让大众知道太多的恐怖信息，尤其是一些恐怖细节，只会增加大众的不安。大众又不能亲自参与对恐怖分子的打击。没用的信息，不应该让没用的人知悉，尤其是一些极端负面信息。你看那些报道恐怖信息的记者难于掩饰兴奋，就知道他们其实也是“恐怖分子”。

我头皮下的芯片等于有一个被动的外 ϕ。我在培训中有大量的时间是在训练怎样更准确快捷地使用这个被动外 ϕ 把信息传递出去。ϕ 应该成为一个新的中国字，一圈一竖，一个圆圈加一竖，读音是（飞爱切）fài，第四声，意思是：①表示一个圆的直径；②中的变体，中的篆字体；③谐音字，形容被烫着了的声音。我头皮下有了这个带有被动外 ϕ 功能的芯片，所有的想法都会记录，都会变成文字。网络让人们错误地以为这一切都有意义。不是所有的信息都有价值，不是所有的文字都能成为经典。现在记录方便了，传输方便了，人们恨不能把所有无意义的呻吟都记录下来，甚至连放个响屁都想传递到万里之外。这样的记录和传递大大降低了我的负罪感。如果说我的外

ϕ传输的是情报，不如说我的外ϕ传输的是我的思想，乱七八糟的思想。思想无罪，传输思想也无罪。只要我不去主动接触情报源，我传输出去的就是纯思想，纯粹的个人思想。丝精为纯，米精为粹。大脑深处的一些东西是一个人最根深蒂固的东西，看不见，摸不着，洗脑又不能洗掉。我成为了一名间谍，间谁的谍？间思想的谍。间我千头万绪、天马行空、心猿意马、杂乱无章的潜意识的谍。如果有一天我能看到我曾经传输出去的信息，或许会无比错愕地惊诧，我竟然还动过这个念头？

培训完又没事，没有安排什么任务，让回到家里待命。我回到了荷马镇的家里。瓦特见到我，怯生生地躲在伊莉莎的身后，玛格丽特抱着伊莉莎的腿，忽闪着一双纯净明亮的大眼睛看着我。爸爸回来了！

孩子们没有伊莉莎的热情，他们已经把我忘了，和我陌生了。我的CIA培训已经打扰了我们曾经宁静美好的桃花源。

我给伊莉莎看了我的新证件。我现在是劳伦斯，劳伦斯·詹姆克斯。我已经不是王来电。伊莉莎也拿出她的证件给我看。伊莉莎不是伊莉莎，是安吉拉·海野丝。美国就是高级啊，不用到处写"办证"，各种证件也是可以办的。我们给两个孩子办了临时证件，瓦特·詹姆克斯，玛格丽特·詹姆克斯。伊莉莎也换了新证件，安吉拉·詹姆克斯。我们跟詹姆克斯干上了，成了詹姆克斯一家。我终于挂靠到美国了。

不到一天的时间，瓦特和玛格丽特就和我消弭了陌生隔阂，毕竟流着同一血脉。

"你得给瓦特起个中国名字。"

"中国名字？"

"难道叫他王瓦特。"

"中国名字是王水。"

"王水，水了吧唧的吗？"

"是水上有的他，他生下来你要的水，与王合在一起，王水是最厉害的液体。"

"也得给他起个字。"

"字警民。"

"警民？"

"警示人们，警醒人们。"

“哦，好。”

“我给玛格丽特起个中文名。”

“玛格丽特就不用了。”

“为什么?”

“玛格丽特是我的。”

“你重男轻女。”

“不不不，我是重女轻男。”

我们要去费城德雷克塞尔大学参加央金和嘉措的毕业典礼。

开了十六天的车，横穿美国大陆，从美国的西北来到美国的东南，南北极虽然变了，美国变成了南半球的一个国家，但是原来的方位大致还没有变，东海岸还是东海岸，西海岸还是西海岸。

来到费城德雷克塞尔大学见到央金、嘉措，央金已经怀孕了，挺着一个挺大的肚子。一对金童玉女变成了一对情侣。有位艺术家说：“我不说话，一说话就掉落人间了。”不说话，不说话也在人间。所以人自从来到地球就休想再飞升起来。我们在学校里面的希尔顿酒店住下来，一起去一家印度餐馆吃了饭。嘉措毕业了，央金因为生孩子，要晚毕业一两年。嘉措要接着读研，顺便等央金毕业。那时他们会带着孩子一起回不丹。

德雷克塞尔大学和常春藤之一宾夕法尼亚大学的校区交错在一起，如果不是有人指点，分不清哪里是“油喷”，哪里是“拽大”。“拽大”是他们对德雷克塞尔大学的简称和昵称。我们到拽大的龙雕塑前照了相，去拽大的主楼参观。主楼是电影《变形金刚 4》的一个景点。去宾大的 LOVE 照相，去沃顿商学院参观。LOVE 也是费城的一个景点。费城的是大 LOVE，宾大的是小 LOVE。

拽大到处都是他们特有的龙标志，央金和嘉措就是因为这条龙标志才来的这里，他们管拽大叫龙大。但是他们住的是宾大的公寓。

我们到费城参观了独立宫，游览了特拉华河边上的独立公园。特拉华河对面是新泽西州。费城位于宾夕法尼亚州，隔河相望的对岸是新泽西州。中国的一家著名房地产商正在对岸造城。要在费城国际机场的对岸，造一座新费城，造一座新泽西州的费城。

嘉措的毕业典礼在拽大的体育馆举行。场面盛大庄重。有许多抱着孩子的、怀着孩子的来参加丈夫的毕业典礼。毕业生的父母和亲朋好友全来参加毕业庆典。美国人和世界各地的人都把大学毕业当成一件值得庆祝的大事。央金和嘉措家里没有人来，我们就是他们的亲人。嘉措穿着学位袍，和众多的毕业生依次走上前台，从校长的手里接过毕业证，校长亲手把学位帽上的流苏拨转。典礼仪式后，我们和央金、嘉措在龙雕塑前合影。学校的纪念物旁，各个学院的建筑前、草地上、宿舍楼前，到处都是穿着学位袍的毕业生和亲友们在合影留念。校园里如同一个盛大的节日。

我接到了任务通知，让我立刻回中国大陆。

本来计划开车去华盛顿、纽约看看，现在去不了了。安吉拉一个人开车回去不放心。央金、嘉措同意一起陪伊莉莎回去。没有告诉他们伊莉莎已经变成了安吉拉，他们还以为伊莉莎还是伊莉莎。我无意在他们面前表现得很忙，实在是人在江湖身不由己。

接我的人已经开车来了，就在拽人别过，直奔费城机场。

北　京

厦门/两岸共建金厦漳泉/回到北京/太阳从西边出来了/我死了/八宝山和墓地/青蛙河道高尔夫/薛雷锋/派出所查不到你/同学商红页/你的追悼会已经开过了/改造后的园博园/已经赔了你三千万/金威高升了/到延庆监狱看金总/苏焯定律/3.5 环/上网/什刹海/找到滴滴答

飞机降落在台北桃园机场。有人在机场接我，告诉我两个小时后飞厦门。给了我一个信封，让我用这些进大陆。我躲到卫生间看了，是王赖殿的回乡证和台湾的身份。王赖殿，应该是王来殿吧。赖殿就赖殿吧，更像一个南方名字。还有一页纸的王赖殿的背景材料，不着急看。我把行李上美联航的标贴清理干净，登机牌撕碎冲走。出了卫生间，转头过安检，重新进到桃园机场。办理了桃园飞厦门的登机手续。

飞机降落在厦门大嶝岛国际机场。

厦门大嶝岛国际机场有两个候机楼，一个为大陆方面专用，另一个为台湾方面专用。我从台湾方面的候机楼出港，有人来接应，我上了来人的车。车子驶过大嶝岛和金门之间的海底隧道，来到金门的喜来登酒店。我以王赖殿的名义住了下来。接我的人没有留下任何指示，也没有其他人来找我。或许在车上已经读取了我的思想活动，有人正在紧张地分析。或许什么事情都没有发生，看起来一切如平常的情景，我就是一个普通的旅客。

酒店面对着台湾海峡，远处黑黢黢的海面上一无所见。我简单洗漱了一下后来到街上，叫了一辆三轮车，在金门的街道上转悠。

金门的土地现在是寸土寸金，高楼林立的街道如同纽约的曼哈顿。酒店附近的海域还在填海，再过几年，喜来登酒店就不在海边了。泉州、漳州运来的石头和泥土已经把金门岛往台湾海峡延展了三公里。喜来登酒店就是建造在第一期的填海陆地上。二期、三期以后的填海工程造价更高，水越来越深。现在说的厦门实际是指金门、厦门、漳州、泉州组成的区域，以前习惯说金厦漳泉。海峡两岸共同发展金厦漳泉，大陆提供的泥土已经把金门岛的面积扩大了一倍。金门还在继续造地。已经建成的金门岛上五光十色纸醉金迷。我登上面对厦门的国际统一大厦，在顶上的旋转餐厅用餐。厦门方向的灯光虽然也很灿烂，但和金门相比还是略逊一筹。

我不知道任务是什么，要见什么人，匆匆忙忙地从费城跑到了这里。吃完晚饭，无所事事地在街上转了转，回到酒店休息。

我和安吉拉通了电话，她和孩子们还在费城。他们要按原计划开车去华盛顿，去纽约，然后才回家。央金、嘉措和他们一起去。安吉拉说以后少打电话。

我挂了电话看电视。

门铃响了。我警觉地起身，来到门后，外面从门下塞进一个信封。我听听外面没有了动静，拿起信封，里面有一张信用卡。信用卡的名字是王赖殿。准确地说是“王赖殿”的拼音。我现在已经是王赖殿，不再是王来电，所以拼音的意思就是王赖殿。还有一个字条：明天上午 11：45，CZ8341，厦门到北京。自己走。

第二天早上我早早起床，在酒店附近走了走，用过早餐，退房，叫出租车，去厦门机场。

从大嶝岛的二号航站楼，过海关，进入一号航站楼，就已经从台北的管辖区进入到厦门的管辖区，到了候机区，时间还很早。在候机楼里的商店、书店闲逛，消磨时间。

有了大厦门区，中国这只鸡终于有了两条腿。一条腿是香港澳门到海南岛，甚至延伸到南海诸岛；另一条就是金厦漳泉的大厦门到台湾岛。

航班晚点两个多小时，降落在北京的土地。曾经生活了多年的城市，睽违已久的地方。我特意选了机身靠左的窗口。飞机降落时，我看到 CBD 的楼群在暮色里泛着点点的玻璃光，国贸三期和央视大楼组成了一个“10”，那是北京的区号。

我出了机场，排队等出租车。没有人知道我回到了北京。国际航班都飞到大廊机场了，国内大部分航班也都飞到大廊机场。只有小部分航班还飞到朝阳机场。

排了三十多分钟，上了出租车，师傅问："去哪儿?"

"望京。"

师傅没说话，用手抽了一下自己的脸，车开了出去。

上了高速。我说："给你加二十。"

"别呀。"

"嫌少是吧?"

"算我倒霉。"

"不能遇到我的都倒霉。加五十。"

"嘿，太阳从东边出来了。"

"加多了?"

"自从太阳从西边出来，我就没顺过。"

"太阳从西边出来了?"

"你不知道啊？不像啊。早就从西边出来了，五年多了。"

"是吗?"

"是吗？你是不是五年多不在北京了?"

"你还真真说着了。"

"嘿，我跟你说，这五年多我就没适应过来。好好的朝南的房子变成朝北的了。你说这招谁惹谁了?"

"这么说来我也不去望京了。"

"去哪儿?"

"可着这北京城，你随便绕。"

"好嘞。"

近乡情怯，我忽然不想直接回家。先看看北京的街景吧。车还是堵得很厉害。首都还是首堵。从二高速上了五环就一步一挪，正赶上下班高峰，北京又成了一个巨大的停车场。从五环上了京通快速路，五环到四环还可以，过了四环，又是一步一挪。太阳在车后照着，以前迎面照着的情景已经模糊不清。CBD 的高楼如故，看不出什么变化，东郊电厂的大烟囱已经没有了，代之为一个大工地。东郊电厂的大烟囱曾经被 798 的艺术家打扮成一个林迦，还取得过吉尼斯世界纪录。车里的收音机在报着哪个路段拥堵。

"换个台吧。"

"好嘞。"

夕阳坠落了，坠落到曾经日出的东海。长安街华灯初上。一切如故，一切如故。

出租车开过天安门广场，看到毛主席的目光，我心里安稳下来，我真真切切地回到北京了。国旗已经降下来，观看降旗仪式的人们已经散去，暗下来的广场上游人稀少。天安门城楼正在维修，人民英雄纪念碑也没有景观灯照亮。一切如故，一切如故。

车过了西单，驰过木樨地立交桥，我看到公主塔在夜空里璀璨无比。

有个段子说，人的一生好像乘坐北京地铁一号线：途经国贸，羡慕繁华；途经天安门，憧憬荣光；途经新华门，幻想权力；途经金融街，梦想发财；经过公主坟，遥想华丽家族；经过玉泉路，依然雄心勃勃……这时，有个声音飘然入耳：乘客你好，八宝山快到了！顿时醒悟：人生苦短，何不淡然。

“就去公主塔。”

“好嘞。”

司机在车上不大叨叨，不像有的司机，一路叨叨个不停。和司机约好明天包车。师傅痛快地答应了。包辆车省得老在路上拦车。遇到一个好司机也不容易。约好第二天九点，过了早高峰来酒店接我。

我在公主塔酒店住下。这个工程是我曾经进行过结算审计的工程，就是因为这个工程，才去了印度。

我到公主塔的观景层瞭望，公主塔远远高出了中央电视塔，是京西三塔之一。

观景层上标着方位，西方，是我刚来的方向。

第二天早上，司机老李在酒店接上我。我先去翠微大厦采购礼品。五年没回家，总要买点东西回去，总不能空着手回去吧。到了翠微大厦，商场还没开门。楼外的小门脸已经开门，我去买个手机号，还要身份证登记。出来让老李帮我买了两个手机号。

商场开门后进去买了两部手机，给老婆刘高峰和儿子王火买了礼品。让老李拉着我去以前的西南四环附近的家。

到了家，按了门铃，久久没人开门。我听到里面有人，就是没人开门。

不大认识的邻居买菜回来了。我和他打招呼：“买菜去了？”

他用异样的眼光看着我，迟疑了一下，说：“你不是死了吗？”

“没死啊，这不是活着吗？”

“哦哦。”

他开门进屋了。过了一会儿，把门开了一条缝，说：“你们家早搬走了，房子早卖了。”

“你知道搬到哪儿去了吗?”

“你都不知道，我哪儿知道。”

“哦哦。”

“这家装修好，搬来好几年了。”

“哦哦。”

“这一层，就我没搬走了。”

“哦哦，谢谢你了!”

我下楼，上车。让老李去望京。到了望京的住处，也是久按门铃没人开门。听听屋里没有什么动静。望京的住处不经常来住，邻居更不认识。我到物业查了查，也已经不是我的房子了。

从物业出来，老李问：“去哪儿?”

“去温泉。”

到了温泉的别墅区，在大门口就被保安拦住了。我报了栋号，保安在对讲里拨通，久久没人应答。我要求去物业查查，保安不同意。后来用对讲让物业查，物业说：“户主不是这个名字。”换个名字，物业说：“也不对。”

“你能不能给看看以前是不是这个名字?”

“我不知道。现在不是。”

我在北京无家可归了。狡兔三窟，三窟全都物是人非了。

“还去哪儿?”

“回酒店。”

跑了一天，不停地堵在路上，得到一个无家可归的现实。

回到酒店，拨打以前家里的电话，是不认识的人。拨打以前老刘的手机，也是不认识的人。拨打儿子的手机，也是不认识的人。我能够在脑子里记住的只有这三个号码。

看着给老婆孩子买的礼物，我不知如何找到他们。曾经生活的北京忽然成了陌生的地方，我恍惚是在别的城市。

我死了，我肯定被他们认定死了。就算是我死了，我的亲人也不等我的游魂回来。

第二天，我去了CBD的单位，到了曾经上班的写字楼，也是物是人非，我以前的事务所已经不在这里办公。我用手机搜索，已经没有我从前事务所的信息。快照里说三年前已经与另外一家大所合并了。搜新的关键词，有几个办公地点，分别在CBD、金融街、总部基地。我找到位于CBD的写字楼，里面没有一个我认识的，全是新面孔。当然也没有认识我的。我让员工部查一查以前的员工信息，员工部的人说："不可以。"

既然我已经死了，八宝山肯定有我的信息。我来到八宝山，八宝山里面静悄悄的，我来到接待办公室，说："想查一查档案。"

"查档案？我们这儿没有档案。"

"就是查一查以前谁在这儿办过追悼会。"

"这个不给查。你查这个干吗？"

"我想和一位亡者的家属联系。"

"这我们没有。你要是准备过几天给谁办事，我可以给你预约上。"

"预约的话不都有记录吗？"

"谁还留它，过去就没了。"

"放到你们这儿的骨灰盒没有档案吗？"

"那有，不是我们这儿，是另一个院子的，寄放处。"

"怎么走？"

"明天再来吧。这事一般都上午来。下午阴气重。"

转天一早又来到八宝山，追悼大厅外面的院子里，热热闹闹的，像一场必不可少、欲笑又止的奇怪聚会。

既然来了，就又来到业务接待室。业务接待室已经不是昨天下午的人，有一位在电脑前工作的年轻人。

"能不能在电脑里查一查……"

"稍等稍等。没看正忙着呢。"

"能不能查一查王来电的事是什么时候办的？"

"大概什么时间？"

"不知道。输入名字不就能查吗？"

"我试试。"输入以后，没有结果。

"大概什么时间你不知道吗？"

"大概五年前吧。"

“五年前，五年前我还留它？我还以为是五天前呢。”

到寄存处查了，也没有王来电的骨灰盒寄存。骨灰肯定没有，盒也没有。没有骨灰，放一个空盒子也是浪费。

出来上车，老李关切地问：“特意回来奔丧的?”

“嗯。”

“节哀顺变吧。”

我要跟他说我死了，老李别把车开到马路牙子上。

一大早老李拉我去了南口附近的陵园。我走进放着音乐的陵园，来到母亲的墓地。母亲的墓碑依然安详地等着我的到来。我在母亲的墓地前后仔细看了看，如同昨天一样。陵园管理得依然很好，墓碑擦得干干净净。我一次交了二十年的费用还远没有到期。我在母亲的墓地前跪下，在心里和母亲说说话。

起来后，我在园子里转了转，到管理处查了，没有我的墓地。

生不见人死不见尸，还弄一块墓地也是浪费。刘高峰孤儿寡母才不干此事。我从死人的地方找活人的思路就不对，还得从活人找起。

找谁呢？知道家庭、单位地址的几个同学和我是单线联系，和我的家庭没有联系，找到他们也没有用。

对了，我应该先去看看我的自留地。以前平常需要回避的自留地，目前状况下，第一时间应该去自留地，真不应该去八宝山和墓地，我真是昏了头了。还是应该从活人找活人。

想到这里我心里高兴起来，对明天找到线索充满了信心。这几天在八宝山、陵园转了一天又一天，今儿个哪儿也不去了，回去好好休息一下，明天一定有结果。

第二天一大早，我就来到位于宣武的西护城河，下到河道里的青蛙河道高尔夫平台。向球童报了名字。球童在电脑里查了一下。

“先生，是王来电吗?”

“是。”

“对不起，没有。”

“没有?”

“没有。”

“没有你就给我算散客吧。”

“好的，先生。”

“办好了，先生。”

“你的球包我帮你拿。”

“没有球包。从你们这儿租杆。”

“好的，先生。你需要什么杆？”

“来根 7 号铁，来根 1 号木。”

“好的，还需要其他杆吗？”

“不用了。”

“好的，押金三百。铁杆一百，木杆二百，共计三百。”

“先生，请跟我来，5 号打位。”

“这是 100 个球，您先打着。”

青蛙河道高尔夫是我的一块自留地。在全国有一千多家加盟连锁店。在北京有一百多个场地。河道高尔夫利用城市河道空间，在水面上架起了一个浮桥，浮桥固定在河道两岸，浮桥上设立高尔夫打位。打位在浮桥两侧，中间是过道和休息区。浮桥的上面有风雨棚。休息区有椅子、茶几。打位前的浮桥下面有伸出去的安全网，防止人跌落水中。在打位上向河道的水面击球，球是浮水球，落到水中后会漂在水面上。浮桥上的击球平台向浮桥的两侧击球区域，隔上四五百码，又是一个浮桥，再隔上四五百码，又是一个浮桥。河道高尔夫把闲置不用的护城河建设成了一个巨大的高尔夫练习场，高尔夫成了乒乓球、台球之后又一个被中国特色平民化的运动。现在打球再不用开车跑到四环外、五环外去了，在家门口就能练习。河道高尔夫两侧的拦网，掩映在高大的柳荫之下。由于利用了护城河河堤的高度，拦网的高度并不突兀，与岸边的柳树齐高。拦网外侧的健身步道，有人在散步，有人在快走。

我打了几个球，和球童聊天。

“和你打听个人知道吗？”

“叫什么？”

“薛雷锋。”

“薛总啊，认识。”

“都薛总了？”

“最早是我们场子的球童，后来当场店经理，后来当公司部门经理，现在是总经理。”

“总经理?”

“对呀，薛总是我们的榜样。”

“现在还管你们吗?”

“可管不着我们了，差太多级别。”

“你们场长来了吗?”

“我们场长十点才来，有时候不来。”

“哦。”

十点钟来了一大批小学生，叽叽喳喳像一群小鸟。附近的白纸坊小学来上特色体育课。每个打位站三个小学生，一个打，两个看着，记成绩。

“这个不合格。”

“合格。”

“这个歪了。”

“这个距离不够。”

打十个，换人。体育老师和球童在旁边巡视，不怎么管他们。小学生们一个个打得像模像样。

“该我了，该我了。你都打了 11 个了。”

“有一个不算，你动我了。”

场长来了，问场长能不能和薛总联系一下，场长问什么事。

“我是薛总以前的一个老客户，也是老朋友，后来到外地去了，现在回北京出差，听说薛总高升了，给她道个喜。”

“你有几年没在北京了吧?”

“有几年了。”

“薛总高升很久了，有两三年了吧，不止了，我来都三年了。”

“你也是元老了。”

“和薛总比差远了。你没她的手机号吗?”

“以前有，后来换手机换丢了。”

“我给你打。哦，通了。薛总啊，我是小张，这儿有一位到外地的老客户和你说两句。啊，你贵姓? 姓王。好好好，薛总。”

场长小张把手机递给我。

“薛总，恭喜高就啊!”

“王总，你好！谢谢谢谢！”

“中午有空吗？请薛总吃个便饭。”

“谢谢王总。改天我请你吧？”

“中午没空，晚上也行啊。”

“哎呀王总，晚上也有安排。改天吧王总，改天我请你。”

“不想见我吧？”

“想见想见，想死你啦。”

“要不在你楼下喝杯咖啡？”

“哎呀王总，我现在正忙，谢谢王总啊！”

“说了半天知道我是谁吗？”

“知道，王总，你什么时候回北京的啊？”

“回来两三天了。”

“什么时候回去啊？”

“不回去了。”

“常驻北京了。好啊，王总，以后能经常见面了。”

“你知道我是谁吗？”

“知道，王总。我一听声音就很熟，一听就是王总。”

“我是王来电。”

“啊！”

电话里“啊”的一声，凝固了。

“王王王王王总。”怯怯的声音。“我我我我马上过去。”

“别对任何人说我回来了。”

“好好好好。”

小薛是我一手提拔的。从她十六岁来到青蛙，在这个场子当球童，十七岁当场店长，十九岁到公司做发展部经理，都是我一手安排的。小薛人很聪明，仔细认真，灵活能干，是我在青蛙这块自留地上的铁杆。我知道在我报出名字前她没有想到是我，肯定是听着耳熟，按照常规的套路应付。听到我报出名字的那一刻，下巴肯定吓掉了。如此看来我真是已经死掉了。

时间不长，小薛来了，怔怔地看着我，一把抓住我的手。

“王总啊，真是你啊，王总啊，真是你啊……”

松开我的手，一把将我抱住。

“王总啊，真是你啊，王总啊，真是你啊……”

我拍拍她的背，没有说话。

浮桥上的小学生都停下来，静悄悄的，所有在浮桥上的人都注视着我们。小薛松开我，眼里噙着泪花。

我们上岸，在岸边的办公室里间坐下，有人倒了两杯水，出去了，门被带上了。

“我是不是已经死了？”

“没有。你终于回来了！”

“你参加我追悼会了吗？”

“去了，我不相信。”

“看来我是真的死了。”

“没有没有，从来没有。”

“没事，是死过了。”

“我从来不信。”

“是不是大家都认为我死了？”

“是。”

“还开了追悼会？”

“是。”

“现在公司怎么样了？”

“嫂子把股份都卖了。”

“啊，卖了？这都什么时候的事？”

“一年多了，开完追悼会就全卖了，一点儿都没留。嫂子特意安排我当北京公司总经理，给了我股份。现在是河道管理处控股，还有几个股东。我一直相信你会回来。我不知道嫂子为什么要卖掉青蛙，青蛙是你的一个孩子。嫂子坚持要卖，我阻止不了。”

“你没错。卖了就卖了吧。她们现在在哪儿？”

“你也不知道她们在哪儿？”

“是啊，我找不到她们了。”

“我也找不到嫂子了。卖掉以后就失去联系了。嫂子的手机换号了，家也搬了。搬到哪儿去我也不知道了。”

“这么决绝？”

“我也奇怪是为什么？我没人可说啊。我就想能看到嫂子和小火火，后来就看不到了。经常梦中梦着你。见不到你和嫂子，我在北京就像没依没靠的，有时候白天也像做梦一样。我在北京的一切都是你给我的，突然就都见不着了。我心里经常一阵儿一阵儿恐慌。”

小薛说着，眼泪流下来。

如果是这样是挺奇怪的。

“现在生意怎么样？”

“生意挺好的。挺赚钱的，现在北京有 156 个场子，都赢利。全国有 3823 个场子，这是河道和市区的练习场，还并购了 47 家全场。挺赚钱的，不知道嫂子为什么一定要卖掉。这两年还出了六个冠军，青年组、少年组、成年组都是我们的会员。现在影响可大了。青蛙杯影响也可大了。”

“你自己过得这么样？”

“挺好的，王哥。我现在孩子三周岁了，男孩，可调皮了。都是托你的福。我永远不会忘记王哥的大恩大德。”

“说哪里去了。这都是你应得的福报。”

“王哥，你这几年去哪儿了？怎么一点音讯也没有？”

“地球翻转以后，我被困在国外了。”

“怎么也不来个电话？”

“好几次差点把小命丢掉。”

“王哥福大命大、逢凶化吉、遇难呈祥。”

“地球翻转对你有影响吗？”

“没影响，本来我就不分东西南北，就是掉了个方向，一点也没有感觉到影响。对了，还变好了呢，我买那个房子，本来是图便宜，朝北，现在好，朝南了，涨价了。”

“你能不能帮我找找刘高峰？”

“我试了，找不到，我还说嫂子怎么故意躲着我啊！”

“有没有别的办法找到她？”

“我试试吧。这几年我一直在找你，找嫂子，一直找不到。”

“如果找到她，千万千万别说我回来了。”

“好。我怎么联系你？”

“我联系你吧。别对任何人说我来过。”

“好。”

“给我你的名片。”

“好。”

“我告辞了。”

“好。”

“等我弄清楚再说，这里面肯定有事。你别送，我走了。”

“好。”

我站起来，转身就走。小薛从后面抱住我。

“我好担心。”

“不用担心。我这不回来了吗？”

“我等你再来找我。”

我来到派出所。

“能不能帮我查一个人？”

“有手续吗？”

“什么手续？”

“查人的手续啊。”

“什么是查人的手续？”

“法院的啊，或者什么机关的啊。”

“没有。”

“没有不能查。”

“给查查呗。”

“这又不是百度，你想查就查。都来查查不乱套了。”

“你查查不告诉我行不行？”

“那有什么意义吗？”

“有意义。”

“有意义没时间啊。”

“有一个朋友失踪了，我想查查他是否已经死了。”

“报失踪，报死亡，都得是利益相关人。你活得好好的，你什么朋友来这里一报，就给你报成死亡了那怎么了得，岂不乱套？”

“我就是想看看有没有人把我报死了。”

警察笑："不可能的。你这不活得好好的吗？"

"我是说有没有人把我报成死亡？"

"哎呀，别说不吉利的话了，不可能的。快忙去吧。"

"我再咨询一下，如果我被别人宣告死亡了怎么办？"

"宣告死亡，是法院的事，也不是我们可以宣告死亡就死亡的。我们只管销户。"

"我再问一句，假如我已经被宣告死亡，那么如何复活？"

"我来给他介绍，你接待下一位吧。"

旁边另一个警察接过来说："我是学法律的，我给你解释。宣告死亡是法律程序，指经利害关系人申请，由法院宣告下落不明的满一定期限的自然人为死亡的制度。"

"我知道是程序，是制度，我是问怎么就宣告死亡了？"

"宣告死亡是指自然人离开住所，下落不明达到法定期限，经利害关系人申请，由人民法院宣告其死亡的法律制度。与宣告失踪制度的设计目的相比，宣告死亡主要解决失踪人的整个民事法律关系的状态问题，而宣告失踪则主要解决失踪人的财产管理问题。故宣告死亡重在保护被宣告死亡人的利害关系人的利益，而宣告失踪则重在保护失踪人的利益。"

"你考试肯定一直很好。"

"是的。"

"多长时间可以宣告死亡？"

"《民法通则》第二十三条规定了宣告死亡的条件：公民下落不明须达到法律规定的期限（一）下落不明满四年的；（二）因意外事故下落不明，从事故产生之日起满二年的。战争期间下落不明的，下落不明的时间从战争终结之日起计算，满四年的。只有利害关系人提出宣告死亡申请的，人民法院才能依法作出死亡宣告。宣告失踪人死亡，必须由利害关系人向失踪人的住所地或最后居住地的基层人民法院提出宣告死亡的申请。人民法院应当发出寻找失踪人的公告，公告期间为一年。寻找失踪人公告期限届满仍无失踪人生存消息的，便可作出死亡宣告判决之日期为失踪人死亡的时间。此类事例比如登山遇雪崩、大海沉船等情况，等两年没有必要，只要有有关机关的证明即可。另外，最高人民法院关于适用《中华人民共和国民事诉讼法》若干问题的意见规定，人民法院判决宣告公民失踪后，利害关系人向人民法院申请宣告失踪人死亡，从失踪的次日起满四年的，人民法院应当受理，宣告失踪的判决即是该公民失踪的证明。”

“你背得挺齐全，肯定考试满分。”

“谢谢夸赞。”

心想反正我是够格了。

“我再问你一句?”

“你请讲。”

“如果宣布死亡的人没死，怎么办?”

“宣告死亡只是推定死亡，被宣告死亡的公民完全有可能重新出现或者确知其没有死亡。被宣告死亡的公民重新出现或者确知其没有死亡的，经本人或者利害关系人申请，人民法院应当作出新判决，撤销原判决。人民法院作出新判决后，被撤销死亡宣告的公民的人身和财产关系依照下列方法处理：首先，其因宣告死亡而消灭的人身关系，有条件恢复的，可以恢复。被撤销死亡宣告的公民的配偶尚未再婚的，夫妻关系从撤销死亡宣告之日起自行恢复；其配偶已再婚，或者再婚后又离婚，或者再婚后配偶又死亡的，则不得认定夫妻关系自行恢复。在被宣告死亡期间，子女被他人收养，死亡宣告被撤销后，被撤销死亡宣告的公民仅以未经本人同意而主张收养关系无效的，一般不应当准许，但收养人和被收养人同意的除外。其次，被撤销死亡宣告的公民有权请求返还财产。其原物已被第三人合法取得的，第三人可以不予返还。但依继承法取得原物的公民或者组织，应当返还原物或者给予适当补偿。利害关系人隐瞒真实情况使他人被宣告死亡而取得财产的，除应当返还原物及孳息外，还应当对造成的损失予以赔偿。”

“谢谢你的详细解释，谢谢！我明白了，这跟你们派出所没关系，跟法院有关系。”

“您真是明白人。”

“解除死亡得去法院。”

“对。”

“本人也可以申请。”

“对。”

“法院要问我你是谁?”

“你是你啊。”

“我没有身份证，我身份证丢了。”

“你可以补办。”

“法院管补办吗？”

“法院不管，派出所管。”

“还是的。”

警察拿了一张身份证补办申请表让我填。

“还是别填了吧。”

“不填怎么给你办啊。”

“我填了你就一定能办吗？”

“一定能办。先给你一个临时身份证。”

“要是我已经被宣告死亡了呢？我填了你一定给办？”

“你不填，我没法给你查。”

旁边一个警察过来，示意接过他，对我说：“说，什么名字？”

“王来电。”

“还真死了。”

“什么时候死的？”

“某年某月某日。一年多了嘿。”

“那能办个临时身份证吗？”

“死了怎么办？”

“这不是活着吗？”

“谁能证明你活着？”

“你得先证明你活着。”

两个警察说。

“我到法院，法院不也得这么说吗？”

警察倒吸了一口气。

“法院判你死亡的，你还是得去找法院。”

“法院问我是谁呢？”

“法院肯定有办法。”

“法院嘛，肯定有法儿。”

“你还是去法院问问吧。”

“你不是学法律的吗？”

“我学得不好，我还没毕业，我是自学的。”

“他这个法律也就糊弄俺们。”

“你还是去问问专业的吧。”

“别在这儿瞎耽误事儿。”

“总之谢谢你们了。”

“谢谢你！谢谢你！给我上了一课。”

从太空看长城看不到，从太空看京城可以看得到。尤其是京城的夜景，瑰丽壮观。太空看到的京城夜景，一圈圈的环路和主干道分外醒目。京城的太空夜景图片更像一个老乌龟，乌龟头在通州，京通快速是龟脖子，京承、京拉、京津、京开四条高速像四条龟腿，一圈圈的环路和主干道像是龟纹，头朝渤海，尾朝太行，良乡一带像是龟蛋，如此说来京城就是一个龟城。

我以往认识的人都像乌龟一样缩了起来，我在龟纹里窜来窜去找不到她们。以前联系都是在手机上调出人名，再早还在小本本上记电话号码，后来全在手机电脑里了。具体的号码全都让电脑芯片记忆了，人脑选择性遗忘了。每次聚会都是约好的公共场所，极少去工作单位，更少去家里。做什么工作，大约知道。工作场所在哪儿，没去过。家住哪里，不知道。手机号码在手机上，QQ 号码在电脑里。现在没有了手机，就没有了手机号，没有了电脑就没有了 QQ 号。老李问去哪儿。

“去北大出版社。”

“在哪儿?”

“在清华旁边。”

到北大出版社找一位同学，应该还在那儿，她们比较稳定。

在前台说找商红页。

前台问：“约了吗?”

“约了。”

“贵姓?”

“姓王。”

“商总，前台有一位姓王的先生找您。好好。”

“请稍等一下，商总在开会。”

“商红页都商总了？她是你们什么领导啊?”

“是我们集团副总裁。”

等了半个小时，让前台再联系。

“商总，王先生问现在是否可以去见您？啊，啊。你什么单位的？”

“我是她同学。”

“他说他是你同学。啊，啊。你叫什么名字？”

“王来电。”

“王来电。商总，商总，好好。”

“你上去吧，不用登记了。”

“在哪个房间？”

“保安领你上去。”

保安敲敲门，里面说请进，保安推开门，对我打个请进的手势。我进了门，商红页站在写字台后，我喊她：“商红页。”

她端详了半天说：“你还活着呀！”

她从写字台后走出来，对保安说：“你回去吧。”

保安把门轻轻地带上了。商红页拉着我的手说：“你还活着呀！”

“没把你吓着吧？”

“吓死我了。我以为鬼来找我来了。”

“真吓着了？”

“真吓死了，你没看我让保安陪着上了吗？什么时候让保安跟过。快说这几年到哪儿去了？刚刚给你开了追悼会，你就回来了。不行，我得掐你一下。”

“哎呀，疼疼疼。”

“是真人，不是鬼。”

“鬼倒不是，不怕是冒充的？”

“冒充？谁冒充你啊？你说，冒充你有什么用？再说了，烧成灰我都认识，谁敢来冒充？”

“还烧成灰呢？追悼会上看着灰儿了吗？”

“还追悼会呢？我都快把你忘了。开始吧，一到聚会就说王来电怎么联系不上，后来都懒得说了。对了，你还阳了，我们得大聚一场。你是没看见，就开你那个追悼会，把好几个女同学都给哭伤了。”

“不会吧？”

“不会？”

“你哭没哭?”

“我哭你个蛋啊?”

“光哭蛋?”

“哭也不能在那儿哭啊。”

“我先打几个电话。我先把你还阳的消息放出去。”

“别跟他们说，到时我突然出现。”

“那不行，到时吓死几个好歹儿的怎儿行啊?”

商红页一边说一边拨电话。

“我得让大家有个心理准备。刚才你这一来，差点把我吓死。也就是我，从小是吓大的，换个人儿早趴下了。”

“陈彩瑾，我给你说个事啊，你站住了，知道你胆大，站住了没？我可说了啊，王来电回来了。啊什么啊，人就在我这儿，屁股还没捂热呢。你来什么来啊，死鬼复活了有什么好着急的。我也不知道，我一会儿问问，你先张罗人吧，这可不是接风，这是还魂儿，可把我吓死了，我要不给你打个电话，光看着他吧，一想就瘆得慌。不用不用，不用你来陪，你快张罗人儿吧，去哪儿都行，越多越好，对，人多壮胆，参加追悼会的都去，让他给我们赔不是，明儿中午也行，早点儿，明儿不是周末吗？行，行，行。他要跟你说两句。”

“陈彩瑾，王来电。”

“你跑哪儿去了?”

“一句两句说不清楚，明天见面再说吧?”

“说是你去登山遇难了?”

“也算是吧，最后我跑出来了。”

“怎么这么长时间才回来啊?”

商红页一把夺过电话：“别啰唆了，有话儿留着明儿个说，赶紧张罗人儿。先跟佩文说，让她安排地方，好好。”

“你回来几天了?”

“三四天了吧。”

“父母都还好吧？看我这该死的嘴，不该问，不该问。家里嫂子孩子都还好吧?”

“我还没见到他们。”

“你没回家?”

“家没了。”

“家没了？开追悼会时我还看到她们好好的，哭得像个泪人儿。”

“她们娘俩搬家了，搬到哪儿去不知道。”

“单位去了吗？”

“单位也搬家了，不知道搬到哪儿去了。”

“单位应该网上能查到，你查了吗？”

“查了，就是旧地址。”

“明天发动大家帮你找找，人活着回来了就好。你这几年都去哪儿了？不会是被关起来了吧？”

“不是关起来，是被放出去了，就是回不来。”

“连个电话也不打？”

“没有电话。”

“是在印度吗？印度那个穷地方，哎呀，现在满大街的印度人，满街筒子的印度人，晚上也躺得到处都是，街上都没法遛弯儿了，说是印度遭了灾了，这都好几年了，那么些个印度人都能跑来，你就跑不回来呀？你说你个大活人，跑到外面跑不回来了，让我们都以为你死了。嘿，来电话了，佩文。”

“园博园，好好，你来定，别给他说了，明天再说吧。嘿，真啰唆。佩文和你讲话。”

“佩文，你好！”

“你行啊，王来电，到阴间溜达一圈回来了。”

“要这么说，我可有话儿啊。”

“有什么话儿，别憋着。”

“阎王爷给你带好了啊。”

“赶明儿个你再回去也给我带个好。”

“那不行，那就一块去了，用不着我带了。”

“不跟你贫了，明儿见。”

“明儿见。”

挂了电话，商红页说：

“你的《太阳照耀俄罗斯》卖得怎么样啊？”

“不知道，肯定不怎么样。打开始就卖不动。”

有人敲门。

“请进。”

“商总，我们几点出发？”

“马上就出发。”

“我们到楼下等你。”

“好。”

转头对我说：“跟我们一起去呗。”

“不了，明天聚齐吧。”

“把你电话给我，明天我去接你。”

“我还没电话，给我你的电话，我直接过去找你。”

商红页给了我一张名片。她拿起手包和外套，我们一起上电梯下楼。

“明儿见。”

“明儿见。晚上不许单独活动啊。”

“绝对不许。”

商红页挥挥手，上车走了。

第二天上午十点，我就摸到了园博园。

老李用手机问商红页的详细地点。商红页发过来一个地址共享。在手机上打开园博园的微导航，在园博园的汽车专用道里转来转去，车外的景色变幻多姿，车子一会儿在开满鲜花的植物通道里穿行，一会儿爬上一个小山丘，视野开阔，车外的美景尽收眼底，一会儿在LED屏构成的动态隧道里穿过。老李说：“园博园还这么好啊。我每天在大街上转悠，还是第一次走这种路，我们开慢点儿行吧？”

“行啊，我们不赶时间。”

时间不长。

“你已经到达本次导航的目的地。”

“这就到了？”

“它说到了就是到了呗。”

车子停在一个小坡坎下面，停车场是一个小树林儿，车子在枝繁叶茂的树下停住。我们出了车子。

“这是什么地方？”

“我也不知道啊。”

“这地方能吃饭?”

“我们到上面看看?”

“看看。”

沿着坡坎上的台阶走到坡顶，一片修剪整齐的草坪，覆盖坡顶上的自然坡度，让人想在上面打个滚。视野开阔，近处是点缀着鲜花的草坪，远处是山上的永定塔。园林植被覆盖，各种艺术造型的建筑点缀其间。坡下有一个白色的篷布小品，篷布下有一个白色的长条桌子，有人在布置忙碌。我们走过去。

佩文已到。

“王来电，王来电。”

“嗨，佩文。”

迎上来和我握手拥抱。

“真是活着回来了啊!”

“活着回来了。”

“这是谁?”

“我司机。”

“我到别处转转，完事到车里等你。”

“十三点回来就行。”

“好嘞。”

陆陆续续人都到了，一共来了16个人。我、佩文、段南、商红页、郭章富、陈彩瑾、高月影、左五州、杨大明、张慧慧、郑淑梅、宋生地、霍麦青、马二宝、李小丽、王锐。

佩文让我坐在长条餐桌的一头，说她坐在另一头，其他人随便坐。

商红页说:“不能这么坐，不能这么坐，来来来，你坐这儿。”

她指着长边一侧的中间。

“这回不能随便坐，那样坐王来电显得太孤立了，他得坐在人群里。你先坐下，你先坐下，其他我来安排。那天谁哭得最厉害了?”

“你，你哭得最厉害。”

“我才没有呢。李小丽哭得最厉害。李小丽，李小丽。”

“我才没有呢。霍麦青哭得最厉害，她都哭晕过去了。”

“我是哭我自己，不是哭他。”

“甭管哭谁了，你那天表现最好。”

“你们俩别争了，一边一个。”

“这是要再哭一场咋地?”

“别说了。”

李小丽已经泪流满面。霍麦青也满含眼泪。

“都不许再哭了啊!”

“刚才你们就哭得稀里哗啦，好像要再办一场似的。”

“佩文也是的，弄得这么素。”

“你看我，特意穿了红 T 恤。”

“别闹了，都坐下吧。”

“你们俩可以抚尸痛哭了。”

“先和尸体合个影吧。”

“合影合影。”

“这是补办遗体告别。”

“对对对。”

“对你个锤子，下回和你告别。”

大家站在我周围合影留念，然后落座。商红页坐在我对面，佩文把着一头坐下。

“好好好，都有酒了吧，第一杯酒，庆祝王来电还阳。这是还魂宴，把追悼会以来的低落情绪，统统地抛到九霄云外。来大家一起，干杯!”

“第二杯酒，感谢王来电，给了我们一次人生预演的机会，让我们更加珍惜美好的生活，更加珍惜眼前的美景。来大家一起，干杯!”

“第三杯酒，预祝今后的日子更加美好。来大家一起，干杯!”

三杯酒过后，大家借酒说话，每个人都说了几句祝福的吉利话，然后就开始互敬，大家都离开了座位，场面就乱了，各自三三两两地端着酒杯说话。

“园博园设计得太好了，车开到里面真舒服，我还是第一次进来，不知道开车这么方便，我还以为跟圆明园一样呢。”

“刚开始建好时走的是圆明园路线，把好多个小园子攒在一起。过去的园子不考虑汽车，为什么呀？因为没有汽车。园博园面积没有圆明园面积大，也没考虑汽车。汽车园是后改的。”

“对，以前不是这样。”

“以前得把车停在外面，老大的停车场，走老远。”

“以前的设计太落后了，照搬传统。”

“现在按照汽车文明改造的。”

“以后的园博会都要考虑汽车的因素。”

“园博园，圆明园，远远不同，园园精彩。”

“太好了，佩文真能找地儿。”

“她就是干这个的。”

“她是什么公司？”

“宴会公司吧。”

“给你哥打个电话。”

“好，我哥还念叨你来着。”

杨大明给杨大如通电话。杨大明是我同学，杨大如是我同事，世界就是这么小。我接过来和杨大如讲话。

寒暄客套话略过，四年前唯勤有道审计师事务所和强华无道审计师事务所合并，合并后继续保持全国前十的地位。现在小所根本接不到活，大家就不停地合并来合并去，从报表形式上好像规模上去了，其实具体接活还是靠个人的关系，还是各行其是、各自为政。合并时杨大如厌倦了事务所的工作，借着并所的节点，去了一个企业，做审计总监，企业很大，离开事务所也挺好的，和以前所里的人不大走动了。现在大家有事才聚在一起，没事也不联系。和罗镇西也有几年不见了。还有联系，就是过年发发短信，微信上互相点个赞。

我的感情认知还停留在一起洗脚、一起胡作的时候，电话里是看在杨大明的面子，但是距离已经产生了，好多人都是在不知不觉中渐行渐远了。

用杨大明的手机给罗镇西打了电话。

“屠户？”

“谁啊？”

“镇关西？”

“你谁啊？”

“王来电。”

“你呀？你不死了吗?!”

“又活了呗。”

"死就死了吧，还活什么？累不累?"

"好好说话，不好好说小心我去找你。"

"小样，我还怕你找。要是鬼，还能楔得你再死一回。"

"你还好吗?"

"还好，有什么不好。我说你真是电瓜啊?"

"真是我啊。"

"你不会骗我吧?"

"骗你干啥?"

"你原来的手机给我发过短信要钱，我打过去不知道叽里咕噜说啥。"

"很有可能，手机丢了。"

"这年头骗子太多，得小心点。这是谁的手机号?"

"这是大明的手机。"

"大明?"

"杨大如的弟弟，杨大明。刚跟大如通过电话，如来佛说他到什么风电公司去了，你可以问问他，是不是他弟弟跟他通电话了，是不是我在电话里和他说的。"

"电瓜你别着急，我内急，一会儿，马上给你挂过去。"

过了一会儿，镇关西打回来了。跳过镇关西的其他啰唆话。大致内容是，并所以后他还是老样子，常住广州很少来北京，开我的追悼会时还是特意来了一趟。所里证明我是单独到印度撞星地点附近旅游度假，世界出事以后一直和我联系不上，之后还是等到满两年以后才宣布死亡，公告一年生效后，刘高峰又和所里谈赔偿，是派了两个律师谈的，这些事他也是听来的，没有见过律师，也没有见过刘高峰。后来所里赔了300万，新工伤办法出来后，带薪休假算工伤。他还听说保险公司赔了3000万。赔偿办完以后才办的追悼会，他在追悼会上见过刘高峰，是唯一的一次。罗镇西还把当时所里经办人的电话找了出来给我。

3300万，打死我还能值这么多钱。我在心里暗自思忖。老婆珠珠和儿子火火有这么多钱，应该衣食无忧了。何止衣食无忧，应该是可以换一种思维方式了，不必再用打工者的思维思考问题，不必再用工薪阶层的眼光看待世界。我活到现在也挣不到3300万，我这一死竟然值了这么多。她们肯定是因为有了这笔钱才躲避隐藏的。她们有了这笔钱，我是更应该找她，还是不应该找她？我或许也需要换一种方式想一想，然后再开展行动。

“我给你写的挽联，我得告诉你，要不就白写了。”

“好吧，你说吧。”

“正是而立之年，家国栋梁坍塌。
从此驾鹤西去，大小烦恼皆丢。”

“好，写得好，让你费心了。”

“干了。”

“干了。”

“不许再说那个事了。”

“不说了，不说了。”

“人生如梦，死也如眠。”

“你不知道，那天她们女生哭了，我也哭了。”

“你哭算什么啊？”

“我凭什么不能哭啊？”

“说：一位女子跟男友吵架后气得想哭，但因为爱面子，不敢回家哭，后来突然想到干脆去殡仪馆里面哭，因为别人一定不会觉得奇怪。于是她找了一间正在为一位老翁举行丧礼的灵堂，放下心，蹲在地上痛哭起来。两名穿了黑色丧服的中年妇女见了，抱怨道：‘这死鬼……在外面竟然还有小三！’商议后走过来将她扶起，安慰说：‘老三啊，看你哭得那么伤心，我们决定分你1亿5千万现金，其他的房地产和公司股票什么的，你就……就别想了，行吗？’”

“你把我当小三了？”

“我可没有一亿五。”

“干了！”

“干了！”

天下没有不散的宴席。还魂宴散了以后，我的魂魄似乎还是没有回来。忽然而聚，忽然而散。各回各家，各找各妈。我无家可归，北京以往的生活圈子忽然不见了。

如果能够找到老婆珠珠和儿子火火，就是不用证明我活了也无所谓了。

我能够活着回到北京不是为了见她们一面吗？现在的消息说明她们生活得应该还可以，这一点应该放心。可是刘高峰啊刘高峰，你到底在哪里？你和我的小火火到底躲到了哪里？能不能让我尽快见到你们啊？刘高峰啊刘高峰，你知不知道有一个死人在找你。我虽然回来了，却一下子失去了归属感，似乎突然失去了整个世界，突然间真的死了。我在法律上依然是一个死人，一个死人在找他的亲人，现在找到的人还不是最亲最爱的人。没有亲人的人和孤魂野鬼没什么区别。我像一个游魂在龟城飘荡。

周末，我来到东三环 CBD 平台，这个平台是在东三环路上面高架起来一个二公里长的平台。从通惠河到京广桥，完全高架在三环路上。所谓的东三环也是以前的东三环。平台连接了东三环两侧的写字楼，是一个巨大的空中花园。名称是 CBD 空中花园，是北京的一处观光之地。这里是欣赏 CCTV 的大裤衩和周边摩天大楼的绝佳之地。我来到这里或许是想感受一点失去的什么。平台上面的人熙熙攘攘、摩肩接踵，花园中的鲜花盛开，各种造型的喷泉瀑布潺潺欢动，人们在拍照嬉戏。平台上散布着露天的咖啡馆、茶馆，有流动的售货摊在出售煮玉米和各种冷饮。我找了一个人少的所在坐下，要了一杯大号的冰镇京咖，形单影只地坐在那里，在熙熙攘攘的人群中，心中弥散着莫名的孤独和伤感。

过了周末，我早早去了曾经的单位。已经在电话里联系好了，要见的人叫朱建民。不认识。朱建民一个人在会议室接待我。

“你好!”

“你好!”

“这里是你负责?”

“不是。”

“所长是赵立刚?”

“不是，是李振。”

“有没有我认识的人啊?”

“我不知道你认识谁。”

“我们还是说正事吧。我想了解一下王来电的事。”

“你是他什么人?”

“我是他兄弟。”

“追悼会上怎么没看见你?”

“你们不通知怎么能看见?”

“听说你们赔了他 300 万?”

“赔偿是他家属委托律师谈的，是经过双方认可的。”

“他的其他利益相关人也应该得到赔偿。”

“具体怎么分配不是我们的事情，是利益相关人之间的事情。”

“你们有义务把这些人召集到一起。”

“我们没有这个义务，我是受所里的委托，专门负责处理这件事，平常我也不在所里。”

“你不在这里上班?”

“我是他们的法律顾问。她的律师找到所里，自然是我出面。律师和律师好谈。你要有事最好也委托律师来谈，我们之间有些事情谈不清楚。”

“你有没有刘高峰的联系电话?”

“我没有，有也不会告诉你。我只和她委托的律师联系。”

“她律师的电话你能不能告诉我?”

“你要一开始就要，我可能会给你。你现在要，我不会说。你可以找律师和我联系。”

“为什么要拐道弯呢？我直接找你不行吗?”

“律师不能接受利益冲突方的双重委托。”

“那么有些事情问问你不可以吗?”

“可以是可以，效果不一定好。你找个律师来，律师和律师好沟通。”

“律师还挺团结的。”

“有行业规矩。”

“我就是想找到刘高峰啊。”

“你的心情我可以理解，但是我帮不上忙。你想分一笔钱，只能找她。我们把所有的赔偿都给她了。其他人已经不能再主张权利。”

“我委托她的律师行不行?”

“你自己找到他们看看行不行。”

“你给我个联系方式行吗?”

“你还是想想别的办法吧。”

“我要是能帮你们把这笔钱要回来呢？你肯不肯帮我?”

“没有可能。既然定了，何必反悔。除非他活了。”

“他如果活了会怎么样?”

“他如果活了，我就找她，让她退这300万。”

“那你还是能找到她?”

“哪有找不到的人，只要你找。”

“那你从哪儿能找到她?”

“这是你的问题。我们现在不用找她。”

“追悼会是你办的吗?”

“是所里找人办的。”

“你去了吗?”

“我去干什么？我又不认识他。”

“所里谁给他办的后事你知道吗?”

“我不知道。委托了外面什么公司吧。他们可没办后事的人。”

“麻烦你了。”

“不客气。”

从所里和朱律师告辞出来，我内心开始矛盾。如果让所里知道我活着，他们肯定会向珠珠要300万。如果不通过所里找线索，我又从何处找起？如果去岳父母处找她，就得去趟拉萨了。我既然回来了，这事就先别着急了。慢慢来，我一定会找到珠珠和火火。

说起300万，我想起金总给我比画过的三根手指。我来到中国建设集团九局六公司，找金总，金跃进。“金总早不在这里了，三年了。”“找张金威。”“哦张总啊，张总在开会。”

等到快中午才看到张金威。金威已经是公司副总经理兼副书记。金威见了我像不认识一样，态度非常冷淡。

“听说你死了?”

“是啊，误传吧。”

“找我有什么事吗?”

“没什么事，好久没见，过来看看你。”

“我中午还有个饭局，不能留你吃饭了。”

“你忙吧，我就过来看看你。”

“有事你说话呀。”

“好的，金总呢？”

“关起来了。”

“因为什么啊？”

“经济问题。”

“判了多长时间？”

“十几年吧。”

“这是哪年的事？”

“三四年了吧。”

“关在哪儿了？我想去看看他。”

金威打电话：“老金现在关在哪里？”

“延庆监狱。”

“你忙，告辞了。”

“慢走，不送了。”

听话的人往往是不忠诚的。当初金威在我面前谦恭备至，鞍前马后极尽孝敬，想来在老金面前有过之而无不及吧。如今相见，已成陌路。此一时彼一时啊，这也是金威的生存之道啊。和他计较也没有必要。我想见老金也不是有多深的交情友谊，还不是为了300万的着落吗？谁也甭笑话谁。

出居庸关，过八达岭，下高速路，走县城的联络线，沿妫河行至延庆镇广积屯，我们到了延庆监狱。灰色的铁门两旁，一北一南挂着两块牌子：北京市延庆监狱、延庆县人民检察院驻延庆监狱检察室。白色的大墙里面，关押着北京市所有的老年罪犯、精神病罪犯、残疾人罪犯和部分普通病罪犯。金总的年龄也只能关到这里了。

老李帮我做了登记。狱警说：老年犯大多自卑心理重，一怕不能活着出狱，二怕即便活着出狱也被社会抛弃，常常悲观失望，抗拒改造。你们亲属来了要多鼓励。

金总出来了，一副老态龙钟的样子，几乎不敢相认。

“金总，你还认识我吗？”

“老金，老金。”如今的金总不比往昔。他赶紧谦卑地说。

“你还认识我吗？”

“看着面熟，想不起来了。”

坏菜，他想不起来了。还不至于如此吧，老得都不认识人了。

“你身体还好吧?”

“还好还好。”

“家里经常来看你吗?”

“来，一年能来一次。”

“有什么需要的吗?”

“没有。”

“你想起我是谁了吗?”

“没有。”

“想不起来我是谁了吗?”

“想不起来。”

“你再想想。你给过我……我竖起三个指头。”

“没有没有。”

“我丢了，我没用。你明白了吗?”

“没有没有。”

“我是王来电。”

“我想不起来。你是机电分公司的吧?”

“不是。还是没想起来。”

“我真的不认识啊。”

“给你买的东西，还有钱，两百块钱。”

“谢谢！谢谢!”

出来时，狱警还在表扬他们自己，说一餐要做五种饭。“老年犯的饭要容易消化、多补钙磷铁；糖尿病犯人的饭要控制总热能，适当增加蛋白质和脂肪含量；回族有回族的饭；素食者有素食者的饭；加上普通餐。你看，这不就五种了。”

“一餐要做五种饭？监狱也不嫌麻烦。”

“不嫌麻烦。犯人们爱吃豆腐，需求量大，监狱还特地办了个豆腐房，每天做六大锅，保证犯人吃得够饱够新鲜。有这样的照顾，你说是不是跟家里一样?”

“替老金感谢你们了。感谢政府。”

“这是我们应该的。”

老金给我的300万无处可找了。我确信是300万。当时老金的一根指头肯定值100万。我没拿到，老金给出去了，可是这300万去哪儿了？看来银行也黑了不少钱。

老李开车往城里走。我闭目养神。想起过去听过的一个故事：宇文泰是北周开国的奠基者。当年他效仿曹操，做北魏的丞相，“挟天子令诸侯”之时，遇到了可与诸葛亮和王猛齐名的苏绰。宇文泰向苏绰讨教治国之道，二人密谈三日三夜。宇文泰问：“国何以立？”苏绰答：“具官。”宇文泰问：“如何具官？”苏绰答：“用贪官，反贪官。”宇文泰不解地问：“为什么要用贪官？”苏绰答：“你要想叫别人为你卖命，就必须给人家好处。而你又没有那么多钱给他们，那就给他权，叫他用手中的权去搜刮民脂民膏，他不就得到好处了吗？”宇文泰问：“贪官用我给的权得到了好处，又会给我带来什么好处？”苏绰答：“他能得到好处是因为你给的权，所以，他为了保住自己的好处就必须维护你的权。那么，你的统治不就牢固了嘛……你要知道皇帝人人想做，如果没有贪官维护你的政权，那么你还怎么巩固统治？”宇文泰恍然大悟，接着不解地问道：“既然用了贪官，为什么还要反呢？”苏绰答：“这就是权术的精髓所在。要用贪官，就必须反贪官。只有这样才能欺骗民众，才能巩固政权。”宇文泰闻听此语大惑，兴奋不已地说：“爱卿快说说其中的奥秘。”苏绰答：“这有两个好处：其一，天下哪有不贪的官？不怕官贪，怕的是不听你的话。以反贪官为名，消除不听你话的贪官，保留听你话的贪官。这样既可以消除异己，巩固你的权力，又可以得到人民对你的拥戴。其二，官吏只要贪墨，他的把柄就在你的手中。他敢背叛你，你就以贪墨为借口灭了他。贪官怕你灭了他，就只有乖乖听你的话。所以，‘反贪官’是你用来驾驭贪官的法宝。如果你不用贪官，你就失去了‘反贪官’这个法宝，那么你还怎么驾驭官吏？如果人人皆是清官，深得人民拥戴，他不听话，你没有借口除掉他；即使硬除掉，也会引来民情骚动。所以必须用贪官，你才可以清理官僚队伍，使其成为清一色的拥护你的人。”他又对宇文泰说：“还有呢？”宇文泰瞪圆了眼问：“还有什么？”苏绰答：“如果你用贪官而招惹民怨怎么办？”宇文泰一惊，这却没有想到，便问：“有何妙计可除此患？”苏绰答：“祭起反贪大旗，加大宣传力度，证明你心系黎民。让民众误认为你是好的，而不好的是那些官吏，把责任都推到他们身上，千万不要让民众认为你是任用贪官的元凶。你必须叫民众认为，你是好的。社会出现这么多问题，不是你不想搞好，而是下面的官吏不好好执行你的命令！”

据说，这就是历史上的苏绰定律。

历史有什么用呢？过去的才是历史，历史一点儿用都没有，都匆匆过去了。现在是市场经济，更是和苏绰那时候的社会环境不同。那时天下是天子的天下，让丞相怎么宰天下，就怎么宰天下。今天的市场经济俱是有主之物。所谓市场经济的根本，就是有主的都可以买卖，无主的都不可以买卖。如果一个地区买卖的都是无主的，必然产生腐败。就像当年都是天子的，天子管不过来，才形同无主。另外，历史的经验证明，苏绰那样反贪治腐是没有作用的。其实应该换个思路治理贪腐。贪腐的目的是什么？是用于个人享受。那好，我可以不管你贪腐，只要你出现不当消费，就来管你。这样才能在根本上治理贪腐。哪怕你抽了一包烟，喝了一瓶水，甭说酒，与你的身份、收入不相符，就有制度、有条文，关键是有人来管。那样才能管住贪腐。你以前贪墨了几个亿，没关系，只要你不出来消费，我就不管你。你一旦出来消费，就撞到红线上了。无论你贪了多少，让你一辈子都花销不出去，两辈子、三辈子也花销不出去。没有消费，就没有杀戮。没有消费，就没有贪腐。应该管住的是消费，而不是收入。应该申报的是生活行为，而不是个人资产。假如个人资产是零，每天有人请吃请喝请玩，就没有什么不对了吗？因为个人资产是零，就可以无所顾忌、放心大胆、随心所欲地为第三方谋求私利了吗？反腐治贪如果放着眼前可见的不管，是没有作用的。咳，我真是咸吃萝卜淡操心，我瞎想什么呀？多少年都解决不了的人性问题，我操这个心干吗？后来听说这个所谓的苏绰定律，活灵活现的“反贪对”是伪托，看来像我这样心忧天下的大有人在啊！

过了八达岭，老李打开收音机，里面正在讲段子：一个老头骑车，不小心撞了停在路边的宝马，撞完以后骑车要走，宝马司机下车就骂：“老东西，你瞎了，撞了我就跑?”老头转过头说：“小伙子，你要这么说，我可就躺下了!”宝马司机说：“叔，我跟您闹着玩呢，慢走啊!”

老李说，他从来不去能补胎的地方洗车。“为什么?”“怕扎。”“哦，原来是这样。难怪车胎经常莫名其妙地被扎个钉子，原来是利益相关方干的。”

回来时走101国道，转京新高速，直插北五环，北五环绕西五环，西五环从晋元桥上阜石路高架，到西四环向南，穿过正在施工的301隧道，走莲花池西路，莲花桥向北一掉头，回到公主塔宾馆。这里说的方位还是以前的方位。现在3.5环和半个2.5环已经通了。三、四环之间的3.5环是由四条大道组成，俗称3.5环，又称三环半。分别是西边的海丰大道，东边的朝阳大道，南边的丰台大道，北边的朝海大道。现在的方位已经全部反转了，东西南北也还是以前的方位说法。二、三环之间的半个 2.5 环，像个门字扣在北二环外面。左边的脚落在莲花池东路上，右边的脚落在通惠河北路上。半个 2.5 环也像个小写的 n 字。后来左边又多了一条，成了 m。组成三环半的四条大道两旁的建筑物，进行了整体效果设计改造，商业、居住、观光都有了很大的提升，四条大道成了北京的新名片。

301 隧道模仿的是公主塔和 CBD 空中花园的思路，将 301 医院和西扩区域连为一体，在西四环五棵松桥到沙窝桥之间的高架上方形成大约六七层楼高的一个隧道，隧道以上是规模浩大的建筑物，地面以下也有东西向的通道相连。301 隧道和公主塔、CBD 空中花园的共同之处都是利用了城市道路上方的空间。是人类建筑技术进步的具体体现，更早以前的建筑技术难于实现这样的建筑结构，也是城市空间合理利用的技术进步。北京的城市规划停止了摊大饼的思路，开始向精细化、集约化发展。开始向空中发展，向地下发展。主干道下面的大型停车场正在建设，道路下面不再仅仅是各种预埋管线，而是集合了各种管线、停车场、廉租宿舍、廉租仓库、各种基站机房的地下走廊，是城市管廊的升级版。

回到宾馆，我上了“一网情深结伴出游网”，以前的网名还记得，密码试了几次，对了。打开论坛的帖子，热闹依旧，细看网名，全不认识。看了一大圈，索然无趣。我以前认识的人都不在这里了，这里的人我都不认识了。

我记得我此次回来的身份，我已经不是王来电。我现在的身份和王来电没有半毛钱的关系，我是台湾商人王赖殿。我回到北京后，没有人和我联系，可是肯定有人在暗中注视着我。在没有得到新指示之前，我不能轻举妄动，况且我也不知道怎么妄动。我回来的表面原因是观光探亲，亲也不是这几天找不到的亲，光也是没有心情看的光。那些王赖殿没有看过的风光，是我已经熟视无睹的旧景。我又不能整天待在酒店哪儿也不去。让我回到北京肯定也是考虑到我对北京的熟悉，可是现在我身在熟悉的城市，却联系不到熟悉的人。已经联系上的，在心里有了一层不能言说的隔膜。没有联系上的更是恍如隔世。

我记得滴滴答说过他住在什刹海一带，我没去过他家，具体位置不清楚。滴滴答是我唯一知道真名的网友。我也很想知道他和我不丹分别后的情况。好奇害死猫。我决定到什刹海去寻访寻访张化武。

老李把车停在柳荫街恭王府一宫门门前，周围的旅行团队摩肩接踵，导游在招呼着。“41 团的，41 团的，这边集合。”“35 团的，一小时之后，在这儿集合，过时不候。”导游的习惯，41 个人就叫 41 团，35 个人就叫 35 团。现在我是一个人，就是一团喽。连导游都没有，就是独立团。离开旅游人群，沿着南官房胡同开始溜达，大金丝胡同，前井胡同，北官房胡同，过银锭桥，小石碑胡同，大石碑胡同，烟袋斜街，鸦儿胡同，甘露胡同，后海北沿，宋庆龄故居，又是一波旅游团队的浪潮。后海西沿，东明胡同，羊房胡同，柳荫街，回到老李的车上。腿都遛细了，什刹海大了去了，到哪儿去找滴滴答？老李问：“去哪儿？”

“在附近的胡同里转转就回去吧。”看来我还是不死心啊。

“好嘞。”

老李开车在胡同里漫无目标地乱转。我忽然瞥见一家屋顶上异于常理的天线。我下了车，往回走，老李打开车门喊我：“单行啊，哥哥。”

“你往前开，找地方等我。”

我摸到天线院子门口，按了门铃，可视对讲亮了。

“谁呀？”

“张化武是住这里吗？”

“你是谁呀？”

“电瓜。”

“电瓜，我下去迎接你啊！”

不等我答话，里面就挂了。与此同时门后面嘎达一响，大门开了。我推开门，里面是一个小院，石榴树上结满了石榴，树枝都压弯了，石榴在阳光下泛着柔和的红色光泽。我一脚门里一脚门外地站着，滴滴答像一阵风一样从屋里吹出来。

“哎呀，哥们儿，是你呀？”

一把抓住我的胳膊。

“你怎么找上来了？你还好吗？这可好长时间不联系了啊。”

“是啊是啊。”

“屋里说，屋里说。”

屋里是复式结构。外面看是一个普通的北京平房，屋里是现代的装修，有一个木质楼梯通到上面一层。

长话短说，见面的激动心情，滴滴答甚于我。滴滴答和我在不丹分手后，和九顶山门槛和尚，沿着帕罗西北方向的谷地，当时的西北方向，现在不知道什么方向，走了很久，然后翻过一座不大的山梁，就到了亚东县的帕里镇，然后租了一辆车，到了日喀则，坐火车到了拉萨，在拉萨停留了几天，一起上了火车，门槛和尚在西安下车，换车回九顶山，滴滴答直接坐火车回到了北京。

回到北京后生活一如既往，地球南北颠倒，对他没有任何影响。他回忆起从喜马拉雅山脉走过的经历，如同不真实的梦幻。在印度、不丹一起玩的网友都回来了，各如以前。只有我消失了，没有任何联系。有时聚会还有人提起我，可是没有人知道我去了哪里，为什么从网上、从现实中消失了。

“没什么，就是长期滞留国外了。现在混了个身份才敢回来。”我轻描淡写地介绍我，几年过去，总得有个清楚明了的交代。如果自己一句话说不清楚自己的事，总会在他人口耳相传中总结成一句清楚明了的流言。任何多余的解释都是徒劳的。

“听说你死了？”

“谁说的？”

“老穆。”

“老穆活着？”

“对啊，一直活着啊。”

“你见过他？”

“没有，就是电台联系。”

“电台？那要是别人用他的电台呢？”

“不会，不是别人用他的呼号。他的特点别人模仿不了。”

“你确定是他本人和你联系？”

“十分确定。”

“哦，他说我死了？”

“对，他问过你回来没有？后来他说你死了。”

“哦，他为什么说我死了？”

“我试图去你单位找你，没找到。我也没敢散布你死了的消息。毕竟这个年代好多人经常选择匿名，选择隐身，各种原因不愿露面，但是和死了还是有区别。我是不愿意当报丧的人，太晦气。”

“如果你和老穆联系，也别说我来过。”

“你和老穆是不是有事？”

“以后别在他那儿提起我，千万千万。”

“这么严重吗？”

“他都说我死了，还不严重吗？”

“我还以为你一直留在他身边。”

“我是从他身边逃出来的，他如果知道我还活着，会来追杀我的。”

“你就不该来找我。”

“以老穆的实力，追杀我还不像拍死一只臭虫。”

“我就怕一帮朋友反目。”

“还说不上反目，再过几年再说。”

“你就不该来找我啊。”

“我就找了你，没找别人。”

“我还想张罗大家和你一起聚聚呢？”

“你们还有联系？”

“有联系啊，一直有联系啊。”

“我在网上看了，怎么都不认识了？”

“啊，不在那个网上玩儿了。现在都在‘吃里爬外’7L8Y 网上玩儿。”

“为什么呀？”

“和勾勾眼闹矛盾了，这帮老的都跑了，另立山头了。”

“哦。我有时候挺想大家的。”

“我也挺想你的。”

“你现在还经常参加聚会吗？”

“经常，经常聚。”

“他们和老穆有联系吗？”

“没有。他们和老穆没联系。”

“门槛和老穆有联系吗？”

“我和老穆，除了你，我和老穆是单线联系。”

“那就没事，张罗和大家聚一聚。”

“我先发帖子说你回来了。”

“先别说我回来了，保持神秘，到现场再说。”

“也行。有一位神秘的老朋友出现。”

“好，安排好了通知我。”

“你也可以注册个马甲关注着。”

“好啊。”

“老热也快回来了。”

“老热还没有回来吗?”

“本来早就该回来了，没人替他。据他说这次快了，替他的人一到，他就能走。”

“我过几天要去趟拉萨，要不就回来再聚。”

“随你，反正他们是一周一聚，你有时间就来露一面也行。”

“我按这个网址弄个马甲上去看看。”

“门槛也在上面。”

“是吗，他叫什么?”

“大光头。”

“他的光头可比老热的光。”

“不相上下吧。就他这个 ID（身份证件），老热还抗议了呢，说我才是大光头，你那个是和尚头。”

“呵呵。”

“他说过些天要来北京。”

消　失

大数局/乞丐/珠珠派来的崔永利/所里的律师/刘高峰的律师邱秋妮/网友聚会/莺莺/藏獒名字叫司令/中心区/揪住我劈头盖脸地就打/芯片丢了/躲进植物园/青枫诗社/诗人蛋丁/问主席/毛陵/六件套头衫/刚才好像有人踹了他一脚/重力运输线/新山城/我被老婆通缉了

一大早，开门去吃早饭，刚一开门，门两侧“噌”的一下站起来四个人，一边两个直接把我推进房间。我根本没有防备，惊出一身冷汗。来人没等我反应过来，连推带架把我按倒在床上，还好不是地上。时间很短，大约只有一两秒钟。一边往里推我，一边低声威吓：

“不许喊！老实点!”

我是倒退着几乎是腾空回到我刚才坐过的床边。房间门立刻被他们悄无声息地关上了。房间里一片凌乱。一个本来私密的空间，突然闯进来四个来历不明的人。就这还是超五星级，什么人都能随便闯进来，还有没有什么安全感？有两个人一直死死地抓住我，另外两个在房间各处翻动检查。第一感觉不是一般的抢劫。我镇定下来。

“什么人？放肆!”

四个身着便装的人。我没有说他们是匪徒，是因为他们是人的形状。其实他们就是匪徒。匪徒也是人。匪徒不是额头上写着匪徒，而是他们的行为说明他们是匪徒。其中一个掏出一个什么证件，在我面前晃了一下。我根本没有看清是什么证件。

“我们是大数局的。跟我们走一趟。”

“大数局？大数局是什么东西?”

“大规模数据监控调查局。”

“你们没有权力这样!”

“我们做了就是我们有权力。”

“我要控告你们!”

“随你便。你要控告也是以后的事，现在你必须配合我们。如果你不配合，出现任何后果都由你自己负责。”

一个人和我说话，似乎是个小头目。两个人架着我。还有一个人四处拍照，收集我昨晚扔下的垃圾。他只是拣垃圾，没有翻动我的行李，也没有让我打开检查。

看我没说话。小头目继续说：“如果你同意配合调查，我们保证你的安全。”

“如果不配合呢?”

“后果很严重。”

“怎么个严重？你说说我听听。”

“一种情况是，我们会把你的情况转给小数局，由小数局来对你做调查。那时候你就别问有没有权力了。小数局肯定有权力调查你。我坦率地跟你说，小数局的调查手段和我们可不一样。小数局会直接给你上手段。到时候由不得你不说。”

我看着他没有说话。

“还有一种情况我们会直接把你公开，做一个事件，让所有的网民人肉你。”

“你们这是违法!”

“违法？你自己去和小数局或者网民去说。”

“小数局也不是你们家开的。”

“小数局也得从大数局抓线索。现在这个时代，没有谁敢和大数局作对。”

“你想问什么?”

“其实也没有几个问题，就是抓几个关键词。”

“赶紧抓，抓完了，我好吃早饭。”

“可能要耽误你吃早餐了。”

“不就是几个关键词吗？问吧，我告诉你，你好去搜去。”

“不能在这里问。我们要用专门的设备、专门的技术，通过特定的内容收集，才能完成。”

“就是因为你们这帮浑蛋，让人以为什么都能搜到，什么都能掌握，什么都能收集，还专门设备专门技术，你们就是一帮寄生虫，专吃关键词的寄生虫。”

“真舒服，你骂得我真舒服。”

“你们这帮欠骂的东西。你们就是一帮垃圾，你们就是一帮趴在信息垃圾上生存的家伙，你们是一帮垃圾人。”

“我们不是垃圾人，我们是数据人。你骂够了我们就出发。路上不能出差错。我们说好了，一起走，我们不上手段。像朋友一样一起走。松开他吧。你如果试图逃脱，不好好配合，大家都会很麻烦。你如果好好配合，你就不会感觉到我们的存在，我们就不会给你找麻烦。我们只是调查收集数据。说好了吗？”

“你们每天这样累不累？”

“你要不抵抗就一点也不累，你要抵抗大家都很累。”

另一个也接话说：“累，也得这么干。谁让我们吃这碗饭呢？”

“理解万岁。辛苦你走一趟吧。”

我跟着他们出了房间，进电梯直接到地下停车场。在地下停车场转了一大圈，他们找不到他们的车。

“头儿，想起来了，车停在地面了。”

又上电梯，出电梯，走过大堂，老李迎上来。

我对老李说：“我跟他们去办点事，回头和你联系。”

“今天不用了吗？”

“算我的，你自由活动。回头和你联系。”

“好嘞。”

我跟着大数局的四个人上了一辆没有什么标志的普通汽车，车玻璃贴着很黑的膜，里面拉着少见的窗帘。

我坐在后排中间，两个按住过我的人一边一个。一个跟着我上车，另一个从对面上的车。左边的是个盖儿头，黄毛，文身，戴着金链子；右边的也是个盖儿头，红毛，文身，也戴着金链子。小头目坐在副驾驶。到处翻腾检查照相的人开车。

车开了很久还没有到地点。

“你们这是要带我去哪儿?”

“去我们的数据中心。”

“你们的数据中心在哪儿?”

“在云端。”

“云端需要这么久吗?”

“堵车。”

“你们是不是要劫持我?”

“我们从不劫持人。”

“早餐都不让吃还不是劫持?”

“我们也没有吃。我们为了等你都在楼道里蹲了一个时辰了。”

“头儿，我饿了。”

“我们定份早餐。”

“好的。”

坐在我左手的黄毛掏出手机订餐。他开了免提。

某比萨店的电话铃响了，客服人员拿起电话。

客服:“零点比萨店。陈先生，您好，请问要定四人份还是一人份?”

黄毛:“四人份。”

头目:“要五份。连他。”

黄毛:“好的，头儿，五份。”

客服:“五人份建议您要一个家庭特大号比萨，比五人份单点便宜。”

黄毛:“我们就不是占便宜的人。”

客服:“陈先生您真幽默。您的领导喜欢吃大无霸汉堡，您还订一份大无霸汉堡吗?”

黄毛:“头儿，还要大无霸吗?”

头目:“不要，都成小无霸了。”

客服:“陈先生，要海鲜比萨不? 今天特价。”

黄毛:“特价，特价不要钱啊。”

客服:“特价五份一百元。”

黄毛:“不特价呢?”

客服:“不特价五份一百零五元。”

黄毛:“才特价一块钱啊?”

客服：“五份便宜五块呢，合适。”

头目：“家庭餐多少？”

黄毛：“家庭餐多少？”

客服：“家庭特大号套餐九十九元。”

黄毛：“头儿，九十九。”

头日.“来九十九的。”

黄毛：“来九十九的。”

客服：“好的，先生。”

头目：“谁跟钱有仇啊。”

黄毛：“就是，谁跟钱有仇啊。一人二十啊，马上交，还有你，二十。”

我：“你们还赚一块啊？”

黄毛：“赚一块怎么啦？赚一块怎么啦？赚一块是伙食公积金。”

客服：“陈先生，请问是货到付款吗？”

黄毛：“对，刷卡。”

客服：“陈先生，您的信用卡有警示，可能会出现刷卡障碍。”

黄毛：“那我用支付宝。”

客服：“陈先生，支付宝还可以优惠一元。”

黄毛：“怎么不早说？”

客服：“这一元的优惠是支付宝促销活动给您的。”

黄毛：“听到没，我赚到了。”

客服：“是送到您办公室还是到店来取？”

黄毛：“送办公室。”

客服：“到店来取还可以优惠三元。”

黄毛：“头儿，到店还可以优惠三元。”

头目：“没看到有任务吗？什么钱都想省。”

黄毛：“没看到有任务吗？送送送。”

客服：“好的，陈先生，跟您确认一下，您点的是一份家庭特大号比萨套餐，九十九元。如果用支付宝支付是九十八元，其他支付是九十九元，您的送餐地址保密，您的联系电话就是正在通话的电话，请您说一下您的送餐地址。”

黄毛：“吃个饼还这么麻烦，不说，就不说，爱送不送。”

客服：“好的，先生。我看到您正在向本店靠近，预计三分钟到达本店，您是否到店来取？”

黄毛：“送送送。”

客服：“好的，先生。根据以往记录，我们会送您一小瓶比萨专用醋。”

黄毛：“好了，我已经烦了。”

客服：“好的，先生。”

“不是网上流传的大数据比萨？”

“这也够烦的。”

“你们的数据也在网上？”

“头儿，咱们的数据能不能给删了？”

“不能搞特殊。”

“太烦人了。”

“你也烦？”

“习惯就好了。还是方便啊。”

“19 世纪铁路刚开始运行时，偏执妄想的人坚持认为，如果火车时速超过 30 千米，人将会窒息；许多人还认为铁路会对社会秩序构成威胁，因为它允许低下阶层的民众自由旅行，从而降低了道德标准，进而消除了传统的社群联系。”

“火车难道没有改变人类吗？”

“新科技一再被视为骇人的怪物。”

“科技不是怪物。你们这群混蛋才是怪物。”

“是我们这群怪物，无所畏惧地推动世界前进。”

“高看自己了吧？”

“未知的事物往往令人不寒而栗。只有在过了一段时间后，当我们想出运用科技的最佳方式时，这种紧张与焦虑才会消逝。”

“往往要在一些疯子的手中被滥用。”

“只有滥用，才能熟练。”

“外星人的公司上市了。”

“你们也是外星浑蛋。”

没多久，在一个很大的地下车库停住，来到一个房间。

带我来的四个浑蛋出去了，坚固的铁门“咣当”一声关上了。剩下我一个人坐在一个固定在地上、硬硬的椅子上，对面是一个大玻璃墙，我看不见玻璃对面，对面肯定能看到我。房间里明晃晃的大灯照着。刚才头目的声音从喇叭里传出来，他一定在我看不见的玻璃后面。

“我们有几个问题要和你核实一下。希望你配合。”

“先把早餐拿来。”

“早餐还没到，我们边聊边等。”

“没问题。”

“姓名？”

“你知道。”

“年龄？”

“保密。”

“保密？”

“你猜？”

“三十六。”

“猜对了。”

“你于某年某月某日从厦门入境。”

接着详细叙述我每天去了哪儿，见了谁。“你对以上事实是否认可？”

“是的，你们调查得很详细。”

“据我们掌握的情况，你是CIA的间谍。”

“我不是。”

“我们不管你间谍的事。我们只是问一下。”

“你问一下我也不是。我是国军老兵的后代。我爷爷是国民革命军第某军某师某团某营机枪手。他是土匪出身，1939年，被改编为国民革命军。跟随部队打过鬼子。1949年去了台湾。我父亲是国军上校。我出生于某年某月某日，台北，我是台湾某某事务所审计师，我是回乡探亲观光度假。”

“祖籍是？”

“祖籍河北永年。”

“你去过你的祖籍地吗？”

“去过。”

“祖籍还有什么人？”

“祖籍还有很多人。他们信一种教，叫喊教。喊教知道吗？”

“不知道。”

“孤陋寡闻了吧？喊教是个秘密教门，最纯粹的信徒只吃驴肉，普通信徒一年至少吃一次驴肉。教徽是[illegible]。”

“招财进宝是什么教徽?”

“念是这么念，写出来是复文，合体字，类似的还有黄金万两、日日有见财、福禄寿全、唯吾知足、兴善除害、令尊者无忧，等等。”

“别扯喊教了。”

“早餐该到了吧?”

“一会儿再吃吧。你不用再给我们编故事，我们已经掌握了你的间谍身份。”

“你们或许有权力如此调查。我对你们的间谍指控全部否认。”

“我们不是指控，是调查。”

“间谍要靠行为证明身份，没有间谍行为，就不是间谍。抓间谍抓的是行为。就像吸毒、嫖娼，每个人都有吸毒、嫖娼的工具，不能因为有工具就有罪。给你们讲个故事吧。故事叫刘备禁酒。刘备做太守时，时逢天下大旱，遂下令禁止酿酒，违者下狱。布告贴出之后，差役们不分青红皂白，对凡有酿酒工具者，都一律抓起来，刘备很嘉许这些办事人员。他的谋士简雍对此却另有看法，但事关救灾，不便进言。一天，刘备与简雍闲游，前面有一老男人和一青年妇女并走，简雍说：‘此乃奸夫淫妇，该逮捕法办!’刘备仔细窥探了一阵，回答说：‘无罪证，非也!’简雍说：‘有淫器耳!’刘备听了，恍然大悟，立刻转身回衙，释放了一大批无辜者。”

对面没有出声。我接着说：

“曹操也提倡过禁酒。对于曹操的禁酒令，孔融站出来表示反对，他上书言道：酒之为德久矣。天有酒旗之星，地列酒泉之郡，人有旨酒之德。尧舜千锺，孔子百觚。子路嗑嗑，尚饮十榼。故尧不饮千锺，无以成其圣。且桀纣以色亡国，今令不禁婚姻也。太祖外虽宽容，而内不能平。御史大夫郗虑知旨，以法免融官。”

“哦。你还挺能白乎啊。后来呢?”

“后来曹操找个借口把他给杀了。”

“就你这样迟早也得被杀了。”

“人固有一死，或轻于鸿毛，或重于泰山。”

“书读多了就这个毛病。知道为什么抓你吗？”

“不知道。你要抓，还问我为什么。”

“我们有证据。”

“有证据就不要问我了。证据大于天，有证据还啰唆什么？”

“你要知道我们这是大数局。”

“知道你是大数局。”

“现在抓吸毒、抓嫖娼也是大数据在说话。”

“不是群众举报的吗？”

“群众哪里去知道明星的隐私。我告诉你是大数据在说话，明星们的那点儿龌龊事儿在大数据面前早就暴露无遗。表面上抓个现行，实际上避免我们出面。我们大数局可不是白吃的。”

“知道你们也是 AA 制。早餐到了吧？”

“你怎么光惦记吃啊？”

“我有隐性糖尿病，到点儿不吃浑身难受，一会儿什么问题都回答不了。”

“别往别处扯。赶紧交代问题。”

“我没有自证其罪的义务。如果你们有什么证据，尽管拿将出来。如果你们不知道，就不要问我。”

“到目前为止我们还没有发现你的间谍行为。我们这次谈话只是告诉你，我们清楚地知道你是谁。我们大数局只是了解和掌握情况。”

“你们可能是搞错了。”

“错是不可能错的。我们找你谈话，是避免你陷得更深。”

“我还得谢谢你们的好意。”

“今天就到这里。我们会密切关注你的动向。你小心点。”

“你们要放长线钓大鱼？”

“我们要一网打尽。你如果选择与我们合作，不失为明智之举。”

“合作你要开条件。”

“现在还没到开条件的时候。”

“现在你们主要是走流量，攒人气。”

“现在是给你提出警示，合不合作你自己选择。”

“我不会自绝于人民的。”

从会谈室出来，门口的桌子上摆着黄毛叫来的外卖。他们已经吃过了。剩下的一块儿比萨已经变凉，梆硬，我看了看，不吃了。

“不吃了?”

“不吃了。”

“糖尿病没事了?”

“糖尿病晕过去了。”

“确定不吃了?”

“不吃了。”

“那好，还有一项流程。”

“还有什么流程?”

“测谎。”

“测呗。”

来到测谎室，身体连上几条电线的电极，大数局的人开始测谎。我是受过训练的，对付测谎和审讯完全不在话下。应付测谎的关键所在，是用肌肉思考，用骨头思考，就是不能用脑子思考。测谎完毕后，他们拿下电极。我心里说，你们大数局的手段太落后了。经过这一大圈的折腾，相信他们一无所获。他们不知道我头皮下的芯片。知道也没有用，知道也读不出来。知道有一块芯片，也不能说明什么。我知道，或许每天晚上，都有一个人在隔壁读取我的记忆，他是谁，我不知道。他读取的数据会同时加密传到不知位于何地的后台，他不知道我的记忆内容，他只是负责读取数据，传送数据。他们也是大数局的，是洋大数局。给我下达新指示的人始终没有出现，不知道是谁，也不知道会以什么方式，下达什么内容的指示。或许会在梦中给我指示吧。我还是不想这些为好。

出了测谎室，他们让我在一个本子上签字。

“签什么字?”

“这是协助调查费用200元。签字领取。”

“不要了。”

“不要也得签字。”

“不签。”

“那我们代你签了啊?”

“随便。”

我出了大数局，来到街上。阳光明媚，已经是下午的时光。大数局盯着我，或许还有其他什么局盯着我，我要扰乱扰乱他们的视线。我和谁接触，大数局就会关注谁。

我从大数局出来后，始终觉得有一双眼睛在什么角落看着我，反正就是感觉有人跟踪我，第六感吧。我也不忙回去，再说回又回哪儿去？无所事事，漫无目标地在街上乱转。一会儿打车，一会儿下车。一会儿跑到什么商场里，一会儿又出来打车。走到翠微大厦前面的天桥上，有两个乞讨的，一个是普通的老汉，蓬头垢面；另一个是双腿残疾的青年，跪在地上，双手捧着一个搪瓷碗，前面露出两个截肢后的肉腿。我动了恻隐之心，掏出十元钱放在他的碗里，他收起来，一个劲地说谢谢。

“你这腿是怎么弄的?”

“在工地干活弄断的。”

“没赔你吗?”

“赔了，赔的不多。不能养活自己。”

“没想到做个义肢吗?”

“想了，太贵做不起。”

“唉，可怜的人儿啊。”

我和断腿乞丐说话时，有两个时尚的女青年也驻足在旁边闲看，我奇怪她们光看不施舍。我在想大数局会不会事后找这个断腿青年调查呢？如果调查也得给他 200 元吧。莫名其妙的那双眼睛也在看着吧？他肯定会怀疑我和这个断腿乞丐有什么关系呢?

女青年中的一位在翻她的包包，看来也是动了恻隐之心，准备施舍。她从包里悄悄地捻出一条小蛇，突然放在了断腿乞丐的碗里，断腿乞丐正要感谢，一看碗里的小蛇，一个激灵，站了起来。

两个女青年哈哈笑着走了。

断腿乞丐身前的两条断腿是假的，是道具。这年头什么都能作假啊。

旁边的老年乞丐在一旁窃笑。

断腿乞丐说：“不好意思。”看看四周没有更多的人，他又跪下了，前面露着两个逼真的断腿，用破旧衣服把真的小腿挡了起来。一边低声说：“我这也是没有办法。”

两个女青年怎么就看出了破绽呢？这年头，青年人不好骗啊。

旁边的老年乞丐看着我笑。

“嗨，今天过得怎么样啊?”

“今天过得很好。”

“收入怎么样啊?”

“还没有进账。”

“没进账还好呀?”

“没进账就不好吗?”

“听说北京站跟你差不多的一个人每月都有一万多?”

“那是，不止。”

“你怎么不去北京站啊?”

“太累。”

“数钱还嫌累?”

“不能光知道数钱啊。适当地也得闲几天。”

“你倒是想得开。”

“我在北京站要几天，在别处要几天。好歹也是在北京，各处的风光也顺便看看。不能光是要钱，也要追求一下生活。”

“你的生活还是有品位的。”

“人和人不一样。我不像有的人，光盯着钱。”

“你让我无话可说。”

“其实吧，每个人都是要饭的，只不过要的方式不一样。像我们这样没本事的，只能在大街上要。”

“你说得对，在印度，皇上也要饭。”

“皇上也要饭我可不信。”

“印度有个乞讨节，皇上那天也要出来乞讨一下。”

“那皇上还回得去吗?”

“皇上不真要，就是象征性地两手一摊，表示也向天下人乞讨。”

“我说呢，要真出来讨要一天，宫里还不政变。”

“你的宫里政变了吗?”

“政变？还等着我往回寄钱养活呢。”

“你和他好像有什么不同啊?”

“我就是凭着这张老脸，他还有道具。”

“他是不是欺骗?”

“也不能说是欺骗，你把他看成行为艺术好了。”

“这艺术有点儿惨不忍睹。”

“有艺无类嘛。”

和老乞丐乱扯了一通，转头继续乱走。有个人靠近我说：“是王来电吗?”

我警觉地看着他：“你是谁?”

“我是刘总刘高峰的合伙人。我姓崔，崔永利。王总，请借一步说话。”

旁边有个普罗可布咖啡馆，我和小崔找一个僻静的角落坐下，他点了双人份的下午茶套餐。

“你就是和她一起卖棺材的?”

“活棺材。”

“说吧，找我有什么事?”

“你竟然如此落魄。”

“不干你的事。”

“我现在和珠珠合伙做生意。我们在高原的生意做顺了。在西宁、拉萨都有物流基地，日喀则的物流基地正在建设。”

“这也不干我的事。”

“你这几年不在，有段时间珠珠很难。”

“我听你说话好像有点儿不对味儿。”

“不瞒你说，我已经被珠珠收编了。你是我的前任。我和珠珠的意思是你能尽快离开北京。”

“离开北京?”

“你可能知道，保险公司因为你赔了3000万，如果保险公司知道你回来了，会索回这笔钱。”

“你们生意做这么大了还在乎这点钱。”

“说实话，现在生意也不好做，3000万也不是一笔小数目。你如果能尽快消失，我和珠珠会想办法补偿你。”

“她为什么不来见我?”

“她来见你不太好，容易激动。再说万一被别人抓住证据更是说不清的麻烦。我见你也没有别的意思，就是想和你商量商量，看看你是什么打算。”

“我没什么打算。”

“你如果在北京继续待下去，会有说不清楚的很多麻烦。不但是鸡飞蛋打，人财两空，而且会带来其他的后患。我们得到消息马上从拉萨回来了。又不知道你的具体联系方式，找到你很费了一番周章。这么直言不讳地说也是没把你当外人，我们一家人不说两家话，你要能尽快离开北京大家都好。就像广告说的，你好，她也好，我也好，王火也好。”

“这么说拉萨我是去不成了？”

“千万别去拉萨，千万千万别去。拉萨地方小，你去了全拉萨都知道你没死，保险公司一去就铁证如山了。”

“那我走到哪儿都会让保险公司知道，只有死掉算了。”

“这世界这么大，这几年不就是没找到你吗？去一个保险公司找不到的地方，大家都好。”

“你让我去哪儿？我满怀热情地回到北京，你让我去死？”

“没有那个意思，我们的意思只是让你避一避。”

“这是她的意思？”

“你回来了，这是好事，但是新的事实你也不能改变。珠珠也不能和你恢复婚姻关系，法律不对抗善意第三者。你一旦身份公开，大家只能白白损失一笔钱，谁也没有好处。”

“这笔钱和我没有关系啊。”

“对啊，你买的是寿险，你当时买这笔寿险，不就是想给她们娘俩留下一个保障吗？假如你没回来，她们得到这笔保障，不正是你的本意吗？你现在知道，这笔保障已经入袋，不正是你的心愿实现了吗？我知道这么说可能不太合适，但是事实也是如此。再说你活着也不一定能挣这么多，现在我们已经得到了，就别让煮熟的鸭子再飞掉。”

“王火还好吗？”

“明年我们准备把他送出国，他出国以后你也会比较容易看他。你先躲一躲，大家都好。”

“你让离开就离开，说得轻巧。”

“这也是没有办法的事。你如果有更好的计划安排，我们也愿意全力配合。”

“我跟你说，我现在不是王来电，王来电已经死了。我和王来电没有任何关系。”

“如果这样最好。你这么说我相信，就怕保险公司不相信。一旦被保险公司拿到证据，到那时候就不好解释了。我们的意思你还是躲一躲，圈子里的朋友们都知道你没死，你又回北京了，一旦传播开来后果不堪设想。”

“我觉得没那么严重。”

“凡事谋成先谋败。我们往坏处着想，往好处努力。”

“我能不能见见她们娘俩?”

“最好不见吧。现在人多眼杂，大数局的触角无所不在，我们还是小心为妙。”

“你不打听打听我这几年怎么过来的?”

“这几年你肯定不容易，你要愿意说呢，我肯定愿意听。你要不愿意说呢，我也不好乱打听。”

满大街都是印度人走来走去，我心里一阵空虚。

“你来找我无非就是要证明我不存在。”

“我找你没有恶意，给你提个醒，别让保险公司找到你。”

“保险公司找到我也无所谓。”

“就怕你这种态度，那样保险公司迟早会找到你。”

“你放心吧。我已经死了。”

“保险公司一旦找到你，事实就会完全逆转。”

“你是想证明我死了吧？我告诉你，我已经死了。”

“我费尽心思来和你见上一面，目的只有一个，避免保险公司给我们大家找麻烦，绝对没有其他意思。”

“你现在是亚科甫啊。”

“亚科甫是谁?”

“平常我都不解释。亚科甫是《洛希尔的提琴》里面的主人公，他以做棺材为生，永远都在盼着身边有人死去。”

“我们虽然也是卖棺材，可我们卖的是活棺材。是救命的棺材，绝对不会盼着人死。”

“我胡乱联想。你的意思我明白了，就这样吧，告辞。”

试上高峰窥皓月，偶开天眼觑红尘。可怜身是眼中人。

我给所里的人打电话要求上班。

“你是不是王来电我可以不管。王来电死了，我们赔了300万。你只要以王来电的名义回来上班，条件只有一个，先退300万回来。因为王来电的死我们赔过了，现在他活了，那300万就得退回来。就这么简单。你想好了再做决定。”

“就当我没给你打电话吧。”

“这样最好，大家都少麻烦。”

“我也不想麻烦。”

“现在在哪儿找个事干干不容易啊，为什么一定回来呢？”

“你说得对。”

“我不是律师，如果是所里的律师，你就麻烦了。”

“谢了。”

这买卖不合适。回去还没拿钱，先退300万。我去哪儿找300万退啊。

后来有人打电话。

“你是王来电吗？”

“你是？”

“我是强华无道审计事务所的律师。”

“打错了。”

“你是王来电吗？”

“不是。你是哪里？”

“不是王来电，你还问我是哪里干什么？”

“这几天老有打这个电话问王来电的。我好奇问一下。”

“我是派出所。”

“你打错了。”

我在酒店用早餐，有个年轻的女子坐到我对面。餐厅很空，她坐到这里让我警觉。

“你是王先生？”

“你是？”

“王来电？”

“不是。”

“我是刘总的律师。”

“什么刘总的律师？”

“这是我的名片。”

她递过来一张名片，上面写着：邱秋妮律师。

“你找错人了。”

“求你离开北京。”

“我为什么要离开？”

“原因我就不说了。”

“我不是王来电，你找错人了。”

“我是代表刘总来求你，否则以后的行动会很严重。”

“有多严重啊？”

“会让你被动消失。”

我盯了她一眼，径自走开了。

滴滴答说有一个网友大型聚会，问：“你去不去？”

“去，当然去。”

“那我给你报名了。”

“好吧。”

“我给你注册一个 ID？”

“这……”

“我给你还报以前的网名，电瓜？”

“别，我是你的外挂。”

“好，估计大部分你都不认识。”

“肯定。”

“晚上在北三环边上一个名叫原始森林的餐馆，大厅包了六桌。”

“好，晚上见。”

“晚上见。”

晚上到了现场，交了一百元，看看周围，果然都不认识，只认识滴滴答。滴滴答和我打了个照面，就忙着和其他人聊天去了。落座后开吃，现场乱哄哄一片，满座都是陌生人。我右手边坐了一个年青的女子，和我聊天。

“我是自在柳莺，叫我莺莺。你叫什么？”

“我是外挂。”

“谁的外挂啊？”

“滴滴答。”

“你得起个网名。”

“黄瓜。”

“黄瓜。吃的那个黄瓜吗?”

“对，黄瓜。你是黄莺，别柳莺了。”

“我们俩一对儿黄。”

“大黄和小黄。”

“黄到一块了。”

“黄上加黄，太上皇。”

“皇上开车了吗?”

“没有，腿儿着来的。”

“我也没有开车，正好陪皇上饮上几杯。”

“好啊。”

喝到一半，莺莺悄悄问我：“你住哪儿?”

“我住西三环。”

“我就住附近。”

碰杯喝了一下。

莺莺说：“你晚上有事吗?”

“没事。”

“你想约我吗?”

我看她一眼，我们对视着，把杯中的残酒一饮而尽。放下酒杯，我起身下楼，站在餐厅门口，点上一支烟，抽了两口，莺莺出来了，走到我身边，挽起我的胳膊，我们慢慢走开。

走了十几分钟，来到她的楼下，刷门禁进楼，上电梯，开门到她的住处。吓了我一大跳，屋里有一条硕大无比、恶魔一样的藏獒。

莺莺让我和恶魔藏獒见过。

“司令这是黄瓜。来，别怕，这是司令。”

藏獒司令过来闻了闻我的裤脚，我后背升起一股凉气。

“别怕，司令很乖的。”

“你吓死我了。”

司令闻过我后，躲到一边去了。我跟莺莺进到卧室，没有多余的语言，开始缠绵，剧烈运动。运动过后，赤条条地躺在床上。

“你的藏獒吓死我了。”

莺莺满足地闭着眼，轻声说：“睡吧。”

半夜半梦半醒之间，又运动了几次。司令藏獒在外面毫无动静。

第二天醒来，又运动了一番，我和莺莺起床。

莺莺从冰箱里往外拿食物，准备早餐，司令在身边转来转去。我把电视打开，电视正在播放早间新闻。

莺莺把冰箱里的食物微波了一下，我们坐在餐桌前，有热好的面包片、煎鸡蛋、培根和香肠。

我把一块培根给司令，司令闻了闻躲开了。

“你给它什么都不会吃，我给它才吃。”

莺莺给司令往地上丢一块培根，司令直接在空中接住，一口吞了下去。

“你训练得真好。”

吃完早餐，莺莺又从冰箱里拿出两大碗酸奶。

“刚才不拿出来?”

“现在也不晚啊。”

莺莺莞尔而笑。

我端过酸奶正要吃，莺莺又端了过去。

“这碗不是给你的。”

她把酸奶放在地上。

“它还吃酸奶?”

莺莺没说话。司令凑过来，呼噜噜一口气把酸奶喝了下去。

“一边去吧。”

司令乖乖地躲到一边。

莺莺给我一小杯酸奶。

“你还内外有别?”

“你吃醋了。”

“我和你的狗狗吃醋?”

“没吃醋?”

莺莺过来搂着我，我们一起看藏獒司令，看到藏獒很难受的样子。

“它怎么了?”

莺莺并不答话。

藏獒司令挣扎了几下，不动了。

它怎么了？

“它死了。”

“死了？”

“死了，你喝了你也会死。”

我万分诧异地看着莺莺：“你开玩笑？”

“不开玩笑。”

她过去踢了两脚藏獒司令，司令毫无反应。

莺莺搂着我说：“狗吃了会死，人吃了也会死。”

“你这是？”

“你看到了吧。”

“这是干什么？”

“我只负责给你传一句话：赶紧走。”

“赶紧走？往哪儿走？”

“离开北京，赶紧消失。”

“我不认识你吧？”

“昨天晚上不是你啊？”

“你别吓唬我啊。”

“我不是吓唬你，我是受人之托，告诉你赶紧从北京消失，不然和它一个下场。”

“你是谁？”

“你想知道我是谁吗？”

“可以吗？”

“我是你的莺莺啊。”

我瘫坐在沙发上，莺莺过来把我搂住。

“看把你吓成什么样儿了？出这么多的汗，昨天晚上也没出这么多吧？”

“你怎么不让我吃了呢？”

“让你吃了多麻烦啊？狗狗吃了我好处理，你吃了我也很麻烦啊。别害怕宝贝，只是提醒你，说不定会有别人让你吃。”

我没说话，只剩下恐惧了。

“镇定镇定，就这样子，怎么出去啊？”

“费这么大工夫，就为让我看你毒死你的狗？”

“客户就是这样要求的啊。让我对你好一点，千万别吓着你。”

“你已经吓着我了。”

“啊，别怕，宝贝。那就赶紧走吧，离开北京吧，再待下去说不定会像一只狗狗一样死去。是吧，宝贝？”

“这得给你多少钱啊？”

“反正很多。答应我，赶紧走吧。我还没遇到过这样的委托呢，我也觉得很有意思，就是在你面前演一场戏，让你亲眼看见我喂了狗狗。司令跟了我四年了，我也很舍不得啊。”

“他们还让你告诉我什么？”

“只是让我告诉你赶紧消失，我已经很发挥了。”

“谢谢你的好意，我马上走。”

“落落汗，定定神。就不想再亲亲我了吗？”

“我还有那份心情吗？”

“嗯，我有。”莺莺撒娇地说。

“我想起一件事。”

“什么事？”

“昨天就想跟你说。”

“好，说了再走。”

“一天，老张的邻居出远门，要老张帮忙照顾好家里的藏獒和鹦鹉，并且告诉他，藏獒随便逗，鹦鹉绝对不能逗！老张逗了藏獒好久什么事也没有，看到鹦鹉，心想藏獒都逗得起，那只傻鸟算什么。果断逗了鹦鹉，鹦鹉开口说话了：藏獒，咬他……老张享年43岁！”

“我要让藏獒咬了你，你会享年多少啊？”

“享年37。”

“我也给你说一个。”

“好。”

“一富翁正在遛狗，一个杀手从草丛里窜出来，啪啪两枪把狗打死了。富翁大怒：你杀我的狗干什么？杀手冷酷地吹了一下枪管，冷笑一声：有人花费50万，让我取了你的狗命！富翁看了一眼杀手，激动地握住他的手说：你的语文老师是谁？我得给他一个大红包。”

"哈哈哈，你确定?"

"你放心。这不是你的狗。"

"我得给你包个红包。"

"我不要。"

"就算给你语文老师的。"

"你可是欠了我的司令一条命啊。"

"我还一直害怕你会放司令咬我。"

"现在它不会咬你了。"

"比让它咬我还恐怖。"

"没有的了，只是提醒你了。我的客户要看到司令死了才会付我另外一半费用。"

"多少钱啊?"

"不告诉你。"

"我还在心里一直想，你是不是鹦鹉呢?"

"鹦鹉也是鹦鹦啊。好吧，走吧，我完成任务了。"

"我不来，你把狗杀了，不是一样可以收钱吗?"

"肯定不是那么简单了。"

雪隐鹭鸶飞始见，柳藏鹦鹉语方知。我从莺莺家出来，心想我得买一双百度筷子。

我去白纸坊附近见到薛雷锋。

"嫂子在找你，让你离开北京，赶紧消失。"

"她想让我离开就离开?"

"急死我了。"

"急什么?"

"是嫂子派的一个律师来找的我，说的话能吓死个人。她让我找你来，我说找不到，她还不信。"

"别听他们吓唬你。"

"你是没听她说，真是吓人。我感到是要动真的，你出去躲躲吧。"

"你的意思也是我走?"

"我真怕你出事。"

"能有什么事，他们也就是诈唬诈唬而已。"

“你这些天在忙什么？我也联系不到你。”

“没忙什么。中午和你吃个饭。”

“好，我请你。不过我得先去把车托运，你和我一起去？”

“托运车，往哪儿托运？”

“往西宁，我们一家计划国庆长假出去玩，这不有新开的汽车托运业务，我们把车托运到西宁，在西宁自驾游几天。”

“你们和车一起过去？”

“对，和车一起过去。”

“那你还有时间一起吃饭吗？没时间就改天吧。”

“有时间，办完托运手续我就没事了。本来应该过几天去托运，就怕过几天太忙，到时候没时间办，提前办了算了。办了托运也好下决心出去玩儿几天。冯林和他爸总说我不陪他们，这次我一定陪他们几天。把车先运走也是下一把决心。”

我和薛雷锋开车出来，沿着护城河边的单行道向北，到广安门桥右转向东，不对，这是以前的方向，现在的方向是，从白纸坊桥西南角出来，沿着护城河边的单行道向南，到广安门桥右转向西，沿着广内大街，到菜市口右转向北，奔陶然亭、开阳桥、马家堡、公益西桥，到公益西桥左转向西，沿着南四环外侧辅路，到公益桥右转五十米，就到了铁路汽车托运业务办理处。

在车上，薛雷锋又在劝我离开。我几次把话岔开她又转回来，劝我赶紧走。

“她们找你说我有几天了？”

“有好多天了，我又找不到你。找我好几次了，她们不相信我找不到你。”

“好了，不用听她们瞎嘞嘞。”

“我有预感。”

“你就住这儿吧？”

“是啊。”

“户口也在这儿？”

“对。”

“自从宣武和西城合并以后发展还是挺快的。”

“刚开始磨合那几年可给企业出了不少难题。”

“现在东西城哪个发展得更好啊?”

“东西城合并了。”

“东西城都合并了?”

“地球翻转以后，西城成了东边的，东城成了西边的，东城变西城，西城变东城，干脆合并成了中心城区，现在没有东城区、西城区了。中心城区，天下第一区。”

托运完汽车，我和薛雷锋步行穿过公益桥，走到四环里。我们往前找个地方吃午饭。快到3.5环的丰台大道时，突然冲过来几个人，揪住我劈头盖脸地就打。我顿时被打翻在地，我护住头脸，那些人一拥而上，掰开我的手，把我架住，棍棒齐下。薛雷锋在旁边喊：“住手！住手！我要报警了!”

“别报警!”我喊道。

我喊完别报警，来人的手反倒停了下来。

“知道为啥挨打吗?”

“知道知道。”

“知道就好。”

“滚！听到没?”

有人在我耳边恶狠狠地说：“赶紧滚！有多远，滚多远!”

“是是是。”

有人在我头顶劈头就是一棍子，正打在我头皮下面的芯片上，我瞬间昏厥过去，事后薛雷锋描述：棍子断裂，木屑飞溅。两旁架住我的人把我搡在地上，一帮穿着黑衣的光头汉子们扬长而去。

他们没有动薛雷锋，看都没多看她一眼。

没过多久，意志力让我醒来，薛雷锋蹲在我身边：“怎么办？怎么办？你没事吧?”

“没事。”

“我要报警。”

“别。”

我血流满面，浑身火辣辣地还不知道哪儿疼。

“把你打坏了吧?”

“没。”

“怎么办？怎么办?”

别报警！
丰台大道
住手！住手！
我要报警了！

“上医院。”

“好好。”薛雷锋招手拦车，过往的车辆都不停。

“我打120。”

“好。”

薛雷锋打了120，继续拦车，没有一辆车停下来。

“怎么样？能坚持住吗？”

“能，没事。”

过了半个小时，来了一辆120，把我拉到了天坛医院，急救科马上止血，简单处置以后，我被推进了手术室。我感到钻心的疼痛。头痛欲裂，再次昏厥过去。

等我醒来，已经躺在病床上，身上挂着点滴。脑袋被包扎了起来。左侧小腿打上了石膏夹板。药物已经起效，不那么疼了。

“这是些什么人啊？”

“不知道。”

“你为什么不让报警？”

“没用。”

“你认识他们？”

“不认识。”

“他们和你说什么了？”

“让我滚。”

“什么意思？”

“打错了吧？”

“你有事瞒着我。”

“没有。”

“这是你头皮下取出来的东西。”

薛雷锋把医生从我头皮下取出来的芯片给我。

“哦。”

“这是什么？”

“不知道。”

“我不该问。”

我没吱声。

医生说："脑震荡。左侧小腿腓骨开放性断裂。多处软组织挫伤。"

我闭上眼睛，不说话。

"我要报警。"

"不。"

沉默了很长时间。

"我要让嫂子来看你。"

"不。"

"是她让人来打你?"

我没说话。

"肯定是她让人来的。"

"没往死里打。"

"这还没往死里打？这就是往死里打。"

我闭着眼睛不说话。

"我要告诉嫂子。"

"不，别和别人说起。"

薛雷锋犹疑了半晌，说："好吧。"

"没事了，你走吧。"

"你这样，我能走吗?"

"我，安静一会儿。"

"好。"

"别让人知道。"

"好。"

我昏昏沉沉地睡去。

不知睡了多长时间，我被人弄醒了。屋里的日光灯惨白。我床前坐着一个人，我想不起在哪儿见过。

"你醒了?"

"你是?"

来人凑近我，轻声说："我就是和你联系的人。"

"我不明白。"

"你头受伤了?"

"是。"

“头上的芯片坏了？”

“取出来了。”

“取出来了？”

“是。”

“放哪儿了？”

“扔了。”

“扔了？”

“嗯。”

“扔哪儿了？”

“不知道。”

来人又坐了一会儿，说：“你好好休息。”

我没吱声，来人走了。后来我发现放在枕头下面的芯片不见了。

薛雷锋煲了鸡汤送来，请了一个护工陪我。

“别挂念我，打乱你的安排。”

她不说话。

“我躺两天就好了。”

“伤筋动骨一百天，好好休息。”

第三天下午，有个人手捧鲜花来病房看我，我不认识他。

“王总啊，还好吗？”

“还好。你是？”

来人握住我的手，凑近了低声说：“为什么还不走？等死啊？”

“挨顿打怎么也得加几天。”

“不行。”

使劲捏了我的手，我忍住没跳起来。

晚上薛雷锋来看我。

“我得赶紧离开这里。”

“离开？去哪儿？”

我示意她小声。

“你找一个隐蔽的地方，赶紧把我接出去。就你一个人知道，最好今天晚上就走。”

“好。”

这一段时间以来，相逼太甚啊。我已经不大灵光的脑海里闪现出崔永利、邱秋妮、莺莺、大汉，这哪儿是求你啊，已经直接开打了，直接就打你杀你，干脆利索，没有废话。不活着离开就会死了离开，会像莺莺的司令一样死去。

深夜，薛雷锋开了车过来接我，出永定门一路向北，直奔大廊机场，在大廊机场的停车场转了两圈，车又开出来，上廊涿高速，向东，确定没有跟踪后，回头向南，上了以前的西六环，现在的东六环，从莲石西路向西，上五环，到香泉环岛，从香泉环岛向东，到植物园里面的一个院子里停下。我住下后，薛雷锋离开了。

我住在植物园里面一个隐蔽的饭店里养伤。

伤势一天天好起来。

饭店的厨房一天送三次饭，薛雷锋和饭店老板是朋友，饭店附带了几间客房，知道的人很少，一般是用来接待熟人，像我这样常住在这里养伤的人，服务员已经习以为常。薛雷锋留了一万块钱，再没来过，也没打电话。按我们约定的时间带着一位医生过来看我。一个多月时，在附近的一家私人医院拍过片子，恢复得很好，医生让我可以适度下地活动。一开始在屋里走两步，后来活动范围越来越大，根据自己的感觉慢慢地走到了旁边的卧佛寺。以前来植物园，从来没进过卧佛寺。

十方普觉寺，一尊巨大的释迦牟尼佛涅槃铜像。我在佛像前跪拜了一番，心中默默祈祷。我差点跟随佛祖涅槃，回来后躺在床上，不自觉模仿佛祖的涅槃姿势。

后来走到曹雪芹纪念馆，空无游人的房间，让我遥想曹雪芹当年孤寂地书写。

慢慢地把植物园转遍。最喜欢的还是樱桃沟水杉林喷雾。天气已经冷了，再早一些季节更好。渐渐地可以走到一二·九纪念碑。时常在樱桃沟久坐。

未来会怎样，究竟有谁会知道。无所谓了，大不了死掉。只不过是不是要顺应老婆的意志消失？先不管这些，腿骨长好再做打算。

六十七天过去，身体一天天好起来，我在园子里转了几遍。

再次转到曹雪芹纪念馆，有几个人在聊天喝茶，探讨诗词，我凑过去一打听，是青枫诗社的线下活动。他们邀请我参加。我当时起了个网名：酱黄瓜，和他们一起玩了起来。

认识了大闲人、怒气冲冲、火冒三丈、拉钩为什么要上吊、雾漫京城、在文字中老去、拉克迪凯等一群青枫诗社的网友。大闲人不是那个大闲人，是住在附近的一个京西闲人。京西闲人也不是那个京西闲人。有人叫他大闲人，也有人叫他京西闲人，他都答应。网名嘛，就是一个代号而已。火冒三丈也不是那个火冒三丈。现在到处都是闲人，到处都是火冒三丈。他们叫我老蒋，也有个别人叫我老黄。没人叫我老王。南方人黄王不分。我已把黄当成了王。

除了在园子里散步，我多了一项活动——写诗，写植物园的景致，一天天忘了自己是苟且在这里养伤。卧佛寺始建于唐贞观年间，原名“兜率寺”。“兜率”是梵文译音，意为“妙足”“知足”。我是不是也太知足了？

不，我这不叫知足，这叫随遇而安。

每天在大山的怀抱之中，空气清新，衣食无忧，无人打扰，自由自在。

头皮下的芯片没有了，没有人来读取我的记忆。没有大数局的骚扰。我每天到处转转，吃了睡，睡了吃，在吃和睡的间隙，用“酱黄瓜”的网名在青枫诗社的论坛发发简律体，集几个赞、顶。

天气一天天凉了，枫叶开始变红。

上午十点，来到香山脚下的玻璃壳子咖啡馆，青枫诗社的深红小组组织了一个很小范围的品茶赏诗活动。活动的主导者大闲人和咖啡馆的老板甚熟，经常在这里品鉴自带的好茶。玻璃壳子咖啡馆正如其名，是一个不甚大的玻璃房子。在深秋的季节走进玻璃壳子，玻璃外面有枝头残存的红叶，上午十点的阳光洒满房间。大闲人已经到了，大闲人对茶很下工夫，花了大量的精力用于研究喝茶。大闲人和我打过招呼，手里没有停，继续用一块洁白的方巾擦拭着茶台。不大一会儿，三丈、冲冲、拉钩也到了，大家打过招呼，洗了手，围坐在茶台边。诗人也很守时啊，尤其是业余诗人，大多是重然诺之人。

“人到齐了？”

“主角还没到。”

“他肯定晚。我们先开始，一边品着一边等他。”

“好。”

“我今天带了十种茶，他来得晚，只有少品几种了。”

“对，怪他自己，怪不得别人。”

“品十种，取十全十美之意。”

大闲人一边说，一边从他带来的一个铝皮箱子里往茶台上摆放茶具。铝皮箱子是专门用来盛放茶具的箱子。大闲人带来了全套茶具，玻璃壳子咖啡馆也有茶具，大闲人看不上眼，要用自己带来的茶具。

“京西，你的茶具很精美啊！”

哦，今天的大闲人是京西闲人。我心里说。

“那是。好茶要配好器。这套茶器是我花十年工夫配出来的。你看，这实际是八套茶具。”

京西闲人把茶碗一溜码开，是八个不同材质的瓷碗，大小器型一样，颜色材质不一样。

“这是官哥汝定钧，宋代的五人名瓷。这是唐瓷，这是明瓷，这是清瓷。”

“西老师的茶具跟他的手串一样。”

“手串？”

我看到京西闲人带着一个五颜六色的手串。京西闲人把手串摘下来递给我。旁边拉钩说：“看你认识几种？”

“是一条不同材质的珠子穿成的手串。有金珠、银珠、和田、南红、青金、水晶、海黄、琥珀、蜜蜡、翡翠、砗磲、象牙、红珊瑚十三种名贵的材质。”

“我哪儿认得全啊。”

“这是博物馆型手串啊。”

“你刚才认了几种？”

“我就认识金子。”

“金珠在这儿不是最值钱的。”

“没准儿是最便宜的。”

“哪个珠珠最值钱？”

有人提到了珠珠，我的心里一阵隐隐地作痛。

“这个，和田玉，最贵？”

“不是，这个，海黄，最贵。”

“是不是京西买贵了？”

“不是，确实是海黄最贵。”

“为什么木头的最贵？不是和田玉最贵？”

“被俄料和韩料顶的。”

“还有韩料？”

“韩料才像呢，根本看不出来。”

“下回去韩国入一件。”

“去韩国毛儿都见不着。”

“为什么？”

“全拿到和田才出手。”

“哈，韩国人不傻啊。”

京西闲人已经烧开一壶水，把茶具在煮锅里全煮了。停了煮锅，一个一个捞出来，把煮锅里的水倒掉，又把茶具一个一个放回煮锅，拎起开水壶，把煮锅里的茶具浇了一遍，又打开煮锅继续煮沸。京西闲人从身边的水桶里往开水壶里泵水。

“这是我今天早上特意打来的寅时水。”

“吟诗还要专门的水？”

“是寅时，不是吟诗。凌晨三点到五点，为寅时，子丑寅卯。”

“京西辛苦了。又专门取水去了。”

“怎么还专门取水？”

“这是西老师凌晨一大早去金山泉取来的山泉水，对吧，西老师。”

京西闲人满意地点点头。坐上茶水壶烧水，金山泉，凌晨打来的寅时水。刚才煮洗茶具用的是店里的桶装水。京西闲人停了煮锅，把茶具一个一个捞出来，摆好，把茶碗摆好一排，示意我们选，每选一个，京西闲人优雅地点明是什么瓷。

“官。”

“哥。”

“钧。”

“定。”

“汝。”

他自己选了剩下的汝瓷茶碗。

“我们从白茶开始品。这是白牡丹，然后是绿茶，烘青绿茶，太平猴魁和华顶云雾。再下面是，黄茶，黄牙茶，君山银针和霍山黄芽，这就五种了，这都是比较淡的茶。然后我们用茶点，当午饭。用过茶点之后，品一品岩茶，属于青茶，乌龙茶，武夷岩茶，大红袍、铁罗汉、白鸡冠、水金龟，四种武夷岩茶，属于闽北乌龙。最后再尝一尝闽南乌龙，奇兰。”

京西闲人一边慢悠悠地说着茶序，一边开始操作，茶艺手法娴熟老道，大家不再接言，茶室里弥散出一股静谧的品茶氛围。

大家边品边议，京西闲人作为茶博士满足大家的所有提问。

“诗人怎么还不到啊?”

“是我们诗社的吗?”

“好久不来了。”

“我见过吗?”

“你好像没见过。”

“网上见过。”

“网上你都不一定见过。”

“最近一年多了，很懒。”

“为什么?”

“泡妞。”

“泡妞应该出作品啊。”

“妞不懂诗。”

“会不会带着妞来?”

“不会了，妞把他甩了。”

“这下该出作品了。”

“我们就欣赏他的呻吟吗?”

“不看他的情诗。”

“情诗写得也有意境。”

“那是给妞看的，不是给你看的。”

“我怀疑他泡的那些妞真真地可惜了那些诗。”

“这话说的。”

“你是没看见他带的那些个，那也叫妞?”

“有钱难买喜欢。”

“眼光有问题。”

“对着那样儿的女孩还能写出那么美的诗句你不能不佩服。”

“吴佩孚吴佩孚（吾佩服）。”

“叫什么名字?”

“蛋丁。”

“真名叫单钉。”

“最喜欢别人叫他北大诗人。”

“是北大的教授?”

“教授哪儿会写诗啊?”

“是讲师吧?”

“在北大进修的。”

“好像是旁听生。好几年了。”

“不是北大保安?”

“别说北大保安的三个哲学终极问题啊。”

“保安里可真有写诗写得好的。”

“是吗?”

“比如说鲁院的娄海洋。”

“应该说是徐阁（娄海洋的家乡）的。”

“那是。诗人该到了吧?”

“哎我说，他旁听生他吃什么啊?”

“吃妞。”

“哈。”

“他那首长诗写得不错。”

“要我说一般。”

“不会是《神曲》吧?”

“汉语言就没有那么长的诗。”

“《格萨尔》。”

“那是藏族。”

“《玛纳斯》。”

“那是柯尔克孜族。”

“《江格尔》。”

“蒙古族。”

“《黑暗传》。”

“没听说过。”

“神农架地区的，汉族长诗。”

“没准也是什么少数民族。”

“不会，汉族。”

“《黑暗传》？我没听说过。”

“蛋丁长诗有多长？”

“16 章 250 行。”

“不长啊。”

“蛋丁的最长诗。”

“最喜欢和别人讨论这首诗。”

“我们多夸夸，晚上他好请我们吃饭。”

“穷光蛋能请客？”

“不知道从哪儿弄着钱了。大家多说几句好话，晚上的饭就有着落了。”

“好。”

说着话喝着茶，诗人蛋丁到了，晚了一个小时，进门向大家作揖。

“抱歉啊诸位，来晚了。自罚三杯。”

“这又不是喝酒。”

“你是不是就是这样蹭酒的？”

“来来来，介绍一下。”

“大家互相见过。”

“你们两个长得真像。”

“乍一看以为是一个人。”

蛋丁再次道歉来晚了。

“我住在西门，每次坐地铁都得横穿北大，到东门上车。”

“当初地铁要在西门设站，北大牛，死活不干，逼着地铁改道。”

“谁说不是呢？说是影响北大的科研仪器了，精准度不准了，我看现在那些仪器快成废铁了。”

“本来就不准，还怨地铁。”

“也没见北大研究出什么来呀？”

“真要研究就跑到深山老林里研究，和地铁较什么劲。”

“也别说，13 号线对清华多少还是有点影响。”

“15 号线还不是照样从清华下面过去了。”

“过去了吗？好像不让过吧？”

“这些个事，也很难有定论。”

“北大何止不让地铁进，连汽车都不让进。”

“北大牛啊！”

“牛什么牛？不过也是看风使舵，咬文嚼字，紧跟形势，顽固不化。”

“这么说不妥不妥。”

“喝茶喝茶。”

“嗯，好茶。”

“少喝了两道。”

“三道，这是第四道了。”

“这是什么茶？”

“君山银针，黄茶。”

“嗯，好。”

“把你的大作拿出来欣赏欣赏。”

“得说请。”

“这还得请啊？”

“当然。你们都洗手了吗？”

“洗了。”

“洗洗手才能请。”

“真的呀？”

“真的。”

有人知道蛋丁的规矩。服务员用铜盆端来半盆净水，大家轮流象征性洗了洗手，擦干。蛋丁把一尊铜制的毛主席立身塑像请上神位，嘴里念念有词。蛋丁燃起一炷香，恭恭敬敬地拜了，把香插在塑像下面的香炉里。我们五人逐一燃了一炷香，学着蛋丁的样子，拜了拜，把香插在香炉里。

蛋丁拿出一个精美的皮夹子，打开，朗诵道：

《问主席》。建议在北京门头沟军庄镇东山村东山建毛泽东主席陵墓。香山背面。

他清了清嗓子，郑重其事地继续朗诵道：

问主席

序

可曾信步上香山
鬼见愁顶望西天
残阳如血山如海
人似尘埃宇宙间
峥嵘岁月八十三
自信人生二百年
普天皆呼万万岁
终有时日比泰山
纸上签字付与火
化作骨灰归江山
君生自来不信佛
此举留疑在千年
若为人民贡献计
建座毛陵更利远

东　山

东看此山是西山
西看此山是东山
东山西山是一山
年年贡梨进皇宫
此镇自古称军庄
此山从来名属东
生前只说双清好
去后才见东山妙
遍植红枫与黄栌
秋高云淡南飞雁
香山有路到东山
东山远望胜香山
面对残阳看群峰
追忆往昔到江东

欲战此地为井冈
可招旧部剿阎王
山隔京城心无烦
万世吉地好安眠

广 场

君今身在广场中
每日熙攘心可寒
西望遥想列宁墓
今日何处寻苏联
身躯虽在红场间
思想政权皆已残
前车已覆后车鉴
君在城中国不安
文人偶尔网上辩
思想多少有茫然
君将平生献革命
可将身躯献传统
东山起陵归于土
国泰民兴君安然

往 矣

千年一统功在秦
始皇战阵如生前
世界惊叹为奇迹
汉中百姓不得闲
复制陶俑过从前
秦之文化四方散
若是毛陵建东山
红色文化新起点
红星闪闪闪闪闪
仿制文物万万千
年年无数谒陵人

请回家中留纪念
思想化作有形物
精神力量富无穷
富了东山老百姓
富了军庄老百姓
革命成为新历史
文物成为仿制品
有形胜于说教话
教育后代知过去
秦前还有夏商周
没有殷墟成疑团
西汉葬在咸阳塬
筑土为陵柏森然
东汉光武葬邙山
日夜流水黄河边
唐开因山为陵例
昭陵六骏志正远
乾陵武曌终合穴
一碑无字压千年
北宋巩陵马在飞
南宋绍兴曰为攒
元朝识弓射雕人
苍苍茫茫大草原
明分南北清东西
提起民国有中山
忠骨自古青山魂
大地何处无炊烟
纵是无名烈士墓
血雨腥风去已远
君去东山重集结
青史文章永流传

三 说

生命造福全中国
死后可养一座山
四方后世来拜陵
荫佑陵周一万年

当年革命破四旧
牛鬼蛇神全完蛋
中华文明五千年
根深蒂固在民间

旧习自有旧习好
如今旧物太值钱
君欲自君断传统
书为青史成新篇
千神破尽君成神
同在千神偶像间
反看一生破坏多
河自东西人漂泊
生生不息华夏民
还信老礼不能破
君去天国卅二年
千神万鬼重出现
独守闹市一座堂
深究细议人惶惶

让 堂

此堂不是忠义堂
让出此堂又何妨
君走以后做他用
革命领袖纪念馆
或者名称依然在

革命领袖来共享
碑纪英雄五千年
堂飨领袖自君延
或是空堂神不在
管他人来拜不拜

红　殡

四十四年重出殡
红旗漫卷过长安
细说那日闻和见
时间时间不可间
红色中国君开创
红军长征天地惊
此红不是妆容红
君把一生付与红
如今动身到寝陵
一路岂能少了红
虽是葬礼礼不同
传统之中反传统
离开闹市纷扰地
高卧东山万林丛

大　祭

万人肃立在广场
广场又是红海洋
胸前白花黑臂章
今日之红又异样
纪念碑前读祭文
悠悠万事让人伤
哀乐低起辰时到
礼炮齐鸣十三响
卫士缓缓抬金棺
君在金棺睡正香

四十四年再飞泪
苍天无情作何想
九天揽月今在手
还有详情问吴刚
飞鸽伴飞红气球
金棺缓缓出正阳
前门大街人两立
闹市此刻静安详
堪忆当年驻足处
人民万岁放光芒

乡 祭

永定门下君暂停
遥向南方祭湘江
橘子洲头无风浪
滴水洞口滴水响
湘自曾公隐退始
已知伟人必出湘

海 祭

起柩向东转向北
建国门外向东望
各国使节来拜谒
上万学子亦在旁
人间换了遗篇在
一片汪洋忆秦皇
五洲四海全解放
外交从来不惧强
当年真心援非洲
今日犹在人心上

商 祭

再起行到王府井
四祭主体是为商

平生不干陶朱事
万店供君在经堂
从此再看五百年
关公或许把位让

宅 祭

再起行到中南海
新华门前告旧宅
瀛台依旧流水音
梧桐犹在凤不来
无人敢主丰泽园
菊香书册枉自晒

兵 祭

六祭就在军委前
枪杆子里出政权
如今还有多少人
就靠此理在造反
井冈长征到延安
南昌枪声震破天
百万雄师下江南
不惧威吓造两弹
国无强兵被人欺
国有强兵四邻安
辉煌自是援朝鲜
爱子永留那片山
反是被援心无记
越想让人越心寒
大军和平进西藏
反击印度到山南
直到今日有疑问
为何退到马洪线
英人图上一道线

挡住雄兵五十年
可抵两个台湾省
风物美好赛江南
台湾一定要解放
武力保留成手段
君去东山蒋在湾
世事难料天地翻
还想再问蒙古事
缘何独立不认元

工 祭

七祭行在首钢门
万人告祭是工人
如今工人真难做
多数前面加农民
份是农民人是工
地位与前大不同
两手只为一张口
运气差时还不行
如此工业如何进
匆匆忙忙只为利
白领耻于为工人
工人技师徒有名
工人之中有贵族
优哉游哉晃日子
看看西方工人们
生活不比资方差
如此中国对工人
永是西方代工人

农 祭

八祭灵柩在军庄
数万农民把君想

君本生在农门里
农民利益放心上
送过瘟神大跃进
如今农民不纳粮

山　祭

灵柩来到东山阿
九祭主席同山岳
神州万里有魂魄
炎黄圣帝齐迎接
诗章矗立陵寝侧
五星大地共日月

跋

尧舜岂能代代有
谁照赤县亿万年
大道自在文字间
辙律章节何以勘
若说此体名作甚
只说这是七个字
吟罢数数二百五
想遍世间谁人读
心有疑惑无处问
发到新网问旧主

2008 年 2 月 20 日

蛋丁朗诵完毕，把皮夹子合上，右手拿着，放在体侧，恭恭敬敬地向主席塑像三鞠躬。

大家鼓掌。

蛋丁向大家征询意见："怎么样?"

"这诗写得吧……"

有人打断说："对神圣的事物不能评价。"

"我觉得吧，你不该操这份心。"

“你这么说不对，天下兴亡匹夫有责。”

京西闲人接过话头说：“对，天下兴亡，匹夫有责。我们一致认为，是一首气势恢弘的好诗。”

“你们真这么认为吗?”

“真这么认为。”

“都这么认为吗?”

“都这么认为。你来之前，我们都仰慕好半天了。”

“如此说来中午我请客。”

“晚上吧，中午吃茶点。”

为了一顿饭，违心地说半天好话也够难受的。

“中午就中午，好久没喝了，嘴里寡淡得很。”

“换地角儿。”

“我们把这个穿上。”

“这是什么?”

“有人赞助的运动衫。”

蛋丁拿出六件套头运动衫，上面印着赞助商的名号。

“穿这个干啥?”

“穿穿穿，诗人今天请客，别拂了好意。”

“对对对。”

京西闲人把茶具逐件收好。

“放到店里就行，回来接着喝。”

“不是喝是品。”

“对，是品。”

诗人也把多余的东西都放在玻璃壳子的店里。我们出来走了几步，有一家西洋家常菜馆。

“吃这个?”

“不吃这个。前面新开一家云南汽锅鱼，那锅有意思。去尝尝?”

“好，吃汽锅鱼。”

新开的汽锅鱼小店一副云南特色，店堂里摆着几张矮桌子，座位是裹了蜡染土布的草墩，矮桌的正中是一个高尖的草帽，用手一拿，很重，是草编的锅盖。掀开锅盖，是一个坐在桌面上的石锅，石锅锅底是一个蒸汽嘴。有大锅是鸳鸯锅，我们人少，选了一个小锅。点了一条野生江团，点了一份特色铜锅拌饭，又点了几样蔬菜。

“喝什么?”

“喝酒啊。”

“这得不少钱啊?”

“没关系，有经费了。”

“让你破费。”

“我有新工作了。到一家国企宣传部上班去了，有经费。以后经常聚聚。”

“好啊，好事啊。”

“庆祝庆祝。”

“祝贺祝贺。”

“来瓶红星二锅头。”

“为什么不来牛栏山?”

“我对牛栏山有意见。”

“牛栏山招你惹你了?”

“牛栏山包装上写的那四句太没文化。”

“那就不是诗，那就是广告词嘛。”

“我给它来首藏头不用，不搭理我。”

“这才是症结所在。”

“对，你写的那四句说来让我们鉴赏鉴赏。”

“牛郎织女银河岸，
栏杆玉砌天帝殿。
山高未阻真情谊，
酒共知己在人间。
辛卯年初五”

“不错不错。”

“难怪有意见呢?”

大家奉承了几句。

点完菜让服务员算算多少钱。接近四百元。

“AA 制?”

“看不起人。我请客，奢侈一把。”

“把酒分了。”

“一瓶酒，不多。”

鱼打理好了，放到石锅里，加了一些调料，加了一点汤，服务员打开阀门，蒸汽开始在石锅里嗞嗞作响。几分钟就熟了。

“来，庆祝北大诗人高就。”

“谢谢谢谢!”

“北大这个名号不能丢。”

“那是那是。”

“北大才子啊!”

“不敢不敢。”

“北大送清华一块石头，上面刻着：‘北大清华，友谊长存。’多没文化啊?”

“是吗?”

“百年为邻，共襄盛世。也好一点嘛。”

“百年为邻同一梦，桃李天下没有墙。”

“一梦同求，隔墙同庆。”

“随便什么都比友谊长存好。”

“我们还是要友谊长存。”

“对对，友谊长存。”

六个人穿着白色的套头衫，像是刚办完白事在喝酒。不像是户外回来聚会。

“什么时候建了毛陵?”

“你没听出来，那是我们大诗人的宏伟想象。”

“跟真的一样，我还以为毛爷爷迁葬了。”

“我开始听也是这么以为的。”

“写得太好了。”

“来，一起祝贺诗人。”

“伟大的作品。”

“丰富的想象。”

“还没建就想象出来了？”

“要不怎么说伟大呢？”

“韶山是不是想让主席回家？”

“有这么一说。”

“老蒋不是也想回奉化吗？”

“不是葬在台北了吗？”

“那叫停厝，老蒋是想回奉化。”

“你是本家啊？”

“他是酱，那是蒋。”

“还有姓酱的？我一直听你们老蒋老蒋的，我还以为我遇到对头了呢。”

“他是网名，酱黄瓜，我们就喊他老蒋。”

“你们没喊我老蛋。”

“你是诗人。”

“你们俩得单独来一个，长得像一对双蹦儿。”

“对，来一个，敬诗人一个。”

“互敬互敬。”

“你们两个长得太像了。穿上一样的衣服更像一个人了。”

“有缘啊。”

“真是有缘。”

“一会儿我们上山，实地看看我的设想。”

“好。”

吃完饭出来，进香山公园，从眼睛湖往前，坐缆车到了香山最高处，有一个亭子，附近有一块石碑，上面刻着：鬼见愁，海拔557米。上面秋风刚劲，幸亏加了蛋丁的圆领衫，多少挡一点风。我们往西走到悬崖边站住，北大诗人蛋丁指点着远处的山坡，说是毛陵应该建在那个位置。我站在他身边。

“诗里的东西南北不是现在的东西南北吧？”

“对，还是老方位。”

“为什么不改新的呢？”

“尊重历史。”

“按现在方位，北京应该叫南京，南京应该叫北京。”

“北大改南大，南大改北大?”

“说明我们的大诗人有才啊。”

“新人新办法，老人老办法。”

三丈说：“我们不应该比毛陵高吧?”

“正门不在这儿，在那边的山脚下。”

“你绕到中山陵后面也比中山陵高。”

“中山陵挺雄伟的。”

“毛陵建在那里更雄伟壮观。”

“我觉得毛主席应该留在北京，不应该回韶山。”

“你的想法很伟大。”

“诗人嘛，有宏伟想法很正常。”

“没有想法就不是诗人了。”

“这诗太有价值了吧?”

“能换不少钱吧?”

“文章不为稻粱谋。”

正说着话，突然有人在诗人蛋丁的身后踹了他一脚，蛋丁毫无防备地滚下山崖，过了几秒钟，山谷里传来蛋丁的惨叫。

“他怎么下去了?”

“喝多了吧?”

“没喝多啊。”

“有人推了他。”

“谁推他?”

“没人推他。”

“你推他了?”

“我没有。”

“刚才好像有人踹了他一脚。”

“人呢?”

“跑了。”

“快去追。”

“先救人吧。”

“这怎么下去啊?”

“报警，报警。”

“对报警。”

“我们分头绕下去吧。”

“得有人等在这里。”

“救援直升机很快就能到。”

大家乱作一团。我脊背发凉，回过神来，意识到来人是冲着我来的，诗人做了我的替罪羔羊。

“你们往左，我往右，留两个人等在这里，赶紧下去救他。”

“凶多吉少啊，凶多吉少啊。”

“我们还是等在这里吧。”

“我们不能袖手旁观。”

“老蒋，你不能去，危险！”

“我试试！”

我一边说，一边向右跑去，等跑到看不见他们了，径直向北，不对，过去的北是现在的南，向南一通猛蹿。这要是警察来了我还能说得清楚吗？三十六计走为上。我下到猴石崖，上到三炷香，找到了曾经走过的曹雪芹小道，翻过山脊，顺着小路来到白家疃，连跑带颠地下到山脚的温泉，我真的必须消失了。

快到温泉时打上一辆黑车。黑车把我拉到北清路上的稻香湖轻轨站。我没上轻轨，换了辆黑车到了北安河。在北安河又换了辆黑车。

我指挥着让他往阳坊开，到了阳坊又让他往流村，到了流村又说去高崖口。

“你到底去哪儿？有准地儿没有啊？”

“去了思台。”

“太远了，不去。”

“加钱。”

“加钱也不去。”

“到高崖口再说，行吧？”

“行。”

到了高崖口，天已经擦黑儿。四面望去，山坡上到处都是工地。我在路边小摊上吃了一碗拉面，徒步向了思台走去。

一路上坡，人生就是对抗重力的过程。附近有一条重力运输线，不停地利用重力能，把西北，不，东南，内蒙古、晋北，也应该是晋南了，地球这么一个颠倒，太别扭了，反正就是把高原的物资，利用重力落差，从高处运到低处。我现在要用两条伤愈不久的肉腿，把我这团喘气的肉从低处运到高处。

现在北京在西部山区，又错了，是东部山区，对东部山区，造城。主要是门头沟、昌平和房山的东部，不，西部。现代建筑技术的发展，使得人类可以在山区更方便地建造城市。山区造城可以节约耕地，更好地建造立体城市、立体交通，更合理地开发山地资源。

民间传说有西山十戾，把大人物比成西山修炼成精的动物，这些工地一开，什么动物都修炼不成了。

工地的灯亮了起来，山间到处是热火朝天的建筑工地。各种为民工服务的简陋廉价商店旅馆应运而生。半夜走到了思台，在一个简陋的旅馆里小睡了一会儿，天蒙蒙亮，旅店帮助找来一辆黑车，我对司机说去河北。车盘旋下山，到了镇边城我让他掉头。车是一辆小面包车，司机的路况很熟，一路过了西雕窝、山神庙，走到一条走过的大路，向右转，过雁翅、军饷、斋堂、清水，过了漫水桥，我们离开 109 国道，上了 236 省道。

我不知到下一站是哪里，先逃出北京再说。

惟有王城不堪隐，万人如海无处藏。

天空又灰暗下来了，飘起了零零星星的雪花。

走了没多久车子熄火打不着了，我撇下司机，往前走了一段，向右拐向山上，沿着山路走，中午时分到达一个叫乱佛寺的小村庄。

我被老婆通缉了。幸亏是老婆通缉，如果不是老婆通缉，小命现在可能都没了。老婆和国家机器相比还是弱了点。

无尽的大山，生命如草芥一般。人生随时会像一只蚂蚁一样迷失，随时会像一只蚂蚁一样消失。我翻越一个山坡。肉身沉重，需要克服的不是恐惧，是重力，唯有重力，这地球上唯一的恶魔，无处不在，无时无刻，要把人类拉向十八层地狱。神仙在天上，飘来飘去。恶魔不能到达的地方，时间停滞。

在乱佛寺讨了一口饭吃，已经出了北京界，天又放晴了，雪没有下下来。继续往前走，穿过了一条高速公路，下午天黑时分到了一个村子，者衣石村，名字特殊，我记住了。村头有个小商店，我买了几包方便面，借着小店的热水，泡了一包吃了。借着商店老板的手机看了地图，在心里默默记住方向，没敢多作停留，便消失在连绵起伏的群山夜色中。

黑　石

我认出了老墨/小说、散文、诗歌，都，大了吧/她正和诗歌在院子里搓玉米/村里开始有过年的气氛/祭灶/小说和散文来给我拜年/现在差着一个老师/不是一个完小/门洞房/忍字歌/来了两个要饭的/老要饭的死了/小要饭的跟我来到学校/是想和你提一门亲事/燕子/黄石

黑石堡被一片大雪覆盖。茫茫夜色中，我看到了黑石堡的土堡大门，已经残破不全，土堡上面的建筑东倒西歪摇摇欲坠，仿佛随时会被下一片雪花压垮。门洞下面的大门早已经不知去向。我艰难地走到门洞里，门洞里也被飘落的雪花铺了薄薄的一层。我没敢停留，走进村庄。已经是下半夜时光，村庄里寂静无声，狗都没叫。几盏路灯像萤火一样挂在漫天飞舞的大雪中，雪花在灯光前飞舞着，闪着细碎的银光。我奋力走到离土堡最近的一户人家，使出最后的力气敲门。院子里的狗狂吠起来。我继续拍打着陈旧的大门，门上的春联经过一年的风吹日晒，已经看不出模样。里面终于有人起来的声音。我又拍了几下大门。里面的人似乎鼓起了很大的勇气，高声喝道："谁呀?"

我一头栽倒在门前的雪地里，不省人事。

等我醒来时，已经躺在一个土炕上，下面的炕席烧得滚烫。我一会儿飘在天上，一会儿坠入万丈深渊。我意识到身体躺在一间屋子的土炕上，意识和感觉在从来没有遇见过的飓风里上下颠簸。我身边有人在走动，在说话，可是我听不清楚他们在说什么。有人俯下身来，凑到我脸前，呼出一股重重的浊气，他似乎向我说了些什么。他的声音是那么的虚无缥缈，似乎从万分遥远的地方发出召唤。我努力回应了他，但我说了些什么连我自己都没有听见。

我在上下剧烈地颠簸，没有什么东西可以抓住。

那些人似乎根本不知道我在剧烈颠簸，没有一点儿抓住我让我停下来的意思。我一会儿躺在云端，周围是软绵绵的东西；一会儿躺在浆液中，黏糊糊的浆液裹住我的躯体；一会儿躺在细沙滩上，火辣辣的细沙在我的躯体中流进流出；一会儿躺在针床上，无数根钢针穿过已经不存在的身躯，从四面八方刺进来；一会儿躺在瓦砾中，不规则的石头瓦块硌得我无处躲藏。身体似乎已经不听从意识的指挥，自顾在无名的力量操控下没有规则地甩来甩去。眼睛沉重得如同关闭的防火门，我想睁开眼睛，怎么也睁不开。

有人凑到我脸前，扒开我的一只眼帘，我看到影影绰绰的人影晃动，明晃晃的一股强光，像一种武器一样射向我，来取我的性命。

“三天了?”

“不行送医院吧?”

三天了，是什么意思？不行送医院吧？是什么意思？我努力想弄明白他们在说什么，我在内心深处挣扎，挣扎，用力过猛，我又昏睡过去。

我在黑暗中无声地飘飞，风在身边无声地吹过，速度很快，没有声音，我向着黑暗的最深处飞速前进，没有人，没有任何东西，只有黑暗和无声的风，在我的四周掠过，我无声地疾驶着。

额头上落下一个凉毛巾，打乱我飞速前进的方向。我继续向黑暗深处飞速前进，像一个没有重量的火箭。我努力挺直身体，好减少旁边的阻力。

有一勺温水沿着我的嘴唇缓缓流淌，在脸颊上，在嘴唇上，我想张开紧咬的牙关，我想喝一点点水。又一勺水顺着脸颊流到脖颈处消失了。

无尽的黑暗和断断续续的从来没有遇到过的高速体验。

我的灵魂脱离了我的躯体，在宇宙空间里肆意地撒欢，在我的身体外上下翻飞，我在意识的最深处跟随着我的灵魂，似乎在每一个瞬间都会被他无情地抛弃，我努力放松自己，跟着他在无尽的黑暗中四处乱窜。没有一丝丝的惧怕。只有从来没有过的速度。

偶尔有“沙沙沙”的声音，灵魂会忽然停下来，一个黑影从身躯里直上云霄，穿过屋顶，穿过树冠，定定地静止片刻，似乎在倾听。然后又是快速地让我跟不上的四处飞窜。

再醒来时，高烧退了。我认出了老墨。

“老墨。”

黑石堡

“你喊我?”

“老墨。”

“你醒了?”

“老墨。”

“老张吧?”

“老王。”

“哦，老黄。”

“小说、散文、诗歌，都，大了吧?”

“大了，大了。”

“你，还好吧?”

“好，好，好，好得很呐。”

我无力地闭上眼睛。

“休息，休息，别说话了。”

“好。”

“醒了就好，醒了就好。”

每个人都有一段自己不知道自己的时光。后来老墨跟我说，我发高烧，说胡话，说要回美国，我是美国人。老墨说：“你以为你是斯诺呀？一个美国人跑到我们山沟沟里来，做啥？后来你醒了，问小说、散文、诗歌，我就知道是自己人。吓死个人，大雪天，跑到人家敲门。我看着眼熟，也不敢认呐。谁都不知道怎么办，先抬到我家再说。你就一直在说胡话。我听明白的就一句，我是美国人，我要回美国。黑石堡成美国了？你要真是美国人这事情就弄大了，国际问题啊。”

烧退了，村子里的医生给开了消炎药，在檩条上挂了几次水，身体慢慢好了起来。

我能下地了，慢慢挪到门口，掀开门帘，外面阳光明媚，太阳照得人睁不开眼，天空碧蓝，初冬的一个晴天。

“你出来了?”

“哦，我好了。谢谢你照顾我，嫂子。”

和我说话的是老墨的媳妇。她正在和诗歌在院子里搓玉米。我拿了个马扎坐下来。

“这是诗歌吧?”

“是，叫黄叔叔。”

“黄叔叔好！”

“都这么大了。没去上学？”

“今儿是星期六，不上课。”

“上几年级了？”

“上初三。”

“小说也大了吧？”

“大了，该娶媳妇了。说了一个。去年高中毕业了，在北京打工呢。他爹在准备给他盖团院子，让他成家另过。”

“小说都要成家了？”

“要成家了。农村人成家早。”

“说的哪儿的啊？”

“本村的，他高中同学，一块堆儿在北京打工。他爹说给他办了事就了一件心事。这还不愿意呢，想自由几年。俩人在北京都住到一块了。我跟他说，哪天让人家肚子大了就赶紧回来生下来。”

“娘你说什么呢？”

“这有啥不能说的？你都大姑娘了。”

“散文还在上学？”

“还在上校，上高三了，明年就毕业了。让他学他哥，抓紧在同学里头号下一个。”

“孩子大了你们就省心了。”

“省心，也不省心。小时候操小时候的心，大了操大了的心。”

我拿起两个玉米，要帮助她们搓，手上没有劲，搓了两下，没搓动。大病初愈，手无缚鸡之力。

“你不用干，出来坐坐，晒晒太阳，好得快。”

“是。”

“墨哥还当校长？”

“早不当了。当村长了。”

“墨哥现在是村长？”

“是，村长，见天价为村里的事忙乎，自己家的事一点儿都指望不上。”

老墨家的院子北房五间，东西厢房各有三间。我现在住他们的西厢房。

老墨两口子住北房的正房三间，旁边隔出的两间诗歌住，东厢房散文住，我住的西厢房应该是小说的房子。

“他的事，我不管，也不问，他说咋地就咋地，他想咋地就咋地。”

恢复了几天，我慢慢走出院子，走到街上。黑石堡有横竖两条主街，主街上分支出几条小巷。十字街口的向阳背风处，坐着几个老头晒太阳，看我走过来，全都毫无顾忌地看着我。我冲他们打招呼：“晒晒太阳?”

其中有一位迎合着我说：“天好，晒晒太阳。好了?”

“好了。”

四处转悠转悠，有好处。

对，转悠转悠。

旁边，有只狗冲我吠叫，有人起身喝止，向狗投出一块小石子，狗落荒而逃。

“谢谢!”

“不见外!”

村子不大，也有几百口子，两三百户人家。我在街上走了几个来回，街上碰到的人冲我笑笑，算是打招呼。他们都知道我是村长的朋友，来黑石堡养病呢。

几天下来，我已经和常在街上走动的人混了个脸熟。

街上的狗狗们都认识我了，见着我也不叫了，摇摇尾巴，悠闲自在地踱着绅士般的狗步走开。

一两头猪在街上晃悠，哼哼着四下里翻拱。一伙一伙的鸡聚集在一起，在地上扒翻。扒翻几下，啄啄几下，地上的垃圾里有鸡们的食物。街上经常有三三两两的污水，是附近人家泼在街上的。有一家流出的水比较大，都成了一条小溪。院子门开着，院子里有机器轰轰地响，他们在做地瓜芡粉。

我走出村子，望望不远处的山，山上有清晰可见的残破的长城。山的背阴处还有一片一片的雪。

到黑石堡三个月了。病痛已经彻底消失了。我对黑石堡村庄和周围的地界已经熟悉。

“老黄，什么时候走啊?”

“撵我走了?”

“不撵，问问，你想住多久住多久。”

“我还真想长住下去。”

“这穷山恶水的有啥住头啊?”

“是我的福地呢。”

“心安即是福地，我看你是住得心安。”

“有吃有喝有住，还心安理得。有劳嫂子了，天天给我做饭。”

“多一双筷子的事。”

虽说是心安理得，从哪儿说是心安理得?镇日里无所事事，村子四周野地里乱转。镇日无心镇日闲。有时候饭点前后溜进灶间，问嫂子要不要帮忙。

“快出去吧，这不是你们男人干的事。”

有时候我在旁边站站，想伸把手，嫂子坚决不同意。

“这可不是你待的地方。”

“嫂子撵我了。”

“撵你了，这是妇女们的地方，你可别来。”

诗歌有时候过来帮帮忙，也会被很快支走，大部分时间都是墨嫂一个人在忙饭。

春节将至，村里开始有过年的气氛，村民们忙着准备年货。老墨和散文赶了几次集市，准备下不少年货。

从腊月二十三小年开始进入过年的节奏。墨嫂每天在灶间忙年，蒸花馍馍，炸馓子，炖肉，包饺子，这几天要准备下过年从初一到初五的饭菜，全部冻起来。有好多东西能吃到出十五。

小年一大早就有人放鞭炮，是稀稀落落的几声。傍晚是送灶王爷上天的时辰，各家都会祭灶，放上几响送灶王爷。灶王爷的神位是灶间墙上的一张贴画，上面画着灶王爷的画像，灶王爷是个白面帅哥，灶王爷上面是：“一家之主”，左右两边是：“上天言好事，回宫降吉祥”。男不拜月，女不祭灶。大概也是因为是帅哥的缘故。墨嫂每天在灶王爷面前表现，待到祭灶的大事，还是要老墨亲自出马。一家之主才能做一家之主的祭拜。老墨在灶王爷的神位前摆供了糖饼和饺子，还供了口香糖和奥迪 A6 图片，口中念唱道：“今年又到二十三，敬送灶君上西天。有奥迪，油加满，一路免费没人管。口香糖，甜又甜，请对玉皇进好言。”

老墨叨念完，烧了一张黄纸，一边说道：“灶王爷，路上的路费，您收好了，想买啥买啥。”

然后揭下灶王爷的画纸，到院子里烧化了。“灶王爷，一路走好。上天言好事，回宫降吉祥。好事多讲，反复讲，重点讲。不好的事千万别讲，憋到肚子里，回家有赏。”

烧化了灶王爷的神位贴纸，就算把灶王爷送走了。年三十的一大早接灶，仪式要简单一些，到时只要换上灶王爷的新贴画，在灶龛神位前燃炷香就算完事了。也是老墨来做。送走了灶王爷，就进入了过年的程序，每天干什么基本上依例而行，没有太大的变化。歌谣唱到：二十三，糖瓜粘；二十四，扫房子；二十五，赶趟集；二十六，炖锅肉；二十七，杀只鸡；二十八，春联挂；二十九，蒸馒头。这几天就是准备过年几天的各种吃食。不一定像歌谣唱得那么准点，这些事大概都是这几天要做的。送走灶王爷是一个重要的时间节点，就算是开始过年了，不吉利的话一个字都不能提，一直要保持到过完正月十五，话到嘴边还得琢磨着换个吉祥点儿的词儿，免得犯了过年的忌讳。

心到神知，供品人吃。祭完灶，除了奥迪卡片被烧化了，跟着灶王爷上天了，其他的食品都端到餐桌上。

第二天依例搞了一天大扫除。屋子里容易搬动的桌子椅子箱子柜子摆了半个院子，屋里打扫完，又一件一件搬进去，一件一件归位，往往借机把家具的位置重新布置布置。

三六九，往外走。二五八，好回家。二十五中午小说回来了，看到我这个外人在家，显出一丝丝错愕，没说什么，被他妈拉到屋里去了。我占了他的房间，他和散文兄弟俩挤到东屋去住。

灶王爷不在家的几天是灶间一年里最忙的几天。墨嫂和诗歌每天在灶间忙碌。

腊月二十八，一大早，老墨带着小说和散文在家里的里里外外贴春联、贴福字，在院子的大门上贴了门神。在每个屋子的门楣上贴上吊钱儿。吊钱儿是用软和的彩纸剪刻成的吉祥图案。在窗玻璃上贴上窗花。春节的喜庆气氛洋溢在院子里。贴春联也是男人的事情。刚贴了几张，有人找老墨有事，老墨径自去了。小说和散文两兄弟把其他的贴完，贴了一晌午。

村子里的其他人家也在干着同样的事情，家家贴上了新春联，挂上了新吊钱儿。大街上村里挂的彩幡，不多远一条。整个村庄充盈着春节的喜气。

有结婚的人家在村子里经过，人们遇见后高声道喜。腊月二十三之后，百神护佑，百无禁忌，按旧日的说法，不能成婚者可以在此时婚嫁，谓之“乱岁”。各种时间不好安排的也在这段时间举行婚礼，大家都忙，婚礼反而简单许多。中午，老墨让小说、散文陪着我去人家喝喜酒，到了酒席上，看到老墨坐在上席，给新人主婚，念了结婚证。我也借此沾沾喜气，冲冲晦气。大家看在我是村长的朋友分上，也过来和我喝上一杯。

黑石堡的大街也扫得干干净净，一改往日的杂乱随意。

除夕天刚刚擦黑儿，家家在门口的大街点起了旺火。住在小巷的人家也在巷子口的大街上堆上棉秆、秸秆，燃上一堆属于自家的旺火。旺火点燃后，有的人家还会放几声炮仗，在里面放一张写有“旺气冲天”的红纸字条，随着火苗一起燃烧。还要特意加几根芝麻秆一起燃烧，寓意芝麻开花节节高。火苗从柴堆里蹿涌着，像是生命力旺盛的人间，干柴烈火，噼噼啪啪地伴着碎响。一条街道都被照亮了，彩幡在没有风的除夕被映衬出五颜六色的艳丽。旺火燃烧正常后，大人们就回去忙做去了，街筒子上剩下一些十多岁的半大孩子，在一堆一堆的旺火间奔跑跳蹿，一边叽哩呱啦呼朋唤友地叫唤。每个孩子的手里都拿着一双长筷子，筷子上汆着一个馒头。他们在每个旺火上烤一烤馒头，从一堆旺火跑到另一堆旺火。烤的旺火越多，以后会越旺。旺火映照着一张张童稚兴奋的小脸，在寒冷的除夕夜里冻得有点红，有的孩子，一边抹着被冻出来的清鼻涕，一边在旺火上烤着馒头，一边和同伴说已经烤了几堆。互相比较着谁烤的旺火堆数多，提醒着对方还没去谁家的旺火烤过。也有没事的大人，在旺火上，伸手烤烤，一边逗着孩子们，你烤几堆了？你烤几堆？你烤得好，你也烤得好。图个激励孩子们学习考试的彩头。

我从街上回来，墨嫂已经把除夕家宴摆好，老墨和三个孩子都在家。

老墨说：“俗语说，三十晚上无外人。老黄不是外人。我们一起过年了。”

酒杯斟满，大家举杯祝福，一起干杯！

酒过三巡。我斟满酒，说：“谢谢墨兄！谢谢嫂子！谢谢两个侄子和侄女儿！这杯酒我敬你们全家。祝福你们幸福安康、心想事成、家业兴旺、万事如意！”

老墨一家真没把我当外人。

吃完饭，大家一起看电视。三个孩子低头玩手机，一会儿出去，一会儿进来。老墨和墨嫂有一搭无一搭地说话，我也打起十万分的精神陪着看了一会儿，告辞回西厢房。回到屋里一人独处时，眼泪禁不住无声地长流。我盘腿坐在炕沿上，想我在这万家团圆的日子里寄人檐下无家可归，外面冰天雪地，我如同丧家之犬，躲在这山沟沟里，北京不敢去，美国不敢回，不知道以后应该怎么办。未来成了一个绝壁，黑压压的直上云霄，壁立不动。我面对着未来的绝壁喘不过气来，大病初愈的身体一想到遥不可知的明天就恨不得再病回去，重新病到不省人事。

第二天是大年初一，天蒙蒙亮，小说和散文就来给我拜年，我一人给一百压岁钱，他俩不要，说，大了，不要。转身出门去给本家长辈们拜年去了。诗歌不用拜年，拜年是男人们和男孩子们的事情，女人和女孩子们不用出门拜年，只用给至亲拜年。陆续有人来给老墨两口子拜年。我也和老墨夫妻两个道了新禧。墨嫂端了一盘热好的饺子给我，还有一碗饺子汤。我吃饺子的时候还有两拨来给村长拜年。我吃完饺子，在屋里枯坐了一阵子，走到街上，也有村子里的半熟脸向我朗声道贺："过年好！恭喜发财！"我也高声回应了。走出村子，田野上覆盖着一层厚厚的白雪，四野里还没有人走动。初一一般都给本村的本家拜年，一般不出村。初二出村给近亲拜年。初三上坟，不能串亲戚拜年。初四给远房的亲戚拜年，初五亲戚多得没走过来的再走走，一般人家吃完破五的饺子，年就算过完了。一直到初五，天天都是饺子，都是三十以前包好的饺子。初一到初五是不动刀，不做饭的，顿顿都是煮饺子，一天两顿。初一一整天，地都不能扫，实在要扫，得从门口往屋里扫，扫成一撮儿，放到屋里不能倒出去。这一天也不能往外泼水，怕因此破财。忙腊月，闹正月，拖拖拉拉到二月。北方农村的春节情绪要一直贯穿整个正月。没有普遍的打工情结，在家种种地，有机会就合伙跑上一单小生意。土地和人都少了几分浮躁。瑞雪兆丰年，满地的瑞雪会滋养雪下面的麦苗和土地，有利于农业收成。

初六回娘家。一般是上午去，下午回，不在娘家过夜。

正月初七"老鼠娶亲"，地上扔只新鞋，鞋坷垃里放上花生、糖果，早早就上床睡觉，为了不惊扰老鼠，俗谓你扰它一天，它扰你一年。

初十是石头节，也称"石不动""十不动"。这一天凡磨、碾等石制工具都不能动。村里的大石头前有人焚香设祭，享祀石头。午餐必食馍饼，认为吃饼一年之内便会财运亨通。

正月十五元宵节。

过完十五，年就算彻底过完了，该干啥干啥了。日子从节日的程序中挣扎出来，又回归到平常的日子，各种烦琐的礼节消失不见了，各种语言的忌讳也没有了，幸福快乐衣食无虑的时光过去了，人们开始惦记未来的时光，打算未来的生计。

老墨又憋了半个多月，过了二月二龙抬头才跟我谈起。

老墨说："老黄，你来了有三个月了吧？"

"有了。"

"人无百日好，花无百日红。我也不是撵你，想听听你的打算。你是还准备住下去呢，还是什么时候准备走啊？"

"我准备再住些时日。"

"你要准备再住些时日，每天不做点活计似乎也不是办法啊……"

"村里也没有适合我做的活计啊。"

"有一个活计还真适合你。你要是愿意呢，可以试着做做。"

"什么活计适合我做呢？"

"学校缺个代课老师。以前的一个女老师春节嫁到外村了，现在差着一个老师。"

"这个活计我倒是能做。"

"能做是能做，就是大材小用了。"

"还说什么大材小用，我要是能做做这个事也是正合适呢。"

"那就明天去上课？"

"还明天做什么，今天就能去最好。"

"你要这么爽快，我们现在就去学校。"

黑石堡的学校不是一个完小，只有两个班，一个高班，一个低班。低班是一、二、三年级的学生，高班是四、五、六年级的学生。嫁人的是低班的老师，我就接手低班了。

老墨陪我来到学校。学校我来过几次，都是多年前支教时来过。这次到黑石堡，在学校外边走过，还没有进去过。进去见了高班的墨老师，是一位四五十岁的中年男子，头发已经秃了不少。不知道什么缘故，农村秃顶的还是比较少见。墨老师既是高班的老师，又是学校的校长。墨老师教高班的语文，还有一个四五十岁的女老师姓李，李老师教高班的数学。还有一个本村的年轻女老师，也姓墨，小墨老师教全校的体育、音乐、美术。走了的那位老师也姓墨，教低班的数学和语文。

老墨和老墨老师陪着我进了低班，墨老师把我介绍给低班的学生，那些孩子们和街上的狗狗们一样，大都已经和我照过面，见到是我来教他们，没有感觉到意外和陌生，稀稀拉拉地鼓掌，叽叽喳喳地交头接耳，老墨老师呵斥了几句，老墨没说什么，把我交给十几个低班学生他们就出去了。

我拿着小墨老师留下来的教材问学生们讲到哪儿了。三个年级的孩子一齐嚷嚷，屋里乱成了一团。

“我们分开说，一、二年级的先不说，三年级的学到哪里了？”

“学到哪里了？”有孩子在下面大声学我说话。

“我们我们我们学到这里了。”

“不对不对不对，学到这儿了。”

“老师老师。”

下面还在嚷嚷。

“三年级的请到讲台前来。”

像一阵风一样，冲上来几个小脑袋，围在简陋的讲桌前，是五个孩子，三个男生，两个女生。

“就你们五个就闹出那么大动静？”

“老师，我们没闹。”

“我们我们我们在回答问题。”

“三年级就你们五个？”

“还有三个没来。”

“还有墨小玲。”

“墨军文。”

“墨家兴。”

“这样，你们五个分成两个组，你们商量一下，谁愿意和谁一组。”

“我和他一组”

“我和她一组。”

“我不和他一组。”

“你们分好了？一组站在这儿，一组站在这儿。”

“还有三位没来的同学，你们两组商量商量，把他们三位分到哪一组？”

“老师老师。”

"商量好了?"

"嗯。"

我在黑板中间划了一个竖线。

"你们组把名字写在这边，你们组把名字写在这边。"

他们冲上来抢着写。

"挨着写，挨着写。把没来的也写上。"

"写完了？哪个是没来的?"

我在三个没来的旁边打了个对号。

"交给你们一个任务，你们组一个，你们组两个，这三个没来的同学。你们两组放学后去通知他们来上学。"

"他们他们他们不来。"

"他们要干活。"

"不是，他们要出去上学。"

"这样，你们去动员他们来，黄老师想请他们来。好不好?"

"好。"

"二年级有几个同学？站起来我看一下。"

"六个。"

"二年级的六名同学也分成两组。"

二年级分组没有三年级会分。

"你们两组挑人。"我对三年级的说。

"我们不是一个年级。他们是二年级，我们是三年级。"

"不是一个年级，可是是一个班啊。"

三年级的两个组很快把二年级的六个学生抢成了两个组。这是他们在街上做游戏时经常干的一件事。接下来，他们把一年级的七个学生也分到了两个组里。一、二年级没有辍学的。一、二年级在家也干不了什么活，来学校就当是来幼儿园了，多少有个人看着。

"现在我们班分成了两个组。现在你们两个组分头商量商量，选出一个组长，一个副组长，都选三年级的。"

他们自己吵了一会儿，选完了。

"你们是什么组?"

"我们是一组。"

“老师老师，我们是一组。”

“我们我们是一组。”

“咱们没有一组，也没有二组。你们自己给你们组起个你们喜欢的名字。”

他们叽叽喳喳地商量了一会儿，告诉我，一个是巧克力组，一个是牛肉干组。

“现在我们班有两个组，一个巧克力组，一个牛肉干组。从今往后你们巧克力组和牛肉干组就要展开竞赛。我们要一起比学习，比进步，比团结，比友爱。大家说好不好？”

“好！”

喊声震天。

“去年小墨老师教给你们的还记不记得？”

“记得。”

“三年级的同学们，把去年，小墨老师，教给你们的，教给二年级的同学，行不行？”

“行！”

“你们现在就是二年级的老师，认真负责地把老师教给你们的，教给二年级的同学，好不好？”

“好！”

“我们现在开展学习的接力赛。我教三年级的同学，三年级教二年级的同学，二年级教一年级的同学。我们是比赛，也是游戏，也是互相帮助，我们一起进步。大家听明白了没有？”

“听明白了。”

“下一堂课，三年级教二年级，一年级在座位上玩儿。再下一堂课，二年级教一年级，我教三年级。再下一堂课，三年级教二年级，二年级教一年级，我玩儿。”

“哈哈哈哈。”

“听明白了没有？”

“听明白了！”

“老师老师。”

“说。”

“下一堂是体育。”

下课了，学生们冲到院子里，满院子孩子们跑来跑去。

下一节是体育课，小墨老师来上课。我没事，在院子里转转。院子进来左右各有一个教室，教室有三间大小，教室之间各有一个教师办公室，一个是几个老师合用，另一个是老墨老师的校长办公室。在两个办公室之间是一个门洞，现在给封了起来，成了一间房子，放着不多的一些杂物。学校本来也没啥东西可放。这个门洞房是以前宏伟规划的后果。以前准备在这个门洞后面还要再建一进院子，把黑石堡小学建成一个完小，后来生源不足放弃了。我以前来支教时这里还是一个门洞。

李老师在上课，教师办公室没有人。老墨老师的校长办公室门开着，也没有人。我转了一圈回来看小墨老师上体育课。小墨老师带着低班的学生老鹰捉小鸡，小墨老师是个老母鸡，后头跟着低班的学生是小鸡，有个三年级的男生在当老鹰。老鹰和后面的小鸡们嘻嘻哈哈。有三个孩子在踢毽子，有四个女生在跳房子，有两个男孩在墙根看蚂蚁，还有几个孩子玩累了蹲在墙根歇息。小墨老师换了一个三年级的女生代替她，气喘吁吁地走过来，朝我笑笑，我也朝她笑笑。站在我旁边四五米远的地方，看着满院子的低班学生。

“小墨老师。”

小墨老师转过头来，用一根手指指着自己的鼻子，看着我说：“叫我？”

“以前那位也是小墨老师吧？”

“对。”

“你们俩在一起怎么喊呢？”

“她是墨红，我是墨翠。”

“哦，一红一绿。”

“对。她叫墨红霞，我叫墨翠萍。”

“学生也这么叫？”

“对啊，就是学生这么叫。”

天空蓝得发紫，太阳已经偏东，冬天下午的太阳暖洋洋的。远处的山上残破的长城断断续续，残雪如同癣疥。我们兀自站着，小墨老师专注地看着学生，脸上挂着发自内心的笑容，额头上的细汗湿了几缕头发。

“老墨老师不在家？”

“出去了吧?”

“他一会儿还回来吗?”

“门要没锁还回来，门要锁了就不回来了。”

“哦。”

又站了一会儿，我到教师办公室墨红以前用的办公桌前坐下，心里盼着老墨老师回来。

下课了，李老师和我打了声招呼，回家了。在院子里和墨翠打了声招呼。我到班上看了下。学生们和我喊着再见，放学回家了。老墨老师掐着点回来了。

我到老墨老师的校长办公室，老墨老师说：“黄老师，怎么样，你还适应吧?”

“适应适应。”

“墨老师，我想和你商量个事?”

“什么事啊?”

“我想搬到学校来住，用一用旁边这个小屋行不行?”

“行倒是行，就是太小了，委屈黄老师了。”

“有间屋子就不错，还说什么委屈。”

老墨老师给了我学校大门的钥匙，办公室的钥匙，又把旁边门洞小屋的钥匙给了我。

“那我就先走了，你锁门。”

“好的。”

老墨老师也走了。刚才人声鼎沸的院子里空空荡荡的就剩下了我自己。我心里一阵阵的空虚，同时又有莫名其妙的自由。我打开门洞小屋看了看，呆立了一会儿，锁上门，锁上办公室的门，锁上学校的大门，往老墨家走。路上有学生遇见我，老远跑到我跟前说：“老师好!”

“你好你好!”

晚上吃饭时，和老墨说我想搬到学校去住。老墨说：“学校哪有地方?”

“有一间空房。”

“哦，太小了吧?”

“我一个人正好。”

“也好。明天我去看看。”

墨嫂客气了两句，也没有强留。

第二天，老墨一大早来学校看了看，上午派人送来一张铁架子床，把房间打扫了打扫，下午就把我平常用的被褥抱了过来。

“晚上回去吃饭啊!”

“好好。”

我请了 天假，去了趟涞蔚县县城，买了锅灶和一些用品，买了一大包方便面，自己开火做饭了。开始两天，诗歌还过来喊我回去吃饭，后来就不喊了。

每天教几个三年级的学生语文、数学，三年级教二年级，二年级教一年级。两个组互相判作业，学生习惯了，还有事干，一个一个都很高兴。老墨校长也不干涉我这么教，每天多少都是有事干，身心慢慢安定下来。有时回老墨家吃顿饭，有时跟着老墨去别人家蹭蹭酒席，日子一天天过下来。院子里的杨树吐出杨穗，院墙外的柳树开始返青，村民们忙着春播，老墨照常忙碌着村子里的大事小情。我空闲时在村庄附近走走，山川土地都是一派春天复兴的景象。黑石堡的春天来了，我的春天还不知道在何方。

在这儿代课每个月有一千二百元的报酬，够我一个人的花销了。从北京出来时身上的三千多花了一半，还有将近两千。北京回不去，美国不想去。去美国头皮上还得挨一刀，回北京少不了还得挨顿打。苟且在黑石堡消磨一段时日再做打算吧。

老墨在张罗给小说盖房子。我也过去帮帮忙。选了一个黄道吉日，放了一挂鞭炮，开始动土挖地基。地上的灰线已经放好，地基只挖了一尺深，放上模板，模板里布上钢筋，现场拌和了水泥石子，打了一圈地圈梁。圈梁上了强度以后，开始在圈梁上砌红砖墙。墙是三七墙。现在一般都是二四墙，老墨图个结实，做成三七墙。墙上隔间部位预留出柱子的钢筋，柱子的钢筋和圈梁的钢筋连在一起。墙起到一米多时，内外加上模板，打了柱子的混凝土，然后接着往上砌墙。门洞部位做了混凝土现浇，窗洞没做。墙砌到四米，做了房子的上圈梁。农村的房子层高都高，还有单层做到五米的，有点儿浪费。然后往房圈里垫土夯实，垫了有半米厚的土。上圈梁之间支了横梁的模板，支了屋顶的模板。浇筑完屋顶，房子的大模样就出来了。以前没有用钢筋水泥的房子，讲究四梁八柱，为了省钱，往往把柱子省掉，用墙代替柱子。省了柱子的房子，抗震强度就大大降低了。过去的房子房梁是不能省的，大梁的材料很有几分讲究。老式房子的屋顶是梁上架上檩条，檩条上面架上椽子，椽子上面铺上苇席，苇席上面铺一层拌和很少一点水泥的炉灰渣子。过去水泥金贵。然后把拌和了水泥的炉灰渣子拍实，起到保温和防水的效果。现在老墨给小说盖的房子，屋顶也是现浇混凝土的。足够结实。老墨说：“咱家的房子，九级地震都没事。”

过去的房子，上大梁也得看日子，烧香，上供，放鞭炮。还要找个十全之人，选根好椽子，在椽子上写上：姜太公在此，诸神退位。某年某月某日某时上梁大吉。现在屋顶整体现浇，也看了日子，烧香，上供，放鞭炮。

做完屋顶，房子的主体落成了。后面是装窗、装门，内墙抹灰，灰干了以后刷白。电线和水管一般都是走的明线，省钱，也便于更换维修。

老墨说：“这又完成一件大事。”

房子盖好后，垒了院墙，小说的婚房就准备好了。

国庆节的时候，小说带着女朋友回来办了婚礼。老墨两口子完成了人生的一件大事。

第二年五一的时候，散文也结婚成家了。没有新盖房子，用的是散文平常住的房子。

老墨摆了一桌酒宴，小说小两口也从北京回来了。老墨一家早就商量好了，当时举行了一个仪式，给两个孩子分家。小说分出去单过，新盖的院子是小说的。老院子给散文。散文和老墨老两口住在一起，先不分灶。诗歌以后出嫁，也是老墨两口子安排，两个哥哥不用负担。用毛笔在宣纸上起草的分家契约已经提前写好，兄妹三个和老墨老两口都签字画押，我和村里的墨会计作为公证人签字画押。大家一起吃了顿分家酒，两个兄弟分家的事就算做完了。

次年秋天，老墨把诗歌也嫁出去了。老墨给诗歌准备了冰箱、彩电、洗衣机做嫁妆，又给了姑娘一万块钱。吹吹打打的很是排场。

春去秋来，我已经在黑石堡教了三年书。墨翠老师也出嫁走了，换了一位墨兰老师，墨兰香，接替墨翠教音体美。日子像时钟一样，迈着细碎的脚步，一刻不停地走过。我已经彻底被生活麻木，偶尔去一趟涞蔚县城都有一丝说不上来的畏惧。为了打发没完没了的时光，每天夜深人静的时候，守着学校的空院子，想着慢慢写一部小说。每天像练习书法一样写上一两千字。经常写着写着，写成了《忍字歌》：

不能不忍，不忍误事，不能强忍，强忍伤身。权衡利弊，当忍则忍，大处着眼，忍则当忍。丈夫隐忍，是为求申，忍让小人，免碍宏图。韩信忍辱，何人不生胯下。高祖忍气，世间多少鸿门。小儿忍嘴，日后或可有为。老人忍言，安享眼前清净。忍却浮名，图谋实利，忍了小亏，得大便宜，忍小不为，求大作为，忍得一时，看得一生。世事不明，不知应忍，练达未通，不知不忍。一味隐忍，不如不忍，为忍而忍，可称蠢忍。可忍一时，不忍一生，宁忍于家，不忍天下。取乎远者，必有所待，就之大者，必有所忍。自主作事，力求稳准，偶然遇事，或可让忍。为人处世，须知曲伸，当放则放，须忍且忍。人生如戏，忍为一技，真假深浅，逢场而已，装忍装嗔，当事莫迷。事来心应，事去心止，伸忍如此，初入忍道。遇恶当断，不能姑息，养奸为患，必成大忍。遇忍当离，莫使积怨，忍了今日，他日抱怨。知己莫过，同志同忍，凶险最是，忍待谋我。明于忍理，精于忍术，平时悟忍，忍放自如。于心不忍，于心何忍，忍如有绳，唯有心法，平时调心，自由尺度。贫穷易忍，不忍也得忍，富贵难制，难免争富斗狠。穷困忍志，富贵忍欲，欲成大业，身体力行。忍道辩证，知用知防，见微知著，化忍为通。忍有百理，世有千忍，虽忍如此，未必死忍，念念于忍，也是呆人，忍无可忍，不必再忍。

天空知道什么时候下雪，种子知道什么时候发芽。

黑石堡的春天又回来了，我的春天依然不知道什么时候能够来临。

又是一个春天。

墨兰和李老师闲聊。说是两个要饭的住在黑石堡的门洞里不走，是一对母女。住在门洞附近的人家让村里去撵人。老墨去了，撵不走。

班里的学生也有跑过去看稀奇。一个半封闭的村庄，有一点点外来的人物都会成为村人议论的话题。经常有意无意地说起。

一天傍晚，鬼使神差的从黑石堡的门洞里经过。两个讨饭的女人还在那里。我想起几年前的大雪之夜，我也落难在这个门洞之中。恻隐之心油然而生，掏出二百元钱给她们。老要饭的闭着眼睛轻声呻吟，小要饭的接过钱，低垂着脸说："谢谢!"

"不用谢。"

"我饿。"

我不知动了哪根筋，说："你等着。"

回到房间我就有点儿后悔，犹豫了片刻，还是拿了仅有的两碗碗面，提溜了一暖瓶热水，到门洞里给她们泡了两碗方便面。一边做着，一边还有些后悔。

小要饭的抬头看了看我，昏暗的门洞里也看不清楚什么。我给她们泡上面，赶紧离开了，生怕有村人看见。

过来几天，老墨带着妇女主任来喊墨兰。看到我说："你也一块去。"

我跟着老墨，来到门洞里。老要饭的死了，小要饭的伏在母亲的身上在低声啜泣。妇女主任和墨兰过去拉开小要饭的，在旁边劝她。乡里来了两个人，一个穿着公安的制服，一个穿着协警的制服。公安制服写了个笔录，大意是有外乡人某某某，因病死于黑石堡村门洞之中。让在场的大家签字作证。轮到我签字时，我犹豫了一下，签上了：黄石仁。我本来想不签，不签会让人生疑心。后来想签黄十忍，转念一想，忍字也会让人生疑。临时借了个谐音，写成了黄石仁。签完字，暗自出了一身虚汗。

公安制服办完手续，带着协警走了。老墨让几个看起来还有点力气的男的，包括我，伸手抬着老要饭的遗体往村外走。老女人的尸体已经冰凉，还没有僵硬。男人们抬着不知名的遗体在前面走，她的女儿在妇女主任和墨兰的搀扶下跟在后面。还有两个人跟在后面，扛着锹镐，抱着一卷被卧。她女儿一边走，一边哭，一边用她的家乡话叨念着让妈妈的魂儿跟上。感觉走了好远，在山坡下的一块荒地上，几个男人轮流挖了一个一米多深的坑。把里面的碎石捡了捡干净，铺上从老墨家拿来的一床新被卧，把老女人的尸体放上，一半铺，一半盖。大家爬到坑外，准备填埋。小要饭的突然挣脱墨兰和妇女主任的搀扶，哭喊着跳进坑里。墨兰和妇女主任犹豫着是否跟着跳进去。刚从坑里出来的男人们不愿意再跳进去。老墨在坑边高声劝说："人死不能复生。你不能这样啊姑娘！你赶紧上来吧！"

劝了几句不见效果。假装威吓地说："你再不上来我们把你一块埋了啊！"

其他男人蹲在附近抽烟，并不过来帮忙劝说。

看老墨这么说，本来还在犹豫是不是跳下去的妇女主任也不跳了，站在坑边高声劝说。墨兰老师也在劝说。

小要饭的伏在母亲的尸体上痛哭，一边哭，一边用我们听不太真切的家乡话诉说。那天晚上我要是躺在门洞里，躺在坑里的也可能是我。那时间老墨都不会知道我是谁。如果那样，他到现在也未必知道我是谁。

我跳下去，蹲在小要饭的身边："姑娘，节哀顺变吧!"

她听到旁边有人说话，稍微愣怔了一下，抬头看了我一眼，止住悲声。轻声对她母亲说："妈，您安息吧！在那边不用担心吃，不用担心穿了！妈，您放心吧，我一定好好活下去！妈，我一定守着您，我哪儿也不去了！这儿能埋您，这儿就能养活我！妈，我走了！您好好睡吧!"

她抬起满是泪水的眼，直直地看着我，站起身来。我才看清她是一个满月的圆脸儿。泪水洗刷的后面有着生命的灵气。我也站起身来。她自己爬到坑外，没有让我帮扶一下。我也爬出坑外。

老墨高喊："老太太您一路走好!"

大家七手八脚把老要饭的给填埋了。从旁边撮了一些土，起了一个小坟包。坟包上压了一块石头。老墨掏出几张黄纸，让小要饭的在坟前烧化了。

小要饭的不哭了。

大家起身往回走，她也跟着往回走。

到了黑石堡的门洞里，她不走了。

其他人都回去了，剩下妇女主任、墨兰、老墨和我陪着小要饭的。小要饭的是孝子，去谁家都不合适，晦气。继续住在门洞里也不合适。虽说是个要饭的，毕竟是个年轻的女子。刚发送了一个，别再出点儿什么事。

商量了一下，决定让她先到学校的办公室住一晚上。

小要饭的跟着我往学校去。他们三个回家去了。不多时候，妇女主任和墨兰送来一套被褥，走了。我闩上学校的大门，才感到肚子饿了。

煮了一锅挂面，给小要饭的端了一碗，小要饭的没有吱声。我回我屋里写了一会儿字，就睡觉了。

第二天早晨起床，去开学校的大门，到跟前发现，门闩已经打开了，门是虚掩着。往办公室瞄了一眼，第一感觉就是里面没人。定睛细看，果然里面没人。昨天是在桌子上睡的，桌子上什么也没有。被褥叠得整整齐齐地放在一边，小要饭的人不见了。昨天的碗筷也洗干净了，放在一边。

整整一个白天也没人提起她，也没人过问，一个要饭的，今天在这儿要要，明天不定跑到哪儿要。

傍晚天已经擦黑，我正要闩上大门，一个猫一样的身影悄无声息地飘了进来，是小要饭的回来了。办公室的门没锁，她进屋坐在椅子上，也没开灯。

我的面条刚刚煮好，匀了一碗给她。她头也没抬，声也没吱。我也没说话，放下面条就出来了。

后来七天，天天如此，小要饭的早出晚归。我也就等她回来再煮面条。有时候问她去哪里了，她也不答言。我猜她是去母亲的坟上了。试着劝说几句，也不回话，也不答言。整整七天，小要饭的像个小哑巴一样，一点儿声音都没有。每天傍晚就着夜色，像幽灵一样回来，每天早晨，不知道几点就出去了。

后来逐渐说一句半句的。待到五七那天，夜黑透了小要饭的还没有回来。我忽然觉得少了些什么。她会去哪里呢？还在山脚下的坟头上吗？让我去找，我可找不到，不知道是哪座山脚。我走出学校，把大门虚掩上。我走到黑石堡的门洞，看到有个黑影，是小要饭的。我走到近前蹲下，她看是我，没有吱声。她待的地方是她母亲原来躺卧的地方。借着夜色看到地上有黄纸烧化的痕迹，旁边供着一个馒头。她跪在门洞冰冷的石头地上。

人死后要做七，每逢七天有一个重要的祭奠，头七、五七、断七是重要的祭日。说死了的人会在“五七”这一天回家，最后看看她的家人，然后去投胎，或是去阴司居住。乡下有一个说法，说人刚死时，魂灵浑浑噩噩，没有离开身体，没有意识到自己已经死了，等过了一个月，她才发现身体里的骨头都松开了，再也不能动弹的时候，灵魂终于意识到自己是真的死了。于是那个魂灵长叹一声，爬出坟墓，来和家人做最后的告别。老要饭的没有家，大概会来她最后躺卧的地方看看，看到女儿还在这里，灵魂就不会四处游荡。平常人家的五七仪式很讲究，要在灵堂摆一桌菜，倒上酒倒上茶，在生前住的房间里摆好洗脸水和洗脚水，在生前睡的床上放好生前常穿的衣服，总之就是为她最后一夜的休息做好准备。到晚上十来点钟，召唤的仪式就开始了，怕她的灵魂不敢进家，长子拿着灯笼，给她的灵魂照亮夜路，爬到灵堂的屋顶上，掀起三张瓦片，向着夜空大叫几声“妈妈你回来啊！妈妈你回家吧!”之类的招魂的话，余下的人则在梯子下跪成一排，该哭的哭，该叫的叫。小要饭的没有家，就在黑石堡的门洞里给妈妈做五七的招魂仪式，只有一个冷馒头做祭品。我在旁边陪着她，她没有同意，也没有反对。

有夜行的人唱着歌，从远处走来，近前时发现门洞里有人鬼鬼祟祟的，停住歌声，也不说话，走过去，走远了，又高声唱起来。

到了十点多钟，夜深人静，小要饭的轻声对妈妈说话，后来歪倒在门洞里睡着了。天亮了，我回学校，小要饭的往门洞外面山的方向去了。

我想起我母亲去世后，过了数年我才从母亲去世的悲哀中走出来。

“亲戚或余悲，他人亦已歌。死去何所道，托体同山阿。”

小要饭的下午就回来了。天还大亮着。

过了五七小要饭的不往外跑了，伸手帮我煮面条，趁我上课的工夫，穿着我的脏衣服，把她自己仅有的一身衣服洗了一遍。把我积攒的脏衣服洗了一遍，把我的门洞小屋里所有能洗的东西洗了一遍，把屋里收拾得干干净净。把她的被褥也拆洗了一遍。依然住在旁边的办公室里，一大早就起来收拾停当，等我一起来，就把被褥抱到我的门洞小屋，把小屋子里收拾利索。

她在学校住下了。

有时墨兰上体育课，她就站在旁边观看。大约是过了断七或是百天之后，慢慢地有些话语，有些笑容。有时我上课，她就坐在后排。学生们对她熟视无睹。就这样大半年过去了。我吃饭，她也吃饭。我写字，她在旁边不做声。夜里到隔壁睡觉，早晨早早起床。每天帮我做饭，经常帮我洗洗涮涮。我以往五六年都没有这半年以来洗得勤。

我们也没有什么太多的交流，我也没有动撵她走的念头。老墨没有撵我，我又何必撵她。

夏天过去了。一天老墨约我喝酒，我对小要饭的说了一声，跟着老墨到村子里的一间小饭馆吃酒。什么时候黑石堡也开了一间小饭馆呢？

老墨点了猪头肉、花生米，炒了两个热菜，我们俩一人一瓶小二。喝了两口，吃了两口。老墨说：“你来到黑石堡也有五六年了吧？”

“有那么长时间吗？”

“有了，小说都要生孩子了，你说有没有？”

“哦。”

“你来的时候，他还没成家。”

“是嘞。”

“你老这样下去也不是个事儿啊？”

“你这是要撵我走啊？”

“哪里的话啊？我今天请你吃酒，是想和你提一门亲事。”

“给我提亲？”

“是嘞。”

“你开什么玩笑?”

“我是很隆重地和你说这件事情呢。”

“我们俩碰了一下酒瓶，对瓶嘴抿了一口。”

“你说吧。”

“这门亲事呢，你们可能比我还熟。”

老墨慢悠悠地卖个关子，夹起一粒花生米放进嘴里咀嚼，一边让我思索着他的所指。

“是她托墨兰托的我。”

“哦。”

“明白了吧?”

“哦。”

“哦什么哦？你表个态吧。”

“哦。”

“我看这是好事。”

“好事。”

我们又碰了下酒瓶，抿了一口。

“我看这不合适。”

“不合适？什么地方不合适呢?”

“她还没长大?”

“终究会长大的。”

“岁数差太多了。”

“岁数不是问题。”

“我这条件太差。”

“你这条件相当不错了。”

“给她找个好人家吧。”

“她已经认准你了。”

“不行。”

“你怎么这么啰唆呢？这事就这么定了。”

“不行。”

“我保的媒有什么不行?”

“不行。”

“你好好想想，有什么不行？真要是不行，我也不会给你提。我请人摘个日子，把事办了。就这么定了。干了，吃饭。”

回来后，她还没睡，独自在门洞小屋里等我。看我进来，站起身来迎接我。我心里有事，虽然有二两酒在肚子里流窜，我还是感觉到是另外的原因让我脸颊发烫。我定定地看着她，她也定定地看着我。相遇这么长时间以来，这还是第一次四目相对。相遇这么长时间以来，她叫我黄老师，我却还不知道她叫什么。相遇这么长时间以来，两个陌生的路人要变成挚爱亲人。

“你有多大?”

“十七了。”

“叫什么?”

“艳。”

“燕?”

“嗯。”

“燕子。”

她扑进我的怀里，紧紧地抱住我。我拥抱着她，第一次感觉到她身体的温热和柔软。过了许久，我捧起她满是泪痕的脸。她满脸带泪地开心地笑着，我的眼泪也流淌着。我看不清她的脸庞，只感觉她圆圆的小脸，像一个小金盆，冲着我笑。

“你还是个孩子。”

“俺早长大了。”

说着话她还踮了踮脚。

两个泪人在一起拥抱了好久。

她执意要给我洗脚，我执意不肯。

夜已深。

“你睡下吧。”

“好。”

“我还到隔壁。”

“好。”

“我要等我们的正日子。”

“好。”

老墨请人摘了个黄道吉日，是一个周五的下午。深秋的暖阳挂在天空，秋庄稼已经归仓，大地一片空旷。杨树叶子已经泛黄，挂在枝头还没有飘落，微风吹来依旧沙沙作响，带着一丝丝树叶干枯了的清脆。学校的大门上贴了大红的双喜字，门洞小屋的门上也贴了大红的双喜字。没有彩虹门，没有酒席。老墨让我买了几斤喜糖和几斤花生瓜子。老墨老师和李老师给当账房，有学生一块两块的随礼，老墨老师高声唱念着随礼人的名字和礼数。老墨随了一百，老师们随了二十。有人送的几个床单被面，挂在院子里展示。墨兰是伴娘，和妇女主任把燕子打扮了。下午三点，吉时已到，放了一挂鞭炮。引来村里的人们过来观瞧。

墨兰陪着燕子从办公室出来，有学生往我们身上撒碎彩纸花。鞭炮的蓝烟在湛蓝的天空飘升。

老墨在我们的门洞小屋前主持婚礼，学生们在院子里列成方队，一个个看起来喜气洋洋，比我都兴奋。老墨说："今天是个好日子，是黑石堡的好日子，是我们学校的好日子。今天是黄石老师和张艳小姐结婚的大喜日子，我们黑石堡全体师生共同见证这个喜庆的时刻。从今天起，黄石老师和张艳小姐组成幸福美满的家庭，你们的黄石老师终于成家了。你们从此有师娘了。"

他带头鼓掌，学生们也都鼓掌。按照墨红、墨翠、墨兰的叫法，他们有时也叫我黄石。

"现在我主持婚礼的拜天地仪式。"

小声说："鞠躬就行。"

大声说："一拜天地！再拜天地！夫妻对拜！"

我和燕子照做了。

"喝交杯酒！"

墨兰老师端上两个红色的高脚杯，里面盛的是红酒。喝交杯酒时，我和燕子四目相对，忍不住眼里有些潮湿。

燕子拉着我的手，小声说："高兴。"

"高兴。"

"祝你们和和美美，早生贵子，携手共进，白头偕老！"

"婚礼礼成！"

"送入洞房！"

几个学生在老墨的安排示意下冲入洞房，欢呼跳跃着闹腾了一会儿，院子里也是人声鼎沸。大人们一再过来道喜。老墨老师和李老师把礼单和礼金、礼物交给了我，我给了燕子。老墨和人们就离去了。

也没结婚证儿，也没酒席，也是一场热热闹闹的婚礼。

过了一年半，燕子生了个儿子。正是大地回春万木甦生的季节，杨柳吐穗，树木泛绿，取名阿木。又过了一年多，生了个女儿，是金秋时节，取名金金。门洞小屋从洞房花烛夜到成为四口之家经历了三个年头，这三年如同一瞬。

阿木小时候夜哭，我在外面的电杆上贴过街贴，一张小小的红纸，工工整整的小楷："天黄地绿，小儿夜哭，君子念过，睡到日出。"贴过之后就不夜哭了。一定是哪位君子念过了，金金从来没有夜哭。

金金蹒跚学步，我来到黑石堡已经十个年头。有时为了他们娘仨睡个好觉，我在隔壁办公室睡桌子。墨兰出嫁走了，换了墨青，墨麦青，破了取中间字的惯例。李老师按规定五十五退休，还有不到一年要走。老墨老师向老墨要人。老墨没有人，车到山前必有路，到时候再说。老墨老师让了两次校长的名分，我坚辞不受。

有了家之后，时常请老墨喝瓶酒，一人一瓶小二，燕子炒两个菜，在院子里摆个小地桌，两个小马扎，我和老墨对饮。偶尔老墨老师参与一下。只是饮酒，没什么话。老墨拿来一副围棋，老旧的玻璃子围棋，我们增加了手谈活动后更是无话。

自从成家以后，小说早就一个字也不写了。老墨曾经也是一个文学青年，要不也不会给三个孩子起那个名字。

中国的农村还是《红星照耀中国》时期的情景。几乎相近的情景让我油然而生亲近的感情。对斯诺有敬慕之情。一个二十多岁的美国青年能写出那样的书，经济、社会、政治、军事、风土人情全都门清。我现在的年龄是他的一倍，时间又流逝了一个多世纪，我依然写不出那样的文字。

偶然一次和老墨谈起文学。老墨说："上一辈子的事情了。《红楼梦》读了十八遍，也想写部《瓦房梦》。写得出来吗？写不出来。就落了个小说、散文、诗歌的爹。也挺好，也是一辈子，写不写都是一辈子。"

吃口菜，抿一口小酒。头上有一盏节能灯，小飞虫绕来绕去。

"你还读过十八遍？"

"可不是咋地，你还不信咋地？"

"信又咋地，不信又咋地？我可一遍都没有。"

"我自己也不信呐。"

“你和贾宝玉哪点相似？有一点点相似吗？”

“你还别说贾宝玉。那么多研究《红楼梦》的都没看出贾宝玉是谁？”

“你看出来了？”

“对啊，贾宝玉就是一个死人。”

我忽然感觉这段对话似乎若干年以前有过。心中一阵恍惚，死人，贾宝玉是死人。我该不是从他这儿听去的吧？我是不是就是听老墨说的呢？

“哦，死人。”

“只有死人嘴里才含块玉，哪儿有活人嘴里含玉的？还一生下来嘴里就含块玉。老曹的意思是，我写个死人给你们看。他背后就是说贾宝玉生下来就是个死人。”

老墨一定忘了以前和我说过这段高见。我也记不起来老墨什么情景下和我讲过这段见解。但是肯定是老墨对我讲过。

“高见。”

我们一起抿了一口小二。

“老曹的书就是一句话：荒唐之处有辛酸，纵使梦里也痴癫。”

我似乎也在梦里度着岁月。此生何计可消磨？每天有用不完的时间，所有的发明创造都是为了节约时间。当有大把的时间可以浪费的时候，人是自由自在的，难免有几分无聊。

两个孩子慢慢大了。门洞小屋显得小了。燕子没有一丝抱怨，每天都带着平和与活力的勃勃生气。有一天吃饭下棋。老墨说：“住的地界小了。”

“习惯了。”

“盖两间吧。”

“怎么盖？”

“就在学校旁边盖。”

“我没钱。”

“这么多年一点没攒下？”

“攒了两万。”

“拿出来，盖房子。”

“这点够吗？”

“我给规划规划。”

在学校的院墙外面，就着教室的山墙和院子的围墙做后墙，盖了两间房子。一米六以下用的是山上的毛石。用毛石垒了墙体，然后往石头缝里灌注了稀泥。石墙上面用红砖到顶。中间一根大梁，一边三根檩条。一个门，一扇窗。剩了些砖石，又在山墙和围墙的拐角搭了一间厨房。厨房就是一间棚子，比房子矮了很多，顶上盖的是石棉瓦。材料全拣最便宜的，人工是大家义务帮工，就管了几顿饭，算下来花销还不到一万。前前后后所有的事情都是老墨张罗操持。顺便又在围墙上开了个小门，方便我们一家人出入。最后用一些树枝、秸秆围了个院墙。直接把学校的小门围到了我家的院子里。垒了个院门垛子，细树枝扎了个院门。后来这个院门基本上不咋用，都是从学校围墙上的小门出入。

房子盖好了，晾了三个月，陆续搬了过去。老墨来吃饭下棋时，还是在学校院子里的老地方。天冷时就在以前住的门洞小屋。两个孩子围着转来转去，一家人的许多活动还是在学校的院子里。

整日无事可汇报，唯有黑白兴致高。

我与老墨下棋时，阿木和金金也在旁边抓着棋子玩。燕子有时候在旁边看，也是顺带着看孩子。

“哎呀，他吃了个棋子。”

“吃的黑子白子？”

“好像是黑子。”

“黑子没事。”

过了几天。

“哎呀，他又吃了个棋子。”

“吃的黑子白子？”

“好像是白子。”

“白子没事。”

阿木吃了不知多少黑子白子，后来燕子也不惊讶了。吃了就吃了，过一两天就拉出来了。洗洗我们接着用。我嘱咐燕子，阿木的棋子不能多吃，吃一颗两颗的没事。我们儿子黑白通吃。金金也吃过，没有阿木吃得多。有四分之一的棋子从他们俩的小身躯里过过。老墨也不嫌弃，我更不会嫌弃。

老墨提议教低班的学生下棋。正合我意，遂在低班开始教围棋，一开始一周两次，两个组对抗，渐渐地学生们上瘾了，每天放学后不回去。就一副棋，他们占着，影响我和老墨用。我和老墨下时，周围开始围上一大帮学生看棋支招。文化的根还在，就一定可以再长出新的枝干。

阿木和金金三四岁时就跟着一帮比他们大的孩子玩棋，想想我还真没有专门教过他俩，他俩竟然会下棋了。

老墨要组织村里和学校的老师去北京旅游。要在北京住两天，要看天安门广场的摆花，看升旗。邀请我一起去。我是坚决不去。他们从北京回来后，说起身份证的事。我说我们一家都没有身份。

“这有何难？办一个就是。”

燕子说：“我有身份证。”

找出她的身份证让老墨看。老墨说：“再办一个。”

老墨安排好了以后，陪着我们一家，去乡派出所办了户口和身份证。黄阿木和黄金金只有户口本，没有身份证。我和燕子办了新的身份证。燕子的身份证是她的本名：张艳。我的身份证是：黄石。黄石，也好，还透着一点洋气。再看我们的生日，是同年同月同日生。老墨没有按我们俩提供的生日办，他说：你少几岁，她多几岁。你们俩扯平了。

燕子说：“挺好。”

老墨说：“有人长得老相，有人长得少相。没人管你什么时候生的。你这俩儿女我可没敢弄错。”

“你怎么给我们定的生日啊？”

“我从你们结婚的日子往前推了二十七年。”

“你真是我们的重生父母再造爹娘。”

两个来历不明的人有身份了。我的内心深处更安定了。

阿木和金金上学了，就坐在低班的第一排。燕子有时候也在后面坐坐。兄妹俩学习出奇的好，学习上一学就通。围棋也大有长进，全校学生都不是他俩的对手。我和他俩下棋也越来越吃力。我把从广州学来的围棋记谱方法教给了他们。他俩记得很认真，渐渐地熟练了，整张棋盘都在他们的小脑袋里。兄妹俩天生地迷恋上了围棋。有时候催着他们睡觉，熄灯以后他俩还能来上一盘盲棋。我在旁边听着听着就乱了，迷迷糊糊地睡着了。第二天问谁赢了，有时候阿木赢了，有时候金金赢了。

等到阿木要上高班的时候，阿木不去，要和金金一起上课。

“你不去就得留一级。”

“留一级就留一级。”

和老墨老师商量了，金金跳一级，和阿木一起上高班。上了高班以后，他俩的学习还是出奇的好。不知道从什么时候开始，他俩的作业各做一半，互相抄，做完作业就下棋。我也没说过他们，也没指导过他们。棋我已经指导不了，他们已经不愿意和我下棋。学习一点不用我操心。

有时候又想写写小说，提起笔来，一个字也写不出来。

老墨来找我下棋，看到我还想写点什么，一通嘲笑。下棋下棋。我和老墨下棋，旁边的两个教室也都是下棋的学生。黑石堡学校成了棋院了。是没有教练的棋院。

《火星照耀美国》是写中国围棋队到美国遇到火星的事。我也想写一个《红星照耀围棋》，或者《红星照耀黑石堡》，或者《红星升起的山谷》，或者《明星照耀山谷》。如果按照照耀的思路，应该是《某星照耀俄罗斯》。写小说也得先有立意，再有设计。有结构，有框架，有装修，最后房子里要有人。想起自己的房子，哪有什么设计？有设计是老墨的设计，有结构是靠在学校的山墙，有装修是刷的大白。

燕子提议给她母亲立了块碑，碑上写着：卢老太君苇花之墓。女婿：黄石；女儿：张艳；外孙：黄阿木；外孙女：黄金金，敬立。我才知道岳母大人姓卢。燕子在母亲的坟墓前焚化了黄纸，一边和母亲叨念着。帮助立碑的人立好碑先自走了，剩下我们一家烧了纸，培了土，在坟前待了一会儿，也往回走。阿木和金金跟着我们在山间的土埂路上走，一边走，兄妹俩一边下围棋。

两个来历不明的人，在黑石堡繁衍生息，如今已是儿女绕膝。我早已经过了知天命之年，再有两年就是人生的一个花甲。今生就是这样了。漫漫长夜里有个人陪你睡觉，就应该知足。二十年来，张艳从来没说过“你看不起我”，也从来没有指责过我。我们像两粒飘落到此地的种子一样，在这里生根发芽，开花结果，相依为命。

一天下午，老墨过来和我下棋，老墨老师还没走。老墨老师对老墨说：有人要来支教。

老墨说：“这可有年头没人来了。”

“是啊。”

“告诉他们，不接待。”

“不接待吗？”

“不接待。来也是捣乱。谁能像老黄这样支教？能吗？能就来。”

向　南

滴滴答来支教/一口咬定我是电瓜/阿木和金金/晋察冀冠军/索菲亚来了/铝壳箱子/保险公司律师/老穆想见你/扑到黑石堡/我是中国的老穆/奥运年/草原篝火/混帐[①]的花花/我在裂变/满洲里/和尚/国门/贝加尔湖畔/一派热带的葱茏/大热洋/埃博拉/浪花寺/我的灵魂飞舞

燕子带着阿木和金金参加涞蔚县的少年围棋比赛。我把他们送到县城就回来了。

“能行吗?”

“能行。”

三个人异口同声地回答。

“我也跟着你练了好几年，不是白练的。”

“有事打电话吧。”

“能有什么事。”

“我回了?”

“回吧。”

过了几天，老热、滴滴答等人开了几辆车来支教。中午饭前到的，事先也没有通知。车停在门口，就往院子里搬东西。一会儿在院子里铺排了一大堆。

老热看到我：“嘿，你是电瓜吧?”

“不是。”

“不是?”

他疑惑了一下。滴滴答走过来：“这不是电瓜吗?”

---

① 混帐，是指花花混帐篷。

“什么电瓜？”

“你就是电瓜。好久没见了。你怎么也来了？”

老墨老师过来说：“这是黄石老师。”

“黄石老师？”

“太像电瓜了。”

两个人一脸狐疑地和我握手。

“我怎么看你是电瓜呢？”

“你看错了。”

来的人里面还有紫罗兰，还有似乎见过一面的网友，他们都一口咬定我是电瓜。我在犹豫是不是就认了呢？于格・瓦萨尔说：“战争开始的时候我7岁，战争结束我12岁，整场战争期间我几乎没有见过我的母亲。1944年7月的某一天，我在学校的花园里听到有人叫我的名字：‘于格，你好吗？’我回头看见一位中年妇女，我回答：‘您好，女士。’她对我说：‘你不认得我了？我是妈妈。’”虽然不是战争期间，虽然不是少年儿童，时间已然过去了二十年，我又不是他们的至亲骨肉，不过是网络上偶然相遇的网友，只是熟悉一个ID，连真实的名字都不大知道，竟然会一眼认出我来，一口咬定我就是我，这除非是上帝或者某位类似于上帝的高级神灵的一个阴谋，刻意安排。一般般的小神小鬼都不会做到。我坚定了我的意志，绝不承认，看看他能怎么样。

学生们排好队，他们开始发东西，每人一副围棋，玻璃子的围棋，比我和老墨的好。肯定是老墨老师告诉他们带围棋来。学生们领到围棋，一个个欢呼雀跃。马上在院子里、教室里，四处摆开棋盘，捉对厮杀起来。

老热他们在院子里支架上户外锅灶，开始煮速冻饺子和方便面。一会儿煮好了，招呼学生们来开饭。学生们沉浸在对弈的专注之中，少有立刻响应者。招呼了好大一会儿，看看都在边吃边下棋，他们也开始盛饺子吃。

吃完饭，按照以前的规矩，是要在教室里讲讲故事，象征性地讲一段课。学生们反应不积极。他们在上面讲，学生们悄悄在下面下盲棋。草草收场以后，到院子里做游戏，学生们依然沉醉在有了自己的围棋的喜悦之中，互动效果不是很好。学生们都被围棋迷住了，他们感到很奇怪。

和老热、滴滴答一起来的有一个社会学教授，姓周。周教授带了几个研究生，要做农村调查，记录农村影像。他们来到黑石堡街上，四处拍照摄像，逢人就上前发调查问卷，问问题。我和老热、滴滴答跟着他们在黑石堡四处转悠。我有很长时间没在黑石堡四处转悠了。

周教授对学生说:“房子全变了方向。”

似乎自言自语:“好像变完了。”

转头对我说:“你在黑石堡多少年了?”

“很多年了。”

“你看房子是不是全变了方向?”

“变了吗?我没注意。”

“北方农村的房子全变个方向,也是一个挺大的工程啊。北房变南房,南房变北房。这是多大的工程啊。”周教授自言自语地感慨。

街上的老弱闲人有的围过来看热闹,他们就把镜头对准他们一顿猛拍。村人们似乎受了惊吓一般地跳开。

他们在村子里工作到傍晚,回到学校的院子里。学生们还在专注地对弈。他们有的在支帐篷,有的在煮饺子。

老墨来了,和我点点头,和他们打过招呼,并没有表现出多么的反感。周教授和老墨聊天。

滴滴答说:“学校也是变过方向的。”

“变过吗?”

“变过。原来院子是在那边,这边是后开的门,这儿是后开的窗,整个院子是后来转到这边的。你仔细看看。”

我怎么一直没注意到呢。

“这也够老墨折腾的。”老热说。

好歹算没拆了房子重来。

老热神秘地低声说:“老墨是晋察冀的巨子。”

“巨子是什么?”

“你真不知道啊?”

“真不知道。你怎么知道的?”

“这你就别问了。”

“你是说他们是墨家?”滴滴答低声问。

“老墨当然是墨家了。”我说。

“是那个墨家。”

“哪个墨家?”

“你真不知道啊？”

“真不知道。”

“真不知道就不说了。”

“道家是中国人的智慧，墨家是中国人的良心。”

“中国人缺的不是智慧，而是良心。”

夕阳东下，村子里炊烟升起，有耕牛长长的低鸣，一如几十年以前。

滴滴答凑近我说：“你真的不是电瓜啊？”

“真的不是呢。”

“要真的不是就是长得实在是太像了。”

我在心里犹豫是不是就认了呢。另一个我提醒我坚决不能承认。

“你能不能就当一回电瓜呢？”

“我为什么要当一回呢？”

“电瓜怎么就突然消失了呢？”

“肯定是有原因吧？”

“我就当你是电瓜吧？”

“那怎么行？”

老热在旁边听了一会儿：“你认不认我都把你当电瓜。”

“你们怎么说我都不是。”

“就这么定了。”

“这能随便定了吗？”

“你还是你的黄石老师，我们心里把你当电瓜，行了吧？黄老师。”

“什么什么就行了。”

滴滴答看着我，别有用心地说：“咣地一下就撞上了，嗖一声这么多年就消失了。”

人往往想叙旧，不仅仅是不想锦衣夜行。上了年岁以后尤其如此。想到自己曾经生活过的地方去看看，哪怕已经物是人非，依然想去看看。遇到以前似乎有过一面之缘的人，也会有许多关于过去的话。人啊，当时光走过的时候，一定是把什么遗忘了。遗忘在曾经平淡无奇的日子里，遗忘在简陋困顿的环境里，遗忘在自己并不知道的遗忘深处。一旦条件许可，总希望能找回一点点、一滴滴的蛛丝马迹。我是电瓜又怎么样？不是又怎么样？当他们出现的那一个瞬间，我已经体会到了当时的温度、当时的气氛。但是我已经回不去从前，我不想承认过去，再次地毁掉今天。网友聚会不是有三不问的原则吗？你们这么没完没了的追问是违反原则的。现在的我不是网友，不能用网友的原则来提醒他们。只能无奈地任由他们践踏原则。他们如此地无视原则，我只能铁了心地不承认。

第二天，周教授带着研究生又在街上研究了一番，下午和老热、滴滴答就走了。就像没有来过一样走了，除了满院子的围棋证明他们来过。

过了几天，燕子带着阿木和金金回来了。金金和阿木拿出奖章、奖状，还有奖杯给我看。

“还有钱。”

“还有钱。”

燕子拿出裹了又裹的十万元现金。

“你们可真胆大。”

“没事。”

“爸，爸，钱。”

“怎么这么多钱?”

“奖金。”

“我是冠军，我哥也是冠军。”

“这是，这是，冠军的奖金。”

“这是什么冠军啊？给这么多奖金?”

“晋察冀冠军。”

“现在还有晋察冀?”

“有，你看奖状上写着呢。”

奖状上写着：大同、张家口、保定三地围棋协会联赛。少年女子组冠军，少年男子组冠军。

两个孩子搂着我，亲了又亲，高兴异常，这么多年来，他们第一次和我分别这么久。

“爸，我们有钱了。”

“有钱了。”

“比爸爸这十年挣下的都多。”

“看，我们给你买的好吃的。”

“以后还比赛，挣大钱。”

“好。”

我们包饺子。

燕子拿出一挂鞭炮，阿木拿到门口放了。

隔了两天，滴滴答和索菲亚来了。

索菲亚拉着我的手：“是你吗？”

我看着索菲亚，已经没有了以往的记忆，像看着一个陌生的路人。

索菲亚泪眼蒙眬：“是你吗？”

索菲亚出现在我的面前太突然了，一点准备都没有。如果伊莉莎此刻出现，我也不会如此无动于衷：如果刘高峰此时出现，我也不会感到突然。唯有索菲亚突然出现在我面前让我手足无措。

索菲亚抱住我说：“是你。你怎么走到如此境地了？”

我不由得轻轻地长叹了一下。

“我来就是看看你。没有任何要求，不想改变什么。让王土看看你。他身份证是王图，图画的图。网上是王兔，兔子的兔，too 也是他。你看看他，你看看他。”

索菲亚招呼跟在她身后的小伙子和我见面。他就是王土了，我的儿子。王土跪倒在地，说：“爸！你丢下我妈一个人，就跑到这山沟沟里吗？”

“起来起来。”

我和滴滴答一起搀扶起王土。

“说好了，不是来埋怨的，不是来寻仇的。”

“是，妈。”

“就是来见上一面，打扰也就打扰了，以后不来了。知道有这么一个人，今后也甭惦记，各自活着。”

燕子带着阿木和金金就在旁边看着。

尴尬无比，恨不能有个地缝让我钻下去。索菲亚和王土带来了一些物品，我不想留，想让他们带走。张艳说：“你还让他们带回去？这么大老远的。”

张艳好不见外地替我把东西收下了。

“这来了就不是外人，你别磨不开，进屋里、进屋里。”

“屋里太简陋了。”

“简陋怕什么，简陋也是个家。”

全进到屋里，屋里立刻满满当当地没有落脚之地。

“要不到办公室去坐。”

“那怎么行？好歹这是家。坐，坐吧，来了就不嫌弃。”

索菲亚和王土坐在炕沿上，滴滴答坐在凳子上。

“你不介绍我，你得把两个孩子，介绍介绍吧？”

我没接言。

“你还不好意思。我给他大姨介绍，是应该叫大姨吧？这是阿木，这是金金。叫大姨。”

阿木和金金叫过索菲亚大姨，索菲亚从手包里拿出什么礼物给他们，他们不要，燕子说：“大姨给的，就收下吧。”

燕子对着王土接着说：“这位是不是应该叫哥哥啊？”

没人答言，她又让阿木和金金叫王土，王土答应了，拉住阿木和金金的手。

“你们说说话，我去做饭。”

滴滴答说：“不麻烦了吧？”

“麻烦啥？来了哪能不吃饭？”

“要不出去吃？”

“出去吃让人笑话呢。在家吃。”

燕子出去到灶间下面条，使个眼色把金金和阿木也叫出去了。

滴滴答说：“不好意思，我不知道你又成家了。我还以为你一个人呢。”

我说：“你都搞错了。”

“错是错不了。”

“什么时候对你说是了？”

“没关系，你不方便就说我们认错了。”索菲亚说：“我看你一眼就是了了心愿。”

我长长地打了个唉声。

“没事，你真的不是也行，我们来就是看上一眼。”

“真的又如何？假的又如何？”

“没事没事，你别为难。”

“别为难，已经为难了。”

“我们就说认错了。”

太落魄了。

他们吃了面条，告辞要走，临走又拿出两千块钱，给阿木和金金。燕子收下了，转身给王土，王土不要。他们上了车，一溜烟地走了。

“爸爸，他们是谁啊？”

“他们是爸爸的过去。”

“爸爸也有过去？”

“谁没有过去？”

“过去就是过去。”

“过去就是过去了。”

相见的人还会相见。想见的人才会相见。又过了一些天，薛雷锋来了。拿来了我留在植物园的铝壳旅行箱。

“哥，你让我找得好苦啊。”

“燕子说：这怎么叫啊？”

“叫姑姑。你嫂子。”

“嫂子。”

薛雷锋没说什么，饭都没吃就走了。

燕子说：“咱城里还有这老些亲戚啊？”

“别乱想。”

“你要认，我们就认。你要不认，我们也不问。咋样都是过，这么多年不都过来了？不能来了亲戚就乱了咱们，你放一百个心吧。”

薛雷锋拿来的铝壳箱子我也懒得打开，放在屋里怎么看怎么别扭。

“扔了吧？”

“好好的东西，扔了干啥？下回我们再出去比赛，拿着它。”

“你打开吧。”

“怎么开啊？”

我打开箱子，二十年前的东西，如同昨天一样，待在箱子里。有美元，有现金，有护照。我不想动它们。打开箱子，我就起身坐在一边。燕子默默地把箱子里的东西收拾了，有些东西包在一个小布包袱里，藏了起来。

有大同、张家口、保定的记者来采访。有报纸的，有网站的，有电视台的。还有一些学校的，来联系阿木和金金去他们那里读书。还有一些围棋培训机构的来谈合作，让阿木和金金去他们那里下指导棋、表演棋。在索菲亚和薛雷锋来的前后，这些事就没断。

薛雷锋走后的第二天，律师来了。是保险公司的律师。

“你是王来电?”

“不是。”

“你就是王来电。”

“你认错了。”

“不会错的。”

“你是干啥的?”

“我是保险公司的律师。你忘了，你在我们公司买寿险，签合同时我见过你，三十多年了，我对你还有印象。”

“怎么可能?”

“你再想想。”

“你认错了。我咋会认得你嘞?”

“我给你照张相行吧?”

“你给我照啥子像。”

“你要不是，还怕我给你照相?”

“我就不是才不让你照嘞。”

说完起身就走，往山里走。律师也上了年纪，抢到我前面，用手机对我拍照。我眯觑着眼睛，瘪着嘴，任由他照。一会儿他又气喘吁吁地追上来。

“我怎么给你照的都是闭着眼的呀?”

“已经是睁最大了，你技术不好。”

他又照，我又闭眼瘪嘴，一边加快脚步。最后他终于放弃了。

我坐在山坡上，看着律师往回走，心想，麻烦又来了。

怎么办?

都是滴滴答惹的祸。已经到了今天，以后怎么办?我快六十了，还能往哪里去?黑石堡，我在这里已经十几二十年了，这里是我人生驻留时间最长的地方。满以为以后的日子就是这样了，平白无故地被滴滴答、老热给搅和乱了。平静的生活似乎不能再继续下去。

你想赢，对方不想输；你想和，对方不想和。你能做的只有认输。如果你弱势，对方认为你早就该认输；如果势均力敌，对方同样认为你该认输。你能决定的，只有在你绝对优势时认输。你会做吗?如果你那样做了，对方会认为你神经了。所以永远不要认输，永远不能认输，努力争取去赢。

太阳换了个角度，依然照耀着它的地球。在新的角度上已然照了三十年了。我也老了。人生最美好的黄金时间交给了黑石堡。从送张艳去涞蔚县城回来，短短几天，就冒出来这么多的人和事。别人不担心，担心的是保险公司的律师和刘高峰的人。

怎么办?

我苦苦地思索着，二十年来的平淡岁月，已经锈蚀了我的大脑，大脑似乎已经不会转动。遥远的人事忽然冒了出来，过去的事情似乎还没有过去，而我已经不再是我。我呆呆地看着太阳向东边的山头落下去。

怎么办?

一点办法都没有。只能来一个以不变应万变，死不承认。全黑石堡的人都可以做证，我不是王来电。

我最痛恨的就是律师。

法律不代表正义，也不代表公平。法律的使用是要付费的。法律是为付费者服务的，是为多付费者服务的。

“黄老师你的电话。”

老墨老师喊我接学校的电话。

“喂!”

“黄老师吗?”

“是。”

“是黄石老师吗?”

“是。”

“黄老师，我是滴滴答。”

“哦。”

“就是前些天去你那儿的滴滴答。”

我心说你可把我害惨了。

“哦。”

“老穆你还记得吗?”

“什么老穆?”

“印度的老穆。”

“印度的老穆?”

“哦，不，新疆的老穆。”

“新疆的老穆?”

“哦，对对对，你不认识。是这样，老穆想见见你。”

“不必要。”

“老穆听说你像一个朋友，特别想见你。”

“跟你说你们认错了，你还没完没了了。”

又是一路记者来采访。

最讨厌的人一个是记者，一个是律师。

“人家宣传咱孩儿还不是好事吗?”

“不是好事。”

“你说不是就不是，我相信你。”

滴滴答又打来电话。

“还是你呀?”

“是我，老穆想见你。”

“不见。”

“老穆要过去见你。”

“来也不见。”

老穆没有来。滴滴答又打来电话。

“你有完没完了?”

“是这样，老穆想请你去旅行。”

“我可不想旅行。”

“老穆想请你去俄罗斯。”

“我去什么俄罗斯啊?”

“好事啊，他请你。”

“你自己去吧，我不去。”

不停地有记者来采访，保险公司的律师和老婆刘高峰的律师都来找过我。我赶紧躲到村子里去了。长期这么躲下去也不是办法，只能躲一次算一次。我已经快六十了，二十多年前的人事纷扰又扑到了黑石堡。我无处可躲，无处可逃，无可奈何。

滴滴答又打来电话，我想还不如借此机会出去躲一躲。

“这个老穆为什么一定要请我呢？我又不认识他。”

“因为你和他以前的一个朋友很像很像。”

“很像很像就要找我吗?”

“对呀，很像也是难得的缘分。你就答应吧。”

“答应也可以。先说好，费用可全是他掏。”

“全是他掏，没问题。”

“可是，我还得养家糊口啊，这一去没有收入了。”

“收入他也可以补给你。”

“他准备让我跟他出去多长时间?”

“三四个月，或者半年吧。”

“这么长时间?”

“你见一见，可以早点回来。”

“那他得先给我半年工资。”

“没问题。”

“我还得请假。”

“利用假期呢?不是马上要放暑假了吗?”

“是。”

“我先问他要你的出场费。怎么给你呢?给我个账号吧?”

“你从邮局汇过来吧?”

“我给你汇两万够不够?”

“两万?”

“不够我再问他要。”

“万一路上我要出什么问题怎么办?”

“没有问题的。他给你买旅行保险怎么样?”

“买保险?”

“对，让他给你买三百万的旅行保险。”

“那就说好了，不见钱，我不动换。”

“好。”

“见面没有保险立马就回。”

“好。”

“这是遇到什么了一定要见我?”

“就是长得像王来电，所以他非常非常想见。”

“那我要是王来电呢?”

“你要真是他还不一定见呢。”

钱汇来了，约好日期在张家口见面。我从涞蔚县县城坐长途车到了张家口，来到他们说的奥林匹克大酒店。

老远，我就一眼认出了老穆，还是多年前的样子，只是老了一些。我还得假装不认识。老穆老远也认出了我，一边向我走来一边说：“哎呀，哎呀，这不是王来电吗?”

过来一把抱住我。

“你没死啊？你还活着?”

“你才死了呢?”

“你就是王来电。你不是长得像。”

“我是黄石。”

“不是黄石，就是王来电。我也不是老穆，我也不是以前的老穆，我是穆罕默德·阿麦德。我们都回到以前吧，你是老王，我是老穆。”

我忍不住热泪盈眶。

“你看你看，你就是老王。”

我强忍着，话音有些哽咽：“你是老穆，我不是老王。”

“你看你都哭了，你就是老王。”

“我要是老王，你得给我多少钱。”

“你要是老王，我得给你一座金山。我现在没有金山了，你还是别是老王了，你是黄石。我们重新认识。你是现在的黄老师，我是中国的老穆。”

见过了老穆，滴滴答和老热是认识的，虽然假装以前不认识。老穆身边还有一大堆的人，老穆不介绍，老热和滴滴答也不介绍。

我悄声问滴滴答：“那些人是谁?”

“都是老穆的仆人。”

“仆人?”

“嗯，工作人员。”

“这么多人都是干啥的?”

“司机、医生、护士、厨师、捏脚的、按摩的、照相的、录像的、秘书、助理、保姆、奶妈。”

“太夸张了吧?”

“这还没全来呢。”

“还有奶妈?”

“每天要喝人奶咖啡。”

“变态了吧?”

“变态？两个新鲜奶罐高兴着呢。”

“我有点不能接受。”

“保险公司的都来了呢。”

我听到保险公司，不由得浑身一个激灵，说：“保险公司?”

“不是你要的吗?”

“我没要。”

“糊涂了你。”

滴滴答向一个人招手，那人过来，他对来人说：“给他上保险。”

“我不要。”

“嘿，你要上保险，老穆才让特意喊了他来的。”

上了三百万的人身意外险，受益人是张艳。签完合同，原件寄回去了。

用滴滴答的手机给燕子打电话，燕子说不用老惦记打电话。

“老穆怎么还是这么有钱?”

“瘦死的骆驼比马大。”

“他跟新疆是啥关系?”

“没关系，就是办了个新疆身份证。”

“民族，汉族?”

“他想写来着，后来觉得自己实在不像，写了个土耳其族。”

“有这个族吗?”

“有吧。”

“他怎么不写个俄罗斯族呢?”

“他也不像俄罗斯族啊?”

“维吾尔、回族、哈萨克，嗯，也都不像。”

“其实身份证上最不该写的就是民族这一项，早就应该从身份证上把民族这一项去掉。”

“老穆这一天到晚都忙啥?”

“忙啥？忙着玩，忙着吃喝玩乐，忙着享受。”

“那不坐吃山空了吗?”

“他还投资。现在投资回报太高了，专门有团队给他管投资。”

“哦。”

“还搞慈善，还拍纪录片，想起什么搞什么，反正有钱。”

“我怎么看他不像老穆呢?”

“不像老穆？你是老王?”

“我不是老王。”

“不是老王怎么会知道不像老穆?”

“不是老王也看他不像老穆。”

“管他像谁呢，反正他埋单，我们就负责跟着玩儿。”

张家口似乎成了北京的一个区，到处都是京牌车。我们跟着老穆浩浩荡荡的车队出了宾馆，没有向南，而是向北，往北京的方向开。我心里一阵紧张，我成了惊弓之鸟，问滴滴答：“这是去哪儿?”

“不去哪儿。”

“这不是往北京吗?”

“啊，等个人。”

“等人？等谁?”

“见了你就认识了。”

“谁?”

“你可能不认识。带些物资过来。”

“带什么物资?”

“一路吃的用的呗。”

“老穆的人?”

“老穆能出去的人全在这儿了，这是我在网上找的，正好有空，想来，顺便开车过来，把东西带过来。”

“你买的东西啊?”

“老穆买的，我帮着跑跑腿。”

一个一个的奥运场馆从身边掠过，还是空的多。现在的奥运已经换了个方式，不像以前满世界开了。原则上是在冠军的家乡开。象征意义上的举办城市只搞开闭幕式，期间是各种经济、文化交流活动，各种展会，各种演出，举办城市已经不搞种类繁多的体育赛事，也就不再建设许多体育场馆了。各种比赛全部分散到世界各地的冠军的家乡去开展。所以正定也搞过奥运会的乒乓球比赛，郴州也搞过奥运会的排球比赛。奥运会时间也不是集中在一起的短短十几天，而是将近一年。不分冬奥、夏奥，一年连着办下来，每四年有一个奥运年。这一年，全球各地开展各种奥运名义下的体育比赛。因为是一年的时间，更能选在更好更适合的季节开展；因为是冠军的故乡，环境更适合本项运动。你要是得了奥运冠军，下一届本项运动就在你的家乡举行。真是光宗耀祖、衣锦还乡，因为你得了冠军还能提升家乡的知名度，拉动家乡的经济，促进家乡的建设。现在的传播手段这么先进，奥运方式的改变不但是顺应现代传播方式，也是更好地促进世界的变化与发展，真正地让奥运精神渗透地球的每一个角落。亚布力冬奥会是最后一次传统意义上的冬奥会。哗啦啦来了几万人，十六天过去，哗啦啦都走了，留下一大堆场馆、空房子，谁来用？没人用。有什么价值？不知道。拉萨奥运会有没有必要？一般人到了高原，气儿都喘不匀，更别提运动了。运动应该在人平常生活的时间、地点、状态。应该有对应现代生活状态的运动和运动会。奥运会变成全世界四年一次，单项运动项目变成奥运冠军家乡的比赛，在正定比乒乓球，在郴州比排球，是奥运适应时代的产物，是奥运会进入网络时代的结果，超大的体育场已经变得没有意义。

“和尚怎么没来?”

“和尚在满洲里和我们会合。”

老穆的车队开到了所谓的最美公路，最美公路成了市井公路，车满为患，人满为患。老穆的《一路向南》摄制组也在这条公路上。以为我们是去探班，谁知道车队离开最美公路，开进了一条小路，两边全是盛开的向日葵。在向日葵中行驶了一会儿，出现一片空场，几个蒙古包和几顶帐篷，车队停下来。老穆在他的随员簇拥下走出豪华、巨大的房车，踱着步欣赏着一望无际、金灿灿的向日葵海。老穆在中医按摩人奶等极品保健品的滋养下，像一只粉嘟嘟的蜂王，了无当年的风采。我还是怀疑他不是我认识的那个老穆。

夕阳东下，燃起一堆大大的篝火，请来几个民族服装的艺人唱歌跳舞，旁边烤全羊的香味弥散开来。每人发了一件军大衣。大家在影影绰绰的火光的映衬下窜来窜去，我忽然感觉眼前的现实与我有疏离的感觉，眼前的人物场景与我的内心格格不入，我怎么就走到了这群人之中。我并不是说他们就是坏人。这世界每个人都认为自己是好人。好人认为自己是好人，坏人也认为自己是好人，恶人也认为自己是好人。穷人认为自己是最好的人，富人认为自己是最好的人，不穷不富的也认为自己是最好的人。健全人认为自己是好人，残疾人认为自己是好人。健康的人认为自己是好人，病人认为自己是好人，医生认为自己是好人。大人认为自己是好人，小人认为自己是好人。不吃奶的人认为自己是好人，吃奶的人也认为自己是好人。正是因为大家都认为自己是好人，世界才向好，世界才一天天好起来。好人的标准不同，标志不同，仅仅因为好人的名词相同，就可以带动人心向好。

星星出现在天空，是陌生的星空。我有多少年没有仰望星空了？以前的北斗已经不见了，北斗肯定还在天上，换了角度，我认不出来而已。哪一颗是北极星也不知道了。满天的星星变成了一团乱码，我不知道哪颗是哪颗。银河还在，密密麻麻、懒洋洋的样子。月亮是早就没有了的现实。月亮还在歌声里存在。老穆操起一把吉他，带着一丝醉意，唱了起来：

我也要去啊，我也要云游四方，
我要看看这世界是什么模样。
我要看看这世界是什么模样。
我要走很远很远的路，
我要越过高山和大江。
我要找回那失去的月亮，
我要找回那失去的时光。
安拉会佑护我吗？能不能平安健康？
我愿能够归来，或许能回来，
回到这个生我长我的地方，
回到我亲爱的故乡！

这首歌我也会唱，已经好久没有唱过也没有听人唱过了。看他现在唱得多么来劲、忧伤、邪性啊。哦，穆罕默德·阿麦德，新疆惯例译作“买买提·艾买提”，同样的名字如果来自埃及、叙利亚或苏丹，就是穆罕默德·阿麦德，似乎雅气了些也庄重了些。

老穆醉醺醺地抱着我。

“老王哥，我死了吗?”

“你死了。”

“你死了吗?”

“我死了。”

“我们都死了吗?”

“我们都死了。”

“老王哥，我真的没死。”

“我死了。行了吧?”

“我没死，我不是老穆的转世灵童。”

“这大岁数当不了灵童了。”

“你知道金瓶掣签吗?”

“不就是抓阄吗?”

“我不用抓阄。我死了，你没死。”

“你没死，我死了。”

“我是老穆，你是老王。”

“你不是老穆，我不是老王。”

“以后再不许提电瓜的生死存亡，阿三。”

“阿三，我是阿三?”

“对，你是阿三。”

“李渊下诏定了儒释道的次序，‘老先、次孔、末释’，被老百姓白话成了‘老子天下第一’、孔老二、印度阿三。”

“我不认识李渊。”

“不认识也是阿三。”

“有国不能回。”

“回什么？这就是你的国。”

“有家不能归。”

“这就是你的家。”

“生又何所欢，富贵无人知。”

“我们都知道。”

“流浪在人间，醒梦皆陌路。”

“喝大了。”

“只身入邯郸，一箭解聊城。”

“吾慕鲁仲连，万里任纵横。”

“你比他强。”

“强管个屁用，我差点死了。”

“以前的事了。”

“就前几天。”

“前几天？怎么了？”

“我都不好意思说，中毒了。”

“你以后要多唱歌，中国人民不知道你唱歌唱得好。”

老穆的随员们七手八脚地把他抬到豪华房车里睡觉去了。

有一个花样游泳运动员一样的高个女子，拿着麦克风，对着挂在露天的屏幕唱歌，是二十年以前的一首经典老歌《许你》，她唱道：

当地球已经翻转，
当太阳开始西升，
当月亮了无踪影，
而我把一切全都托付给你，
托付给你。

她反复地唱：而我把一切全都托付给你，托付给你。

我忽然泪流满面。

滴滴答陪我摸到一个帐篷里，我倒头睡下，外面的歌声还在向日葵上空忽高忽低。半夜时分，有个人钻进来就睡下了。早晨起来一看，是一个蓬头垢面的女子，冲我嫣然一笑，出去了。我昏昏沉沉的，身体里的酒精还在作怪，头疼欲裂。一会儿，那个女子梳洗了回来，就是昨天唱歌的人，像个花样游泳运动员一样的高个的女子。她拿了她的东西出去了。花样游泳是最没用的运动，一群女子在水里跳来跳去，却又跳不起来，反复不停地沉下去，反复不停地展示伸出水面的大腿、小腿、脚掌、脚尖。

日上三竿，我们吃了早饭。昨晚的一切像是没有发生过一样，车队出发，向南。

我坐在昨晚和我混帐的女子的车上，她开车。滴滴答介绍了她的网名，我没记住。我叫她花花，她叫我混混。早餐时，她走着花泳的步伐，手指头打了个响嘣，宣布说我们一日夫妻百日恩。我冤枉啊。

她开着一辆大商务越野，里面装了满满当当的物资用品。车穿过浑善达克沙地，路过那日图，路过乌日图塔拉，她的车上装有最强的混星定位装置，要不她昨天也找不到向日葵地里。

下午一点多，在锡林浩特用了中饭，车队继续向南。路过朝克乌拉，路过东乌珠穆沁，在宝拉格进了一个大院子。是一个草原度假村。所谓的大院子，是没有围墙的，有稀稀疏疏的几乎看不见的铁丝网围着。

我看见一群大象从院子外不远的地方，迈着不变的脚步，悄无声息地向南方走去，消失在金光灿灿的夕阳中。我看见大象了。

我在胡思乱想，有人端上下马酒，献上哈达。又一场草原夜宴开始了。

宴会期间我用滴滴答的手机给燕子打电话，燕子说："不用老是惦记着打电话，我们都很好，你就放心散散心，踏踏实实地玩儿吧。"

宴会照例在午夜时分结束。

花花继续和我混帐，后半夜时说："你这么废物啊？"以后就一直叫我废物。废物点心。

花花说："人生如此短暂，不如保持性感。"

我对她说："赶紧换人去睡，不要和我浪费。"

她说："想睡自然去睡，不用你来插嘴。"

随着岁月的增长，经常会有我独立于我。独立在我之外的我在我面前对话、思考、争执、妥协。我在生长，我在裂变。我分裂出无数个我。无数个我在我面前按照各自的路径存在着。无数个我熙熙攘攘，无数个我忙忙碌碌，无数个我吵作一团。我对我没有办法。我不能参与我之中，我不能让我消失，我不能让我统一。我在和我对话。我在和我争辩。我对我怒吼咆哮，我对我絮絮叨叨，我对我沉默不语。我之外的我经常在夜深人静时醒来，开始坚持各自的我。我头疼欲裂，我和我之外的我兴奋不已。我置身我外，看着许许多多的我各自折腾。我是如此丑陋不堪，我是如此英俊潇洒；我是如此低级下流，我是如此正义凛然；我是如此思维混乱，我是如此逻辑清晰。我意志坚强，我优柔寡断；我盛气凌人，我平易近人；我奢靡骄纵，我艰苦朴素；我乐不思蜀，我卧薪尝胆；我勤勤恳恳，我好吃懒做；我信守诺言，我见利忘义。我之外的我不可名状、形式多样、变幻莫测、无法把握。我之外的我是我非我，不是我之外的我又是我吗？我之外的我是在我的经历中产生的，不是像孙猴子那样拔根毫毛变出来的收放自如。真实的人已经死了，虚构的人还活着。我或者已经死了，无数个非我之我还活着。虚构比真实更长久，如同杨子荣。

车队在草原上盘桓，从一个度假村到另一个度假村，从一场夜宴赶赴另一场夜宴。白天文明不精神，晚上精神不文明。科尔沁大草原成了一只又一只的烤全羊。

“这什么时候才能到俄罗斯啊？”

“着什么急啊？”

“和尚还没到满洲里，我们在这里多转转。”

我们在太阳雨中行进，彩虹出现了，车队停下来看彩虹。

万一禅关砉然破，美人如玉剑如虹。

看完彩虹，滴滴答说：“和尚后天到。”

车队全速前进，夜宿阿尔山，简单吃了饭，各自泡温泉。第二天一早，直奔满洲里。

在满洲里套娃广场，一开车门一股冲天的热浪袭来，热死了。有温暖的地方才是西天。现在的满洲里就是西天？不对，西天有温度吗？天堂没有四季吧？西天现在应该是东天吧？西天怎么会在南方呢？热死人的地方怎么会是天堂？

有一个巨大的人面蜘蛛雕塑。和古根海姆广场上法国女艺术家路易丝·布尔乔亚创作的高九米、名为《妈妈》的巨型蜘蛛有几分相似，那个蜘蛛的外观极具威胁感，是路易丝向曾是纺织工母亲致敬的关键作品。这个蜘蛛的外观也极具威胁感。有人在雕塑前摆出张牙舞爪的姿态拍照。我走到蜘蛛下面，向上看去，是一个女人善良、妩媚的笑脸。圆圆的笑脸，酷似我的燕子。路易丝的蜘蛛根本就不是人脸吧。

不远处还有一个巨大的雕塑。是两个从平地上伸出来的手和手臂，两手伸出各自的小拇指勾在一起。雕塑的名字叫《拉勾》。据说这两只一把手的原型各是一位大人物。拉勾上吊一百年不许变。

有一大队人在舞动着安塞腰鼓，一大队人在舞动着洛川蹩鼓，一大队人在舞动着威风锣鼓。九顶山的门槛和尚带着一大队僧众，僧众的后面跟着乌泱乌泱的信众。和尚走到近前，双手合十，高诵阿弥陀佛。

花非花雾非雾，
亲非亲故非故。
聚与散朝与暮，
悔不悔苦不苦。

和尚说完，我们就算见过了。和尚转身带着人家向国门走去。呼呼啦啦大家都跟着走。三大队敲牛皮的也跟着走。国门已经没有人把守，大家就这样一直走到俄罗斯境内。进了俄罗斯地界，敲牛皮的三大队人马偃旗息鼓回去了。其他人没有停步地又走了五十里，掀起大片的尘土狼烟，直上蓝天，直走到天彻底黑下来。大队人马四散开来，席地而卧。就这样深入俄罗斯如入无人之境。我小时候这片地方还是苏联。现在我们跟着和尚没有任何阻挡地走到了苏联曾经的土地。俄罗斯已经失去了冰雪严寒的天然屏障。

跟随和尚的大队信众里，百分之八十都是印度人，门槛和尚的新工作就是一遍又一遍地把大量流离失所的印度人度到阳光灿烂温暖如夏的俄罗斯。

我越来越不想与人说话，只想自己和自己说话。

老穆发现和尚带领的信众里有大量的印度人，他害怕了。躲在车里不敢出来，怕人群中有人认出他来，把他撕碎。这次脚下都是坚实的土地，他肯定不会土遁。不能像海上一样再来一次水遁。

我们的车队远远地跟在大队人马后面，以送葬队伍的速度缓缓前进。当大队人马四散开来，席地而卧时，老穆在步话机里指示：绕过人群继续前进。

"不跟和尚告别吗？"

"莫如不辞而别。"

老穆的车队缓缓绕过人群，一副随时停下来的样子。绕过人群后，车队加速前进，冒着漆黑的夜色，在似乎有路似乎无路的酷热的夜里颠簸着前进。又走了三十多公里，车队停了下来。

国家是不是人类进步的最大障碍？军队是不是人类的最大浪费？全球能不能建立起统一的武装力量、统一的警察、统一的军队？没有全球统一的武装力量，就必然有如同癣疥之患的恐怖活动。国家形态的巨变或许是人类进步的必然。宗教形态是不是正在悄悄地变化？人类社会的结构是不是越来越透明？

天蒙蒙亮，车队又出发了。

车队要去何方我不知道。我知道世界上有一辆大 CAR（车），世界要走向何地，跟这辆 CAR 有太大关系。CAR 也，中国、美国、俄罗斯之谓也。我沦落到今天这种境地，跟那颗星星有太大的关系。那颗星星让我的命运勾连起中印美俄四个大国，模仿 CAR 的方法，这四个大国可以组成一个新词 CIAR，那颗星星也就可以称为 CIAR STAR 了。赛尔斯达，那颗星星来到地球以后，地球已经不是以前的地球，地球开始了赛尔斯达时代，成为赛尔星球。赛尔星球难不成是保定府的健身球？是大国把玩的星球？

我不知道我是活着还是死了。我在无知的幕布后思考。得民心者得天下？应该是得天下者得民心吧？或者说，民心和天下本来就是两个东西，得天下不一定得民心，得民心不一定得天下。

没有人的国家是国家吗？

老穆的车队走到了赤塔，赤塔到处都是印度人。老穆指示不能停留。补给了必要的汽油、食品和水，车队继续前进。

目力所及，一派热带的葱茏。三十年的阳光雨露，已经让西伯利亚万物勃发。西伯利亚冰草已经适应了新的环境，长得又粗又壮。物之不齐，物之情也。万物并育而不相害，道并行而不相悖。不时可见成群结队的黑人。太阳与肤色深浅大有关系。或者是以前的人晒黑了，或者是祖祖辈辈习惯于被太阳晒着的人，追随着太阳的脚步来了。成群结队的人群中就没有一个漂亮的，或许有，是被旅途的风尘遮蔽了。美是需要环境的。美与丑、善与恶、对与错、是与非、虚与实，等等，前提是可以选择。如果没有选择，不能选择，以上的一切分辨就失去了意义。

老穆的车队在贝加尔湖边停下来。我们确信和尚的队伍已经被远远地甩开了。我们在远离人群的湖边安营扎寨，稍事休息。

“为什么不走海参崴?”

“海参崴?”

“沿海走，走海参崴、库页岛，沿着海多好?”

“过去那叫闯崴子。”

“那片地已经包租给以色列了，不让通过。”

“犹太人怎么会不让过呢?”

“你问我，我问谁?”

“多年以前犹太人就想来，在东北建立犹太国。”

“战争没有达到的目的，市场达到了。”

“不是市场达到了，是地球翻转达到了。”

“他们还在商量。”

“走到北冰洋就回头。”

“想去当天就能到。”

“当天肯定到不了。”

“越是艰难越向前。”

“照这个速度，到死也走不到北冰洋啊。”

“着什么急啊？”

“不一定要去北冰洋吧？”

“只有走到北冰洋这次旅行才有意义。”

“就是随便走走，要什么意义？”

“北冰洋应该改名叫南冰洋吧？”

“没冰了。”

“也不是南。”

“怎么不是南，我们不是就在向南吗？”

“你是向南，南边还有南。”

“是赤道，新赤道。”

“新赤道洋。照这么说，大西洋也得改名？”

“大西洋才是大南洋。”

“那还有大北洋吗？”

“印度洋是大北洋。”

“那就叫大热洋吧。”

“好名字，大热洋。”

“还不如叫老热洋呢？”

“你不能这么自私，这是新热洋。”

“有热就行，就叫大热洋吧。”

“现在的许多国家方位全变了。”

“地球变了，国家和社会的形态应该超越既往。”

“政治的根本目的应该是人类社会资源的最优化。”

“现在政治都成了一小撮人的工具。”

“政治被绑架了。”

“被操控了。”

你在地上打个滚，假设你不动，相对于你来说，就是地球打了个滚。现在地球真的打了个滚，不用假设它也是不动，却相当于我打了无数个滚。这应该不是老穆的阴谋吧。纵然是老穆的阴谋，他肯定也没有阴谋到这一步。现在老穆也跟着地球打了个大大的滚，滚到了贝加尔湖畔。阴谋的主体一旦消失，阴谋还会存在吗？老穆已经衰老到苟延残喘，老穆的阴谋还会强大无敌吗？我似乎看到无尽的天穹上，有一根无形的线垂下来。人是自己的傅科摆，有一条无形的线吊着人的灵魂，人的两条腿在不停地摆动着，证明地球在自转。人也有一根自己的轴，一切的一切都是围绕着自己的那根无形的轴在转，证明地球在自转。人一旦自己不摆了，不转了，相对于人的地球也就不转了。

老穆的车队继续待在贝加尔湖图尔卡附近。仆人们有人去湖里弄鱼，滴滴答和老热、我、花花开车到附近的山上捡石头。中国人有捡石头的毛病。石不能言最可人。滴滴答捡了一块石头，说是玉。

“你以为这是和氏璧啊？”

“和氏璧就是荆山玉。”

虽说你是一块玉，不到平洲不成器。
未必非到平洲去，镇平琢玉声遍地。
认定你是一块玉，砍断手足也不弃。
莫为玉石争高低，乱世难抵一粒米。

“别对诗了，走了。”

说话之间狂风大作，乌云骤然而至。

“天变了。”

“天变了还不就是一瞬间的事。”

四人帮刚刚钻进车内，倾盆大雨铺天盖地地下了起来。我们躲在车里，车窗外全是雨水。惊愕于天地的骤变，四个人默然无声。没有多长时间，雨停了。暴雨不盈朝，飙风不过午。车窗外是热带雨后的景象，凉爽了一些。开车在泥泞的地上慢慢地往回走。天边，浩瀚无边的贝加尔湖上升起一道完整的彩虹。

第二天拔营起寨，继续向南进发。阳光照耀下的俄罗斯西伯利亚草木丛生，到处都无路可走。没有向导可找，都是新来的移民。老穆的仆人们在高清卫星地图上分析研究向南的路线，车队走走停停。

天气越来越热。或者是我们越走越热。我的身体里像是着了把火。又过了两天，我确定我是发烧了，不单单是太阳晒得热。老穆的医生检查了，确认我是发烧，怀疑我得了埃博拉。

“不会吧？怎么会是埃博拉？”

“周围的人都没事，他怎么会是埃博拉？”

“那谁知道？”

我昏昏沉沉地在车上，车队依然在往南走。也许是我闯进了埃博拉的世界。埃博拉是一条大河吗？我们旁边也有一条大河。太阳的照耀是不是复活了潜伏在万年冰雪下的埃博拉？埃博拉是不是耐心地等在世界的每一个角落，等待着太阳照耀的温暖，期待着在高温下复活？高寒地区为什么没有埃博拉？埃博拉是不是终于发现了我这块温暖的培养基？我是不是埃博拉的一个新的星球？是不是有无数的埃博拉在我的身体里开疆拓土？我的肉体可比两个蜗牛的触角广阔多了，足够他们打上许多场战争。

花花的物资里也没有治埃博拉的药。医生把几种治疗发热的药在我身上做试验。我内心平静如水，身体困乏无力，任由他们摆布。他们并没有像对埃博拉一样防护自己。或许我不是埃博拉。但是我的难受度似乎远远超过了埃博拉。

我前世的罪孽或许正在加速偿还。所有的宗教都是定人有罪的，天生就是有罪的。先定有罪，再定赎罪。先定有业，再定消业。先定你有罪，然后说可以赎罪。情有可原，罪不可逭。罪若可逭，情何以堪？先定你有业，再告诉你可以消业。天作孽犹可恕，自作孽不可活。天作业不算数，自作业岂可消？猫吃鼠，狼吃羊。因吃而罪吗？如有，只是猫对鼠之罪，狼对羊之罪，何干其他？自然界弱肉强食，全是人的罪过吗？所有的宗教大神都是限定、修改人的行为，为什么不去限定修改人以外的行为？大约是他们听不懂人话吧？听不懂人话，还听不懂神话吗？

太阳照耀着俄罗斯，爱斯基摩人的捕熊器不灵了吧？北极熊无冰可舔，也就舔不着自己的血了吧？俄罗斯有爱斯基摩人吗？俄罗斯为什么没有爱斯基摩人？

有一只老虎孤独地从旁边走过去，暴热的天气让老虎没精打采，似乎在蒸笼里汗流浃背地喘着热气。老虎不怕人，人也不怕老虎。老虎和人相安无事，互相视而不见。我不但看见了大象，我还看见了老虎。我想起我小时候的一段往事。老家附近有一山，不甚高大，曰狗山。山下有一狗山村，山上有一狗山庙。及至改革开放，庙已衰败，只剩残垣断壁；村渐富裕，家家设厂经商。乃集资复建狗山庙。庙门正对东方。东方三十里外，有一村庄，名曰苗庄。苗庄代有制作烟花爆竹的传统。狗山庙建起之后，村中连出三起事故。火药意外，屋毁人伤。有大师点明缘由，是三十里外狗山庙所克。破解之法是在村西塑一只老虎，以虎镇犬，可保今后平安无事。不数日，集资请人在村西以水泥塑就一尊巨虎，画好黑黄皮纹，蒙上红布盖头，择吉日掀开。巨虎怒目瞪视三十里外若隐若现的山脉。消息很快传到狗山村，村民们纷纷义愤不平，更惧巨虎克了本村的财路。遂密谋商议打虎。目力不可睹的三十里外的水泥虎，越议越仿佛有神。在一次酒桌商议中，以我二表哥为首的热血青年，趁着夜色，借着酒胆，一行十数人，骑着自行车，带着锹镐锤钎，向三十里外进发。到了苗庄村西，黑影中的水泥巨虎果然威风凛凛，众人看看手中的家伙，不敢下手。二表哥说："既然敢来，就不用怕。"提起一把镐，走上前去，向着巨虎一镐下去，火星迸裂，石破天惊。苗庄的又一个爆竹作坊炸窝了。人们全涌了出来。表哥他们落荒而逃，半路跌进水沟，摔断了左腿。我不知前因，问腿怎么了，他笑而不答。表嫂说："有功了呢。打虎英雄了呢。"

老穆的车队走走停停、停停走走，他们计划要走到切柳斯金角。他们讨论着，应该沿海走到白令海峡的杰日尼奥夫角更接近新赤道。以后再去白令海吧。以后有的是机会。现在已经走到了泰梅尔半岛。泰梅尔半岛是地球转向以后亚洲最南的半岛。东及东南濒喀拉海及叶尼塞湾，西和西南临拉普捷夫海及哈坦加湾，南隔维利基茨基海峡与北地群岛相望。

我高烧持续不退，游走在半睡半醒之间。我确定我还活着，没有死。

太阳越来越强烈，有的地方已经转化为热带雨林，有的地方已经被照耀成一片焦土沙漠。老穆这只蜂王虫却越来越精神。车队找到了后勤供给的人，源源不断的食物和汽油让老穆没有了后顾之忧。我每天靠挂点滴维持着残存的一丝游魂。我渐渐地感觉到我快撑不下去了。

“我是到不了大热洋了。”

“放心，死了我们也把你带到大热洋。”

“你以为你是徐霞客啊？”

“我们把你当成静闻和尚。”

北极也曾经有春天吧？北极也曾经春光明媚吧？太阳在这次暴晒北极以前或许曾经无数次照耀过北极？要不怎么会留下那么多的化石呢？地球上的一切都源于太阳的照耀，包括我的出现和存在。太阳对地球上的万物产生影响。太阳让黑的黑，白的白；宽的宽，窄的窄；粗的粗，细的细；快的快，慢的慢；生的生，死的死。

“南极战争爆发了。”

“南极战争早已经爆发了。”

“你不看新闻吧？”

“南极战争还没有打完吗？”

“南极洲打什么仗啊？”

“北冰洋都已经融化，南极洲还能是一片冰封吗？”

“北冰洋变成了大热洋，南极洲变成了大热洲。”

“大热洲还不挨着大热洋哦。”

“都在赤道上了嘛。”

“过去农村蹦爆米花的锅，在火上一圈一圈地转，一圈一圈都在加热，赤道也是如此。”

“有人在抢南极？”

“对。”

“不是南极，是大热洲。”

“都是什么人在打？”

“都在打，除了我们。”

“恐怖分子宣布在大热洲建国。”

“有人的地方就有恐怖。”

“核弹肯定用不上。”

“那是。”

“大热洋怎么没人抢呢？”

“谁说没人抢？”

“原来的北极八国都在抢。”

“大热洋里一下子冒出了几个小岛，也打上了。”

“我们还是往回走吧，别进到战场上。”

“怕什么？既来之，则安之。”

“看到海就回去。”

“不见黄河不死心。”

车队走走停停，我的高烧不退，医生说我可能是埃博拉，老热他们一点没把我当埃博拉，对我的高热不退视而不见，似乎我没有任何病痛。车队又停了，老热、滴滴答挤到花花的车上斗地主。车上的物资已经耗尽了，车里空了。我蜷缩在后排座上，外面奇热无比，车里的空调开到最大，我裹着两件大衣还是感到很冷。左臂上挂着液体。他们三个一边斗地主，一边闲聊着斗嘴。

“这地球是彻底南北颠倒啊。”

“也不全是南北颠倒吧?”

“哪儿不颠倒?”

“美国就没颠倒。”

“有没有一点没变化的地方呢?”

“刚果、加蓬、赤道几内亚。”

“理论上北极可以停在任何地方。”

“那是。”

“要是停在南极，才是全部颠倒。”

“对的。”

“这是北极停在新加坡了，要是停在东京呢？要是停在巴黎呢?”

“停在新加坡，印度人跑什么啊?”

“你忘了，印度不是撞星了吗?”

“哦，对，新加坡也得跑啊?”

“早跑了吧?”

“我怎么没看见呢?”

“你没看见不代表没有吧?”

“地球这样轴向变动没准都有好几次了呢?”

“很有可能，我们没赶上而已。”

“何止我们没赶上，整个人类都没赶上。”

“这是第一次赶上。”

“赶上了呢。”

“冰川、恐龙、猛犸象什么的，没准也是地轴变动引起的。”

“谁知道呢。”

“上帝把这世界设计得还是很有意思的。”

“那是。”

“你说上帝设计了多少玄妙之处？”

“多了。”

“我一直有个疑问，人为什么要放屁呢？”

“屁话。人食五谷杂粮，焉能无屁？”

“我是奇怪，上帝设计人时，竟然连放屁这种细枝末节都考虑好了？”

“你的意思是上帝没考虑人放屁，是人自己要放？”

“有可能哎。”

“上帝肯定考虑了。考虑了说，就考虑了听；考虑了吃，就考虑了拉；考虑了喝，就考虑了尿；考虑了生，就考虑了死。有嘴，就有耳朵；有问，就有答案啊。”

“你这是盲目给上帝辩护。那上帝怎么考虑了看呢，怎么光考虑了一双眼睛呢，没考虑被看的眼睛呢？”

“上帝考虑了看和不看，看就睁开眼，不看就闭上眼。”

“你这番论述没有说明敬爱的上帝考虑了放屁。”

“罪过罪过，是人放屁，不是上帝放屁。”

“是上帝没考虑人放屁。”

“肯定考虑了，你看，肯定考虑吃饭喝水了，考虑到吃喝就考虑到拉撒了。吃喝拉撒睡，上帝肯定都考虑了。”

“拉撒也没说是放屁呀？”

“放屁就是出虚恭，有实就有虚嘛。”

“不许放屁！”

“管天管地管不了拉屎放屁。”

“有点讨厌。”

“你讨厌我关我屁事啊，好像你喜欢我我就不放屁了呢。”

“我们还是别讨论屁了。”

“我们已经放屁了，就是上帝他老人家当初没有考虑，我们已经放了，这也不能当成罪过吧？”

“那是，放屁要是罪过，在牧师跟前的忏悔怎么做啊？”

“对不起，上帝啊，我又放屁了。”

“哈，你又放屁了。”

“是，你刚闻着啊？”

“真臭。”

“下回放屁吱一声。”

“放屁吱什么声。”

“找没人地方放去。”

“谁让你跟我在一起呢？”

“专心玩牌。”

“不玩别放屁。”

“玩就可以放啊？”

“玩也不能放，憋着。”

一场大雨过后，天空中出现八面彩虹。四下里望去，到处都是彩虹。这么多的彩虹把空旷无人的泰梅尔半岛装扮成了一间巨大无比的KTV歌厅。只有歌厅才有无数的霓虹闪烁。

我在明亮无比的无数条彩虹的照耀下感到我与天地万物恍然一体，感到过去、未来和现在恍然同在。未来不迎，当时不杂，既过不恋。现在对过去的记忆，影响未来的进程。过去、现在、未来本来就是浑然一体的吧？开悟的人超越时空，看到过去和未来，看到远方。时空本身的阻隔让人们可以活在当下。我怎么看到过去和未来了呢？

“我该交代一下后事了。”

“我们马上就到大热洋了。”

“是，我听到涛声了。”

“再坚持一下，会好的。”

“现在也挺好。”

“马上就要看到海了。”

“我已经看到了。”

“身体难受吗?”

“不难受。”

“想吃什么吗?”

“不吃。不管什么情况，别给我们家张艳打电话。”

“好。”

“把我运回黑石堡。”

“好。”

“骨灰回去也行。”

“好。”

“别让他们来接。”

“好。”

我用老热的地星手机拨了一串埋藏在心底的号码。电话通了。被挂掉了。重拨，通了，又被挂掉了。再重拨，通了。

“喂，谁呀?”

“我。”

“你是谁呀?”

“老婆。”

“你说什么?”

“我要死了。”

“什么?”

“你，再也不用追杀了……”

“你说什么?谁追杀你了?”

“我，真的要死了。”

“你在哪儿?”

“天涯海角。”

挂了电话，我最后的一丝力气用完了，最后的一点心愿完成了。肉体像一个漏了气的皮球一样往外泄气，泄尽了最后一丝活气。灵魂跟随着最后一丝活气溢出肉体，终于逃出了束缚几十年的躯壳，欢喜异常。灵魂逃出躯体，才发现他可以独立于躯体而存在。灵魂自由了，在天地间上下翻飞，变幻着各种姿势。似乎像暗夜中的一点烛火，被一个顽童在摆弄着。像特技飞行队的飞机在空中做着各种造型，没有一个形态重复。灵魂欢快地乱窜，没有一丝对旧躯壳的留恋。灵魂像光一样迅疾无声，悠忽在此，悠忽在彼。我似乎体会过这种感觉，只是这次更彻底，更痛快，更酣畅淋漓。没有水的酣畅淋漓，灵魂不拖泥带水，轻灵畅快。灵魂是自由独立没有光源的光，没有方向的光。是自由舞动的星星，不是几万年静止不动的星星。在永恒的神灵看来，星星也未尝不是舞动的。而在夏虫朝菌看来，星星是岩石一般的永恒。永恒的东西是没有灵魂的。灵魂从来不愿意静止下来。灵魂愿意随风千里，灵魂愿意闻声而至，灵魂愿意四处游逛。我的灵魂在空中感觉到一阵风，听到风声里传来咏诵的声音。我定了定神，随声望去。

我看到一座庙宇耸立在大热洋的海边。

呦，怎么会有一座庙宇呢？刚才还是一片光秃秃的海岸呀。我将时间往前倒退了一下，看见一个大浪从海里卷起，浪花猛地拍打在海岸上，海水退去留下了一座庙宇。

我从空中缓缓下降，降到山门的上方，看到山门上有块匾额，上书三个大字：浪花寺。两旁挂着一副对联：

浪高大海皆因冰消风起浪，
花开深山只缘云来雨润花。

我从山门上飘过，心里冒出陶渊明的诗句：“纵浪大化中，不喜亦不惧，应尽便须尽，无复独多虑。”

我的灵魂飘进大雄宝殿，看到九顶山的门槛和尚正在带领一群僧众做法事，是在超度我的亡灵。我看到老热、滴滴答、老穆和他的仆人们也混在僧众里郑重其事地咏诵着《地藏菩萨本愿经》，花花也在。他们全都剃了和尚头，披着透明的袈裟，在我看来如同穿着国王的新衣。也许他们没有剃头，只是我的灵魂看不见而已。灵魂是不会被头发所遮蔽的，更不会被衣服所遮蔽。

和尚们庄严肃穆地盘腿跏坐在柔软的莲花垫上，垫子四周有经过空气过滤的丝丝凉气缓缓地涌出，大殿里清凉如水，不像外面酷热难耐。他们微闭双眼，面向释迦牟尼的佛像。释迦牟尼佛看着他们，似乎有话要对我说。

佛像的上面有一块巨大的匾额，蓝底金字。金字是启功体，四个大字：何事惊慌。不是佛法无边，不是宁静致远，不是正大光明。

何事驚慌

他们在专心地咏诵，没有人注意到我的灵魂在他们上空徘徊游荡。我定了一会儿，在殿堂里快速地上下翻飞，四处乱窜。他们感觉不到我的存在。我在他们的身前身后忽快忽慢地飞来飞去，有的人在想着我，有的人在想着其他，有的人什么也没想。他们不知道我已经进入如此自由的境界，还在按着人世的规矩忙着他们应该忙的事情。何草不黄，何人不忙。

我的灵魂彻底自由，彻底孤独，没有遇到其他的灵魂。千万年以来的各种灵魂已经消散在无尽的时空之中，没有来打扰我，没有来评判我，没有来和我交流。

我在南下途中遗失了几位女神，
有颗星星永远失去了光芒，
没有光的星星就是死亡。
我的灵魂被遗弃在海上，
我的躯体四处游逛，
谁在和我说话，谁在把我供养？
谁窃取了我的思想，谁在到处张扬？
万物熙熙攘攘，全都很忙很忙。

倏忽之间，我的灵魂回到了黑石堡，我飘荡在黑石堡的上空，我看到了学校，看到了我的家。我从空中降下来，看到燕子在屋子里转悠。她对阿木和金金自言自语地说：“我心里怎么这么慌？我从来没有这么慌过。是不是你爸出事了？我怎么这么惶惶不可终日呢？”两个孩子在下棋。“没事的，妈。我爸不会有事的。”“你们俩睡觉吧。”他们睡下了，灯熄了。我看到燕子的梦境，我走进她的梦境，对她说：“过几天我就回来了。在家等我，哪里也别去。”她在梦里对我说：“好。盼你回来，你出去这几天怪想你的。”她梦里有一股热乎乎的气息，我的灵魂要被这股热乎乎的气息湮灭。我跳出她的梦境，看到他们娘儿仨在睡觉。忽然听到有人在唤我的名字。倏忽之间，我又回到了浪花寺的上空。我看到我的躯体躺在后面的灵床上。遗体上覆盖着一面旗帜，是一面黄旗，上面有五个红五星。要是红旗黄五星我可能还受用不起。大殿里和尚带领老穆、老热、滴滴答、花花在念《往生咒》。我看到老热他们白色的骨骼、红红的血脉，和尚身上的舍利子像星光一样熠熠生辉，一闪一灭。

我真的已经死了。未来已经摆在这里，无论你惊慌或者平静，忙碌或者清闲，贫穷或者富有，未来已经来临。时间的脚步一旦启动，空间立刻展开。当过去已经过去了的时候，未来已经注定。无论我是死是活，我早就已经知道，未来总是要来的。

慢　车

白熊还是黑熊/热气腾腾的饺子/按照梦中的指引/梦也有错吗/当年去过五台山

一梦三十年，醒来意阑珊。
反胃满嘴苦，人生欲何言。

我在老热他们的吵吵嚷嚷中醒来，他们在收拾牌局，结束了战斗，还在议论着刚才谁出错了牌。列车快到站了。大家都两手空空的没有什么行李，别人有要下车的，在从行李架上往下拿行李。我刚才是做了一个大梦。想一个人高兴，做梦；想一圈人高兴，做东。有时候，做了东，一圈人也不一定高兴；做了梦，自己也不一定高兴。做梦做得我反倒有些不高兴。这个梦是什么意思呢？我在心里回味着梦中的情境，试图理解梦的提示。自己的梦自己圆，别人和你的梦无关。梦中的情景有时都不能与人言说。做梦是自由的，说梦是不自由的。

下车，出站。出站口白校长在等着我们，见着我们热情地和我们握手打招呼，然后把我们领到一辆崭新的白色依维柯前。我们上车坐下。

“哎呀，这车挺新啊？”

“昨天刚开回来的。”

“当校车用？”

“对啊。”

“校车不都是黄的吗？”

“我不姓白吗？”

“应该让他们再喷个熊。”

“那就是白梦熊了。”

“白车上喷个白熊，你们也看不见啊。”

“你是白熊还是黑熊。”

“光说是梦着熊了，我还一直没注意是白熊还是黑熊。我回去问问。估计他们也不一定清楚。”

白校长名字叫白梦熊，大家拿他的名字打趣。

“黄车上喷个白熊也不错。”

“喷个黑熊也不错。”

“只要是车，喷什么熊都行。”

一会儿车就到了白石堡学校，停在了白石堡学校的门前。白石堡学校勉强算是一个完小，学生们都是白石堡村的。北方的村庄比较集中，有这么一辆校车似乎没有什么必要。不知道是哪位有能力的做的慈善。

滴滴答带领的物资车队已经到了，滴滴答不是在火车上吗？怎么又去带领车队了呢？学校的老师和学生们正在往院子里搬东西。主要是春秋季的校服，在院子里摞了一大堆。还有一个大大的地球仪，包装还没有完全撤去，是一只卡通猫，举着一只手，手下扶着一个地球仪。这么萌的地球仪不是我送的。还有一些课外读物，我大致看了一眼，没有《红星照耀中国》，没有《火星照耀美国》，更没有《太阳照耀俄罗斯》。我稍稍迟疑了一下。白石堡是我们经常来的地方，一次次的情景都是似曾相识。或许这次来不一定对应了这一次的出发。白石堡出了一个大人物，所以对口的各种支援常年络绎不绝。就像长江边上的李庄，因为抗战时期帮助过同济大学，所以同济大学每年定点从李庄招收几名学生。白石堡生育了一个大人物，回报一下故乡也是人之常情。

卸完物资，开始点名分发服装。不一会儿，学生们就迫不及待地换上了新校服。校服都是量体定做的。白石堡的学生们穿上专门设计、专门定做的新校服，精神面貌焕然一新。一点儿也不输于广州的希望小学。

分发完校服，大家动手，在学校的食堂和面包饺子。面和肉馅都是专门从北京带来的，配上白石堡的大白菜。紫罗兰负责调馅。整瓶的酱油和醋也是从北京带来的。白石堡学校的食堂也是一个企业赞助的，全新的不锈钢厨具，墙壁是白瓷砖到顶，一切都干干净净，让人放心。大家一起包饺子，煮饺子。在宽敞明亮的学校食堂里吃了热气腾腾的饺子。白校长说：“周围邻村的学生都想来我们这里上学呢。”

“你这里的条件肯定比他们那好多了。”

“那是。还有县城的也来问呢。”

“县城也不一定有你这里的条件。”

“人杰地灵呢。”

“就是教师水平还不行。”

“招一些水平高的聘过来。”

“那时可以大搞教育产业了。”

“校车也就有用了。”

光靠着附近的生源还是不行，得能把城里的孩子吸引来才行。

吃了饺子，有的人和学生们做游戏，有的教室打开远程网络开始上网络课。

学校的客房干净整洁，在教室旁边，单独一个院子。白校长说：“平常用不大上，如果能够有客源，长期有人来这里度假就好了。”

下午三点多钟，老热、滴滴答他们开车到白石堡附近的长城去看红叶，爬长城。我没跟他们去，在学校的客房里补觉。五点钟，天将要黑下来时，他们回来了，浩浩荡荡的车队停在学校的院子里。学生们都已经回家了。学校食堂做得了晚饭。院子里燃起了篝火，旁边架起了烤全羊的架子，晚餐的最后一道大菜。

他们开始在学校的操场上放烟火。烟火是白校长准备的。烟火就着蓝紫色的夜空，开放出绚丽的火花。烟花易冷，烟花的美丽却永远吸引着人们。与暖泉镇的铁花相比，五彩的烟花也很漂亮。

放完烟火，大家在学校的食堂一顿海喝，放开了划拳。有划拳的酒席用不着谁劝谁酒，输了喝，赢了看。划拳的声音充满了整个食堂，几波划拳的声音竞相高喊，谁也没受旁边的影响。最后都喝高了。歪歪倒倒地回客房睡下。

第二天，很晚才起来。屋里，院子里，到处都是昨天直播的痕迹。

食堂准备了小米粥、咸菜、煮鸡蛋、馒头。

大家吃过早餐，学校的校工把里里外外打扫了。我们在屋里打了会儿扑克牌，就到中午了。没喝酒的在附近转悠了一圈也回来了。

中午饭是白菜猪肉炖粉条，发面馒头，大家吃完，看着白校长指挥校工往车上装大白菜、大白萝卜、南瓜、土豆。装好了车，和白校长握手告别。开车回北京去了。

大约两个小时就能进到四环。

我留了下来，和白校长一起，看他们的车队走远。

“你忙去吧，我随便转转。”

“晚上陪你喝。”

“不能喝了，歇一歇。”

“食堂给你备饭。”

“我回来自己弄吧。”

“哪能呢，老白在这儿等着你，想吃啥让他弄。”

“也好，谢谢了。”

“好吧，我走了。”

送走了大家，偌大的操场空空荡荡。我径直向梦中的方向走去，想看看梦中的景象是否留在了白石堡。

我按照梦中的指引，走到了黑石堡门洞的位置，没有门洞，并不是说黑石堡没有门洞，而是白石堡没有门洞。应该是黑石堡门洞的位置残留着白石堡门洞的废墟。祖国大地上类似于黑石堡门洞那样年代久远的砖石遗存多了去了，现实的白石堡人们对之没有兴趣。我在白石堡门洞的废墟前小站了一下，绕过废墟，按照梦中依稀的地形向山上走去。路途有几分像黑石堡的路。其实北方的无名山路都是相像的。我走到山脚，应该有“卢大人苇花之墓”的地方，向斜上方望去，赫然有一块墓碑。虽然是专门寻找，一旦看见，身上鸡皮疙瘩掉了一地，所以说不要嘲笑叶公先生，心中爱慕想象的龙，并不一定是现实存在的龙，是龙自作多情了。我喜欢你和你无关。“毫无道理/我在深夜里想你/秋虫低语/远方偶有一声汽笛/知音难觅/我的思绪悄无声息/白天的我仍未睡去/白天的我说夜晚的我毫无道理/我不该想你/我不该把我想你告诉你/我想你是我自己的事情/我想你与你没有任何关系/我想明白了我就坦然入梦/我在梦中梦见了你。”艺术家心中的描摹构想其实和现实世界是没有关系的，叶公先生只不过是一个喜欢雕龙画龙的艺术家而已。过去的龙，情商也忒低了点。要是赶到如今，多少画龙的新司机得遭殃啊？关键时刻，我想起了活灵活现的叶公。叶公给了我激励。我走到近前，石碑上刻着一行大字：“天下第一灵通大蛤蟆之墓。”蛤蟆墓？奇怪，谁给蛤蟆修碑立墓？旁边的上下题款模糊不清了，依稀有“大清某某年”的字样。绕到后面，碑后面的小字更加模糊了，看不清写了些什么。蛤蟆墓？清朝人多事，在这儿埋个蛤蟆做什么？埋就埋了还立个碑做什么？难道是蛤蟆声大？难道是蛤蟆嘴大？嘴大声大不也给埋了吗？无论人有多坏，终究也会死掉，所以世界再坏也坏不到哪里去；无论人有多好，终究也会死掉，所以世界再好也好不到哪里去。连蛤蟆都不例外。

我又往山上走了一段，长城清晰可见，像极了黑石堡的长城，就是太远了。我走不过去了，我走过去天就黑了。像就像吧，像我也不过去了。不像在梦中，我想过去就过去了。在现实中，我要过去得两条腿捯蹬多半天才能过去呀？白石堡的长城比黑石堡的长城离我还要遥远。现实中的距离要远远大于梦中的距离。

我往回走，方向没有变，北还是北，南还是南，东还是东，西还是西。天黑了下来。星星还没有闪现，月亮还没有升起。这是山里最黑暗的时刻。我爽性停下来，让眼睛适应一下黑暗。我坐在路边的石头上，石头冰凉。

这么大个的地球是你想撞就能撞的吗？想撞也可以，只会把你自己撞个头破血流，撞死拉倒。鸡蛋碰石头还会有蛋壳碎裂的声音，有蛋黄蛋清迸溅的痕迹，人要是撞了地球，只会自己痛苦。用火箭撞，多少枚火箭撞下来不也没什么影响吗？用小行星撞，可是小行星凭什么听从人的安排？地球不是自己行走在宇宙的江湖，他是跟着太阳这个老大在行走。太阳或者也有太阳的老大吧？地球想撞什么，或者什么想撞地球，太阳这个老大也未必能做决定。我在梦中被撞地行星所困，真是杞人忧天。醒来的时候嘲笑杞人，睡着的时候正是一枚杞人。

星星闪现了，月亮升起来了，又大又圆的满月，红红的泛着一点冷光。不知不觉中升高，银灰的月光洒满大地。月明星稀，就是满天的星星都撞向地球也没有什么好忧虑的。天塌下来不是有高个的顶着吗？就算是撞了也不会改变地球什么吧？北斗还是那几颗北斗，北极星还是那颗北极星。星星还是那个星星，月亮也还是那个月亮。

我跌跌撞撞地往回走。白石堡不是黑石堡，黑石堡也不是白石堡。黑白颠倒了，黑白颠倒的只是梦境。现在我要把颠倒了的黑白再颠倒过来。

回到学校，老白厨师还在等我，煮了碗热乎乎的面条吃了。说了两句闲话，也没什么可说的，不过没话找话罢了。没话找话是人们的基本礼节。

回房间睡下，夜安静极了。我生怕再回到梦中，还好，一夜无梦。

早晨醒来，是尿憋醒的。外面的天空刚刚泛亮，我不想再睡。打开微信，微信的朋友圈又爆屏了。微信朋友圈的朋友还不是太多，但一打开就是爆屏状态，看也看不过来，爽性不看了。朋友圈里有两个退休的，有两个半退休的，有两个代购的，不爆屏才怪。就是没有这几个也是要爆屏的。有时想说点什么，一想又不想让某个谁看到，所以就算了。朋友圈也成了沉默的人多数，不沉默的小少数也是自顾自地刷了发、发了刷，看不过来了，口水也处于爆炸状态。

附近有一个陌生人的微信签名是："有些人，遇不见是错过，遇见是过错。"套用一下："有些梦，梦不见是错过，梦见是过错。"转念一想，做梦也有错吗?

麻雀开始叽叽喳喳地开会，我起来了，活动了一下睡得僵硬的身体，洗漱完毕。老白厨师来了，老白校长也来了。一起吃了早饭。老白校长让人用那辆白色依维柯送我去车站，早晨有一辆回北京的慢车。到了车站没赶上。再等只能等下午的一趟。司机说拉我回去，下午再送我过来。我说算了，我在附近转转。司机走了，我在附近转了转。附近没什么好转的。几个不大的小饭馆，没有什么人，门也开着。一两个小卖店，更没什么好看的，好买的。陈旧的车站候车室又小又脏，除了我连个人影都没有。

我盘腿在候车室的椅子上打坐，不敢完全入静。虽然说心静随处都是乐土，但是毕竟是公共空间，你知道什么时候来个让你不乐的什么？我坐在那里，练习我自创的功夫，身体里平常不运动的肌肉脏腑全都按照我的意志运动了三四遍，感到神清气爽，感到自己彻底从梦境中摆脱出来。

慢慢有人进来，有四五个人进来等车。中午有一趟从北京开过来的4425次慢车，就是我每次来时的那趟车。我曾经坐更早的那班车去过五台山，比早上没赶上的那班还早。到五台山站时天还不亮，是初夏的天还不亮。下了车才知道那个五台山站在北台顶以北二三十公里的地方，地方叫砂河，属于繁峙，车站叫五台山站。下了车，都是想去五台山的，有北京的，有东北的；有借机出差绕道的，有专门来旅游的；有许愿的，有还愿的。下了车没有当地人，连黑车司机都没有。过了一个多小时，才有当地的人出来营生。大家问明白了，北台顶的路不通，还有一丈多高的雪封路。漫说大雪封路了，就是夏天不封路，这里也没有到五台山的车。"公交车？什么车都没有。"有人高声骂街："没车叫什么五台山站？既然来了，总得想法去五台山啊？""怎么走，只有一个办法，九点钟有到忻州的长途车，绕到忻州，换车才能进台怀，进了台怀才是五台山。"向南望去，似乎不远处就是巍峨的北台顶。"这不就是北台顶吗？""是北台顶，过不去。""怎么过去？""不是跟你说了吗？绕到南口才能进。""哦。怎么到南口呢？""不是说了到忻州换车嘛，你们这些人，不相信人，不说了。""信了，怎么坐车？""那不就是车站嘛。"不远处是一片空场，是长途车站。"到忻州多远啊？""一百多公里。"大约有十几个上当受骗的，只好到长途车站等着。长途车站的人和车都还没有来。大家在寒冷的早晨稀里糊涂地等着。有人又在骂街。这是朝圣吗？到快九点的时候，车来了，大家陆续上了车。车上的售票员开始卖票。多少钱，我忘了，大约三两块钱吧。那时候，没有手机，没有网络，连寻呼机都还没有。大家坐下后，车迟迟不开。直等到上满了人才开车，已经将近十点了。我坐在最后排，车开起来，向后看去，掀起巨大的滚滚黄尘。没开出多远，有人拦车，车一个急刹就停了下来，车后的黄尘像沙尘暴一样瞬间充满整个车内，车外被黄尘包裹着。车窗有开着的，没开的也没有用。车不时地停下来捡人。没多长时间，车里的过道上全站满了人。继续开了没多一会儿，又是一个急刹。有北京腔大喊："坐不下了！"拦车的人从车后面的梯子爬到车顶上去了。北京来的哪儿见过这个场面，不由得啧啧称奇。再后来拦车上车的都是先买了票，从车后面爬到车顶上去。又开了一阵子，车顶上发一声喊，一个急刹车，车顶上就有人跳下来，到站了。车走走停停，车里已经覆盖了一层黄土，头上、脸上、身上、衣服上，都是黄土。真是黄土高原啊。还没到黄土高原呢。后来再去五台山时，路上成了黑土高原了。那景象比印度的公交车有过之而无不及。我就奇怪怎么没有人用影像记录下来呢？

下午一点半两点钟的样子，司机喊："去五台山的下车。"下了车一点五台山的样子都没有。有黑车司机上来搭话，谈妥了价钱，几个同在五台山站下车的喊着一起。到了车前，是一辆130双排座货车。车厢里一个价，车后面一个价。想换客车，司机说都是这样的。包进山票。车开起来，盘旋着上山，山路惊险，车里人一阵阵惊呼。司机似乎很享受，说没事没事。过检查站，按了声喇叭就过去了。开了一个多小时，到台怀镇的一个旅店前停下，大家下了车，说先住宿。我才发现，我没带身份证，只有四十多块钱。连住一晚上都不够。问酒店的经理："有没有便宜点的？""没有。""能不能便宜点，我只有四十。”“等会儿。”不再搭理我，忙着接待其他人。人们都办好手续走了。只剩同乘长途车的一对儿北京的情侣在最后。经理问我要身份证，我说没带。两个北京的情侣给我作证说一起的。要赶在今天是绝对不能住的。经理说：“钱，四十。”“就四十了，得给我留个回去的吧。二十五吧？”“行。”经理给了我个房间号：“去吧。”“这就行了？”“行了。”我到房间看了看，是个五人间。门开着，没有人，没有卫生间，那时也没想到什么卫生间。我不能在房间待着啊，出来打听应该去哪儿？前台的人给我指了路。我摸到了后来火爆异常的老爷庙，到了门口，有位和尚让买门票。我说只有不到十五块钱了。和尚说：“进去吧。”我在里面前后转了一圈，看不出什么名堂。走到侧殿旁边的一个院子里，有一个尼姑在向一个看起来比她等级高的和尚抱怨在什么寺里挂单时的饮食。我回到门口，放我进去的和尚还记得我，友善地向我点头示意：“看完了？”院子里本来也没有几个人。“看完了。谢谢师傅！”“不用客气。”我向他请教五台山应该看什么。他说：“大朝台是五个台顶都朝遍，小朝台是去碧螺顶上拜拜五个佛。大朝台要好几天，小朝台时间短。”我想起囊中羞涩，请教他徒步翻越北台顶到砂河车站一天能不能走到？他说能。我说明天一大早就走行不行？他说行。“刚来就走？”“没钱了。只有这不到十五了。”“我借给你二百吧？想起来还就还，想不起来就不用还了。”那时两百是一大笔钱，我一个月的工资才一百出头。我说：“还是不借了吧？我能走出去就不借了。”“走是能走出去，要不你先拿着备用。”我有些犹豫。“有什么困难吗？”“我没有借钱的习惯啊。”“看你，你想拿着就拿着。”他拿起他的玻璃瓶水杯喝水，是个用过了的罐头瓶。问我：“喝水吗？”“我还真想喝。”“随我来。”他跟门口的另一个和尚打了个招呼，带我去他的僧房。僧房是个三间房，一进屋，两边是炕，炕上摆着一个个的大箱子，箱子一人多长，像个棺材，不像棺材那样一头大一头小，箱板看起来没有棺材那么厚，方方的半米多高，一头顶着墙，一头齐着炕沿。里面有三四位和尚，年纪没他大。他说烧水。一进门的地上有个炉子。年轻和尚拿来氽子，从门后水缸里盛了水，放在炉子上烧。一两分钟水就开了。他拿了一个碗，倒了少半氽子的水。“少倒点儿，凉得快。”和尚们和我说着话，说的什么我都忘了。只记得一句是：“文殊菩萨不在家，云游去了。”那时我才第一次听说五台山是文殊菩萨的道场。说了会儿子话，喝了些水。说起去黛螺顶的事，老和尚说：“你还得赶紧去，再过一会儿就来不及了。”他送我到庙门口，指给我看北台顶的方向。说打听路问什么村庄，到了什么村庄再问什么。当时我是记在心里了，现在忘了。临别和尚拿出十块十块的二百元，那时没有一百元的大票，说："拿着吧?"我说："够了，不拿了。"我到了黛螺顶，和尚正要关门。看我来，放我进去，说不用买票了。我进去后，里面已经没有游客了，有三三两两的和尚在忙碌着什么。我稍稍加快了步伐，挨个大殿走过，只看不拜。有个和尚一直跟着我，从门口跟到大雄宝殿，又从大雄宝殿跟到大门口。快到山门时，他轻步走到与我并肩，说想不想认个师傅？我说我尘缘未了。他不再说话送我出了山门，我走了几步回头看见他还在看着我，看我回头，冲我扬了扬手。

天黑下来了。

我下到山下，在路边的一个小商店买了一瓶黄桃罐头，花了两块五。在商店旁边的小饭店要了一碗拉面，花了两块。我数了数还剩八块五毛。

吃完饭，回到房间，天已经彻底黑了。房间里已经有三个人。房间是个长条，像个窑洞，没有窗户。贴着墙，一边三张床，一边两张床。先进来的三个人占了旁边的两张床，和三张床的最里边的一张。我不想和他头对头或者脚对脚，选了最靠门口的一张。他们是什么企业搞销售的，顺便来看看五台山。他们在说着他们工作上的事情，没有兴趣和我说话。我伸开薄薄的被子，正要躺下，门开了，进来一个壮硕的年轻和尚。三个人看到佛爷来了兴趣，和尚也很健谈。我从他们的交谈中知道和尚是白马寺的和尚，佛学院毕业了，开始进入云游阶段。和尚的收入比三个销售员都高，销售员煞是羡慕。和尚是由丰田大越野送到洛阳车站的。和尚嫌弃挂单的庙里条件差，才来住店的。他们聊到很晚。我明天要早起，在他们的聊天声中迷迷糊糊地睡着了。

第二天我老早就出门了，天刚蒙蒙亮，有什么鸟在看不见的地方叫得甚是好听，宛转悠扬。街上飘着淡淡的轻雾，不时有僧尼从身边走过，擦身而过时，听到年轻的尼姑悦耳的声音在交谈。我按照昨天师傅的指引，走着去北台顶。过了昨夜，身心忽然无比畅快，步子也轻快灵动，似乎走在仙境中。我到了那个什么村继续问路，村民说快走，追前面那个人。我看不见前面有什么人。穿过村庄遇到人又问，也是说快走，追前面那个人。如是者三。出了村子开始爬山，前面三四百米的地方果然有个人，也在爬山。我加快脚步追他，奈何他的速度比我还快。距离在逐渐加大，我开始喊"等等!""等等！等等我！”“嗨！等等！等等！等等我！”前面的人不见停下来的迹象，距离越来越远，我都要放弃了，我实在追不上了。这时他似乎停下来了。他停下来，我也有点追不动了。待我走到近前，他说：“是你在喊我？”“是。”“你要到山外去？”“到砂河。”“你可真胆大。”他是山外的采药人，今天要翻山回家。说这附近经常突然下雾，有些贸然进来的游客就迷路了。前几天还有北京来的一对情侣偶遇大雪，冻死在上边了。还有附近的村民经常抢游客。“他们不是挺好的吗？”“有不好的。”采药哥一路照顾我的体力，走走歇歇。“我拖累你了。”“没事，我晚上能到家就行。”我早晨也没有吃饭，只有一罐头瓶的热水。到后来，水都要省着喝了。走到鸿门岩时，就算爬到最顶上了。有一个东台顶的石碑标志，标志旁边是厚厚的积雪，背阴处的积雪更是不止一丈厚。他看了雪地上的印迹，说有车过了，路就好走了。我们在鸿门岩的石碑下坐下歇息。我给他一支烟，他说平常不抽。他说到这儿得分手了。他要往东去下山，我要往北去下山。他说：“你要走大道，绕点路没事，别走小道，你一个人走小道危险。”正说着话，他忽然站起来，侧耳倾听着什么。“怎么了？”“你听，有车，有车上来。”“是吗？”“要是出山的，让他带你下去，快快。”他率先站在有车辙的路上，“得挡住他们，不挡住不会拉你。”我也跟着他站在车辙上。又等了几分钟，一辆东风大卡车从天而降。离我们四五十米就停下了，他走过去和司机说，然后向我招手。

我上了车，车像游乐园的过山车一样急速下降，盘旋，急转。很快到了山下的平路。我掏出瘪瘪的烟盒，想给司机和他的副手一根烟抽，打开才发现只有一根了。那是一包石林烟。副手说没事，你抽。他们点着他们的烟。抽完又续了一根，给了我一根。第二根还没抽完，一个刹车，他们说到了。我到砂河车站了，刚刚中午十二点。下午四点十七回北京的车还早，我花一块钱吃了两个烧饼。后来逃票上了4426次，到石景山南站出来时竟然没有人查票。我出了站走回了宿舍。兜里还剩了七块五毛，我是把北京公交车票的钱也预留了的，但没有用上，我后悔没买四元三角的回程车票。

我能记得这些细节，一是印象深刻，另一个原因是回来后写了一首诗，诗句成了那次五台山之行的线索，提醒着那次的细节，诗句也在回味中变成自己的经典。后来又去过几次五台山，因为没有诗的线索，各种细节反倒模糊了。诗是这样写的：

五台高耸云中坐，山似莲花香佛国。
春寒雪积人来早，缘为仰慕三年多。
仰慕也是空仰慕，只说山灵有佛陀。
许多烦恼骤然至，身心难受欲摧折。
临时起意丰台站，半是朝圣半逃脱。
雪封北路不能进，误认五台错下车。
红日晏起客车破，百里爬行未退缩。
黄尘滚滚又独行，众生芸芸皆忙活。
盘旋路转引惊呼，且把惊呼当高歌。
店家问我你是谁？路人作证不是魔。
山门未挡空囊者，僧房余得热水喝。
懵懂入坐修行地，不知文殊今在何？
慷慨欲给返程费，遥指归路细言说。
勉强算作小朝台，最后一个上黛螺。
既然文殊云游去，我也无意承衣钵。
夜遇新僧抵脚眠，言谈白马几近奢。
晨起行走如仙境，鸟语尼声两合和。
村民三指前方人，追上才识采药哥。
雾雪歹徒皆可畏，唯有无畏敢爬坡。
指点北台与东台，俯瞰五台气磅礴。
雪高盈丈背阴处，道路厚雪印车辙。
忽闻车声紧起身，立在路中将我托。
东风载我下山去，片刻速降到砂河。
茫然跑到五台来，众多缘由不晓得。
今天我从北台过，回望北台更嵯峨。

北京开来的4425次来了，我算好了时间，坐这趟车到砂河，再等两个小时，才能等到从太原始发经砂河回北京的4426次。算上4425次的晚点，我还有足够多的时间在砂河等4426。我上了车，继续西行，到砂河折返。

从砂河站出来，时间还早。遥望北台嵯峨的山峰，在下午的阳光下如同另一个世界。多年前我曾经从那里走过。

北台顶的海拔是3058米，一片平台的北台海拔都在3000米左右，北台的高原训练基地正在建设。从砂河到北京的配套高铁正在建设。从砂河到北台的高山列车线路也在建设。砂河外面到处是工地。五台山的高原训练基地与海埂等的训练基地相比最大优点就是离北京近。建好以后，从砂河去北台就方便多了。

我上次去五台山，没敢许什么愿。路途艰苦，怕许了愿不好还。真是多虑了。或者是当时真没什么大的愿望，不值得在五台山许；或者是有一个大愿，没敢许出来。我现在就面对着南方的五台山许个大愿吧：如果能在从今天开始的一年之内挣到一百亿元，就捐九十九亿，当然是人民币，美元也行啊，如果文殊菩萨有难处，放宽到三年也行啊。当时也可能没有许这个愿，也可能心里有没敢许出来，也可能声音小佛没听见。诗里没有痕迹，就算从今天开始吧。我现在迫切希望有一人笔不劳而获的钱，黄金也行。那么多的大小官员忽然都有了上亿的金钱，我这么多年简直是去了非洲啊。“你想一个亿，你以为你是科长啊?”另一个我对我说。能腐败的都是有能耐的，能耐不见得，权力是肯定的。能干不一定有好的待遇。我现在想问问佛，有一百个亿行不行，如果不行，我也就认命了。我在这儿郑重其事地再许一遍，面向雄伟壮丽的五台山或许曾经许过的愿。从今年的今天开始生效，如果有充分的证据证明，则以文殊菩萨佛正式收悉之时生效。拜托列位神通广大的看官，有能给文殊菩萨或其他佛祖菩萨直接过话的，如能帮忙过话，最终达成本愿的，中介费是万万不敢少的，按中介行规取上限，文殊菩萨或是其他佛祖菩萨需要回扣的那部分也由本人出。一愿既许，宝马难追。我走山路，宝马也追不上。一愿既成，绝不反悔。如果能和文殊菩萨合作，一旦履约，还有什么可反悔的呢?

4426次来了，我上了车。车上空空的，到处是卧铺。上次我是直接钻到座位底下，呼呼大睡到石景山东站。

4426次过白石堡站，我没有下车。黑石堡是梦开始的地方，白石堡是梦结束的地方。也不对，梦是在绿皮车上开始的，就在绿皮车上结束吧。一闭眼就开始，一睁眼就结束了。确切地说，闭上眼不一定开始，睁开眼肯定就结束了。

上次从五台山回来后开始了这么多年的审计工作。这个公司其实是个毁观念、毁身体、毁家庭的“三毁”公司。看着挣得多点，但性价比不高，说白了，就是外表光鲜。到这儿了，去那儿了，查这个了，问那个了。其实，谁搭理审计？会计是工具，审计也是工具。老当工具？圣人曰：君子不器。我非君子，也不甘终生为器，为别人的器。是不是该结束了？这次回去是不是也应该开始另一种生活？活出一点滋味，活出一点尊严，活出一点岁月。我是不是真的应该去印度看看？去美国看看？去俄罗斯看看？

没有伟大的梦想，只有坚硬的现实。任何梦想如果不能变成现实，都只是一个色彩斑斓的泡泡。梦已经改变了我，我已经改变了梦。遥望远方梦中的江山，我已经在梦中改变。

故事把

核心思想形成于1991年北京海淀吴家场。

第一次试写于1992年北京吴家场－万寿路甲15号。

现有故事结构形成于2012年年初至12月北京丰台总部国际海鹰路6号院。

初稿框架完成于2012年12月28日北京丰台总部国际海鹰路6号院。

2014年12月14日初稿写通。

2015年2月1日第一次打印。

2015年8月8日初步修改完成。

2015年8月25日修改完成。

2015年10月23日定稿。

本书曾经拟用书名：绿车梦、梦极变、地轴突变、怀念老轴、太阳照耀俄罗斯、西行梦记、南行漫记、地球是缘的、天黄地绿、赛尔斯达、大国星球。

本书英文名：CIAR STAR

虎皮由来：

不用大旗做虎皮，
本身我就是虎皮。
胸中块垒无处诉，
笔底波澜陋室起。
冥冥天命或许在，
渺渺少年萦梦里。
转眼雄心已老去，
空留纹理满虎皮。